# 中国公案小说

国学经典文库

国学经典文库

中国公案小说

图文珍藏本

# 彭公案

［清］贪梦道人 ◎ 著

# 第六十二回　粉金刚逛庙救难女
# 于秋香舍死骂贼人

诗曰：

依依脉脉两如何，细似轻丝渺似波。

月不长圆花易落，一生惆怅为伊多。

话说那粉面金刚徐胜带了四个家人，正自要上天仙娘娘庙，瞧对面有伙人围着，里边只喊"救人哪"！徐胜立刻叫家人拉马，自己下了马，分开众人说："为什么呢？"只见那人群之中，有二套太平车，一辆车里面坐着一个女子，车外有两个仆妇，一个赶车的。旁有一少年人，头戴马连坡草帽，身穿青串绸大衫，蓝绸中衣，五丝萝单套裤，白袜，蓝缎子缎镶缎的云鞋，二钮上十八字香串，真正伽倩香。面皮微青，青中透白，细眉毛，圆眼睛。带着有十六七个打手，都是横眉立目，身穿紫花布裤褂，青布抓地虎靴子，手拿木棍、铁尺。那少年人年约二旬上下，是宋家堡的活财神宋仕奎之子宋起龙，最爱贪淫好色，常倚势抢人家的少妇长女。手下养着三四十名打手，每逢各处庙会集场，他必要到，这明化镇不敢惹他，今年才十九岁。他带着手下人坐车来逛庙，那良善人家的少妇长女都不敢来这里烧香，只因他去年抢过一个人。今日他也是活该有事，正到村口，见从正南来了一辆二套车，车里坐着一个女子，长得十分美貌。他乃是色中饿鬼、花里魔王，立刻目不转睛，只瞧那女子，遂吩咐家人把车拦住说："你们别走啦！把车赶在我那里去。这女子我新买的，被你们拐骗出去了，今日见我，还不快快送到我家，饶你不死，不然全把你们活活打死！"那赶车的说："你等莫惹事！这是吏部主事于得水老爷的家眷车，这是我家小姐，带仆妇、养娘进京，你们趁此躲开。"宋起龙闻听，不由一阵冷笑说："娃娃，你好大胆量！休要说这大话唬人，你家大爷我是不怕事的人。"吩咐："孩子们，你等去抢下车来，送到我家中再做道理。"那仆妇见那一群恶人都要上车拉人，他就直嚷"救人哪"！车里于秋香一瞧这事不好，说："你们这些囚徒！天网恢恢，你真不怕死，硬敢抢人！

我是要和你势不两立！光天化日，白昼抢人，你这贼种，我有一死挡你！"就要往车上撞头，那些打手也不敢拉了。瞧热闹的人，都知小太岁宋起龙的利害，无人敢管。

正自着急之际，忽听西边人嚷："闪开了，教师爷来了！"宋起龙是酒色之徒，尚不知武，曾知道他父亲新收了一位大教师，很有武艺。他兄弟宋起凤，倒是由自己踢腿练拳。这厮他是连买的妾，带抢的人，共有十四位，夜夜筵乐。今一见外面进来一位二十余岁的少年之人，一脸正气，身穿宝蓝洋绸大衫，足下白袜云履，白净面皮，眉清目秀，另有一团精神，进来问："为什么？"那赶车地把要抢人的事故，说了一番。徐胜听罢，说："岂有此理，这可不行！哪位要抢人，先见见我。"宋起龙闻听，气往上升，尚仗人多，过去一伸手，就把徐胜要抓住，被徐胜那手一接他的手腕，往怀里一带，立刻栽倒就地。宋起龙的打手名叫夏跳，认的是大教师，都不敢过来帮助动手说话。徐胜说："那辆车，你走你的，我在这里管保无事。"那辆车也就赶着如飞的去了。

那宋起龙说："跟我的人来，快给我打这匹夫！你真敢来打我，我把你活埋了。"众手下人口中答应，就是不敢过来。徐胜打了他几拳，他乃被色所迷的人，早已不能起来，卧于就地说："好！你们就瞧着他打我，也不动手，真乃奴才！"那跟徐胜的人，早在徐胜耳边说："教师爷别打啦！这是咱们少庄主，你老不可如此！"徐胜急忙上前扶起，说："得罪，得罪！我实不知。"宋起龙亦不言语，遂逛庙去了。

徐胜走后，宋起龙起来，哎哟了两声，连说："你们这些人，是安着什么心？人家打我，你等不但不来帮助，连声也不发呢？"内有一名打手宋才说："大爷！方才打你的人，这位就是咱们那位大教习。"宋起龙听罢，说："好！我要害不了他，他也不知我的厉害。你们跟我来见庄主，自有话说。"那些人跟他上车，回归宋家堡家内。进了内宅，知道他父亲在西院他姨娘秋鸿院中。他走入西院，到了翠花轩，见宋仕奎正自带着他母亲及歌妓嬉娘，秋菊、秋鸿这两位侍妾饮酒。他说："爹爹，你花钱雇了一个教习，竟敢打我。儿今日在明化镇，被他欺我太甚，我是要报仇的。"宋仕奎听罢，说："起龙，你今年十九岁了，也不知些世务。我收这些人，原为创成基业，都是你二人的。你二弟今年十五岁，我瞧很好。我要叫你二人练些武艺，也好合招贤馆的人相亲相近。你就是知道抢人,作那伤天害理之事。要做几件别古绝今之事,也要流芳千古。你快往后院去吧。明日我带你二人去拜老师,跟教师练练武艺。"宋起龙也无言可说,自己回他后院房中去了。那宋仕奎也不在意。

且说徐胜回到招贤馆内,立刻叫书童去请尤四虎。二人商议,要出一张名帖,聘请那文武奇才之人,只说护院看家。尤四虎也甚愿意。二人吃了晚饭,各自安歇不题。次日天明起来,吃了早饭后,见宋仕奎带着他两个儿子宋起龙、宋起凤来见徐胜,说:"教师,我这两个孩子都年轻,性情太浮,求教师你把他二人教几路拳脚,只要防身之用。"随教儿子过来说:"你二人给老师磕头。"宋起龙兄弟二人叩了头。徐胜说:"庄主,我昨天多有得罪世兄。"宋仕奎说:"理应该当教训,感谢不尽。"徐胜说:"庄主既叫二位世兄跟我学练,可要工夫长,不可出门。每日一早来,晚上回去。还有一件要事,请庄主在各处贴一张帖儿,请护院之人。写招帖子,好招聚能人,明年共成大事。"宋仕奎说:"甚好。我家瞧风水的先生李珍说,我的大事也就在今年明年。只要我得了地,他等皆开疆展土之功臣,列土分茅之虎将。"立刻叫管账先生写几个请护院的帖子,派人贴于各处。宋家兄弟二人,自此就跟徐胜练习拳脚。徐胜亦不肯真教,说:"我所练的拳脚,是五祖点穴拳。我是八蜡灵牙山七宝藏真洞华阳老祖的徒弟,我师傅能呼风唤雨,撒豆成兵。你二人跟我练过三年,我带你朝见师祖。"那宋氏兄弟二人也答应,说是长来,长不来。

徐胜这日正在要瞧操,宋仕奎也来了,升了演武厅。只见外边家人来报说:"外边来了两名招贤的,要见庄主。"宋仕奎正在演武厅当中正座,左有徐胜,右有尤四虎,两边是余华、吕胜、何苦来这十数个人,台阶下有五百庄兵。忽听家人来报,吩咐:"请。"只见从外面进来两个人:头前一个人,是身穿一身紫花布裤褂,紫花布袜子,青缎双脸鞋,淡黄脸膛,雄眉阔目,二旬光景,正在青年。后跟那位,是白净面皮,身高七尺,身穿青洋绉大衫,青绉抓地虎靴子。二人上演武厅说:"庄主在上,我二人有礼。"那穿紫花的自通名姓:"我乃是高得山。"那穿青洋绉地说:"我乃是刘青虎。"

这两个人是从哪里来呢?这两人因是小方朔欧阳德他去后,先到巡抚衙门说给高、刘二人,禀大人知道,宋家堡宋仕奎意欲反叛。大人先派高、刘二人去卧底听信去,随后再派官兵剿拿。欧阳德说:"我送徒弟到这里永顺客栈,我还访几个朋友,共破宋家堡去,先遣二位来的。"到了宋家堡,二人至招贤馆,见了宋仕奎,各改了名,未改姓。宋仕奎说:"二位是哪里的人? 从何处来?"高得山说:"我二人是拜兄弟,听见宋庄主请护院之人,我二人自幼爱习练速拳短棍,刀枪棍棒样样精通,无一不好。"宋起龙在旁边看罢,说:"你二人何不练一趟?"高通海把自己平生所学之艺,练了几趟。徐胜心中说:"这个人真好俊本领,我瞧是好,不知庄主如何?"宋仕奎也是行家,他说:"甚好。"刘青虎说:"该我练了。"刘芳到了那台阶以下,用力指了指天,又指了指地,他转了个弯,立刻不练了。

徐胜认识二位是侠义之人,也听说剿紫金山归彭公那里,今日是卧底来了。徐胜故意说:"好俊拳法。"尤四虎说:"这叫什么拳? 乃无能之辈,把他赶出去。"那徐胜说:"二教习你不知,这是八卦拳头一招,你要不服,你和他比拼比拼,你不能赢他。庄主好容易得个人,你说他不行,那如何使的? 俗语说得好,千军容易得,一将最难来,这也是真话。"尤四虎:"我倒要与他比试比试,如不胜他,我情愿把二教习之位让给刘青虎。刘青虎,敢合我比试吗?"刘芳说:"我陪你走几趟。"尤四虎跳下去,二人在厅前走了几个照面,刘芳一脚踢于就地,那众人无不贺彩。宋仕奎一瞧说:"尤四虎,你真有眼无珠。这幸有大教习在这里,你让位罢,二教习之位是刘青虎的,你算看馆头目。"尤四虎一口气忍于胸中,一语不发。散了操,宋仕奎回宅,分赏众人酒席。

这徐胜带二人至西院上房,说:"二位兄长,你是从汴梁来罢?"二人见左右无人,说了自己来历,"也知道你在这里。"三人情投意合,摆上酒席。高源又好喝,三个人退去伺候之人,都各吐肺腑,定计静候官兵到来。直吃到三更,方才安排打睡,把门关上,那三人倒身就睡着了。天有三更三点,尤四虎越想越气,提单刀来至窗下听了听,三人俱已睡着。把门开开,到西里间一看高、刘、徐三人正自睡熟,他一抡单刀,照定徐胜就是一刀。不知后事如何,且听下回分解。

# 第六十三回　赛姚期愤怒行刺　徐广治设计诓贼

诗曰：

草色青青柳色黄，桃花历乱李花香。

东风不为吹愁去，春日偏能惹恨长。

话说尤四虎自己气愤不平，来至上房，把门撬开，见三人睡着，立刻咬牙愤恨，抡单刀照定徐胜脖项就剁。他方举起刀来，不妨背后有人一掇他腰眼，立时翻身倒于就地，"哎哟"一声，尤四虎早将单刀扔了。徐胜惊醒一瞧，屋内残灯犹明，见有一人跌在就地，不能动转。徐胜连忙站起身来，说："二位兄长不好了，有刺客了，快起来吧！"高通海、刘德太二人起来，把灯提了提，下地细看，原来是尤四虎，将他捆上，说："这厮气愤不平，他来杀你我三人，咱们也把他杀了。"徐胜说："且不可，是哪位把他拿住的？你我因贪杯多饮，惜乎被他所害。这件事，其中定有缘故。"那尤四虎一语不发，只等死就完了。刘芳说："咱禀明庄主，再为办理就是。"三个人又到外边各处一找，绝无动静。徐胜说："二位兄台莫睡，这要不是暗中有人来救，你我早做刀头之鬼了。"那高源说："有理。我问问这位刺客，你是被何人所擒？趁此说实话。你我又无冤仇，这是为你丢了二教习之位，这是宋仕奎的主意，与我等无干，你想想。"尤四虎说："我知道是他的主意。你要不来，他能薄待我吗？"高源说："他立招贤馆，为的是招聚人的，你说我不来，你早告诉宋仕奎，别贴请帖啊！你方才是被何人拿，说了实话，我也不肯害你，把你放了。你要不说实话，我先拿刀慢慢地砍你的肉，砍下来扔在外边，留着喂鹰。"尤四虎说："我来行刺，是恼羞成怒。来在这里，方要举刀，不妨我身后有一人把我的腰点了一指，我立刻跌于就地，不能动转。你三人也醒了，想是你三人命不该绝。"高源说："是了！你二位想，这是何人救了你我兄弟，真也奇怪。"那徐胜心中明白："你我久而自明。候天明见宋仕奎再说罢！"三人也就不敢睡了。

少时已然天亮，东方发晓，红日东升。徐胜的书童长随宋兴、宋旺过来说："请教师爷净面罢，今日起来的甚早。"徐胜说："你去请庄主来，就提我拿住刺客了。"宋旺一瞧，地下捆着是尤四虎在那里，连忙至北院中回明了大庄主宋仕奎。宋仕奎闻听，带着自己亲随宋寿、宋安、宋升、宋祥四名家人，坐小轿由北院中往招贤馆而来。他那小轿是竟为夏天游山逛庙坐的，是一张太师椅子，上面支着过棚凉帐，遮着日光。四个人抬着，家人跟随，至招贤馆下轿。徐胜领众寇接见。宋仕奎升了正座，把头前的座位分开，两旁各按次序落座。宋仕奎问："大教师，有何事请我出来？"徐胜说："只因拿住了一个刺客，乃看馆的尤四虎。这厮怀仇，黉夜要杀我三人。"宋仕奎吩咐把他带上来，手下人立刻带上来。宋仕奎说："这厮胆大包天，我施恩留你，也是好意，你怀仇妒贤嫉能，不愿意我得教习。你好大胆，还坏我的事。"尤四虎说："宋仕奎，你得新忘旧，我要知道你是这样心肠，我早把你结果了。你安心叛反，我助你到今日，你倒把我视如无用之人。"那宋仕奎听罢，说："好匹夫！恩来无义，反来为仇。我待你这样，你倒怀仇挟忿。"吩咐众寇，大家把他乱刀分尸。赛叔宝余华、金刀太岁吕胜这二人，素日就不爱尤四虎的行为，他二人听宋仕奎之言，拉刀照定他就砍，一本账何苦来抡锤就打，众人一阵乱刀，竟把尤四虎剁死在招贤馆。手下人把尸身抬至西郊掩埋。

宋仕奎摆酒，给两位教习压惊，家人伺候。众人正饮酒，只见家人来报说："外面又来了四名招贤之人：头名叫追魂，二名叫取命，三名叫不怕，四名叫真狠，要见庄主爷。"宋仕奎说："命他进来。"家人立刻出去，不多时只听外面有人说："我们听说这里许多教习，昨日来人夺了二教习，今日我们来夺大教习来了。"徐胜听了这话，真透生性，又听家人报这四个名字追魂、取命、不怕、真狠，这不像真名真姓，必定是哪路来英雄哪。只见从外面进来那四个人，都是少年英雄，都十五六岁，头前那人身高七尺，面如桃花，顶平项圆，目似春星，两眉斜飞入鬓，准头端正，身穿蓝夏布大衫，足登青缎子快靴，手拿小包裹。那后跟着的是面似黑灰，灰中透紫，一脸紫斑，穿青绸衫，足下青缎快靴。第三个是蓝中透青的脸膛，也穿青绸衫快靴。那四位是年有十四五岁，神清目秀气爽，面如傅粉，白中透润，润中透白，黑鬓鬓两道眉毛斜飞入鬓，一双俊目透神，扎脑门，尖下颚，长的四衬，准头端正，唇若涂脂，身穿蓝春绸的一件衫，内衬白漂布小汗褂，蓝绸中衣，金银罗单套裤，足下三镶抓地虎快靴，虽然十四五岁，很有神气，仪表非俗。

宋仕奎等看罢，说："你四位姓什么？"头一个说："我等无名氏，就叫追魂、取命、不怕、真狠。"宋仕奎问："你四人是哪里人氏？只管实说。"那追魂说："我四人是结义弟兄，乃浙江人氏，平生爱练，游行四海，访友来至此处，路遇人说贵宅请有武艺之人入招贤馆，我等来投。"宋仕奎说："你等练几路拳脚我看？"那追魂说："我练一路拳脚。"自己把衣服一掖，在厅前一施展罗汉拳。众人瞧一瞧，真是拳似流星腿似钻，腰似蛇行眼似电，练完气不涌出，面不改色。那三人也各练了一路拳脚。宋仕奎说："四位在我这里，为管军都头目。"那四人谢了恩落座，又摆了几桌酒席。

刘芳认识那四人，乃是小四霸天贺天保、濮天雕、武天虬、黄天霸。这四人奉老英雄黄三太之命，在河南巡抚境内查访那贪官恶霸、势棍土豪，剪恶安良，做些好事，自带路费。他四人半路遇见小方朔欧阳德来说，宋家堡有一位赛沈万三活财神宋仕奎，意欲叛反，他在各处招纳英雄。这四人奉他所托，来至这里帮助粉面金刚徐胜、多臂膊刘德太、水底蛟龙高通海他三个人，好破宋家堡，清静地面。

那宋仕奎今日一见这四人武艺超群，本领出众，向刘芳说："今来这四位，同你们等寓在一处也好。"贺天保说："大哥亦在这里，闻听还有高爷，好啊？"高源一见说："你兄弟四人也来了，咱们都是龙华会里人。"宋仕奎说："大教师，请你跟我去到我的内宅，我有机密大事相议。"徐胜答应，酒饭已毕，跟宋仕奎二人步行至北院小书房西院中。二人落座，宋仕奎说："余贤弟，我的心意你可知道？我是要起兵举事。我自己原有家人二千，庄兵二千五百，都分散在各处。我要定于中秋此处有大会趁势起兵，招聚几万之众，先取了汴梁城为基业，后分一支兵取归德、夏邑、虞城等县，再派那路兵进取彰德、卫辉、怀庆等府，随入北直，长驱大进，可以成霸王之业。你为领兵大元帅，刘教习为副元帅，再挑几员战将，几位先锋，以为共成大事。不知尊意如何？"徐胜闻听此言，说："暂为莫忙，先立了盟单。我有一个师傅，是八蜡灵牙山七宝藏真洞华阳老祖，会呼风唤雨，撒豆成兵。我斋戒三日，可以请我师傅协力相助。"宋仕奎甚为喜悦,说:"事不宜迟,就请速行办理。"

徐胜答应,立刻回到招贤馆。自己并未带跟人去,到东门外散散心。天有正午,恰遇欧阳德,将宋仕奎之意与他说了,并说请华阳老祖之事,定计拿他。计议妥当,二人分手,随即回来。自己沐浴净身,至晚单在书房安歇,一连就是三天。吩咐今夜晚在你院中高搭法台,二丈四尺高,上摆八仙桌椅,虚设座位,请我师傅前来,你须跪香。宋仕奎带二子起龙、起风,也沐浴净身。至天晚,法台高烧红烛,照耀如同白昼一般。徐胜在台上说:"我先焚香,你等可磕头。"宋仕奎率二子跪于就地说:"老祖师在上,信士弟子蒙余教师之恩,今日设坛,请你老仙祖仙驾光临。"徐胜本是冤他,自己哪里去请神仙? 听了天已二鼓,他焚了香说:"弟子余双人,特请吾师华阳老祖仙驾光临。"连嚷了两声,并无动静。那宋仕奎说:"余教习是胡说,他说请仙师,为何连一点动全无?"徐胜又拿笔说:"我忘了用画符了! 我焚了符,我师傅必来。"先用朱砂白鸡,研好了红汁,那家人送上新笔去。徐胜画了一道符,贴在宝剑之上。在灯上点着,口中说:"吾师华阳老祖法驾光临,弟子特请。"这句话说完,那符已然焚化,只听得上面说:"唔呀! 吾神来也!"宋仕奎一瞧,从空中下来一人,头戴九梁道冠,身穿紫绸八卦仙衣,足登云履,腰系丝绦,背后斜插宝剑,手拿蝇篆,白净面皮,微有沿口胡须。不知来者他是何人,且听下回分解。

## 第六十四回　铁幡杆夜探宋家堡　欧阳德巧得珍珠衫

诗曰：

卸鬟娇娥夜卧迟，梨花风静鸟栖枝。

难将心事和人说，说与青天明月知。

话说粉面金刚徐胜，在宋仕奎家中设立香案，请那华阳老祖。只见一个道人从上下来，坐在当中，说："吾来也！汝焚香请我，勉为汝来助新主。"这老祖从哪里来？这是徐胜他请来的小方朔欧阳德。只因前者他与宋仕奎议论之后，他自己出门散逛，在街上遇见欧阳德从明化镇而来。二人叙离别之情，把欧阳德拉在一旁，叫他假扮道人，装华阳老祖，也好混进宋家堡，与徐胜等在一处，亦好办事。欧阳德点头，二人分手。今夜在这里房上等候，听徐胜请神仙，他跳下来，坐在法台上。徐胜看见是欧阳德假扮道人进来，他也跪下叩头说："恩师仙驾

光临，弟子这里有礼了。"下面宋仕奎也跪下叩头说："仙长光临，保佑弟子成其大事，弟子感恩不尽。"欧阳德说："吾前知五百年，后知五百年，善晓天文，夜观天象，紫微下降于河南，吾掐指一算，就知落在这里。先遣吾弟子余双人前来，吾随后就到，要帮助他共成王霸之业，也落一个千古留名。"说着话，跳下台来。

宋仕奎同徐胜说："请仙师爷东院大厅落座。"欧阳德答应，跟二人到了东院中观看。东跨院正房五间，东西各有配房。这院中有各种奇花开放，屋内灯烛辉耀，甚是可观。进上房一看，见屋内金光四色，光彩夺人。名人字画，上品古玩，郎窑磁器，白玉花盆，三尺多高珊瑚子树，一虎大的碧玺桃，翠玉白菜，各样盆景，都是人间

少有之物。翡翠西瓜、花梨、紫檀、楠木桌椅、围屏、床帐,样样俱全。他坐在东边椅子上,宋仕奎又从新叩头说:"仙师万寿无疆。今日仙驾至此,不知吃荤吃素?"欧阳德说:"吾今既然下山,就开荤酒,也开了杀戒了。"宋仕奎吩咐摆三桌酒席,仙师一桌,教习一桌,我父子一桌。家人把桌椅摆开,传酒送菜。真是山珍海味,山海八珍尽人间所有之物。吃酒之际,宋仕奎请问:"仙师卜一吉期,我可以何日起兵? 我这宋家堡大小买卖,都是我的庄兵所为,遮影人的眼目,连各处家人都练过武艺,共计有五千余人。我这宋家堡收来的庄丁,先练过武艺,已候至三年之外,武艺皆已学成,我才另派他做别的生理。"欧阳德说:"我先给你请几位天兵天将,帮助你可以成功。"宋仕奎说:"全仗老祖师,不知几时请得下来?"欧阳德说:"看你造化如何。我请神问问行兵日期,就是明日晚初鼓之时办理。"宋仕奎立刻吃完酒饭,派家童四名伺候仙师安歇。他父子去后,童子放好了被褥,欧阳德说:"你四个人出去吧,吾要在这里安歇,还与我徒弟有话商议。"

家童去后,欧阳德叫徐胜去外边看看没人,他才说:"贼人要一起手,是急难办理。事不宜迟,须派一位精明强干的人,去到巡抚衙门调兵,就在这七夕之日,可以一鼓而下。日子一多,恐其有变。"徐胜说:"明日你我与高、刘二位商议就是。"二人说了些闲话,各自安歇。

次日天明起来,宋仕奎亲身这里来叩头,又把那招贤馆之人全请来,参见仙师。刘芳、高源二人同小霸天、余华等齐来叩见仙师爷。高、刘二人也知道欧阳德是来扶助众人,作为内直,共破宋家堡,拿获叛逆。

大众见了礼已毕,宋仕奎立了众人的盟单,封徐胜为大元帅,刘芳为行军副元帅,高通海为前部先锋,赛叔宝余华为合后粮台,金刀太岁吕胜为都救应使,轧油墩李四、一本账何苦来、永躲轮孟不明、飞腿彭二虎、铁算盘贾和、闷棍手方和、黑心狼戚顺、平天转杜成、狼狈金永太这些人皆为将军。他与护国仙师,带追魂、取命、不怕、真狼为大军护卫,自立扫北英武王,把他两个儿子立为世子。家丁庄兵各按次序,排成队伍,分了十一营,与众将带领,每日在宋家堡之西教场操演阵式。

至天晚,又高搭法台,宋仕奎要看仙师请天兵天将,看是如何请法。他本就疑心,不知那欧阳德是真是假。他借这为名,叫他心腹家人宋安带家丁四十名,暗备干柴一把伺候。他请不下来天兵天将来,倚这为名,他要试试神仙真不真,放一把火烧他。他要是真神仙,不躲壁间,知我有天子之份,他也不恼我;他要是假充神仙,立时烧死,不能叫他得活啦。宋仕奎分布已定,那家人都备好应用之物。天色已晚,把仙师从东院请过来。欧阳德坐着二人抬的椅子,徐胜、刘芳二人跟随在后,到了法台之下。宋仕奎心中留神,看他怎样上去? 他要是神仙,必然一抖袍袖,飞身上去;他要不是神仙,不能容易上去,他必然施展飞檐走壁之能上去,我也看得出来,我必然放火烧他。欧阳德见宋仕奎率领家人迎接,他也怕人看破,这事就不好了。他说:"你们全都跪下,我围这法台绕几个弯,念完咒语,我才得上去呢。你们都要叩头的。"那些家人与宋仕奎等,都跪在就地。欧阳德绕了两个弯儿,一飞身他从后边上去了,说:"你们不必叩头,吾已上来了。"

法台上已经设摆那八仙桌儿一张,太师椅子一把。桌上有五供一分,高香一封,无根水一碗,香菜一把,五谷粮食一碟,朱砂、白鸡、黄毛边纸各一份,新笔一枝。欧阳德立时拉出宝剑来,在台上假充念咒,口内咕哝咕哝的有半刻工夫,把无根水研浓了朱砂,然后用笔画了三道符,他贴在剑尖上:"吾是特请托塔天王李法师驾到!"把符往烛光上一点,往台下一摔说:"托塔天王不到,等到何时?"忽听北房上有人嚷:"吾神来也!"把欧阳德吓了一跳。回头一看,见北房上站定一人,面如紫玉,雄眉阔目,准头端正,四方口,微有燕尾黑胡须,头上青绉帕包头。欧阳德看罢,自己倒放了心啦,知道自己的这位朋友来了,可以装这神仙装整了。又往台下说:"你们还不叩头? 天王来了。"宋仕奎大众等急忙叩头。欧阳德又把二道符焚了,说:"二郎爷杨戬不到,等待何时?"忽听东房上一声嚷:"吾神来也!"欧阳德又看东房上这位,面如重枣,环眉大眼,年约三旬已外,身穿青皂褂。欧阳德又焚第三道符,说:"奉请哪吒法师,前来护助。"听西房上一声:"吾神来也!"欧阳德请下这三位神圣,宋仕奎与两个儿子信以为真,大家焚香叩头。欧阳德说:"三位尊神,你等法驾光临,我无事也不敢劳动尊神,我保贵人宋仕奎,共起大兵北征;求三位神圣扶助,共成大业。"房上人说:"尊法旨。""嗖"的一声去了。

欧阳德跳下法台来，宋仕奎即将法师送入东院屋内，徐胜、刘芳二人跟随，又摆点心果酒，庆贺神仙。那宋仕奎带二子回后边去了。忽然从外边进来了闷棍手方和、赛叔宝余华，参见了国师，问道："我二人的终身如何？"那欧阳德乃是侠义的人，闻听此言，他说："你两个人只要处事公正，先把自己身家择清，免遭不测之祸，自作主见，大丈夫立志于四方，岂能受制于人？"余华听了，诺诺连声，二人去了。

徐胜说："兄长，方才在房上的是哪里来的人？我并不认识这人。是你请的吗？"欧阳德说："贤弟，少时他来，我再给你引见引见呢就是。他是河南一带有名人焉！那三个人是亲兄弟，三个全是武艺超群，我邀请他暗中帮助，早破宋家堡为是。这事不宜迟，早给大人送信为要，调来官兵，趁未起首时好拿他；要起了兵，就要伤害黎民，不容易办了。明日托他三个人去到大人那里送信，恐大人又不认识。你我分不开身，亦不能离却此处，没有一位妥当之人，该当如何办理？"徐胜、刘芳并无主见，三人议论多时，各自安歇。

次日，宋仕奎把家藏的三件珍珠汗衫，价值数万金，奉献给仙师受用。宋仕奎说："无物为敬，这乃家藏之物，请你老人家收下就是。"欧阳德故意的装作看不起的那个样式，说："唔呀庄主！吾要这些无用的物件，要他何用？吾乃修道的人，既承你一片虔心，吾亦不好不要，暂留下罢。"宋仕奎敬如神明，又摆酒相请，连高、刘、徐三人同用。早饭罢，到宋家堡西门外看操演阵式，各乘驳马，带跟随人等，出了西门外北面一片教军场。十一营将校，各各俱带腰刀，迎接宋王爷进了演武厅落座。随传令，一声炮响，那马队二千人列开成一字长蛇阵，旌旗招展，号带飘扬，枪刀密布。余华把令旗一摆，变成一个双龙搅尾阵。又操演了步卒。散了操，众人各归汛地，前呼后拥，送宋仕奎与元帅、仙师到了府中，各自散去。欧阳德到了自己院内。天晚，高源、刘芳、徐胜三人跟他同一处吃了晚饭。天有初鼓以后，忽从外面房上跳下三个人来，就是那装神仙之人来了。

却说这三个人是从何处来呢？他是欧阳德聘请来的，家住河南嵩县三杰村，姓武，兄弟三人皆受过异人指教，长拳短打，软硬工夫，手使赶棒。那大爷面如冠玉，名武显，二爷面如重枣，名武源，三爷白净面皮，名武芳。三人行侠仗义，济困扶危，剪恶安良,偷不义之财,济贫寒之家,江湖中人给他送绰号,称武氏三雄,武技压倒绿林,被欧阳德所请来,破宋家堡的。今夜晚前来,见了欧阳德说:"兄长,我兄弟三人,未能得便,今日未见你可怎样破法呢? 贼人势大,恶迹甚多。他常常抢人,霸占房粮、地土,无所不为,手下又有这些兵马。"欧阳德给三人引见了徐胜等,俱各行礼。这武氏三雄,乃未受过皇清封之五显财神头三位。这是后话不题。

武氏三雄说:"要破宋家堡,须调官兵来,贼势浩大。"徐胜说:"就烦你三位,去到巡抚衙门去送一封信,请彭抚台速调官兵来剿灭叛逆也好。"这话未曾说完,忽从外面进来一人,说:"你们这伙奸细,是宋家堡卧底来了,你等往哪里走?"吓得欧阳德、徐胜、高源、刘芳、武氏三雄大吃一惊,连忙站起身来一看。不知来者是谁,且听下回书中分解。

# 第六十五回　张耀宗奉谕剿贼　欧阳德生擒首逆

诗曰：

将军溢价买吴钩，要与中原斩寇仇。

诚挂窗前惊电转，略抛床下怕泉流。

青天露拔云霓泣，黑地潜擎鬼魅愁。

见说夜深星斗畔，等闲期克月支头。

话说武氏三雄与欧阳德正在议论，上巡抚彭大人那里送信，调官兵好拿活财神宋仕奎，外面忽然进来一人说："你们吃着宋家堡的粮，办的彭巡抚的事，我回禀庄主，你们这伙人一个也跑不了！我焉能合你干休善罢？"徐胜等听了，吓的面模改色，大吃一惊，抬头看那人一推帘子要进来，又抽身出去，把众人吓得战战兢兢。各人带兵刃追出去，在各房上寻找，并不见有人。众人回来方落座，忽然外边房上又有人说话，说："姓徐的，那日要不是我救你，焉能得的了活命？我替你拿住尤四虎，你也不谢谢我。今日我若给宋仕奎一送信去，你等全作为刀下之鬼。"粉面金刚徐胜在屋内说："朋友，你进来！我等也知你是一位侠义英雄，何必这样耍笑我等？你不必害怕，我们不倚多为胜。"

那房上人听说，跳下来落于就地，掀帘子进来。欧阳德看见进来一位英雄，原来是铁幡杆蔡庆。水底蛟龙高通海见是蔡庆，他说："蔡老叔，你真会吓唬人！"蔡庆也笑了，说："自从你等离了河南城，我就暗中跟随，在明化镇店内居住，夜内我来探访这宋家堡的事。那日正遇尤四虎行刺，我在暗中拿获于他。每日我必来。"欧阳德说："我给你们引见引见罢。"指徐胜说："他叫徐胜字广治，你与蔡庆老英雄见见。"又与武氏三雄引见，彼此见礼已毕。高通海、刘德太说："蔡老叔，你给送一信，调官兵来剿宋家堡，我二人与你写书信。"拿起笔来，写了一封书信交给蔡庆了。蔡庆说："你众位候回信，我去了。"欧阳德等大家站起身来，齐说："不送了。"那蔡庆去了。众人又与武氏三雄谈了些闲话，说求三位英雄帮助我等拿宋仕奎。三人点头说是，也站起身来说："我等失陪了，早晚再见。如要是拿获宋仕奎，我三人必到。"三人去后，众人安歇，一夜无话。

次日天明起来，宋仕奎升殿，聚集文官武将。文官有赛张良李珍、玉面秀士刘松年，就是二人；那武将就是徐胜等。宋仕奎说："今日乃是七月初三日，天朗气清。先派人往各处哨探，如探明白，禀我知道。若是哪里有官兵驻扎，哪里有团防护守，俱各详细回报，不得有误。"那家人答应下去。过了一日，回来禀报，各处照常，并无防备。

欧阳德、徐胜、高源、刘芳、小四霸天等八人，至夜内三更的时候，同在一处。正在议论如何拿贼，如何动手，忽然从外面进来一人，正是蔡庆。大家让座说："你老人家是从那巡抚衙署回来啦？"蔡庆说："正是。明日初鼓，那常兴同张耀宗二人，带两营马步队前来剿贼，你等里边共为内应。"徐胜大喜说："明日准来，也好，我等专候接应。"蔡庆走后，大家安排好了。

次日无事，天晚各人收拾已毕，欧阳德说："那招贤馆众将，我一人拿获。贼人的家眷，贺天保你小兄弟四人去拿获。徐贤弟，你同高、刘二位去拿贼首宋仕奎，各自留神。"大家带好了兵刃，至天有初更之时，忽听庄外三声炮响，徐胜、刘芳、高源三人立刻拉刃，只奔那内宅。到了宋仕奎所住之处，见屋内灯光闪闪，内里并无一人，也不见宋仕奎。又往各处寻找，并无下落。三人至后院中，把狗子宋起龙拿住。正在各处寻找，忽听正东金鼓齐鸣，官兵拥进宋家堡来。徐胜正为难之际，忽听前边房上有武氏三雄说："徐广治，这件功劳我送给你罢，你跟我来。"高、刘、徐三人，挟着宋起龙到了东院屋内，看见早把宋仕奎拿获了。武氏兄弟三人又到招贤馆，帮助欧阳德拿获那赛叔宝余华、一本账何苦来、铁算盘贾和、轧油墩李四、闷棍手方和这五个人。金刀太岁吕胜、永躲轮回孟不明、飞腿彭二虎、黑心狼戚顺、平天转杜成、狼狈金永太这六个人逃走。至下文书中，彭公西巡查办事件，他六人在连环寨勾串四十八家盗寇，大反庆阳府。这是后话不题。

且说那张耀宗进京引见，回头升了河南本省都司。他奉命带一千兵，合守备常兴二人，带官兵进了宋家堡，逢人就捆，见人就拿。欧阳德把三件珍珠汗衫送给武氏三雄，三人告辞，出了那西门外。贼人的大营听了这个信息，全都潜踪避迹，不敢出头。大家散伙，把宋家堡的余党拿获大小二百七十六名，逃走二狗子宋起凤，也不知下落。至天交正午，大获全胜，先给彭巡抚送信。剿了他的家私，内有黄金三十万两、纹银二千七百五十四万两，零项古玩大小四千五百零六件。绸缎尺头各色三千九百四十余匹，自鸣钟大小一百三十架，金表三百四十七个，田地租项每年共进二十八万余两。余者大小典当铺七十余座，杂货铺、银楼、缎店各铺户各四十余座，尚未查剿。还有总账三十四本，盟单匣子一个，粮米柴草无算。张耀宗在这里办了三天，才起兵带众英雄押解众寇起身。小四霸天说："贼人家眷，并无一人逃走。我四人要上浙江，回家办事去了。"张耀宗说："你兄弟四人跟我到省，我见大人，求巡抚保荐四位贤弟，可以得一个功名，不知意下如何？"贺天保、黄天霸齐说："不必！我等要侍奉双亲，尽忠不能尽孝，实不能从命。"张耀宗送了路费。贼宅，知会上蔡县的县主，派人照理。他带领官兵人等，立刻回河南省。在半路上，欧阳德告辞，回家有事，张耀宗送了路费。

见巡抚彭公，细说那宋家堡剿贼的情由，"内里功劳多有是徐胜之力，并有我岳父与欧阳德二人，外邀武氏兄弟三人相助。"彭公点头说是，即吩咐带上宋仕奎来，听差人传伺候。彭公升了公位，两旁差人站班伺候，有押差人带到宋仕奎，跪于彭公面前。彭公说："你抬起头来。"彭公一看他相貌，青白脸膛，剑眉三角眼；彭公说："你姓什么？叫什么名字？把你听做的事只要实说，我还要开恩救你。"宋仕奎说："大人，我名叫宋仕奎，捐的监生，因误听相面的李珍之言，我才起意。他说我有帝王之分，有异人帮助。我那余双人，我也不知他是大人这里的人。他请的那位仙师华阳老祖，我也不知是小方朔欧阳德。我被他等所哄。事到如今，望求大人开天地之恩，我只求饶命，感恩不尽。"

又带上赛叔宝余华、一本账何苦来、铁算盘贾和、闷棍手方和、轧油墩李四这五个人，跪于阶下。彭公说："你等都是作何生理？为何帮助宋仕奎反叛？"余华说："我原是虞城县人，自幼练武，听说他家请看家护院的人，我才到宋家堡去。他将我留下,他说是我给他照应宅院。后来他立盟单,小人知道,就不愿意。"彭公听到这里,把惊堂木一拍,说:"你胡说!既不愿意助贼反叛,为何不出首告他?你与官兵对敌打仗,现被我擒了,你来我这里,还不说实话,给我打!"余华说:"大人莫打,我一时间糊涂,求大人明鉴施恩,小人得了活命,从此再也不敢与恶人在为一处。"彭公说:"带下去!"又把宋起龙带上来,与贼妻朱氏等一讯问,均皆招认,写了供底,呈与大人。彭公请藩臬两司议论,把宋仕奎谋为不轨的事奏明皇上。又递了一个保荐人才折子,保举常兴以都司即补,张耀宗以参将提升,高源加守备衔,刘芳以守备用,候旨送部引见。

彭公递了折子之后,张耀宗跟大人告假,送妹妹完姻,彭公赏他一百两纹银。张耀宗带侠良姑张耀英,住在官署都司衙门,给徐胜送信,择日过门。徐胜就赁了公馆,在这里迎娶过门。他也原打算在这里暂住,跟大人台前当差近便。过门之后,带家口回家祭祖。彭公把宋仕奎凌迟,全家皆斩于市。把所剿贼人资财入官,一半赏随征之将与兵丁办理。一律肃清,彭公在河南大有政声。

是秋八月初旬,黄河水涨,秋雨连绵。彭公带同司事人员昼夜防护,赖以平安。题奏,皇上赏大藏香十枝,交河南巡抚至龙王庙亲祭。八月中秋前几日,本省属员叩节,他必亲身面见,盘问地面上年景如何?地土人情之事,必亲口嘱托州县官,为民之父母,办事均要详细,幸勿草率。分派已毕。

是日,张耀宗、高源、刘芳三人前来拜节。彭公赏了酒席,问张耀宗:"蔡义士与欧阳义士不愿做官,他等往哪里去了?"张耀宗说:"我岳父蔡庆在我家闲住,自己也常出城,上万泉山,散逛各处散闷。我师兄欧阳德他说要回故土修理坟茔,自己也甚回心,想起他在千佛山学艺之时,跟师傅说过年到五十岁归山出家,要不出家,必被火烧。他回家祭了坟,他就要出家去了。"彭公说:"早晚旨意下,必须候着上谕如何。"张耀宗说:"是。"三人下去。彭公回后宅,管家彭兴伺候大人吃酒玩月。彭公见皓月当空,照耀如同白昼,月明星稀,真是"此生此夜不长好,明月明年何处看"?自己回想往事,如在目前。又想李七侯,不知此时在为那里?至今不能再见他。想罢,彭公甚不乐意,饮了几杯酒,也就安歇了。次日办些公事。

到了二十四日，上谕下："着张耀宗来京召见。高源、刘芳以守备提升。常兴以游击尽先升补。河南巡抚钦加太子少保、兵部尚书衔。钦此钦遵。"张耀宗等谢了恩，至九月初旬也不见徐胜来，张耀宗也不能等候，自己从巡抚衙门领了文书，收拾行李进京。至十月间回来，给大人请了安，说："蒙圣恩，升授河南开封府参将。"接家眷上任。蔡庆夫妇怕天气寒冷，不敢回去，以待来年春三月后罢，再到家中去。夫妻主意安排好了，在这里跟着张耀宗与女儿蔡金花夫妻，带从人坐车上任，接了任，就住在参将衙内。

彭公在河南来到半年，治得路不拾遗，夜不闭户，真雍熙之胜世。彭公所办之事，大有古大臣之风。过了几日，忽然间旨意下，调彭公入都。不知吉凶如何，且听下回分解。

# 第六十六回　彭巡抚入都召见
## 奉圣旨查办大同

诗曰：

夕烽来不近，每日报平安。

塞上传光小，云边落点残。

昭秦通警急，遇陇自艰难。

闻道蓬莱殿，千官立马看。

话说那彭公接了圣旨，调入京都，自己把任内所办之事交代清楚，收拾行李起身。正值冬月初旬，天寒地冷，头一站住金铃口。次日过黄河。严寒天气，滴水生冰，寒风似箭，冷气如刀。怎见得？有诗为证：

萧条古木衔斜日，盛沥寒云滞早梅。

愁处雪烟连夜起，静时风竹过墙来。

故人每忆心先见，新酒偷赏手自开。

景状入诗兼入画，言情不尽恨无才。

彭公过了黄河，往北接站行程，路上受了无限的寒凉，又遇阴云四起，瑞雪飘飘。这日早行，约走三十里之程，雪越下越大，彭公信口占一绝句云：

五更驴背满靴霜，残雪离离草树荒。

身在景中无句写，却教人比孟襄阳。

彭公在路上晓行夜住，饥餐渴饮，非止一日，到了京都。

那日住在法源寺。次日到内阁挂了号。过了两日，旨下召见。康熙老佛爷乃有道明君，知道彭朋是一个干员，降旨召见。彭公身穿皮袍褂，带两名长随。是日在养心殿召见。彭公行了三叩九拜之礼。然后问彭朋："彭朋，你自到河南，剿灭山寇逆匪，也算办事详细。朕调你来京供职，补授兵部尚书，着你去。"彭公说："奴才谢主子恩。"磕头下来,圣上朝散回宫,彭公回家无话。

次日,有亲友来接风贺喜,彭公皆回拜了。上了任,阁署官员叩喜。自己除上衙门之日,在家训教公子德昌读书。公子今年十六岁,已中文举人,大挑朝考一等,掣签分吏部主事。至腊月,彭公无事,在后堂与夫人吃晚饭,说:"拙夫年已望六,膝下就是此子,赖祖宗之盛德,已金榜题名。我在宦途,一生并无亏德之处,今我在京供职,唯有致君泽民而已。"夫人说:"德昌幼年发达,你我也算心安。"夫妇晚饭已毕。过了几日,腊尽春归,时逢新王正月,开印之后,彭公上衙门办理一应公事。

到三月间,康熙爷在南苑海子打围。那日旨意下,叫彭朋入内召见。彭公随旨,到了寝宫余乐亭,见康熙爷带一班内臣在那里坐定。彭公行了三叩九拜之礼。皇上说:"彭朋,朕昨夜失去珍珠手串一件,贼人胆敢留下字迹。"叫内臣给彭朋看。彭公一看,那字帖上写:

民子余双人,叩见圣明君。

河南曾效力,未能沾皇恩。

彭公看罢,叩头说:"吾皇万岁!皇恩浩荡。奴才在河南巡抚任内,剿灭宋仕奎,拿获叛逆宋仕奎,此人功劳甚大,并在内里帮助张耀宗等拿获贼党多人,就有徐胜。后来他携眷回家祭祖,奴才也未题奏保他。"康熙爷闻奏,说:"彭朋,你寻找徐胜带来,朕必要召见此人。"彭公说:"遵旨!"

叩头下来,出了宫门,坐轿回宅。到书房内叫彭寿儿出去,"叫高源、刘芳二人来见我。"家人到外院西书房内,说:"高老爷、刘老爷,大人请你二位。"高通海、刘德太二人立刻换了衣服,到里院书房之内,给大人请了安,问:"大人叫我二人,有何吩咐?"彭公说:"圣上在南苑行宫之内失去珍珠手串,是徐胜盗去,你二人去找他来见我。"

水底蛟龙高通海、多臂膀刘德太二人答应下来,各换便衣,二人出南城,在正阳门外各处寻找,至大栅栏各戏园之中。真是万国来朝,人烟稠密,各行买卖俱皆茂盛。他二人在各酒楼饭馆直找了一天,并无下落。二人也饿了,想要在有名酒饭馆吃饭,二人就在这正阳楼楼上吃酒,要了几样可吃的菜。高源说:"刘贤弟,你也是精明通达之人。你想，这徐胜就是无主见了，他不应该盗皇上的物件。"刘芳也说："是不应该的。"二人吃喝已毕，只见跑堂的进来说："高爷、刘爷，你二位的饭钱，有徐爷给了钱啦。"高通海就问："姓徐的在哪里？"跑堂的说："在外边呢。"高源、刘芳二人急忙下楼一找，并无一人，也不知徐胜哪里去了。只见柜上的人过来一位，说："高爷、刘爷，姓徐的给了钱，他就走了。留下一个字儿，你二位拿去看。"刘芳接过来，二人上楼一看，那字儿上写的是：

字启二位兄台得知：弟徐胜自河南分手，时常想念。天南地北，人各一方。我自回家河南，不见兄台等，也未听接音，故今来京，惊犯天颜，盗来珍珠串一件。我也不必见大人，三日后必奉还，至嘱。

呈高、刘二位老爷时安，并升安不一。

愚弟徐广治拜

高通海、刘德太二人看罢，说："他既如此，你我该回去，把此事回明了大人便了。"高、刘二人下楼，回至宅内，把找徐胜之故，均一回明了大人。彭公沉吟半晌说："你二人下去，我看他如何奉还。"

过了一日，皇上回都，众王大臣等朝见。彭公坐轿到了东华门下轿，只见有一位官员，身穿官服袍褂靴帽，五官不俗，一口痰正吐在大人靴子上。他连忙赔笑脸，他亲身过去给擦。彭公说："不必。"那人还打了一个喷儿，说："大人请！"彭公走了两步，觉着靴筒内有物件，一伸手掏出，正是珍珠手串，自己暗为称奇，说："果然是一位出奇的英雄！"进内，到了养心殿见驾。朝贺已毕，彭公奉献上珍珠手串，说："奴才奉旨拿获盗珍珠手串之人，奴才今找回珍珠串。徐胜胆小，不敢面君。"康熙爷说："徐胜赏赐千总之职，留京补用。"彭公谢了恩，下朝回家。

至四月初旬，因大同总兵傅国恩拐印骗兵，修了一座画春园，招兵买马，聚草屯粮，抢了火药局、军装库，康熙爷旨意下，派彭朋查办大同府事务，驰驿前往，并一路查访民词，随带司员。彭公接了这道圣旨，回家说："家人彭兴，你把我应带之物件，想着给我收拾收拾。我带两班轿夫，把高通海、刘德太二人给我请来。"家人出去不多时，高、刘二人进来，先参见大人，问："呼唤我二人有何事？"彭公说："我奉旨查办大同府,并随带文武司员。我只带你二人去,你把随行所用的行李,该带的带些个,收拾收拾。我后日请训。给你二人各人五十两纹银,该带的、该买的衣服,你二人自去办理。"叫家人从账房取来,交给高源、刘芳。二人请了安,说:"多谢大人。"彭公说:"你二人去办理罢!"自己往后面夫人屋中用了早饭,就有亲友来送礼叩喜。次日,彭公回拜了一天客。

他是日请了训,是四月初九日,他一早坐八人轿。高通海身穿灰色布单袍,腰系凉带,青中衣,青缎靴子,外罩红青羽绫单马褂。刘德太也是便衣,宝蓝绉绸大衫,蓝串绸裤褂,青缎子三镶抓地虎快靴,坐骑黄膘驹,鞍鞯一旁,挂着一口带鞘单刀。彭兴、彭福、彭升、彭寿等,各骑骏马,出德胜门。头一站到昌平州,天色尚早,有七八个男女口中嚷冤枉,求老大人施恩罢。彭公在轿内说:"住轿。"头前引马彭升等,方要抢马鞭子打,只听那边大人叫。彭公说:"来,把那七八个男女带过来。"那家人说:"大人叫你等众人过来。"那些喊冤之人,跪于轿前说:"大人在上,小民等冤枉!"彭公问:"你所告何人? 可有呈状无有?"那头前跪定一人,年有半百,说:"小人吴昆,乃昌平州北关外人氏,跟前有一个女儿,名桃花,今年十八岁,许给东关吕登荣之子为妻。今年二月十六日夜内,被贼人先奸后杀,还在墙上留下一朵白如意,是拿粉漏子漏的。还有一首诗,上写的是:

背插单刀走天涯,山林古庙是吾家。

国法王章全不怕,禀性生来爱采花。

白昼看见多姣女,黑夜三更来会他。

因奸不允多贞烈,俊俏被吾刀下杀。

这八句。小人清早起来,至昌平州衙门喊控,老爷传我至二堂,问了口供,立刻验尸。把死尸验完,他吩咐小人,把我女儿装在棺材之内,候拿凶犯。过了几天,我们邻居黄家的女儿也被贼人所杀,墙上留白如意一朵。一连七条命案,都是少妇长女。知州并不认真办理,小人连递了两张催呈,知州说小人刁猾。今日听人说钦差大人查办大同府,从此经过,小人等情急,会合被害之家,来此鸣冤,冒犯大人虎威,只求大人施恩,交派知州,替小人的女儿鸣冤!"彭公说:"带吴昆等跟随至公馆办理。"吩咐起程。

行有七里之遥，有昌平州知州刘仲元，带公差人等迎接大钦差，在大人轿前请安。彭公说："你前往公馆引路。"知州退后，坐轿先头前至公馆伺候。彭公的大轿到公馆，放了三声大炮，文武官员接见钦差大人。彭公下轿至里面，早有伺候公馆听差人等先送过净面水来，请大人净面。彭公净了面。下边听差之人就献上茶来。只见武营参、游、守、千、把等跟知州来参谒大人。彭公一看手本，问："贵州到任几年？"刘仲元说："卑职到任一年有余。"彭公问："本处地面清静？"答曰："清静。"彭公说："贵州是何出身？"知州说："一榜举人。"彭公说："本处闹白如意采花之淫贼，杀伤多命，贵州为什么不认真捕拿？"知州说："卑职也严勘捕快即行拿捉，无奈贼人远遁。"彭公说："总因你不清查保甲，以至地面不安。下去！明日务将贼人拿获。"知州答应说："是！"下去。

彭公用了晚饭，叫高源、刘芳上来。二人进上房，给大人请了安。彭公说："你把吴昆等送到州内取保，不准难为他众人。"刘、高二人至外边，带吴昆等至州衙署，交明了州衙当差的人说："钦差吩咐，叫他取保回家。"二人回来见大人，禀明彭公啦。彭公说："本部院明日不走，我派你二人穿便衣去，在城之内外村庄镇店各处，神留寻查白如意的行迹下落。"二人答应下去，天晚各自安歇。高通海等夜内也常出来，在各房上看看，并无别的动作。

次日天明，吃完早饭，二人换了便衣，立刻到上房见了大人，说："我等就此你去吧。"彭公说："你等见形迹可疑之人，只管跟他，访真了果是何人，再为办理。"二人答应下去，出离公馆之内，顺路往前。刘芳说："你我分开去访，你往西北，我往东南，分路走。"高通海答应，往西走了几步，心中说："我要往各处寻找，也不知贼人准在东西南北？不免我找一座酒饭馆，可以探访此事。吃酒之人，也许有知道这个人的，亦未可定。"自己在西街路北一座酒馆吃酒不表。

单说刘德太，他出了东门，见关乡买卖兴隆，人烟不少，又不知该当往哪里访去也不知这白如意果是何人。自己为难这件事，无奈就在路北小酒铺内坐下，说："给拿两壶酒来罢！"酒保儿送过酒来。刘芳本是年幼之人，吃了两壶酒，他心中又有事，不由得自己闷闷不乐，想不起一个出奇的主意来。他心里着急，不由己的形露于外，不是拍桌子，就是瞪眼睛。正自为难，忽听东边当当钟声响亮，出酒铺一看，见那边围一伙人，拥挤不动。不知所因何故，且听下回分解。

# 第六十七回 铁罗汉回家祭祖
## 白如意大闹昌平

诗曰:

青海长云暗雪山,孤城遥望玉门关。

黄沙百战穿金甲,未破楼兰终不还。

话说多臂膊刘德太闻钟声响,站起身来往外就走,出了酒馆,他方要往南走,只听后边说:"大爷勿走,还没给酒钱呢。"刘德太说:"酒钱我给你,我是看瞧热闹,自己一慌就出来了。"说着,掏出钱来给了酒钱,自己到了东边那人群之中。看见有一个僧人,身高九尺,披散发髻,打一道金箍,宽二指,面如紫酱,雄眉带煞,怪眼透神,白眼珠努出眶外,黑眼珠滴溜圆,烁烁放光,大鼻子,四方口,连鬓络腮胡子茬,身穿白色僧衣,高腰袜子,直搭护膝,青僧鞋,肩挑铁扁担,前头一口大钟,有二百多斤重,后有一块铁如意相衬。在粮店门首,手拿木锤,连打了几下钟,说:"阿弥陀佛!金钟一响,黄金一两。施主慈悲罢!"那粮店的伙计给了他一文钱,他不要,又添了一文,他也不要,添至一百钱,他还嫌少,非要五两银子不走。铺内掌柜的说:"我们也要施舍得起你,要花几两,我们就得有几两,那如何成呢?"那头陀说:"我这钟永不空打,打一下是银一两,方才我打了五下,你既要不施舍,我就要多花了。我的钟再响,你非给银十两不可,我可把话合你说明了。"那看热闹之人,就有生气地说:"你这穷僧恶化,太也不成事体了,给你一百钱你犹少,你要五两银子,你就要去吧。"那和尚又打了五下钟,他也就说:"你既不施舍,有后悔之时,你可莫怨我,我去也。"自己挑着钟合如意,往东就走。

刘芳乃受过明人指教,看那和尚定是贼人,见他二目贼光烁烁,就看出八九来。刘芳在后面跟着,又恐怕他看出来,自己东看西望,故意装看热闹之人。出了街头,往北走了有三里之遥,见正北有座庙,大殿配殿一层,钟鼓二楼,东院中有北房五间,东西各有配房三间。刘芳看那僧人推门进庙去了。他连忙回到公馆,遣人去把高源找来说:"大哥,小弟我访出一件真正贼人,可不知是白如意不是白如意。你跟我今晚出城,到他庙内,暗中探听探听是哪路贼人,也好办理。"二人用了晚饭,禀明了大人。他二人收拾干净,各带单刀,出了东门,直奔东北。

到了正觉寺庙门首,二人只听钟声响亮,当当的打连声直响。他二人由东边飞身上墙,窜至墙上,跳进院内,上了东配房,看那北上房灯光烁烁,人影摇摇。二人又至北房,跳至后院,从后窗户用舌尖湿破窗纸,望里观看。见八仙桌上有蜡灯一盏,东边椅子上坐定一人,站起身来身高九尺,膀大腰圆。要按脸模说,这人面如蓝靛,青中透蓝的脸腔,雄眉阔目,四方口,四旬年岁,身穿青绸子长衫,足登青缎快靴。

高源、刘芳并不认识这位何人,哪知这位是独霸山东的窦二墩。他因为救他兄长,劫牢犯狱,逃出北口,在连环套独霸为王,招聚喽兵。他因思念父母之坟墓,向在河间府又没有看坟之人,自己甚不放心。他到故土上了坟,回头在昌平州正觉寺,路遇昔年故友飞刀英八。他乃是镶蓝旗满洲人,自幼爱练,也不做好事,非偷即盗。他犯罪发在山东地方,合窦二墩有来往,二人性投意合,结为兄弟。后来他逃回京都,自己出家在这昌平州正觉寺庙内,恶习不改,任性妄为,常在外面采访各处有姿色的妇女,他夜内前去采花,采完了花,他还把人杀了,用粉漏子漏一朵白如意来。他庙内使用一个火工道人,名叫刘宝林。他今日是来了知己的朋友窦胜,他亲身在厨房造办菜蔬。

高、刘二人等了多时,见白如意即英八和尚托着四样菜蔬,一壶酒,两份杯箸,摆在桌上说:"窦大哥,你可吃几杯酒,在这里多住几天,你我谈谈心。"窦二墩听罢,说:"贤弟,我不能久待于此地,怕遇见绿林之人笑我无信。想当年我在德州与黄三太比武,我被他打了我甩头一支,提将起来怀恨在心,我也无面目见直隶、山东一带的朋友了。我说过世上有他无我,我要练好武技,找黄三太报此一镖之仇。我今闻听他卧病不起了,年已八旬。我曾对众人说过,有黄三太一天在世,我窦某不能出世。贤弟你这一出家,也好跳出三教外,不在五行中,一尘不染,万虑皆空,你比愚兄胜强百倍。"英八和尚说:"兄长,我今听人传言,说钦差彭朋奉旨查办大同府,由昨日住在此处不走，接了七八张呈字，都告的是我。"窦二墩说："我也深恨彭朋，他仗着白马李七侯等，在山东与我打仗，我实恨他。我今跟贤弟你去杀了彭朋，留下字柬，就说是黄三太所杀。"英八和尚说："小弟一时无主见，作了一件不可说的事情，一生好采花，杀了几个女子。"窦胜说："贤弟，你这就不是英雄所为，坏了江湖中的名气。你我吃完酒，然后往公馆去刺杀彭朋。"

水底蛟龙高通海、多臂膀刘德太二人听了这话，吓得浑身是汗。刘芳一拉高源，到了北边墙根之下说："大哥，你听见吗？那边屋中是独霸山东铁罗汉窦二墩，他由连环套回家，祭坟回来，今日要勾串英八和尚去到公馆行刺。你我怕不是他的对手，这便该当如何是好？"高源说："贤弟，你我只可听天由命，先在大道之上等候他。"二人商议好了，跳墙出去，绕至庙前，在树林之中等候，把单刀一拉，二人竟等贼人。

窦二墩与英八和尚二人吃完酒饭，收拾停当。窦胜带折铁刀，英八和尚带朴刀，二人出禅堂，至院中叫火工道人看守庙门。二人跳在庙外，顺大路直奔昌平州而来。方走有一里之遥，前边有几棵柳树，忽然窜出一人说："呔！此山是我开，此树是我栽。若要从此走，须留买路财。无有买路财，一刀一个土内埋。"英八和尚一听，他也乐了，回头说："兄长，这是吃生米的，他也不打听打听，你我是何等人也！"说着，他一拉刀往对面答话说："合字吗？"高通海说："我是井字。"英八和尚说："线上的朋友，哏喀孤饭，咱们是一个跳板上之人。"高通海说："我是绳上的，打杠子为生，我也没使船，咱们不是一个跳板上之人。"英八和尚说："你真愣，全不懂，我也是一个贼。"高通海说："好！贼吃贼，吃的更肥。"

却说方才这些话，恐看书之人不懂，这乃是江湖黑话。"合字""线上的""一个跳板上""哏喀孤饭"，这是说的咱们都是一行人，我也是明劫暗盗之人。英八和尚听罢高源的话，他怒气大发，说："愣小子，你真不知天有多高，地有多厚，我让你再三，你一定找死，我要结果你的性命。"抢刀直剁高源。那高源一闪身，摆刀分心就刺，英八和尚躲在一边，二人行前就后，两口刀上下翻飞。高通海见英八和尚武艺出众，刀法精通，自己只有招架之功，并无还手之力。刘德太也过来，抢刀帮助。英八和尚哪里放在心上,他越杀越勇,精神百倍。

铁罗汉窦二墩他见英八和尚可以赢得了这两个人,又往四外一望,不见有人,窦二墩说:"我何不去办正事要紧,我去杀了彭朋再作道理。"自己想罢,一转身绕着树林,到了东关。听了听天交二鼓,自己从吊桥过去,至北边塌倒了一个豁口子,他借着那豁口子上去,到了城上,找着马道,顺着下去。想从房上走,不如地下行。至十字街,找着彭公的公馆。那里悬灯结彩,有巡更守夜之人,他们无非虚张声势,哪个也不认真非拿贼不可。窦二墩他由东边墙上跳过去,施展飞檐走壁之能,至公馆里面,见各处也有点灯的,也有睡觉的。他跳至院内,由后窗户空中往里一看,见有四个人在灯下吃酒呢。听那人说:"天有二鼓,大人还饮酒啦!我可问问要茶不要?"那西边一人说:"你说醉话呢,大人早就不吃酒,看书呢。我听兴儿哥哥说,高老爷与守备刘老爷他二人去办案去了,他等至这时也不回来,我怕二位叫贼人拿住。"彭升说:"少说话罢。"

窦胜听了,又飞身上房,跳至北房上往下观看,见屋内灯光隐隐。自己跳下去,在上房的帘子外,见屋内灯光之下,靠北墙是八仙桌儿一张,桌上摆着是文房四宝,东边椅子上坐着是彭公,身穿蓝绸长衫,足登白袜云履,面如古月,慈眉善目,一部花白胡须,在那里看书,有书童儿琴明伺候。彭公在灯下看着书,想自己在宦途劳碌一生,作了几件惊天动地之事,今奉圣旨查办大同府,查那叛臣傅国恩私造画春园,招兵意欲叛反。今来至昌平州,又有白如意采花淫贼。刘芳、高源二人拿贼去,至此还不回来,莫非有什么变故。自己正在犹疑,猛听帘板一响,早着一惊。

窦胜他在帘子外,心中说:我要明着进去杀他,恐有人看见,就不能假充南霸天黄三太了。自己要等彭公睡了,又怕工夫迟了坏事。自己思前想后,莫若进去杀了他,远走口外连环套,也无人知晓。想罢,铁罗汉窦二墩手执钢刀,把帘子一掀,进去说:"彭朋!你与绿林人作对,我的故友金翅大鹏周应龙被你所杀,我今特来报仇!"抡折铁刀,照定大人头上就剁。只听"嗑嚓"一声,红光崩冒,鲜血直流。不知彭钦差性命如何,且在下回书中分解。

# 第六十八回 窦二墩误走纪家寨
## 对花刀高刘双收妻

诗曰：

> 千里旌旗十万兵，等闲游猎出军城。
>
> 紫袍日照金鹅斗，红旆风吹画虎狞。
>
> 带箭彩禽云外落，避雕寒兔月中惊。
>
> 归来一路笙歌满，更有仙娥载酒迎。

话说铁罗汉窦二墩手抢折铁刀，照定彭公就砍，"嗑嚓"一声，红光一晃，鲜血直流。彭公万不能死，若死了，彭公这部书就不能接续了。彭公有功于世，无害于人，岂能遭此恶报？这窦胜的刀，照定彭公方举起来，背后一镖正中窦二墩左臂之上。窦胜"哇呀呀"一转身，外面有人说："呔！小辈，你跟我来，我看你有多大能为，敢来行刺！"窦二墩出去瞧，那人抢短练铜锤就打，窦二墩闪开，抢刀相迎。看那使短练铜锤的人，头上青绢帕缠头，身穿蓝绸子裤褂，足登青缎快靴，腰系钞包，背后斜系小包裹，面如傅粉，白中透润，润中透白，双眉带秀，二目有神，准头端正，唇若涂脂。

列翁岂知，来者这位正是粉面金刚徐广治。他自剿灭宋家堡后，他告假带家眷回家祭祖。因天气寒凉，他未能动身。至春天又修理坟墓，候至三月初旬，他才带家眷动身，到了河南。他把家眷安置在他内兄河南抚标参将张耀宗那衙门里住下。张耀宗治酒接风，二人书房吃酒谈心。徐胜问彭大人保举都是何人？张耀宗说："我提升参将，常兴有都司缺出在任候补，他还是守备，高源、刘芳二人都升了守备衔。也不知妹丈是何前程，未曾保举。"徐胜听了，问："小方朔欧阳德兄往哪里去了？"张耀宗说："带着徒弟武杰，往他家去教练拳脚。说今春往宣化府千佛山去拜佛烧香，叩见他师傅去。"徐胜说："彭公升了京职，我要到京都去散逛散逛，把家眷先在这里住几天。"张耀宗说："我给妹夫写封字，妹丈可以投奔那彭大人那里去吧。"徐胜说:"到京再说,不用写字,我定于后日起身。"先遣人雇了一辆二套车,是日起身,张耀宗送至五里城外,二人分手。

徐胜在车上见一路柳絮飘飘,桃花正放,南燕北飞,正是艳阳天气。一路上春风拂面,淑气迎人。在路上晓行夜住,饥餐渴饮,非止一日,到了京都。住的是西河沿天成店内,随打发车钱,住的是上房。次日吃了早饭,打听彭公升了兵部尚书,并未保举他。他气愤不平,才至南苑,正遇皇上打围,他暗盗珍珠手串。后来高、刘二人找他,他在暗中请了二人吃饭,也未见面。他在东华门用计,把珍珠手串还给彭公。他在店内竟等候信息,又病了几天。及至好了,打听彭公交旨保他,升了千总之职,他要去谢彭公呢。又听人说,放了查办大同府的钦差,奉旨出京走了。

粉面金刚徐胜盘费用尽,又想要追彭朋同往。自己除还店钱之外,还剩下铜钱几百文。他无法,急中生巧,想要买匹好马追彭公。先到了德胜门外,在马店集上,问:"哪里有好马? 不怕多花价钱。"经纪人等说:"我们店内有一匹浑红马,是要卖一百两,你跟我来瞧瞧。"徐胜跟那经纪人到了店内,瞧那马自头至尾足够一丈,自蹄至背足够六尺,细七寸大蹄踠,浑身并无杂毛。讲好了价银整一百两,徐胜说:"我去家中,叫人拿鞍鞯来备好了,我先试试他。"经纪人等说:"你去拿来罢。"

徐胜他到了南边,走了有半里之遥,见路东有天和永鞍鞯铺,进去说:"掌柜的,你把头号鞍鞯,连镫、偏缰、撒手、嚼环一份俱全,共该多少银两? 不可耍谎。"掌柜的用算盘一打,共该银十二两一钱二分。徐胜说:"叫伙计送去,取银子来。"小伙计抗着鞍鞯,跟徐胜到了马店。经纪人等都说:"老爷回来了。"徐胜说:"你过去备上马,看那鞍鞯可合式否?"那卖鞍鞯地把马备上了,徐胜望着鞍鞯铺说:"你在这里等等,我试试马。"那卖马之人瞧徐胜也不像拐骗的人,又有一个跟人在这里,也不怕他,他认卖鞍鞯的人是徐胜的跟班的。那徐胜上了马,加了一鞭,飞也相似,往北去了。卖马的人等候多时,不见回来,心中甚是着急,问那卖鞍鞯的伙计说:"你们老爷怎么还不回来,是往哪里去了?"那卖鞍鞯的人说:"他不是我们老爷,他买我的鞍鞯全份,共该十二两一钱二分银子,我跟他来取银子的。"经纪人等听罢,大家乱了一回,再找买马的踪影全无,经纪铺户各认晦气。

且说徐胜他从正午自德胜门起身，走了有六十里。他住在山庄店内，他要了净面水，歇息歇息。吃了晚饭，他也困了，想要安歇，又叫店内伙计添了草料，他才安歇。一夜无话。次日一黑早，要赶彭公，他又怕卖马的人追下来，睡不交眼，叫店家起来："你快些把我的马鞴上。"店主姓何，是老孤苦夫妻，并无儿子女孩，用着一个小伙计胜儿，听着客人叫，连忙起来。东方已白，天已大亮，一瞧院内所拴之马并无踪影，被人拉去，连忙嚷着说："不好了！马被人拉去了！"徐胜一听，连忙出来，瞧那马并无踪影，急得他浑身是汗："我这无马不能走，你们快去找马来！如无有马，我是不能饶你，咱们是一场官司。"吓得店家老夫妇在外边各处寻找，并无影响。他二人过来，只看徐胜着急，他等跪下说："大爷，要了我们的命啦！卖了我们，我们也还不起，我夫妻二人实不知情。"徐胜一看，本来是老夫妻可怜，这事他必不知情，想我来之不善，去之以易。徐胜说："你起去吧！我的马找不回来，不与你相干就是了，我走了。"

　　徐胜出了店门，顺道至昌平州。到了城内大街，在路东有一酒馆，吃了几杯酒，打听彭公由昨日到此并未起身。想夜间再往公馆去见大人，在各处逛了一天。日落之时，他住在东街店内吃晚饭安歇。候至夜内三更之时，他暗带短练铜锤，出了把门带上，飞身上房，直奔公馆。到了房上，隐身于西房后坡，忽见有一人从东房上往下一跳，直扑上房。粉面金刚徐胜蹑足潜踪，在暗中一瞧，那人并不认识。就是窦二墩进了上房，徐胜一打帘笼，照定窦胜就是一镖。窦二墩一回身，先自拔下镖来，又抢刀直剁徐胜，二人在院中各施所能。徐胜动着手，心中说："这厮要不是中了一镖，我还不是他的对手。"窦二墩动了手，瞧那徐胜人虽年青，精神百倍，刀法纯熟，要不是窦某，还不是他的对手呢。徐胜正犹疑之际，问："小辈，你是何人？这等大胆，敢来行刺！"窦二墩一阵冷笑，说："娃娃，你也不知，我乃独霸山东窦二墩便是。"粉面金刚徐胜闻听，暗为称奇，心中说："果然名不虚传。"

　　正在动手之际，忽听房上有人说："呔！好贼人！你真是胆大包天，敢来公馆行刺大人，今有造化高来也！"徐胜听见，知道是通海，他自称"造化高"。他方才同刘芳在树林与英八和尚动手，刘芳打了贼人一墨雨飞篁，英八和尚施展开刀法，与二人动手,并无点破绽。忽然正东来了一伙人,手执灯笼火把,刀枪棍棒。头前一匹马,马上骑定正是昌平州的守备郭光第,带领三十名官兵去剿贼,剿空了回头,正遇见三个人在树林之内动手。郭老爷细瞧,认识高源、刘芳是钦差大人的差官戈什哈。他在马上说:"二位老爷,为何与和尚动手?"刘芳说:"这是采花淫贼白如意,你快来拿他!"郭老爷说:"我就有耳风,知道正觉寺庙内的僧人不法,今幸遇见你等。"急速拿勾杆子花枪,把他围在当中,急速拿获。英八和尚见三拳难敌四手,好汉打不过人多,战了几个照面,被官兵拿住。郭爷叫跟人把马让给二位高、刘老爷骑上,把贼人先带往我的衙门,明日至公馆见大人回话。三人立刻到了东门,手下兵叫开城门,知道城守营老爷回来,他等开城放进去。正走公馆门首,郭老爷说:"二位兄台往我衙门住一夜,明日再走吧。"高源说:"不必!我二人还要见大人回话咧。"二人急忙下马,一飞身竟上房去。那些捕盗官兵见他二人这样能为,无不赞声说道:"真正是彭公手下有英雄。"

高通海方要往下跳,见院内有人动手,吓了高、刘二人一跳。仔细一瞧,一个是窦二墩,那个是徐胜。他自通名:"造化高来也,你等往那里走?"刘芳也下来,三人与窦胜动手。他刀法纯熟,并不惧怕,要战久了,怕这三人都要战下风的。那徐胜真急了,说:"我粉面金刚今天连这一个贼还拿不住,算什么英雄?"彭公在屋内早听够多时,心中知道徐胜来了,他喜欢之极。高通海说:"窦老二,你今天莫走了,我们的人四下都布满,你往哪边走?那边有人等你。"窦胜说:"好!吾要去也。"他方要往房上跳,只听房上有人说:"唔呀!混账王八羔子,你往哪里走?今日有小方朔欧阳德来也。"

却说那个欧阳德,他自从扫灭宋仕奎之后,他带徒弟武杰字国兴到了徐州沛县武家庄,送了武杰到家,子母团圆,他家皆感念徐胜之恩。实蒙欧阳德送他来家,教给他长拳短打,飞檐走壁之能,陆地飞腾之法。武国兴也伶俐,一教就会。至来年春四月间,小方朔要朝千佛山,武杰因患病未能跟去,遂说:"如徒弟病好,必要到千佛山来找师傅呢。"欧阳德他先至河南看了师弟,又打听徐胜如何。张耀宗把他入都的话说了,今不知徐胜在京不在京,未知如何。欧阳德听了甚不放心,连忙告辞。

次日起身到了京都打听，方知彭公北巡大同府，查叛臣傅国恩拐印骗兵，抢了军装库，奉圣旨，彭公昨日出京。他急急赶下来。是夜二更时候，他见公馆内灯光隐隐，听有刀剑之声，他飞身上房，瞧那院内是徐胜、刘芳、高源三人，把窦二墩围上。他大喊一声说："唔呀！混账王八羔子，你往哪里走？吾是不能饶你这混账东西的。"窦胜闻听，吓得飞身窜上南房。徐胜紧紧跟随，那刘芳等三人也随在后面。

这窦二墩在头前跑的两腿生疼，恨不能肋生双翅，飞上天去，他好逃生。那徐胜苦苦追赶，有二十余里，山路崎岖，见前黑暗暗雾潮潮的，似有人家。窦二墩他飞身窜进庄墙，望内看树森森，房屋不少，楼台殿阁，颇有大家之风。他蹿房越脊，如履平地。正走之际，忽听那铜锣响亮，有巡查庄兵早望见房上有人，一棒锣鸣，那无数的庄兵手拿朴刀说："哒！房上有两个贼，拿呀！拿呀！"一阵大乱，粉面金刚徐胜与窦二墩二人，都被庄兵所围。听见正北内院中有人说："哒！我家中今天来了贼，好哇！打虎太爷来也！"又听内院声音洪亮，说："好大胆的贼人，敢来我家搅乱，拿住碎尸万段！"一片灯光，出来一位老英雄，带着两位女儿，各执单刀。不知后事如何，且听下回分解。

## 第六十九回　神手将目识豪杰　小方朔释放英雄

诗曰：

石崇夜梦坠马程，醒来说与乡人闻。

担酒牵羊贺满门，俱给他压惊解闷。

范丹时被虎咬身，人言他自不小心。

世人敬富不敬贫，世态炎凉真可恨。

话说铁罗汉窦二墩跑至这所庄院，正遇见那庄兵大众会合，更夫前来不提。单说这所宅院，是昌平州所管的纪家寨。庄主是那神手大将纪有德，乃本处人氏，自幼在大西洋学艺十年，他练会各样削器，木牛流马木狗，自行人马，与各样崩腿绳、拌腿锁、立刀、窝刀、自发弩、闷棍、扫堂腿、脏坑、净坑、梅花坑、滚瓦坡房，各种稀奇的西洋密法。他原是义侠中人，在北五省很有名声。娶妻刘氏，猎户刘奇之女，人称杀虎妈妈。生了一儿一女，女今年十八岁，长的容貌秀美，眉横春山，目似秋水，准头端正，唇若樱桃。自幼儿知三从四德，读过《女儿经》，看过《列女传》，针线活计无一不通，还练过了一身武工夫，乳名云霞，刘氏爱如至宝。他娘家有个侄女，名刘彩霞，今年十八岁，也练了一生好武技，常在这纪家寨住。

今日纪有德听见传锣声喧，他立刻点齐庄兵，手拿金背刀，来至外面，急忙吩咐家人拿贼。徐胜方要抢刀砍窦二墩，后面纪有德抡刀就要砍他，徐胜即忙回身相迎。窦二墩也急忙回身，要剁徐胜。杀虎妈妈刘氏抡铁棒锤，照定窦二墩就打。后面水底蛟龙高通海、多臂膀刘德太二人也赶到，与纪云霞、刘彩霞动手，乱杀在一处。刘彩霞一摆单刀，施展门路，与高通海二人对上花刀，各施所能。正杀了一个难解难分，欧阳德赶到，说："唔呀！不要动手！纪大哥，都是自己人，我要去拿窦二墩去呀，徐贤弟不要动手，拿窦胜要紧。"给众人指名引见。窦二墩连忙跳至墙外逃走。徐胜后面紧追，恨不能一把抓住他方趁心怀。

铁罗汉窦胜走着，想这一次是因多管了闲事才有此一举，从此要少贪闲事为妙，赶紧急走。他见前边有山神庙一座，他进去想要躲避，不想庙内有人，一伸手把窦胜抓住，按倒在地。铁罗汉说："是什么人？"欧阳德早在这里等候，说："吾早在此等候你多时。你原是绿林的人物，为什么来公馆行刺？彭公治世能臣，与民除害，有功于世。你乃山东有名之贼，吾在义途，也知道你的名。吾今擒住你，你若从此改过自新，我把你放了。你再犯在吾手，你性命休矣。你劫牢反狱之案，别人不知，吾是知道的。你这逃走，也算我放你，你去吧。"窦胜说："知道了，你也不必嘱咐。青山不改，绿水长流，我从此再也不找彭大人了。"

　　窦胜去后，徐胜赶到，说："长兄可见贼人？"欧阳德把方才放了之事，说了一遍。徐胜深为可惜，说："天已亮了，你我回去见大人去。"刘芳与纪有德均都追到。神手大将纪有德说："欧阳贤弟，你我一别四五年景况，今日来此相会，也是三生有幸。方才追的那独霸山东铁罗汉窦二墩，可曾拿住了？"欧阳德说："被吾放了。他也是一条好汉，我并未听他作那奸盗邪淫的事。身在绿林，所作都是济困扶危。前者劫牢，因贪官害他兄长，人所共知。这样英雄，你我要拿送官治罪，深为可惜。吾故此放了他，亦叫天下英雄说我等宽宏大量。"随说："兄长请过来，我给你引见引见。这位名徐胜字广治，别号人称粉面金刚，这是纪有德兄长，你二位先见过礼。"徐胜过去说："原来是纪兄，小弟有礼了。"纪有德还礼。欧阳德又给水底蛟龙高通海引见。纪有德说："莫非你家住黄河套高家庄吗？有位鱼眼高恒是你什么人？"高通海说："那是我父亲，已然去世了。"纪有德说："实不知道，谁想你父去世。贤侄，你在家你听你父亲说过有一个朋友，我叫神手大将纪有德，与你父亲有口盟金兰之好。"高源说："小侄不知，深有得罪。"纪有德问："这位尊姓？"刘芳说："我姓刘名芳字德太，别号人称多臂膀，我住家在大名府内黄县刘家集人氏。"纪有德说："你是花刀无羽箭赛李广刘世昌公子吗？"刘芳说："不敢，是小侄。"纪有德说："皆故人，你父亲我听说死在那紫金山周应龙的手内。你诸位请到我家一叙，欧阳德贤弟一同到家，请众位小饮一杯。"欧阳德等见天已红日东升了，也该歇息歇息，同纪有德至纪家寨。

　　见这所宅院倚山靠水，半天产半人工，果然好一块风水地。进了大门内里，当中通道，东西各种桃树、石榴、芙蓉、海棠等树，四季奇花。二道重门里，是三合瓦房，北上房五间，东西有配房三间。东西厢房穿过去各有院落，里面瓦房一百余间。纪有德让众人至上房屋中。欧阳德抬头一看，那正北墙有楠木条案，案上摆有盆景果盘等物。墙上挂四扇屏，画的是山水人物，春夏秋冬四季景致。两边有对联，上写：

　　传家有道唯存厚，处世无奇但率真。

　　案前有八仙桌一张，两边各有太师椅子，东边有茶几、凳子，西边是明着两间，靠北墙一张大床，西边八仙桌案等，靠南窗户也是八仙桌，两边都有椅子。众人看罢落座。进来两个小童，都有十四五岁，长的俊美，献上茶来。

　　欧阳德说："纪大哥，你把我侄儿叫来，吾要瞧瞧的。"纪有德说："嘻！贤弟，一言难尽了。我是也没作亏心之事，生下这孩子来，今年才十五岁了，说话不明，似俊不傻，我也无法可治。我教他也练些武艺，他也都学不会，就是自己有些力气，他时常带家人去打猎去。那日他手使铁锤，打死过一只病虎，人送绰号，称为打虎太保。"叫书童："去把大爷叫来。"书童去不多时，把纪逢春叫来。一进上房，说："哟！爹，你叫咱做什么？"欧阳德、徐胜等一瞧，这人身高六尺，面目紫黑，短眉圆眼，身穿紫花布褂裤，青布靴子，项短顶平，说话带结吧，他给众人见了礼。

　　少时摆上酒饭，纪有德陪着。饮酒之间，提起彭公北巡查大同府去之事。纪有德一拉欧阳说："贤弟，你同我来。"二人至东里间屋内，说："贤弟，你知高源、刘芳二人，哪一个没成家？"欧阳说："兄长有何事，莫非有意给侄女提亲吗？"纪有德说："我有一女，还有一个内侄女，都是十八岁，练的一身好功夫。给一个庄农人家，我是不乐意，还须我门当户对之家。我瞧高、刘二人，他虽说是豪杰人之子弟，现已升千总之职，久后并非池中之物，还求贤弟你成全此事。"欧阳德说："吾可以替兄长分分心。"言罢，二人回至外面桌上。

　　欧阳将高、刘叫至东屋内，说："你二人可定下亲事否？"高、刘二人齐说："尚未定亲。"欧阳德说："这里庄主乃有名人焉，意欲把他女儿与他内侄女给你二人，你二人可曾愿意?"高源说:"我二人又无定礼,有何不愿意的事?"那刘芳说:"这事也不能这样草率,也须请人算算。"欧阳德说:"这婚作也是好事。"欧阳德他见纪有德,细说二人之意。纪有德要了高、刘二人年庚,与自己女儿、侄女年庚,叫家人请管账的马先生一合,刘芳与纪云霞相合,刘彩霞与高通海相合,徐胜、欧阳德二人算男女媒人。高源、刘芳二人谢了亲,重整酒筵,又饮了几杯。用了早饭,纪有德套车送他四人回归公馆,大家告辞。在半路之上,欧阳德说:"你三人至公馆,着大人走吧。我要去探访探访,前边路上还有何人?我知紫金山漏网之贼,他们大众往这北边来了,我怕别出是非。三两日,我必见你等。"徐胜说:"也好。"

四人分手,高通海等至公馆,打发纪家的车回去了。他与刘芳先进去给大人请安,说:"夜内我二人在东门外拿住白如意英八和尚,有守备郭光第帮助,已交他守备衙门监押。窦二墩业已逃走。多亏欧阳德与纪家寨人帮助。昨晚在公馆救护大人,追刺客是徐胜,现在外面,给大人请安。"彭公说:"急唤他进来。"刘芳出去,不多时徐胜进来,给大人请安。彭公说:"你往哪里去了?皇上要你见驾,你为何不见驾呢?"徐胜说:"我在店病了,不能起床。"彭公说:"你好好跟我当差,不须他往,我还要提拔你哪。把昌平州知州给我叫来。"不多时,刘仲元来参谒大人。彭公说:"我已拿住白如意,现在守备衙门,交你审明,给我打一套禀帖,按公处治。本当参你,念你为官不易。明日预备车辆,我要起身。"知州答应下去。一夜晚景无话。

次日天明,彭公起身,坐八人大轿,高、刘、徐三人骑马跟随,出了昌平州。走了六七里路,徐胜抬头看见从后面来了一个骑马之人,飞也相似,往北直跑。徐胜瞧那马,正是他在店内所丢之马,他说:"高爷、刘爷,你二人保护大人前行,我要去追我的马去,咱们在保安州公馆见罢。"他一催马去了。彭公大轿方到了保安南头,忽听一阵喊叫冤枉。彭公私访北新庄,下回分解。

# 第七十回　彭钦差私访北新庄
# 刘德太调兵剿贼人

诗曰：

浮世吹杨柳，春回仍又新。

旋添青草冢，更有白头人。

岁暮客将老，云晴山欲春。

行行车与马，不尽洛阳新。

话说彭公轿至保安，有二府同知法福理前来迎接大人，请了安说："请大人至公馆歇马。"彭公一摆手，他即起去，往前头带路。彭公轿至保安不远，忽听那边有人喊："冤枉哪！"彭公听说："把告状之人带至公馆发落，不准难为他。"家人过去说："你莫嚷了，跟着走吧，大人吩咐到公馆之内发落。"告状人跟在轿后。彭公方一进街，听前面放了三声炮。路北里是公馆。到了大门，大人下轿，进了公馆，净面吃茶。那本处文武官员参谒大人。彭公皆见过，问了些地土民情之事。众人下去，叫家人摆上酒筵。高源、刘芳二人齐来给大人请安。彭公说："你二人下去用饭，少时带上告状的人来，我要细细审问于他。"高通海方要下去，大人问："徐胜哪里去了？"刘芳说："在半路遇见偷他的马的人，他赶下去了，说随后就来。"

彭公他用完了饭，说："叫保安的三班人役伺候。"不多时，法福理带着三班人役，给大人请。彭公吩咐："带上喊冤的人来！"下边当差人带上一人，跪于堂前。彭公说："你抬起头来。"那人抬头。彭公历任有司多年，无论什么样人，一上堂，他先一看面貌，聆音察理，鉴貌辨色。他一见带上这人，年有二十以外，面皮微白，四方脸，眉清目秀，鼻直口方，身穿蓝布大褂，内衬白布裤褂，蓝布套裤，青布双脸鞋，五官端方，面带慈善之相。彭公问："你是哪里人？多大年岁？有何冤屈之事？细说明白。"那人说："小人我姓刘名凤岐，做粮行生意，今年二十六岁。我在昌平州城内，住家在保安东关外。家有老母，五十九岁。小人妻子周氏，与我同岁。因四月初二日,我母亲会收生,被北新庄皇粮庄头花德雨的管家花珍珠请去收生洗小孩,一夜未归。次日,花珍珠送我母亲回家,见街门大开,我妻周氏咽喉带钢剪一把,正是刺伤身死。我母喊叫邻右人等,知会地面官人等,报官相验。又给我送信,叫我回家。到当官老爷叫我把死尸葬埋,并不见拿获凶手。小人连到衙门催了几次,这里同知老爷不在意。小人念结发之情,被人所害。我听人说大人秦镜高悬,小人斗胆冒犯虎威,求大人恩施格外。”彭公说:“你可有呈状?”刘凤岐说:“有呈状,请大人过目。”说着,呈上一纸呈状,上写:

具呈人刘凤岐,年二十六岁,系保安镇人。呈为无故被杀,含冤难明事。民远在昌平州粮行生理,家有母亲与妻周氏度日。民母会收洗小儿,于四月初二日被北新庄皇粮庄头花得雨的家人花珍珠接去收生,留民妻看家。民母住在花家一夜,花珍珠之妻并未生产,说未到日期。次日,花宅送我母归家。至家,见街门大开,下车入内,瞧民妻周氏被钢剪刺伤咽喉身死。民母喊冤,禀官相验。民得归家,一见惨不忍看。禀官催获凶犯,至今未获。民念结发之情,无故被杀。因此斗胆冒犯虎威,唯求叩恳大人秦镜高悬,拿获凶犯,与小人办此冤屈。伏乞洞鉴!

彭公看罢,说:“你下去,明日来此听审。”叫法福理明日传花珍珠到案听审,法福理答应下去。大人安歇,一夜无话。

次日天明起来,净面吃茶。早饭后,法福理带花珍珠来见大人。彭公问:“刘凤岐来了未有?”家人答应说:“来了多时。”彭公说:“带上来。”彭升等出去,不多时带刘凤岐上来,跪于堂下。彭公瞧那花珍珠,年在二十以外,俊品人物,白净面皮,身穿细毛蓝布褂,白袜青云鞋。彭公问:“你叫花珍珠?”下面答应:“是。”彭公说:“刘凤岐之妻无故被杀,你可知情?”花珍珠说:“奴才不知。”彭公一拍惊堂木,说:“是你这厮作何诡计?与何人合谋勾串?据实说来,少有虚词,我定严刑重处于你!说了实话,与你无事,我还要恩典你。”花珍珠跪扒了半步说:“大人,奴才我本是给人家当奴才的,家中妻子孙氏怀中有孕,就是这几天生养。我请刘妈妈收生,一夜我并未离开他。他家儿妇被杀,小人如何知情?倘老爷不信,问刘凤岐的母亲便知。”彭公说:“叫刘凤岐母亲来。”下边答应下去。不多时,带刘妈上来,跪在下面。说:

"你被花珍珠请去,是给谁收生?"刘妈妈说:"是给花珍珠的妻孙氏。我到那里,一夜未睡,花珍珠也伺候着闹上一夜,并未生养。次日一早,送我回家,就瞧见我儿媳妇被杀。这是一往实情,求老爷做主,替我们拿获凶手,报仇雪恨就是。"彭公听罢,这段事无处追问,吩咐全带下去,叫刘凤岐明日听审就是了,花珍珠释放无事。

彭公自己为难,这事不知应该如何办理,自己也暂不能走,托言有病。他思想这事,不觉扶桌睡着。迷迷糊糊似睡非睡,忽见从外面进来一个人,非今时打扮,头戴万字逍遥巾,身穿土色逍遥氅,腰系丝绦,足下白袜云鞋,面如古月,慈眉善目,一部白胡须。见了彭公,点了点头,站在西边。外面又进来一位古时官员打扮,头戴乌纱帽,身穿红蟒袍,腰系玉带,足登官靴,四方脸,面如三秋古月,三绺黑胡须飘洒胸前。与先前进来那老人,冲定大人说:"星君不必为难。要问刘凤岐的妻被何人杀死,我二人已把鬼魂带到,请星君一问便知。"彭公问:"你二位是哪里来的?"那带乌纱帽地说:"吾乃本处城隍司。"那老人说:"吾乃本处土谷神。"彭公说:"可将女鬼带上来。"那城隍、土地用手往外一指,忽然竹帘一起,进来一个女鬼,面皮微白,白中透青,脖项插着一把钢剪,身穿蓝衫青裙,跪于大人面前,说:"冤魂冤枉!"彭公说:"你被何人所害?只管实说,我给你报仇雪恨就是了。"那女鬼说:"大人要问害我的,现在外面,大人一看便知。"彭公说:"我跟你去。"

站起来,跟至外面,瞧那女鬼不知哪里去了。忽然一阵怪风,大人紧闭二目,即刻风定尘息。再定睛一看,见来到一个花园之内,并不是公馆,见东西栽种树木,正北有望月楼三间,楼前有一池子牡丹花,虽然是绿叶,无奈枯焦要死。大人说:"可惜这一池牡丹花要干死,天降点雨才好。"想着,忽然一阵阴云,下了一阵大雨,把那牡丹花全都湿透,立刻开放几朵鲜花。彭公看着那花说:"天时人事两合,这花等雨,我起了一点念头求雨,这天就真正降下雨来。"正想着,忽然间那花朵上起一缕青烟,直扑彭公面来。彭公一急,醒来却是一梦,天交正午。

彭公说:"怪哉!怪哉!这梦中之事,真正奇怪。"叫家人要了一碗茶吃,又想:"这刘凤岐的妻被害,是花珍珠接他母亲收生,缘有这段公案。我想此事必须我亲身私访私访花得雨是何如人也?这案事与我梦中的事相对,我想也许是花得雨所为。亦未可定。"想罢,唤彭升去把高源、刘芳二人叫进来。彭升立刻到了外面南房,说:"高、刘二位老爷,大人叫请你二位。"刘芳听见说:"是,听见了。"立刻同高源来至上房,给大人请安,问:"大人叫我等何事?"彭公说:"我方才心中闷闷不乐,偶得一梦,你二人给我圆圆梦。"大人就把梦境之事细说一遍。高源说:"大人梦花要死,忽然得雨,这三字凑成一块,不是花得雨吗?"彭公说:"我也知道这花得雨他乃是裕王府皇粮庄头,他也不敢胡为,不免我亲身去采访采访。刘芳你跟我去,叫高源看公馆。"

大人立刻换了便衣,扮作相面之人,刘芳暗中跟随。出离公馆,顺路往西,走去四五里路,到了北新庄。瞧那庄外,树木成林,村内是东西街道。进了村口,往西走有半箭之遥,见前面路北有大门一座,门前上马石两块,东西有龙爪槐树八棵,长得茂盛。彭公立候,打了两下竹板,打算:"我看人群之中或柳荫树下,必有人闲坐闲谈的人,他好在一处,因话提话,可以套听些事。"这是彭公本意。到了这村庄之内,并无一人。他走了几步,只见两边大柳树下,有二位下棋的老人。彭公走至跟前,说:"二位请了。"那老人说:"请了。"彭公说:"此庄何名?"老人说:"这庄名北新庄,因为我们这庄内姓花的多,又住的一位皇粮庄头花大爷,就在那东边住。"彭公说:"我听人说,他请瞧风水的先生,可是真吗?"那老人说:"你哪知道,就是此人的脾气太大,你要进去,须要小心点就是。"彭公说:"请了。"立时站起,往回走了几步,见那刘芳在路南小酒铺内坐下吃酒呢。

彭公打了几下竹板,只见从大门里边出来一个书童,说:"算卦的先生,我们大爷请你给他看流年。看好了,必然要给你几两银子呢。"彭公说:"你家庄主姓什么?"那书童儿说:"姓花,你跟我来吧。"彭公原想要在他这村庄内茶馆、酒铺与人闲谈,打听花得雨素日为人何如? 他倘若是不法,我就回去再派人来办他。不想今日他家要请我进去,我就见机而作,见面与他谈话,好探听花得雨之所为,他善恶可明。想罢,自己跟那童子进去。一瞧大门内是东西厢房的门房,正北二道垂虎门,进了二道垂虎门是正房,明着三间,暗着五间,东西都是配房三间。由东天井往东穿过去,别有院落。

　　书童带彭公进了上房,见东边太师椅子上坐着一人,大约是花得雨,年有三旬以外,面皮微青,凶眉恶眼,身穿串绸长衫,蓝绸中衣,白袜云鞋,手托银水烟袋。一见彭公进来,他连忙站起,倒很谦恭。他说:"先生贵姓?"彭公说:"我姓十名豆三,号叫双月。"花得雨听罢,微微一笑,说:"你这是何苦啊!我早就知道尊驾你是查办大同府的钦差彭大人。你来私访,我与你也无仇恨,何必前来送死?我也不是怕事的人,你一来我这里,有人就瞧见你了。"那彭公一语未发,面皮发红。只见花得雨忙把镇宅的宝剑摘将下来,一伸手抓住彭公的衣襟,他说:"你今是自来送死!"照定他就是一剑。不知后事如何,且听下回分解。

# 第七十一回　想奇谋义仆救主
　　　　　　闻凶信夜探贼巢

诗曰：

月华风采坐来收，野色江声暗结愁。

半夜灯前十年事，一时随雨到心头。

话说花得雨先在那书房闲坐，听他家人花珍珠进来说："彭公来私访，现在庄门外。我是看见，并无跟人。"花得雨便遣书童，去叫他进来至上房。他一见彭公，他气愤愤的一伸手把宝剑摘下来，抓住彭公说："你好大胆！我也没做过什么恶事，你来私访我这里，焉能容你！放着天堂有路你不走，地狱无门闯进来。"方要举剑剁彭公，忽然从外边跑进一个少年的人来，破口大骂说："花得雨，你这该死的人，连祖坟都不要了！"一伸手，把彭公拉开，用手架着花得雨的左臂。花得雨一瞧，不是外人，是他的一个亲随家人，年有二旬以外，面如白玉，唇若涂脂，眉清目秀，身穿蓝春绸大衫，白袜青云履鞋。花得雨一瞧，不是别人，认的是家人进禄，只气的二目圆翻，说："好奴才！吃我的饭，我把你白养活了，你会骂我啦！好混账王八羔子，我把你打死了，方出我胸中之气。"进禄说："你老人家先莫生气，叫人来先把彭大人捆在空房之内，我再说说你老人家听。我说的没理，你把我活埋了，我也死而无怨。我这是为主尽忠，怕你老人家胡闹，我急急才生出这个主意来。"花得雨听罢，知道素日进禄是个好人，不能这样无礼，"我看他说的内有隐情，不免我细细追问于他。"想罢，吩咐家人："去把狗官捆上，送在东院空房之内，晚晌发落。"

众恶奴答应下去，不多时回来说："捆上锁在空房之内啦。"花得雨气昂昂地说："知道了。"又问进禄："你把为我的情由说一遍，要有半句不对，我先把你活活的打死，也不能合你善罢甘休。"进禄说："这天也太早。今夜晚晌，我有主意。"花得雨说："胡说！你有什么主意？"进禄说："庄主爷，你聪明一世，懵懂一时。这大人他是一个大钦差，你杀了他就算白杀了吗？倘若叫官兵知道，那时间刨坟灭祖之罪。

要得人不知,除非己莫为。这段事若犯了之时,你老人家是有身家之人,须想一个万全之策,方为妥当。"花得雨听罢,说:"进禄,你说这话,我也知道,无奈擒虎容易放虎难。彭大人他往我这里来私访,我所作为的事也瞒不过你去,倘若他要访真,他要害我,怎么得了?这是先下手为强。事已至此,我也不能怕事。"进禄说:"你老人家说得有理。就是不能保万全。"花得雨说:"依你之话,莫非把他放了,才是万全之计吗?"进禄说:"放是不能放他,倘若放他回去,他调了官兵来剿咱们北新庄,那时反不如先杀了他为是呢。你老人家交给我办,管保害了彭大人,连累不了你老人家。就便知道,也不能找你老人家来。"花得雨问:"什么主意?"进禄说:"天也黑了,日色已落,你老人家先吃晚饭罢。我吃完晚饭,找一条长虫,把彭大人背在北新庄北村外山坡无人之处,我把长虫往他口内一放,钻入肚腹之内,他不必想活。我回来装作不知。就是跟钦差的人,找着死尸,他也不知是谁害的。这条计好不好?我吃着你老人家,我见这事你行的不严密,我一着急,骂了两句。你老人家是明白人,可不怪我,我这是忠诚之心。"花得雨听了进禄这一番议论,他连说:"好,好!这事也须这么办理。好孩子,我不怪,你办好了,我还给你几两银子。"

进禄吃完晚饭,他先奔后院,到了东小院,是北房三间,东西各有配房两间。进禄手执灯笼,进了北上房,瞧见彭公在那里捆着,他过去说:"大人受惊了。"伸手解开绳扣。彭公借灯光瞧这少年的人,甚是眼熟,一时间想不起来,说:"你是何人?"进禄跪下,磕了一个头,他说:"大人把奴才忘了。我跟着大人二任河南巡抚,良乡县遇刺客,大人单身带奴才私访,在高碑店避雨,遇见贼人,我跟大人在姜家店屋内避贼人,夜晚有贼人把大人背走了,奴才也不敢回京,也不知大人死活,我才逃至保安这里,找我姑父王怀仁,他是在这里开饭店。我找着他一说,他的饭店关了门啦,在家无事,给我换了衣服,问我能作什么?我说我自幼儿在大人那里当书童,是我父母一百吊钱典在大人宅内的。我姑父给我找在这里北新庄花宅跟班。我来了,他给我起名进禄。他所作所为都是损人利己的事,抢人家少妇长女,霸占房产地土,我有心辞他。今日听说大人北巡大同府,我想去公馆把他出首,把他所作所为之事回明了大人,又怕大人不见我,我也不敢去。见今日你老人家来私访,花得雨他要杀你老人家,他是杀人不眨眼,方才要不是我,你老人家性命休矣。我今来对他说是要害你老人家性命,我可是送你老人家回公馆去,我就跟大人回去罢,也不能在这里啦。"彭公说:"彭禄儿,我还把你忘了。你既要救我,趁此想主意如何出去,到公馆再说。"那彭禄儿说:"你老人家跟我出上房,我蹲在地下,你老人家上墙上,我再上墙跳至外边,接你老人家去。"彭公说:"很好!"

彭禄儿搀扶大人出离上房,要上墙,只听西边那门外有人说:"小子,你把灯笼弄灭了。走!跟我去杀了赃官,然后再往公馆杀那些跟人。"彭禄儿一听不是外人,是花得雨看家护院之人花面太岁李通。他原是一个绿林中人,住家京东玉田县,他原先是跟白马李七侯在为一处。因李七侯保了彭公,他等还是明劫暗盗,无所不为。金眼魔王刘治因抢绸缎客犯事,杀在通州,他等都是在案脱逃的人。他投在北新庄这里,当看家户院的人。一来的时候,这里有渗金塔萧景芳引见。今年三月间,萧景芳死了,就剩下他一人。今日花得雨打发进禄去害彭大人,他又叫家人去请李教师爷来。家人到西跨院请花面太岁李通说:"庄主爷请你。"李通听了,跟家人来至在外书房,见花得雨正自吃酒,他说:"庄主爷叫我有何事?"花得雨说:"我今把彭钦差拿进庄来,我的家人不叫杀他,叫我派人将他送至村外暗害他。"李通说:"何必费那些事,即便杀了他也不要紧。我去一刀杀死他,剪草除根,以免后患。"花得雨说:"也好,你就去杀他去,以免后患!"叫书童拿灯笼,送教师爷去东小院去杀赃官。书童点上灯笼,出了外客厅,走至夹道,书童一绊栽了一个跟头,起来说:"哟,灯笼灭了。"李通说:"你这厮连一点用全无有,走至这里,你把灯笼弄灭了。"他一进角门,见院内有两个人,正是彭禄,才扶彭大人,想要往东上墙逃走。

花面太岁说:"呔!好小子,你私通外人,送彭赃官哪里去?"一拉朴刀,跳进院中,方要去杀大人。忽从房上扔下一宗暗器,正中那花面太岁李通的左臂。李通觉着疼痛,说:"好小辈,什么人暗算我?下来与我见个上下。"房上一声嚷说:"呔!光天化日之下,你们这伙人敢把奉旨钦差大人给害了。今有多臂膀刘芳,你家千总老爷,拿你这一伙狐群狗党!"摆单刀跳下房来,抡刀直扑李通砍来不提。

再说这刘芳,他跟大人来私访,至北新庄见大人与那庄民谈话,他暗中跟随后

国学经典文库

中国公案小说

·彭公案·

图文珍藏版

边。后来花家书童请大人进去，至日落不见出来，他心中暗说："不好！"他喝了几两酒，问酒铺掌柜的："这北新庄有位皇粮庄头在哪里住？"酒铺掌柜地用手一指说："路北大门，我们这京北一带等处，无人不知，无人不晓，是裕亲王府的庄头，他也结交官长，出入衙门，保安一境无人敢惹他。你问他做什么？"刘芳说："有一个朋友在这里护院。"酒铺掌柜的说："不错，是有几位护院的人。"刘芳听说，知道花得雨家中有看家护院的人，自己给了酒钱。他候至点灯之时，街上路静人稀，他才出了酒铺，一纵身窜上房去。

他在花得雨家中各处探听，并无大人下落。正在暗中寻找，忽然间瞧见那花面太岁李通手内提刀，带着一个小童儿往后走。刘芳在房上瞧那东小院中是彭公，还有一个人扶着他，那人并不认识。方要下去，听李通那里嚷说："赃官，哪里走？"刘芳掏出一个墨雨飞篁，照定李通打了一下，然后跳下来抢刀就砍，花面太岁李通急架相迎。战了数合，李通吩咐书童鸣锣，调集庄兵拿这个贼人。书童到了更房，告诉更夫拿起锣来，他铛铛铛连打了一阵。一百多名打手与紫金山来的贼人，各带刀枪棍棒，杀至东院。不知后事如何，且听下回分解。

# 第七十二回 李通调贼困刘芳
## 高源请神捉贼寇

诗曰：

西施昔日浣纱津，石上青苔愁煞人。

一去姑苏不复返，岸旁桃李为谁春？

话说刘芳跳下房来，合贼人李通交手，恨不能杀死李通，好救大人出去，自己又不能分身，又怕贼党齐来，又恐抵挡不住。正在为难，忽听铜锣连声直响，刘芳就知不好。忽见灯笼火把，照耀如同白昼一般，一百多名庄兵，都是短打扮，一身青衣，手拿各种兵刃。内有漏网之贼是：青毛狮子吴太山、金眼骆驼唐治古、火眼狻猊杨治明、双麒麟吴铎、并獬豸武峰、红眼狼杨春、黄毛犼李吉、金鞭将杜瑞、花叉将杜茂。这些人因前番大破紫金山，他等逃走，不敢在河南地方久住，与大斧将赛咬金樊成等分手，各奔前程。大斧将赛咬金樊成、赤发灵官马道青、赛瘟神戴成、恶法师马道玄这四人奔潼关外，往西去了。蔡天化逃至淮安，出了家。玉美人韩山单身逃走，不知去向。他等九个人立了誓，生在一处为人，死在一处做鬼，想出北口外投奔霸王庄花氏三杰花得雷那里，也是一个安身立命之所。这九个人走至保安，知道这里有花得雷之二弟花得雨，是裕王府的庄头，在这里很有声势。他九人就投在这里，有李通引见，花得雨收下九人，就算看家护院之人。花得雨也爱练习武艺，他如有抢人打架之事，必用他们这一伙人。

今日听见铜锣声响，各带兵刃，来在东小跨院，瞧是花宅护院之人花面太岁李通与一个少年之人杀在一处。吴太山仔细一看，认的是花刀无羽箭赛李广刘世昌之子多臂膀刘德太，他就知道是彭钦差那里的人，说："合字儿，昭路把哈，溜了马，是遮天万字垓赤字的，鹰爪孙，顺水万，亮青字，摘溜丁的瓢。"这些语言，都是他说江湖黑话。"合字儿"是他们自己人，"昭路儿把哈"是回头瞧瞧，"溜丁马"是一个人，"遮天万字垓赤字"是此大人，"鹰爪孙，顺水万"，是公门之中办案的官人，姓刘的，"亮青字，摘溜丁的瓢"，是拿刀把他杀了。

众贼各摆兵刃，在四面一围，金鞭将杜瑞摆手中铜鞭说："李教师，让我拿他。"只听房上一声嚷，说："呔！好贼人，你往哪里走？今有水底蛟龙高通海来也。"刘芳听了心中说："他来很好，快救大人去吧！"只见那高通海由房上跳下来，急救大人。高通海是因刘芳保大人去后，他在公馆内等至日落的时候，不见回来。他甚是不放心，告诉管家彭兴说："你在此处照应，我去迎接大人回归公馆。"高通海身带单刀，飞身出了公馆。至北新庄，天已初鼓的时候。他飞身上面，听见一阵铜锣之声。他顺着声音找去，见东跨院内有紫金山漏网贼人，把刘芳一人困住，不见大人在哪里。高通海可真急了，说："贼人大胆，高老爷来也！"抢单刀跳下来，照定杜瑞就砍。杜瑞用鞭相迎。花叉将杜茂摆三股钢叉，分心就刺高源，高源一闪身躲开，双战二人。

刘芳正与李通动手，红眼狼杨春、黄毛犰李吉二人抢鬼头刀来助李通，说："小辈，你飞蛾投火，自来送死，我今来取你的性命！"刘芳瞧见贼人势大，又不知大人生死如何，被群贼所困，正在进退两难，一人难敌众人。又见高源被杜氏兄弟二人所围，自己被李通等三人围住，四面庄兵围绕。高源审纵跳越，闪展腾挪，只累得浑身是汗，遍体生津，口中只喘说："好贼人，你们倚多为胜，我要急啦！"杜瑞听说："小辈，你急了该当如何？今日你是自来送死。这北新庄好比天罗地网，铁壁铜墙，你要想活，是比上天还难。"高源说："你们这些人，也不知高法官我的能为，我要请一位神仙来。"说："房上的，你还不下来吗？帮助我拿这些贼人。"杜茂说："高通海，你不必造作谣言，我今一又要结果你的性命。"摆钢叉分心就刺。

忽听北房上一声嚷，说："呔！高源，不必害怕，我来也！"摆虎头双钩跳下来。众贼人一瞧，下来那人身高九尺，面如刀铁，雄眉阔目，四方脸，鼻直口方，一部花白胡须，身穿蓝绸子短汗衫，青绸子中衣，足下青缎子抓地虎靴子，手抢虎头钩，照定杜茂而来。青毛狮子吴太山瞧见，认的是河南汝宁府上蔡县葵花庄铁幡杆蔡庆。他抢朴刀过去，急架相还。高通海心中暗喜，说："蔡叔父，你老人家来的甚好，我也有了帮手啦！"他又回头瞧那东房上，高通海说："你还不下来，快些助我拿贼！"只听东房上说："高源、刘芳，你二人不必害怕，我来也！"手抢铁棒锤跳下来，说："呔！

今有你大人我来拿你!"金眼骆驼唐治古拉单刀跳过来说:"呔! 好无耻的匹夫,我来拿你!"金头蜈蚣窦氏抡铁棒锤相迎,二人杀在一处。高源说:"蔡婶母,你老人家快来帮助我,拿这一伙漏网之贼。"又瞧说:"那南房上,你们还不下来吗? 我已瞧见。"这句话未说完,忽见南房上说:"高大哥不必着急,我等来此助你拿贼。"跳下来一个男子,年约二十以外,白净面皮,顶平项圆,玉面朱唇,眉清目秀,手擎单刀。后跟那位少妇,蛾眉皓齿,杏眼桃腮,手帕缠头,桃红色的女裤褂,足下一双金莲,果然天姿国色,手抡单刀跳至人群之中。

头前走的是玉面虎张耀宗,他因河南参将提升,进京引见,升了宣化府的副将、协镇大人。他带着夫人蔡氏与妹妹侠良姑张耀英起身来在任上,到葵花庄见岳父岳母告辞。蔡庆夫妇不放心,要送他姑爷上任去,先把家中一切事务交给族侄蔡光文照应。他自己家中有的是骒驮轿二套车,与张耀宗起身。到了京中住了几天,闻听大人出口查办大同一带去。又拜了几天客,兵部投了文,引见下来,升了宣化府协镇。他谢恩,请了训,是日起身。在路上打听彭公过去不久,头一站住在昌平州,次日随到保安。

天已黄昏,打了公馆,与钦差彭大人的公馆是对门。他是彭大人的门生,自己功名又是彭大人提拔的,今日路遇,他如何不见呢? 又怕大人明日起身,他换了官服,先到公馆问:"门上有人吗?"听差人等立时出来,问:"是谁呀?"张耀宗把手本拿出来,交给听差的人拿进去。不多时彭升出来,说:"张大人,我家管家有请。"张耀宗进去,瞧那彭兴正在上房坐着,一见张耀宗进来,连忙站起身来说:"张大人来得正好,这是从哪里来?"张耀宗说:"是自河南升任宣化府协镇,我去上任去。"彭兴请了安,说:"给大人叩喜。"张耀宗还了安,说:"大人往哪里去了? 我来给大人请安来了。"彭兴把接呈子在公馆,问案私访北新庄之事细说一遍。张耀宗说:"不好了,我快去迎接大人才是。"彭兴儿说:"张大人,你快去迎接要紧。高老爷也去了多时,不见回来。"张耀宗即刻告辞,回至公馆,见了蔡庆,说明彭公私访的事。他回至后面,急忙换了衣服。夫人问:"什么事?"张耀宗也对夫人细说一番。蔡金花与侠良姑张耀英二人也要去。张耀宗拦不了,各换了衣服,与他岳父蔡庆夫妻二人,各带兵刃,出了公馆,问明了北新庄的道路,他五人立刻顺路往北新庄来。

　　走有几里路,到了那北新庄。听见庄中一阵锣响,五人拉刃先窜上房去,往各处一瞧,见西边一片灯火之光。即至临近一看,那院内有紫金山漏网贼人,众多庄兵,各带兵刃,围困多臂膀刘德太、水底蛟龙高通海二人。先有蔡庆夫妇跳下去,后张耀宗夫妇、兄妹三人也跳下来。火眼狻猊杨治明、双麒麟吴铎、并獬豸武峰这三人过来,协力帮助动手,与张耀宗三人杀在一处。高通海瞧这伙贼人势大,只可交手,不能拿贼,也不知彭公是生死如何?高通海急的浑身是汗,又不好走,见贼人越杀越勇,喊杀连天,庄兵无数。那高通海正在进退两难,忽听西房又有人说:"呔!好贼人,大胆的奴才,你等死在眼前,尚还不知,我今特来拿你这伙贼人!"不知房上这位他是何人,且听下回分解。

# 第七十三回 花得雨中途被获 张耀宗施勇杀贼

诗曰：

千锤万击出深山，烈火焚烧若等闲。

粉身碎骨全不顾，要留清白在人间。

话说高通海等七人，在北新庄与贼人杀了一个难分难解。听西房上有人说话，跳下一位英雄来，手执短练铜锤，大喊一声："贼人休要称强，今有粉面金刚徐胜来也！"却说那个徐胜，他自半路之上追下盗马的人去，追至北新庄。此庄后来因花得雨是一个财主，他后来改为叫西花庄。徐胜也没找回马来，他先回保安，到了公馆，把他所骑之马交给管号之人。他找了一个饭铺吃了饭，也未去见大人，他闻听大人到北新庄访那花得雨去了。他等到日落之时，到了北新庄。看那庄内路静人稀，他窜上房去，到了里边，看见东跨院墙根下，正是彭禄儿扶着大人上墙，又见李通与刘芳交手。他救这二人连忙出了东院，送至在大门以外，说："大人受惊了，跟我来。"到了东村口，彭公才定了定神，说："徐胜，你才来吗？你不必送我，这是我的旧家人彭禄儿，此事多亏他，若非是他，吾亦为泉下人矣！我主仆二人顺路回公馆，你快去把刘芳救出来。我到了公馆，必然调官兵前来剿这花家窝巢。"徐胜送了有半里之遥，彭公叫他去救刘芳，怕他寡不胜众。

粉面金刚徐胜来至花宅，先往各处探听，并无动静，只听东院一片声喧，闹的乱乱哄哄。他施展飞檐走壁之能，到了东院，瞧那青毛狮子吴太山、金眼骆驼唐治古、火眼狻猊杨治明、双麒麟吴铎、并獬豸武峰、红眼狼杨春、黄毛犼李吉、金鞭将杜瑞、花叉将杜茂、花面太岁李通这一伙贼人，与高源等众人杀在一处。徐胜在房上起下一块瓦来，照定那贼人李通面门打去，正中在鼻梁之上。刘芳趁势一刀，砍倒在地，不能动转。徐胜抡短练铜锤，说："好贼人！光天化日，朗朗乾坤，你等助花得雨造反，刺杀钦差。外面官兵亦到，今天你等休想逃走！"跳下房去，与贼人动手。他见他内兄张耀宗等各施所能，他一想趁此拿了花得雨，免得他别生是非。自己想罢，说："高大哥、刘大哥，你等千万勿放走一个贼人！外面官兵一到，连花得雨一并擒拿。"他说罢，转身杀条去路，竟往内宅而来。

方一进内宅，见三合瓦房正房五间，东西各有配房三间。见东屋内灯光隐隐，人影儿摇摇，他轻步来至窗外，用舌尖湿破窗纸，往里一看，是靠北墙摆一张八仙桌儿，两边各有椅子。东边椅子上坐定一个妇人，年约二旬以外，生得花容月貌。西边有一个侍女。桌上放着一盏烛灯，茶壶、茶碗一份。那妇人问那侍女说："他们是都走了吗？"那侍女说："走啦。"那妇人说："无故的找事，闹的这么大的乱儿，他们又要进京。我每日替他们提心吊胆。你去把花祥叫来，我与他商议商议，是走好，是在这里好？"那侍女说："哟！姨奶奶，你也太胆小啦！大爷这一去，三五日内定然有喜信回来。你叫花祥他一个十七八岁的人，懂的什么？他要带你老人家走哪里住去，要叫大爷知道，你二人命也没有了，我也不能活了。"那妇人说："放屁，你知道什么？荷花你这孩子，我白疼了你啦，我们这点事你就不给办啦！"那侍女说："我给你老人家去找去就是了。"站起来往外要走。

徐胜听罢这话里内有隐情，连忙的进房内来说："花得雨哪里去了？趁此实说。"那妇人瞧见粉面金刚徐广治，形如宋玉，貌似潘安，他不由己一阵骨软筋酥，说："大爷要问奴家，我们是花大爷的侍妾兰香，今年二十二岁，被他用银钱买来的。大爷你贵姓啦？是哪里人氏？"徐胜见那妇人透些个妖娇，说话轻薄，他说："我问的是花得雨，你可知道往哪里去了？说了实话，我饶你不死。"那妇人见徐胜正言厉色说话，他也不敢讨贱啦。他说："花大爷因为得罪了彭钦差，他方才骑马进京，求王爷庇护他去了。"

徐胜听了，并未回答话，连忙回身出去，到了院中，飞身上房，窜至街上，往上京都的大路追上前去。只见黑暗暗树木森森。徐胜追了有六七里路，并不见有人行走，他心中甚是着急。他也是道路不熟。正在着急之际，忽听正北有人说话，说："花珍珠，你快催坐骑。你我到了京都中，见了王爷，求他老人家与我做主，我必要害了赃官之命，方除我胸中之恨。"花珍珠说："大爷不必忧心，我跟你老人家到了京中，只求王爷救我主仆二人。"徐胜在远处闻听，心中暗喜说："天助我，该当我成功。"自己一摆短练铜锤，在道旁赶过头一匹马过去，把第二匹马劫住，说："恶霸，你往哪里走？"伸手抓住骑马之人，拉下马来，按倒在地，说："花得雨，今日这就是你尽命之所。"被擒的人说："好汉，我不是花得雨，我是花得雨的家人花珍珠，只求老爷饶了我吧！"徐胜说："头前那骑马的人是谁？"花珍珠说："是我家主人花得雨。"徐胜说："我先把你捆在这里，我再追上花得雨去，回头放你。"花珍珠说："好汉爷千万放我！我家中上有老，下有小。"徐胜把他捆好了，转身追下花得雨来。

追至有二里之遥，前面有马蹄之声，正是花得雨。他因方才道旁一人把他家人花珍珠拿住，他纵辔加鞭，如飞似跑至这里，自己心中祷告说："过往神灵，皇天后土，保佑我今日逃脱此难，我回家满斗焚香，报答神庥！"正自祷告，忽见马前有一个黑暗暗的，约有三尺多高，只晃晃摇摇地把那去路阻住。花得雨心中一动，说："这是鬼吗？"天正三更之时，又是旷野荒郊，前无村庄，后无跟人，又是星斗满天，道旁都是古墓坟丘，枯树一片。看着心中害怕，越想越怕，概不由己，战战兢兢。又见那对面之物跳了两跳，又往马这边一纵，花得雨坐下马一拨头，前蹄一拍，正把他扔下马来。那黑暗暗之物走过来，先按住花得雨，说："唔呀！混账王八羔子，你是找死呀！我等你多时了。"

徐胜追到一看，是蛮子兄长小方朔欧阳德。过去请了一个安，问："兄长好！你从哪里来？"欧阳德说："我前日与你们分手之时，吾先来至此处暗中访查，道路上有紫金山漏网之贼，意欲行刺，替周应龙报仇雪恨。吾今晚先到公馆探访一回，知道你们都在北新庄，我来至此处，正遇他主仆二人要往北京去走动人情，我先来此处等候。贤弟，你来甚好！先把花得雨，你送回公馆去，我去帮助众人拿获吴太山等一伙贼人。"

花得雨苏醒过来，已被徐胜捆上，说："哪位拿的我，我和你二位并无冤仇，你二位要放开我，我京都中有一座当铺，二十万两纹银成本，我奉送你二位。倘如不信，我亲笔立字与你。"欧阳德说："吾是不要你那些银钱，吾徐贤弟为求功名，你所做的事都是伤天害理，我要放你，落个万古骂名。"徐胜说："兄长不必问他，我把他驮在马上。"二人拉马，驮着花得雨往回走。至半路，先放了花珍珠，问他："从今还作恶事不做？"花珍珠说："再也不敢了！"叩了一个头，径自去了。徐胜说："我至保安公馆看守花得雨去。兄长，你去帮助蔡老英雄等。"欧阳德答应，立时间二人分手，徐胜回保安不表。

单说小方朔欧阳德往北至北新庄，听的庄内人声一片喊嚷。即至进了庄门一看，有四十名官兵与保安千总刘达武奉钦差之命，来剿贼人，到了庄门这里方才围住。里边东院中老贼青毛狮子吴太山，看那所有动手之人，都是剿灭紫金山的人，他又怕官兵前来，呼哨一声，说："众位风紧，急复流撤活窃年上撤脱！"众贼知道这是黑话，说是办案的人多，他们从西去逃走啦！金鞭将杜瑞说："高通海，也是你命不该绝，好汉爷我有要你命的时候，我去邀来英雄拿你，你想逃走，是不能够。"杜氏兄弟先上房去了。刘芳合杨春杀在一处，战了几个照面，红眼狼刀花一变，他与黄毛狐李吉也逃走了。金眼骆驼唐治古见势不好，也带众人且退且走，直逃至村外。大家逃走去了。这里张耀宗、蔡庆捆上李通，拿了九名庄兵。欧阳德亦到，外面千总刘达武同官兵也到，拿了几名管家。天色大亮，解李通与家人花瑞、花升、花祥、花茂，还有几名庄兵，连庄兵共有十四名，带至保安公馆大门内东房，先把众人押在外面东房内，刘达武带兵看守。后又有蔡庆等先把女眷送在对面公馆，他同玉面虎张耀宗、水底蛟龙高通海、多臂膀刘德太、小方朔欧阳德进了公馆。

徐胜由里面出来，见了蔡庆，请了安，又与张耀宗见了，随说："我托众位洪福，已将花得雨拿到，大人是昨日晚间被我救回，请众位进里边见见大人。"众人至里边，大人正同那彭禄说别后的事，吃着茶。见徐胜进来，先给大人请了安，说："回大人知道，欧阳德、蔡庆、张耀宗来给大人请安，他等还帮助，现把花家的余党与官兵动手的人，共拿获十四名。"彭公本是精明干练之人，听见徐胜来禀，带笑说："徐胜，你出去把蔡老英雄、欧阳义士与张耀宗请进来。"徐胜出去说:"大人请你三位相见。"蔡庆等一同进去。刘芳、高源先请了安,说:"大人受惊啦!"彭公一摆手,蔡庆等三人请安。彭公站起身来说:"看坐,二位义士请坐。张耀宗,你从哪里来?请坐罢。"张耀宗谢了座,把一往的事说了一遍。彭公说:"我来至此处,遇见这样奇巧之案,天助我拿获凶徒,皆诸公之力,二位义士相助。"吩咐:"叫三班人役伺候,我要亲身审问花得雨因奸杀命,窝聚匪贼,拒敌官兵此案。"不知后事如何,且听下回分解。

国学经典文库

中国公案小说

·彭公案·

图文珍藏版

# 第七十四回　扮阴曹夜审花得雨

## 送密信钦差访贼人

诗曰：

秦川如画渭如丝，去家怀家一望时。

公子王孙莫来如，岭花多是断肠枝。

话说彭公叫人传保安同知，要三班人役，"我要审问花得雨。"早有同知法福理，带壮、皂、快三班人役来参见彭公。彭公说："贵府，你在此听候本部细审贼人。"又对蔡庆、欧阳德说："二位义士，听我审问花得雨。"彭公当中坐定，左边蔡庆、欧阳德，右边张耀宗、法福理，下边三班人役，高源、刘芳、徐胜三人，站在大人身后。吩咐先带上他的家人花瑞、花升、花祥、花茂四个人上来跪下。

彭公看了看，问了姓名。彭公说："花瑞，你是一个当奴才的，我也不怪罪于你，你家主人一生所作所为的事，只要你说了实话，我施恩与你，放你回去。你主人花得雨，他家窝聚大盗，你可知道？你要不说实话，我就严刑治你，我还要重办你四个人呢！哪个先说实话，哪个算是好人，我就放你等回去。"花瑞被彭公这一番言语，说的他等默默无言。自己心内说："有心不招这件事，犯在当官，我无故受些官刑，这是多饶一面。"想罢，说："大人开恩！我家主人，他一生爱练，先雇了一个护院的人，名叫花面太岁李通。后来又来了青毛狮子吴太山等，这些人全是河南紫金山的人，住在我主人家内，可不出去偷盗，无事与我主人在一处练习。我说并无虚话。"彭公点了点头，说："花瑞，你主人为什么谋杀刘凤岐之妻身死？你必知情。"花瑞说："我在外院看门房，这事是我们总管花珍珠与花茂他二人所办。"

彭公说："花茂，你家主人谋人妻女，你从实说来。"花茂说："大人要问，只因我家主人是三月初七日上坟，回头走至保安东街口，见路北有随墙板门，门外站定一个妇人，有二旬多岁，长得十分美貌，眉眼另有一团风流。我主人问花珍珠：'这是谁家妇人？'花珍珠说：'是刘妈妈的儿媳妇，刘妈妈会收生，常往小人家里去。'又问刘妈妈的儿子做什么。花珍珠说是陆陈行，在昌平州做生意。我主人回至家中，叫花珍珠想主意，要这妇人到手。花珍珠献了一条计策，他说定日接刘妈妈给他媳妇收生，来至此处，他说我也不离左右。他知道刘家没有男人看家，就是刘妈妈的儿媳妇一人。夜晚派些人去抢来，一个妇人家抢来，多给他些衣服金银首饰，也就安住他的心了，那妇人也不能走。次日再放刘妈妈回去，就说闹胎，还须等几天。我主人就依他的主意，全办好了。就派我带吴太山、李通，并带有二十余名打手，夜晚各带枪刀到刘家门首，把大门打开，进去将房门也打开，见那妇人尚未睡觉，被我众人抢上轿去，抬到我们庄中。大门之内放下轿一看，可不好了，一打开轿帘，瞧见那妇人脖颈上插定一把钢剪子，吓得我主人也无主意。李通他出的主意，叫人将原抬的轿子别动，连死尸抬回，还送在他家内，装一个不知道就完了。我等又把那妇人送到他家去。这是一往的实话，只求大人开恩，此事全是我家主人的事。他是不怕死的，实不与小人相干。"彭公说："带李通上来，与花茂对词。"李通身受重伤，也未强辩，均已承认。

彭公又把那九个庄兵带来，回了名字，说："你们是花得雨的什么人？"那庄兵说："均是雇工人。"彭公一拍惊堂木说："你胡说！既是雇工人，为什么与官兵动手？"内中有一名他叫王霸说："我们不知道，只听说有了贼啦。我们要知道是官兵，小人天胆也不敢与官兵交手。"彭公说："你家主人共雇有多少人工？"王霸说："共有二百三十余名。"彭公说："带下去，交法福理看押。吩咐带上花得雨来！"

两旁一喊堂威，把花得雨带至大人公位以前。两旁人役说："跪下，跪下！"花得雨一阵冷笑，说："彭朋，你叫我跪下，我一不犯国法，二不打官司。你带一伙强盗，到处指官诈骗，诈我的资财，咱们这里也完不了，有地方和你说去，咱们到那都察院打一场官司去。"彭公听罢，说："花得雨，你谋奸杀命，窝聚强盗，夜内移尸，凌辱钦差，拒捕官兵，你的脑袋还有吗？你还装作好人！今见本部，目无官长，咆哮公堂。来人！着实先打他八十大板再问！"下边人拉下去，打了八十大板，打得鲜血直流。打完了，彭公说："带上来！"那花得雨说："好打，好打！"彭公说："你还不招吗？"花得雨一语不发，只气的面皮发青。彭公看罢，心中想了一会，随吩咐带下去，叫高源过来,附耳"如此如此"。高源叫刘芳、徐胜、蔡庆等一同下去。高源叫法福理,附耳说了几句话,将手下人看押,花得雨另收在空房之内。

他连疼带气,迷迷糊糊睡着了有五六个时刻。他一瞪眼,黑暗暗不见有人。正自胡疑,忽见进来两个人,都是古来的打扮,头戴缨绫帽,青布靠衫,腰系皮廷带,足下青布靴子。一个手提绿纸灯笼,手拿铁链;那一个手拿一面小牌,上写着"追魂取命"。一个黑脸膛,一个白脸膛,说:"花得雨,你跟我二人走吧!现有冤魂把你告下来了,我二人是本处城隍司的官人。"一抖铁链,把花得雨锁上,带他往外就走。黑暗暗,阴风阵阵寒,拐弯抹角,见前面一座大殿,抱柱之上有字,写的是:

阳世奸雄,伤天害理都有你;阴曹地府,古往今来放过谁?横有四字,是"你可来了"!

进殿一看,所点之灯都是昏惨惨,灯光皆是绿的,当中有一公位,坐定森罗天子,头戴五龙盘珠冠,龙头朝前,龙尾朝后;身穿衮龙袍,上绣龙翻身,蟒探爪,攒五云,把海水,闹片锦鳞起,灵芝草寿山永故,一件折黄袍;腰中系紧横腰钻八宝白翡碧、起光毫、富贵高升玉带一条;足下篆底官靴;面如黑漆,一部花白胡须。左边是判官,头戴软翅乌纱帽,绿绸蟒袍,足登官靴。并有牛头合马面,两旁皂役人等。方一进殿,迎面有一个戴乌纱帽,身穿红蟒袍、玉带官靴的,他带着一个女鬼往东去了,又回头说:"花得雨的灵魂带到!今有刘凤岐之妻周氏,被你谋害身死。带花得雨上来!"说:"跪下!"两旁一喊堂威,说:"跪下!"上面阎王说:"来人,把生死簿拿我看。"判官立时呈上一本账来。阎王说:"花得雨,你欺心胆大,倚势欺人,你不知善报恶报,早报晚报,终身有报。你谋人妻女,所做的事还不实说吗?等我将你上油锅炸,你才说呀!"花得雨一听,心中知道已死在地府阴曹,不说也无用了。他就把与花珍珠定计,抢刘凤岐之妻,自刺身死,移尸之故,又从头说了一遍,写了供底,花得雨亲手画了押呈上去。忽从背后过来一人,正是高通海,说:"花得雨,你今还往哪里躲避,我是不能饶你的,你也说出真情实话,你还要怎么样赖供?"把灯重新改换,一看众人都是穿的唱戏的衣服,扮阎王的是蔡庆,判官是徐胜,招房是张耀宗,扮女鬼是戏班内唱小旦的。这都是彭公授计,吩咐法福理这样办理。保安同知法福理他是旗官,这里有一份戏箱存放,故借这公馆东边关圣帝君庙内,作为问案之所。今已审明花得雨不法的事,均亦招成,重新带他去见彭公。

彭公问:"这案要是行文上宪,又耽延几十天的功夫,莫要与民除害为是。"将众犯人等带下去,看押着花得雨。次日天明起来,彭公吩咐把被告牌抬出去,准有人告花得雨。这信一传出去,就有居民人等喊冤,告花得雨是霸占房产地土,抢掳少妇长女之案,有七张呈状。彭公俱各问了口供,全皆叫进来,说:"明日我要办花得雨。"即派官人押着众犯,所有告状的人将被抢妻女对明.并自己田产各归本主。彭公递了一件折子,奏花得雨所为之恶。旨意下,将花得雨即行就地正法,李通等俱斩首示众。彭公钦赐"剪恶安良"字样。同知法福理地面不清,革职留任。高源、刘芳、徐胜记大功一次。这上谕一下,彭公派法福理监斩,在保安西门外枭首示众。

彭公将事办理完毕,忽听外边差人来报说:"有一个姓张的求见大人,他来报有机密大事。"彭公派高源出去看是何人。高源出去看,是山东一带有名的凤凰张七即张茂隆,连忙请安。说:"叔父,你老人家从哪里来?"张茂隆说:"我听人传言,说赛毛遂杨香武出家当了老道啦。我找我从弟朱光祖、万君兆,顺便访几位朋友。我今听说一件机密大事,特为前来见大人告禀。"高源同他进来,给大人请了安。彭公一看那张茂隆,年过花甲,五官端正。彭公说:"义士请坐。"张七说:"大人在此,草民万不敢坐。"彭公说:"此处并非公堂之上,坐也无妨。义士从何处来?"张茂隆说:"草民素知大人为人忠正,我才来此送信。我要知道不来,自己心中不安。我要说,大人把左右暂退出去,恐走漏消息。"彭公说:"无妨,都是我的心腹人。"欧阳德与蔡庆也在这里,说:"请张义士说也无妨。"凤凰张七说出一夕语来,吓得众人魂胆皆惊。不知后事如何,且听下回分解。

# 第七十五回 彭钦差私行改扮
## 假仙姑舍药跳神

诗曰：

渡水旁山寻绝壁，白云飞去洞天开。

仙人来往行无迹，石径春风长绿苔。

话说那凤凰张七，他来至大人的公馆之内，见了彭公说："今我在漾墩地方听人传言，说青毛狮子吴太山、并獬豸武峰二人，邀请天下各处绿林英雄，替金翅大雕周应龙报仇雪恨。拦轿行刺，或明或暗，千万各自均要留神。草民告辞了。"彭公说："义士，你来送信，定无虚言。我此去查办大同府，义士跟我前去，我绝不亏负于你。"张茂隆说："吾恩兄黄三太病体沉重，我意欲上绍兴府前去探望，在路上顺便找我徒弟八臂哪吒万君兆、赛时迁朱光祖他二人。我实不能跟大人前往。"彭公说："既不能跟我前往，我也不强留你。"叫彭兴取八两银程仪，送义士收纳。彭兴取来，交给凤凰张七。张茂隆接过来说："谢大人厚赐，我要告辞去了。"彭公叫高、刘、徐三人送出公馆。

彭公问："欧阳义士，此事应该如何呢？"欧阳德说："大人不要为难，大人带徐胜、高源、刘芳三人，骑马便行，吾坐着大人的轿，叫张耀宗的车也跟在轿后，按站行程。如有动作，吾先拿住那混账王八羔子的。大人也不可离远，只要拿住几个，就镇住他们了。"彭公说："也好。"张耀宗到南店算还店钱起身。欧阳德坐上大轿，他等跟在后面。轿、马、车夫人等起程，合城文武官员送钦差不提。

彭公身穿便服，带高源、刘芳、徐胜三人，保护大人出了保安城。天气甚热，柳树荫浓，青山迎面，道路崎岖。彭公在马上说："我自出居庸关以来，看见另有一番气色，景况可观，不易蜀道之难。"徐胜说："天气甚好，出了口就好了。"彭公在马上仰面观瞧，红日当空，热不可言，往前一看，都是一片荒山，并无树木。口中又是干渴，回头说："高源，你看前边哪里有歇凉之处，可以买杯茶吃？"高源说："往前再走几里路，就有歇凉之处。"彭公紧紧催马，转过山湾，见前面有人，男女不少，都手中拿着香，仿佛是烧香上庙赶会的样子。前面不远，有一个村庄，树木森森，人烟稠密。彭公进了南村口，听那行路之人说："天有正午，娘娘该升坐啦，咱们快走吧！"彭公往前走了不远，见街西有一座野茶馆，字号是"别墅山庄"，挂着茶牌子，是雨前、毛尖、武彝、六安等名目。彭公下马，高源等三人也下了马，把马拴在一处，进了茶馆，要了一壶茶。

　　只见从外面进来一个人，身挎香袋，年有三旬以外，是庄农人打扮，坐在那彭公四人一处，说："四位喝茶啦？"徐胜说："你们是往哪里烧香去？"那人说："我们这村叫鸡鸣驿，这正西村头有一座天仙圣母娘娘庙。这庙内原先有一个道士叫贾玄真，因得病身死，近来又有一位活佛娘娘，显圣在此舍药，无论是哪里人，都来烧香，他也知道姓名。你四位贵姓啦？"徐胜说："我姓徐，那位姓什。"又指高、刘也说："他姓高，那位姓刘。"那人给了茶钱去了。徐胜与大人说："这件事又是妖言惑众。哪有活神仙之理呢？"跑堂的过来斟水来，徐胜说："你们这里有一位活娘娘啊？"跑堂的说："我们这里有一位九圣仙姑娘娘，他乃是贾玄真老道的表妹，他说是九圣娘娘降世，济困扶危，舍药治病，每逢三六九日在此舍药济人。初一日十五日，远近庄村全来烧香。今日是五月十三日，你们去看热闹去吧。"那跑堂的说完去了。

　　徐胜说："这可是新闻之事。依我之见，咱们找店住下，我去访访这段事情。"彭公看那北边路东有一座客店，字号是"三元客店"。彭公说："你与高源二人去访查明白，禀我知道。我与刘芳住在客店，等候你二人。"徐胜说："三元店见。我二人去也，莫若你老人家也去逛逛如何？"彭公说："我去也不便，还有四匹马没人看守，也不成啦。你等去吧。"

　　徐胜站起身来，同高源一直往西去了。走了有半里之遥，见买卖人烟不少，医卜星相甚是喧哗，路北一座天仙娘娘庙。徐胜等进了山门，见正北大殿，东西各有配殿三间，正北大殿上是大龛，上按黄云缎缦帐，头前供桌上摆着五供儿一堂，正北设着莲花座，并无神像。两旁烧香的人等候，齐说："娘娘驾到了！"

　　只见外面四对黄旗引路，一乘四人小轿，轿内坐着一位娘娘，后跟仆妇二人。

抬至殿前住轿,那两个仆妇去搀扶娘娘下轿。徐胜看那位娘娘,年有十八九岁,头戴珠冠,身被蓝绸衫,周身绣团花,西湖色百褶宫裙,足下金莲二寸有余,南红缎官鞋,面如桃花,柳眉杏眼,朱唇皓齿,真是梨花面,杏蕊腮,瑶池仙子下降,月殿嫦娥下凡,美貌标致,令人喜爱。怎见得? 有赞为证:

　　见佳人,天然秀,不比寻常妇女流。乌云俏挽堆丫髻,黑冀冀长就未搭油。眉儿弯,春山秀。杏子眼,把情儿露。鼻梁端正,樱桃口,耳坠金环罩玉钩。穿一件,蓝绸儿衫,翠挽袖。内衬罗衫娄外娄,百褶宫裙金莲漏,端又正,尖又瘦。看看好像不会走,行动又如凤点头。心儿灵,性儿秀。美天仙,平地扭。嫦娥见,也害羞。真正是貌美丰姿,体态温柔。

　　徐胜、高源二人见那娘娘这样打扮,心中就知不是好人,透些风流俊俏,美貌无比。只见他升了大殿公位,两个仆妇站在两旁,有两名女童站在旁边。见烧香之人齐跑在殿前说:"愿娘娘万寿无疆!"烧香叩头求药的人不少。忽见有一少年人进来,年有十七八岁,面如满月,眉清目秀,俊品人物,身穿两截罗汉衫,内衬白棉绸裤褂,西湖色春罗套裤,白袜云靴,手举高香,跪在娘娘驾前说:"娘娘在上,弟子景耀文,因母亲病重,求神护禧,赏赐仙丹给我母亲治病,弟子必烧香还愿。"那娘娘微睁杏眼一看,说:"原来是景耀文,你来讨药,娘娘念你一片虔诚之心,赐你金丹一粒。"一回手,从囊中取出一粒药来,交给仆妇。仆妇下来,说:"公子,你跟我来用药。"往那少年之人鼻孔一搭,那少年的人立刻跟仆妇往西院内去了。

　　高源看着透些怪异,不由己心中一动。忽又见从外面进来一人,年在三旬以外,身穿紫花布裤褂,白袜青鞋,面皮透紫,紫中透黑,粗眉圆眼,跪在那娘娘驾前说:"娘娘救我,我姓王行二,绰号人称小刀子王二,今年我三十一岁,并未成过家,浑身酸懒,我的屌棒硬,求娘娘可怜可怜我吧!"那些个烧香的男女老少一听,无不惊异。只听那娘娘说:"王二,你的来意我也知道,来人给他一块药,吃了就好了。"那仆妇下去,给了王二一块药吃,王二一发愣,那仆妇一拉,他站起来跟仆妇往西院内去了。

　　徐胜说:"这娘娘他明是一个活人,如何是神仙呢? 我去问问他就是。"想罢,坐前说:"娘娘,我是远方之人,听人说娘娘显圣,我有些不信,我要看看是怎样灵验,只求娘娘说我是哪里的人氏,姓什么,叫什么,我甘心佩服。"那娘娘一看徐胜,不由杏眼含情,香腮带笑,说:"你的来意我也知晓,你不信于我,我也不恼你。你姓徐,是过路的,不必生事,你去吧!"这句话,说的徐胜一言不发,心中暗为佩服,果然奇异。

他既是肉体凡夫,他如何知道徐胜名姓?这是徐胜在茶馆之中,与他烧香的人说闲话漏了名姓。那人就是他们一伙的,专在庙的临近,他看有形迹可疑之人,他就也装的是烧香之人,过去访问姓名。他们共有十数个人,都替娘娘办这事,暗探明白,回去告诉他。

今天有过午之时,烧香人等不断。至日色平西,娘娘要起驾下座,仆妇搀着上轿,立刻出庙。就在西边路北,另有一所院落。高源、徐胜二人跟到门首,见娘娘轿进了大门,那二人才回三元客店,在上房见大人,细说方才之事。彭公说:"这是妖妇煽惑愚民,本处地面官就应该办他。"徐胜说:"大人,我吃完晚饭,我前去打听他夜内作何事故。此事关乎地面,我要细访真情。"彭公说:"也好。"

四位用完了晚饭,高、刘二人保护大人,他带短练铜锤急刻出了客店。天不到初鼓之时,他飞身上房,至庙西边那所院落,从西北进去,看里面有二十余间房屋。他至内院,瞧那北上房是满装修,前出廊后出厦的房屋,内灯影儿摇摇。徐胜见东西都是配房,屋内也有灯光。他跳下房来,在窗户外用舌尖湿破窗纸,往里看,那东里间是两间明着,上挂四个纱灯,各点蜡烛,北墙东边四个皮箱,西边条案桌椅,桌上有蜡台一个,东边椅子上坐着就是白日那位娘娘。靠南窗户是大床,床上摆着小炕桌一张,上摆六碟菜儿,一壶酒,两份杯箸。西边有三十多岁两个老妈。只听那娘娘说:"我今日很烦,把我的衣服拿来我换换。"那仆妇立刻把东边箱子内的包袱取过来,放在他的面前床上。他脱了蓝绸衫、衬衫、裙子,换了一件银红色女褂,周身镶着寸边绦子,腰中扎一条银红色汗巾,品蓝绸中衣,红缎花鞋,头上珠冠摘去,竟显黑鬒鬒的乌云,梳着盘龙丫髻,上插几根真金簪环,斜插一朵粉红海棠花,更显俊美。他换完了衣服,叫仆妇将衣服拿过来说:"给我拿茶来。"仆妇就送上茶来,那

·彭公案·

图文珍藏版

娘娘喝了几口，只听他说。"你们去把那姓景的给我带来，我要亲身请他喝酒。"那老妈儿答应出去。

　　徐胜飞身上房，施展珍珠倒卷帘的架势，他隐身藏于房檐之下。见那侍唤老妈儿他进西厢房，把白日烧香求药的那位少年给领进上房。迷迷糊糊，也认不出是人来，楞痾痾的坐在床上。那娘娘先掏出一个药瓶儿，倒出药来，往那少年之人鼻孔一抹。那景耀文一睁眼，他说："这是哪里？你快说！"那仆妇说："你不必嚷！我们娘娘与你有一段天缘，你不可错过！"那娘娘也说："景耀文，你瞧我是王母之女，今临凡世，与你有一段金玉良缘，该当你我夫妻今日配合。我见你来，也是天缘福凑，你喝两杯酒罢，我也陪你两杯。"那景耀文说："我是因母病才来求药，你们用什么诡计，诓我来此？快送我回去吧。要不然，我要嚷啦！你们胡说，那有娘娘还要男人的道理？"那娘娘说："你好不明白，人生在世上，夫妇是人伦之大道，你说神仙无有要男人的，那玉皇为什么有王母娘娘呢？还生养几个仙女。你要从我，咱们两个喝酒吃饭，安歇睡觉，明天我送你归家，给你母亲治病。你要不依我，我先杀了你，你也不能救你母亲，你也不能回家去了。你好糊涂，你看我哪一样比你长得不好，你自管说，我与你结为夫妇，也不亏你。"徐胜一听，说："这厮他也太不要脸，定不是好人，我进去拿他。"不知怎样拿法，且听下回分解。

# 第七十六回　粉金刚夜探迷人馆
## 九花娘见色起淫心

诗曰：

天风吹我上山岗,露洒长松六月凉。

愿借老僧双白鹤,碧云深处共翱翔。

话说粉面金刚徐广治在房檐之上,听见屋内那娘娘百般哄那少年之人,那景耀文并不依从。徐胜要进去,又怕莽撞,"不免我看他一个水落石出就是了。"

再说这位娘娘,他原是靠山庄的人,在家姓桑。他父亲早丧,母刁氏,生他兄妹三人。他两个兄长,一名桑仲,一名桑义,练的一身好武艺,在绿林中为业。他乳名叫九花娘,自幼年七八岁时,有一个跑马戏的张妈妈爱他好,认为干女儿,传他练的一身好武艺。张妈妈死后,他又跟他哥哥练拳脚。后来许配一个保镖的人,姓何名必显,由十六岁过门,他又跟他男人练了些枪刀棍棒。其性妖淫,一夜无男人陪伴,他如度一年。过门未得一年,他男人何必显得了一宗虚弱之病死了。他无有公婆管教,他时常招些男人。他性情不长,他无论什么男子在一处,过了一个月他就够了,他够了稍不开,他就杀了。自己又有一身好本领,他常在绿林,与贼人在为一处。由去年十八岁,他就杀了有二十多条人命。他有一个远亲表兄,姓贾名玄真,在鸡鸣驿天仙娘娘庙内出家。他时常来庙中住着,贾玄真与他通奸,也得此病死了。他在这庙中,托言顶神看病。也常有绿林人来往,他认识的奸夫常来这里住。他倚娘娘下降为名,为是招此男女来,他好看那个少年男子长得好。他受异人传授的迷魂药,有一条手帕,名曰五彩迷魂帕。他用药迷住人,带在这院内,夜晚与他交欢取乐。这院别名叫迷人馆。他把那男子害的也多了,每夜要用两个,方趁他心怀。

今夜把景耀文带至这里,他百般献媚,蜜语甜言,那景耀文一概不理。他不由心中不悦,用迷魂帕往他鼻孔中一抹,那景耀文迷昏过去,不省人事。叫仆妇带他上外边去,把那小刀子王二给我带上来。仆妇等带他去,不多时带进一个穿紫花布裤褂的来坐在椅子上,那九花娘把解药给那王二抹在鼻孔之中,片刻即明白过来。那王二本是一个土匪,听人传言,说九花娘离了男子不成,他才至庙中找九花娘戏耍。今苏醒过来,他立刻瞪眼一看,屋内灯光闪烁,九花娘便装打扮,更显姿容秀美。他连忙跪在就地:"求娘娘开恩救我,我是一秉虔心,来求我娘娘救我。"说着话,他过去伸手就摸九花娘的金莲。九花娘假装好人,一掌打在王二的脸上,说:"好不知事务的东西,你这里来撒野来了!"王二笑嘻嘻地说:"多谢娘娘赏我一个嘴巴,再打一下,我连肉都麻了。"九花娘一听也笑了,说:"你这癞子起来吧,我看你人长得粗率,倒还会说话。"那小刀子王二起来,坐在床上,那仆妇人等把酒斟上说:"二位喝酒罢。"那王二两个眼都直了,往前一伸手拉住九花娘的手腕,他说:"娘娘先别喝酒,先赐我片刻之欢。"九花娘说:"你先别忙。"

正在说话之际,忽听外边房上有人说:"老九,叫你受等了,我一步来迟,罚我三杯罢。"从外面进来一人,年有二旬五六岁,身穿蓝绸子裤褂,足登青缎子抓地虎靴子,手提小包袱,白净面皮,俊品人物。这人乃是河南紫金山金翅大鹏周应龙的余党,姓韩名山,绰号人称玉美人。他因官兵至紫金山拿了周应龙,他自己落网逃至此处避难。由二月间认识九花娘,二人见面心意相投,如鱼得水,并无半点的不好之处。至三月间,九花娘就逆了韩山啦,管住他不准再交别人,九花娘如何肯听?无事之时,九花娘常往各处散逛,有认识他的男子,他就住几天才回来,韩山也无法可治。他今日韩山是从张家口来,方一到院中,听见屋内有人说话,是九花娘与一男子吃酒调戏。玉美人韩山说:"好无知的娼妇,你又招引野男子,在这里败坏家风啦!"方进屋内,一抡单刀,就把小刀子王二给杀了。俗语说得好:奸情出人命,赌博出贼情。那王二也是匪人,今天未贪着女色,惹下了杀身之祸。

九花娘一看那韩山杀了王二,他一时间心中不悦,蛾眉直立,二目圆睁,一伸手把墙上所挂之刀抽下来,说:"韩山,你也太无礼了!"抡刀就剁韩山。韩山说:"老九,你翻脸无情,这还了的吗?"九花娘说:"你要管你姑奶奶,如何能成? 我看着那个男子长得好,我就留他在这里睡,你敢杀我心爱之人,我焉能饶你?"玉美人韩山说:"好贱婢,你也不知大太爷的厉害!"抢刀相迎。九花娘一摔手帕,照定韩山面门打去。韩山脚站不住,昏迷倒于就地。九花娘过去一刀,把韩山的人头砍下来,又抢刀剁下手脚来,把东边的箱子叫仆妇抽下来一个,把两个死尸砍碎,放在箱子之内,收拾血迹干净,点上檀香,熏屋内腥臭之气味。

　　粉面金刚徐胜在房檐上暗中一看,心中说:"好厉害,这还了的啦!"九花娘杀了韩山,他的高兴也没了,想那景耀文他也不从,该当如何?徐胜见淫贼九花娘他这样行为,自己说:"我何不拿他?"想罢,跳下房来说:"淫妇,你这样可恶,杀害活人,我来拿你!"九花娘一听,说:"哟!哪位呀?"抽出刀来,仆妇执着灯笼,来至外边一照,那徐胜年约二旬余岁,身高七尺,头上蓝手帕包头,身穿蓝绸子裤褂,青缎子抓地虎快靴,面如白玉,略似桃花,白中透润,润中透白,窄脑门,尖下额,双眉黑鬓鬓斜飞入鬓,一双俊目皂白分明,准头端正,唇若涂脂,行如宋玉,貌似潘安。九花娘一看,不由心中一动,骨软筋酥,说:"哟!你这位是从哪里来呀?"说着话,透娇媚之态,"噗哧"一笑。徐胜说:"好无知的贱婢,我看了你多时,特来拿你!"抢短链铜锤,照定九花娘就打。九花娘一闪身躲开,说:"壮士何必如是呢?你要喝酒,请进屋中,你我谈谈心,我看你也不是寻常之人。"徐胜说:"你好不要脸啦!我乃堂堂正正奇男子,烈烈轰轰大丈夫,岂能与你无名贱婢为伍!"九花娘说:"你真不知自爱,开口伤人,我焉能饶你?"抢刀就剁,徐胜急摆链子铜锤相迎。二人战了有几个照面,九花娘一摔迷魂帕,照定徐胜面门打去。徐胜昏迷,栽倒就地,不省人事,立刻被仆妇人等拿住捆好,抬到屋内,放在地下。

　　九花娘把徐胜抱在床上,剪了烛花,又望徐胜脸上细看,果然美男子、俏丈夫。他先去取解药来,亲自伸出十指尖尖的手儿,捏解药抹在徐胜之鼻孔内。徐胜苏醒过来,睁眼一看,见九花娘站在眼前,闻着有一阵冰麝脂粉、丹桂芝香、桂花油味。徐胜说:"你拿住我不杀我,所因何故?"九花娘笑嘻嘻地说:"你贵姓啊?我是一份好心,我拿你进来,我有心要与你结为百年之好,长久夫妻。我也没有男人所管,你要依我,咱们是合而为一;你要不依我,你也有个姓名,是哪里的人,来此为何?"徐胜说:"我姓徐名胜字广治,绰号人称粉面金刚。我听说你这里常常害人,我来此路见不平，要结果你的性命，替众人除此一害。"九花娘听说："你既然是豪杰人，更好说了，我这里有的是金银，任你所用，你往哪里去，我跟你往哪里去。你我年岁相当，你又何必这样装腔作势呢？"徐胜说："我乃义侠英雄，岂能与你寡廉鲜耻之人作为夫妇！你要杀我，任你自便；你要放我，也任你自便。"九花娘说："你当真不从我，我要杀你。"徐胜说："你就杀，徐大爷说视死如归，你为何这样胆怯？贱婢，你不算是人！"九花娘说："你也太不要脸啦！我要结果你的性命，如伤一蝼蚁。"抢起单刀，照定徐胜脖项就砍。徐胜一闭二目，只等一死。忽然觉着脖项一凉，九花娘的刀正拍在他的脖项，偏着拍了他一刀。徐胜一睁眼，那九花娘一笑说："我有心要把你杀了，我又舍不得。你要依从我，丰衣足食，我哪样配不过你，你好无知。"徐胜见这光景，自己心内说："徐胜，你好无知的匹夫。他既然这样，莫若将计就计。我口中应允他，他放开我，我拉刀杀了他更好；杀不了他，我自己逃走到公馆，再派别人来拿他。"想罢，他说："你要杀，又不杀我。你要真合我成夫妇，你须依我一件事，我往哪里去，你跟我往哪里去。"九花娘说："那是自然。我既嫁你，我就随你去。"说着话，他把徐胜就放开了。

徐胜站起身来一看，他那短练铜锤在八仙桌上放着，九花娘坐在东边椅子上。徐胜愣了半天，伸手抓住短链铜锤，往外就跑。九花娘说："你这人口是心非。"拉单刀追出去，照定徐胜就是一刀，徐胜抢铜锤就打，二人在院中杀在一处。九花娘又一摔迷魂帕，照定他面门打去。徐胜闻着一阵异香，一阵昏迷，倒于就地。被九花娘捆好，又放在屋内床上，说："再拿解药来。"仆妇人等又取过解药来，闻在徐胜鼻孔之内，少时苏醒过来。一睁眼，说："好贱婢，你真不要脸，又要怎样？"九花娘说："你这匹夫，口是心非。你方才说依允我，我放了你，你又逃走。此事也就是我，要是别人，早把你杀了，你自己还不知事务。你要好好的依我，万事皆休；如若不然，我定要杀你！"徐胜一想："这事我做得太粗鲁啦！我不该那样走得快，我必须如此如此，这才能办理此事。"想罢，他说："娘子，你放开我吧，我再也不走了！你要信我，你就放了我。"九花娘说："你起誓，我才放你。"徐胜说："你放开我，我再走，叫我永不走好运气。"九花娘过去把他放开，说："你起来，不用闹，咱们二人喝酒罢。"

徐胜坐在床上,九花娘叫仆妇人等预备酒菜。徐胜坐在东边,九花娘坐在西边。摆上菜来,徐胜打算要用酒灌醉了九花娘,他好拿他。二人对坐喝酒。九花娘本来也真爱徐胜长的四趁,五官端方。他所遇的男子也不少,并无一个比徐胜长的好的,他故此甚爱徐胜。二人先喝了几杯酒,九花娘说:"我给你半杯酒喝。"把自己一杯酒喝了一口,剩下的给徐胜喝了。二人又划拳。正在喝着高兴之时,忽听窗外一声嚷:"独占鳌头啦!"伸进一只手来,吓了徐胜与九花娘一跳。二人连忙问是何人? 只听外边说:"好徐胜,你在这里乐上了。"不知外面说话之人是谁,且听下回书内分解。

国学经典文库

中国公案小说

·彭公案·

图文珍藏版

## 第七十七回　老龙背火烧欧阳德
## 靠山庄淫妇暂避难

歌曰：

凤侣鸾俦，恩爱牵缠何日休。活鬼乔相守，缘尽还分手。休为你两绸缪，披枷带扭。觑破冤家，各自寻门走，因此把鱼水夫妻一笔勾。

话说粉面金刚徐胜与妖妇九花娘二人吃酒划拳，正自高兴之际，忽然间从窗外伸进一只手说："独占哪！唔呀！你们喝的哇！"徐胜一听，是小方朔欧阳德，心中明知欧阳德他是从北新庄坐着大轿，假装钦差大人，今天如何也来到迷人馆呢？内中有一段缘故。

因欧阳德他坐着大轿正自出了保安，顺大路往前行走约有七八里路，忽然从对面来了一个和尚，年约三旬以外，头戴僧帽，身穿蓝绸子僧衣，白袜青僧鞋，面白如玉，长眉朗目，唇若涂脂，走至轿前，抽出刀来，照定大轿之内，分心就刺。欧阳德一撤身，正刺左肋之上。欧阳德练的软硬工夫，善避刀枪，骨软如绵。他被这一刀，虽说未伤着他，亦甚凶险。跳下轿去，伸手一抓，未曾抓住，那和尚如飞走了。欧阳德往下紧追。究竟不知那和尚是谁。他是漾墩正东三义庙的和尚，僧名法空，别号人称玉面如来，他乃是绿林中的人物，与青毛狮子吴太山、金眼骆驼唐治古，三人素有来往。因吴太山等由北新庄逃至漾墩三义庙内，见玉面如来法空，细说在河南之事，与彭大人结仇。法空说："我替你等报仇！你在庙中等我拦路行刺，把彭大人杀了，与你们雪当年之恨。你们看我的主意好否？"吴太山说："贤弟，你当真要替我等报仇，我等均皆感恩不尽。事不宜迟，你就此前去。"玉面如来法空自己收拾干净，由漾墩起身，住在响水铺店内等候彭公的大轿。

那日早饭后，见人传言说，要过钦差啦！他在暗中带了单刀，在半路之上，见正南人马车轿不少，他从旁边过去，暗抽单刀，照定大轿里边就是一刀。被欧阳德一把未曾抓住，他就跑了。欧阳德也追下去了，大轿也就住了。连张耀宗、蔡庆都过来问。彭兴儿说："是有了刺客啦！欧阳义士追下去了，咱们莫往下走。"叫彭禄："你去前边鸡鸣驿打店。"彭禄答应下去，前边打店，正住在三元店，与彭公同住在一个店内。

欧阳德追了法空有几里路，他绕树林逃走，未曾追上。欧阳德急忙回到了鸡鸣驿，一访问，知道公馆是三元店。正往前走，只见高源在门首站立，说："欧阳义士，你往哪里去呀？"欧阳德听见是高源叫他，随问："大人住在哪里？莫非大人也住在此处吗？"高源说："不错，是住在这里。"二人说着话，进了店。到了北上房之内，大人正在吃茶，与刘芳说闲话。一见欧阳德二人进来，大人说："义士，你从哪里来？"欧阳德把方才在道上遇见刺客之故说了一回。彭公听罢，说："此事多亏张茂隆送信，义士你又有胆量，要是本部我坐着轿，定丧于贼人之手，义士你受惊了。"欧阳德说："总是大人的洪福，吾也未曾受伤，就是便宜刺客，他逃走了，可惜，可惜！"彭公说："刘芳，叫店家要酒菜来，与欧阳义士压惊。"刘芳到外边要了酒菜，彭公与他三人共桌而食。

饮酒之间，天已黄昏，点上灯烛。欧阳德等酒饭已毕，说："大人明日还不必坐轿走，看贼人该当如何？"大人说："甚好！"叫小二撤去残席，拿上茶来。欧阳德喝了几碗茶，听见外边天交初鼓，忽然想起一事，说："徐广治怎么不见？"高通海说："莫说了，若提起徐胜，白昼之间，我二人到天仙娘娘庙瞧跳神舍药之人，有一位娘娘，他今夜晚去了，多时不见回来。"欧阳德听了一想，说："唔呀！不好了！这里正闹阴贼妖妇九花娘，莫非是他？吾听人传言，吾早要拿他，未得其便。今日吾去看是何如？你二人保护大人。"刘芳说："你认的天仙娘娘庙吗？"欧阳德说："这里是我的熟路，我知道在村西头。"说："我去也！"

自己到了院中，一纵上房，施展飞檐走壁之能，行从房上走，又从地下行，到了天仙娘娘庙。他在房上，往各处哨探，见西院中灯光隐隐。他来至西院之内，正遇徐胜头次被擒，欧阳德方要往下跳去救他，忽然后边两道黑影儿扑奔他来，临近一瞧，是水底蛟龙高通海、多臂膊刘德太二人也跟下来了。欧阳德说："你二人同来，大人何人保护?"刘德太说:"大人安歇,无人知道。我二人也来看是如何?"三人下了房,在窗外往里一看,见徐胜被九花娘拿住,用绳儿捆上。九花娘说:"你要从我作为夫妇,我就放你。"徐胜破口直骂。欧阳德说:"你等看,徐胜果然是好人。"正说着,又听里边九花娘百般温柔劝徐胜,徐胜不允,他举刀要杀,又拍了徐胜脖子一下。那徐胜忽然说:"我应允了就是。"高、刘二人听见,眼都气红。又见九花娘放开他,他往外就跑,又被九花娘拿住,二人又说了些话。徐胜说:"我真心应允,你放开我。"九花娘又放开他,二人喝酒划拳。九花娘叫"三大元"!徐胜叫"五魁呀"!九花娘又叫"八匹马"!忽然从窗户外伸进一只手来,说:"独占呀!你这不要脸的淫妇,往哪里走?吾来拿你。"

九花娘也是久闯江湖之人,他也听人说过义侠中有个小方朔欧阳德。今日听他的口音,他拿刀从窗户外出去。高通海说:"徐老大乐上了,好哇!我等奉钦差大人之命,特意前来捉拿淫妇。"欧阳德也窜上房去。九花娘听见这说话之人有四五个。刘芳也从后边追去。九花娘略想,此事甚不容易得胜,窝巢保守不住,莫若远走高飞罢。粉面金刚徐广治他本没有真心要九花娘命,见蛮子哥哥与高源、刘芳三人赶到,九花娘从后窗逃走,徐胜把短练铜锤拿起来,跳至院内说:"三位兄长慢走,我来也!"九花娘正跑得如同丧家之犬,恰似漏网之鱼,恨不能肋生双翅,飞上天去。

再说这个九花娘,他受名人指教,天生来快腿,他能日行千里,夜走八百脚程。他今日是急了,穿树林,绕山坡,走的是崎岖小路。欧阳德他追了有十数余里之遥,天有五鼓的时候,口干舌燥,也不见九花娘的踪迹在哪里。此处并无村庄,见前面有一座小庙,大殿一层,东西各自配房三间,山门一座。借着月色光华,瞧的甚真,庙门上有字是"山神祠"。欧阳德走至门前,拍了两下门,只听得里边有人说话,说:"是哪位叫门?"欧阳德说:"是吾,你开门罢"!里边把门一开,出来一个老道,年约三旬以外,头挽发髻,身穿月白布裤褂,白袜青鞋,黑紫面皮,短眉圆眼,准头丰满,薄片嘴,微有几根黄胡须。一见欧阳德身穿老羊皮袄,头戴皮困秋帽,蓝中衣,白布高腰绵袜子,足登两只毛儿窝,说话是南边人口音,唔呀唔呀的。那老道看罢,说:"你找谁呀?"欧阳德说:"吾是远方来的,走至此处,失迷路途,并不认的东西南北了。口中又渴，望求真人你赏一杯茶吃就是了。"那老道说："你跟我来吧。"随他进了山门，让在东厢房内坐。欧阳德到了屋中，看那灯光隐隐，欧阳德坐在东边椅子上。那老道立刻进了北里间屋内，托出一个茶盘来，给他斟了一碗茶，说："善士贵姓呀？"欧阳德说："吾姓欧阳名德，乃江西人氏，来至此处访友，未领教真人贵姓仙名？"那道人说："我姓桑名仲，乃本处的人。"欧阳德喝了两碗茶，觉着头眩眼迷，一阵昏迷，倒于就地，不省人事。桑仲说："贤妹与二弟，你二人快出来罢，我已把恶人拿住了，那欧阳德他中了我的计策了。"从南里间屋内出来了九花娘与桑义二人。

且说这庙是九花娘的两个胞兄桑仲、桑义，他二人借着这个庙常常害人，也是绿林的人，会使熏香蒙汗药。今日是九花娘从天仙娘娘庙逃至此处，在他兄长这里避难，说方才被欧阳德追赶下来，自己慌慌张张来在屋内。桑仲、桑义自来不敢得罪他妹妹，三人正自说话，忽听外面有叫门之声，九花娘说："二位兄长不好了，外面欧阳德来也。"桑仲说："贤妹，你不必害怕，我拿住你的仇人，把他万剐凌迟，与妹妹报仇，你看好不好？"九花娘说："长兄多要留神，他的本事高强，不可怠意了。"那桑仲出去，让进欧阳德来，在茶里下上蒙汗药，把欧阳德昏迷住。桑仲又叫兄弟、妹妹二人出来，把欧阳德砍了两刀，也砍不动他。桑仲说："不要剁他，我把他用火烧死就完了。"九花娘说："二位兄费心。"桑仲、桑义二人把欧阳德抬至外边一个山岗之上，地名老龙背。又把干柴抬出两捆来，放在欧阳德身上，点着火。桑仲、桑义与九花娘三人收拾细软之物，竟奔靠山庄去了。

欧阳德在老龙背被烈火所烧不表。单说那粉面金刚徐广治与高源、刘芳三人步下本事实是跟不上小方朔欧阳德。他三人赶到了老龙背，不见欧阳德在哪里，只见桥下青烟上升。他三人见那桥下有一只毛窝儿，正是欧阳德所穿之物。徐胜说："可了不得啦！我蛮子哥哥被人烧死了。"放声大哭。高源说："且慢！这火内并无腥臭之味，如何能烧死呢？你我到庙中看看，借一个水桶来，把火救灭，细细看那里边，如要有骨头，不能全烧成灰；如无骨头，定然欧阳义士未被贼人烧死。"徐胜说："此话有理。"三人进了那庙内，见里边东西配房并无一人，各处找遍，亦不见有人。只可找了一个水桶，拿了两根木棍，在老龙背桥下挑了一担水，用水泼灭了火，用木棍拨看一找，并无一点骨头，也不知欧阳德是死是活。三人找了有两刻的工夫，天色已经大亮。三人把水桶、木棍仍送在庙内，三人无可奈何，要回鸡鸣驿去。不知欧阳德的性命如何，且听下回分解。

# 第七十八回 彭钦差思念欧阳德 小蝎子单人斗群寇

《莫愁歌》：

无事莫生愁，苦奔忙，未肯休。清风明月谁消受，多财越求，高官越谋，人心不足何时够？急回头，百年难得，一切不须忧。

话说粉面金刚徐胜、水底蛟龙高通海、多臂膀刘德太等在老龙背各处找遍，不知欧阳德的去向，也不知是生是死。三人也无处访问，只可回鸡鸣驿三元店内。瞧见大人自己吃茶，正盼念众位，忽见那徐胜三人进来说："大人等候多时，心急了罢！"彭公说："我亦不着急，欧阳德哪里去了，为何不见回来？"徐胜把方才所遇老龙背放火，烧在桥下，不知欧阳德生死如何。彭公说："你三人可将妖妇拿住了无有？"高源把昨夜追九花娘之故细说了一遍。彭公问："这里是哪里管？"刘芳说："是保安管。"彭公说："你去说于官人，叫他去报地面官，不许叫妖妇再来住，行文各处，捉拿九花娘。此事交本处该管职官办理，如有拿获九花娘之时，要按律重办他。"

刘芳来至外面，叫店中伙计把本处地方叫来。不多时，本处保正吴奇来说："哪位叫我呢？"刘芳说："我叫你，我是跟查办大同府的钦差彭大人的，来在此处，查知九花娘搅乱人民，妖言惑众。昨日我们已把妖妇追走，你急速到你们地面官去报，此庙查抄入官，内有箱子一只，被杀死尸两个，你报官葬埋就是了。"吴奇答应去了。刘芳回到上房禀过大人，细说方才之事。

彭公同这三人用了早饭，算还饭账，骑马往北。走至漾墩地方，天有正午之时。四人见此镇店人烟稠密，买卖不少，只见正北有一座酒楼，字号"广和"，上有牌匾，写的是"名驰天下，味压江南"。彭公下马说："暂且歇息歇息，在这酒楼上吃一杯酒可也。"高源下马，接过大人的马去，徐、刘二人也下马，都把马拴于酒楼的东边店内。三人同彭公上了酒楼，一瞧，那酒楼是五间，靠北窗是六个座位，楼窗儿支开，四面都有时样花盆,内栽的各种奇花,令人可观。大人在第三个桌儿上坐下,看那前后四面窗户大开,名花放香,真是目爽神清。跑堂的连忙送过茶来,说:"四位要什么酒?"彭公说:"要几壶莲花白,四样凉菜。"跑堂的说:"要四样菜,四壶酒?"彭公点头。跑堂地把酒菜摆上。彭公吃了几杯酒,想起欧阳德侠心义胆,一旦死于贼人之手,甚为可惜。

正自思想,忽听楼下有人说话,说:"唔呀!好一座酒楼,吾要上去看看。"只见从楼下上来了一个人,说话南边口音,年约十七八岁,白生生的脸膛,双眉黑长,斜飞入鬓,二目皂白分明,透露神光,准头端正,唇若涂脂。身穿蓝绸长衫一件,内衬蓝绸子裤褂,白袜云履,手中提着一个小包袱上来,站在那楼门之上。看见彭公桌上四人正自饮酒,他过去给徐胜行礼,说:"徐大叔,你老人家好哇!小侄儿有礼了。"徐胜一瞧,这人好生面善,一时间想不起来,连忙说:"你坐下罢,我一时间想不起来,你是在哪里见过我?"那蛮子说:"徐叔父,你在宋家堡酒楼救我,你老人家忘了吗?"徐胜说:"哎呀!我想起来了,我自与你分手,你住河南省,几时跟你师傅走的?"

再说这蛮子他是姓武名杰字国兴,绰号人称小蝎子。他自从在宋家堡酒楼上与徐胜分手,拜在欧阳德跟前学艺,跟他师傅到了徐州沛县武家庄,在他家住着。跟他师傅终日习练已成,长拳短打,刀枪棍棒,样样精通,武艺超群。因欧阳德要朝千佛山,他正患病在家,不能跟随。他说如病好了时,再上千佛山寻找去。如今他的病好了,与他母亲说知,要去找师傅去。他母亲说:"你多带路费就去。如学好武艺,即速还家,免的我想念于你。"武杰答应,收拾随行所用之物,包好,将小包袱并路费带在身上,就此起身。在路上晓行夜住,饥餐渴饮,非止一日,那一天到了漾墩地方。因天气炎热,他想歇歇再走,只见路北有一座酒楼,他进去顺楼梯上楼。只见楼上有十几个座位,靠北墙是六个座位,有四个人在那里吃酒。他一看正是粉面金刚徐广治,连忙过去给徐胜行礼坐下。徐胜问他是从哪里来?他把在家中养病,如今要往宣化府千佛山真武顶上去,找师傅小方朔欧阳德去的话说了一遍。

徐胜说:"我给你引见引见。"用手指定大人说:"这是你师傅的故人,过去行礼。"武杰问徐胜说:"这是哪位,姓什么?"徐胜说:"你附耳过来。"武杰低头过去,徐胜说:"这就是奉旨查办大同府的钦差彭大人。"武杰连忙行礼,说:"草民有礼。"又给那高源、刘芳引见,说:"你三位多要亲近。"武杰给高源、刘芳二人见礼。坐下问徐胜说:"你老人家可见过我师傅无有?"徐胜说:"你早来一天,可以见着了,这要见,今生怕不能了。"武杰说:"莫非我师傅死了吗?"徐广治就把那九花娘跳神舍药,夜探迷人馆,追走妖妇九花娘,"你师傅在前,我三人在后,追至老龙背地方,见桥下有一堆烈火,不见妖妇,也不见你师傅,我等知那九花娘诡计多端,他有迷魂帕,又有迷魂药,故此我等疑你师傅死在他人之手。我三人回店等他,也不见他回来,大概是他死了。"武杰听了说:"哎呀!我师傅要死了,我再往哪里去学武艺去?"说罢,放声大哭。

徐胜说:"无妨,你跟我等保护大人查办大同府,有总兵傅国恩,他克扣兵饷,私造一座画春园,在那里招兵买马,积草屯粮,意欲造反。你要跟去,拿了贼,破了画春园,那时节我等求求大人,连你都有好处,可以得一个功名,光宗耀祖。"武杰:"我要给我师傅报仇,找那九花娘去。"徐胜说:"连你师傅还不是他的对手,不能拿他,你如何去得呢?这里现在各处拿他,他在鸡鸣驿有案。"武杰听了徐胜之言,心中暗想:"师傅欧阳德侠义英雄,那么一身武艺,还死在九花娘之手,不如依了徐胜之言罢了。"

彭公正听武杰、徐胜讲话,忽听楼下人声一片,不知所因何故,叫高源:"你问问这跑堂之人。"高通海说:"跑堂的,你这里来,我有话问你。"跑堂的说:"你找谁,叫我做什么呢?"高源说:"那街上人声喊叫,所因何故?你必知道。"跑堂的说:"我们这漾墩地方,东头有一座关帝庙,庙内有一个和尚,绰号人称玉面如来法空。他那庙中常来些保镖的人,都是武艺精通。他要开镖局子,自己请了各处有能力的人二十多位,今日是亮镖,我们这里人要瞧瞧热闹,看看这些人都练什么武技。"那高源听罢,说:"这就是了。"来在大人跟前,把那跑堂的话说了一番。彭公说:"吃完了酒饭,你我也去逛逛,看是何人开镖局子,有什么热闹?"高源答应了一个"是"。同大人吃完酒饭,给了钱,说:"咱们走吧。"

彭公带着四个人下了楼，出离酒馆，告诉店家："照应马匹，我们去逛逛就回来。"店家连连地答应。彭公同四人顺路直往东走，见大街之上人甚不少，又见那村之东头路北有一座大庙。山门以外用绳儿拦住，闲人都在外边，当中摆着刀枪架子、各样兵刃，正北有八仙桌五张，板凳椅子摆好，上面坐着均是河南漏网之贼，有青毛狮子吴太山、金眼骆驼唐治古、火眼狻猊杨治明、双麒麟吴铎、并獬豸武峰、红眼狼杨春、黄毛犰李吉、金鞭将杜瑞、花叉将杜茂。这九个人自北新庄逃至此处，与庙中僧人玉面如来法空认识，住在这里，提说"在花得雨家中，遇见彭大人的差官拿了花得雨去，我等逃至此处，想要上霸王庄投奔花得雷去，给他送信，叫他害了彭大人，替他兄弟报仇，我等就中取事，也替我们大寨主金翅大鹏周应龙报仇。"那法空说："你等先不必去，就在这里暂住，等他来时，我去行刺。"法空打听钦差已来，他就去行刺，正遇欧阳德坐着大人的大轿，他暗中抽出刀来，照定轿里就是一刀，被欧阳德一把未曾抓住，下轿就追，未能追上。他逃回庙来，大家商议要合伙，倚多为胜。如钦差轿到之时，他们各摆兵刃，照定那大轿，先杀彭大人，后再杀他的余党。

众贼早已安排已定，今日在这里练习刀枪，为的是遮人眼目，怕那邻里人等瞧出他们的形迹可疑来，就说开这个镖局子，在这里操练，就便演习武艺。今天大人来至人群中，见看热闹的甚多，拥挤不动。大人的头前是高源、刘芳二人开路，徐胜、武杰在后边跟随。彭公等一看，吃了一惊，高源、刘芳、徐胜这三人都认识这伙贼人。高源等想要回去也晚了，挤不出去了，只可在这里瞧罢。

那贼人吴铎站在当中，方要练，忽听那西边说："借光，闪开了，我来啦！"进来一个土兵，身穿号衣，来至这边把式场子，他说："你们别练了，我奉本处守备彭老爷之命，不叫你们在这里招摇是非，今日还伺候过往的钦差呢，怕闹出事来，我们老爷担不起。"法空说："我们是做买卖，与他什么相干？太多管闲事了！依我之见，你回去告诉他说，我们这是镖局子亮镖，又不是窝赌招贼，他管不着，我可不怕吓唬！"那个土兵说："好！你不怕就完了，我走了，回头见。"那吴铎说："我练一趟，哪一位有行家老师，可以上来，我奉陪你走几趟。有打我一拳的，我谢白银一两；踢我一脚，我赠靴子一双；如要一拳一脚赢了我，我立刻磕头，还送白银十两。如要没有能为，可莫上来送死。我们这里可有规矩，你众位听我说说，我们这里亮镖演武，如同一个擂台，要有人上来，打了我们，谢银子还要磕头，要打了你们，你们也不要给我东西银两，就是打死不偿命，怕死的莫上来！"说完了，他先练了一路拳脚，雄纠精神，一团高兴不提。

　　再说那吴铎，他乃青毛狮子吴太山所传，武艺精通。练了一趟拳，无不贺彩，齐声说好。忽听那正南有人说话，说："唔呀！好大口气！吾来领教领教你有何能，敢这样吹大话！吾要与你比拼高低，看你有什么武艺？"跳进一人，不知是谁，且听下回分解。

# 第七十九回　武杰施勇斗吴铎
　　　　　　桑婆害人用巧计

诗曰：

烟山烟水烟树昏，茅屋深处米家村。

老夫专享安闲福，不论阴晴不出门。

话说吴铎正自站在把式场内，说了几句朗言大话，忽听那正南上有人说："我来也，看你有什么能为？"跳进去，站在当中。彭公一瞧是武杰，回头问徐胜说："你叫他去的吗？"徐胜说："不是我叫他去的。"大人说："他一个人哪里赢得了贼？"正说着，只见武杰与吴铎二人交手，战了几个照面，一腿正踢在贼人的左胯上。吴铎说："哎呀，好娃娃！你伤了我啦！"并獬豸武峰一伸手抽出刀来，抢刀跳至当中，说："我来拿他！"高源看见说："不好，这伙贼人是要杀人！"忽见正西人声一片。红眼狼杨春抽出刀来，他一眼瞧见彭公与高源、刘芳、徐胜等在人群之中站立，他心中一动，知道这事不好，怕彭钦差带人来拿他们。他一想，"先下手的为强，莫若我给他明枪容易躲，暗箭最难防，我先杀他为是。"

想罢，方要动手，只见正西来了有二百名官兵。有本处的守备彭应龙，乃是河南参将彭云龙之弟，由武举人在兵部效力，升了漾墩的守备，乃是要缺，兼理民词。今日接了上站的札子，说有查办大同府的钦差彭大人今日到漾墩，茶饯或者住在这里，尚在两可之间。今日一早，他骑马到东郊看操，见关帝庙前有刀枪架子，还拦上绳子，不知因何缘故？他回衙门，派人查去。不多时回来说，是开镖局子练把式的。彭爷吩咐说："你去告诉他们，今日过钦差，不准在此招摇是非。"那士兵奉命到了那边庙里，被法空抢白了几句，他回至衙门，把和尚不遵王法，他要立定了镖局子，一并连老爷他还骂了几句。彭应龙一听，知道今日钦差不定早晚来，他又是一个细心人，想这事要教钦差查出来，我担一个地面不清之罪，这还了的！吩咐千、把等官，调二百步队，各带军器齐集衙门。这彭应龙立刻带领众人，来至关帝庙中，见那些看热闹之人不少。彭老爷吩咐人等，快拿这一伙人。那玉面如来法空与青毛狮子吴太山等一瞧，知这事不好，连忙的各拿兵刃，飞身上房，呼哨一声，群贼四散逃走。那看热闹之人一乱，四散奔逃。彭应龙吩咐，勿令贼人一名漏网。武杰提单刀追下并獬豸武峰去。

彭公见众人大乱，无可奈何，说："高源，你头前开路，我要回店歇息歇息。"刘芳说："我叫官兵人等给大人引路。"彭公点头。刘芳回头叫："本处守备老爷，急速赶散闲人，今有钦差大人在此。"彭应龙听了，连忙带领兵丁人等，来至大人面前说："漾墩守备彭应龙，来给大人请安。"彭公吩咐引路。此时关帝庙前闲人散去，群贼也各自逃生去了。

武杰见这伙人往西北逃走，他自己施展陆地飞腾之法，追至黄昏时候，也不知武峰往哪里去了。天色已黑，也不辨东西南北，又不见一个村庄，自己顺路走了有半里之遥，只见那正北有一点灯光闪出。既至临近，乃是一个山庄，有六七十户人家，村口路西有三间西房，内里灯光隐隐。武杰上前叩门，只听里面有人问："是找谁呀？""哗楞"把板门开开，手执一个灯笼，出来一个半百以外的妇人，身高六尺，头挽发髻，身穿月白布女褂，蓝布中衣，足下半大脚，黄脸膛，吊角肩，小圆眼睛。一见武杰说："你找谁呀？"武杰说："我是远方人，从此路过，错过店道，求你老人家开恩，我借宿一夜，喝一点水。如方便，不论是什么吃食，给我些吃也好，明日一总叩谢。"那老妇人听武杰之言，说："我家并无男子，你既要借宿，你进来罢。"

武杰进去一瞧，北里间屋内点着灯呢，屋内也无有什么摆设。武杰坐下，那老妇人把灯点上，自己往后去了。武杰坐了片刻，只见那老妇人出来，给武杰斟了一碗茶，又拿出一壶酒来，摆上两碟菜，说："客人，我们这荒庄野径，只可吃家常便饭，没有什么可吃的，你喝酒罢。"武杰说："老太太，我是远路至此，求老太太赏饭吃，我实感恩不尽了。"武杰吃了两杯酒，觉着头炫眼晕，心中发慌，天地乱转，倒于地下，不省人事。这婆子一阵冷笑，说："这娃娃，你飞蛾投火，自来送死，老娘我结果了你罢！"他走到外面，把门关好，复又来至屋中，拿起一口朴刀，照定武杰抢刀就剁。忽听后边窗户外说："妈妈，且慢动手！"

你道这人是谁？原来正是九花娘。他从老龙背与他两个哥哥桑仲、桑义火烧了欧阳德，他三人收拾细软到了这里叫靠山庄。九花娘他母亲在这里住，人皆呼为桑妈妈，以开贼店为生。他有熏香蒙汗药，今日用蒙汗药迷住了武杰，方要杀时，忽听窗外说："母亲不要杀他。"九花娘自外边进来，一见小蝎子武国兴倒在就地，他用灯一照，说："好俊一个人物。把他带到后面，我有主意。"桑妈妈抱武杰至后院上房内，放在西里间屋内床上。九花娘说："妈妈，你可收拾几样菜，我要喝点酒。"桑妈妈答应去了。这里九花娘看那武杰五官俊秀，天姿丰雅，更在韩山、徐胜以上。九花娘不由淫心荡漾，自己到那边取过解药来，坐在那武杰身旁，倒出些解药来，抹在鼻孔之中。武杰少时苏醒过来，睁眼一看，只是那边一位千娇百媚的美貌女子，笑吟吟坐在那里，说："你醒醒，坐起来喝碗茶。"武杰说："唔呀！这是哪里呀？你们要拿我呀！"九花娘一伸手扶起那武杰来，他紧贴着武杰的身坐下，说："你莫嚷！我是救你的恩人，你须从我一件事。你姓什么，叫什么？"武杰说："吾姓武名杰，字国兴，徐州沛县人氏。你姓什么，叫什么？"九花娘说："我姓桑，名叫花娘，行九，这是我娘家。你今来至此处，也是三生有幸。我把我母亲叫来，叫他给预备酒菜，你我喝一杯酒，然后拜天地成为夫妇。"九花娘叫他母亲两声，他母亲立刻来在屋内，问："叫我做什么呢？"九花娘把他要与武杰成为夫妇的话说了一遍。桑妈妈说："很好！我给你们收拾菜去。"转身出去。

武杰见九花娘有十分亲近之心，他自己心内说："我师傅欧阳德死在他的手内，今日我又遇见他了。我必须想一个高明主意，害了他，替我师傅报仇雪恨才好。我又没有一个高明主意。"自己犹疑不定。忽然眉头一皱，计上心来，说："娘子，你既愿意跟我作为夫妇，你方才是用什么计策治住我的？我怎么糊糊迷迷地？"九花娘说："我在后边听有人叫门，我娘把你让进来，要害了你，得些财帛衣服，是用迷魂药治住你的。我瞧你是少年之人，死了可惜，我救你到这后边来，你我结为百年之好，成为夫妇，你想好不好？你我又年岁相当，你也长得好，我也配得上你，咱们两个郎才女貌，做一个地久天长的夫妇，你说这事好不好？"武杰说："好是好，你把那迷魂药拿来我看看？"九花娘从地下西边一个抽屉桌儿上，抽开小抽屉，取出两个小瓷壶儿，一个白磁红花，画的是"明月松间照，清泉石上流"；那个是蓝的儿，上书龙睛凤尾蛋黄金鱼。他把两个瓷壶儿放在桌上，倒出些药面来。那白壶内所装是白药面，是解药，清香异味。那蓝瓷壶内所装之药是红药面，其红似火，香味异常。他指定两样药面，合武杰说："这红药面是迷魂药，人要闻入鼻孔，内有一股香味入窍，人立刻昏迷不醒，这药在蓝瓷壶内。"装着又指那白药面说："那是通灵还生散，要被迷魂药迷住，非此通灵散不能苏醒过来，在那白瓷壶儿装着。"武杰说："果然是真香，你用药迷我过去，试试真假。"九花娘用手摸点药，给武杰鼻孔内一闻，武杰立刻昏迷过去，不省人事。九花娘连忙用解药给他解过来。武杰愣了片刻，说："好药，好药！"那九花娘说："果然是好药，天下无二，我可以算第一份了。"武杰说："你家就是你母女吗？"九花娘说："还有我两个兄长，名叫桑仲、桑义，他二人皆在绿林中，今夜出去做买卖去了，连探鸡鸣驿我那边庙里的事情。"

武杰说着话儿，他立刻伸手捏了一点迷魂药，一个冷不防抹在九花娘鼻孔之中，说："我试试你迷糊不迷糊。"九花娘昏迷不省人事。武杰又倒出点迷魂药来，站在屋门等候。不多时桑妈妈从厨房收拾了四样酒菜，用托盘端着。一进门来，武杰伸手接过托盘，趁势用药向桑妈妈鼻孔一抹，桑妈妈立时倒于就地，不省人事。武杰把二人全皆捆上，放在屋内。武杰把四样菜放在屋内桌上，自己取酒壶来，自斟自饮，心中甚是高兴，说："我要把这两个人杀了，也是一宗人命官司。莫若我叫本处官人套车，叫他们送我至宣化府府衙之内，叫本处老爷治罪于他，彭钦差明日也该至宣化府了。"

武杰正自高兴，听的院内"扑通"两声，跳进两个人来，说："天到三更之时，为什么还不睡呢？"武杰一听，吓得忘魂丧胆，要叫人拦在屋内，如何是好？不知后事如何，且听下回分解。

# 第八十回　使迷药反被迷己
## 拍花人终被人拍

诗曰：

红杏梢头挂酒旗，绿杨枝上啭黄鹂。

鸟声花媚随人意，不赏春花也是痴。

话说那小蝎子武杰，他在靠山庄把妖妇九花娘母女用迷魂药拿住，捆好了放在屋内。他自己饮酒。忽听院内有脚步之声，正是九花娘的两个胞兄桑仲、桑义。二人去探鸡鸣驿天仙娘娘庙中之事，既至到了那里一问，知有本处地面官人禀官，由庙中抄出来两个死尸，此庙入官。桑仲、桑义二人回来，要给妹妹送信。一进院门，武杰听得明白，急忙捏了一点迷魂药，暗暗藏在屋里门后。桑仲在前，一进门，被武杰用药一抹，正抹在鼻孔之中，一阵昏迷，倒于就地，桑义也被武杰所迷。天有四鼓，武杰全都把四人捆好，自己喝酒以候天亮。心中甚急，恨不能一时天亮才好。正是：

白昼怕黑嫌天短，夜晚盼亮恨漏长。

只候至东方发晓，天色大亮，自己出去，一直到了靠山庄街上，问本处乡约、地保在哪里？有人指示明白。武杰立刻找着乡约周英、地保刘信二人，要了一辆车，拉九花娘母女兄妹四人。武杰说："我是跟钦差彭大人的，你们帮我送到宣化府知府衙门，我必有重谢。"周英、刘信二人说："这是我们分内差使，理应送去。"

三人赶车，到了宣化府衙门以外。武杰说："哪位值日？"有班头姚变过来说："我该班，你找谁呀？"武杰说："我是捉住著名的贼匪，害我师傅之人九花娘等四个人，烦你通禀一声。"姚变答应，立刻进去禀报门公，门公禀明知府王连凤。

这位老爷，他乃吏员出身，在任三年，剥尽地皮，爱财如命，其性最淫。自去岁在本处城隍庙降香，路遇九花娘眉眼传情。王连凤乃酒色之徒，他一见这样美貌妇人与他眉眼送情，他如何放的过去？他遣家人过去，问那妇人是哪里人氏？他回衙等候。不多时，家人来说："小人去问那妇人，那妇人说你回去吧，叫你老爷今夜在书房等候。"王连凤一想，天下就有这样容易的事，自己在书房备了一桌酒席，在那里慢饮等候。天有二更之时，外面九花娘从房上下来，一见王连凤带笑说："老爷受等了，我一步来迟。"王连凤看那九花娘桃红色的女帕罩头，身上穿宝蓝绸子大镶提花缘女褂，银红色中衣，足下金莲二寸有余，又瘦又小，面似桃花，白中透红，红中透白，杏眼含情，香腮带笑，手中拿着一个小包袱，坐在王连凤肩下说："大人不必犹疑，我是靠山庄之人，丈夫故去，我跟我母亲度日。来此探亲，路遇老爷见爱，我来此相伴，住宿几日。"王连凤说："美人贵姓？"九花娘说："我名九花娘，娘家姓桑。"王连凤说："多承美人一番怜爱之心，真是'月明书院美人来,'你我吃一杯罢！"二人吃了几杯酒，留九花娘在书房屋内安歇。二人尽欢一夜，鸳颠凤倒，锦帐温柔，被底风流，不可尽述。王连凤已入迷途，留九花娘在此连住了几日。九花娘本是水性杨花之人，他就够了，瞧着那王连凤也无用了，一个人能有多大精神，王连凤也实不能与他追欢取乐。九花娘告辞走了，王连凤还送了他些衣服首饰，九花娘也时常来此看望。

今日王连凤他正在闷闷不乐，家人来报说："有一个人名叫武杰，他拿获了九花娘全家四口，送在大人台前来。"王连凤说："你去，先把那九花娘四人领进来，我随后再问那武杰就是了。"家人出去，到了外面，叫班头姚变跟他来至武杰面前，说："武杰，你把这四人叫他苏醒过来，我要问问他的口供，老爷吩咐出来的。"武杰说："那行了，我把他四人解过来。"一伸手把解药掏出来，往那九花娘四人鼻孔中一抹，立刻苏醒过来，只是发愣，迷迷糊糊。姚变说："跟我们来罢！"同家人王海带四人至书房之内。王连凤说："美人你来了，我正想你呢！"九花娘一瞧，心中说："我一迷糊，怎么来至这里，莫非其中有什么缘故吗？"想罢，一瞧自己被绳绑二臂，连母亲哥哥都是这样。

王连凤亲解其绑，家人把那三人也都解开了，叫他们坐下，细问情由，九花娘把昨晚之事细述了一遍。王连凤说："美人不必害怕，我告诉你罢，我已把那武杰稳住了，我给你报仇。你在这里吃酒罢，我传伺候升堂。"叫三班人役带武杰，家人听见，立时传出去。王连凤叫家人预备一桌酒席,伺候九花娘母女兄弟四人,在书房吃酒。他换了官服,立刻到了二堂,吩咐人带武杰上堂。三班人役一喊堂威,说:"带武杰!"武杰上来跪下,口称:"老爷在上,我武杰叩头。"王连凤问说:"你是哪里人氏?在那里拿来四个人?"武杰说:"吾是徐州沛县人氏,因找吾师傅来至此处。吾听吾师傅的朋友说,吾师傅被妖妇九花娘所害。吾昨日在靠山庄失迷道路,遇见那桑婆子,吾求点水喝,他用药把我迷住了,吾即不知人事。又被他女儿九花娘把吾放开,吾问他是何人?他说他叫九花娘,特意救我,愿意我成为夫妇。吾假意允了,稳住他,用计把他全家拿住,叫那靠山庄的地方人等用车拉至此处。求老爷给吾细细审问,好与吾师傅报仇。"王连凤听了说:"本府我听明白了,你是假充官人,在此搅乱我的地面。拉下去,先给我打!"三班人役过去,要拉武杰。武杰一见,说:"且慢!狗官,你今想要打吾,吾有个地方合你说理去。吾拿住妖妇,你还这样要打吾?"说着一飞身,窜上房去,说:"吾去见钦差大人,把你告下来。"知府方要说拿人,忽听外面人报:"钦差到!"知府连忙带人出衙门去迎接那钦差,这里早把公馆预备好了静候彭公。

那彭公在漾墩,跟守备彭应龙到了那公馆之内,见里面摆设一新,少时兴儿坐轿亦到,彭公住宿一夜。次日起的身来,徐胜、刘芳、高源三人给大人请安。大人说:"那武杰昨日没回来?"三人齐说:"没回来。"大人说:"如在哪里路上看见他,叫他跟我当差,我提拔提拔他。念他师傅待我那点好处,行侠仗义一生,今死在妖妇之手。我要拿住妖妇,必要把他碎尸万段,方出我胸中之气。我到一处地方,必亲口嘱托一处。"正说着,守备来给大人请安。彭公说:"你这地面行文该管之处,拿那妖妇九花娘。他在鸡鸣驿妖言惑众,目无法纪,真是该碎尸万段。"彭应龙答应了一个"是"。大人用了早饭起身,在路上无话。至日色平西,到了宣化府。

王连凤带阖城文武迎接大人进城。方到公馆要下轿,武杰过去给大人请了一个安,说:"大人救命,冤枉哪!"彭公说:"武杰,跟我进公馆来,我有话问你。"武杰立刻到了上房,大人净面吃茶,武杰就把在靠山庄拿获妖妇九花娘之故,细细说了一遍。彭公听了,勃然大怒,说:"好一个无知的匹夫!徐胜,你跟武杰去到知府衙门，要妖妇九花娘。"徐胜答应，即带武杰至知府衙门，问班头是哪个？姚变过来说："我就是这里的班头，有什么事呢？"徐胜说："我是奉钦差大人之命，来此要九花娘见我们大人去。我们还要搜呢！"姚变说："我去回禀一声。"

姚变来至书房，王连凤方把桑仲、桑义与桑妈妈、九花娘四人放走，他自己闷闷不乐，心中甚是不安。只见班头姚变进来说："老爷，外边有钦差大人那里的差官徐老爷，他来至此处要九花娘。"王连凤说："你告诉他，我这里没有九花娘。"姚变出来说："二位老爷，我们知府老爷说，这里没有九花娘。"徐胜说："你胡说，搜去！"徐胜带武杰来至书房之内，说："王大人，你隐藏贼人四名，所因何故？大人派我向你要这四个人，是武杰明明白白交给你的，怎么说没有了？"王连凤说："他并未交给我，我也不知九花娘是何人，我何必藏他呢？"徐胜听了，回至公馆，把知府不交九花娘之故，细说一番。

彭公为人精明，一听此言，说："徐胜，你明日去访查贼人下落。他万不敢在这宣化府衙内隐藏，他必然逃出城外，在临近之村庄暂避几日。你明日带武杰去找他，找着下落，必要给老义士报仇雪恨，方出我胸中之气。"徐胜答应，也知九花娘是万恶淫妇，他恨不能一时获住，他好替欧阳德报仇雪恨。天晚安歇。

次日天明起来，用了早饭，徐胜与武杰二人出了公馆，在宣化府大街上东瞧西望，见买卖茂盛，人烟不少。顺路出了北门，往西北走。天气正热，走了有七八里路，天正巳时，红日当空。往前一看，都是荒山野岭，不见有行路之人，连一个树林也没有。徐胜早晨喝了几壶酒，至此时渴上来了，觉着口中甚干，问武杰说："贺侄，你我找一个凉爽地方歇息歇息罢。"武杰说："也好。吾也是热得很。"二人正说着，过了一道土岭，见前边树木成林，有一座村庄就在眼前。二人来至临近，见东村口外有一座清茶馆，坐北向南，外搭天棚，挂着茶牌子、酒幌儿，里边坐着有几个座儿。徐胜、武杰二人进去落座，跑堂的送过茶来，放在面前桌上。二人吃茶，问掌柜的："这村庄叫什么名儿？"那茶馆中掌柜的说："我们这里叫松林庄。你二位要往哪里去呀？"徐胜说："我们就到这里，找一个人。"正说着话，忽从正西来了两个人，直奔这茶馆而来。又出岔事一宗，且听下回分解。

## 第八十一回 徐广治探松林庄 马万春筵接群寇

歌曰：

势利堪羞，看破人情泪欲流。穷者嫌人有，美者笑人丑。总是一骷髅，牵筋动肘。一旦无常，那里分先后。因此把嫉妒憎嫌一笔勾。

话说粉面金刚徐胜，同定小蝎子武国兴，来至松林庄内东头茶铺吃茶，忽见西边来了两个人，是家人的模样，抬着一个坛子，至茶馆门首，说："秦掌柜的，还有多少斤酒，都卖给我们罢！我庄主爷今日来了好些位朋友，都是保镖的。还有一个妇人叫九花娘，他先就合我们庄主有来往，后来他也是时常住在我们庄主的书房内，他今日也来了。我们家今日厨子忙了，宰了一口猪，还有鸡、鱼等物，家中酒不够了。你有多少，卖给我们罢！你明日自己再去取去。"那茶馆掌柜的说："有酒，给你们灌一坛子去，我还存着有几篓呢。你二人抬进来吧。"二人抬进去，打上酒，二人抬着去了。

徐胜听够多时，连忙问那掌柜的说："方才这二位是哪里来的打酒的？他们主人是姓什么？"那掌柜的说："我这庄主是姓马名万春，绰号独角太岁，他练的一身好武艺，专会打毒蒺藜，人要中上，准死无生，难得救药，纵好了，过六个时辰必死。他家那所院子，都盖的巧妙，墙是壕沟，墙里是埋伏，脏坑、净坑、梅花坑、立刀、窝刀、弩弓、药箭，崩腿绳、绊脚索，各样埋伏削器不少，他家永不闹贼。"徐胜听了，心中犹疑不定。若要不进去哨探虚实，又不知内里是什么样式？若要进去，又怕是落在埋伏内。自己进退两难，与武杰吃了饭，又喝了几碗茶，自己会了茶钱。他见红日平西，天色已晚，带武杰出了酒饭馆。

二人进下村口，走了不远，只见那松林庄外都是多年松柏树，村内街道平坦。走至十字路口，见路北有大柳树两棵，枝叶茂盛。坐北向南，一座走马大门。门内有两条大板凳,上坐定有三四个人,都是家人的样子。那徐胜往里看了一眼,见里面画阁雕梁,房屋不少。徐胜、武杰二人绕至西边,见那十字街有往北去一条大路,路东皆是马家墙院。徐胜往北走了有一里之遥,见那北边往东是一所花园,由西北可以进得去。徐胜二人探得了道,又出了北村口,在各处逛了有一个多时辰。日色已落,他又找一个无人之处,收拾好了。徐胜说:"贤侄,凡事要见机而作。你跟我今日入这一座松林庄,不知是吉凶祸福。我必然探得明明白白,才能回去再见大人,亦好调兵来剿贼人。"武杰答应。

二人候至初鼓之时,见路静人稀,他二人进了村口,到了马万春的住宅北村口,由西北飞身上墙。见墙内都是奇异花草,掏出一块问路石来问路,把石头扔于就地下,听下面"咚通"一声,声音透空,连忙上东走了几步,不敢下去。他暗自说:"这墙下都是旋坑,我该从哪里过去呢?"正自发闷,自己忽然见眼前有一株大树,离墙有一丈多远。徐胜又怕窜不过去,自己站稳了,往那边一窜,正抱在树上。武杰也蹿上树去。二人跳在就地,顺路往前走了有一箭之地,听了听更房正交初鼓。二人窜到上房,见那前边有几层院落,见正南上一片灯火之光。徐胜窜至那边,见是北厅房五间,东西厢房各三间,南倒厅五间,北上房灯光烁烁。

徐胜施展珍珠倒卷帘的工夫,往里瞧看,见正面摆三张八仙桌,房上垂下八支纱灯,东西两边各有桌椅条凳。正面坐定一人,身高约有七尺,面似青粉,环眉润目,鼻直口方,四方脸,连鬓络腮胡须,身穿蓝绸衫,足登青缎快靴。这是本宅庄主独角太岁马万春。他在当中,挨他肩下坐定是九花娘,还是粉面桃腮。东边正座上,是青毛狮子吴太山。西边坐定金眼骆驼唐治古、火眼狻猊杨治明、双麒麟吴铎、并獬豸武峰、红眼狼杨春、黄毛犼李吉、金鞭将杜瑞、花叉将杜茂。桑仲、桑义那兄弟二人,坐在一处。这伙贼是漾墩关帝庙中逃至此处。玉面如来法空,是往河南灵宝县去访他师兄去了。那桑氏九花娘是从那宣化府,他母女兄弟四人不敢往回走,只可来投松林庄。

这马万春也是一个绿林贼人,他与九花娘素有来往,早就有奸。今有群寇在这里筵乐,他说:"众位不必害怕,赃官彭朋那里不来还则罢了,他要来时,我这一座松林庄压赛铁壁铜墙，天罗地网一般，来一个拿一个，来两个拿一双。我手中竹节钢鞭，不敢说天下无敌，那无名小辈也不能赢我。我的暗器百发百中，打上六个时辰，准死无疑。"又吴太山说："马庄主，你有所不知，那狗官彭朋手下有两个人，一名水底蛟龙高通海、多臂膀刘德太，那两个人倒不足论，唯有一个徐胜，还有一个欧阳德，这两个人着实难惹，实在厉害无比。"桑仲说："那欧阳德被我兄妹三人拿住，烧在老龙背那里，不知是被人救去无有？"吴太山说："那欧阳德实是难惹，我真不如他。"马万春说："你休长他人之威风，我也听人说过有一个小方朔欧阳德，也是无名的小辈。他要来时，我把他碎尸万段。"九花娘也说："就是欧阳德那王八蛋，坏了我好些个事情。"

小蝎子武杰一听，心头火起，说："好一伙王八羔子！你们在这里乱乱糟糟的混讲究我师傅，吾来拿你！"拉刀跳下房来。九花娘一看，是对头冤家，说："庄主千万不要放走了他，这厮是我的仇人！"马万春一听，伸手拉刀说："众位英雄，你等随我来呀！"群贼立刻各拉兵刃，窜至院内，家人把号锣一打，咚咚只响。那看家护院之庄丁人等，各执兵刃，刀枪棍棒，灯笼火把，照耀如同白昼一般，齐声嚷杀。武杰见马万春抢刀窜出来，他趁势照头一刀，马万春用刀往上一迎。武杰抽回刀来，分心就刺，那马万春用刀往外一搪，武杰便一闪。马万春一干众人齐至院内，把武杰围上，齐摆兵刃，与武杰动手。

徐胜一看武杰一人被众贼所困，自己有心要下去，又怕人多则众寡不敌，摆短练铜锤跳下来说："好小辈，今有粉面金刚徐胜来也！"抡锤直奔吴太山，照定当头就是一锤，吴太山用刀相迎，二人打在一处。九花娘见徐胜下来，他心中一动，想起"那日在庙内二人吃酒，何等快乐，被蛮子冲散。他今既来，我要引诱在无人之处，我诓哄于他，话里套话，我看他还有爱我之心无有？要有爱我之心，我二人海角天涯，做一个长久夫妻，也倒不错。"九花娘想罢，抢刀跳过去说："哎！姓徐的，你来了！"徐胜想要拿住九花娘，作为一件奇功。徐胜抡锤直打九花娘，九花娘用刀相迎。九花娘直往后退，且战且走，只退在大厅东边一个夹道儿，是往北去一所院落。九花娘退至夹道无人之处，说："徐胜，你是来找我罢？我也有心跟你去。你是真心找我来,你是假意找我来呢?"那徐胜说:"呸!你好不要脸啦!你这淫妇,死期已到。你杀害人命不少,我奉钦差之命,来拿你这混账王八羔子贱妇!"抢锤照九花娘就是一锤。九花娘说:"好匹夫,你真不知死活!你这样胆量,敢来与你姑奶奶较量!我再拿住你,绝不能与你干休善罢,我必把你碎尸万段!"说着,他自己暗自摸在鼻孔中点解药,他把五彩迷魂帕一抢,正抢在徐胜的脸上。徐胜昏昏迷迷,倒于就地,不省人事。九花娘他取过一根绳儿,把徐广治捆上,又掏出一点解药来给徐胜闻上。少时苏醒过来,一睁眼,见自己被人捆上,九花娘站在眼前,立刻间勃然大怒说:"小辈,你真不要脸,淫妇,你又把我怎么样呢?"九花娘说:"我是走背运呢!遇上一个,都是负心之人。你当真要不从我,我也没有工夫与你生气,我把你碎尸万段罢!"

　　正说在这里,从那前边马万春与吴太山二人追到,后面那群贼在那里与武杰战在一处。马万春见九花娘他与徐胜往后去了,他不放心,杀开道路,来到夹道,见九花娘已然把徐胜拿住,正待说他"碎尸万段"这句话。马万春到了,说:"美人闪开,我来也!"吴太山也赶到了,说:"庄主,你把他拿住了,叫家人抬到前厅发落。"马万春叫了几个打手庄丁,捆好徐胜。他来至前边说:"众位寨主,千万莫放走了他,务要剪草除根,免生后患。"

　　武杰见徐胜被获遭擒,他自己看事不好,要都被人拿住,连一个送信报仇的都没了,这可不是玩的。吾三十六计,走为上策。他自己飞身上房,蹿房越脊,如履平地。马万春见事不好,掏出毒药蒺藜,照定武杰就是一下,正中他后胯之上。武杰觉着疼痛,自己忍着,往外逃走。后面群贼赶至村外。武杰急急如丧家之犬,忙忙又如漏网之鱼,恨不能肋生双翅,飞上天堂。后边那青毛狮子吴太山、独角太岁马万春,带金眼骆驼唐治古、火眼狻猊杨治明、双麒麟吴铎、并獬豸武峰等一干众人,追出村外。见那武杰脚程最快,无奈被毒蒺藜打伤肩头,自己愤愤不平,往前逃生,恨不能飞到公馆之内,调来官兵,剿这松林庄。后边马万春说:"小辈,你休想逃走!上天,我追至灵霄殿;入地,我追至你水晶宫。"武杰走了几里,见前面一道沙土岗。武杰体倦身乏,上气不接下气,忽见眼前南北一道沙龙,高有一丈二尺,长有三里地。武杰身倦体乏，他往上蹿，腿一软，正扒在就地，不能动转，心中发慌，说："唔呀，吾命休矣！"把眼一闭，竟等死在他人之手。

马万春相离有半箭之遥，他一摆刀说："娃娃，你今休想逃命！"正要蹿过去抢刀剁那武杰，只见后边山坡上跳下一人，说："唔呀！你们这伙混账王八羔子，吾是与你等势不两立！"青毛狮子吴太山一瞧，连说："不好！你众位休要前往，今有小方朔欧阳德来也！"

却说今日小方朔欧阳德，他本是那日在老龙背庙内被迷魂药治住，桑氏弟兄二人放火烧在桥下。他兄弟二人与九花娘去逃走之后，只见从正北来一位高僧，乃是千佛山真武顶的方丈红莲长老，乃修道之人。入在深山，他永不出庙，受过高人传授，善晓天文地理，懂卦爻之妙术。他这掐指一算，知道徒弟欧阳德有一步大难，该遭劫数，非吾别人不能救他。红莲长老他来至老龙背，把那火扑灭，救出欧阳德来，给了他一粒仙丹。苏醒过来，瞧见他师傅，连忙叩头。红莲和尚说："你俗缘已了，急速跟我归山受戒。"欧阳德的发辫亦烧的没了，趁势落发，僧名善修，他在山上受戒。这座庙乃是个长处，永不准吃荤，他苦耐修行。今日奉红莲长老之命，叫他下山来沙龙岗，救他徒弟小蝎子武杰。

欧阳德领命到了这里，见那武杰正扒在沙土岗之上，又见正西灯笼火把将近。欧阳德背起徒弟，就走了十数里之遥。离千佛山不远，他把武杰放在就地，说："徒弟，你是为何这等模样？我是不知你来。"武杰说："师傅，你老人家走后，过了几日，弟子病症亦好，吾才来找师傅。在这漾墩地方，吾路遇吾徐叔父，他与彭钦差私访，还同高源、刘芳，说师傅被妖妇九花娘给害了。弟子吾想要给师傅报仇，吾在漾墩关帝庙之内，遇见些贼人在那里立镖局子，吾徐胜叔父说他们是河南在案脱逃之人。吾跳下与那贼人吴铎比过拳脚，后来了些官兵来拿这伙人。那吴铎等逃走，吾暗中追下来，也没有追上。半夜间吾误走靠山庄，遇见仇人九花娘。他把我拿住不杀，要与我成亲。我知道他是害你老人家之贼九花娘。吾用计诓过他的解药来，拿住他母子兄妹四人，送至宣化府。那知府王连凤把九花娘放走，他还不认这件事情。吾在彭大人那里告下来，彭大人派我与徐胜叔父我们两个人来找九花娘。到了这松林庄,遇见独角太岁马万春,他窝藏淫妇,与众盗寇把我徐胜叔父拿住,打了我一暗器,吾此时觉着心中不安。"说着话,一翻身倒于就地,不省人事。不知后事如何,且听下回分解。

# 第八十二回　武杰养伤真武顶
## 胜奎剿灭松林庄

歌曰:

独占鳌头,慢说男儿得意秋。金印悬如斗,声势非长久。多少枉驰求,童颜皓首。梦觉黄粱,一饭非吾有。因此把富贵功名一笔勾。

话说小蝎子武杰觉着毒蒺藜伤一阵疼痛,倒于就地。欧阳德一瞧,知是徒弟受了马万春的毒蒺藜,非胜家寨的五福化毒散、八宝拔毒膏,治不了这样毒蒺藜伤。欧阳德也只可把徒弟背起来,顺路归山。

不表武杰上真武顶。单说那独角太岁马万春,他见武杰被大蛮子欧阳德救了走啦,他这里立刻率众回归松林庄。天色大亮,大家在大厅之上净面吃茶,歇息了有一个多时辰。家人摆上早饭,马万春吃着酒,与九花娘说:"美人,你看昨夜这事真怪,你我咱们两个人,连众英雄,连一个人全会拿不住,真是令人可恼!"吴太山说:"那厮命不该绝,今已拿住这个,名叫徐胜,叫家人绑他上来,你我追取他的狗命,或乱刀分尸,或是开膛摘心,方出我等胸中之恶气。"马万春吩咐家人:"在大厅前排班站立,把那徐胜绑将上来,我要审问于他。"家人答应,把那徐胜从东院空房之内绑出来,推至大厅以前。

徐胜见那独角太岁马万春坐在当中,九花娘与他并肩而坐,两旁坐定是群贼,桌上摆定山珍海味,大家吃酒。徐胜看罢,勃然大怒说:"你这伙贼,狐群狗党,把你徐大爷拿住,该当怎样? 我乃六品千总,奉钦差之谕,来拿你这伙叛逆之贼! 你敢杀朝廷命官,罪恶弥天,叫你随被兵役拿住。你等上为贼父贼母,下为贼子贼妻,终身为贼,骂名扬于万载。审问明白,把你等平坟三代,祸灭九族。我徐胜今日死在你等之手,总算为国尽忠。"马万春一听徐胜所骂之言,他立刻把酒杯一摔,说:"好无名小辈,敢毁骂你家庄主爷! 叫家人们把他绑抱柱之上,开膛摘心,作一碗人心汤,大家喝点醒酒汤。"

那家人王荣,带手下人来至徐胜的面前,伸手拉过来绑在正北抱柱之上,叫家人挑一担水来,拿过一个木盆来,放在徐胜面前,说:"姓徐的,你要骨力点,我要开你的膛了。"徐胜说:"小子,你自管来,爷爷不怕,大丈夫视死如归!"王荣一回头.叫他们伙计姚谎山过来,说:"伙计,你胆量大,你把他开膛摘心。"姚谎山说:"交我罢,我把他开膛摘心出来,咱们也取出他的人肝来,你我喝酒,叫厨子给咱们做一点清烹人肝。"王荣说:"好,姚贤弟,你就照样办理。"徐胜到此时,虽说不怕死,他也是胆怵,想起"家中父母早丧,就剩下我孤身一人,我这一死,结发之妻不能见面,彭钦差那里连一点信儿都无有人去送,大概武杰亦死于此处了。"心中说:"结发之妻,你要见我之面,我这点灵魂不散,可去给你托上一梦,他要替我报仇雪恨。"徐胜想在这里,姚谎山手拿明晃晃的一把牛耳尖刀,长有一尺六寸,宽有三寸有余,衔在嘴内。他腰系一条血围裙,上面血淋淋来,在徐胜跟前用手把徐胜衣服纽扣解开,他叫人把那桶水放在木盆之内。姚谎山把刀拿在手中,先用左手在徐胜前心一点,定准了下刀之处,他把刀照定那前心方要扎刀,忽然从西房上飞下一枝镖来,正中在那姚谎山的后脑海之上,"哎哟"一声,倒于就地,红光直冒,鲜血直流,登时身死。这也是姚谎山的报应,他素日倚仗马万春之势力,常在外边招摇撞骗,奸淫邪盗,欺压良民,今日遭此显报。

那众人一乱,见西房上跳下一位老英雄,年过花甲以外,身高七尺,面如紫玉,雄眉阔目,准头端正,四方口,满部花白胡须,身穿蓝绸子裤褂,腰系洋绉香色搭包,足下白袜,青缎皂靴,手使金背刀,跳将下来。马万春一看,吓的面模失色,连说:"不好了,不好了!"知这位老英雄,他是此处宣化府黄羊山胜家寨住家。他父名神镖胜英,平生所练软硬工夫,天下无敌,会打各样暗器,教了一个大徒弟黄三太、二徒弟神弹子火龙驹戴胜其,还有自己的儿子名胜奎。这位老英雄去世,胜奎家有良田千顷,百万之富,自己行侠仗义,人送外号"银头皓叟"。因这位胜奎是少年白头,他为人谦恭和蔼。

今日因何来至此处呢?只因为小蝎子武杰受毒蒺藜之伤,他师傅欧阳德救在千佛山庙内,知道他是胜家寨所传,非胜家寨五福化毒散、八宝拔毒膏,治不好那毒蒺藜之伤。欧阳德连夜至胜家寨,天色已亮,叫庄客回禀进去。银头皓叟胜奎接进去说:"欧阳德贤弟,久违了!你今时来至此处出家?"欧阳德把前项之事细述一遍,又说:"吾徒弟被你的家人独角太岁马万春打了一毒蒺藜,他也窝藏江洋大盗,还有妖妇九花娘,他杀了六品千总徐广治。你是他的主人,事犯当官,也跑不了你。"胜奎说:"贤弟所说,我一概不知。我今点齐家将,拿他前来治罪,我给你拿药去。"进了里院,取出五福化毒散、拔毒膏来,交给欧阳德,他立刻告辞去了。

这里银头皓叟胜奎到了外客厅之内,叫家人哼将军李环、哈将军李佩二人,点六十名家将,各带兵刃,立刻出了庄门。胜奎上马,他到了村外,说:"李环、李佩,你二人跟我到松林庄去,如见贼人,一并拿获。我先暗中上房,到里面看他所作何事,你等从大门进去。"胜奎告诉两个家人答应,立即前往。催马方到松林庄前,红日东升,庄门大开。胜奎跳下马去,立刻飞身上房。他至里面,见大厅上绑定一人,正要开膛。胜奎说:"好小子!"一镖打倒姚谎山,跳下房来,说:"马万春,我派你在这松林庄照应我的田地,你招聚一些匪类之人,你私立公堂,擅杀职官,我先把你拿住,交官治罪。"外边来了哼将军李环、哈将军李佩两个家将,带六十名庄丁也来到。九花娘见事不好,先自逃走。马万春他所会的武艺,都是跟胜奎所练的,他也知道是来拿他,也不敢动手。青毛狮子吴太山等大家都知道胜家寨厉害,无人敢惹,全皆逃走。

被胜奎拿住马万春,把徐胜放下来,问是"因何被绑?哪里人氏?"徐胜把自己来历细述了一遍。胜奎说:"原来是彭大人那里的差官老爷,我把这厮同尊驾送至宣化府去。"徐胜说:"甚好,就托庄主分心。未领教庄主尊姓大

名?"胜奎说:"我住家是宣化府黄羊山胜家寨,我姓胜名奎,绰号人称银头皓叟。我这家丁马万春,他任性妄为,我也曾说过他,他总不听,我今不能管他,叫他到当官

去领罪罢。"徐胜说:"很好!"立刻套了一辆车,装马万春于车上,给徐胜一匹马骑,叫众家丁回胜家寨去。这里李环、李佩二人送徐胜、马万春上宣化府去,胜奎回家。

徐胜等押解着马万春,顺路到了宣化府钦差大人公馆。徐胜下马,进了公馆,见高源、刘芳二人正自吃完早饭,看见徐胜,说:"你二位昨日怎么没回来呢?大人感冒风寒,正自无有主意,想念你。今日从哪里来?"徐胜说:"我见大人细说,你二位随我来呀!"到了上房,彭公方吃完早饭,见徐胜进来,问:"从哪里来?武杰往哪里去了?"徐胜说:"我二人奉大人之命,我找拿妖妇九花娘。在那松林庄有贼人马万春窝藏江洋大盗,与九花娘都在那里。我被获遭擒,武杰也不知死活。我被马万春要开膛摘心,有他主人银头皓叟胜奎,他知道他家人马万春不法,带庄丁把我救了,拿获马万春,叫他家人李环、李佩送我与马万春来至大人的公馆,求大人速办马万春。"彭公说:"把马万春带来,我要细细审问于他。把来人差他回去,与你主无干。"徐胜出来说:"你二人回去,大人吩咐与你主人无干,把马万春留下就是。"李环、李佩二人回去不表。

却说那徐胜带众人,领马万春至大人面前跪倒,彭公问道说:"下跪的是马万春?"马万春答应:"是。"彭公说:"你窝藏江洋大盗,与妖妇九花娘与我差官抗拒。你谋为不轨,杀害职官,情如叛反,你从实招来!"马万春说:"我是爱交朋友,因吴太山他原是保镖的,他与我至厚,昨日他来家拜访,还带着七八个朋友,说是往口外去找人。九花娘他母亲是我姨娘,他来至我家,我们是亲戚。"彭公一拍桌子,说:"你说你们既是安善良民,为什么与我差官动手?把我那个差官给杀了,要开这个差官的膛?你从实招来!"马万春说:"我昨日晚饭与朋友吃酒,从房上跳下来两个人,抢刀动手,我等认着是贼人前来明抢,故此我等与他二人动手,拿住这个。那个我们追至村外,被一个和尚叫小方朔欧阳德所救,不知往哪里去了。这被我所拿之人,我是审问他是哪里的贼,姓什么,叫什么?被我主人来说我私杀职官,我也不知是大人的差官;要知是大人的差官,小人天胆也不敢。"彭公说:"马万春,我且问你,九花娘往哪里去了?吴太山这八九个人,是往哪里去了?"马万春说:"小人被我主人拿住,他等全都吓跑了,我也不知是往哪里去了?"彭公说:"马万春,你自己结交匪类,隐藏大盗,你就不是好人。"叫高源、刘芳:"你二人送他去县衙,按律办他。"把他所作为之事写了一个名帖,交高源、刘芳将他送至县衙。彭公暂住这里养病,递了一个折子,参知府王连凤庸劣无知,办事糊涂。过了几天,上谕下:宣化府知府王连凤即行革职。

不表彭公。且说那武杰在庙内养病。他师傅把他那毒蒺藜伤给他治好,上了五福化毒散、八宝拔毒膏,他那镖伤已好,在庙中吃的是素小米粥、馒头,他实是不行,自家又不能走。他是在自家家中吃喝惯了,他也受不了这样清苦。那日他自己在千佛山真武顶山门以外,瞧见那树木成林,山前山后,果然是山清水秀,峭壁石崖。自己信步而往前行,走下了山坡。一路上清山叠翠,碧柳如烟,樵夫高歌于山坡,牧童驱牛于野外,青苗遍地,俄然一新。农夫荷锄于田亩之中,渔翁垂钓于河岸,游鱼正跃,野鸟声喧。

武杰到处赏玩,不知不觉到了宣化府西门内大街。坐北向南有一座茶楼,上写"胜家茶楼",挂着"包办酒席,应时小卖",里边刀勺乱响。武杰手无一文钱,腹中又饥又渴,进了茶楼,见门内东边是柜,西边是灶,后有些座位,那东边是楼梯。武杰登梯子上楼,见这座酒楼上是十间,北边有六个座位,南边是六个座儿,楼窗大开,见四面都是奇花异草。武杰坐在西边第三个座上,叫跑堂的过来,要酒要菜。跑堂的答应,问:"要什么酒? 什么菜?"武杰说:"只要可吃就得。给我配四样菜,要两壶黄连叶酒。"跑堂的下去,不多时摆上小菜碟儿,又把酒送过来,菜摆上。武杰自斟自饮,越喝越高兴。自那日到在真武顶上,至今日并未吃着酒肉,他今日开斋,吃的很高兴。他自己吃喝已毕,跑堂的撤去残桌,算了账,该钱三吊四百五十文。武杰说:"给我写上罢。"跑堂的说:"我们这里一概不赊,俱卖现钱。"武杰说:"你跟吾取去吧。"跑堂的说:"我们这里不跟你去取。"武杰抢起巴掌,正打在跑堂的脸上。

跑堂的立刻跑下去,说:"掌柜的,楼上来了一个吃饭的,他不但不给钱,还打我。"掌柜的姓邹,山东人,听伙计一说,气的他冲冲大怒,说:"好一个屄进的,你吃了饭不给钱,你还这样无礼! 伙计们,拉下他来打他,打死我给他偿命。"有几个伙计立刻就拿家伙，只见从楼上跳下一个小蛮子来，往外就走。众伙计说："小辈，你休想逃走，我等把你生生打死！吃了饭，你不给钱，你还打我们的人。"武杰也不与众人说话，他往外就走。众伙计跟至外面，有一个何伙计过去，伸手要抓武杰，被武杰一拎他腕子，拉倒就地。那些个伙计摆兵刃，往上围住那武杰。不知后事如何，且听下回分解。

国学经典文库

中国公案小说

·彭公案·

图文珍藏版

# 第八十三回　武国兴大闹胜家楼
## 银头叟亲传惊人技

诗曰：

八字生来命运乖，浮云遮掩栋梁材。

胸中有志休言志，腹内怀才莫论才。

孔子陈蔡绝粮日，公望空守钓鱼台。

二人虽有冲天志，怎奈时衰命运乖。

话说武杰见众人围上，各执兵器要打他。武杰挥拳打倒几个人，吓得那几个都不敢过来与他交手。正在这分光景，忽听那西边来了十数匹马，马上骑定是银头皓叟胜奎。他带家人李环、李佩，还有十几名手下人等，来至宣化府酒楼，要在这里作乐几天。这座酒楼是胜家所开，在宣化府一带无人不知不晓。今日胜奎方才来至此处，见那饭铺门首有一伙人正打架。胜奎说："你等所为何事？做买卖不准欺负人。"酒楼伙计说："他吃了饭不给钱，还打了跑堂的，实是可恨。"胜奎说："有这样的事。李环、李佩二人，去拿他去。"二人答言，掖起衣襟往前一赶步，他窜过去，扬拳就打。那武杰一撤身闪开，抬腿一脚，正踢在李环左腿之上，反身倒于就地。李佩见哥哥被人家踢倒，他过去要报仇，也被武杰踢倒。胜奎看那武杰十八九岁，姿容秀美，品貌不俗，已有三分喜爱心，方要问他姓什么？叫什么？武杰本来无理，出于无奈，他自己跳出圈外，就往西跑。胜奎说："追，莫让他跑！"这伙人跟老英雄往西门外一追，他在头前一直的顺路往千佛山去。

那胜奎看行迹，心中说："这个人不是我们此处之人。看他五官相貌不像不要脸之人，我倒要跟他到那所住之处，看他是作何生理？"带一干家人进山不远，见武杰顺道上千佛山，这里众人随后紧紧追赶。那武杰回头看见众人追他，暗说："不好！我要丢人。"方要进山门，见师傅在那里正自站着，说："师傅救我！"欧阳德说："你为什么缘故？细细说来。"武杰说了方才之事。欧阳德说："你进去吧，吾自有道理。"胜奎追到山门，他见善修和尚在这里站立，他二人是故友，知道欧阳德是一个侠义之人，二人见了礼。胜奎说："贤弟，你在这里作何事情？方才进你们庙中那个人，你可认识他吗？"欧阳德说："那就是小徒武杰。他在这里受不了这样清苦，他去上宣化，我也不知，叫兄长生气。"胜奎说："他的武艺练的怎么样？"欧阳说："他无非知其大概。"胜奎说："把他送在我那庄中闲住几天，一则饭食也好，二则我无事传他练些武艺。"欧阳德说："甚好！武杰，你出来，给胜太爷叩头，你跟在那里养几天伤痕，就跟胜大爷他学些武艺。"武杰答应，先给胜奎叩头。胜奎拉起来说："欧阳贤弟，你无事也要到我那里来一谈。"欧阳德说："吾是必要去的，我也不请你到庙中来坐了，你请回去罢。"

武杰跟胜奎回归胜家寨。把武杰留在西院，书房三间叫他居住，派书童耘田去伺候他。武杰瞧那书房，屋中甚是洁净，墙上名人字画，挑山对联，工笔写意，花卉翎毛，各样玩艺。花梨、紫檀、楠木桌椅、条几，各样古董玩器不少。单有人伺候武杰酒饭。武杰白昼无事，就跟胜奎习学拳脚，讲论各样兵器，胜奎全皆指教他。

这胜庄主他跟前有一子，名胜起山，早丧，留下一子一女。女儿名玉环，好武艺，幼读书，博学多览，知古达今，练的一口好单刀，家传迎门三不过飞镖、甩头一子、袖箭弩弓，各样的暗器，今年十七岁。孙子胜关保，今年八岁，聪明过人，在学房读书，夜从胜奎学些武艺，家中都喜爱他能言最灵，人送绰号小神童。

武杰他自从来至胜家寨，见胜奎待他甚厚，教给他练那些拳脚及打镖，他总练不会，胜奎很耐烦。打镖该当如何取准，如何使劲，上中下分为三路，武杰领会，他记在心中，白天他装作不会之状，夜晚这院无人，他照样施展，照数在院点上几根火香，放在八步之外，他掏出镖来，对准那香火之光打去，连发三镖，连中三镖，他每夜自己留心习练。那胜奎白日教给他，他总装不会，他怕自己要会了，他就不肯教了，故作粗笨。

这夜他正在练习拳脚之间，忽然听的一阵琴音正美，自己心中一动，说："吾家中自幼儿长听吾母讲论琴的妙处。这里乃边北之地，也有抚琴之人，吾要听听在哪里？"武杰他自己飞身上房，施展飞檐走壁之能，顺声音找去。窜过两层房，只见正东北有一所院落，琴声从那院中出来。即至临近，但只见是上房三座，坐北向南，屋中灯光闪闪，东西各有配房三间。院子宽大，内有各种奇花，借着月光，看得甚真，果然是开的鲜艳，时放奇香。武杰至上房在前檐，是前出廊、后出厦的房子。他施展武艺，使了一个夜叉探海式，反了一个珍珠倒卷帘的架势，望屋中，借灯光隔着竹帘，看得甚真。见是当中放一张八仙桌儿，桌上南边是一对素烛，当中一个香炉，内烧的檀香。桌子北边放着一张琴，在正北有一把椅子，坐北向南，上面坐定一个女子，年有十六七岁，光梳油头，淡擦脂粉，轻施蛾眉，细弯弯眉舒柳叶，嫩生生粉脸桃腮，水凌凌秋波杏眼，红宁宁唇似樱桃，果然清淡淡品如金玉，香扑扑气若芝兰。身穿蓝月白绸子女褂，蓝绸中衣，有桌案挡着，武杰看不见下身，书中代表，足下金莲二寸有余。这位姑娘性好抚琴，受过名师指教，他无事自己要抚一曲。今夜风清月白，自己焚香，叫使唤仆妇人等全皆退去，他自己净手焚香。正抚在得意之间，忽然断一弦。这位姑娘乃是银头皓叟的孙女儿，名叫玉环，性情刚暴，家人皆怕，又有一身好武艺，会打几样暗器。今夜忽然琴断一弦，他留神一看，早见帘外房檐之上趴定一人。他站起来，进了东里间屋内去了。

武杰并不知道他去做什么呢。远望屋中，看他是作何事故。自己正自等候，忽然房上瓦檐一响，他回头一看，见是一女子，手中抢刀，照他脖项砍来。武杰无处躲闪，往下一沉身，摔于就地。原来是那女子，他看见外边有人，进了东里间屋内，取首帕把头罩好，从墙上摘了一口单刀，把后边那扇窗户一推，飞身出去，窜上后房坡，往前走了几步。他见那人还在那里趴着，有心要用刀扎他一刀，武杰也就死了，又不知是谁？胜玉环乃心细之人，他故意踩的瓦檐一响，惟是叫他回头，他好看看是谁？武杰回头看见他抢刀，趁势落于就地，胜玉环就跟着也跳下去了。武杰手无寸铁，也不敢动手，"人家是一个女儿家，我在人家借住着，深夜往姑娘这院中来，是不便，叫胜奎知道，定说我不是好人，我有口难分，我不如以走为上"。他见胜玉环用刀砍他，他自己飞身上房。胜玉环叫丫鬟鸣锣，他也跟着上了房，立刻追下去。武杰方要往他西院中跳，忽然间听见各处锣响。胜家寨有这个规矩，夜内有贼，是鸣锣为号，锣声一响，各处人知信，四面往这里来攻。这寨中庄丁有二百余名，李环、李佩二人为头目，来至这院中，胜奎老英雄也出来了，说："拿呀，莫放走贼人，竟窜往姑娘那院中去了。"李环等各执灯笼火把、松篁亮子，照耀如同白昼一般。武国兴也不敢回书房去了，自己往北房上走。胜玉环的性情又傲，总要拿他，在后面紧紧追赶，众人也跟着追出后寨门。

天有五鼓，武杰见眼前一座山口，他一个慌不择路，恨不能飞上天去才好呢。李环、李佩也赶到此处，说："姑娘不要着急了，这座山是个葫芦谷，他从这山口进去，没有出去的道路，都是从这山口出来。"胜奎也赶到这里，说："姑娘，你回去，都有我拿他，看他上哪里逃？我非拿住他不可。"胜玉环说："爷爷这么大年岁也追下来，还是进山捉拿他为是。"胜奎说："也好，姑娘守住山口，我带李环、李佩进山拿他。"胜玉环答应，执刀在这里等候。

单说那武杰自己进了这座山口，见荆棘遍地，道路崎岖，自己也无法不能不走，恨不能飞出谷口。忽听后面喊嚷追赶之声，天色亦亮，自己看这山里面，越走越宽大。只见正北是一座青石崖，东西两座高山，这三处都是高峰峻岭，不能上去的。正在为难，忽然间见正北有一座树林，从那树林中起了一阵大风，从树林内窜出一只虎，浑身都黑黄之毛，其大似牛。一见有人，他把尾巴一摇，又把浑身的毛儿一抖擞，摇头一晃，只奔武杰而来。武杰手无寸铁，正自着急，忽然想起囊中还有拾只镖，他掏出一只来，照定那虎项就是一下，又掏出一只来，正打在虎眼之上，又一镖结果了性命。那虎把前爪一扒地下石子儿，就地滚了两个滚儿，登时身死。

胜奎带李环、李佩等来至山内，见那边站定是武杰，打死一只猛虎。胜奎心中一动，说："这武杰他师父是小方朔欧阳德，乃侠义之人，他徒弟断不能不说理，为何做这样无情理之事？真令人可恼。"正自愤愤不平，忽见后边欧阳德来也。他连忙的过来说："欧阳贤弟，你这个徒弟在我家中住着，他黉夜上我孙女玉环院中，所为何事，我甚不明白，我要领教领教。"欧阳德说："吾奉吾师之命，前来解合。武杰你过来，昨夜为了何事，黉夜入内宅，你从实说来。"武杰把听琴之故，细说了一遍。那胜奎听了，也近乎情理，见武杰他句句是实话，并无虚语，方才又打死一只猛虎，真少年英雄。胜奎先见面之时，就有爱慕之心，这也是前世宿缘。他一拉欧阳德至南边,说:"贤弟,吾意欲把我孙女玉环托你给武杰为妻,你要做主为媒。"欧阳德说:"吾奉吾师之命,正为此事而来。叫家人把那只虎抬回家中,先请姑娘回去罢。"家人把姑娘胜玉环劝回家去。这欧阳德说:"徒弟,你来给胜老英雄赔罪,闹了一夜,也未睡觉。"武杰说:"实是我粗心的过失。"胜奎说:"都是自己人,不要疑忌。"三人说着话,一同出山,回至后寨门,进了大门,至客厅,家人献上茶来。

欧阳德拉武杰至西屋内,说:"徒弟,你这里来,我有话和你说:你今十八九岁,尚未定亲,吾给你说一个亲事,就是这胜家寨老庄主的孙女,今年十七岁,你不可推脱。"武杰说:"家有老母,吾不能自主,师傅详情。"欧阳德说:"你写一封家信,吾自去问你母亲,你自要点头,无有不允之理。"武杰说:"既师傅这样说,吾就应允了。"欧阳德替他拜了胜奎,叙了年庚,大家摆酒庆贺。武杰写了一封家信,连定亲之故都书写明白,烦师傅欧阳德带去。欧阳德接了书信,告辞往徐州下书去了不表。

单说胜奎从厚款待武杰。他又告诉家中人知,这小姑老爷无人不敬。过了几日,胜奎想要往宣化府去听戏,欲邀武杰散心。商议好了,叫家人备马。胜奎换了衣服,方同武杰出了庄门,见对面来了一人,年约二十以外,身高七尺,眉清目秀,身穿蓝绸长衫,内衬白裤褂,蓝绸子套裤,足登青缎快靴,手拿小包裹,正望大门里瞧。胜奎一见此人面目可疑,神色不对,将武杰拉至书房。不知所说何事,且听下回分解。

# 第八十四回

## 采花蜂大闹上蔡县
## 苏永禄巡捕恶淫贼

诗曰：

世情变幻云中露，浪里飘飘风里絮。

桓文功烈伊周表，富贵浮沤何足据。

话说银头皓叟胜奎要带武杰上宣化府听戏，方到庄门，见眼前站定一人，不住只望院中瞧。胜奎他见那人年有二旬，白净面皮，俊品人物，仪表非俗，二目贼光透露于外。胜奎乃久闯江湖之人，今一见这个人来此是踩道的样子，告诉家人："不必备马了，你等且回去。"他一拉武杰来至书房，说："武杰，你可看见咱们门首站定那人，你知道是谁否？"武杰说："我看他仿佛像江湖之人，二目贼光闪闪，今夜多要留神才是。"

再说今日胜奎看那少年之人，乃是庆阳府北尹家寨的人，姓尹名亮，外号人称采花蜂。他父名尹禄明，外号人称镇山豹，他叔父尹禄通。他父尹禄明出家在罗家店金龙宝善寺，跟神弹子火龙驹戴胜其当和尚。尹亮也跟戴胜其学练各样武艺，会打毒药镖，一口单刀，又有飞檐走壁之能，窃取灵妙之巧。他正学了五年武艺，闻听他父亲已死，他自己要遨游四海，逛各名山胜境之处。他其性最淫，专于贪淫好色。要看见好妇人，勿论在哪里，他夜晚必要前去，先采完了花，他然后一刀杀死，他用粉漏子漏下一个采花蜂在墙上。他受异人传授一宗熏香，无论什么人，他要熏过去，人事不知，非用解药或凉水这两样东西，才解的过来。要无这两样物件，须候六个时辰才能过的来呢。他因逛了一趟苏州回来，听说河南为名胜之地。他那日到了上蔡县境界，一问本处有几个有武艺能为都作生理。那日他住在上蔡县西关顺兴店内，他无事必要出去，在大街小巷各处闲步，看那买卖兴隆，人烟稠密。

这日他在西门内路北，见有一座朝阳庵，是尼僧庙，门首有一少年妇人上车。

尹亮看那妇人,年有二十以外,光梳油头,戴几枝银簪环,面如桃花,白中透润,润中透白,并未搽脂粉,自来俊俏,黑鬒鬒双眉带秀,水淋淋二目有神,身穿雨过天晴细毛蓝布褂,青裙儿,蓝布中衣,足下金莲二寸有余,又瘦又小。上的车去,只见山门内有一老女僧说:"今日早些回来,庙中无人。"旁有看上车的人不少,内有一位老人说:"这位姑娘才是贞节烈女哪!娘家姓李,姑娘才十八岁,许配蔡举人之子为妻。未过门,他男人死了,他跟他母亲要吊孝去,他母亲带他去婆家。到了婆家,他自己剪去头发,一定要守望门寡。婆家也劝,娘家也不叫他守寡,那姑娘定要出家在这朝阳庵,拜老僧慧安为师。今日是他娘家来接家去,真是千古贞烈的节妇。"采花蜂尹亮他听那老人讲论这一段事,他听在耳内,记在心中。自己找了一个酒馆,坐落了一天。

直到天晚之时,他回至店内,到了自己住的屋,他安歇睡着。候至天有初鼓之时,听了听店内众人俱都睡熟,他换了夜行衣服,头戴罩头帽,身穿灰色裤褂,足登青缎快靴,把白昼衣服包好,斜插式系于背后,头前带百宝囊,内装十三太保钥匙,搏门撬户的小家伙。带上熏香,出了上房,把门带上,飞身上房,蹿房越脊,进了上蔡县的城。他再东西一看,并无一人。他到了朝阳庵庙内,见那庙中是大殿一层,东西各有配房,在大殿之东是一所院落,北房屋中木鱼声喧,灯光闪闪。尹亮到台阶上,见东西屋内皆有灯光。尹亮在上房屋西窗外,湿破窗纸一看,见那屋中靠北墙一张大床,床上一张小桌,桌上烛台一枝,靠东边床上坐定是白昼上车的那个女子,淡妆素服,借灯光一看,果然天姿国色,有倾国倾城之貌。真是马上观壮士,灯下看美人。那尹亮看罢,他淫念一起,不管伤天害理。他到了房门首,一推那门,门尚未关,他进去到了西里间屋内,那女子正念救苦真经,求神佛保佑。忽见帘子一起,进来一人,见那人是个男子,并不认识,站在眼前。那女子说:"你是什么人,来此何干?我们这里乃是尼僧庙,你夜晚来此何事?"尹亮一听,微然一笑,说:"娘子,我白昼看见娘子上车,我一见芳容,心神不定,我的魂灵被你勾来。今夜我前来相会,望求娘子赐片刻之欢,我有薄礼相赠。"那位贞洁女子一听尹亮之言,羞的满面红赤,说:"何处狂徒,这样大胆!你快快出去,我要喊出人来,把你拿住。拿住你那时,悔之晚矣!"尹亮说:"你当真不从我?"那女子听尹亮之言,便嚷说:"师傅快来,可不好了,有了贼啦!"老尼僧在东屋内听说嚷有贼,连忙过来。采花蜂尹亮他看那女子一嚷,一伸手拉出刀来,抓住那女子的头发,抢刀就砍,一下正中脖项,人头落地。老尼僧方一掀帘子,看见尹亮杀了人,他大嚷说:"有贼!"被尹亮一刀砍倒在地,连怕带吓,登时身死。尹亮从那囊中掏出粉漏子来,漏了一朵鲜花,上落一个蜜蜂儿。他未得走味,只好回归店内,到了自己所住之房安歇睡觉。

次日天明起来,听店中伙计说:"西门里朝阳庵尼姑庙内闹贼,砍死尼僧,杀了贞洁烈女,有地面官人去禀官相验,少时咱们去瞧热闹儿去。"采花蜂一听此言,也要去看热闹。众人吃了早饭,采花蜂尹亮他换了衣服,同众人来至在尼姑庙内,随众去看热闹。

不多时,见上蔡县知县李凤仪坐轿,带三班人役等,刑房稳婆,到了庙内下轿。这位老爷为人精明,乃科甲出身。自到任以来,勤于政事,爱民如子,大有政声。今来至朝阳庵下轿,早有本处官人预备公位在这里。老爷落座,吩咐刑房人等验。稳婆验完,来至老爷公案前回话说:"此乃被刀杀死,一个女子,一个老尼,皆是刀伤致命之处。"李老爷他有两个班头,一名捕头紫面虎苏永福,一名叫雨雪豹苏永禄,乃亲兄弟二人,武艺精通,在本县当头役,远近闻名。老爷派他二人,看里面有什么疑忌无有。苏永福到了里面北禅堂内,闻着腥血之气,只透入鼻孔之内。各处看了看,贼人是从门内进来的,并无别的行迹,唯那北墙之上有一朵粉花,上落着一个蜜蜂儿。看完回来说:"下役奉老爷谕,看那屋中,是并无别的形迹,惟北墙上有一朵花,上落着一个蜜蜂儿,是贼人留下的暗记儿。"李老爷点了点头,吩咐本地官人,领棺材埋这两个死尸。

老爷回衙,立刻把苏永福、苏永禄二人叫进书房之内,说:"你二人领本县票,在大小店口、庵观寺院之内,访查形迹可疑之人,或绰号叫采花蜂者,拿来有赏。我给你二人五天限,如办不了贼来,我要重办你们。"老爷票贴赏格:"如有拿获尼庵杀人凶犯者,赏银五十两;如有送信者,赏银三十两。倘若知情不举,窝聚贼人,被本县查出,按律从重治罪,决不姑宽。"赏格贴于四门。

单表二位班头，乃亲手足兄弟，他二人领了老爷谕票，带他们的小伙计儿在大小店内访查，并无贼人下落。那日正然访查，东关外又出一案，裁缝铺杨五之妻夜内被杀，也留一朵鲜花，上落一个蜜蜂儿，是先奸后杀的。老爷验尸，回头升堂，叫苏永福来说："本县派你拿获采花淫贼，你并不认真缉捕，给我打！"苏永福说："老爷恩施格外，下役昼夜去查，无奈访不着下落，只求老爷开恩罢！"李老爷说："我这次不打你，你要三天交不出贼人来，我要了你的性命。"苏永福连连磕头下来，回到自己下处，与二弟甚是为难。苏永福说："你我必须改扮才成。我扮一个卖带子的，你会什么，也改扮一个卖什么的，暗带单刀铁尺，叫那手下伙计都在下处等候。"苏永禄说："我学过捏江米人，我家里还有一份柜子呢，你我就改扮起来。"兄弟二人改扮做小买卖之人，在各处去寻访此案。

苏永禄出了上蔡县的城，在各村庄去捏江米人玩艺儿，也捏各样戏儿。他走了几个庄村，也并无有开张，也不知贼的下落。他在店中住下，次日又去各村绕弯。走至一个村庄叫李家铺，他正自把柜子放下，一个大户人家门首歇息歇息。忽然间，从里面出来几个女子，有十八九岁的两个，有十四五岁的一个，还有两个小童，都有七八岁，要买红米人，问要几个钱一个？苏永禄说："五十个钱一个人儿，捏一个小八狗儿三十个钱。"那小孩说："你一样捏两个，我们瞧瞧。"那苏永禄说："捏了就是你的，你要不要，我没处去卖。"那小孩说："也好。"苏永禄就在大门首捏起江米人来。

正捏着，忽见从正西来了一个人，年约二十以外，俊品人物，头戴马连坡草帽儿，身穿青洋绉大衫，足下青缎抓地虎快靴，面皮微白，站在苏永禄的身后。他看门内那几个女子，看得目不转睛。不防他出神之际，自己唾沫流了苏永禄一脖子。苏永禄正低头做活，觉着脖子后头一凉，他立刻一回头，瞧了那人一眼，就看那人不是好人，二目贼光闪闪。苏永禄乃久当捕快的人，他一见就识，心中说："一多半是这小子。"采花蜂正自看得出神，又望大门各处瞧了几眼，仿佛像踩道的一样。苏永禄暗中留神，他自己捏完了人，要了钱，他暗跟那少年之人走了有五六里之遥。他自己心中说："他也往上蔡县去。"见那人进了上蔡县城，就不知是往哪里去了。苏永禄到了下处,等他哥哥回来。他问他兄长:"访着了没有?"苏永福说:"并无下落。你怎么样?"苏永禄把在李家铺遇见那人的神色说了一番。兄弟二人定计,要捉拿采花蜂。且听下回分解。

# 第八十五回　尹亮误入纪家寨
# 烈女无故被贼杀

诗曰：

莫嫌地窄园亭小，休怨家贫活计微。

许多高门锁空宅，主人到老未曾归。

话说紫面虎苏永福带他兄弟永禄，又挑了四十名快手，各带随身兵刃，先出了上蔡县的城，到了李家铺。派那地方官人去暗中探听，他们都躲藏在庙内。又派了几个精明的伙计去，在大户人家左右，分为八方，偷看探望。如要有生人黑夜上房，他们大众各带兵刃，先围宅院，然后拿贼。苏永福分派已定，大家在那庙内隐藏，以候回音。

单说采花蜂尹亮，他是艺高人胆大。自从那日在尼姑庙内杀了那贞洁女子，他住在店内，白天出去观瞧那有姿色的女子，夜晚前去采花，在上蔡县杀了七条人命，他并不怕人来拿他。今日在李家铺看见两个女子，他又来采花。天有初鼓之际，来至李家铺村头，在各处一望，并无巡更之人。他至那大户人家门首，飞上房去，蹿房越脊，如履平地相似。正在各处探听动静，忽听外面人声叫喊，齐嚷拿贼。探花蜂尹亮听了，立刻翻身，窜在高房上一望，只见灯笼火把，照耀如同白昼。苏永福摆铁尺上来，说："淫贼，哪里逃走？"尹亮大吃一惊，见正南上有一人摆铁尺过来，抢起就打，尹亮用刀相迎，二人杀在一处。本宅庄主李庚辰也起来，约聚家丁帮助，前来拿贼。尹亮见事不好，他飞身往西逃走。苏永福随后追赶，尹亮回手一镖，正中那苏永福的左眉头，"哎呀"一声，倒于就地。苏永禄连忙赶过去，才扶起来，叫伙计先抬回家去，他拿刀追下尹亮。方要出村，只见尹亮站在那里，说："无名小辈，休要前来送死！"苏永禄抢刀就砍尹亮，尹亮架开刀，摆刀分心就刺。苏永禄一撤身闪开刀，又摆刀剁去。尹亮躲开刀，施展平生的武艺，把苏永禄杀的浑身是汗，遍体生津，只有招架之功，并无还手之力。尹亮看见那边追赶下来有几十名壮丁人等，他才自己跑了。

苏永禄也不敢追赶,见那众快手前来,他埋怨众人说:"你们为何不早来帮我拿贼?你们好不知事。"众伙计说:"我们把苏头儿先派人抬着,护送回家去了。"苏永禄无奈,带着众人回归衙门,据实禀明知县。李凤仪赏了苏永福十两银子养病,派苏永禄急速剿拿采花杀人之贼。苏永禄说:"回老爷,这个贼被这一惊,他必不敢在这里了。求老爷赏限,我办海捕公文,出境捉拿。"知县老爷说:"我给你海捕公文,并路费银十两,你要用心访拿贼人。"苏永禄谢了老爷,把文书银两一并领下来。他到家中看他哥哥镖伤甚重,自己为难,先把镖起下来,上了些拔毒散,他到了外边,要去请先生。见有一个老道人,在十字街前卖药,名为百化丹,专治各样病症,每粒不论多少钱都可。苏永禄见那道人仪表非俗,紫面长髯,花了几文钱,买了几粒药,回家给他哥哥吃了一粒,上了一粒,苏永福方才止住疼痛。苏永禄收拾随身的包裹,扮作一个卖袋子的,往北路寻踪采迹,跟随下来。

单表采花蜂尹亮,那日采花未能成功,他回归店来,算还店账,他想要上北京去逛逛,顺便出张家口外去访几个朋友。那日到了京都,逛了两天,他出了德胜门,顺路正往前走,忽见有一座大镇;南北大街,买卖兴隆。他走至村西头北边,有一所大庄院,里面楼台殿间,外面树木森森。采花蜂尹亮正往里瞧,又想着自己盘费不多,想要偷点银子作为盘费。正自想念,忽见从大门里出来一群妇女,那头前有一个十八九岁的,生的眉黛春山,目凝秋水,淡妆素服,上车去了。大门里还站着一个女子,生的天然俊俏,品貌不俗。看了半晌。

这所宅院是狼山纪家寨神手大将纪有德,他就在这里住。方才走的那个女子,是纪有德之妻娘家的侄女,名叫刘彩霞,他的父母早丧,跟着兄嫂度日。他时常来在姑妈家住着。今日回家有事,他坐车走了。刘氏与女儿纪云霞送出来,带着些仆妇丫鬟人等,在门口站立,观看过往之人。看了片刻的工夫,那刘氏带着女儿回归后院去了。纪云霞到了自己屋中,叫那丫鬟把刀摘下来,教丫鬟练了几路刀,自己也练了几趟刀法。吃了晚饭,纪云霞爱习学武艺,功夫纯熟。每日子时必练完了自己的功夫,才能睡觉呢。

今夜正自练功夫,天有二鼓,忽听外边铜锣声喧,人声一片。纪云霞飞身上房,看见前院一片火光,神手大将纪有德听见锣响,先叫起纪逢春来,又叫起家中人等留神。他自己到了外面,见家人嚷说:"方才有一个人,他从外往里一跳,走至二道门,他脚登着弦子,两只木狗一咬他,他一纵身上了东房,我们看得真切,即鸣起锣来,知会你等众人知道。"纪有德说:"真是无名小辈,他连我都不知道了,这是新出手的人。"正说着,听见那边有人答话:"呔!大太爷我乃采花蜂是也,我从此路过,留下名姓,吾去也。"纪有德听了此话,带人快找贼人,再也找不着了。大家乱了一夜,说:"可莫睡觉,恐怕贼人再来。"次日,纪有德给临近的亲戚送信,叫他们夜内留神,本处出了采花蜂淫贼。

话说采花蜂夜间又未能如意,自己回归店内安歇睡觉。次日天明,算还了店账,他想本处不能久住,要投奔一个朋友去。他出了狼山镇,自己顺路直往前走。天有巳正之时,只见前面有一所村庄。尹亮进了南村口,见那村庄人烟不少,正是往张家口进京一条大路。他见路东有一个随墙门楼,里面是上房五间,东西配房各三间。门前有一株大柳树,柳树下放着一条板凳,板凳上坐着一位姑娘,年有十八九岁。采花蜂尹亮一看,正是昨日在纪家寨门外所见坐车的那人。他心中一动,说:"这位姑娘生的最好。我昨日未能找他,今夜晚上找他,或者可以取乐。"他正自思想之际,见那位姑娘抬头瞧了他一眼,仍然低下头做针线。

采花蜂看的这位姑娘,正是刘彩霞。他昨日由姑妈家中回来,见他哥哥刘顺说:"你带信叫我来家,有什么事呢?"刘顺是个猎户人家,娶妻韩氏。听他妹妹问他,他说:"你嫂嫂一个人忙不过来,又有两个小孩子,这所穿的衣服都做不了,接你回家来帮着做点活计。"刘彩霞听了,就问:"做什么活?拿来罢。"今日一早,听见姑妈那里来信说,昨夜纪家寨闹采花蜂,乃是飞贼。少在门外站立,多要留神。刘彩霞这位姑娘心高性傲,一生不服人,他听外边来信,他偏要在门口站立,观看来往之人。如要有采花蜂真从这里过,他安心要施展能为,拿这淫贼。今日见一少年人,二十来岁,白净面皮,长眉朗目,二目神光发散,身穿宝蓝绉绸一件长衫,足登青缎子抓地虎快靴,五官不俗,真是另有一团精神。站在西边,目不转睛,直看着刘彩霞。刘彩霞早在暗中看见，故装未曾看见的样子。

尹亮正在两只眼发直，忽听南边有卖袋子的声音。尹亮回头一看，认的是上蔡县的班头雨雪豹苏永禄来访拿他的。他也不放在心上，自己往北去了。苏永禄虽认的尹亮，只是自己觉着不是他的敌手，也不敢动手，只好在后面远远哨探他在哪里住？或者等采花蜂尹亮睡着了之时，方敢拿他；或等尹亮在那里出恭，或离那该管之处近，他好调兵拿他。此时他见那尹亮自己往北去了，他跟了几步，心中一想，说："我看他不住眼的看那柳树下女子，他今夜必来，我何不找店歇息，今夜来此看个机会，也好拿他。"苏永禄想罢，自己找了一座小店，喝了些酒，睡在炕上。

睡至天有日落之时，苏永禄说："掌柜的，我把我的袋子寄在这里。我去找我一个朋友去，他与我约会下在这里相见，我等到这般时候还不见他来，我去到村前村后走一趟，找他去。"店中掌柜的说："也好，就是那样罢。你找他去，快回来。"苏永禄暗带单刀，来到刘顺的住宅，找一个避人之处，观看动静。等至二更时候，见从正北来了一条黑影儿，走得甚快，飞身上房，进了刘家院内。苏永禄看了多时，也飞身上墙，见那采花蜂正自看那上房东间。屋内灯光闪闪，他在窗外偷睛观看多时。忽见屋中灯吹灭了。采花蜂又至西边窗外观看，往里一瞧见屋内灯光闪闪，并无一人。正自狐疑之际，听见房上飞檐响。采花蜂尹亮乃久闯江湖之人，日行一千里，两头见日；夜走八百，不到天亮。他一抬头，见房上跳下一人来，说："好采花淫贼，你敢来此找死，我来也！"抡刀就剁尹亮，尹亮用刀相迎。屋中姑娘早收拾好了，手提单刀，跳至院中说："采花贼人哪里走？"南墙上苏永禄说："本宅主人，千万莫放走这个贼，他乃是采花蜂，在河南地方留下许多命案，我是奉县谕来捉拿贼人的。"拉刀跳下去。只见采花蜂尹亮把刀一摆，飞身上房，被刘彩霞一镖，正中采花蜂尹亮的肚门。尹亮觉着一凉，那支镖进去了二寸余，这是他采花之报应，今夜挨上铁家伙了。自己连忙逃走，伸手给自己拔下来，带伤逃走。他越想越怕，连夜往下逃去。

这一日，到了保安州地面，见街市中人烟不少。他走至十字街口，往西抬头一看，见墙内有一座楼，楼窗大开，内有一位旗妆打扮的女子，年有十八九岁，梳着一个大两把头，穿一身银红色的衣服，一张清水脸，自来白的，眉如弯月，目似秋水，准头端正，唇若涂脂，带着两个丫头，正观看那过往行人。采花蜂尹亮看了多时，又往西一看，是二府同知衙门里头的楼，知道必是同知的内眷，"这位姑娘果然生的美貌，不免我今日住在这里店内，夜晚有一个乐儿。我若得这个美貌佳人，我平生之大幸也"。

尹亮住在魁元店内，要了些酒菜，自己喝了几杯，心中甚是高兴。天晚，自己关门睡觉。睡至二更之时起来，遂听得外面并无动静，换好了夜行衣，背插单刀，出了上房。把门关上，掏出暗记儿，画在门首。他飞身上房，蹿房越脊，如履平地相似，到了同知衙门，在各处偷听。见那楼檐下透出灯光，采花蜂飞身上房，至楼上抬头一看，是三间，东边窗户内灯光透出。尹亮提刀来至窗户临近，湿了一个小窟窿，往里一看，见屋内围屏床帐甚好，床上坐着一人，正是那白昼所见的女子，同两个丫头在那里说话。尹亮进了上房，把两个丫鬟杀死，说："美娘子，你须从我片刻之欢。我自从白昼见你一面，无刻忘怀，你须从我这件好事。"那女子一听此话，说："好贼人，杀了人啦！快来吧，杀了人啦！"采花蜂说："你嚷，我连你也杀死！"一伸手，抓住那女子说："从不从，快说呀！"那姑娘还是嚷，尹亮举刀要杀，只听下边一片声喧，采花蜂要被获遭擒。不知后事如何，且听下回分解。

# 第八十六回　陈清捉拿采花蜂　尹亮夜入三圣庙

诗曰：

家贫家富总由天，日夜忧愁也枉然。

人世虚浮朝暮异，不如安分且随缘。

话说那采花蜂尹亮拉着那姑娘，连吓唬带央求。那烈女视死如归，大骂淫贼，说："你这伤天害理之贼，还不给我退去！"尹亮说："好，你是不要命了！"手提一刀，把那姑娘杀死。他用粉漏子漏了一朵梅花，上落着一个蜜蜂儿，又提笔写了几句诗，在墙上留下名姓。写的是：

背插单刀逞英雄，云游四海任纵横。

白昼看见窈窕女，黑夜前来会美容。

豪杰有意求云雨，佳人薄幸太无情。

因奸不允伤人命，我号人称采花蜂。

采花蜂尹亮写完了这字，投笔于桌上。他自己无有精神，往外逃走。方要走时，忽见对面来了几个查夜的人，连忙藏躲无人之处，候人家过去，他才去了。

次日早起，二府同知法福理早晨起来，行坐不安，肉跳心惊，正不知所因何事，忽见乳母刘氏慌慌张张的来说："老爷，不好了！姑娘不知被何人杀死！"法福理听奶母之言，吓得面如土色，连忙带领从人，亲身要到妹妹屋中去，看看是怎么一段缘故？他到了楼上，闻见血腥之气直透入鼻孔之内，见他妹妹与那丫鬟死尸仰卧于地下。一看墙上，那贼人还留下几行字迹。法福理看罢，立刻气得面目改色，大骂贼人。自己先派家人预备棺材，叫他们成殓起来。然后升堂，叫齐了值日三班人役等，说："来人，传捕快陈清、冯玉二人前来，派他二人办案去。"衙役等答应，忽速把那两个大班头叫来。

那陈清绰号人称赛叔宝，冯玉绰号人称醉尉迟。二人练的一身好武艺，专爱结交天下英雄,在本衙门充当捕快头目,办案拿贼,属为第一,此处无人不知,无人不晓。今听老爷叫他二人,连忙上堂给老爷请安,说:"老爷呼唤下役,有何事情吩咐?"法福理说:"陈清、冯玉,你二人乃在本分府久当头役之人,今夜本分府衙内闹采花蜂,贼人杀死三条人命。我给你二人三天限期,要拿住采花蜂。淫贼他杀死丫鬟与姑娘,还在墙上留下诗句,上写'背插单刀逞英雄,云游四海任纵横。白昼看见窈窕女,黑夜前来会美容。豪杰有意求云雨,佳人薄倖太无情。因奸不允伤人命,我号人称采花蜂'之句。"将诗抄写给二人一纸:"千万留心。如拿获贼人,本分府我赏你二人白银二百两。倘若你等不认真查拿,我定要重处治你!"二人答应,立时领了签票,出了衙门,回到下处,换好了随行衣服,暗带兵刃,二人先在各处寻访踪迹,并无下落。

二人无法可施,因到十字街庆芳楼酒馆正面楼上坐下。那冯玉一生最爱饮酒,千杯不醉,他生的面又黑,因此得了一个绰号醉尉迟。二人见酒楼上吃酒人不多,方才坐下,跑堂的认识他两个,说:"二位班头来了吗?今有什么公事?这几日少见。"陈清说:"我出城探亲,我们冯贤弟他最爱饮酒,不论在哪里就喝,你给我二人要几样菜,送上十壶酒来。"二人喝了几杯,心中闷闷不乐。陈清说:"冯贤弟,你我二人在这衙门内,总算数一数二的官人,今日这案就不好办。你想,这采花蜂是人的一个绰号儿,你我也不知是男是女,是僧是道,是老是少,并无眼儿,怎么拿他?就是采花蜂他来了,咱们也不认识他,这如何是好?"冯玉说:"大哥且喝酒,喝完了酒,再想主意。古人说的好:

万事不如杯在手,一生都是命安排。

喝完了酒再议。俗语说得好,吉人自有天相。我也不是说大话,这个贼人他不算什么英雄,杀了人还留下诗句,并无人认识他。他要见我之面,我知道他是如何面貌,他想要逃走比登天还难。"陈清说:"这话说的是,你我要认识他,要拿他如探囊取物,不费吹口之力。"

二人正自说着,忽见南边对面桌上一人站起来,身高七尺,白净面皮,长眉朗目,俊俏人物,身穿宝蓝绸绸长衫,足下青缎快靴,在那边吃喝完毕,把大衫脱下来包在包袱之内，手中拿着小包袱，来在赛叔宝陈清、醉尉迟冯玉跟前，说："你二位方才所说之话，我已听了多时了。你二位是本分府的班头，要拿采花蜂吗？"陈清、冯玉二人说："不错，是你怎么知道？"那人说："你二人认识采花蜂不认识采花蜂呢？"陈清、冯玉说："我们并不认识这采花蜂是何人。"那人说："你二位要拿他，远在千里，近在目前。"陈清听到这里，一拉那人说："朋友，你请坐，你必是认识此人，你可带我二人一同前往。只要拿住他，我二人必然重谢你。"那人说："你不必拉我，我告诉你罢。"陈清放开手说："请坐细讲，咱们三人喝回酒。"那人一阵冷笑，说："我酒是偏过了，你要拿采花蜂就是我，我就是采花蜂。"陈清、冯玉二人听了说："好！你算是好朋友，我二人正在为难，你打场官司，我二人好交朋友。无论怎么样，都有我二人照应你。"那人听到这里，说："我要打官司，我手中的刀他不愿意。"伸手抓刀，抢刀就砍，陈清、冯玉二人抢铁尺相迎。这二人武艺超群，与采花蜂三人杀在一处。那些吃酒之人，都吓得各处藏躲。

尹亮跳下楼去，陈清、冯玉二人各摆兵刃说："哪里逃走？"方跳至大街，正南来了苏永禄，一看那采花蜂尹亮从楼上跳下来，他把袋子杆一扔，提刀赶将过来说："采花蜂，你往哪里走？我必要结果你的性命。二太爷我自上蔡县跟下你来，甚不容易。"采花蜂尹亮听苏永禄嚷着过来，要帮助陈清、冯玉动手，尹亮急了，伸手掏出一支毒药镖来，照定那冯玉咽喉打去。冯玉正然动手之际，见采花蜂尹亮往北一转身，趁势一镖，直奔咽喉而来。冯玉连忙一闪，正中左肩之上，"哎呀"一声，倒于就地，不省人事。采花蜂跑了。

陈清过来，扶起冯玉，苏永禄也赶到，说："了不得啦！这是毒药镖，我家兄曾受他一镖，请人看过，尚不知生死。这个镖，人要中了最厉害。"陈清说："兄台贵姓？哪里人氏？来此何干？"苏永禄说："我姓苏名永禄，乃上蔡县的班头，我专为捉拿采花蜂而来。他在上蔡县留下两条命案，我兄长中了他一镖，不知生死。我奉谕前来拿他，见你二位与他动手，我赶奔前来，想要把他拿住，不想这个朋友被他所伤。未领教你二位贵姓？"陈清说："我叫陈清，他叫冯玉，是这本处捕快头目。只因昨天夜间，衙内杀死姑娘、丫鬟三条命案，我二人奉老爷之命捉拿采花蜂，定要拿住他才好。我这二弟他家有寡母，他要死了，无人奉养。这镖打在肩头，你看全都肿了。这是毒药镖，非胜家寨五福化毒散、八宝拔毒膏不能治此镖伤，我常听人说过。"苏永禄说："这胜家寨在哪里？"陈清说："天下皆知宣化府黄羊山胜家寨老庄主神镖胜英收了些个徒弟，都是有名之人。他死去了，今还有他儿子，也有五六十岁了。神镖胜英这位老英雄，也算有名豪杰。他家有五福化毒散、八宝拔毒膏，最能治这毒药镖伤等症。"苏永禄听了，说："我去要点药来，你也请人给他调治才好。"陈清说："我在这二府衙门等你，千万莫过三天。过了三天，这人准死。他这镖也是胜家的传授，要打在前后心左右背，十二个时辰即要烂死；打在四肢还轻，三天准死。你去吧，千万给求了药来！"苏永禄说："你我一见如故，我无不尽心，我去也。"从南边把袋子杆儿扛来，顺路出了保安。

正往前走，忽见采花蜂尹亮他在眼前，相离不远。苏永禄心中着急，不敢过去拿他，他自知自己的武艺不是尹亮的敌手，只可在暗中跟着他，看他往哪里住，再作计较。跟了有七八里路，见前面不靠村庄，有一座古庙，山门用砖堵着，里面有东西配房大殿，只见尹亮窜进那古庙去了。苏永禄心中说：他在这里住，很好，我自有主意。我何不趁此回到衙门陈清那里，带他手下的伙计人等前来，好拿采花蜂。

苏永禄想罢，觉着有理，自己转身向南，来在保安地方，要上酒楼去访问陈清在哪里住。只见从酒楼里出来一人，是差官模样，头戴新纬帽，高提梁，通红的缨儿，身穿蓝纱袍子，外罩红青纱八团龙的马褂，足下官靴，身高七尺以外，五官端方，顶平项圆，玉面朱唇，双眉带秀，二目神光足满，准头端正，四方口，二十以外的年岁，精神百倍。一见苏永禄，带笑开言说："苏二哥，你来此何干？"苏永禄听见叫他，一看是粉面金刚徐广治。这二人是故旧之交，苏永福、苏永禄二人在徐胜家中护过院。今在此处见面，仍是故旧相逢，两下欢喜。

徐胜是从哪里来的呢？只因彭公到了宣化府，参了王连凤，办了马万春，大人偶染风寒，上了一个请假的折子，派徐胜押折差人都。这日从京中回师，知道皇上旨意下来，着彭朋在宣化府养病，赏假十日，钦赐太医两名。徐胜带家人徐禄，方才在保安用完了饭，一出门遇见苏永禄，问他来此何干？苏永禄把自己上项之事全皆说明了,又说:"采花蜂今住在古庙。"徐胜说:"你为何不去拿他?"苏永禄说:"我又不是他的对手,如何能成功呢?"徐胜说:"我帮助你。徐禄你先拉马回宣化府等我交差,你去吧。"家人答应去了。

这里二人又吃了一回酒,天色已晚,二人各带兵刃,来至保安城外。走了有六七里路,已至这座破庙。满天星斗,天有初鼓以后之时。二人等了等,大约有二更之时,二人上房。苏永禄说:"我在房上眺望,看你怎么样拿他? 你须要小心他的暗器,伤人最厉害。"徐胜说:"不用你嘱咐,我准给你拿住他,不能让他跑了。"徐胜跳下西房,略一听,这西屋内有人睡觉呼吸之声。徐胜一想,"这采花蜂早就闻名,原来是这么一个无能之辈。今夜趁他睡着,我把他拿住,除此大害。"自己轻轻进了西禅堂屋内,黑暗看不真切,听见炕上有人出气之声。徐胜过去要按住,被那睡觉之人一抓,他胳膊就把徐胜夹在肋下。徐胜用力挣不动,夹至当院,先抡圆了巴掌,打了徐胜两个嘴巴,然后说:"混账王八羔子,你采花今日采到吾和尚这里,吾把你狗头揪下来。"徐胜听见说话的是蛮子哥哥欧阳德,连忙说:"勿打,是我。"欧阳德说:"吾打的是你!"徐胜说:"我是徐胜。"欧阳德听见说:"唔呀,你来此何干呢?"

苏永禄从西房跳下来,说:"徐爷,你叫人打了?"徐胜说:"我给你引见引见,这是我兄长欧阳德,那是上蔡县的班头苏永禄,来拿采花蜂来了。他兄长中了镖伤,今日我来帮助他拿采花蜂。兄长,你是从哪里来呀?"那欧阳德说:"吾是上徐州前去下书信,胜家寨银头皓叟胜奎的孙女给了吾的徒弟武杰为妻。我得了回信,天晚我住在这庙内。昨夜吾身倦体乏睡着了,既至醒时,吾不见了包袱,连婚书回信全被贼人偷去,还在吾和尚帽子上印了一朵梅花,上落着采花蜂一个。吾想他今夜必来,吾故作睡着了等候他。"那徐胜说:"这个贼真真可恨!"

正说着,听见东房上有人说:"咈! 赤字瑶儿鹰爪孙,今有你大太爷采花蜂尹亮在此,听够多时了,你等哪个前来送死?"欧阳德、徐胜、苏永禄三人听见,齐拿兵刃要拿采花蜂。且听下回分解。

## 第八十七回　采花蜂夜入胜家寨　苏永禄设计捉淫贼

歌曰:

何事妄求全,命生成,只怨天,机关用尽总徒然。心莫熬煎,梦莫流连。清闲且自安,常便但当前。及时行乐,快活似神仙。

话说采花蜂尹亮他白昼进这个庙的时候,欧阳德在西禅堂睡着了,他随在东禅堂歇下。徐胜要先往东禅堂去,准把那采花蜂尹亮拿住了。今夜尹亮在东禅堂听见外面有人说话,偷听多时,那三人正然引见说话,尹亮连忙从东禅堂后窗户出去,飞身上房说:“呔!鹰爪孙,你三人要拿你大太爷,我要失陪了。”欧阳德听见,眼都气红了,说:“唔呀!混账王八羔子,你往哪里走?吾要拿你!混账东西,哪里走?”这三人飞身上房,说:“你往哪里走呀?”采花蜂尹亮往北逃走,天色浑黑,道路崎岖,走了有三四里地,就有岔路,往北去了。欧阳德说:“吾也不能回千佛山去了。”徐胜追了几里也没赶上,说:“苏二哥,你我分手吧。我回至宣化府,禀明大人,派差官拿获他就是了。”苏永禄说:“我去到胜家寨去讨点五福化毒散、八宝拔毒膏,好救那醉尉迟冯玉的性命。”苏永禄顺路往前奔胜家寨去了。走了一夜,天色大亮,找了一座饭店吃了早饭,直奔胜家寨去不表。

单说采花蜂尹亮连夜逃走,到了天亮,他把偷的欧阳德的包袱打开一看,里面有二十两银子,一封书信,一纸婚书,是胜奎的孙女给武杰为妻。尹亮想:“这胜家寨是把式窝儿,他的孙女儿必是千娇百媚,万种风流。我要到那里去踩踩道,今夜晚有个乐儿。”尹亮来至胜家寨,在各处踩踩道路,看明白了出入的道路。他站在庄门往里正瞧,里面银头皓叟胜奎这日正要带武杰上宣化府去听戏去,方到门首,见了那人贼眉贼眼,直往里瞧。胜奎吩咐:“你们不必备马了。”带那武杰来至书房。

武杰说:“祖父,你老人家为何又不去了?”胜奎说:“你方才没看见吗?那边迎壁前站定一人,身高七尺,白净面皮,长眉朗目,身穿宝蓝洋绉大衫,内衬蓝绸子裤褂,足登青绸快靴,手拿着一个小包袱,二目神光透散,必是一个贪淫好色之徒。他来踩道,今夜晚咱们大家预备。"先派李环、李佩去把庄丁人等调齐了,共一百三十七名,大家齐集至大厅。胜奎吩咐:"今夜晚各自留神,齐预备家伙,大家好拿贼人。你们众人各人都要安排好了,把灯盖在盆底下,听锣响为号。"众庄丁齐声答应。这些人都是跟胜奎练过的,都有几路拳脚,听庄主吩咐,齐声说:"我们大家预备就是了。"胜奎又到了后面,告诉内眷大家留神,今夜有贼。又告诉胜玉环姑娘,叫他夜晚留神,细防贼人。胜玉环有两个丫鬟,一名秋菊,一名碧桃,这两个丫头都很有能为,跟胜玉环在一处练过。今日这三个人正在练习拳脚,听见他爷爷吩咐这话,三个人齐声答应,暗作预备。

到了天晚,胜玉环吃了晚饭,坐在外间屋内。自己无事,把兵刃放在手下,说:"秋菊,你二人去把净面水取来,我净完了面,要抚琴。"碧桃收拾香案,净手焚香,胜玉环端正坐定抚琴。正抚的得意之间,忽然断去一弦,心中一动,暗说:"不好。"他心中说:"这必是有生人窃听。"胜玉环一回头,见后窗户有一个窟窿,就知有人暗中偷看。胜玉环吩咐叫人来,丫鬟说:"姑娘叫奴婢甚事?"胜玉环说:"要到里屋更衣,你二人烹茶伺候。"碧桃说:"奴婢已经烹好了香茶,请姑娘用罢。"胜玉说:"我换好了衣服,再用罢。"

进了东里间屋内,他把簪环摘去,用手绢罩上头,收拾好了,换上铁尖鞋,带上镖囊,又摘下一口单刀来,把前窗支开,飞身出去,上房到了后面。往下一看,见下面一人正往屋中观看。胜玉环跳下房来,他并不害怕,照定那人就是一刀。那人一撤身躲过,说:"呔!那个女子休要动手!我久仰你姿容秀美,今日一见,我神魂皆消。我是采花蜂,乃有名英雄,你要与我结为夫妇,我绝不负你就是了。"胜玉环一闻此言,气的粉面通红,说:"秋菊、碧桃,你二人快叫人来拿贼,我先捉这小辈!"抢刀就剁,采花蜂用刀相迎。二人正杀至高兴.听见正南上锣声一片。丫鬟这一鸣锣,那李佩、李环点齐庄丁,与胜奎、武杰等各执兵刃,来至前面,说:"快拿贼呀!"

采花蜂尹亮也知道胜家寨这里乃把式窝儿,又恐寡不敌众,正在犹疑,忽见一条大汉来至面前,抢朴刀说:"奸贼!你敢来至胜家寨前来讨死,吾不能与你善罢甘休。你想要逃走,比登天还难!"照定采花蜂就是一刀。尹亮一闪身躲开,就:"小辈大胆!"把刀花一变,两三个照面,把那李环一刀砍在肩头。李佩说:"好贼,休要伤吾兄长,吾必结果你的性命!"抢刀过来。武杰也提刀嚷着过来,说:"唔呀!混账王八羔子,吾要你的狗命!"胜奎带了庄丁人等也到了。采花蜂见势大,难以取胜,战久必败,他不免三十六计走为上计,自己把刀一摆,望北只扑花园而来。这里众人追着说:"好贼,哪里逃走?"采花蜂把身一纵,藏在东花厅的后坡,见这里众人各处追寻一回,说:"走了,没有一点踪影了。"大家回至前面。胜奎说:"叫厨子给预备点菜,咱们好喝酒。"胜奎等在前边喝酒不题。

单表采花蜂他心中说:"我要娶得这一个妻室,也是大幸,不空生在人世了。我今日暗中再去偷看,候他们睡着之时,我暗进房中,与他成了百年之好。他若依我便罢,不依我,我一刀把他杀死也就完了。"主意已定,听了听并无动静,他飞身下得房来,来到胜玉环所住之屋北窗户外,暗暗偷听。

那胜玉环已经把贼追走了,他把头上手绢、耳环全皆摘去,把镖囊挂在北墙上,把单刀也挂好了。叫丫鬟收拾安歇,把帐子里的被褥全安置好了。叫那丫鬟一个手执灯笼,那个丫鬟搀扶着他上一趟茅房,回头安歇。玉环到了茅房方便已毕,带领丫头回到屋中,方欲安歇时,说道:"你两人也留点神睡觉,莫全不管,也学精细些。"秋菊说:"姑娘说的是,我两人不用在姑娘屋里睡,我二人在外间屋罢。我也把我们所使的兵刃都放在手下,倘有动静,我二人也可帮助姑娘。"三人说着话,来在外间屋。胜玉环见地下椅子上有两个男子的脚印,又见那墙上自己所挂的镖囊与单刀全不见了,一回头说:"秋菊,我那镖囊合刀都是你挂在墙上的,怎么全不见了?"秋菊说:"我不知道。"玉环说:"这是怎么一段缘故呢?"

是缘方才因胜玉环他带着丫头上茅房里去,这采花蜂尹亮在后窗户瞧得明白。见人出去,他把窗户一推,进入屋内,心中说:"这姑娘果然生的好,又有一身的武艺,我把他的镖囊解下来也系在我的腰中,我把他的单刀也带在我的身上,我就这样办理。他一个女子无有兵刃,就无有能为了。"想罢,他立刻蹬着椅子,把单刀与镖囊全摘下来,系在自己腰中。一忙,他把镖囊系反了,他自己的镖囊系的口朝外,他把胜玉环的镖囊系的口儿朝里,要合人动手时着急,是不能掏出镖来的。他把单刀也插在他的背后。听见院中脚步声,知道是胜玉环回来了,他心中说:"今日晚上可有一个乐儿,这也是活该。我先藏在床下,候他睡着之时,再作道理。"自己钻入床底下,一语不发。

胜玉环乃精细之人,他一进屋就全看见自己的兵刃不见,一问秋菊,秋菊说:"这可是闹鬼儿,明明我挂在那里,为何没有了呢? 姑娘,你看这边椅子上还有男子的脚印的,这是何人偷去了?"胜玉环说:"别乱,你们点上一只灯,在各处都照照就是了。"

采花蜂尹亮他在床下听见,心中说:"这事要坏。他若一照,照出我来,这里我又舒展不开,恐被他人拿住,这可不好了。我有主意,莫若我出去。那姑娘他手无寸铁,不用别的,我就抱他一下,胜奎知道他准气死。或者我也可以白得一个美人,也是平生之大幸。"想罢,主意已定,一掀床帷,从床底下钻出来。胜玉环看势不好,往外间屋一撒身,他把秋菊所用的刀先从桌上拿在手中。尹亮说:"美人还说什么?快从我共入罗帷。"胜玉环往院中一跳,说:"淫贼,往哪里走? 你这里来,我与你势不两立!"尹亮追至院内,说:"美人,你趁此从我。你的刀与镖都在我的手中,你还有何能为?"胜玉环气的抢刀就剁,并不还言。那碧桃、秋菊两个丫鬟连忙鸣起锣来。

前边银头皓叟胜奎他本来是爱夜饮,正与那武杰谈心,说些个武艺,论些个能为。正在高谈阔论之际,听见那后面锣声一响,胜奎说:"不好,这是哪里锣响?"连忙带朴刀与暗器,武杰也带上镖囊,带领李环、李佩说:"咱们快到后边,必是那个贼王八羔子又回来了,吾是不能饶他的。"李环说:"方才被他砍了我一刀,我已上了铁扇散,伤痕已好。今日必要结果了这个混账东西!"胜奎来至后院,说:"好匹夫,你又来在我这里搅!"那胜玉环见祖父同武杰全皆至此,他把刀一摆,跳出圈外,回到屋中,自己又收拾去了,要换好了衣裳,与贼人再战。那秋菊瞧见尹亮把镖囊朝里,知道他掏不出镖来,说:"你们快拿他,他掏不出镖来,他把我们姑娘的镖袋偷去,系在他的镖袋上,可是里儿朝外,他不能掏镖,你们快用暗器打他罢!"

那武杰眼都气红了,说:"混账王王八羔子!我问你叫什么名字?你要是英雄,你就敢说;你要不是英雄,你就不敢说。"那采花蜂尹亮一听武杰之言,说:"呔!小辈!大太爷我行不更名,坐不改姓,我姓尹名亮,外号人称采花蜂,今日特意来此借盘费。"胜奎借着灯笼火把,看得甚是明白,说:"小辈!你白天在我门首踩道,老夫就知道久矣。今你敢来这里采花,还充好人。你这无知的小辈,我今日不能放你逃走,上天入地,也要拿住你送当官治罪,也叫你知道胜家寨的厉害。"采花蜂尹亮与小蝎子武杰动着手,又见众庄丁围绕,各带兵刃,他又知道这胜家寨不是好惹的,专讲究打暗器,自己的镖又掏不出来,今夜这美人也不能到手,我莫若三十六计走为上策。想罢,说:"呔!蛮子休要逞强,我要失陪了。"武杰说:"你走不了,我非拿住你不算英雄!"紧紧跟在背后。他二人相离一丈多远,采花蜂上房,武杰也上房。二人蹿房越脊,到了东南角外围子墙上。采花蜂上墙跳出墙外,武杰也上墙,见采花蜂就在眼前,武杰一脚将采花蜂踢倒,说:"唔呀!你这混账东西,这走不了啦!"李环、李佩也赶到,先用绳捆好贼人,从西边进大门,抬至大厅。不知后事如何,且听下回分解。

# 第八十八回　群贼聚会溪花庄
苏永禄偷探贼穴

歌曰：

白发渐盈头，莫妄想，莫多忧，为人只要心宽厚。光阴怎留，台阁怎求，容貌镜里今非旧，事都休。及时行乐，快活度春秋。

话说那采花蜂尹亮跳出墙外，被武杰一脚踢倒，捆上抬至大厅，点起灯笼，照耀如同白昼。胜奎听说拿住贼人，他立时吩咐带上来。家人抬至大厅之上放下，胜奎说："这个人不是采花蜂，你们错拿了。战了半天，还不认的那贼人吗？你们来看看，那个贼他是白净面皮，这个贼是黑紫脸膛，这就不对啦。"那被捆的人说："你们众位把我放开罢，我有话说。我是河南上蔡县的班头苏永禄，我也是奉县谕来拿采花蜂的。你们要是不信，我那包袱里有海捕公文你瞧。"

且说这苏永禄是从三圣庙与欧阳德、徐胜分手，他要来至胜家寨求五福化毒散、八宝拔毒膏。他白天有巳正之时，就到了那胜家寨。方要进去，只见西边采花蜂正站在胜家大门前往里直瞧。苏永禄藏在一边无人之处。他待尹亮过去，他才暗中找了一个茶馆喝茶，心中说："这采花蜂今日活该被我拿住。胜家寨有名的把式窝儿，他要进去，被人拿住。我明日一早去见这里庄主，把他交给我解送当官消差。要不然叫他送在这本处地面官，我去见见老爷，也就完了我的公事了。"想罢，主意已定，他吃了晚饭，在暗中看那采花蜂的来踪去迹。

天有初鼓之后，采花蜂尹亮从正南上来。在胜家寨的东南墙外，有七八株树，他把随行衣包拴在树上，从这里进去。苏永禄心中一动，说："我的盘费也短少了，不免我把他的包袱取下来，瞧瞧有银子没有？"苏永禄取下包袱，打开一看，瞧见内有二十两银子。他包好了，系在腰中，他想："这采花蜂从这里进去，他必须从这里出来。倘若胜家寨拿不住他，我也不能拿他，不免我想一个主意。"他一瞧那边有一株大杨树，他把他的袋子拴在树上，又接了几接，蹲在那里，心中说道："采花蜂他今日不从这里来便罢，他要从这里来，想要逃走，万万不能。"苏永禄安排好了，听见寨内锣声响亮，不见动静。又听了些时，也不见采花蜂出来，心中疑是必然把采花蜂拿住了。少时又听见一阵锣响，叫喊声喧，忽见墙上一人，定睛一瞧，正是采花蜂。尹亮纵身往下一跳，又往前一跑。苏永禄一抖袋子，把采花蜂抖倒过去，按倒在地。方要用袋子捆时，背后一脚把苏永禄踢倒，采花蜂尹亮扒起来逃走了。

武杰上来，把苏永禄捆上，抬至大厅之内。胜奎说："你叫什么名字？"苏永禄说："你瞧我那包袱内有海捕公文，我名叫苏永禄。"胜奎打开他的包袱看，见有一封书信，一纸婚书，正是武杰的书信，也有武杰的回信，问："你这两封书信，是从那里来的？"苏永禄把那三圣庙请徐胜捉拿采花蜂，在庙内遇见欧阳德丢婚书之故，说了一番。胜奎把苏永禄放开，说："这倒难为你了，这可真不对。"苏永禄说："庄主还须赏五福化毒散、八宝拔毒膏两份，我有一个朋友醉尉迟冯玉，他中了毒药镖伤，被采花蜂所打。"胜奎说："那采花蜂他所练的刀法，所打的毒镖武技，是吾门中的传授，不知他是何人的门徒？"苏永禄说："这个人的来历我倒不知。我听人传说，打毒药镖在南边就是神弹子火龙驹戴胜其，他还传授两个徒弟，并不知姓名，或者是他的门徒。"胜奎说："戴胜其是我门中弟子，吾久已知道他出了家也。他为何又收下这万恶的徒弟，真真可恨！我给你拿药去。"胜奎到后面把药取来，交给苏永禄。苏永禄当时告辞，去了保安二府衙门，找着赛叔宝陈清，给了他药与膏药，解救那冯玉，下余之药寄到家中救他大哥，暂且不表。

单说苏永禄自己仍然各处寻访采花蜂的下落。他心中又急，又不是贼人的对手，他想着只要访着那采花蜂在哪里住，他好去捉他去，自己也好请人帮助。这日他正往西北去访，想要出宣化府往西走，在各处访贼，又奔怀安县去。自己犹疑之际，正走着，天气炎热，想要找一个村庄歇息歇息。转过一个山坡，见正西黑暗暗，树木森森，是一所大庄院。只见眼前有一土台，土台之上站定十数个人，内有采花蜂尹亮、青毛狮子吴太山、大斧将赛咬金樊成、赤发灵官马道青、赛瘟神戴成、金眼骆驼唐治古、火眼狻猊杨治明、双麒麟吴铎、并狮豸武峰、红眼狼杨春、黄毛犰李吉、金鞭将杜瑞、花叉将杜茂、钻天鹞子段文成、赛李逵蒋旺，这伙人都是江洋大盗。内中还有金刀将于景龙、燕子风飞腿袁天化、镇八方神镖孟小平，这都是高来高去、飞檐走壁之人。苏永禄并不认识，心中说："采花蜂他一个人我尚且赢不了他，何况这些人？我一个人更不能是他等的对手了，我不免在暗中偷看，再作道理。"主意定了。

这采花蜂尹亮他自胜家寨逃在溪花庄，这里庄主姓花名得云，乃是北新庄花得雨的二哥。他也是裕王府的皇粮庄头，他练的一身本领，专爱结交天下英雄。他手下有一个钻天鹞子段文成、金刀将于景龙、燕子风飞腿袁天化、镇八方神镖孟小平。这四个人，都会飞檐走壁之能，均是江洋大盗，在溪花庄上保着花得云，结交天下英雄。后来又来了一个赛李逵蒋旺。在此坐地分赃，招纳各处英雄。青毛狮子吴太山等众人来至这里投奔他，大斧将赛咬金樊成等也投在这里，今日采花蜂尹亮又投到这里来。

众人跟随来到庄外土台眺望。苏永禄看得明白，他心中说："这里是赃窝儿，我暗中莫教他看见了，我自有主意。今夜我探听明白，明日我去调官兵来剿拿他等。"想罢，找了一个僻静之所，吃了晚饭。心中说："我要探访明白，我好去宣化府禀报钦差彭大人，求他给我派官兵，或者派他手下英雄亦好。"主意已定，他立刻收拾好了，进了溪花庄。飞身上房，在各处一看，见那边灯光隐隐。他蹿房越脊，直向西走，到了花得云的住房，前后共有一百五十多间。苏永禄正往前走，猛抬头见一片灯光，这是一所花园，内有各种奇花。东南是正房五间，花厅东西各有配房三间，南房五间。这个院是绿林人所住之处，那正房后边全是格扇，打开北望，可以玩花。西边还有望月楼、避暑庄、逍遥阁、芙蓉轩、安乐斋、暖阁凉亭、游斋跨厅、牡丹亭、蔷薇架、合欢楼、翡翠轩、月牙河、小舟、桂林、梅雾各样景致。

这花得云他坐地分赃，乃是有名的英雄，手内银钱又广。今夜在北花厅上摆酒，给采花蜂接风，商议着要害死彭公，替他四弟花得雨报仇雪恨，这是他一番心意。苏永禄在后窗户往里一瞧那里边高高矮矮、胖胖瘦瘦、丑丑俊俊，都是三山五岳的英雄，四海九州的豪杰。花得云坐在当中，说："尹贤弟，你今来此，给我想个主意，替我四弟报仇。我那三弟他在怀安县，也知道这个信息，他遣钻天鹞子段文成来至我这里，要约请各路英雄刺杀彭钦差，替我四弟报仇雪恨。"尹亮说："这也不难，我同一个朋友到他公馆，夜内行刺，杀了他就完了。"

金刀将于景龙他回头见后窗户有个窟窿，瞧见有一个人，他性情粗暴，说："众位不好了！后窗户有奸细暗探消息。你们快拿兵刃，去拿这奸细。"苏永禄听了，吓得浑身是汗，说："我一个人要跑也跑不了，要动手也不是人家的对手，我今日要死在溪花庄了。"听见大厅内一乱，他回头瞧见一株大树，苏永禄连忙上树藏躲，伏在树上不敢出气。花得云这伙人来至外面，各处一找，并无一人。段文成说："于贤弟你竟造谣言，这里哪有人呢？我想咱们这里并未作案，哪有人来这里暗探呢？"于景龙被众人说了他一番，他自觉无趣。大家回至大厅，齐说于景龙他眼花了，闹起鬼来了。

苏永禄吓得两眼发直，见众人全皆进了大厅，他才慢慢地下来，心中说："三十六计，走为上计。我急速上宣化府，到彭大人那里邀请几位英雄，来至溪花庄捉拿这伙贼人。"自己心中说："好险，好险！"正自害怕，忽然看见后面有一个人追奔前来，心中更是害怕，说："不好！有贼追下来了。这个人脚程甚快，我须快跑方好。"苏永禄他在前头跑，后边那人直追他。他急了，见在前边有一个坟茔，内有跨栏墙，正中有宫门。苏永禄料想跑不了，飞身跳进跨栏墙，自己隐藏，也不敢出去。暗中隔着那古路钱的窟窿，往外一看，见那人围着跨栏墙往里直瞧，并不走开。苏永禄见那人是要拿他，他心中说："莫若我走为上策。"想罢，飞身往外一跑。方要逃走，只见那人过来一脚，把苏永禄踢倒，按在地下说："你往哪里走？我哥哥还说你是英雄，原来是一个无名小辈。"吓得苏永禄战战兢兢。不知后事如何，且听下回分解。

# 第八十九回　粉金刚暗探溪花庄
## 苏永禄定计拿淫贼

歌曰：

白发渐盈头，烦恼事，付水流，机关今日才参透。谋虑都休，挂碍都丢，携酒颠痴学醉流，不系舟。及时行乐，快活任遨游。

话说雨雪豹苏永禄被人按倒在地，那人说："采花蜂，你这可跑不了！"苏永禄说："你这个人说话耳音甚熟，我不是采花蜂，我叫苏永禄。"那人说："原来是苏二哥。我名徐胜，是奉大人之命，派我三人来捉拿采花蜂尹亮。只因我跟你分手之后，我到公馆，见了大人回明了，说闹采花蜂在各处采花，大人派我与水底蛟龙高通海、多臂膀刘德太我三个人来拿这采花蜂。我白天访的明白，采花蜂尹亮在这里住着。我正在村内访查下落，忽见你从里面出来，我拿你当采花蜂啦，我追至此处。"苏永禄说："采花蜂尹亮他已然在这里，合那群贼在为一处吃酒，内有青毛狮子吴太山等二十多人。我是不敢动手，你要敢去，我就带你前往就是。"粉面金刚徐胜说："你头前带路。"二人言明，站起身来，重扑溪花庄去。苏永禄说："我给你在房上瞧望，见机而作。"徐胜说："不用你帮助，有我一人，足杀得了这伙贼人。"

二人进了庄村，正往前走，只见那边路北就是花得云的住宅。二人上房，从房上又至那所院落，听见里面划拳行令，吃的甚是高兴，你一杯我一盏，杯杯饮尽，盏盏喝干。徐胜扒在后窗户，望里看得甚真，但看见那花得云、钻天鹞子段文成二人在一桌谈心，说要上宣化府去行刺。徐胜正听得出神，那于景龙他一抬头，见后窗户又是一个人影儿。他一想：我这先莫嚷，我自己出去，到外面要看真切，再为动手。金刀将于景龙他到了后面跳下去，徐胜早已看见，抢锤就是一锤，正打在于景龙的面门，他"哎哟"一声，翻身倒于就地，不省人事，登时身死。

大厅内众人听的一片声喧，各带兵刃来至后院，看见有人，说："小辈，哪里走？"段文成抡豹尾鞭照徐胜就打，急架相还。花得云率众贼亦来到后院，把那徐胜围住。采花蜂尹亮一想："我来在溪花庄，寸功未立，我叫天下英雄看我无能，不免我施展暗器罢。我赢了，也叫众人看我采花蜂不是无能之辈。"想罢，掏出那毒药镖来，照定那粉面金刚徐胜就是一镖，正中徐胜的左肩头。徐胜正自动手，被这一镖打在左肩头，不能动手，自己觉着膀背发麻，浑身疼痛。不敢恋战，连忙的把锤花儿一摆，拨打兵刃，打出圈外。他飞身上房，蹿房越脊，如履平地相似，逃至墙外。那赛李逵蒋旺、钻天鹞子段文成二人，带众人往外就追，齐说："莫放走了这个小辈，务要把他拿住，碎尸万段就是了！"采花蜂尹亮说："这办案之人他跟下我来了，你们千万莫放走了他，总要拿他。"众人答应。

徐胜觉着镖伤麻木，疼痛连心，头眩眼黑，心里发闹，两腿发软，恨不能一步飞上天去才好。自己慌不择路，走了有四五里之遥，听见那后面追声渐远。他见路北有一座古庙，徐胜料想跑不开，他一推庙门就推开了，连忙关上，把门插好了。他看北边是三间大殿，隔扇全坏了，东西配房已塌，并无僧道，只有院墙还整齐些。他疼的浑身是汗，把山门靠住了，听一听那边大道上众贼追到这里，齐说："往这里跑来的。他如何能跑得那么快呢？我们还须留神，往下追去。"花得云说："他跑不开，许藏在庙亦未可定。你我进这山神庙，你我看是有没有？"段文成说："不能，莫耽误了，往下追吧。"众贼又听那采花蜂尹亮说："众位英雄不必害怕，就让逃走了，他已然中了毒药镖，他三天也得烂死，不能活的。"众人追了有四五里路，并不见那徐胜的下落。众人无奈，回头说："今日饶了他，让他落一个全尸首罢。"内有赛李逵蒋旺："你们头前走吧，我要出恭，你莫笑话我。"众人答应，说说笑笑的一同往西去了。

徐胜在山神庙内，倚着门，听见众人都在那大道上过去。他镖伤疼痛难受，大骂贼人："我徐胜无辜的受了他一毒药镖，我死在这里，公馆也无人知晓，无人给我报仇雪恨。我把采花蜂这狗娘养的，这花得云无知鼠辈，我想不到今日丧在这里！我徐胜堂堂正正奇男子，烈烈轰轰大丈夫，我一旦丧在匹夫之手，我万不能与他干休善罢！我要死在地府阴曹，只要我的灵魂不散，我做了鬼也要拿你们报仇！"

正骂着，那赛李逵蒋旺才出完了恭，正走到这里，听见路旁破庙之内正是粉面金刚徐胜，他大骂贼人。赛李逵手拿加钢斧，来至山门前说："小辈，原来你没有走哇，藏在这里，我也要把你掏出来。想要逃走，是比登天还难。"徐胜听见有人说话，伤痕疼痛，不能动转，紧倚着山门说："你是什么人来推门？"赛李逵蒋旺说："我姓蒋名旺，绰号人称赛李逵。你是衙门中办案之人，咱们是冤家对头。"连推了几下门，推不开，蒋旺说："好！我不从门内进去，我从墙上跳过去，拿他就是了。"蒋旺飞身上墙，跳进院中去。徐胜是站不起来，看那蒋旺身高七尺，面如刃铁，黑中透亮，亮中透黑，粗眉直立，怪目圆翻，手抡加钢斧，直扑徐胜而来。徐胜说："呀！蒋旺，你识英雄，我徐胜乃是英雄，你今是绿林贼子，犬吠尧主，各为其主，你拿斧子过来，照定我头上，给我一斧子，咱们两个人结个鬼缘。你可别送我上溪花庄凌辱我。"蒋旺说："好！你既说到这里，我姓蒋的与你结个鬼缘，我就给你一斧子罢！"过去，抡加钢斧向前，那徐胜一闭二目，竟等人头落地，他也不看那蒋旺。蒋旺方要抡加钢斧，听见大殿有人说："哒！小辈！休要伤白虎星君，吾神的法宝来取你！"蒋旺吓了一跳，一回头，只见白茫茫、黑暗暗一宗物件扑奔面门而来，要躲也躲不开了，"扑哧"一声正打在那面门之上，"哎哟"一声倒于就地。

徐胜听见，抬头一看，只见从大殿上出来一人，赤身露体，扑奔蒋旺，按倒在地，把蒋旺捆上。徐胜一看那人是水底蛟龙高通海，徐胜说："高大哥，你救我回归公馆之内。你去到胜家寨去，给我求一点五福化毒散、八宝拔毒膏，救我这条性命，我也感念你的好处。"高通海说："别忙，我先把他的衣服剥下来，我穿上，然后再说再议就是了。"

诸君不知高通海是从何处来至这里呢？因他从奉彭大人之命，派他与刘芳、徐胜三人拿采花蜂尹亮。三人分手，高通海他顺路往西走了有七八里路，见南边有一片苇塘，当中有一片水坑，内有几个人在内洗澡。高通海走得急，天气炎热，他也想要洗洗澡，他把衣服脱去，跳下坑去，他想要施展施展水性。那些洗澡之人都不敢往深处去，都在浅水中。他往里把平生之技一施展，分水蹲入水底下。他所练都是出奇之能，练完了，他上来看见那几个洗澡之人踪迹不见，他的衣服也没有了，连他的铁片刀也没了。他自己一愣，心中说：这下子可坑了我啦！我是不能去拿贼去啦！我往哪里去躲避一天，再打主意？候至天晚，再回公馆，也不敢进村庄去。他上来出了芦苇塘,见正北有一座山神七圣祠,他一推山门,门内堵住。飞身跳进院去,在北边大殿内,看那庙均都坏了,被风雨摧残,他推门进到里面,并无僧道,东西配房也都塌了,他把门关上,连急带气,他倒于大殿供桌上坐下,说:"我高通海再没想到今日这样受害。"自言自语的,他倒在供桌上睡着了。方才徐胜与蒋旺二人说话,把他惊醒了,他听见蒋旺要砍徐胜,手无寸铁,又无衣服,赤身露体的,连忙把供桌上的铁香炉取下来,照定蒋旺说:"呔!好小辈,休伤白虎星君,吾神拿你!"一香炉正打在蒋旺的面门之上,登时栽倒,被高通海按倒捆上,把衣服剥下来,自己穿上。就是两只快靴,高通海穿不得,太大。他趁着蒋旺还未缓醒过来,他把他的口堵上,把徐胜送至东边大殿台阶之上,这里把山门大开。心里想着:"这溪花庄他们回去,瞧见少了一个人,必派人来找,这里把山门开开,把这个人叫他站在山门之内,我在他身背后就是了。"高源一瞧蒋旺脸上净血,怕人看见,把地下香灰捏了一把,抹在他脸上。蒋旺急的嚷不出来,闷生气。高源把他立在山门以内,他在他身后,一耍那斧子,抡动如飞。

单说花得云他们众人回至庄内,到了大厅之上,等了有两刻之功,不见赛李逵蒋旺回来。花得云说:"这厮他往哪里去了?真正奇怪。莫非是办案的人在暗处藏着,他瞧见蒋旺落了单,他被人拿了去了也未可定。哪位去看一看去?"旁边有镇八方神镖孟小平说:"我去找他去。"花得云说:"多要留神。见着他,叫他早些回来就是。"

孟小平他飞也似出了庄门,走至七圣祠山门里,听见山门那里"呕"了一声,吓了孟小平一跳。他抬头一看,见山门站定一人,披头散发,抡着双斧,"呕呕"直叫。孟小平打了一个冷战,掏出镖来,照定那人就是一镖,正打在蒋旺的前心,当时身死。高通海在那蒋旺死尸背后,扶着不叫他跌下,还叫他立着,他又耍那两把斧子。孟小平说:"真怪!这一镖已然打着,为何他死尸不倒?我去看看去。"他方至山门以外,见那死尸照他一窜,他一闪身未躲开,被死尸冲倒,高源趁势一斧,正劈在那孟小平的头顶之上。他劈下来半个耳朵来,他又捆上孟小平。他把蒋旺送在庙内,他把孟小平手脚捆上,把靴子脱下来,高源穿上正正合式。又把这个辫子拆开,又把他脸上用香灰一抹，他还在那山门里一站，把这个孟小平放在前头，他又耍起这个人来。

忽听村庄里又出来三个人来找。孟小平老不回去，他想这事好奇怪，找人的也不回来了。采花蜂尹亮说："我去看看。"双麒麟吴铎、并獬豸武峰二人说："我二人也跟了去就是了。"三人各带兵刃出溪花庄，到了这七圣祠，听见那山门里有鬼叫，抬头一看，见一个耍斧子地披散着头发。采花蜂掏出镖来，照定那人就是一镖，把孟小平也给打死了。高源把死尸往外一扔说："呔！吾神来也！"一扔尸身，没打着采花蜂。他跳出来说："吾神拿你！"吓得吴铎、武峰二人连忙逃跑，不敢回头。采花蜂说："不要跑，吾自有道理。"拉刀照定那高源就砍，高源用斧相迎，二人杀在一处。那高源哪是采花蜂尹亮的对手？高源说："你是什么人？快通名上来，爷爷下不死无名之鬼。"尹亮说："大太爷我姓尹名亮，外号人称采花蜂便是。你是何人？快通名来。"高源说："我姓高名源，表字通海，绰号人称水底蛟龙。你就是采花蜂，我自有主意拿你。我乃高法官是也，专会勾神请将，我一念咒，叫天兵天将来拿你。"说着话，他直往东败。

尹亮一动手，就知道高通海不是他的敌手，亦知他的能为武技不成，往下急追，说："小辈，你不必吓唬我，我全不怕。"高源说："你不怕，但看你怕不怕？高法官我要念咒了。"说着，他嘴里就嘟囔几句说："值年太岁帮我拿这采花蜂淫贼！"正走在这座树林之中，忽听半空中有人说："吾神乃值年太岁是也。采花蜂休要逃走！"不知后事如何，且听下回分解。

# 第九十回　神手将拿获淫贼　赤松林路逢群寇

歌曰：

何事妄求全，不饥寒，就感天，莫叫忧虑催韶箭。要收心猿，要种心田，欢呼啸傲身强健，让神仙。及时行乐，快活过流年。

话说采花蜂尹亮正追高源，高源他本来不会使斧子，他急了，怕被人拿住，他心中造起谣言来了，说他会请神帮助，一念咒说："值年太岁，不到等待何时？"听半空中树上一声："吾神来也！"吓了采花蜂一跳，回头就跑。高源他本是造谣言，见树上跳下一人，细看原是一个紫面的男子，瞧着好面善，一时间想不起来，说："朋友，你是谁呀？救了我一命。"那人说："高源兄弟不认识我了，咱们都是河南人，你在上蔡县剿灭宋家堡之时，我曾见过尊驾。我又是令尊大人的徒侄，咱们都是一门中人，你忘了不成？我叫苏永禄。"高源说："甚好！你我是千里有缘，你是从哪里来？"苏永禄说："我是从上蔡县来拿采花蜂尹亮。"自己把上项之事，细说了一番。

二人正说着，那边采花蜂尹亮早听得明白，说："好两个无名小辈！你等往哪里走？吾要全结果你们的性命。"原来尹亮他未有走远，他竟在西边听着，说："好两个匹夫！吾来拿你！"尹亮飞也相似来至这里，他抢刀就砍。苏永禄、高源二人只有招架之功，并无还手之力。两个人也不是尹亮的对手，只累得浑身是汗，遍体生津，歇唏带喘。

正自动手之际，忽见那南边大道上有七八个骡驮子，四个骡夫，两个骑马之人跟着，蒙蒙月色，看得甚真。见那边三人动手，杀得难解难分，只见那边说："三庆儿，你瞧那边是路劫罢，咱们去看看。"原来大道上来者是神手大将纪有德，他是要往宣化府去发点果子，顺便要把儿子提拔提拔，叫他们帮助在彭大人台前说说，要跟着效力当差。他知道要到大同府拿傅国恩，别人不成，非他不可，故此他带领儿子一来散逛，发卖果子，二来要见大人。他们带着四个庄丁押着驮子。这日起得太早,走至溪花庄,他们绕道要进宣化府西门,那里是果市。在这里,他看见那道上三个人动手,看得甚真,叫把驮子站住,他立刻带着那三庆儿,是他儿子,学名叫纪逢春,绰号称打虎太保,他一摆刀过来,一看高通海与一个不认识之人正与采花蜂动手。他抢刀过去,说:"高源不要害怕,我来帮助拿淫贼。"高源看是纪有德,他知道有了帮手了。他说:"姑夫,你老人家快来,合我兄弟纪逢春,急速快拿这采花蜂!"苏永禄说:"老英雄,我是上蔡县的班头苏永禄是也。因为他,我披星戴月,求老英雄把他拿住,方能与我消差,我一家骨肉团圆。我每日烧香,报你老人家厚恩就是了。"纪有德说:"你不必为难,我来把他拿住就是了。"采花蜂正戏要高源、苏永禄这二人,忽然来了这父子两帮手,手法精通,也容不出他掏镖的工夫来。几个照面,被纪逢春撒手扔锤,照定他前胸就是一下,把尹亮冲了一个跟头,退去捆上。

高源说:"拿住甚好。还须求一位到胜家寨,求点五福化毒散、八宝拔毒膏。那徐胜叫尹亮拿毒镖打了。"纪有德问:"现在那里?"高源说:"现在七圣祠小庙里,未知死活。"纪有德听说这话,说:"这伤万不容缓,我去到胜家寨去,我与胜三哥二人素有来往。你们去两个人,先把徐胜倒换背到公馆,我至正午必到。"那采花蜂尹亮直骂不绝,他二人立刻把尹亮捆好了,把杏儿扔了些个,把尹亮放在那筐里,叫苏永禄跟着这驮子送至宣化府,叫纪逢春跟高源去背徐胜,大家在公馆中见。纪有德分派已毕,急上马奔胜家寨去了。

不表他奔胜家寨。单说那纪逢春生来力大无穷,又爱习练,奇笨无比,就练定一对短把轧油锤,重有十八斤。他同高源二人至山神庙,把徐胜背起来,顺大路直奔宣化府而来。

再说头前那骡驮子,苏永禄押着,有四个庄丁。走了有二里之遥,只见眼前一伙人说:"站住别走,你们是做什么的?"那苏永禄一瞧,都是溪花庄之人。钻天鹞子段文成,他带同燕子风飞腿袁天化等十数人,是听见吴铎探听明白,大家先从抄道绕至此处,在这里劫住。苏永禄也不敢过去,知道寡不敌众,那四个庄丁也吓得不敢言语。段文成说:"莫走,我们看看他。"众人一找,驮子里面找出采花蜂尹亮来。把绳儿一抖,众贼一找,并无一人跟随。大家吃了几个杏儿,带尹亮去了。四个庄丁跑回来说:"苏大爷,你怎么也不敢与他们动手,是怎么一段缘故呢?"苏永禄说:"我一人岂是众人的对手。我早就藏在树上。"正说着,高源、纪逢春背着徐胜来至此处,说:"怎么站住还不走呀?"苏永禄说:"不好了,采花蜂叫人抢了去啦!"纪逢春说:"为何不追?"苏永禄说:"我也是不敢追,因寡不敌众,不敢与贼争锋。"三人无奈,叫庄丁护送骡驮子往前行走。到了宣化府,天色大亮,到了那公馆,将徐胜背在屋内,那纪逢春发卖了杏儿。

这神手大将从胜家寨回来,同武杰来至公馆,先给徐胜上了药。彭公病已痊愈,高源上来,把昨日在溪花庄之事回禀过大人。彭公听说:"这还了的! 这些匪棍,实是要反。刘芳昨日回来说,没有访着下落。你既访真,有帮助你动手的纪家父子,叫上来。"高源出去,带领纪有德来至上房。纪有德给大人请了安,说:"大人此去要到大同,如有用我之处,我必然前来,恳求大人提拔我父子咧!"彭公说:"如有相烦之处,必请台驾协助,共拿反贼。"就赏了纪有德一桌席,派高、刘陪坐饮酒。

大人写信一封,派人给宣化镇,叫他带兵剿灭溪花庄。此时张耀宗已然接印多时了,奉札带兵剿灭溪花庄。即日点兵,到溪花庄一查,花得云闻风率贼逃走,并将全家偕逃。为有七圣祠庙内,还有两个死尸在那里,交本地面官人掩埋。带兵回归,禀明大人彭公知道。

纪有德告辞,带纪逢春去了。武杰服侍徐胜伤痕已好。大人起身,一路交派各处地面官,都要访贼人采花蜂与吴太山等。这日到了怀安县,彭公入了公馆。知县杨文彩参谒大人。彭公说:"这里乃关外之地,你等随处留神,暗访采花蜂等贼人就是了。"彭公次日未曾起马,就听人传言,这怀安县闹采花蜂,贼人闹的甚是厉害。彭公说:"这贼为民之害。我给你等三天限,务要把贼人拿获。"徐胜、武杰、高源、刘芳这四个人,一齐都听大人吩咐,各带兵刃,由公馆起身,暗地采访,四人分为四路。这日,他四人并未回来。

高源与刘芳二人在外面,各村集镇店与庵观寺院全都访到,并无贼人踪迹。至次日回来,在公馆之内,他见管家彭禄儿哭的眼都红了,说:"二位护卫,你们还回来了,这可不好了! 大人于昨夜不知哪里去了,公馆的门亦未开,大人在上房睡着,并不知是哪来的贼人，将大人偷去，墙上还写了几行字迹。"高源、刘芳二人一听，吓得魂飞千里，连忙到上房之内，一看，见那北边墙上写的是：

彩霞独立站云端，花花世界美名传。

风声一动伤人命，钻冰取火并非难。

天下绿林皆恨你，要拿赃官报仇冤。

子时三更来到此，盗去贪官十豆三。

高源、刘芳二人看罢，正在为难之际，外面武杰、徐胜二人回来，听说此事，急的目瞪口呆，说："此事不好办，你我四个人咱们往各处去找罢。"四人连饭都未用，一夜无话。次日天明起来，四个人吃了些早饭，这才出了公馆。高、刘二人望西北，徐、武二人往东南。

单说高源、刘芳二人往前走了有七八里路，在大道一旁有一座树林，二人歇息。刘芳说："你我二人是钦差手下的差官，这要把大人丢了，这事该当怎么样呢？你我是该得什么罪名呢？"高源说："大人要是真找不着，你我到当官全都是剐罪，要想活命甚难。"刘芳说："要是剐罪，咱二人不如上吊死了到好，省的受那些个罪过。"高源说："上吊就上吊罢。"二人拴好了套儿，刘芳说："你先伸脑袋。"高源说："你先上吊罢。"刘芳说："咱二人对上吊。"高源说："上吊不好，不如抹脖子好。"刘芳说："抹脖子也好，你先抹罢。"高源说："要抹脖子怪疼的，莫若跳河好。"刘芳说："跳河的事没有我，你想要冤我。你会水，跳河，你赴水走了，我是死了，那可不成。"

二人正说着，高源说："咱再等等死，你看那边采花蜂来了。"刘芳抬头一看，见正南上来了三匹马，飞也似的前来，见头前马上是少年男子，俊品人物，白净面皮，身穿蓝春绸大衫，足登青布快靴，骑的白马。二人上前去说："呔！呔！走啦！你等是从何处来？快快下马受死。"只见当中那个骑马的说："你二人莫非是高源、刘芳，在此何干？"他二人看那说话的人，骑黑花马，他跳下马来，身高七尺，膀大腰圆，头戴马连坡的草帽儿，身穿蓝绸子大衫，足登快靴，四方脸，粗眉阔目，满部花白胡须，年约花甲，精神百倍。二人看罢，连忙上前行礼说："你老人家好哇！"他认的这位爷，乃是姓褚名彪，绰号人称金刀铁背熊，又名黑太岁。他是走口北的镖，这是保着一支镖上大同关交去,现住在怀安县的客店。带领着两个徒侄,一个是八臂哪吒万君兆,与赛时迁朱光祖这二人,要到口外访一个朋友。正走在这里,遇见高源、刘芳,随说:"你二人在这里作绿林的买卖了?你们也不看看我等是谁,就敢过来动手?我听人说,你二人现在彭大人那里当差,可有这件事吗?"二人答应说:"是。"高源说:"你老人家是从京中来?"褚彪说:"是。你二人当差,来此何干?"刘芳说:"叔父要问我二人之事,提起来一言难尽。只因为我二人保了彭大人,作了差官,保了守备衔,提升千总之职。大人奉旨查办大同府,因那叛臣傅国恩拐印诓兵,私造了一座画春园,占了方圆五百余里的山场,招兵买马,积草屯粮。大人前日到了这怀安县的地面,查访此处有一个淫贼名叫采花蜂尹亮,他闹的各处十分厉害。大人派我们四人在各处访拿贼人。不料昨夜公馆无人,彭公被贼人盗去。我二人归公馆听了这件事,我们一点主意皆无。我二人来至这里寻找已遍,并无下落。实在无法,故此在这里想要上吊,谁料你老人家同二位兄弟来了。你老可知道,此处有绿林中人没有呢?"褚彪说:"此处倒有一位,他也与彭大人无仇,都是自己人,你二人谅也知道。"高源说:"他是谁?"褚彪说:"他与你父亲相好,姓贾名亮,人称花驴贾亮。"刘芳、高源说:"我二人实不知道。朱、万二位贤弟,同我们二人到贾大叔那里请安,就请示,谅他是此处的地理图,无有不知道的事。"

他五人一同往西,到了梅花岛小蓬莱山庄贾亮的门首,叫门。贾亮正要出门,听见有人叩门,叫家人贾顺开门。他也迎出来一看,是故友褚彪,带着高源、刘芳、朱光祖、万君兆五个人。大家见礼已毕,进了大门,让在北房中落座。褚彪就把丢大人的话说了一遍。贾亮说:"这里绿林人还有谁呢?"他一摇头说:"无人无人,这此地的我均知道。"忽听西屋里说:"爹爹忘了吗?你老人家瞧瞧那墙上贴的那名帖,想是他罢。"贾亮同众人抬头一看,不知此人是谁,且看下回分解。

# 第九十一回　怀安县贼寇劫钦差
## 蓬莱庄贾亮定巧计

诗曰：

世事短如春梦，人情薄似秋云。

不须计较劳心，万事原来有命。

幸遇三杯美酒，况逢一朵花新。

片时欢笑相亲，明日阴晴未定。

话说贾亮听褚彪之言，他心中思想，这此处并无有绿林之人。正在想念之际，听见那西屋里他女儿贾赛花说："爹爹你忘了不成，那墙上有一个名片，你看那就是绿林中人，他请过你老人家。"贾亮看那墙上写的是花得雷三个字，忽然想起霸王庄来。他心中说："这件事可不好办。那霸王庄他家有绿林英雄不少。庄主花得雷练的一身好功夫，招聚江洋大盗，他曾遣人前来请我入伙，我并未入伙。我听说他家有招贤馆，聚天下英雄好汉。他有兄弟四人，大哥花得霖，他远走西下，并无音信。他行二，名得雷。他三弟是花得云。他四弟花得雨被彭大人在北新庄给杀了。他招聚各路的绿林，又有他三弟带着些人来至霸王庄，要与他四弟报仇雪恨。他家离我这里有六七里路，他那所宅院是方圆四五里路，院内有些埋伏，里面赃坑、净坑、梅花坑，立刀、窝刀，弩药箭，各样的埋伏。"刘芳说："他家有什么能人？"贾亮说："我都不知名姓。"褚彪说："要不然，你我今夜去探探这霸王庄形迹再议。朱光祖、万君兆，你二人去保着镖先走，到大同府等候，我随后就到。"朱光祖领命，二人走了。

贾亮预备晚饭，四人用了晚饭，各带兵刃收拾好了，一同起身。要夜探霸王庄，探听大人是在那里无有。"如果钦差大人在那里之时，可以调兵剿拿贼人就是了；如果大人没在那里，你我再另作主意就是。"四人言罢，各带兵器，这才起身，到了霸王庄，天有初鼓之后。贾亮行走之间，忽然两个跟头栽倒于地，不能动转。褚彪、高源、刘芳三人连忙过来，说："这段事又要不好，你老人家是怎么样了？"贾亮说："我有一个心疼的病症，今日犯了，我实不能前往。高源，你送我归家。"高源、刘芳二人亦无法了，说："我二人送你老人家归家就是。"二人背起贾亮来，回蓬莱山庄。褚彪说："你等自管回去，我自有道理。"褚彪说："我去到里边探访明白就是了。"

褚彪跳进霸王庄去，他施展飞檐走壁之能，蹿房越脊，如履平地相似。正然往各处寻找，忽然脚下一轻，正登在滚瓦之上，翻身倒于就地。串铃一响，各处都知道了，跳出些庄丁来，把那褚彪捆上，送至大厅之上。两旁站立多人，大厅五间都是。座位当中坐的是花得雷、花得云，两边坐的是溪花庄的人，有燕子风飞腿袁天化、钻天鹞子段文成、青毛狮子吴太山、金银骆驼唐治古、火眼狻猊杨治明、双麒麟吴铎、并狮豸武峰、红眼狼杨春、黄毛犼李吉、金鞭将杜瑞、花叉将杜茂、采花蜂尹亮。这些人正在吃酒之际，听见传锣响，少时家人报说："滚瓦墙拿住一个奸细。"花得雷说："抬上来！"家人出去，不多时把那褚彪抬至大厅之内。褚彪破口大骂。花得雷说："来人，把他给我乱刀分尸就是。"旁有钻天鹞子段文成说："且慢着。那位莫非是褚大哥吗？你不是保了北路镖啦，为何来至这里？请道其详。"他过去把绳扣解开。褚彪说："我访友来至这里，听说霸王庄有绿林中人聚会，夜来探访，不想被人拿住。"段文成说："你没有保镖，就在这里罢了，我给你引见引见。"带着褚彪，给众人引见。褚彪心中说："我至这里，又不知是彭钦差大人在这里没在这里？我也不知道，莫若我探听他的口气就是了。"想罢，说："庄主威镇口北，无人不知。我久仰大名，今幸得会尊颜，实乃三生有幸也。"花得雷说："老义士乃侠义之人，来至敝庄，我等实是粗鲁。"褚彪说："都是自己的人，何必分别呢？"褚彪说："我今来探此处，得遇庄主知遇之恩。我探听一事，不敢隐瞒，现今有一个查办大同府的钦差彭大人，手下广有英雄。他前在北新庄办庄主你的四弟花得雨，今他住怀安县，怕的是内有隐情。店主多多留神小心，怕的是有他的人前来探访。"花得雷听褚彪之言，说："老英雄请放宽心。那彭钦差他要拿我，焉得能够？早已被吾的朋友，把他擒来了。"褚彪听到这里，说："原来庄主先下手了，把钦差彭大人拿来，必是乱刀分尸，替四庄主报仇雪恨哪！"花得雷说："正是如此。"

再说彭公怎么被这贼人拿来呢？因彭公在公馆无事，自己灯下看书。天有三更之时，听的帘子一响，大人抬头看，不见有人，自己只是看书。闻见有一阵异香之味，他不知不觉，迷迷离离，扶在桌上不能动转，昏迷过去了，不省人事。连书童都受了熏香。外面是采花蜂尹亮、钻天鹞子段文成二人。因从溪花庄逃走至霸王庄花得雷这里，群贼会合在一处。花得雷与吴太山是知己之交，都是换心的交谊，又有燕子风飞腿袁天化等，都在这霸王庄招贤馆内。花得雷款待众人，说："列位仁兄，众位朋友，我花得雷准是朋友，你们哪一位把彭大人或杀他，或行刺，替我四弟报仇？"旁有段文成说："花大哥，你要活彭大人死彭大人呢？"花得雷说："活彭大人拿来甚好，你谈何容易呢？我要领教。"段文成说："庄主在家中，候我三日回来，必将彭大人拿来就是了。"采花蜂说："我同兄长前往。"二人计议已好，一同收拾起身，在道上无话。

到了怀安县，住在店内，他听人说今日接钦差大人。他与段文成吃完了晚饭，住在这里。次日彭大人到了，住在十字街上路北玉皇庙西边的公馆。二人白天踩得了道，晚晌二更以后，他换好了夜行衣服，二人出了住房，把门带上，留了一个暗记儿，翻身上房。蹿房越脊，如履平地相似，到了公馆的院内，见上房灯光隐隐。段文成先给了采花蜂点解药闻上，他会使鸡鸣五鼓追魂香。二人先闻了解药，这才从百宝囊中掏出千里火来，点上熏香，把彭大人熏过去。采花蜂下去，把彭大人背起来，二人要走。尹亮说："不必，我给他留下几句话，写在墙上。你我兄弟二人的暗号儿，也写在那字上。"尹亮研浓了墨，提笔写在墙上。二人背起大人，竟奔霸王庄而去。

这花得雷方才起来，他先叫人把彭大人送在花园八宝弩箭亭之内。他升了大厅，请众位绿林人物。那袁天化、吴太山等齐集大厅之内，花得雷与花得云二人说："今日这事，把彭朋拿来，必须要细细勘问着才是。你众位想是怎么办法？"众人听罢，也有说杀的，也有说放的，其说不一。袁天化说："这段事要杀可不成。彭大人他是大清国的一位钦差，难道说要这么丢了，他们那些差官就不找了吗？这事万不能。倘若找来，这小小的一座霸王庄能挡多少官兵？大兵一到，玉石俱焚。杀官如

·彭公案·

图文珍藏版

同造反,这件事要想一个万全之策,从长计议才是。"花得雷说:"无妨,我要是杀了他,也无人知晓。即便有人知道,我已投奔大同府画春园那里,他正招兵买马,积草屯粮,早晚其成大事。这也是天助我成功,杀了彭大人,也替傅国恩他除去一害。你等想想对不对?"大家齐说:"也好。"只见从旁边过来一个家人,说:"大爷,这件事,依奴才之见,莫若不必杀,暂时收在八宝弩箭亭之内,也给他吃的喝的就是。等候彭大人那手下之人,或是来找,咱们拿住他们,这是一网打尽。如拿不住,听他那边风声怎么样,然后再为办理。"花得云一听,说:"也好,你就派四个人看着就是了。"

家人下去,到了后边花园之内。他知道这个弩箭亭是四面都是埋伏,要脚登着那诸葛连珠弩箭,厉害无比,人准死无挪。他先把削器的总弦上好了,然后他开开门,先给了大人一碗水喝。大人正迷迷昏昏,不知身在何处。他把大人唤醒,说:"大人,你老人家还好哇! 认识我不认识?"彭公说:"这是哪里? 我为何来至此处?"那家人说:"大人不知,这是如此如此。"把上项之事细说了一番。彭公说:"你是谁呀? 我想不起来了。"那家人说:"我姓朱名桂芳,乃保定府人。大人前次升河南巡抚,误走连洼庄,我要救大人,未得其便,被人走漏了消息,我也没敢回去,我自己逃在这里。我料想不能再见大人之面了,不想今日在此相遇,实三生之幸也。你老人家自管放心,我就上公馆送一个信,自有人前来救你。你可写一封书字给我就是。"彭公忙说:"甚好! 你快取笔砚来。"朱桂芳取来笔砚,大人写了一个字儿,交给朱桂芳:"你送至怀安县我的公馆之内,到那里找着姓高的、姓刘的均可,信要面交为是。"朱桂芳说:"明日要去制办他做生日所用之物,我就可去了。大人请放宽心,都有我咧。"彭公说:"你去罢。"朱桂芳又取来一壶茶,又拿来一匣子饽饽,说:"大人请罢。"他把笔砚拿过去,自己带好了书信。

天色已晚,大众前厅饮酒,正然拿住褚彪,段文成说:"褚兄,你来的甚好。这里正想找一位英雄帮助,你来了,就在这里。"给众人引见。因与花得雷谈心说话,说起拿了彭大人,褚彪问:"是杀了,给花四爷报了仇啦?"花得雷说:"并没有杀。"心中又想:"这人来的凑巧,也许来探彭大人的下落来了,也未可定。不免我问问他。"

想罢,说:"褚老英雄,这彭大人是被我的两个心腹朋友背来的。你我都是一家人,也不瞒你,我告诉你罢,是采花蜂尹亮贤弟同段文成二人办的。我把他放在弩箭亭之内,我也没有准主意了,我请问请问,是杀了好,是放了好呀?"褚彪听花得雷这一片话,他心中说:"这件事可不好说。我要说杀了好,他真要杀了,大人性命休矣;我要说放了,他说我与彭大人串通一气,更不好办了。这件事我只可如此如此。"想罢,说:"庄主,这彭大人要拿来,这事倒不好办啦。杀了也不好。头一件是奉旨的钦差,要真杀了他,这杀官情如造反,这事要地面官知道,一角文书到上司那里去,官兵一到,玉石俱焚,小小的霸王庄能挡得了多少官兵,庄主详情。"花得雷听了说:"杀不的,莫非放了他不成吗?"褚彪说:"放不的。擒虎容易放虎难。这要一放,倘若他调了官兵来,也是不便。莫若探听外面风声,再作计较。"花氏兄弟听说:"也好。"天晚各自安歇。

次日天明起来,家人朱桂芳说:"大爷千秋之辰快到,奴才早做预备,今年朋友又多,奴才请示备办什么酒席?我好去办理。"花得雷说:"我都忘了,你到账房去告诉他,按例办吧。"朱桂芳答应下去,带了银子,来至怀安县城内,找着钦差公馆,到了门上说:"烦你众位的驾,到里边回禀一声,就说是我来投信,找一位姓高的、姓刘的,有要紧的话说。"正问着,只见由西边高、刘同欧阳德三人自蓬莱山庄贾亮家中来。高、刘二人送贾亮到家,褚彪探溪花庄去了。他二人回公馆,给徐、武二人送信,走至半路,遇见欧阳德,三人言说彭公之事,一同来至公馆,正接朱桂芳打听要找高、刘二位。那听差的人说:"这二位就是跟彭钦差大人的,姓高,那位姓刘。"朱桂芳说:"我来找二位,有要紧机密大事相见,并有字柬,二位请看。"高通海说:"你跟我来。"三人带朱桂芳来至上房,徐胜、武杰正在为难之际,见他们来了,心中喜悦,说:"高大哥访的怎么样呢?"高源说:"有信。"接过朱桂芳的书来一看,须要群雄定计,共破霸王庄。且看下回分解。

# 第九十二回　朱桂芳公馆送信　定妙策共破贼巢

词曰：

日日深杯酒满，朝朝小圃花开。

自歌自舞开怀，且喜无拘无碍。

青史几番春梦，红尘多少奇才。

不须计较安排，领取而今现在。

话说那高通海接过书信来，问："你是从哪里来？姓什么？这是何人的信？请道其详。"朱桂芳把自己来历从头至尾细说一遍，高通海等才知大人的下落。打开书字一看，上写：

字谕高源、刘芳、徐胜、武杰汝四人知之：因吾夜贪看书，受贼人的巧计，背我至霸王庄花得雷家中。我身入死地，皆因一时不防之过。幸遇家人朱桂芳，他设法庇护。今遣他送信一纸，汝四人见字，不可声彰，须定妙策，救出贼巢，再拿叛逆之贼可也。慎重慎重。

年 月 日 彭友仁谕

众人看完书字，说："你请办事去吧。你家主人是本月十六日生日，我等自有妙策，你在里面务必做个接应才好。"朱桂芳答应去了。

那欧阳德说："吾有一条妙计，吾去求人前来帮助。他生日的时候，咱们扮作打花鼓的，须有几个女子，好叫他不疑。贾亮他父女，还是太少。"正自愁闷，听见外边有人进来回话，说："今有宣化府协镇大人张耀宗调升大同总兵，来给大人磕头。"高源等说："请进来。"少时张耀宗自外面进来，到了上房，说："高大哥、刘大哥二位兄长，好哇！"又给师兄欧阳德行礼，说："众位都好。不知老师大人在哪里？"刘芳说："你勿提起，是我们官运不济。大人到了这里，派我们拿采花蜂去。不想公馆之内，大人被贼人盗了去。这件事，我们越想越急。"就把已往之事细说一番。张耀宗说：

“这件事可真不好办，落在霸王庄上。咱们须想一个高明主意，大家去救他老人家去。我是昨日接到公门抄，旨意下来，命我补授大同总镇，毋庸来京陛见。我带着家眷，连我岳父蔡庆他老夫妻，全来至此处。我还说，大人在公馆为何不走呢？我要见见，请示到大同之时，该当怎样办理？”欧阳德说：“这件事好了。叫贾亮去带着他女儿，与你岳父岳母，连二位贤妹，都暗带兵刃，到那里好拿他们。”计议好了，先派人请了贾亮来。欧阳德又派人请了蔡庆来。

众人正议论着，外面人来报说：“贾爷请到，蔡爷请到。”众人都在东配房之内，说：“列位，咱想什么主意去救大人去？”那蔡庆说：“依我之见，事不宜迟，今晚上可以一同前往探听霸王庄之事。”贾亮说：“去不的，他家院内都有埋伏，去了恐受其害，反为不美。依我之见，候他十六日的生日那天，我去拜寿。蔡老仁兄，你带着女眷扮作跑马戏、唱女戏的，贼人不防，混进庄去。叫高源、刘芳，你二人保护大人；徐胜、武杰，你二人拿采花蜂尹亮；叫张耀宗知会本处文武官员，合他们带领官兵数百人，在村外哨探，锣响为号。你我与众眷只拿花氏兄弟与采花蜂，余者不足论也。你等且记，我与你抵挡群贼，内里还有褚贤弟。”大家商议明白，就去办理。蔡庆说：“你去拜寿，就说有几样玩艺儿，特意前来奉献。我们进去对了面，知道是谁，就可以拿他。”大家分派已定。贾亮把女儿接来，与窦氏引见，见过蔡金花与张耀英。三人都是少年心性，心投意合。一夜无话。

次日这窦氏先扮好了，三位姑娘暗带军器，套上了两辆太平车。蔡庆带着贾亮，骑他那个花驴，先往霸王庄去。到了那霸王庄，投进名帖去。家人进去，不多时出来说：“我家庄主有请你老人家。”贾亮跟着进去，到了里边说：“在哪里？”家人说：“在东院大客厅之内。”进了两层院落，只见北大厅七间，前出廊后出厦，东西各有配房三间，院子宽大，悬灯结彩，甚是热闹。正北坐定是花得雷、花得云，左有钻天鹞子段文成，右边是燕子风飞腿袁天化，东边是采花蜂尹亮、青毛狮子吴太山、金眼骆驼唐治古、火眼狻猊杨治明、双麟麟吴铎、并獬豸武峰、红眼狼杨春、黄毛狐李吉、金鞭将杜瑞、花叉将杜茂、滚地雷刘清、一条枪景顺、机灵鬼龙大魁这些水旱两路的盗寇。一见花驴贾亮，齐站起身来，说：“老英雄乃当世豪杰，久仰威名。今幸

·彭公案·

图文珍藏版

相会，真乃三生有幸也。"贾亮一一问过名姓。见了褚彪，装不知道在这里。他说："褚贤弟，你这是从哪里来？如何在这里？"褚彪把上项之事细说一番。贾亮说："我知庄主今日乃千秋之期，特来贵府拜寿。我还送来了一班马戏，有几个女子，都是一身的武艺，练的最精巧无比。"花得雷说："又叫老英雄破钞，我实是感情不尽。"贾亮说："都是知己朋友，何必如此过谦？"叫家人去到外面，把那唱马戏之人叫进来练练。

家人答应出去，一看那大门之外有两辆太平车，车上坐着几个妇人女子，都在二十上下年岁，千娇百媚，万种风流。有一个老头儿，一个老婆儿，都是精神百倍。贾亮的驴拴在那车上。家人说："来的人，你们进到里边来罢，老爷要叫你们，须要小心些。"蔡庆说："知道了。""这伙人要是漏网之贼，必然认识我，我须小心点才是。"说："女儿，你们收拾收拾，去到里边看看。"蔡金花、张耀英、贾赛花这三个人，跟窦氏到了里边，看那宅院甚是宽大。

到了东跨院之内，花得雷在当中坐定，一看那几个女子，他乃酒色之徒，不由神魂俱消。采花蜂尹亮一看，心中说："这几个女子都在哪里？我平生未曾看见过这样美人，我今天要留一个才是。"正在胡思乱想之际，花得雷说："你们不必耍那些玩艺儿，你们过来陪我们吃两杯酒罢。"蔡庆说："呔！你们休在睡里梦里，我乃铁幡杆蔡庆是也。今日外面官兵已到，四面八方都有埋伏，快拿花得雷与采花蜂尹亮要紧。"蔡庆说罢，一摆虎头钩说："儿等快拿贼，不许一人漏网！"群贼一听，齐说："不好！"钻天鹞子段文成、燕子风飞腿袁天化二人，抢刀跳至院中，直奔蔡庆而来。采花蜂尹亮，抢刀直奔张耀英而来。这位夫人蛾眉直立，杏眼圆睁，举刀相迎，杀在一处。那滚地雷刘清、一条枪景顺、机灵鬼龙大魁这三人，摆开兵刃，齐奔金头蜈蚣窦氏与蔡金花、贾赛花。那边青毛狮子吴太山、红眼狼杨春、黄毛犰李吉等各摆兵刃动手。褚彪与贾亮说："好！你们这不知王法之贼，我来结果你等性命！"摆刀跳至当中，助蔡庆与群雄战在一处。

单说机灵鬼龙大魁他见这些人动手，他带兵刃跳出圈外，要去杀了彭大人，以除后患。他又是这里花得雷的心腹人，他到了后花园八宝弩箭亭那里，说："呔！你等看守之人，趁此把门开开，我奉庄主之命，特意来杀这狗官。"朱桂芳听了龙大魁之言，吓了一跳，心中说："这可不好！"不免用话支开。他昕的前院之中人声一片闹闹哄哄，遂说道："龙大爷，你有所不知，这里我们众人是奉庄主爷的命在此看守。他说了，非他老人家叫我们开门，我们不敢开。要我们私自开门，庄主说要了我们的命呢。"龙大魁说："你们只管开门，与你等无干，我也是你们庄主的心腹人。"正说着，房上跳下一人，抢刀照定龙大魁就是一刀。龙大魁抬头一看，忙用刀相迎，说："你是什么人？趁此通名。"那人说："无名小辈，我乃水底蛟龙高通海是也。你等不认识大太爷，我是钦差大人的护卫老爷。"龙大魁说："你是赃官的手下人，我先杀你，然后再杀狗官。"正自大骂，忽然一暗器正打中他的头顶之上，被高通海一刀砍倒在地。朱桂芳把门开开，刘芳背起大人来。高通海与朱桂芳二人，引路出了后花园的门儿逃走。

内里花得云与花得雷见事不好，连忙地拉兵刃说："完了，吾命休矣！你我今日逃走，再邀朋友报仇可也。"花得云说："二哥，这家中都有家口，如何能走呢？"二人正在议论之际，家人来报宅院被官兵所围。采花蜂尹亮见事不好，先一摆刀，跳至圈外，上房往北出了这所宅院。方跳出墙去，只见那边过来一人说："采花蜂，你往哪里走？今日这就是你尽命之所。想要逃走，比登天还难！"采花蜂吓了一跳，回头一看，原来是苏永禄。尹亮说："你也不害臊，你是我手下的败将，还敢这里来送死。依我之见，你趁此逃走了罢，免的大太爷我动气，你快去吧！"苏永禄说："尹亮，你先莫吹大话，我哥哥也来了。"尹亮说："你哥哥早被吾药镖打死，还说梦话呢。"二人正然说着，忽从苏永禄身后跳过一人来，一语不发，在那里站定，照着采花蜂尹亮就是一掌。尹亮一闪身，想要逃走，被这人一伸手抓住，说："唔呀！吾把你这王八羔子，往哪里走？吾跟了你这些时了，你休想逃走！"按倒打了几掌，说："苏永禄，你先扛回公馆去吧。吾帮助里面众人，捉拿那些余党去。"

原来苏永禄自宣化寻访采花蜂的踪迹，跟至这里，知道彭公被贼人偷在霸王庄内，他孤身一人，不敢身入虎穴。今日在这里遇见欧阳德，说明了会合群雄共破霸王庄、捉拿采花蜂之事。苏永禄就在北边花园外一条小胡同内，与小方朔欧阳德在这里等候,才把采花蜂拿住了。自己甚为喜悦,先扛回公馆去了。

欧阳德他窜进花园之内,到了前边,看见官兵已到。他一说话,那吴太山等十数个人不敢交锋,俱都逃走,只剩滚地雷刘清、一条枪景顺二人。那段文成、袁天化二人也逃走去了。花得雷、花得云、刘清、景顺四人被获。众官兵拿了四十多名余党。大家回归怀安县内。

彭公早到了,先请众人相见。欧阳德回山,不辞而别。蔡庆、贾亮、褚彪众人齐集上房。彭公说:"为我一人,连累你等老少义士受这样艰险。"贾亮说:"大人乃大清朝一位忠臣,人人皆知,无不钦敬。"彭公认贾赛花与蔡金花二人作为义女,各给白银百两。褚彪告辞。张耀宗禀明大人,要上大同府总镇任上去。大人说:"你先到那里,访查画春园之事是怎么不法,作何动静,回禀我知就是了。"张耀宗与蔡庆告辞上任去,顺便探访画春园的事情。那贾亮父女也要告辞。大人应酬了半日,派高、刘、徐、武、苏五人看守采花蜂,明日再为审问。分派已毕,吃了晚饭,大人想要歇歇,又把朱桂芳叫过来说:"你愿意回家呀?是愿意跟我当差呢?"朱桂芳说:"我自那年不敢归家,也不知武连的死活。我家中尚有老母、妻子,屡次来信,我也不能不回家去。"彭公说:"我给你白银五百两,候我剿了贼徒,为你派点差事。"朱桂芳答应下去。

彭公坐在椅子上,觉着乏了,到东里间床上合衣而卧。家人这几日,个个均未得睡觉,今夜都安然睡去。天有二更,从房上跳下燕子风飞腿袁天化来,手拿折铁刀,把大人住的门拨开,他进了东屋,听见有人呼吸之声,他抡刀照定彭公脖项就砍。不知生死如何,且听下回分解。

# 第九十三回　审淫贼完结大案
## 诛恶霸公颂清平

诗曰：

一生由命非由他，休把精神太用过。

父母田园非容易，儿孙保守莫蹉跎。

贤良自有贤良报，凶恶还遭凶恶磨。

天运循环公道转，十年之后看如何。

话说那燕子风飞腿袁天化进了大人住的东屋内.细听彭公睡着了，他抡刀要剁大人，不防备背后有人一托他这只胳膊，他的刀就坠落于地，一脚踢倒，按住用绳紧紧捆上，说："小子，你来的甚好！你高老爷早知你来，久候多时了。"将大人惊醒，睁眼一看，见那高通海按倒一人。大人站起身来说："高源，他是什么人？"高源说："大人在这里安歇，我等都不放心，怕有漏网之贼前来谋害大人，故此我在外面巡查，看见此贼前来行刺。"大人说："带他下去，明日再问。"彭公细想："高源这个人粗中有细，我要提拔提拔与他。"大人主意已定。

次日天明起来，净面吃茶。用了早饭已毕，怀安县知县来给大人请安。彭公吩咐："传怀安县的三班人役，各带刑具。"两旁人答应，去叫三班人役前来。不多时到齐，来给大人请安。彭公吩咐："带上花得雷、花得云上来！"下边人役答应，带上花氏兄弟二人，跪在阶下。那花得雷还要不跪，被人按倒，跪在地上。彭公说："你叫什么名儿？快通报上来。"花得雷说："我叫花得雷，他叫花得云，是我亲兄弟。"彭公说："你今年多大年岁？你在这霸王庄住了几年啦？"花得雷说："旗人是正蓝旗汉军裕亲王府内包衣人，今年三十六岁，在这花家庄住家。"彭公说："你那所居之地不是霸王庄吗，怎么说叫花家庄呢？"花得雷说："旗人那村庄原叫花家庄，因我家中有些资财，请了几个看家护院之人，他们时常外面欺压人，我并不知晓。别人就说我们那庄呼为霸王庄，我已把那几个匪人全都散去了。"彭公说："是了，你既把匪人都散去啦，为何你窝聚江洋大盗，把我背在你的家内？私劫官长，你还算有王法吗？"花得雷说："是旗人一概不知，那是段文成他一人所为。"彭公说："是了。"吩咐人先带他二人下去，把那花得雷庄中所拿之拒捕官兵之贼带上来。

不多时，带上采花蜂尹亮、滚地雷刘清、一条枪景顺三人跪下。彭公问了姓名，说："你们三个人在花得雷那里助他叛反，你们要从实招来，免得皮肉受苦。"尹亮说："大人，我采花蜂尹亮也不想活啦，只求大人开恩，赐我速死为要。我是庆阳府尹家寨的人，只因我练会了一身武艺，专爱游荡，在各处所做的事，我也不能隐瞒。"就把一往从前之事均都招了。彭公说："你来我公馆使熏香，背我上霸王庄去，你们共有几人？"尹亮供："内有钻天鹞子段文成，他跟我前往。墙上字是我写的，留下了我二人的绰号，藏头字在上。"彭公说："你二人来到我公馆要害本院，花得雷知道不知道？"尹亮说："我们大众公议，他要替他兄弟花得雨报仇雪恨，故此派我前来，这是实情也。"彭公又问刘清说："你二人帮他拒敌官兵，是要叛反朝廷，该当何罪？"刘清、景顺供："我二人是在他家看家护院，这些事都是花得雷他的主意，我二人领罪就是啦。"彭公吩咐带下去，将刺客带上来。

不多时，带到刺客，跪在阶下叩头。大人说："你叫什么名字？来此行刺，是被何人所使？你从实招来。"段文成供："我姓段名文成，绰号人称钻天鹞子。我是山海关人氏，在霸王庄花得雷那里当看家护院之人。我因花得雷被获遭擒，我要替他报仇雪恨，不想被你等所擒。犬吠尧王，各为其主。我也不想活着，只求速死，所供是实。"彭公说："你同尹亮来我公馆，将本院背到霸王庄去，是什么人的主意呢？"段文成说："我奉庄主之命来的。"

彭公吩咐把花得雷带上来，下边人役答应，带上来花氏兄弟二人，跪倒在地，说给大人叩头。彭公说："花得雷，你窝藏江洋大盗，坐地分赃，抢劫钦差，拒捕官兵，你勾串大盗，公馆来行刺，目无王法，今在本部院跟前，还不从实给我招来，免的皮肉受苦。你要半字支吾，本部院严刑拷问与你。"花得雷见段文成在这里，他就知道他招了口供啦，料想也不能活咧，自己也都招了罢。

彭公连供单，递了一件折子，奏参有庄头花得雷窝藏江洋大盗，招聚庄兵，坐地分赃,有谋反之意,抢劫钦差等语。这折子上去,过了几日,旨意下:花得雷凌迟处死示众,花得云、采花蜂尹亮一并凌迟处死示众。余者不分首从,均皆斩立决,就地正法。旨彭朋随处察访民情,认真办事,钦赐"忠君爱民"字样。在事出力人员,高源赏给游击,以都司尽先补用;刘芳尽先即用守备,赏加都司衔;徐胜赏给候补守备;武杰以把总用。彭公谢了恩,把苏永禄叫上来说:"你也该回上蔡县消差。如愿意跟我当差,你自管前来。"苏永禄说:"大人恩典。我回去消差,到家看看我兄长就回来啦。"彭公赏了他一百两纹银,把花得雷家抄了入官,给了朱桂芳五百两纹银,命他回家。众人全有升赏。彭公把诸事办完,这才叫怀安县预备车辆,明日起身行程。今日派城守营弹压,知县监斩,把一干人犯都杀了,枭首示众。

晚半天,大人无事,把高源等四人叫上来。这四个人先请了安,然后说:"大人呼唤我等,有何吩咐?"彭公说:"这大同府总兵傅国恩拐印诓兵,离任造反,修造了一座画春园。此处离大同府有四十里路光景。我明日起身,你四人要到大同府,须要留心访查那画春园是怎么个样儿。诸事谨慎,不必我再嘱咐你等。"四人答应下去,彭公安歇。

次日带领众人坐轿起身,前呼后拥。众人按站行程,这日到了大同府不远,有本处文武官员人等,迎接大人入了公馆。知府、知县参谒大人,总兵张耀宗给大人请安,彭公都见了,传信留大同镇张耀宗速来公馆。大人说:"我前派你来此,办得怎么样呢?你从实细说,你可探听画春园是怎么个样式?可道其详。"张耀宗说:"我奉大人的谕,来此派人哨探傅国恩。他实是叛反,在此西北大雄山,借着山势修了一座画春园,北面是高山峻岭,东西是连山,南边是正山口,东边是外山口,里面方圆有三百里之遥。竖起大旗,招兵买马,聚草屯粮。南山口是赛霸王周坤,东山口是小二郎铁弹子张能,这二人都有万夫不当之勇。他招聚马步军队,分为二十四营,在画春园前后左右,布于四方。画春园方圆有三十里路,里面楼台殿阁,有他的宫室,安排甚严密。大人要派兵去,急难剿捕。那大雄山是一人把守,万夫难过。他那里有绿林中人不少,都是他招聚来的,甚是厉害。"彭公说:"是了,你管带多少马步军队?"张耀宗说:"门生管马队二营一千,步队四营二千,共三千人。"彭公说:

"是了。你每日勤操,候我调用。"张耀宗答应说:"是。"下去。

彭公叫上四个差官来,说:"武杰,你在公馆白日睡觉,夜内巡查,恐有画春园那里来的奸细行刺。"武杰答应说:"是。"彭公又派徐胜、刘芳、高源三人说:"你三个人明日改扮,各带兵刃,出大同府,去访查画春园的事情。务要将事办的妥实,不可荒唐就是。"徐胜说:"我三人就此前去探听明白,再来禀报。"天色已晚,各自安歇。

次日天明起来,高源等三人换好了衣服,用了早饭,到大人的屋内告辞。彭公又嘱咐几句话,三人答应,出了大同府。三人顺路往西北访问,就往前行走。天气七月初旬的光景,见野外禾稼结实,万物皆成,正在新秋景况,天气还热呢。三人走了二十余里路,到了一处山庄,树木森森,青山绿水,约有二百余户人家。只见眼前有五棵垂杨柳,坐北向南,是一个大花杖儿。周围是月牙河,两岸长的垂杨柳树,河内栽的是莲花。南边一道小桥儿,上面是通红油的栏杆。北边是五间楼,后面有敞亭儿,字号是"五柳居"。高源是渴了,徐胜、刘芳也想歇歇。三人进了五柳居,到了楼上,见北边是五张桌儿,南边又五张桌儿,四面窗楼大开,摆设各种奇花,内有七八个吃茶之人在那里闲谈。徐胜等喝了几杯茶,这才要了些酒。三人共饮,天有日色平西之时,三人算还了饭账,下了酒楼。

三人散步,游了有片刻的工夫,问明白了上画春园的道路。三人正走,抬头往北一看,那画春园的前山就在目前。三人到东山口外,天已黄昏之时。三人施展飞檐走壁之能,上了山坡,跳进边山之内,说:"咱们三人自这五棵松树下分手,五更天还在这此处见面。"徐胜说:"是了,各走一方。我从东边进去,你二人从南边进去。"

二人分手,徐胜到了山根之下,顺路往西,到了画春园之界墙以外。他翻身窜上墙去,见里面楼台殿阁,树木森森,花卉群芳,真天下第一美景也。皓月当空,蒙蒙月色。徐胜跳下墙去,他往里走,只见正北有一片桂树,那桂树北边是一道粉壁界墙,当中四扇绿屏门。徐胜进了屏门,见这所院落甚是广阔,正北是高楼五间,东西各有配房三间,屋中并无灯光。天交初鼓之时,他见正北楼上灯光闪闪,自己出了屏门,不敢上楼。往西不远,有三间更房,内隐灯光灿烂,听的屋中有人说:"你们别睡啦。咱们喝酒罢。大人今日在望月楼，同着新来的一位九花娘，生的千娇百媚，万种风流，比咱们那几位姨奶奶好加百倍。"徐胜一想："这话说得真奇怪，莫非我徐某要时来运转，正遇叛逆之贼。他在这里也好，不免我至楼上把他拿获，也是一个万全之策也。"主意已定，他进了北院屏门，顺楼梯上楼，手扶着栏杆，看那北边楼内灯光明亮。隔帘一看，那北边靠墙是一张八仙桌儿，当中坐定一人，年有三旬七八岁，面如紫玉，环眉阔目，身穿蓝绸大褂，足下白袜云鞋，那桌上摆着几样菜儿。东边是坐定桑氏九花娘，借着灯光一看，更显美貌丰姿，真是梨花面，杏蕊腮，瑶池仙子、月殿嫦娥不如也。旁边站定一个丫头。

粉面金刚徐广治乃是当世英雄，他看罢心中说："那边是傅国恩，这东边是桑氏九花娘妖妇。我要进去拿他二人，趁他手无寸铁，直解到公馆。大人问明，必然是一件奇功。"他站在楼门，方要用手掀帘子，只见东边站定那丫头，走至东间屋内，手中托着一盘果子，放在桌上。徐胜看的不假，大喊："淫妇、乱臣，你二人今日休想逃走！我奉钦差之命，前来拿你。"他一起帘子进来，那九花娘同傅国恩二人全皆站起身来，往东里间，掀开软帘进去。徐胜伸手要抓。觉着脚下一沉，说声"不好"，双脚不能用力，落在下边。只听"搕嚓"一声，从楼上落下一个千斤坠来。

这座楼是傅国恩他新造安设的，都是假人，有走线。知道彭钦差那里能人不少，如他来到，必暗派人前来探听画春园。他安放好了，只等拿人。方才徐广治他到了楼门这里，脚下踏着弦子。那丫头进屋去，端出一盘果子来，放在桌上，这都是削器。徐广治往前一迈脚，踏转心坑，他身子要落下去，就被人拿住，要落不下去，被千斤坠儿压死，休想活命。那房上落下来的又名叫翻天印，正堵那个窟窿儿。徐广治坠入网兜，不知生死如何，且看下回分解。

# 第九十四回　众英雄三探画春园
# 刘德太中计被贼获

诗曰：

旦夕祸福有定着，百岁光阴一刹挪。

富贵又穷穷又富，沧海成路路成河。

人生莫作千年计，在世须留阴骘多。

莫道苍天无报应，十年之后看如何。

话说那粉面金刚徐广治，他到了望月楼，中了奸人的巧计，将身子落在网兜内，被人擒住。这楼下有四个人在此轮流值宿，听见铃铛响，连忙过来，把徐胜捆上，说："伙计们，来把他捆好了，带至在外边，明日回禀大人。"徐胜破口大骂，情知准死，不能再生，自己不住口骂贼人。那些人也不答言。

再说刘德太。三人分手，他自东南边山往北，看是一座贼营，更鼓齐鸣。营外也是撒铁蒺藜、绊马索，埋好了压插陆戊，里面也是子午营、将军帐。刘德太听见营里巡更走哨之声，他往北绕了有二里之遥。见这画春园墙高一丈六尺，墙外都是果木树。他飞身上墙，站在上边，往东一望，只见那东边一片宅院。他纵身下去，只见眼前有一个人站在树后。刘芳早已看见，他心中想要过去，把那人拿住，问他这画春园之事，他必然知晓。他要告诉我明白，我再探访真确。我回公馆去送的信，可以禀大人该当怎样破法。刘芳想罢，他往前走，那人也往前走，仿佛看见。刘芳他要回头送信去，十分着急啦，怕他一嚷，知道这画春园内人多，恐其受他人之害，他自己往前紧追。那人到了东北，往那所院的屏门进去，回身把门插上。刘芳看得真切，心中说："他插上门，我也进得去。"飞身跳过墙去，"看他往哪里跑，我要看一个真实就是。"那刘芳跳身上墙，见这所院落是三合房，北房明三间，暗五间，东西各有配房三间。院中南边有石榴树两棵，海棠树一棵。他见那人进了北房，屋中灯光隐隐。刘德太拉出单刀来，追至屋门首，说："小辈！你这哪里走，我必要将你拿住，问个真情实具,你休想逃走!"往北屋一跑,把身子坠落在翻板之内,里边是撤板翻板了,板下都是七八丈深的山涧,里面有毒虫,脏水气味难闻,最厉害无比。刘芳又不会水,他坠落此处。

这是画春园的埋伏,各处不一样,这个地名叫水涧板房。刘芳他方才看见的那个人,是木头作成假人,有走线。你要不登着弦,他也不动;你要登着弦,你走他也走。到了屏门这里,做好了的,把门一插,任你多精明之人,全都上套。想要破开,比修仙更难。每一处派十个人,白日打扫院落,夜晚点灯,轮流值宿。如拿住人,有串铃响,有人听见,休想逃走。刘芳这一下去身落水内,舒手不见掌,对面不识人,他看不甚真,也只可等死。

不言刘芳身坠涧沟之内。单说那看守水涧板房之人是十个,听见动作。这为首的头目姓冷行二,绰号人称冷不防。这个人爱饮酒,他正在东房内同九个伙计在一处饮酒呢。听见串铃一响,他就知道拿住人了,立刻把那边的走线一按,刘芳在水内,还认着脚下有机器,托他上来。他正然心中无主意,忽然四面有七八根挠钩从墙出来,挠钩钩住刘芳,拉他进了那地道之内,用绳子捆上。说:"你姓什么? 快实说来,也免得我们打你,皮肉受苦。"那刘芳说:"我姓刘名芳字德太,绰称人称多臂膀,你要把我怎样呢?"冷二说:"是了,你是彭钦差那里的人,名叫刘芳,我们好去请赏去。"主意已定,冷二等大家喝酒。

单说高源同刘芳分手后,他下了边山,只见那正北是画春园的边墙,那墙外是三间更房,巡更守夜之人的住屋。屋内灯光闪闪,单有一个小头儿。这三间更房西边,是画春园的角门。那高源看得甚真,自己又想:"这一进这画春园,也不知是怎么样? 傅国恩这势排不小,不免我进去看看,便知分晓。"高源纵身上墙,站在上边,四下一望,但看见里面金碧辉煌,树木森森,各样花木,真是令人可观。高通海跳下去,墙里就是眺望阁五间,坐北向南,阁前五棵苹果树,长了满树的苹果。

高源正看着,听见外面有人说:"不好,进去一个。"那人说:"不错,进去一个,咱们点起灯来找罢,搬梯子进去找。"高通海听罢,大吃一惊,说:"这可不好,有人看见我进来,我也不好出去。我藏在眺望阁上,看是怎样?"自己飞身上去,在眺望阁上隐身。只见那边登梯子上来了七八个人，手执灯笼，跳进画春园来，往地下用灯光一照。那个人说："找着啦。"高源暗中一看，是一个骰子。原来是更房众人夜晚赌钱，掷骰子来的，有一个人输急了，他就把骰子给扔了。大家一找，找着五个，说"进去一个"，是说扔进一个骰子来。这几个人立刻找着出来。高源说："好吓了我一跳，这还了得。"自己战战兢兢下来，听一听正北方交二更之时。

他绕过眺望阁，见前边一片桂树成林，周围矮墙当中一座亭子，里面并无一人。此时月色上升，清光似水，桂花正放，阵阵清香。高通海仰天一看，月润星稀，万籁无声。楼台殿阁，近在目前。身临此地，真乃别有一洞天也，令人喜爱。自从树林芳圃绕过去，见西边一个夹道儿，他信步往北走了有一里之遥，见前面也是一带白墙，当中朱门绣户。他心中说："不免我进去，到里边见机而作就是。"高源想罢，要往里走。只见那朱门半掩，他推门进去，听见上房内有人说话，说："来人倒茶！咱们这个大人，他既然把人马招齐，才能起手，何必这样招摇。今日听说钦差彭大人来了。我可以禀明傅大人，叫他派人前去探听明白。我听说今日又收了那些个绿林中人，有青毛狮子吴太山、金眼骆驼唐治古、火眼狻猊杨治明、双麒麟吴铎、并獬豸武峰、金鞭将杜瑞、花叉将杜茂、红眼狼杨春、黄毛犼李吉等，他都收下了。前几日还收下一个桑氏九花娘，与他很对脾味。这几天闹的甚不像，这正事全然不理，我看也不好办。"

高源到了窗外，用舌尖湿破窗户纸，往里看，见是一个三旬以外的男子，白净面皮，双眉带秀，二目精神百倍，神光透露于外。身穿蓝绸子大衫，足下青缎快靴，坐在屋内八仙桌东边。西面坐定一人，二旬以外的男子，穿两截罗汉衫，白袜云鞋，手拿团扇。这人是傅国恩的心腹之人，姓田名永泉。一个是他家人柳万年。这两个人是闲谈论。高源是听得明白，急忙转身往外走。到外面，他心中说："连九花娘带漏网之贼，全皆在此。我这再往北，看个真情。"

自己顺路往北，走下有一箭之地，只见眼前有一个人。高源说："是了，这小子在那里当道站住做什么呢？我追他。"高源追得紧，那人走得紧；高源追的慢，那人也走得慢。高源站住，那人也站住。水底蛟龙高通海乃精明强干之人，他心中说：

"这件事可奇啦。我走他也走,我不走他也站住,不免我追上前去。"高源一面想,往前就追,那人也就直跑。高通海说:"是了。我听人说,这画春园的削器埋伏不少,我今可要留神。这是一个木人,我看走到哪里去,我慢慢地跟着他。"自己紧紧地跟着他,只顾眼前看那木人,不妨脚下是一个浇花甜水井,高通海身落井内。这三个人来探画春园,全都中了埋伏,被人拿住。要想逃走,是比求人还难呢。

少时天色大亮。这傅国恩他自修造了画春园,他心意是招军买马,聚草屯粮,养成大事,他要自立为王。又有赛霸王周坤同小二郎张能这二人帮助,他手下有二十四座连营,招聚的马步三军。他自从那九花娘来投,是从松林庄而来,投在这里,他认识张能,那张能献与傅国恩。这傅国恩又是色中饿鬼,他虽然有三房妻妾,都是平常女子,并无一个美貌出奇之人。他自得了九花娘,这两个人如胶似漆,每日食则同桌,寝则同床,坐着并肩,饮着同器,行坐不能相离。那九花娘也是一个淫妇,与他二人旗鼓相当,朝朝筵乐,夜夜良宵。他带着九花娘,把各处都逛到,只要这画春园有名之处,他必要前往。

今日早起,他升集贤堂,请各路英雄早筵,商议公事。带九花娘梳洗已毕,传出伺候。鸣钟击鼓,到了集贤堂之内。这是九间大厅,画阁雕梁,东西配房十间。这一传出谕去,只见从外面进来该值的亲军护卫一百名,都是二旬以外的年岁,青手帕包头,青裤褂,足下青布快靴,手抱鬼头刀,全列两旁站班。大厅之上有八个茶童儿,打扫桌案条凳等物。傅国恩立刻带着九花娘,升了座位,两旁人役伺候。不多时,只见从外面进来吴太山、杨治明、唐治古、吴铎、武峰、杨春、李吉、杜瑞、杜茂。这画春园内还有二个人,一名金毛虎朱荣,铁太岁何玉。这两个人是他心腹人。

周坤、张能这众人齐至集贤院内,说:"傅寨主在上,我等有礼。"傅国恩说:"众位贤士请坐,来人献茶!"家人送上茶来,众人吃茶。傅国恩说:"众位,我等在此哨聚,打算共成大业,无奈将寡兵微。今有钦差彭大人,他奉旨来至大同府查办事件。我听人传言,说他手下英雄不少。我意欲前去派人密访真情之信,我又不得其人,自己也实无主见。你众位英雄有何高见?我要请教请教。"金毛虎朱荣、铁太岁何玉二人说:"寨主既然是要探真情虚实,我派二人去探访明白,回来给寨主送准信就是啦。"

　　正在纷纷议论，外面看守望月楼之人前来禀见，又看守水洞板房的家人冷二禀见。傅国恩说："来，把他给我带上来。"外面那两个家人来至集贤堂内，说："禀寨主得知，昨夜小人等看守，拿住两个奸细。"傅国恩说："来人，把那奸细带上来！"不多时，家人把粉面金刚徐广治带上来，捆着二臂，站在台阶之下。傅国恩问："下边站立是什么人？"徐胜说："我是你徐老爷粉面金刚徐胜是也。你等诡计多端，要杀要剐，任你自便！"傅国恩说："你是彭钦差那里的办差官吗？"徐胜说："然也！正是你这无父无君之人，该把我怎么样呢？"傅国恩听罢此话，气往上撞，吩咐护卫把他带下去乱刀分尸。不知后事如何，且看下回分解。

# 第九十五回 徐广治辱骂群贼 高通海绝处逢生

诗曰:

昨夜今朝事不同,光阴过隙若秋风。

何处奸谋总是恶,命里无时运是空。

话说徐广治被人拿着至集贤堂前,傅国恩问了三言两语,就派人押下去,要乱刀分尸。那徐胜一阵冷笑,说:"傅国恩,你要杀我,我视死如归。我死后也落个流芳千古,总算是为国尽忠。我也是堂堂正正奇男子,烈烈轰轰大丈夫,不能像你叛国逆臣,食君之禄,不能致君泽民,竟作逆叛,上辱祖宗,祸及本身。你想想,你这小小的画春园弹丸之地,你所聚乌合之众,天兵一到,玉石俱焚。当今圣主如尧似舜,德配天地,八方宁静,五谷丰登,万民乐业。你官居总戎,乃做此叛逆之事,上为贼父贼母,下为贼妻贼子,终身为贼,骂名扬于万载。你自管处治于我,死而无怨。"

外面是水涧板房的冷不防过来,说:"禀寨主得知,我等在外面看守水涧板房,拿住了一个奸细,名叫刘芳,请你老人家定夺。"傅国恩说:"带上来。"下边人答应说:"是。"带上刘芳来。刘芳破口大骂傅国恩。那傅国恩说:"这都是彭朋的余党,既然拿获,全皆杀死。"旁有九花娘说:"寨主,你不可动怒。把他二人带下去,看押起来,候那几人来拿住一并杀之。这两个人如同笼中之鸟,网内之鱼。再不然。候起兵之日,拿他祭纛旗就是啦。"傅国恩说:"也好。"派小头目史永得,把徐胜、刘芳他二人收在桃花坞内。

九花娘心中甚喜。他本来是爱怜徐胜的旧情,他还想着在鸡鸣驿之时跳神舍药,徐胜已然依了他,与他结为夫妇,被欧阳德冲散。他今日既然被擒,他暗中叫傅国恩不必杀这两个人,他是救徐胜,暗中与他商议,要结夫妇。

他手下人等,把这二人带至桃花坞内。这座桃花坞是一个有名胜地,都是请能人在这画春园内安置各样削器埋伏。这里是一片桃树,当中盖一座四望亭,那亭北面是一带矮墙,那墙里是北房五间,东西配房各三间,房后五棵垂杨柳。这院内有几样埋伏,生人不知道,夜晚前来,准被人拿获。今把徐、刘二人押在这里,有人看守。

那高源他身落井内,虽然会水,今误堕水,怎不着急,又不能出去。他自己再定定神,这才听得明白,这水是直往东流。原来这井是借山之涧水,预备为浇花之用,往东用板闸住的。高通海过去,把那木板提起来,他窜身出去,一看那夹涧之中都是青石。高源往东分着水,走了有一里之遥,看看哪边可以上去。高通海上来一想,这天已四更了,自己也就上墙,跳至墙外,自己顺路往东走。

听的那东边树林之内,有一个人自言自语说:"真怪,这毛老二该来了。天已四更,我二人奉了巡捕营张寨主之命,派我二人去到大同府密访真情实信,探听彭钦差手下都是何人。"高通海借月光,看得甚真。他过去说:"你姓什么,朋友?"那喽兵看见高通海,吓了一跳,说:"你是谁呀?我看着甚眼熟,就是想不起来了。"高源说:"我叫出遛高,你叫什么?我想不起来啦。"那个喽兵说:"我叫郎青,是巡捕营的寨主小二郎张能那里的巡捕兵,今日派我同毛二探访彭钦差的消息。我在这里等,他可不来,我只是着急。"高通海说:"他是哪营里的?"郎青说:"他是奋勇营周寨主那里派来的,见我寨主说明了,派我二人去探大同府呢。"高通海听明白了,抽出刀来,照定郎青就是一刀。郎青躲避不及,被高通海一刀杀死,把他衣服扒下来,又重新穿在他的身上,摘下腰牌来带在自己身上,把郎青尸身扔在山涧之内。

他方才收拾完了,忽听的西边叫:"郎大哥呀,郎大哥!"高通海说:"毛二兄弟,你来了,我等急了你啦,你来的甚好。"那毛二看见高通海,他暗发愣:"你是郎大哥吗?不对啦。"高通海说:"二兄弟,你忘了我啦?咱们在一处扫过雪呢,你就想不起来。我叫郎二,我兄长犯了病啦,叫我替他,知道我同你也都认识,来至这里等候你。"毛二想了半时,他细看高通海所穿的衣服,也是画春园的衣服,他才说:"二哥,我看你可眼熟,一时间想不起来啦。"高通海说:"我同你有一年多没见了,趁此你我走吧。"

二人出了山口,顺路走了有七八里之遥。二人说着话儿,心投意合。高通海说:"毛贤弟,你们那营里共有多少人?"毛二说:"我们那营里共有五百二十人,连火工都算上。"高通海说:"咱们今年就该起首南征,共图王霸之业。"毛二说:"我听我们营主说,今年中秋日祭旗起兵。现探听彭钦差来了吗?想是要办咱们这里的事情。派你我二人探个明白,回头好商议,共起大兵。"

二人出了山口,天色大亮。顺路至大同府的北关外,找了一座茶酒饭馆。路西有座酒楼,字号是"汇芳楼"。二人进去,找了一个僻静之所,在那边落座。跑堂的过去说:"二位要什么酒?要什么菜吃?"高源说:"先拿一壶茶来,给我们要四壶酒,四样菜儿。"跑堂的答应,立刻送过茶来,摆上杯箸等物。二人喝了几碗茶,摆上酒菜,二人喝酒,谈心说话,越喝越高兴。高通海有心把他灌醉了,他认着高源是好人,二人各吐肺腑之言。毛二说:"郎二哥,你也是一个交朋友的人,就是当下咱们都是骑虎不下之势。傅寨主他自无主意,现今又被九花娘所迷,闹的一点主意都没了。我也是进退两难之人。别人说众英雄都心散了,无心与他共图大业,看他不成。"高源说:"是了。据我看,傅寨主也是不能共成基业。头一件,无容人之量;第二件,不能用人。贪淫好色,大事难成。咱们是见机而作。"二人吃喝完毕,算还酒饭账,带着毛二出了酒楼。

二人到了公馆之外,见那些个当差之人不少。高源说:"你在这里站着等我,我进里边去看,一个人细探虚实。"毛二说:"就是,二哥你去吧。"二人分手,高源来至里边看那些个当差之人正在讲究昨夜去了三人,至今音信全无,闹的公馆众人不安。高源见武杰站在院内漱口,连忙说:"武贤弟,你快派几个人去,把公馆门外站立一人,名毛二,乃画春园之奸细,快把他拿进来细细审问于他。"武杰出去,带人把那奸细拿进来捆上,告诉人看守,不准放他。

高源到上房,给大人请了安。彭公说:"你等三人同去探画春园,为何你一人回来,他二人哪里去了?"高源站在旁边,把二人分手,入画春园之事细说一遍。彭公点了点头,说:"知道了。这傅国恩他欲叛,形迹亦露于外,我可前去调兵拿他就是。"高源说:"还拿获一个奸细,请大人细问。"彭公吩咐:"来人,把他给我带上来。"外面人等答应,立刻带那毛二至上房,跪在大人的台前。彭公说:"你叫什么名儿?"毛二说:"小人叫毛二。"彭公说:"你在画春园做什么?"毛二说:"我是那里雇工人。"彭公说:"你只管实说,本部院我还放你,决不治罪于你。我自有拿他的主意。你要不说实话,我必要严刑拷问于你啦。你要自己定准主意才是。"那毛二被大人这一片话,说的他心神不安,随说:"大人要问,我也不敢谎言,只求大人开恩饶我就是。"彭公说:"只要你说实话,我就饶你就是啦。"毛二说:"小人我原是这大同府的人,自幼儿父母双亡,我孤身无倚,就在总镇衙门给那里当差的将爷们买东西,扫院子,以为生理。因傅大人到任,他手下之人把我带到里边,充当一个更夫。后来他因克扣军饷,他逃走至此正北,在万山之中修了一座画春园。他招军买马,招聚能人不少,意欲叛反。小人我前进无门,后退无路。今日是他手下之将派我前来,探听大人的消息,被大人拿获。大人要开一线之恩,留小人之命。"彭公说:"带他下去,派人看押。待我破了画春园,再放你就是啦。"带他押下去看守。

彭公吩咐:"叫大同府总兵张耀宗前来。"当差之人立刻出去。不多时,传来玉面虎张耀宗,来至公馆之内,见了大人,给大人请安。彭公说:"张耀宗,你坐下,我同你有话商议。"张耀宗谢座,在旁边落座。彭公说:"昨日我派三个人去探画春园,今日才回来一人。他言说那贼人里边修的各种削器。徐胜、刘芳二人被擒,至今不知死活。我想这件事甚不容易,必须请大兵剿灭他才能成功。"玉面虎张耀宗说:"大人要奏请大兵前来,倘若贼人知音,远遁他乡,大人有妄奏不实之罪。依我之计,莫若先带一支人马到画春园那里巡山,看他的动作何如? 他要敢当执旗擂鼓,我等可要与他交兵开战,如胜,可以拿贼;如不胜之时,再为奏请大兵前来,也可提贼剿巢。"彭公说:"官兵人少,直人贼巢,头一件不明地理,第二件寡不敌众,还须访求高人,知道这画春园是何人的修造? 该当如何破法? 那才可能成功。若只带兵前往,也未必准能取胜。"

正说话之时,只见外边武杰进来给大人请安,说:"大人不必发愁,这画春园是被何人所修,有人知道。"彭公说:"是什么人知道,现在何处呢?"武杰说:"是我的舍亲,住家在宣化府黄阳山胜家寨,姓胜名奎,绰号人称银头皓叟,乃家传的武艺。那当年黄三太,也是他家的门徒,是他父亲神镖胜英的徒弟。今日同我来,方才提说这画春园之事，想当初安置削器埋伏之人，他说他知道。"彭公说："甚好，你去请在这里来。"武杰答应下去，到外面把胜奎同至彭公讲话之所，与大人见礼。

彭公见胜奎年过花甲，精神百倍，四方脸，面似银盆，长眉阔目，花白胡须飘于胸前。彭公看罢，说："老义士请坐。"旁有家人献上座位。胜奎说："有老大人在此，万不敢坐。"彭公说："你我道义相投，知己之交，不按朝廷之礼，论朋友相交。"胜奎落座。彭公叫人看茶，说："老义士，你乃当世豪杰也。今我来至大同府，有叛臣傅国恩意欲叛反，招聚兵马，这座画春园里面埋伏不少，该当如何破法？老义士，你有何高论妙策？"胜奎说："大人不必忧虑，这傅国恩如同笼中之鸟、釜中之鱼。此时反情亦露，大人先请下能人定计，可以破他的削器埋伏，外用官兵围之，再派能人分为四面，去拿那些漏网之贼。"彭公说："老义士此论甚善，无奈不得其法，不知这此处高人在哪里？说破画春园，该用何计？"胜奎说出一个人来，有分教：

豪杰共施惊人艺，忠良大展补天才。

不知此人在那里居住，且看下回分解。

## 第九十六回　胜奎献计请英雄　侠女复探画春园

《爱酒歌》：

美酒斟来须满瓯，饮酒快活赛王侯。醺醺妙处人难识，要知一醉解千愁。我从今看破凭天定，万事总休休。开怀且进杯中物，胜如骑鹤到扬州。

话说那银头皓叟胜奎，他在公馆之内同彭公商议共破画春园之策。胜奎说："大人要破画春园，自有一个能人，住家在狼山纪家寨，姓纪名有德，绰号人称神手大将。"彭公说："我忘记了，不错，前在宣化府之时曾提说过，我要到大同府，如有用他之处，叫我给他一信。我正想要破画春园，老义士，你既然知道他能破，我就烦义士前往，不知尊意如何？"胜奎说："大人修书一纸，我去请他。当初这座画春园的削器埋伏，是他安造的，他来准能破的了。"大人听胜奎之言，自己修书一封，交给胜奎。天已日落之时，胜奎下去。

张耀宗也告辞，回到自己衙署，与夫人蔡氏二人闲谈，说："今日我到彭公馆之内，听见说妹丈徐胜昨夜探画春园去，不知吉凶如何？去了他们三个人，就回来了一个姓高的，真是不好办的呢。"蔡氏金花说："我也听我父亲方才说，这座画春园不亚赛铁壁铜墙，天罗地网。这件事真不好办呀。"夫妇二人在卧室说话，不想暗中有人偷听，正是姑娘张耀英。他因为是她丈夫在公馆之内跟彭公当差，这两日也未来至这里看他，心神不定，发似人揪肉似钩挞。今日知道兄长张耀宗往彭大人公馆内去，他想要探个虚实。方走至堂屋，听见兄嫂二人正谈说三个人去探画春园，回来一个姓高的，那两个不知吉凶怎样。侠良姑张耀英听到这里，心中一动说："这可不好，是亲三分情，况我良人。他昨日去探画春园，至今并无音信，我不免去探访一番。"

侠良姑张耀英回到自己屋中，收拾已毕，带上各样暗器，换上铁鞋，背插单刀，暗暗出离了上房。飞身上房，蹿房越脊，往前顺马道跳下城去。往北走了有七八里之遥，但望见荒山野岭，天色昏黑。借着星斗光辉，幸喜是中秋天气，自己施展陆地飞腾之法，走了有十数里之遥，远远望见画春园的前山陡壁石崖。东方月色上升，张耀英进了山口，见左右都是防守的大营。那营中有更鼓之声，巡锣走哨之人声音，一片闹喧喧。张耀英过了这周坤的营寨，他自己望北看，见那画春园的界墙。那墙里之树木森森，楼台殿阁，各处房屋不少。张耀英自己留神，上墙先掏出问路石问问路，扔在院内，听了听是实地，自己随着跳下去。在各处一看，所有的花卉树木都安种栽的甚好。他见眼前是一片芙蓉树，开的甚是鲜艳。张耀英过了芙蓉树，见东北是青竹塘，一片竹子分为八方，当中有一所房甚是高大。又往西北一看，见西北是一片丹桂树。眼前正北是一座四望亭，那亭高九丈有余，上边安玻璃，里边安设桌椅条凳。侠良姑张耀英心中说："这所花园真不小，看那南北东西四方分布整齐，当初修盖之时设法安排的全好。傅国恩自己不想安闲之乐，他任性妄为，想着叛反，真是想不开的一个人。"

想罢，他自己往北又走了有一里之遥，但看见一片桃树，正北是所院落，上房五间，东西各有配房三间。侠良姑张耀英见那东边有三间更房，屋内灯光灼灼，内有五六个更夫喝酒。张耀英在窗外，用舌尖舔破窗纸，望里一看，见那几个更夫划拳行令，正吃的得意扬扬。开怀畅饮，不知不觉酩酊大醉。内有一人说："五位贤弟呀，我史永得也不是说句大话，每日我喝酒，永无醉过，我喝三斤五斤也行的了。今日你我知己的朋友，坐在一处，应了古人所说的话啦，酒逢知己千杯少，话不投机半句多。咱们知己的哥们在为一处，必要多谈些时，喝几杯罢。"内有一人姓邱名大海说："史头儿，你也是个明白人，这酒也不可多喝，怕的是喝多了误事。"史永得说："兄弟你也太小心了。这件事我是最爱喜的，要不叫我喝酒，那就不是我的朋友啦，误不了什么事。"邱大海说："咱们是奉命看守被获之人，倘若有人探画春园来，那时就晚了。彭钦差手下能人甚多，不可不留神。"史永得说："不要紧，你不必瞎多虑。"

侠良姑张耀英听得明白，到了北边屏门之内，见院中空空静静，并无一人。他拔出单刀来，往地一按劲，并无一点动作。慢慢往北，走至台阶之下，用刀试着，往前上了三层台阶。见屋门紧闭，上有封锁甚固。张耀英走至门前，方要伸手把那铁锁打开，忽然间从左边廊檐上飞下一只挝来，把张耀英的左肩头挝着。张耀英说声："不好！"连忙要躲，也躲避不开了。往这边一闪，从这边又下来一只飞挝，挝在右肩头之上。张耀英被钢钩钩着不能动转，忽然门锁自落，门儿开放，由屋内出来一人，把张耀英吓了一跳。见那出来之人青脸红发，二目如电，身披五色衣服，手拿绒绳，一伸手把张耀英给抓住，用绒绳儿捆上，侠良姑此时心如万箭穿，四肢发软，知道是被他人所擒，不能出此画春园去啦。自己又想是个妇女，这如何是好呢？越想越难，又如剑刺冰心，刀剜烈胆。怕是落在贼人之手，不能落一个好死。

正在为难之时，忽见从正南飞也似的来了一个人。张耀英一看，说："完了！万不能活。我被人拿住，自己求死都不能。"回过胳膊来，只见正南来的那人，先用手中之刀，把左边的飞挝绳儿割断，连飞挝起下来，又把右边的飞挝绳儿割断，把挝起下来。那捆张耀英的是自行人儿，这两处的轮子无有了，他也转身进去了，并不管张耀英。那张耀英细看是嫂嫂恶魔女蔡金花赶来，他心才放心，说："嫂嫂来的甚好。你老人家要不来，小妹我准死在他人之手，你先把绒绳儿与我解开。"蔡金花就把绒绳儿解了，二人下了台阶。

张耀英说："嫂嫂，你怎么知道追奔前来？请道其详。"蔡金花说："贤妹，你可吓死人也！你在西屋，我同你兄长谈话，有你屋中丫头莲花他过我屋来，说你收拾好了，带兵刃走了。你哥哥也急啦，我也是着急。这事甚不容易办，连忙把你亲家母叫起来，与我父亲他们全说，是你来探画春园来啦。我等实在也无法，你哥哥带兵刃追下你来，我父母同我三人也追下来。至画春园内，分为四路，从南往这里找来。我又不敢紧走，只可慢慢地来至桃花坞，看你在这里，我也不知削器怎样破法，我就用刀割断了绒绳儿，把飞挝起下来。"张耀英说："嫂嫂，你我不可进这屋内，恐有埋伏。你我妇女之身，恐落他人之手。"蔡金花说："咱们到外面找着我父母与你哥哥，咱一同回去罢。"张耀英说："也好。"二人复又到了外面，各处寻找蔡庆、金头蜈蚣窦氏、张耀宗三人。

且说张耀宗他同蔡庆分手，处处留神，在各处访查徐胜、刘芳的下落。张耀宗走了有半里之遥,只见眼前绿柳成行,借月色光辉,照耀浓荫,树木森森。北面有七八间厂亭,那亭内灯光隐隐,射出院外。张耀宗要想往前去看个虚实的下落,忽见从那边来了一个白狗,摇头摆尾,只奔他来。自己往旁一闪,那狗一开口,由嘴内"哧哧"放出十只诸葛连珠弩来。张耀宗闪开弩箭,用刀照定那狗的脊背就是一刀,"嗑嚓"一声,分为两段,原来是一个木头狗,肚内安着诸葛连珠弩箭的弦,甚是精奇。张耀宗自己着急,不知妹妹他在哪里,一则骨肉连心,二则妹妹是个闺门女子,倘若落在他人之手,这便该当如何是好呢?

又往前走了五六步远,只见前边一带界墙,那墙内是北房七间,屏门四扇。张耀宗到屏门之内,只见台阶下有一片埋伏,内有脏坑、净坑、梅花坑。张耀宗慢慢用刀试着,走了有七八步远,知道是这样埋伏。见屋内纱灯悬挂,灯烛辉煌,往屋内细看,只见内有八仙桌椅条凳,靠北墙上挂着名人字画、挑山对联等。八仙桌儿东边坐定之人是傅国恩,西边坐定是妖妇九花娘。二人对坐吃酒,旁有侍女伺候。桌上摆设各种果品菜蔬。张耀宗看罢,心中说:"斩贼必斩首,擒贼必擒王。我今拿住他二人,真乃奇功一件。"想罢,迈步进了北大厅,方一伸手,觉着脚下一沉,说声:"不好!"身子往下一沉,坠入陷坑之内。

坑内有四个人看守,每日一换。今夜该班之人是姓吕名祥,他带着三个伙计把张耀宗给捆上,说:"咱们去禀明前边巡捕画春园的头目,姓吴名太山,绰号人称青毛狮子,咱们寨主的好友。"四人商议好了。张耀宗说:"你等四个是傅国恩的什么人?你家大人乃是大清国的总兵。我闻听说此事,你家主不务正业,在此招兵买马,聚草屯粮,有谋反之意,我心甚不平,特来拿他。你们这伙叛逆之贼,也不知自爱呀?不久大兵就到,拿尔等如同反掌。"那吕祥说:"你姓什么,叫什么?"张耀宗说:"我姓张名耀宗,绰号人称玉面虎。你等这些诡计,把我拿住,该杀该剐任凭于你就是罢。我死而无怨,为国尽忠,死在叛逆之手。"吕祥说:"你不必多说。你好不明白,自古至今,胜者王侯,败者为寇,这甚不要紧。天下者非一人之天下,乃仁人之天下也。有德者居之,无德者失之。我带你见见我家巡捕寨的寨主就是啦。"四人抬张耀宗来至上面,先把翻板扣上,然后又把张耀宗抬起来,至西边偏北有一所院落。

里面灯光发亮，正是吴太山与吴铎、武峰三人，奉傅国恩之命，在前边巡查夜内奸细。天有二更之时，他方要带手下人四十名亲军护卫去查夜去，忽见手下人来禀报，说："禀头目知道，今有画春园东边万树林内看守之人拿住一个奸细，抬至此处，请你老人家发落。"吴太山坐在上面，吩咐人带上来。家人出去，不多时，四人抬张耀宗来至北大厅内。吴太山早看见是张耀宗，眼都红啦，说："张耀宗，你也有今日！我前在河南紫金山受你这厮羞辱，不想你今天也落在我的手内。你也是大数已尽，活该是我替大寨主周应龙报仇雪恨。"吩咐手下人："你等快把他绑在外面将军柱上，把他给我开膛摘心，我今夜多饮了几杯酒，正想要喝一碗醒酒汤，取下人心来，我等先作一碗醒酒汤吃吃。"

手下人答应，不多时把张耀宗绑在东边明柱之上，把木盆放在面前。有一个喽兵，年有三旬以外的年岁，把衣服掖好，系上围裙，拿了一把牛耳尖刀，约有一尺五六寸长，宽有一寸有余，奇快无比，来至张耀宗跟前，说："来人，先拿一桶水来，照定他头上先浇一下。"那家人来至跟前，举起水桶来，又浇了一桶水。张耀宗说："好贼人！你们只管来，用刀给我一个快些就是罢！"那家人说："你招呼着罢。"先把衣服与他解开，手执牛耳尖刀，照定他前胸就是一刀。不知性命如何，且看下回分解。

国学经典文库

中国公案小说

·彭公案·

图文珍藏版

# 第九十七回　群雄共探画春园
# 英雄谈笑破削器

歌曰：

人要俭，人要俭，淡饭粗衣安贫贱。酒肉宾朋哪个亲？手里无钱人都厌。听我歌，存主见，挣来俱从血汗炼。有钱常想没钱难，而今何处变？不须花费是便宜，若要宽容当省俭。

话说那玉面虎张耀宗，被画春园的余党青毛狮子吴太山拿住，绑到桩柱之上，那手下人手拿牛耳尖刀照定前心就刺，张耀宗把眼一闭，竟等一死。不想那家人方要刺时，从北房上下来一镖，正打中那家人的后心，立刻身死。从房上跳下一人来，身高六尺，膀大腰圆，面如傅粉，双眉带秀，虎目生辉，准头丰满，唇若涂脂，仪表非俗。头上青绢帕罩头，手擎单刀，跳下房来，说："唔呀！混账忘八羔子！不要逃走，吾在这里看够多时啦。"来者正是小蝎子武杰，他因在公馆之内，听高源说徐胜准被他人所擒，自己想徐胜是救命的恩人，他今被画春园所擒，自己心甚不安，想要探个虚实之信。若果真被他人所擒，这可不好，我必要亲身前往。自己换好了衣服，带上单刀等物，立刻出离了公馆，顺路往前行走。走至山边，扒山过去，借着月色光辉，见那山之左右皆是斗壁石崖。跳下去，顺路直上西北，见那画春园就在目前。顺路下去，自己心中说："我这一进画春园，必要处处精细才是。恐落他人之手，不能救我徐大叔。"到了墙外，飞身跳上墙去。自己蹿房越脊，处处留心。见了自行人，他就回来，不往前走，重新又别寻路径。走了有七八箭远，只见眼前灯光闪闪。既至临近，到了东房上，看那下边灯光一片，见有一人手执钢刀，正要开张耀宗的膛。武杰伸手掏出一支镖来，照那动手之人就是一镖，正中脑后，当时身死。

武杰跳下来，破口大骂说："唔呀！你们这一伙混账王八羔子！吾与你势不两立，吾要结果你这王八羔子，方除人间一个大害。你们自河南屡次助恶人叛反，吾是不能与你善罢甘休！"说罢，抢刀就剁吴太山。吴太山一瞧说："好一个胆大的匹夫,你是自己前来找死!吾要不拿住你,你也不知道我的利害。匹夫真乃无知,你身临险地,如入虎穴龙潭。你要想出去,万万不能了。孩子们,鸣起锣来,知会各处,今有奸细前来探画春园来了,你等各处留神。"他一摆鬼头刀相迎。他欺武杰一人,足以取胜于他。吴铎拉刀相助,武峰也赶过来拔刀相助。

武杰一个人寡不胜众,正在为难之际,忽然间从西房跳下四个人来,先把鸣锣之人抢刀杀死,然后赶过来说:"武杰,你不必害怕,我蔡庆来也。"后面说:"吴太山,你老太太金头蜈蚣窦氏来也。"武杰听见说话,动着手,留神一看,见那边来的是蔡庆夫妇与蔡金花、张耀英,把鸣锣人杀倒。

他四人是从那里来呢?因蔡金花救了张耀英,二人往回里走了不远,见正东有两个人,一瞧是蔡庆夫妻。这夫妇两个人乃久闯江湖之人,处处留神。他暗中想:"这段事真不易找。"在南边一瞧,明堂大道上都是翻板、滚板、脏坑、净坑、梅花坑、立刀、卧弓、弩弓、药箭,各样埋伏削器等物。蔡庆不敢走,只走小道儿。往前走了不远,偶见一个黑犬从正北扑来,相离有一丈多远,蔡庆一看那犬奔他来了,抢起刀来照定那犬一砍,那狗脑袋一分,"哧哧"的十枝连弩只奔他刺来。蔡庆一回身,在左腿上着了一箭,幸喜躲开。自己把箭起下来,又绕道同着窦氏夫妻二人顺路往西偏北,走到了杏林这里。夫妇站住说:"勿往里走。你看那边灯光一片,恐有人看见。"蔡庆深知道这画春园里势排甚大,倘叫人知道,传锣一响,大家全不能逃。夫妇二人正商议之间,忽听那边有脚步之声,仔细一看,原来是女儿与张耀英他两个人前来。四人见面,共说方才所听所见之事。说了一番,蔡庆说:"不好,咱们先回去,明日候纪有德来,再作商议。此处是他修的,他必知详细,我等不可冒险找祸。"张耀英心中不愿意回去,也知道这画春园甚不易破。四个人言明,这才同往东走。到了一所宅院之外,听见里面锣声响亮,人声叫喊。蔡庆吃了一惊,说:"不好!这号锣一响,恐怕贼党齐来,你我要受贼人之害。"

四个人窜上房去,回院中一看,见是吴太山与吴铎、武峰三人,带领四十多名喽兵,正在那里战武杰。武杰一人与众贼动手,并无半点惧怕之心。蔡庆跳下去,把鸣锣之人砍死。窦氏母女与张耀英三人也下房来。蔡金花先砍断了绑绳儿,把张耀宗放下来,然后夺了一口单刀,夫妻二人与贼人动手。吴太山看事不好,手下人未经过大敌,他等都跑了。这里不曾传锣,各处不知,无奈他一捏嘴,吱儿一声暗号,他与吴铎、武峰三个人先钻入北上房,把门紧闭,不能进入。

蔡庆等知道这里有削器埋伏,也不敢往里追去,他只可自己带着四个人出了这所院落。张耀宗说:"你我既身入虎穴,必须要救出他二人才是。他二人也不知是死是活,难得准信。我要知道准信,也可设法救他才是道理。"蔡庆说:"方才我听张姑娘说过他二人在这正西桃花坞内被人看押。你我大家先到那里,拿住更夫人等,细问明白。事不宜迟,迟则有变,倘若一时迟延,恐他二人性命不保,你我快走!"

五人来至桃花坞之所,听见更房内有一个人正自说话,带着八分醉意说:"你们都睡了,也不打更去,这还当差呢? 我史永得打更去。"他拿起一个梆子,一溜歪邪的出了东厢房,要去绕弯打更。手内的梆子也拿不住,扔于就地了。他两只眼迷迷离离的正走着,忽然间一脚踏空,倒于就地,被张耀宗按住,说:"小子,你叫什么? 这所院内哪屋里有被你们拿住的彭大人那里差官? 趁早说实话来,要不说实话,我当时就结果你的性命。"那史永得说:"好汉爷,你饶了我的性命,我说实话就完了。你要不放开我,我死了也不说。"张耀宗说:

"我放开你,你要跑了呢,我去找谁去呀?"史永得说:"你老人家只管放心,我不跑。"张耀宗说:"你说实话罢,再不说我给你一刀。"史永得说:"太爷,你千万饶命! 我告诉你罢,这北房是有埋伏的,一进门,瞧门弦里有滚板、翻板,东里间屋内收着一个姓徐的,一个姓刘的,你们从东边窗户内进去,救出他二人来罢。"张耀宗把那史永得捆上,说:"你被点委曲罢。"把口又给他塞上,放在西边无人之处。

张耀宗来到东边窗户外,把窗户推开,从窗户内进去,见徐胜、刘芳二人坐在北边椅子上,绳绑二臂,两脚坐在地下窟窿之内,不能动转。张耀宗过去,先把二人绳扣儿用刀割开,然后又把地下木板移开。徐胜把自己口中所堵之物掏出来,刘芳也活动了，把自己口中之物也掏出来，说："张大人，你来了，我二人真两世为人，甚不容易，可惨哪，可惨！我二人自打算今生今世不能与你见面了，再未想道今夜绝处逢生。"张耀宗说："妹丈与刘兄，你二人不知，今夜我几乎死在匹夫之手。"徐胜说："这是什么缘故呢？"张耀宗把方才自己上项之事说了一番。那二人听了，各各点头暗叹。三人从窗户出来，听了听天交四鼓。

蔡庆等四人看见徐、刘二位，这才立刻见礼。蔡庆说："你我今夜不能进他的内宅了。天已四鼓，咱们同到公馆去，禀明钦差大人，调官兵，候纪有德来时，那时间再为办理。你我这几个人，恐不能拿获贼人。咱们此时身入险地，这里贼党又多，你想如何能行呢？还有一件，方才咱们在东北边那院中又未拿住吴太山，怕他调动群贼，你我九死一生。"徐胜说："这话也有理，你我趁此先回公馆之内，然后再定主意就是了。"众人齐说："言之有理。"

方才要走，听见正北那当中八卦图城之内有铜锣之声当当连响。不多时，东西南北四面八方铜锣之声不断，各处灯笼火把、松篁亮子，照耀如同白昼一般。蔡庆说："不好，快走！你听这八方传锣，必是吴太山他回明了傅国恩，知道你我几个人来探画春园来，莫若你我走为上策。"这众多英雄往南直走，到了南边界墙之内，众人飞身上墙，立刻跳画春园的南界墙。忽听正北一片声喧，蔡庆说："不好，我等快走！"张耀宗、徐胜、刘芳这三个人往正南一看，只听铜锣声喧，人声一片，灯笼火把照耀，如同白昼。只见那对面山口有二百名喽兵，一字儿摆开。当中有一个人，姓周名坤，绰号人称赛霸王，身高八尺，膀大腰圆，项短脖粗，环眉大眼，二目神光足满，皂白分明，头上青绢帕包头，身穿青小袄，青裤，腰系青褡包，面如锅底，黑中透亮，亮中透黑，精神百倍，手使浑铁棍，重有八十斤，站在当中说："呔！你等这一伙该死的囚徒，往哪里走？我等久候多时了，你等休想逃脱活命。"

画春园角门大开，吴太山约会群贼，带飞虎喽兵三百赶奔前来。不知张耀宗、蔡庆、徐、刘、武与众女眷等该当何如，且听下回分解。

# 第九十八回　侠良姑镖打周坤
## 纪有德献策定计

《十害歌》：

莫作恶，莫作恶，作恶之人无下落。倚财仗势结成伙，课籔行凶欺懦弱。明有王法暗有神，一朝绊倒英雄脚。善人长在恶人诛，报应分明天不错。

话说那蔡庆等众人，来至在边山的南山口之内，有周坤率领着三百名喽兵，各执长枪大刀，他拦住去路。刘芳一看，气往上撞，拉单刀跳过去说："呔！小辈，你休要逞能，今有刘老爷结果你的性命。"抡刀就剁，周坤用棍相迎，二人杀在一处。周坤棍沉力大，刘德太刀法精通，窜纵跳越，闪展腾挪，两个人杀得难解难分，刘芳的刀照定周坤脑袋就剁，周坤用棍相迎。刘芳撤回刀来，分心就刺，周坤欹抱月往外一搛，刘芳躲闪不及，被棍打飞了刀，连忙回身就跑。蔡庆跳过去，一摆虎头钩，说："叛贼，你休要逞能，我来拿你！"他二人杀在一处。只听正北人声喧嚷，天翻地覆。那侠良姑张耀英说："不好！你们看那画春园的余党来也。"蔡金花回头一看，不知是谁。

原来是青毛狮子吴太山，他与吴铎、武峰三个人，由画春园前院巡捕所北上房内，从地道中逃走，至此有一座八卦团城，是傅国恩的家眷亲丁人等在内居住。内分八门，暗设伏机。前有三门，头道门是金眼骆驼唐治古、火眼狻猊杨治明、金鞭将杜瑞、花叉将杜茂四个人把守，外有听差的门房；二道门是红眼狼杨春、黄毛犸李吉把守；三道门是锦毛虎李祥把守。三道门内是铁花杖八卦转心亭子九间，这是傅国恩议事的公所。

吴太山来到头寨门，见了金眼骆驼唐治古、火眼狻猊杨治明。双麒麟吴铎说："你这里有多少人？快些鸣锣聚众。我们那里跑了几个办事的，是要紧的人，是钦差彭大人那里办差的官员，来了有七八个人，杀了我几个手下的人。我三人寡不敌众，被他等杀败。"杨治明听了说："杜贤弟，你二人看守寨门，鸣号调队。"那八卦城头道门有五百名亲兵护卫，又有一百名该值的人。这里一棒锣，人都齐集。吴太山说："你等队伍已齐，跟我来。"他率领兵丁，与杨治明、唐治古、吴铎、武峰，这五个人追出画春园的南角门。只见眼前人声鼎沸，那蔡庆正与周坤交手。

侠良姑一回头，看见后面追兵来了。张耀英心中着急，伸手掏出一只镖来，照定周坤前胸打去，正中他的左肩，"哎哟"一声，拉棍回身就跑。这刘芳亦掏出墨雨飞篁来，照定那喽兵就打。蔡庆等各摆兵刃，正冲入贼队，杀得他东倒西歪，尸横山口，血染草红。

那吴太山等五个人来到这里，张耀宗、蔡庆、徐胜、刘芳、武杰、窦氏、张耀英、蔡金花等早已出了南山口，直奔大同府而来。天色东方大亮，到了大同府的北门。进了城门，张耀宗兄妹与蔡庆夫妻回他的镇台衙门去了。那徐胜、刘芳、武杰这三个人来至公馆。那高通海正然在门首站立，看见他三人回来，心中甚喜，说："你三位回来了，我实不放心。"徐胜说："好险哪！我与刘爷几乎死在他人之手。我等先去到上房见大人，不知大人可曾起来没有呢？"高源说："早已起来了，众位去吧。胜奎今日五更天他就起身走了，去请神手大将纪有德，叫他来在这里，大家商议，共破画春园。那里面的削器埋伏，也不知共有多少，闹得我们心神不定。我自那日落在井中，其实可惨。"徐胜说："你身落井中，你如何出的来呢？"高源说："兄弟，你又不知道了，吉人天相。那井是一个借山泉，往东一道涧沟，我还拿住了一个奸细毛二，我把他带在公馆，拿获了他，也算一件奇巧的事。"徐胜说："还是你正走红运，这些事都叫你遇合着了，我们快去见大人罢。"

进了二门，来在上房，正遇大人净完了面，彭禄儿在那里伺候大人吃茶。一见徐、刘、吴三人进来，彭公这才放心。三位给大人请了安，彭公问："徐胜、刘芳，你二人探访画春园形迹，为何今日才回来呢？"徐胜说："卑职等前奉大人谕，去到画春园瞧探动静，见那里面楼台殿阁无数。我上了他的望月楼，见那当中坐着一人，相似九花娘，与一个人在楼上吃酒。我见了进去拿他，不想那楼上是撤地板，把我落于楼内，万不能逃生，被他拿获。"彭公说："你既被擒，怎么能回来呢？"徐胜说："我被他擒，自想一死。把我绑在画春园当中，有一座八卦团城，内有大殿九间，那傅国恩同众盗寇在座，被我破口大骂，傅国恩他并不杀我，把我与刘芳押在桃花坞内。昨夜有张耀宗与蔡伯父众人把我等救出来。"彭公说："此时画春园贼人不少，他为何尚不起手，在此死守？"徐胜说："贼人手下兵丁甚是不少，现今大概被色所迷住了。想他那座画春园，亚赛过铁壁铜墙，天罗地网一般，他如何能把官兵放在心上？"彭公说："趁此时贼人未曾起手，也容易办理，我就调官兵来剿除他罢。"徐胜说："大人不必多调官兵，只用虚张声势，派张耀宗把他标下所有的队伍调齐了，然后再设计破他的画春园，未知可否？"

正在议论之际，忽见胜奎跟彭寿儿进来给大人请安。彭公说："老义士，你还去吗？请坐罢。"胜奎说："我并非是不去，只因昨日奉大人的谕，今日清早五更天起来备马，带领家人李佩、李环上了纪家寨，迎请纪有德。不想我行至半路，正遇纪家父子二人带着家人来到大同，要助大人共破画春园，拿获叛贼，业已来到，要面见大人。"彭公说："快把纪老英雄请过来。"家人出去，不多时儿纪家父子进来，先与大人请安，又给众人见礼问好。彭公说："老义士，你前承帮助拿获逆贼采花蜂，我甚佩服老义士智量过人。我来收伏画春园的贼人，无奈我手下众人全皆被伤，无可出力。久仰老义士英名远振，真乃当世英杰也。目下有何妙法，共破贼巢？"纪有德听罢，说："多承大人夸奖，我实无能。蒙大人吩咐，万不敢辞所议之事。事不宜迟，迟则有变。大人，这里共有几位英雄？"大人说："他们四五个人。如不够用，把张耀宗那里有他的亲戚蔡老义士可以请过来商办。"大人即着人去请大同总兵与蔡老英雄前来。

去不多时，蔡庆来到，大家叙礼已毕。彭公说："纪老英雄，还是你出一个主意，想那万全之策才好。"纪有德听大人之言，说："这所画春园的山南边有山口子，东边有山口子，就是这两处，大人必须派兵把守。先与他看看，此事总宜招安。他这些喽兵都是无业游民，他们不能成其大事，就是有精兵五百名，此兵亦可收伏。大人必须派精明干练之员，方可成功。"彭公说："就派大同镇总兵张耀宗，着他派人前往。"纪有德又说："再派精明大员，列队在东南两座山口子，作为接应，先取了山口，以惊贼之心。"彭公说："再派张耀宗的兵攻打就是了。"纪有德说："他既叛反，必有盟单、总账、花名册子，收在八卦团城之当中。又有一座映春阁，那阁上天花板之下有一悬龛，龛中是那总账。削器在那靠北墙八仙桌儿，一张桌子是活的，要有知道的去盗盟单，脚一登桌子，准被人擒住。那总账可在那里明放着；如要去过那里之时，你先往南一拉那八仙桌子，你们可以就看见了。从那北墙出来两个自行人儿，手执钢刀，往地下只剁，要不知道的去探画春园瞧见映春阁上有盟单总账，要是一贪便宜，一上桌子，那桌子往下一沉，与地板平，两只脚准被套住，从墙上有两个木头人抡刀砍将下来，休想活命。不知谁敢去盗盟单，亦好按名捉拿。倘无人敢去，我就另有主意。"粉面金刚徐广治说："我可以去得。"纪有德说："甚好。"

　　神手大将他生来之灵巧，并有想念，原打算这一来要举荐儿子纪逢春作一官半职，这是他的本意。早知道这一调官兵围困住画春园，傅国恩一定逃走，必从地道往西边出山。这股地道，原是他修的。当初修画春园之时，是纪有德一人监工，都出自己的主意，在哪里安放削器，哪里安设地沟，均是一人经理。他想今若捉住傅国恩，也算头一功，自己不能分身，又怕儿子纪逢春他一力难支，看内中就是武杰年力精壮，与纪逢春年岁相当，可以派二人前往。想罢，说："武杰、纪逢春，有束帖一个，派你二人照我束帖行事，可做一件奇功。"又派蔡老英雄、高源、刘芳："你三位可以跟我挑选一百名精壮之兵，明日一早跟我去破画春园，探明道路，共捉傅国恩与九花娘等。"众人答应。

　　彭公听他调度有方，条条有款，样样有规，心中甚喜，吩咐彭禄儿："去传预备酒席，我与纪义士接风挥尘。"彭禄儿答应下去，立刻在东配房摆上酒席，连胜奎、蔡庆三人坐一桌，高源、刘芳、徐胜并众英雄列座。大家皆开怀畅饮，彼此谈心。这一日无话，天晚安歇。次日天明起来，纪有德带领众人去破画春园。不知该当如何，且看下回分解之。

# 第九十九回　群雄共破画春园
## 刘芳奋勇战贼寇

《劝世歌》：

人要忍，人要忍，闲事闲非休作准。些许小事没含容，弄得家贫身也损。听我歌，早自醒，告状争强没要紧。花钱惹气误营生，受害担惊睡不稳。过后追思悔不来，只为从前早不忍。

话说神手大将纪有德与蔡庆、胜奎三人点了一百名精壮之兵，这才同众人说："不走东山与南山口，咱扒山走飞云渡口，过接天岭，直奔画春园的正门。你们看见自行人儿，万不可追，他往回走，也不可拿刀砍。"他众人俱各答应。纪有德带领众人，只奔那边山，到了飞云渡口，顺小路上接天岭，扒山到了画春园而来不表。

单说吴太山自那日带领着那些个飞虎壮丁人等，追那蔡庆至南山口，周坤中了镖伤，不能挡住众人，他也不敢往下追，率众回归头道寨门。至天明，听见议事厅上金鼓，齐集在丽旁。傅国恩与桑氏妖妇九花娘升坐、青毛狮子吴太山、金眼骆驼唐治古、火眼狻猊杨治明、双麒麟吴铎、并獬豸武峰、红眼狼杨春、黄毛犰李吉、金鞭将杜瑞、花叉将杜茂、赛霸王周坤、小二郎张能，尚有众多的无名小辈，鱼翅鸡毛，打闷棍套白狼的，都是些无知之人。就有亲军护卫兵二百名，青绢帕包头，青绸子裤褂，青缎快靴，怀抱四尺多长、宽有二寸有余的斩马刀，都是三十来岁，一样的打扮，精神百倍，雄赳赳，气昂昂，两旁站立。当中是傅国恩、九花娘，两边列开座位，说："列位英雄请坐。"众寇坐吧，家人献茶上来。

傅国恩开言说："周坤贤弟，你派人去探彭钦差来此大同府，共带有多少英雄，有无兵马，打探详细否？"周坤说："业已有信，他那英雄来的不少，兵马确无。昨夜从画春园把咱擒获的人救出去了，我等列队未能追回，今日正要回禀寨主知道。我想总是将人马调齐，杀上大同府，先拿住钦差彭朋，然后再进兵攻取怀安、雁门、代州等处，再攻宣化府，进了北口，长驱大进，这可以图王霸业。寨主要不早为下手，恐他的兵马到来,那时前进无门,后退无路,悔之晚矣。"傅国恩闻听周坤一番议论,甚是有理。在他生来是个无主意的人,当初这大雄山是周坤、张能二人在此占山为王,他做那大同总兵时,与这二人是八拜金兰之好。傅国恩身为大员,不思报主皇恩,一心反叛朝廷,把营中兵饷每名扣银五钱。因此有中营游击郭大魁上了一禀,陈说克扣军饷非长远之道,恐其军中有变。傅国恩说:"我带之兵与你无干。你做你的忠臣,皇上何不派你?"这几句话说的郭大魁闭口无言,只可由他所为。自己一腔忠义之心,愤愤不平,与他营中人说起总兵克扣咱的军饷,这五百名马队人人不忿,都要杀傅国恩。说话不密,被他家人傅祥查知,回禀他主人说:"郭大魁同手下兵丁要杀你老人家,他手下人说要叛反了。"傅国恩听罢,说:"这还了的!"传郭大魁进账说:"你违吾军令,私谋造反,克扣口分,绑出去给我杀了。"他中营马队兵丁知道主将已死,大家连夜逃走,四散去了。他知道将这件事办得不好,立刻带领亲随人等,他逃至大雄山,在那里招兵买马,修造了一所花园。这是他早年修的,自己又重新安置好了。又收了张能、周坤,合山之众全皆归降,立起大旗来。这些时正要起兵,忽然探子来报:有兵部尚书彭朋奉旨查办大同府来。这傅国恩他也不知吉凶祸福,即与众人商议。大家无策,有说可战的,有说兵马太少,不可轻进,其说不一。这也是他缺谋少智,把这几十年克扣兵饷所积的银钱,全皆招了兵啦。

这几日正议论军务大事,吴太山说:"看光景,宜急速起兵,不宜死守。如果不急速进兵,可以找一座高山峻岭,方可守护。要说在这里,焉能久守?"傅国恩说:"我费了无数金银,修的这样,要是走,我又舍不得这所花园子。我有一个知己的朋友,占住磨盘山为王,姓马名刁,绰号人称金面太岁,我已遣人去请他前来帮助。"吴太山等说:"也好,就是这样办吧。"这日大摆筵宴,与众人谈心议论,直吃了一天的酒,至晚这才撤去杯盘。众人安歇,各归汛地。

次日天明,纪有德从接天岭下来,到了画春园的园门外。他先高声说:"呔!你等该值看门的人听真,我们奉了钦差大人之命,来拿反叛傅国恩一人,你等要能知非改过,不随叛逆之人,可扔了兵刃,全皆无罪。如要不扔兵器,那时拿住你等,碎尸万段,将首级挂在通镇示众。"吴太山看见正南来了一百多名官兵,为首一人率领着些个英雄前来，又没有南山口的信息，不见周坤动静。吴太山摆刀跳过去说："呔！你等休要前来，今有吴太山在此等候多时了。"胜奎说："吴太山，你年过六旬以外，尚不知世务。你与贼人为伍，甘心叛逆。今有钦差调来官兵，前来拿获你这些叛逆之贼，急速投降，免得多杀人命。如要不然，我当时诛却了你等的狗命。"那吴太山瞧这些个官兵不过百十名，不放在心上，他倚仗着人多，他抢刀直奔胜奎而来。胜奎说："你休要逞强，你这匹夫有何能为？"摆金背刀急架相还。二人战了几合，被胜奎一镖正打中他的左肩，吴太山回头就跑。

唐治古、杨治明二人，各摆单刀直扑奔刘芳、高源而来。高源等急架相还，四个人战了多时。胜奎又是一镖，打中杨治明的右肩，两个贼人往大门里跑。高源方要追去，听那纪有德说："呔！高源，你休要逞强，不可前往，再走两步就有性命之忧。"高源听了，立时止步。那纪有德到了近前，把东边的滚板用刀割开走线，又把翻板支住，把中梁的千觔闸支住，用刀割断了弦，就不能走动了。这才带领众人进了头道门，再奔二道门。只见眼前东西配房各五间，正北二道门外有五百名飞虎兵，手掣长枪，为首的金鞭将杜瑞、花叉将杜茂二人把守，说："你等这些无知的小辈，休要逞能，我二人在此久候多时了。"纪有德说："你二个是我手下败将，也敢这样的无礼！"抢刀就剁，杜瑞他用鞭相迎，战了数合，纪有德一刀把杜瑞的鞭搕飞，一腿踢倒在地，不能起来，口说："不好！"这里官兵将他捆上，抬到空房之内。纪有德破了二道门的绷腿绳、绊腿索、立刀、窝刀、自发弩箭等器物。

外面张耀宗带领马步全军大队三千人马，从东南两座山口分两路进兵，先破了南山口，周坤一个人如何敌官兵之众，该匪等四散逃走。张耀宗带领着官兵，把画春园团团围住。纪有德知道官兵已到，大事成就了，他领着众英雄破了三道重门。

里面那傅国恩也早已知道四面八方官兵已然围困，他自己升了议事厅，就把那所有的战将请来一处商议，说："众位英雄，大家要助我一臂之力，我与他决一死战，不知你等能出力否？"那众人连兵丁齐声答言，说："寨主，现今的事断不可与彼争锋。头一件，外面周坤同他带领的人役均已散了。"正议论间，忽然从东房上跳下一人，是小二郎张能，他说："众位豪杰得知，如今大事不好了，我守东山口已失，官兵大队将画春园围困了,请寨王早做准备才好。"傅国恩说:"张贤弟,我想与他决一死战,你等快鸣锣,调齐了人,以待敌人。"

　　再说纪有德把各处削器总弦割断了,进了三道重门,瞧见傅国恩、九花娘并众寇各摆兵刃,齐集面前。纪有德有刀一指,说:"叛国之贼,你休想逃命! 天兵到此,早早投降,免尔等一死。如尚支吾不醒,你的窝巢已破,玉石俱焚,悔之晚矣。你们哪个前来,趁此实说。"小二郎张能手使弹弓,一弹子照定了那纪有德打来,被纪有德搪开,连打几下,张能并未打着他,心中发慌,连说:"不好! 倘若死在他的手内,不如三十六着,走为上策。"张能一摆刀,跳出圈外,上了西厢房逃走了。高源急忙追赶,二人相似走马灯的样子,追出画春园去了。纪有德摆刀直奔傅国恩,粉面金刚徐广治摆刀要拿九花娘。不知后事如何,且看下回书中分解。

# 第一百回

## 高源捉拿傅国恩
## 徐胜单探磨盘山

歌曰：

劝世人，莫忧愁，将烦恼，一笔勾。荣华富贵天生定，谁人管得前合后。岂是强人智力求，心机费尽终无就。倒不如随缘快乐，享几时自在遨游。

话说水底蛟龙高通海他追小二郎张能，出了画春园，往那边走了。单说神手大将纪有德，见贼党甚众，皆聚议事厅。刘芳抡刀跳至当中说："傅国恩，你乃大清国总镇，食君之禄，不思尽忠报国，反倒做这样叛逆之事。你这画春园弹丸之地，所集不过乌合之众，你要与天兵抗拒，焉能成事？"傅国恩率众在前，说："你是何人？"刘芳说："我姓刘名芳字德太，绰号人称多臂膀。我跟钦差大人当差，专查贪官恶霸。外有马步军队，已把你画春园围的铁桶相似。你等想要逃走，比登天还难！"傅国恩一阵冷笑，说："刘芳，你今既敢带兵前来画春园，你可知道这里的厉害，我今先拿你这一伙贼人就是！"一回头，说："杜茂，你把这厮给我拿住！"杜茂摆叉跳过来，说："刘芳，你也是义侠人，何必这样猖狂，你看二爷拿你。"拧叉分心刺来。那刘芳也抡刀相迎，二人战在一处。

那粉面金刚徐胜他想："我来至这画春园，寸功未立，我要去迎春阁盗贼人的盟单，好指名捉贼就是。"他想罢，窜上房去。这徐胜按各处小心留神，绕过东房，往北走了一箭之远，在房上各处寻找多时。抬头一看，只见迎春阁就在面前。这所院落是北房五间，大楼上面是迎春阁，东西配房各三间，院中清静无人。粉面金刚徐胜看罢，飞身上了迎春阁儿，把门推开，见正北有八仙桌一张，墙上有悬龛一个，悬龛内有总账、盟单等物。徐胜先一按桌子，那桌子吱哑一声响，往下沉，立刻沉于楼板并齐。那北边墙上的闸板一开，从里面出来两个木头人儿，手执着钢刀，往地下就剁，只听"嗑嚓"一声，那刀砍在桌面上，刀抽不出来了，那两个木头人儿不能动转。忽然间，从房上盖下来一个铜罩儿，正罩在徐胜的身上，有七八个钢钩儿从上下来，只钩在他的身上。粉面金刚他又不敢嚷，也不能动弹，只可等死而已，暂且不表。

单说神手大将纪有德，他率领着众人在议事厅前，与叛臣傅国恩等一场恶战。刘芳与杜茂二人战够多时，不分胜败。红眼狼杨春与黄毛狐李吉这二人，各摆单刀跳过来，协力相帮。胜奎、蔡庆也摆刀跳过去相迎。青毛狮子吴太山跳过来说："纪有德，你真乃匹夫也！当初修画春园之时，你也说过不能再生异心，今日你来帮助彭朋来破画春园。你想要作惊天动地之人，并求取功名富贵，你那是缘木求鱼，焉得能够呢？你今天来至此处，如飞蛾投火，自来送死。想要逃走，是万万不能！"纪有德说："哆！你休要咬唇鼓舌，你纪大太爷是安善良民，守分百姓，岂能与贼人为伍？你这叛逆的人，都是乱臣贼子，人人得而诛之。我等奉钦差之命，带官兵前来剿拿你等。"吴太山抡刀只剁，纪有德急架相还，二人各施平生艺业，正杀得难解难分。

傅国恩与九花娘二人见事不好，又听外面喊杀连天，人声一片。傅国恩的家人由后院跑出来说："寨主爷，大事不好了！这如今大奶奶投环身死。"傅国恩一听家人来报结发之妻投环身死，心中甚是不安，不由己落下几点泪来，说："嘻！悔不听贤妻之言，只落得这般光景。现如今大事不成，不免我去到磨盘山求请大兵，重整旧业就是了。"想罢，他又不舍这画春园铁桶相似的房舍，自己回想："吾官居总镇，不思务本报国，一味贪虐无厌，私杀属员，皆我任性之过。一时间糊涂之极，做出这些无知的事来。追悔已迟，可惨哪，可惨！我自得了九花娘，一点顺事无有，想是被色所迷。我也把事做错，闹的这般光景，无计可施。"无奈他一拉九花娘，二人进了大厅西里间屋内。他把那北墙下那一张床儿给挪开了，地下有一块八卦图的木板，他把那木板移开，一捏嘴，"吱"的一声哨子响，他二人下了地沟逃走去了。那青毛狮子吴太山、金眼骆驼唐治古、火眼狻猊杨治明、双麒麟吴铎、并獬豸武峰这五个人跑进议事厅，找着地道，也从沟中逃走了，各全蚁命。

这道沟是当初修画春园之时，他们预先准备生路，直通正北二十里边山之外。那里有一座望山坡，上面修盖了一座快雪亭。这座亭子上有一块石头是活的，无人知道。今日傅国恩他见外山口已破，东西南北四面都是官兵。他又见那纪有德、胜奎十分勇猛,趁着那红眼狼杨春与黄毛犹李吉、花叉将杜茂这三人与众人正在杀的难解之际,他等也无可如何,只可先从地道逃走,带着这九花娘与吴太山等五个人,顺地道往西北走去。

走至当中,他心中一动,说:"吴太山,你想这是该从哪边走呢?西北这条路是当初纪有德监工修的,我因后来怕纪有德变了心,倘要事情败露,要从这条路走,恐被他人所擒,我自己又雇心腹人从这十字路口,往西又修一条地道,通那边山之西,在青松坡下。你我是从哪一条走呢?"吴太山说:"寨主,这如今大事不成,意欲何往?"傅国恩说:"我要投磨盘山去。"吴太山说:"我自河南跟金翅大鹏周应龙之时,并未成了大事。今我五人也不能与寨主投奔磨盘山去,我等要奔潼关外头英山,去访几位朋友。要依我之见,还从西北这条路走,是为上策。你等要往西走,外面走漏消息,那时他暗派人在那里候着,如何是好?我看纪有德所带之人,也没有几个能人,无非是官兵势大。这西北望山坡,准无有埋伏。"傅国恩听他之言,说:"也好,就依你往西北走吧。"

桑氏九花娘有千里脚程,他也跟得上,顺地道一直的走了有十七八里之遥。大约快到了,傅国恩把随身一个包袱交给九花娘,说:"娘子,你好好的收存这个包袱,你我二人,也可指这里边的物件,以度晚年之乐可也,那里面有些金珠细软之物。"九花娘也甚愿意,接过包袱来,心中说:"我跟傅国恩要想作一场轰轰烈烈事业才好,不想一败如此,真正令人可恼。我跟他也无益,他要被人拿住,连累我,按国法全都是剐罪,我不免想个脱身之道,方为万全。我不可受他之累。"想着,众人已到望山坡的地道山口。吴太山说:"我托起这块石头来就是了。"方才用手一托,那望山坡这道地道的亭子里面,早有两个人,是打虎太保纪逢春、小蝎子武国兴。

他二人自早晨奉神手大将纪有德之命,拿了一个字柬,到无人之处。武杰他认的字,说:"纪贤弟,你把那字柬拿出来,我看是派你我往哪里去?"纪逢春掏出字柬来,交给武国兴。他接过来,打开一看,上写着:

字示武杰、纪逢春二人知悉:汝二人急速绕道奔画春园之西北望山坡,有一亭子名曰快雪亭。你二人不可远离，就在那座亭上等候。如见石头动处，你二如急拉兵刃，拿叛臣傅国恩等，乃是第一奇功，百年不遇之机会也。千万千万，汝二人遵行。

武杰看罢，说："贤弟，你跟吾走哉！"二人出了大同府北门，绕道直奔画春园之北面，往西到了那望山坡的快雪亭，就在南边山坡之上，东边有一片松树，西边有一道涧沟，北面一片平川之地。二人就在亭子上坐定。

天有过午之时，听见亭子底下有脚步声音，那亭子底下石头一动，小蝎子武杰说："唔呀！混账忘八羔子，你往哪里逃走？吾在这里等候多时了！"

里边傅国恩听见有人埋伏在此，连忙一撤身躯说："不好，你等快跟我往回走罢，出西边那个山口就是了。"九花娘跟随着，一直的又回来，走至十字道口儿，又往新修的西边这条路上紧走，怕有人追上他等。走至这西边地道口，一托这块石头，托不动。吴太山说："这块石头怎么托不动，是怎么一段缘故呢，有多重分量？"傅国恩说："有一百二十斤呀。"吴太山说："不能，要是一百二十斤，我可能托的动他。"傅国恩一托，也是托不动，他心中一想，说："怪呀，这是怎么奇幻。"

岂知那石头上外边，有一人睡着。这睡者是谁？乃高通海。因追小二郎张能没追得上，心中烦闷，就在这块石上歇息。忽见石头一动，听里面有人说话，高源心中说："此人可是活该死呢？我当闪在一旁，看是何人？我要是他对手，必被我拿获。"自己躲在侧边，见吴铎又一顶举，那石头喔哕翻开，九花娘、傅国恩趁势纵出洞口。高通海设计想拿贼首，因二贼同出洞来，不惟未曾赶上九花娘，那傅国恩亦被他逃了。

这九花娘命运该绝，虽出洞口，慌慌张张，不料欧阳德从树上跳下来，把他拴住，交于武杰，求大人请令施行。傅国恩既然逃走，他必投奔磨盘山了，所以后来不得不扫灭巢穴磨盘山。

既剿傅国恩，就拴蓬头鬼黄顺出世，恩收陈泰山，五探剑锋山，活阎罗焦振远劫牢反狱，金雁雕再造，捉拿焦家五鬼，武氏三雄大战剑峰山，彭公西巡，碧眼金蟾石住盗御马，五显财神结盟，康熙老佛爷私访蜜香居，均是后来。有无是事，有无是人,可凭不可凭,姑妄言之,且姑妄听之,暂停不表。

再把画春园出力忠臣及以前列众义士显亲扬名,一一说明剖白。彭公自那日请纪有德到公馆来,问画春园该当如何破法?纪有德将画春园绝妙暗器、各处巧技、四方利害细细陈说,且云破法,井井有条,更兼量才调用,各任其使,是以前后搭上五天,就把画春园剿灭清平。将所拿获罪大恶盈者,请令枭首示众,被逼良民可恕者,释之还乡。凡大同辖属干员,与前后出力义士,奏请升赏,劣者参革,随带护身差官回京缴旨。

康熙老佛爷旨谕:"彭朋赏戴双眼花翎文华殿大学士,恪毅一等伯。"彭公自出仕以来从未带家眷上任,又不纳妾,还是壮年,在京之时生一子,其子虽蒙荫袭,不从世袭,由进士出身,官至山东巡抚,清廉克肖,颇有父风。所生七孙,长孙承袭,六孙皆仕,均有政声,是天报贤臣,世代簪缨。

欧阳德特授广东提督,赏穿黄马褂,不愿为官,告隐归山,效赤松子遨游天涯。后至乾隆老佛爷下江南,游姑苏狮子林,那狮子林文童不敢请圣驾从大门进去,拆东边高墙,跪迎乾隆佛爷,因拆东墙震动西边,其墙将颓,似有急倒之势,忽见一个和尚双手撑住,恐惊圣驾。乾隆老佛爷命和尚见驾,问:"和尚从哪里来?"欧阳德说:"从千佛山来。当初曾随彭朋剿灭各寇,今年一百零九岁。知此墙必倒,特来护驾。"乾隆老佛爷即封欧阳德护国禅师。欧阳德谢恩起来,乘彩云飘飘从西去了。

张耀宗赏戴花翎,特授四川提督,很有声名。徐胜赏戴花翎,广东省提督,特授协镇。生四子,一子由翰苑官至礼部尚书,三子仍然就武,士显名扬。

黄三太自沐恩赏穿黄马褂,心满意足,唯学义方训子。幸黄天霸忠义,后来授云贵提督,封赠三代。贺天保、濮天雕、武天虬跟黄天霸,由军功保举,均各官至总戎。

刘芳河南协镇,特授参将,颇有英名。高通海两湖提督,特授湖南协镇,与兵卒共甘苦,甚得军心。何路通湖北游击,特授黄州府都司。武杰浙江协镇,特授参府。

季全江南协镇,特授参将,诚有古大臣之风,四子五婿皆为名宦。褚彪河南守备,特授陈州府千总。苏永禄河南守备,特授汝宁府千总。武成安徽游击,特授凤阳府都司。

蔡金花、张耀英、纪云霞，俱封二品夫人。纪有德不乐做官，彭公保举纪逢春东鲁参将，特授游击。

万君兆特授武昌府千总。

胜奎、贾亮、张茂隆、窦氏不愿出仕，赏四品顶戴。高恒、刘世昌赠封一品，蔡庆诰封一品。

杨香武修道无锡惠泉山。朱光祖归隐桃花峰。

白马李七侯被玉面虎暗中误激，埋头颈十余年，至牧羊阵捉拿金氏三绝，计破西边十路反王，方才名显天下，官至浙闽提督，世代阀阅。

可见这部书，忠义者终获厚报，罪恶者难逃法诛。要知后辈英杰，是乎果有经文纬武之人，奇案震天之事，义侠忠君、掀天揭地之才，可否足传，或曰二叙踵接，抑阅《施公案》之谓钦？便悉其详。

国学经典文库

中国公案小说

图文珍藏本

# 狄公案

[清] 吴趼人 ◎ 著

# 导读

　　《狄公案》是由清代谴责小说家吴趼人所著的推理小说,共六十四回,背景在唐朝,主角为狄仁杰。该书为"公案侠义系列"之一,是侠义与公案小说集大成的巨著,主要讲述唐朝名相狄仁杰断案的事迹。内容形形色色,包含了人命、奸情、负债、欺诈、抢劫等等花花绿绿的故事,不但情节引人入胜,而且断案的手段也是千奇百怪。从书中描写的时间跨度来看,它始以狄仁杰任昌平知县,清词理讼,终于张柬之入朝为相,重振朝纲,逼武则天退位中宗,显然与武周政权相终始,字里行间流溢着对武周王朝的极端愤恨和不满。而这种描写恰恰打上了深深的时代现实的印记,可以说是清末社会现实的一种间接的反映和观照。

# 第一回　升公座百姓呼冤
　　　　　入官阶昌平为令

　　话说这部书出自唐朝中宗年间,其时,武后临朝,四方多事。与朝有一位大臣,姓狄名仁杰号德英,山西太原县人。其人耿直非常,忠心报国,身居侍郎平章之职。一时在朝诸臣,如姚崇、张柬之等人,皆是他所荐,只因武三思倡乱朝纲,太后欲废中宗,立他为嗣。狄仁杰犯颜力争奏上一本,说:"陛下立太子,千秋万岁配食太庙。若立武三思,自古及今,未闻有内侄为天子姑母可祀于太庙的道理。"因此才恍然大悟,除了这个念头,退政与中宗皇帝,称仁杰为国老,迁为幽州都督。及至中宗即位,又加封梁国公的爵位,此皆一生的事迹,由唐朝以来,无不人人敬服,说他是个忠臣。殊不知,这许多事皆载在历代史书上,

狄仁杰

所以后人易于知道,还有未载在国史而传流在野史上的,那些事说出来更令人敬服。不但是个忠臣,而且是个遵理守法的官吏,更是个聪明精细、仁义长厚的君子。所以武后自僭位以来,举凡近狎邪僻、残害忠良、杀姊屠兄、弑君鸩母,下至民间奇怪案件,皆由狄公剖断分明。自从父母生下他来,六七岁就天生的聪明,攻书上学目视十行自不必说,到了十八岁时节,已是学富五车、才高八斗。并州官府闻了他的文名,先举了明经,后调为汴州参军,朝廷因他居官清正,又升他为昌平令尹。

　　到任以来,为地方除暴安良、清理词讼。手下有四个亲随,一个姓乔,叫乔泰;一个姓马,叫马荣,这两人乃是绿林豪客。这日,他进京公干,遇了这两人要劫他的衣囊行李。仁杰见马荣、乔泰皆是英雄气派,且武艺高强,心想:"我何不将此人收服,将来代皇家出力,做一番事业,两人也可相助为理,不埋没这身本领。"当时不但

不躲避,反而挺身出来,招呼两人站下,历劝了一番。那马荣同乔泰十分感激,说:"我等为此盗贼,皆因天下纷纷,乱臣当道,徒有这身本领,无奈不遇识者,所以落草为寇,出此下策。既是尊公如此厚义,情愿随鞭执镫,报效尊公。"当时,仁杰就将他两人收为亲随。其余一个姓洪,叫洪亮,并州人氏,自幼在狄家使唤。其人虽没有用武的本事,却是一个胆大心细的人,无论何事,皆肯前去,办事时又能见机揣度,不至鲁莽。此人随他最久。又有一个姓陶,叫陶干,也是江湖上的朋友,后来改邪归正,做了公门的差役。奈因仇家太多,时常有人来报复,所以也投在狄公麾下,与马荣等人结为挚友。到昌平上任之后,四人皆随他私行暗访,结了许多疑难案件。

这一日,正在后堂看那些往来的公事,忽听大堂上面有人击鼓,知道是出了案件,赶着穿了冠带,升坐公堂。两班差役齐集在下面。只见有个四五十岁的百姓,形色仓皇,汗流满面,在堂口不住呼冤。狄仁杰随令差人将他带上,在案前跪下,问道:"你这人姓甚名谁,有何冤枉不等堂期控告,此时击鼓何为?"那人道:"小人姓孔名万德,就在昌平县南门外六里墩居住。家有数间房屋,只因人少房多,故此开了客店。数十年来,安然无事。昨日向晚时节,有两个贩丝的客人,说是湖州人氏,因到外地办货,路过此地,因天色将晚,要在这店中住宿。小人见是过路的客人,当时就让他们住下。晚间饮酒谈笑,众人皆知。今早天色将明,他两人就起身而去。到了辰牌时分,忽然地甲胡德前来报信说:'镇口有两个尸首杀死地下,乃是你家投店的客人,准是你图财害命将他治死,把尸首抛在镇口,贻害别人。'不容小人分辩,复将这两个尸骸拖到小人家门前,大言恐吓,令我出五百银两方肯遮掩此事,不然'这两人是由你店中出去,何以就在这镇上出了奇案?这不是你移尸灭迹?'因此,小人情急,特来请大老爷伸冤。"狄仁杰听他这番言语,将他这人上下一望,实不是个行凶的模样。无奈是人命巨案,不能听他一面之词就将他放去,乃道:"汝既说是本地的良民,为何这地甲不说他人,单说是你?显见你也不是良善之辈,本县终难凭信,且将地甲带来定夺。"

差役一声答应,一个三十余岁的人走上前来,满脸邪纹,斜穿着一件青衣,到了案前跪下道:"小人乃六里墩地甲胡德,见大爷请安。此案乃是在小人管下,今早于镇口见这两具尸骸，当时并不知是何处客人。后来，全镇人家前来观看，皆说是昨晚投在孔家店内的客人，小人因此向他盘问。若不是他图财害命，何以两人皆杀死在镇上？而且，孔万德说他动身时天色将明，彼时镇上也该早有人行路，即使在路遇见强人，岂无一人过此看见？全镇店家又未听见喊救的声音，这是显见的情节。明是他夜间动手将两人杀死，然后拖到镇口移尸灭迹。凶手既已在此，求大爷审讯便了。"狄仁杰听胡德这番话，甚是在理，回头望着孔万德，实不是个图财害命的凶人，乃道："你两人供词各一，本县未经相验也不能就此定夺。且待验尸之后，再为审讯。"说着，将他两人交差带去，随即传令前去相验。不知后事如何，且看下回分解。

# 第二回　胡地甲诬良害己　洪都头借语知情

　　话说狄仁杰将胡德同孔万德两人交差人带去,预备前往相验。自己退堂,令人传了验尸官,带了差役人证,直向六里墩而来。一路居民听说出了命案,皆知狄公是个清官,必能伸冤理枉,成群结队跟在他轿后前来观看。到了下昼时分至镇上,早有胡德的伙计赵三并镇上的乡董郭礼文前来迎接。狄公下轿说道:"本县已到孔家踏勘一回,然后登场开验。"说着,先到了客店门首,果见两个尸身倒在下面,委是刀伤身死。随即传胡德问道:"这尸首本是倒在此地的吗?"胡德见狄公先问这话,赶着回道:"太爷恩典。此乃孔万德有意害人,故将两口尸骸杀死抛弃在镇口,以便随后抵赖,小人不能牵涉无辜,故仍然搬移在他家门前,求太爷明察。"狄公不等他说完,当时喝道:"汝这狗头,本县且不问谁是凶手。你既是在公人役,岂能知法犯法,可知道移尸该当何罪? 无论孔万德是有意害人,既经他将尸骸抛弃在镇口,汝当先行报县,说明缘故,等本县相验之后,方能请示标封。汝为何藐视王法,敢将这两口尸骸移置此处! 这有心索诈,已可概见。不然即与他通同谋害,因分赃不平先行出首。本县先将汝重责一顿,然后再严刑拷问。"说着令差役重打了二百刑杖,胡德喊叫连天,皮开肉绽。镇上的百姓,明知孔万德是,被胡德诬害,无奈是人命案件,不敢掺入里面。此时见狄公如此办法,众人已是钦服,说道:"果然名不虚传,好一位精明的清官。"

　　胡德被打毕,仍是矢口不移。狄公也不过为苛求,带众人到了孔家里面,问孔万德:"汝家有十数间房屋,昨日客人住在那间屋内,汝且说明。"孔万德道:"只后进三问是小人夫妇同我那女儿居住。东边两间是厨屋,这五间房屋从不住客,唯有前进同中进让客居住。昨日那两个客人前来,小人因他是贩丝货的客,不免总有银钱,恐在前进不甚妥帖,因此请他在中进居住。"说着领了狄公到了中进,指着上首那间房屋。狄公与众人进去细看,果见桌上仍有残肴酒迹未曾除去,床前尚摆着两个夜壶。看了一遍，实无形影，恐他所供不实，问道："汝在这地方既开了数十年客店，往来的过客自必多住此处，难道昨日只有他两人，别无他客吗？"孔万德道："此外尚有三个客人，一是往山西贩卖皮货的，那两个是主仆两人，由河南至此，现因抱病在此，尚在睡卧呢。"狄公当时先将那个皮货客人带来询问，说是："姓高名清源，历年做此生意，皆在此处投宿。昨日那两个客人，确系天色将明时出去，夜间并未听有喊叫。至于他为何身死，我等实不知情。"复将那个仆人提来，也是如此说法，且言主人有病，一夜未曾安卧，若是出有别故，岂能绝无动静。狄公听众人异口同声，皆说非孔万德杀害，心下更是疑惑，只得复往里面各处细看了一回，仍然无一点痕迹，说道："这案明是在外面身死，若是在这屋内，就做那三人帮同抵赖，岂能一点形影没有？"自己疑惑不定，只得出来。

到了镇口，果见原杀的地方鲜血汪汪，喷散在四处。左右一带并无人家居住，只得将镇里就近的居民提来审问。皆说不知情节，因早间过路人来，方才叫唤起来，知道出了这案，因此惊动地甲。细细查访，方知是孔家店内客人。狄公心想："莫非就是这地甲所为？此时天色已晚，谅也不能相验，我先且细访一夜看是如何，明早验后再议。"想罢，向着那乡董说道："本县素来案件随到随问，随问随结，故此今日得报，随即前来踏勘。但是这命案重大，非日间相验不能妥当，本县且在此处住一宵，明早再行开验。"吩咐差役小心看管，自己到了公馆与那乡董郭礼文谈论一番，招呼众人退去。随将洪亮喊来，说道："此案定非孔万德所为。本县唯恐这胡德做了这事，反来自己出首，牵害旁人。你且先去细访一会，速来回报。"

洪亮当即领命出来，找了那地甲的伙计赵三说道："我是随着太爷来办这案件，又没有苦主家，又没有事主，眼见得孔老爹是个冤枉。我们虽是公门口吃饭的人，也不能无辜陷害好人，到此时已是饥饿。胡德是此地地甲，难道一杯酒饭也不预备？我等也不是白扰的，太爷的清正谁不晓得？明日回衙之后总要赏给工食，那时我们也要照还。此时当真令我们挨饿不成？"赵三听见洪亮发话，赶着上来招呼道："洪都头不必生气，这是我们地甲为案缠手，忘却叫人预备，既是都头与众位饿了，小人我奉请一杯，就在镇上东街酒楼吃一顿罢。"说着，另外派了两人看守尸首，自己与大众来到酒楼。那些小二见是县里的公差，知是为命案来此，赶着上来问长问短，摆上许多酒肴。洪亮道："你且将寻常的饭菜端两件上来，吃两杯酒就算了。共计多少饭钱，随后一并给你。"说着，大家坐下。洪亮明知胡德被打之后，为乔泰、马荣两人押在孔家，当时向着赵三说道："你家头儿也太疏忽了，怎么昨日一夜不在家，今日回来知道这案件，就想孔老儿这许多银两。人家不肯，就生出这个毒计，移尸在他家门首，岂不是心太辣了吗？究竟他昨夜到何处去的？此乃眼面前地方，怎么连你们巡更皆梭巡不到？现在太爷打了他二百刑杖，明日还要着他交出凶手呢。你看，这不是自讨苦吃吗？"赵三道："都头，你不知内里情节。因诸位头翁不是外人，故敢说出这话。我们这个地甲，因与孔老儿有仇，凡到年节，他只肯给那几个铜钱，平时想同他挪一文，他皆不行。昨夜胡德正在李小六子家赌钱，输得欠了一身的账，到了天亮之时，正是不得脱身，忽然镇上哄闹起来，说出了命案。他访知是孔家出来的人，因此起了这个恶念，想得他几百银子还那赌账，不想太爷如此清明，先将他责罚了一顿，岂不是个害人不成反害自己吗？但这案件也真奇怪，明明是天明出的事，我打过五更之后方才由彼处回来，一觉未醒就有了这事。孔老儿虽是个吝啬的人，我看这件事他决不敢做。"洪亮听了他这番话，也是含糊答应，想道："照他说来，这事也不是胡德了，不过想讹诈几两银子，现在所欲未遂，重责了二百大板，也算抵了这罪。但是凶手不知是谁，此事倒不易办。"当即狼吞虎咽吃完酒饭，算明账目，招呼他明日在公馆收取。自己别了大众，来到狄公面前，将方才的话说了一遍。狄公道："此案甚是奇异。若不是这胡德所为，必是这两人先在别处露了银钱，被歹人看见，尾随到此，今早起行时要了性命。不然，何以两人皆杀死在镇口？本县既为民父母，务必为死者伸了冤情，方能上对君王、下对百姓。且待明日验后如何，再行定夺。"当时洪亮退了出来，专等明早开验。不知后事如何，且看下回分解。

# 第三回　孔万德验尸呼错
## 狄仁杰卖药微行

却说狄公听洪亮一番言语，知不是胡德所为，只得等明日验后再核。一宿无话，次日一早就命人在尸场伺候。所有差役早已吩咐到了孔家门口。

狄公步出公馆，登场在公案坐下。先命将孔老儿带来，说道："此案汝虽不知情节，既是由汝寓内出去，也不能置身事外。且将这两人名姓说来，以便按名开验。"孔老儿道："这两人前晚投店时，小人也曾问他，一个说是姓徐，那一个说是姓邵。当时因匆匆卸那行李，未暇问着名字。"狄公点点头，用朱笔批了徐姓男子四字，命验尸官先验这具尸首。只见验尸官领了硃批，到了场上，先把左边那尸身与赵三及值日差役抬到当中，向着狄公禀道："此人是否姓徐，请令孔万德前来看视。"狄公即叫孔老儿到场上去看。老儿虽是害怕，只得战战兢兢走到场上。但见一颗冒鲜血的人头牵连在尸腔上面，那五官已被血同泥土污满。勉强看了，说道："此的是前晚住店的客人。"验尸官随即取了六七扇芦席铺列地下，将尸身仰放在上面，先用热水将周身血迹洗去，细细验了一会。只听报道："男尸一具，肩背刀伤一处，径二寸八分，宽四分；左胁跌伤一处，深五分，宽径五寸等；咽喉刀伤一处，径三寸一分，宽六分，深与径等；致命。"报毕，刑房填了尸格呈在案上。狄公看了一会，然后下了公座，自己在尸身上下看视一周。与所报无异，随即标封发下，令人取棺暂放，出示招认。复又入座，用硃笔点了邵姓。验尸官仍照前次的做法，将批领下，把第二个尸身抬到上面，禀令孔老儿去看。孔老儿到了场上，低头才看，不禁一个筋斗吓倒在地，眼珠向上，口中喃喃，直说不出来。狄公在上面见了这样，知道有了别故，赶着令洪亮将他扶起，等他醒过来说明了再验。尸场上面，许多闲人团团围住，恨不得立刻验毕，好回转城去，忽见孔老儿栽倒地下，一个个也是猜疑不定，反而息静无声，望着孔老儿，等他醒来，究为何事。此时洪亮将他扶坐在地下，忙令他媳妇取了糖茶灌了下去。好容易醒转过来，嘴里只说道："不……不……不好了，错……错了。"洪亮赶着问道："老儿你定一定神，太爷现在上面等你禀明是谁错了。"老儿道："这尸首错了。前晚那个姓邵的是个少年男子，此人已有胡须，哪里是住店的客人？这人明明是错了，赶快求太爷伸冤呀。"验尸官同洪亮听了这话，已是吓猜疑不定，随即回了狄公。狄公道："哪里有此事！这两口尸身昨日已在此一天，他为何未曾认明？此时临验，忽然更换，岂不是他胡言搪塞！"说着将孔老儿提到案前，怒问了一番。孔老儿直急得磕头大哭，说道："小人自被胡德牵害，见两口尸骸移在门首，已是心急万分，忙忙进城报案，哪里敢再细看尸身！且这人系倒在那姓徐的身下，见姓徐的不错，以为他也错不了，岂料出了这个疑案！小人实是无辜，求太爷开恩。"狄公见他如此说法，心想："我昨日前来，见尸骸却是一上一下倒在这面前，既是他说讹错，这案倒有些眉目，不难访破了。且带胡德来细问。"

胡德听见传他，也就带着刑伤，同乔泰两人走上前来。狄公道："汝这狗头，移尸诬害，既说这两人为孔万德杀害，昨日由镇口移来，这尸身面目自必亲见过了，究竟这两人是何形样，赶快供来。"此时胡德已听见说是讹错，现在狄公问他这话，深恐在自己身上追寻凶手，赶着禀道："小人因由他店中出去，且近在咫尺，故而说他杀害，至那尸身，确是一个少年，那一个已有胡须。因孔万德不依小人停放，两人匆匆进城，以至并在一处。至是否讹错，小人前晚未曾遇面，不敢胡说。"狄公当时又将胡德打了一百，说他报案不清，反来牵涉百姓。随即又将那三个客人传来问讯。皆说前晚两人俱是少年，这个有胡须的实未投店，不知何处人氏，因何身死。狄公道："既是如此，本县已明白了。"随即复传验尸官开验。只得如法行事，将血迹洗去，向上报道："无名男尸一具，左手争夺伤一处，宽径二寸八分；后背跌伤一处，径三寸，宽五寸一分；肋下刀伤一处，宽一寸三分，径五寸六分，深二寸二分；致命。死后胸前刀伤一处，宽径各二寸八分。"报毕，刑房填了尸格。狄公道："这口尸棺且置在此处，这人的家属恐离此不远，本县先行标封，出示招认，等凶手缉获，再行定案。孔万德交保释回，临案对质。胡德先行收禁。"吩咐已毕，随即离了六里墩。

一路进城，回到衙门，出了公文，将原案即尸身尺寸形象录明，移文到湖州本地，令访问家属。随后又请邻村缉获。将乔泰、马荣传来，说道："此案本县已有眉目，必是这邵姓所为，务必将此人缉获，此案方可得破，汝两人立刻前去探访，一经拿获，速来回禀。"两人领命前去。复又将洪亮喊来，说道："那口无名的尸骸，恐即是此地人氏，汝且到四乡左近访察。且恐那凶手未必远扬，躲藏在下乡一带，等风声稍息后逃行，也未可知。"洪亮领命去后，一连数日皆访不出来。狄公心急："本县莅任以来，已结了许多疑案。这事明明有了眉目，难道竟如此难破？且待本县亲访一番，再行定夺。"想罢，过了一夜。

次日一早，换了微行衣服，装成个卖药医生，带了许多药草出了衙署。到了个集镇，虽不比城市间热闹，却也是官场大路，客商仕宦聚集其间。见东北角有个牌坊，上写着"皇华镇"三字。走进坊内，对面一排大大的高墙，中间现出一座门楼。门前竖着一块方牌，上写着"代当"两字。狄公寻思："原来是个典当。我看此地倒甚宽阔，且将药包打开，看有人来医治。"想罢，依着高墙站下。将药草取出，先把那块布包铺在地下，然后将所有的药铺列上面。站定身躯，高声唱道："在下姓仁，名下杰，山西太原人氏。自幼博采奇书，精求医理，虽非华佗转世，也有扁鹊遗风。无论男妇方脉，内外各科，以及疑难杂症，只要在下面前，就可一望而知，对症发药，轻者当面见效，重者三日病除。访友到此，救世扬名，那位有病症的前来请教。"喊说了一会，早拥下了许多闲人，围成一个圈子。狄公细看一回，皆是些乡间民户，你言我语，在那里议论。内有一个中年妇人，弯着腰，挤在人丛里面，望着狄公说毕，向前问道："先生如此说，想必老病症皆能医了？"狄公道："然也。若无这样手段，何能东奔西走，出此大言？ 汝有何病，可明说来，为汝医治？"那妇人道："先生说一望而知。我这病却在这心内，不知先生可能医吗？"狄公道："有何不能！ 你有心病，我却有心药。汝且转过面来，让我细望。"说着，那妇人果脸向外面。狄公因她是个妇女，自己究竟是个官长，虽然为访案起见，在这人众之间殊不雅相。当即望了一眼，说道："你这病，我知道了，见你脸色干黄，青筋外露，此乃肝旺神虚之象。从前受了郁闷，以致日久引动肝气，饮食不调，时常心痛。你可是心痛吗？"那妇人见他说出病原,说道:"先生真是神仙,我这病已有三四年之久,从未有人看出这缘故,先生既是知道,不知可有医药吗?"狄公见她已是相信,想就此探听口气。不知这妇人说出什么,且看下回分解。

# 第四回　设医科入门治病
# 见幼女得哑生疑

　　却说狄公见那妇人相信他医理,欲想探她的口气,问道:"你这病既有数年,你难道没有丈夫、儿子代你请人医治,就叫你带病延年吗?"那妇人见问,叹了一口气道:"说来也是伤心,我丈夫早年亡故,留下一个儿子,今年二十八岁。向来在这镇上开个小小绒线店面,娶了儿媳,已有八年。去年五月端阳,午饭后带着媳妇同我那个孙女出去看闹龙舟。傍晚我儿子还是如平时一样,到了晚饭以后,忽然腹中疼痛,我以为他是受暑所致,就叫媳妇服侍他睡下。哪知到了二鼓以后,忽听他大叫一声,我媳妇就哭喊起来,说他身死了。可怜我婆媳两人,如同天塌下来一般,眼见得绝了子孙。虽然开个小店,又没有许多本钱,哪里有现钱办事?好容易东挪西欠,将我儿子收殓去了。但见他临殓时节,两只眼睛如灯球大小露出外面。可怜我就此伤心,日夜痛哭,得了这心疼的病症。"狄公听他所说,心疑道:"虽然五月天暖,时候或者不正,为何临死喊叫?收殓时节又为什么两眼露出,莫非其中又有别故吗?我今日为访案而来,或者这邵姓未曾访到,反代这人伸了冤情,也未可知。"乃道:"照此讲来,你这病更厉害了。若单是郁结所致,虽是本病尚可易治。此乃骨肉伤心,由心内怨苦出来,岂能片时就好?我此时虽有药可治,但须要自己煎药配水,与汝服下,方有效验。现在这街道上面,焉能如此费事?不知你可定要医治。如果要这病除根,只好到你家中煎这药,方能妥当。"那妇人听他如此说法,踌躇了半晌,说道:"先生如肯前去,该应我这病要离身。但是有一事要与先生说明。自从我儿子死后,我媳妇苦心守节,轻易不见外人。到了下昼时分,就将房门紧闭。凡有外人进来,她就吵闹不休,说她青年妇道,为什么婆婆让这班人来家。所以,我家那些亲戚皆知她这个缘故,从没有男人上门,近来连女眷皆不来了。家中只有我婆媳两个,午前还在一处,午后就各在各人房内。先生如去,千万仅在堂屋内煎药,煎药之后,随即出去方好。不然,她又要同我吵闹了。"狄公听毕,心下更是疑惑,说道："世上节烈的人也有，她却太甚。男人前来不与她交言，固是正理，为何连女眷也不上门？而且午后就将房门紧闭，这就是个疑案。我且答应她前去，看她媳妇是何举动。"想毕，说道："难得你媳妇如此守节，真是令人敬重。我此去不过为你治病，只要煎药之后，随即出来便了。"那妇人见他答允，更是欢喜非常，说道："我且回去先说一声，再来请你。"狄公怕她回去为媳妇阻挡，赶着道："此事殊可不必，早点煎药毕了，我还要赶路进城做点生意。谅你这苦人也没有许多钱酬谢我，不过是借你扬名，就此同你去吧。"说着，将药包打起，别了众人，跟着那妇人前去。

过了两三条狭巷，前面有一所小小房屋，朝北一个矮门。门前站着一个女孩子，约有六七岁光景，远远见那妇人前来，欢喜非常，赶着跑来迎接。到了面前，抓住那妇人衣袖，口中直是乱叫，说不出一句话来，手指东画西，不知为着何事。狄公见她是个哑子，乃道："这个小孩子是你何人？为何不能言语？难道她初生下来就是这样吗？"说着，已到了门口。那妇人先推门进去，拟到里面报信。狄公恐她媳妇躲避，接着也进了大门，果是三间房屋。下首房内听见有人进来，即走出房门，半截身躯向外一望，却巧与狄公对面。狄公也就望了一眼，但见那个媳妇年纪也在三十以内，虽是素妆打扮，无奈那一副淫眼露出光芒，实令人魂销魄散。眉梢上起，雪白的面孔，面颊上微微的晕出那淡红的颜色，却是生于自然。见有生人进来，即将身子向后一缩，扑通的一声将房门紧闭。只听在里面骂道："老贱妇，连这卖药的郎中也带上门来了。方才清静了几天，今日又要吵闹一晚，也不知是哪里的晦气。"

狄公见了这样的情景，已是猜着了八分："这个女子必不是个好人，其中总有缘故。我既到此，无论如何毁骂也要访个底细。"当时坐下说道："在下初次到府，还不知府上尊姓，方才这位女孩子，谅必是令孙女了？"那妇人见问，只得答道："我家姓毕，我丈夫叫毕长山，我儿子学名叫毕顺。可怜他身死之后，只留下这八岁的孙女。"说着，将那个女孩拖到面前，不禁两眼滚下泪来。狄公道："现已天色不早，你可将火炉引好预备煎药。但是你孙女这个哑子，究竟是怎样起的？"毕老妇道："这皆是家门不幸。自幼生她下来，真是百般伶俐，五六岁时，口齿爽快得非常。就是他父亲死后未有两月光景，那日早间起来，就变做这样。无论再有什么要事，虽是心里明白,嘴里只说不出来。一个好好的孩子成了废物,岂不是家门不幸吗!"狄公道:"当时她同何人睡歇? 莫非有人药哑吗? 你也不根究。如果是人药哑,我倒可以设法。"那妇人还没答言,只听她媳妇在房内骂道:"青天白日,无影无形的混说鬼话! 骗人家钱财也不是这样做的。我的女儿终日随我在一处,有谁药她? 从古及今,只听见人医兽医,从未见能医哑子的人。这老贱妇只顾一时高兴,带这人来医病,也不问他是何人,听他如此混说。儿子死了也不伤心,还看不得寡妇媳妇清静。"唠唠叨叨说个不了。那妇人听她媳妇在房叫骂,只是不敢开口。狄公想道:"这个女子必是有了外路,皆因老妇不能识人,以为她安心守节,在我看来,她儿子必是她害死。天下的节妇未有不是孝妇,既然以丈夫为重,丈夫的母亲有病岂有不让她医治之理? 这个女孩子既是她亲生所养,虽然变了哑子,未有不想她病好之理,听见有人能医,就当欢喜非凡,出来动问,怎么全不关心,反而骂人不止? 即此两端,明明是个破绽。我且不必惊动,回到衙中再为细访。"当时起身说道:"我虽是走江湖的朋友,也要人家信服,方好为人医治,你家这女人无故伤人,我也不想你许多医金,何必做此闲气! 你再请别人医罢。"说着,起身出了大门。那妇人也不敢挽留,只得随他而去。

狄公到了镇上,见天色已晚:"此时进城已来不及了,我不如今晚在此住一夜,将此案访明白了,以便明日回衙办事。"想罢,见前面有个大大的客店,走进门来,早有小二前来问道:"你这郎中先生,是要张草铺暂住一夜,还是包个客房居住?"狄公见里面许多房屋,车辆客载摆满在里面,说道:"我是单身过客,想在这镇上做两日生意,得点盘缠,若有单房最好。"小二见他要做买卖,顿时答应:"有,有。"随即将他带入中进,走到那下首房间,安排住下。知他没有行李,当时又在掌柜那里租了铺盖。布置已毕,问了酒饭,狄公道:"你且将上等便菜端一两件来下酒。"小二应毕,先去泡了一壶热茶,然后一件件送了进来。狄公在房中吃毕,想道:"这店中客人甚多,莫要那个凶手也混在里面。此时无事,何不出去察看察看?"自己一人出了房门,过了中进,先到店门外面望了一回。已交上灯时候,但见往来客商仍然络绎不绝。正在出神之际,忽见对面来了人,望见狄公在此,赶着站下,要来招呼。见他旁边有两三个闲人，又不敢上前来问。狄公早已看见，不等他开口，说道："洪大爷从何到此？今日真是巧遇，就在这店内歇罢，两人也有个陪伴。"那人见他这样，也就走上前来。不知此人是谁，且看下回分解。

# 第五回　入浴堂多言露情节
## 寻坟墓默祷显灵魂

却说狄公在客店门口，见对面来了一人，当时招呼他里面安歇。那人不是别人，正是洪亮，奉了狄公的差遣，令他在昌平四乡左近，访那六里墩的凶手。访了数日，绝无消息，今日午后，也到了这镇上。此时见天色已晚，打算前来住店，不料狄公先在这里，故而想上前招呼，又怕旁人识破。现在见狄公命他进去，当即走上前来说道："不料先生也来此地，现在里面哪间房里？好让小人伺候。"狄公道："就在这前进过去中进那间下首房屋，你且随我来吧。"当时两人一同进内。到了里面，洪亮先将房门掩上，向狄公道："太爷几时来此？"狄公急忙阻止道："此乃客店所在，耳目要紧，你且改了称呼。但是那案件究竟如何了？"洪亮摇头道："小人奉命已细访了数天，这左近全没有一点形影，怕这姓邵的已去远了。不知乔泰同马荣可曾缉获？"狄公道："这案虽未能破，我今日在此又得了一件疑案，今晚须要访问明白，明日方可行事。"当时就将卖药遇见那毕老奶奶的话说了一遍。洪亮道："照此看来是在可疑之列，但是她既未告发，又没有实在形迹，怎么办？"狄公道："本县就因这上面，所以要访问。今晚定更之后，汝可到那狭巷里面巡视一番，探看有无动静，再在左近访她丈夫身死时是何境况，现在坟墓葬在哪里。细细问明，前来回报。"洪亮当时领命，先叫小二取了酒饭，在房中吃毕。等到定更以后，约离二鼓不远，故意高声喊道："小二，你再泡壶茶来，服侍先生睡下。我此去会个朋友，立刻就来。"说着出了房门而去。小二见他如此招呼，也不知他是县里的公差，赶着应声，让他前去。

洪亮到了街上，依着狄公所说的路径，转弯抹角到了狭巷，果见一小小矮屋。先在巷内两头走了数次，不见有人来往。想道："莫非此时尚早？我且到镇上闲游一回，然后再来。"想罢，复出了巷口，向东到了街口。虽然是乡镇地方，因是南北要道,所有的店面此时尚未关门。远远见前面有个浴堂,洪亮想:"何不此时就沐浴一次,如有闲人也可问问话头。"当时到了里面,但见前后屋内已是坐得满满,只得在左边坑上寻了个地方坐下,向着那堂官问道:"此地离昌平还有多远? 这镇上共有几家浴堂?"那个堂官见他是外路口音,乃道:"此地离城只有六十里官道,客人要进城吗?"洪亮道:"我因有个亲戚住在此处,故要前去探亲。你们这地方,想必是昌平的管辖了,现在那县令姓甚名谁? 哪里的人氏? 目下左近有什么新闻?"那个堂官道:"我们这位县太爷,真是天下没有的。自他到任以来,不知结了多少疑难案件。姓狄,名字叫仁杰,乃是并州太原人氏。客人来迟了,若是早来数日,离此有十数里有个六里墩集镇,出了个命案甚是奇怪。这客人五更天才由客店内起身,天亮的时节被人杀死在镇口,不知怎样又将尸首讹错,少年人变做有胡须的,奇也不奇? 现在狄太爷已相验过了,标封示出招人认领呢! 不知这凶手究竟是谁,出了几班公差在外访问,至今还未缉获。"洪亮道:"原来如此! 这是我迟到了数日了,不然也可瞧看这热闹。"说着将衣服脱完,入池洗了一会。然后出来,又向那人说道:"我昨日到此,听说此地龙舟甚好,到了端阳就可瞧看。怎么去岁大闹瘟疫,看了龙舟就会身死的道理。"那个堂官笑道:"你这客人,岂不是取笑! 我在此地生长,也没有听见过这个奇话。你是过路的客人,自哪里听来?"洪亮道:"我初听的时节也是疑惑,后来那人确有证据,说前面狭巷那个毕家,就是看龙舟之后死的。你们是左近人家,究竟是有这事没有呢?"那个堂官还没开言,旁边有一个十数岁的后生说道:"这事是有的。他不是因看龙舟身死,听说是夜间腹痛死的。"他两人正在这里闲谈,前面又有一人向着那堂官说道:"袁五呀,这件事最令人奇怪。毕顺那个人那样结实,怎么回家尚是如常,夜间喊叫一声就会死了! 临殓时节还张着两眼,真是可怕。听说他坟上还时常作怪呢。这事岂不是个疑案? 他那媳妇你可见过吗?"袁五道:"你也不要混说,人家青年守节,现在连房门不常出。若是有了别故,岂能这样耐守。至说坟上作怪,高家洼那个地方,尽是坟冢,何以见得就是他呢!"那人道:"我不过在此闲谈罢了。可见人生在世如浮云过眼,一口气不来,就听人摆布了。毕顺死过之后,他的女儿又变做哑子,岂不是可叹。"说着穿好衣服,望外而去。洪亮听了这话，知这人晓得底细，又向袁五问道："此人姓什么？倒是个口快心直的朋友呢。"袁五道："他就是镇上开店的，从前那毕顺绒线店就在他家间壁。他姓王，我们见他从小长大的，所以皆喊他小王，也是少不更事，只顾信口开河不知利害的人。"洪亮当时也说笑了一声，给了澡钱。出来已是三鼓光景，想道："这事虽有些眉目，但无一点实证，何能办事？"一路想着，已到了狭巷。又进去走了两趟，仍然不见动静，只得回转寓中，将方才的话禀知了狄公。狄公道："既是如此，明日先到高家洼看视一番，再为访察。"一夜已过。

次日一早，狄公起身，叫小二送进早饭。两人饮食已毕，向着小二说道："今日还要来此居住，此时出去寻些生意，午前必定回来。现有这银两在此，权且收下，明日再算便了。"当时在身边取出一锭碎银交与小二，取了药包，出门而去。到了镇口，见有个老者在那里闲游。洪亮上前问道："请问老丈，此地到高家洼由那条路去？离此有多少路程？"那老者用手指道："此去向东，至三岔路口转弯，向南约有半里路就可到了。"洪亮说了声道谢，两人顺着他的指示一路前去，果见前面有条三岔路口，向南走不多远，看见荒烟蔓草，白骨累累，许多坟冢列在前面。洪亮道："太爷来是来了，你看这一望无际的坟墓，晓得哪个墓穴是毕家的呢？"狄公道："本县此来专为他伸理冤枉，阴阳虽隔，以我这诚心，岂无一点灵验？若果毕顺是因病身死，自然寻不着他的坟墓。若是受屈而死，死者有知，自来显灵。"说着就向坟冢一带四面默祷了一遍。

此时已是午正时候，忽然日光惨淡，平地起了一阵怪风，将沙灰刮起有一丈高下，当中凝结一个黑团，直向狄公面前扑来。洪亮见了这光景，已吓得面如土色，浑身的汗毛竖起来，紧紧站在狄公后面。狄公见黑团飞起，复又说道："狄某虽知你是冤枉，但这荒冢如云，怎能知你尸骸所在？还不就此在前引路！"说毕，只见阴风瑟瑟，渐飞渐远，过了几条小路，远远见有个孤坟堆在前面。那风吹到彼处，忽然不见。狄公与洪亮也就到了坟前，四面细望，虽不是新葬，却非多年的旧墓。狄公道："既是如此显灵，你且前去找个当地乡民，问这坟墓是否毕家所葬，我且在此等你。"洪亮心里虽怕，到了此时也只得领命前去，约有顿饭时间，带了一个白发的老翁到面前,向着狄公说道:"你这郎中先生也太走时了,乡镇无人买药,来到这鬼门关做生意吗?老汉正在田内做活,被你这伙计胡缠了一会,说你有话问我,你且说来究为何事?"不知狄公如何说法,且看下回分解。

# 第六回　老土工出言无状　贤令尹问案升堂

却说狄公见那老汉前来,说道:"你这太无礼了。我虽是江湖朋友,没什么声名,也不至如此糊涂,到此地卖药。只因有个缘故,要前来问你。我看这座坟地,地运颇佳,不过十年,子孙必然大发,因此问你,可晓得这地主何人?此地肯卖与不卖?"老汉听毕,冷笑了一声,转身就走。洪亮赶上一步,揪着他,怒道:"因你年纪长了,不肯与人斗气。若在十年前,先将你这厮恶打一顿,问你可睬人不睬。你也不是个哑子,我先生问你这话,为什么没有回音?"那人被他揪住,不得脱身,只得向洪亮说道:"非是我不同他谈论,说话也要有点谱子,他说这坟地子孙高发,现在这人家后代已绝嗣了。自从葬在此处,我们土工从未见他家有人来上坟,连女儿都变哑了,这坟地的风水,还有什么好处?岂不是信口胡言?"洪亮故意说道:"你莫非认错不成?我虽非此地人氏,这个所在也常到此。那个变哑子的人家姓毕,这葬坟的人家也是姓毕吗?"那老汉笑道:"幸亏你还说知道。他不姓毕,难道你代他改姓吗?老汉田内有事,没工夫与你闲谈。你不相信,到六里墩问去,就知道了。"说着,将洪亮的手一拨,匆匆而去。狄公等他去远,说道:"这必是冤杀无疑了,不然何以竟如此奇验?我且同你回城再议。"当时洪亮在前引路,出了几条小路,直向大道行去。

到了下昼时节,已是饥饿,两人择了个饭店,饱餐一顿,复往前行。约至上灯时分,已至昌平城内。主仆进了衙门,到书房坐下。此时所有的书差见本官这两日未曾升堂,已是疑惑不定,说道:"莫非因命案未破,在里面烦闷不成?不然想必又私访去了。"你言我语正在私下议论,狄公已到了署内。先问:"乔泰、马荣可曾回来?"早有家人回道:"前晚两人已回来一趟,因太爷不在署中,故次日一早又去办公。但是那邵姓仍未访出,不知怎样。"狄公点了点首,随即传命值日差进来问话。当时洪亮招呼出去,约有半杯茶时之久,差人已走了进来,向狄公请安站下。狄公道："本县有硃签在此,明早天明速赴皇华镇高家洼两处,将土工、地甲一并传来,早堂回话。"差人领了硃签,到了班房,向着众人道："我们安静了两天,没有听什么新闻,此时这没来由的事,又出来了。不知太爷又听见何事,忽然令我到皇华镇去呢。你晓得那处的地甲是谁?"众人道："今日何垲还在城内,怎么你倒忘却了? 去岁上卯时节,还请我们大众在他镇上吃酒,你哪里如此善忘! 明日早去,必碰得见他。这位太爷是迟不得的,清是清极了,地方上虽有了这个好官,只苦了我们,拖下许多累来,终日坐在这里,找不到一文。"那个差人听他说是何垲,当时回到家中。安息了一夜。

次日五更,这个差人就忙忙起身。到了皇华镇上,先到何垲家内将公事传下,叫他伙计到高家洼传那土工,自己就在镇上吃了午饭。那人已将土工带来,三人一齐来到县内,差人禀到已毕,狄公随即坐了公堂。先将何垲带上,问道："你是皇华镇地甲吗? 哪年上卯到坊? 一向境内有何案件? 为何误公懒惰,不来禀报?"何垲见狄公开口就说出这几句话来,知他又访出什么事件,赶着回道："小人是去岁三月上卯,四月初一上坊,一向皆小心办公,不敢误事。自从太爷到任以来,官清民安,镇上实无案件可报。小人蒙恩上卯,何敢偷懒? 求太爷恩典。"狄公道："你既是四月到坊,为何去岁五月出了谋害的命案,全不知道呢?"何垲听了这话,如同一盆冷水浇在身上,心内直是乱跳,忙道："小人在坊昼夜梭巡,实是没有命案。若是有了命案,太爷近在咫尺,岂敢匿案不报?"狄公道："本县此时也不究罪,但是那镇上毕顺如何身死,汝既是地甲,未有不知之理,赶快从实供来。"何垲见他问了这话,知道里面必有缘故,当即回道："小人虽在镇上当差,有应问的事件,也有不应问的事件。镇上共计有数千人家,无有一天没有婚丧喜事。毕顺身死,也是平常之事,他家属既未报案,邻舍又未具控,小人但知他是去年端阳后死的,至如何身死之处,小人实不知情,不敢胡说。"狄公喝道："汝这狗头,倒辩得清楚。本县现已知悉,你还如此搪塞,平日误公已可概见。"

说着,又命带土工上来。那个老汉听见县太爷传他,已吓得如死的一般,战战兢兢跪在案前道："小人高家洼的土工,见太爷请安。"狄公见老汉这形样,回想昨日他跑的时节,心下甚是发笑。当时问道:"你叫什么?当土工几年了?"那人道:"老汉姓陶,叫陶大喜。"这话还未说完,两边差人喝道:"你这老狗头,好大胆量!太爷面前敢称老汉,打你二百刑杖,看你说老不老了。"土工见差人吆喝,已吓得面如土色,赶着改口道:"小人该死!小人当土工有三十年了,太爷今日有何吩咐?"狄公道:"你抬起头来,此地可是鬼门关了吗?你看一看,可认得本县?"陶大喜一听这话,早又将舌头吓短,心下说道:"我昨日是同那郎中先生说的此话,难道这话就犯法了?这位太爷不比旁人,眼见得要露丑了。"急了半晌,方才说出话道:"太爷在上,小人不敢抬头。小人昨日鲁莽,与那卖药的郎中偶尔戏言,求太爷宽恕一次。"狄公道:"汝既知罪,且免追究。汝但望一望本县与那人如何?"老汉抬头一看,早已魂飞天外,赶着在下面磕头,说道:"小人该死!小人不知是太爷,小人下次无论何人再也不敢如此了。"众差看见这样,方知狄公又出去访过案件。只见上面说道:"你既知道那个坟冢是毕家所葬,他来葬的时节是何形象?有何人送来?为何你知道他女儿变了哑子?可从实供来。"老汉道:"小人做这土工,凡有人来葬坟,皆给小人二百青钱,代他包家堆土等事。去岁端阳后三日,忽见抬了一个棺枢前来,两个女人哭声不止,说是镇上毕家的小官。送的两人一个是他妻子,另一个就是他生母。小人本想葬在那乱冢里面,才到棺枢面前,忽听里面咯咋咯咋响了两声,小人就吓个不止。当时向他母亲说道:'你这儿子身死不服,现在还响动呢。莫非你们入殓早了?究竟是何病身死?'他母亲还未开口,他妻子反将小人臭骂了一顿,说我把持公地不许她埋葬。那个老妇人见她如此说法,也就与小人吵闹起来了。当时因她是两个女流,不便与她们争论,又恐这死者是身死不明,随后破案之时必来相验,若是依着乱冢,岂不带累别人?因此小人方将他另埋在那个地方。谁知葬了下去,每日夜晚就鬼叫不止,百般不得安静。昨日太爷在那里的时候,非是小人大胆,实因不敢在那里耽搁。这是小人耳闻目见的情形,至这死者果否身死不明,小人实不知情,求太爷恩典。"狄公听毕,道:"既是如此,本县且释汝回去,明日在那里伺候便了。"说罢,陶大喜退了下来。随即传了堂谕,派洪亮协同差快,当晚赶抵皇华镇上,明早将毕顺的妻子带案午讯。吩咐已毕,自己退入后堂。那些差快一个个摇头鼓舌，说道："我们在这镇上，每月至少也要来往五六次，从未听见有这件事。怎么太爷如此耳长，六里墩的命案还未缉获，又寻出这个案子来了，岂不是自寻烦恼？你看这事凭空而来，叫我们向谁要钱？"彼时你言我语，谈论了一会，只得同洪亮一齐前去。不知后事如何，且看下回分解。

图文珍藏版

# 第七回　老妇人苦言求免
# 贤县令初次问供

　　却说洪亮领了堂谕,同差快当日赶到皇华镇上,次日就到了毕顺家内。敲了两下大门,听里面有个中年妇人答道:"谁人敲门? 这般清早就来吵闹,你是哪里来的?"说着,已到门口,将门开了。见有三四个大汉拥在巷内,忙将两手叉着两个门扇,问道:"你们也该晓得我家无官客在内,两代孀居已是苦不可言,你这几个人究为何事,这一早来敲门打户?"洪亮正要开言,那个差人先说道:"我们也是上命差遣,概不由己,不然在家中正睡呢,无故的谁来还这路头债! 只因我们县太爷有堂谕在此,令我们这洪都头一同前来,叫你同你家媳妇立刻进城,午堂回话。你莫要如此阻拦在门口,这不是说话的所在。"说着将毕顺的母亲一推,众人一拥而进。到了堂屋坐下,见那下首房门还未打开。洪亮当时取出堂谕,说道:"公事在此,这事是迟不得的。你媳妇现在何处? 可令出来,一齐前去见太爷。说过三言五句,就不关我们大众的事了。"毕顺的母亲见是公差到此,唬得浑身抖颤,说道:"我家也未为非作歹,怎么要我们婆媳到堂? 难道有欠户告了我家,说我们欠钱不还吗? 可怜我儿子身死之后,家中已是度日为难,哪里有钱还人? 我虽是小户人家,从未见官到府的现丑,这事如何是好? 求你们公差看点情面,做点好事,代我在太爷面前先回一声,我这里变卖了物件,赶紧清理是了。今日先放了宽限,免得我们到堂。"说着.两眼早流下泪来。洪亮见她实是忠厚无用的妇人,乃道:"你且放心,并非有债家告你,只因大爷欲提你媳妇前去问话,你且将她交出,或者做点人情不带你前去。"洪亮还未说完,毕顺的母亲早叫嚷起来,哭道:"我道你们真是县里差来,原来是狐假虎威来恐唬我们百姓。他既是个官长,无人控告,为何单要提我媳妇? 可见得你们不是好人,见我媳妇是个孀居,我两人无人无势,故想出这坏主见将她骗去,不是强奸,就是买了为娼,岂不是做梦吗! 你既如此,祖奶奶且同你拼了这老命,然后再揪你进城。看你那县太爷问也不问。"说着,一面哭一面奔上来就揪洪亮。旁边那两个差快忍耐不住,将毕顺的母亲推了坐下,喝道:"你这老婆子,好不知事。这是洪都头格外成全,免得你抛头露面,故说单将你媳妇带去。你看错了意见,反说我们是假的。天下事假得来,堂谕是太爷亲笔写的,难道也假来吗?我看你也太糊涂,怪不得为媳妇蒙混。不是遇见这位青天太爷,恐你死到临头还不知道。"众人正在这里揪闹,下首房内门扇一响,她媳妇早站了出来,向着外面喊道:"婆婆且站起来,让我有话问他,一不是你们闹事,二不是有人具控,我们婆媳在这家中又未做那犯法的事件,古语说得好,钢刀虽快,不斩无罪之人。他虽是个地方官,也要讲个情理。皇上家里见有守节的妇女,还立祠旌表,着官府春秋祭祀。从未有两代孀居地方官出差纠缠的道理。他要提我不难,只要他将案情说明,我两人犯了何法,那时我也不怕到堂辩个明白。若是这样提人,无论我婆媳不能遵提,即便前去,那时难请我两人回来。可不要说我得罪官长。"众差快听他这番言语,如刀削的一般,伶牙俐齿,说个不了,众人此时反被他封住,直望着洪亮。洪亮笑道:"你这小妇人,年纪虽轻,口舌到来得伶俐,怪不得干出那惊人的事件。你要问案情提你何事,我们也不是昌平县,但知道凭票提人。你要问,你到堂上问去,这番话前来唬谁?"当时丢了个眼色,众人会意,一拥上前将她揪住,也不容她分辩,推推拥拥出门而去。毕顺的母亲见媳妇为人揪了去,自己虽要来赶,无奈是一个孤身,怎经得这班如狼似虎的公差阻挡,当时只得哭喊连天,在地下乱滚了一阵。众人也无暇理问。

到了镇上,那些店家铺户见毕家出了此事,不知为着何故,皆拥上来观看。洪亮怕闲人嘈杂,高声说道:"我们是昌平县狄太爷差来的,立刻到堂讯问。你们这左右邻舍的此时在此阻着去路,随后提质邻舍可不要躲避。这案件不是寻常的案子。"说着,那些闲人深恐牵涉在身上,也就纷纷退去,洪亮趁此一路而来。约至午正时分,已到了署内,当即进去禀知了狄公。狄公传命大堂伺候,自己穿了冠带,暖阁门开,升坐公案。早见各班书案吏役齐列两旁,当即命带人犯。两边威武一声,毕顺的妻子跪在阶下。狄公还未开口,只见她已先问道:"小妇人周氏叩见太爷,不知太爷有何见谕,特令公差到镇提讯,求太爷从速判明。我乃少年孀妇,不能久跪公堂。"狄公听了这话,已是不由不动怒,冷笑道:"你好个孀妇两字,你只能欺那老妇糊涂，本县岂能为你蒙混！你且抬起头来，看本县是谁？"周氏听说，即向上面一望，这一惊不小，心想："这明是前日那个卖药的郎中，怎么做了这昌平知县？怪不得我连日心慌意乱，原来出了这事。设若为他盘出，那时如何是好？"心内虽是十分惧怕，却不敢露形于色，反而高声回道："小妇人前日不知是太爷前去，以致出言冒犯。虽是小妇人过失，但不知不罪，太爷是个清官，岂能为这事迁怒？"狄公喝道："汝这淫妇，你不认得本县。你丈夫正是少年，理应夫妇同心，百年偕好，为什么存心不善，与人通奸，反将亲夫害死？汝且从实招来，本县或可施法外之仁，减等问罪。若竟游词抵赖，这三尺法堂，当叫你立刻受苦。你道本县昨日改装是为何事？只因你丈夫身死不明，阴灵未散，日前在本衙告了阴状，故而前去探访。谁知你目无法纪，毁谤翁姑，这忤逆两字已是罪不可恕。汝且从实供来，当日如何将丈夫害死，奸夫何人？"周氏听说她谋弑亲夫，真是当头一棒，打入脑心，自己的真魂早已飞出神窍，赶着回道："太爷是百姓的父母，小妇人前日实是无心冒犯，何能为这小事想出这罪名诬害。此乃人命攸关之事，太爷总要开恩，不能任意的冤屈呢！"狄公喝道："本县知你这淫妇是个利口，不将证据还你，谅你也不承认。你丈夫阴状上面写明你的罪名，说他身死之后，你恐他女儿长大后露了机关败坏你事，因此与奸夫通同谋害，用药将女儿药哑。昨日，本县已亲眼见着，你还有何赖？再不从实供明，本县就用刑拷问了。"此时周氏哪里肯招？只顾呼冤叫屈，说道："小妇人从何处招起？有影无形起了这风波。三尺之下，何求不得？虽至用刑拷死，也不能胡乱承认的。"狄公听了，怒道："你这淫妇，胆敢当堂顶撞本县！拼着这一顶乌纱不要，任了那残酷的罪名，看你可熬刑抵赖。左右，先将她拖下，鞭背四十！"一声招呼，早上来许多差役，拖下台阶，将周氏上身的衣服撕去，吆五喝六，直向脊背打下。不知周氏究竟肯招与否，且看下回分解。

# 第八回　审奸情利口如流
# 提老妇痴人可悯

却说周氏被打四十鞭背，哪里就肯招认，当时呼冤不止，向着堂上说道："太爷是一县的父母，这样无凭案件，就想害人性命，还做什么官府？今日小妇人拼打死在此，要想用刑招认，除非三更梦话。钢刀虽快，不杀无罪之人。你说我丈夫身死不明告了阴状，这事谁人作证？他的状呈现在何处？可知道天外有天。你今为着私仇，前来诬害，上司衙门未曾封闭。即便官官相护，告仍不准，阳间受了你的刑辱，阴间也要告你一状。诬良为盗，尚有那诽谤的罪名，何况我是经年的孀妇。我拼了一命，你这乌纱也莫想戴稳了。"当时在堂上哭骂不止。狄公见她如此利口，随又叫人抬夹棍伺候。两旁一声威武，扑通一声，早将刑具摔下。周氏到了此时，仍是矢口不移，呼冤不止。狄公道："本县也知道你既淫且泼，量你这周身皮肤，想不是生铁浇成。一日不招，本县一天不松刑具。"说着又令左右动手。此时那些差快，望着周氏如此辩白，彼此皆目中会意，不肯上前。内有一个快头，见洪亮也在堂上，赶着丢了个眼色。两人到了暖阁后面，向他问道："都头，昨日同太爷究竟访出什么破绽，此时在堂上又叫人用刑。设若将她夹死，太爷的功名，我们的性命……怎么说告阴状起来，这不是无中生有？平时甚是清正，今日何以这样糊涂？即是她谋弑亲夫，也要情真事确，开棺验后方能拷问。都头此时可上去先回一声，还是先行退堂访明再问，还是就此任意用刑？你看这妇人一张利口，也不是恐唬的道理。若照太爷这样，怕功名有碍。"洪亮听了这话，虽是与狄公同去访察，总因这事相隔一年，从无有人告发，不能因那哑子就作为证据，心内也是委决不下，只得走到狄公身边，低声回了两句。狄公当时怒道："此案乃是本县自己访问，如待有人告发，今这死者冤抑也莫能伸了，本县还在此地做什么县令？既然汝等不敢用刑，本县明日必开棺揭验。那时如没有伤痕，我也愿担诽谤的罪名。这案总不能因此不办。"说着，向周氏道："你这淫妇，仍是如此的巧辩。本县所说，你应该听。临时验出治命，谅你也无可抵赖了。"当时先命差媒将周氏收禁，一面出签提毕顺的母亲到案，然后令值日差到高家洼安排尸场，预备明日开棺。这差票一出，所有昌平县的书役，无不代狄公担惊受怕，说这事不比儿戏，虽然事有可疑，也不能这样办法。设若验不出来，岂不白送了性命？

不说众人在私下窃议，单说那个公差到了皇华镇上，到了毕顺家门首，已是上灯时分，但见许多闲人纷纷扰扰，在那巷口站住，说道："原来前日狄太爷在这镇上，我说他虽是个清官，耳风也不能如此灵通。现在既被他看出破绽，自然彻底根究了。那个老糊涂还在地下哭呢，这不是天网恢恢，疏而不漏？但是狄太爷也不能因这疑案，就拷了口供。照此看来，随后总有大发作的时节。"彼此正在那里闲谈，差人已到巷内，高声喊道："诸位闲人可分开了，我们数十里跑来，为的这件公事，此时拥在这里，也无意味，要看热闹，明日到高家洼去。"说着，分开众人到了里面，果见那老妇人嘴里哭道；"这不是天塌下的祸！昨日以他真是个郎中先生，哪知是改扮的装束。我媳妇同我住一处，即便有两句忤逆的话，也不是邪路上的事，要他起这风波何事？我明日也不要命了，进城同他拼了这条老命。"那个差人走了上去，喝道："你这人好不知事，太爷为你好，代你儿子伸冤，你反如此混说。你既要去拼命，可巧极了，太爷现在堂上立等回话，就请你同去，免得你媳妇一人在监内。"说着，将他拖起要进城去。毕顺的母亲见又有差人前来，正是伤心的时节，也不问青红皂白，揪着他衣领哭个不止，说道："我这家产物件也不要了，横竖你那狗官会造言生事，准备一命，同他控告。老娘不同你前去，也对不起我那媳妇。"当时也就出了大门同走。那个差人见她遭了这事，赶着向何垲说道："我们虽为她带累，跑了这许多路径，但见这样也实是不忍。这个小小门户也不是容易来的。哪样物件不用钱置？你可派两个伙计代她看这一夜，也是你我的好事。"何垲当时也就答应下来。他两人趁着月色，连夜前去。到了三更以后，已至城下。所幸守门将士均是熟人，听说县里的公差，赶紧将门开了放他两人进去。此时狄公已经安歇，差人先将毕顺的母亲带入班房，暂住一夜。

次日一早,狄公升坐大堂,将人带上。狄公问道:"你这妇人,虽是姓毕,娘家究是何姓?本县前日到你镇上,可知为你儿子的事件。只因他身死不明,为汝媳妇害死,因本县在此是个清官,专代人家伸冤理枉,因此你儿子告了阴状,求我为他伸冤。今日带汝前来,非为别事,可恨你那媳妇坚不承认,反说本县有意诬害。若非开棺相验,此事断不能分辨。死者是你的儿子,故此提你到案。"毕顺的母亲听见这话,哪里答应!当时回道:"我儿子已死有一年,为什么要翻看尸骨?他死的那日晚上我还见他在家。临入殓之时,又众目所见。太爷说代我儿子伸冤,我儿子无冤可伸,为何乱将我媳妇拷打?这事无凭无证,你既是个父母官,就该访问明白。这样害人,是何道理?我娘家姓唐,在这本地已有几代,那个不知道是个良善的百姓,要你问他则甚?莫非又要拖累别人吗?今日在此同你说明,不将我媳妇放出,我也不想回去。拼着一命死在此地,也不能听你胡言胡语,害了活的又寻找那死的。"说着,就在堂上哭闹不止。狄公见她真是无用老实的人,一味为媳妇说话,甚是着急,说道:"你这妇人,如此糊涂,怪不得你儿子死后深信不疑,连本县这样判说你还是不能明白,可知本县是为你起见,若是开棺验不出伤痕,本县也要担诽谤之罪。只因那死者阴魂不服前来告状,你今不肯开验,难道那冤枉就不伸吗?本县既为这地方的官府,不能明知故昧。准备毁了这乌纱,也要辨个水落石出,这开验是行定了。"说着,令人将她带下,传令明早辰时前去,未时登场。当即退堂到了书房里面准备。所有外面那些差役人等,虽是猜疑不定,说狄公鲁莽,无奈不敢上去回阻,只得各人预备了相验的用物。

过了一夜,次日辰时,狄公升了公座。先传原差并承验的验尸官,说道:"这事比那寻常案件不同,设若无伤,本县毁了这功名是小,汝等众人也不能无事。今日务将伤痕验明,方好定案治罪,为死者伸冤。"众差听命已毕,随即将唐氏、周氏两人带到堂上。狄公又向周氏说道:"你这淫妇,昨日情愿熬刑。只是不肯招认。可知你欺害得别人,本县不容你蒙混。今日带同你婆媳前往开验,看汝再有何辩。"周氏见狄公如此利害,心下说道:"不料他这样认真,但是此去未必就验得出来,不如也咬他一下,叫他知道我的利害。"当时回道:"小妇人冤深如海,太爷挟仇诬害,与死者何干？我丈夫死有一年，忽然开棺翻乱，这又是何意见？如有伤痕，小妇人自当认罪。设若未曾伤害，太爷虽是个印官，律例上有何处分，也要自己承认的，不能拿着国法为儿戏，一味诬害良人。"狄公冷笑了一声，不知说出什么，且看下回分解。

国学经典文库

中国公案小说

·狄公案·

图文珍藏版

# 第九回　陶土工具结无辞
# 　　　狄县令开棺大验

却说狄公见周氏问他开棺无伤，诬害良民，律例上是何处分，狄公冷笑了一声道："本县无此胆量，也不敢穷追此案。昨已向你婆婆说明，若死者没有伤痕，本县先行自己革职治罪。此时若想用言恐唬，就此了结这案件，在别人或可为汝蒙混，本县面前也莫生此妄想。"传令将唐氏、周氏先行带往尸场。一声招呼，那些差役也不由她辩白，早已将她两人拖下，推推拥拥上了差轿，直向高家洼而去。狄公随即也就带随从上轿而来。一路之上，那些百姓听着开棺揭验，皆说是轻易不见的事件，无不携老扶幼，随着轿子前去看望。

约有午初时分，已到皇华镇上。早有何垲同土工陶大喜前来迎接，说道："尸场已布置妥当，请太爷示下。"狄公招呼他两人退去，向着洪亮道："汝前日在浴堂里面听那袁五说，那个洗澡的后生就开店在毕顺左近，汝此刻且去访一访，是何名姓，到高家洼回报本县。今日谅来不及回城，开验之后，就在前日那客店内暂作公馆。"吩咐已毕，复行起轿前行。没有一会时节，早已到了前面，只见坟冢左首搭了个芦席棚子，里面设了张公案，所有听差人众皆在右首芦席棚下，挖土的器具已放在坟墓面前。狄公下轿，先到坟前细看了一遍，然后入了公座，将陶大喜同周氏带上，问道："前日本县在此，汝说这坟冢是毕家所葬，此话可实在吗？此事非比平常，设若开棺揭验不是毕顺，这罪名不小。那时后悔就迟了。"陶大喜道："小人何敢撒谎？现在他母亲妻子全在此地，岂有讹错之理！"狄公道："非是本县拘执，奈周氏百般奸恶，她与本县还问那诬害良民的处分呢。若不是毕顺的坟冢，不但阻碍这场相验，连本县总有罪名了。汝且具了结状，若不是毕顺，将汝照例惩办。"随向周氏说道："汝可听见吗？本县向来为百姓理案，从无袒护自己的意见。可知这一开棺，那尸骸骨就百般苦恼，汝是他结发的夫妻，无论谋弑怎样，此时也该祭拜一番，以尽生前的情义。"说着，就令陶大喜领她前去。可怜唐氏见狄公同她媳妇说了这话，眼见得儿子翻尸倒骨,一阵心酸,早忍不住号啕大哭,揪着周氏说道:"我的儿呀,我毕家就如此败坏,儿子身死已是家门不幸,死之后还要遭这祸事!遇见这个狗官,教我怎不伤心?"只见周氏高声说道:"我看你不必哭了,平时间在家,容不得我安静。无辜带了回去,找出这场祸事,现在哭也是无益。既要开棺揭验,等他验不出伤来,那时也不怕他是官是府。皇上立法叫他来治百姓的,未曾叫他害人。那个诽谤的罪名,也不容他不受,叫我祭拜,我就祭拜便了。"当时将她婆婆推了过去,自己走到坟前拜了两拜,不但没有伤心的样子,反而现出淫泼的气象,向着陶大喜骂道:"你这老狗头,多言多语,此时在他面前讨好。开验之后,谅你也走不去。你动手罢,祖奶奶祭拜过了。"陶大喜为她骂了这一顿,真是受了委屈。因她是个苦家,在尸场上面不敢与她争论,只得转身来回狄公。狄公见周氏如此撒泼,心下说道:"我虽欲为毕顺伸冤,究竟不能十分相信。因是死者的妻子,此时开棺翻骨,就该伤悲不已,故令她前去祭拜,见她的动静。哪知她全不悲苦,反现出凶恶的形象,还有什么疑惑?必定是谋弑无疑了。"随即命土工开挖。陶大喜一声领命,与伙计铲挖起来。

没有半个时辰,已将棺柩现出,众人上前,将浮土拂去,回禀了狄公,抬至验场上。此时唐氏见棺柩已被人挖出,早哭得死去活来,昏晕在地。狄公只得令人搀扶过去,起身来至场上,先命何垲同差役去开棺盖。众人领命上前,才将盖子掀下,不由一齐倒退了几步,一个个吓得吐舌摇唇,说道:"这事真奇怪了,即便身死不明,决不至一年有余两只眼睛犹如此睁着。你看这形象,岂不可怕!"狄公听见,也就到了棺柩旁边,向里一看,果见两眼与核桃相似,露出外面,一点光芒没有,但见那灰色的样子,实是骇异,乃道:"毕顺,毕顺,本县今日特来代汝伸冤,汝若有灵,赶将两眼闭去,好让众人进前。无论如何,总将你这案件讯问明白便了。"哪知人虽身死,阴灵实是不散,狄公此话方才说完,眼望着闭了下去。所有差役以及闲杂人等,无不惊叹异常,说这人谋死无疑了,不然何以这样灵验?当即狄公转身过来。内有几个胆大差役,先动手将毕顺抬出了棺木,放在尸场上面。先用芦席遮了阳光,验尸官上来禀道:"尸身入土已久,就此开验恐难现出,须先洗刷一番,方可依法行事,求太爷示下。"狄公道:"本县也知这缘故,但是他衣服未烂,四体尚全,还可以相验,免令死者再受洗刷之苦。"验尸官见狄公如此说，只得将尸身的衣服轻轻脱去。那身上的皮肤已是朽烂不堪，许多碎布贴在上面，欲想就此开验，无奈皮色如同灰土，仿佛不用酒喷辨不出伤痕所在，只得复行回明了。狄公令陶大喜择了一方宽展的闲地，挖了深塘，在附近人家取来一口铁锅，烧出一锅热水。先用软布浸湿，将碎布揩去，复用热水将浑身上下洗了一次。验尸官取了一斗碗高粱烧酒，四处喷了半会，用布将死者盖好。

　　此时尸场，人山人海，皆挤作一团，看验尸官开验。只见他从脸两阳验起，一步一步到小腹为止，仍不见他禀报伤痕，众人已是疑惑。复见他与差役将尸身搬起，翻过脊背，从头顶上验至后腰，仍与先前一般，又不见何伤。狄公此时也就着急，下了公案，在场望着众人动手。现在上身已经验过，只得来验下半部。腿部所有的皮肤骨节，全行验到，现不出一点伤痕。验尸官只得来禀狄公说："小人当这差使，历来验法皆分正面阴面，此两处无伤，方用银签人口，验那服毒药害。毕顺外体上下无伤，求太爷示下。"狄公还未开口，早有那周氏揪着验尸官，怒道："我丈夫身死一年，太爷无故诬害，说他身死不明，开棺揭验。现在浑身无伤，又要银签入口，岂不是无话搪塞，想出这事来害人！无论是暴病身亡，即便被这狗官看出破绽，是将他那腹内的毒气，这一年之久也该发作，岂有周身无伤无毒腹内有毒之理？他不知情理，你是有传授的，当这差使非止一年，为何顺他的意旨令死者吃苦？这事断不能行。"说着，揪着验尸官，哭闹不休。狄公道："本县与你已言定在先，若是死者无伤，甘愿受诽谤之罪。但是历来验尸，外体无伤须验内腹，此是定律。汝何故肆行撒泼，难道不知王法吗？还不从速放下，让他再验腹内。若果仍至无伤，本县定甘受诽谤之罪。休得无礼。"周氏道："我看太爷也不必认真，若定与死者作对，验毕之后仍无毒物，恐那诽谤的罪名，太爷就掩饰不来了。"一番话说得验尸官不敢动手，不知狄公当时如何，且看下回分解。

# 第十回 恶淫妇阻挡收棺
贤令尹诚心宿庙

却说周氏一番话，欲想狄公不用银签入口，狄公哪里能依，说道："本县验不出伤痕，理合认罪，岂能以人命为儿戏，反想掩过之理。正面阴面既是无伤，须将内部验毕方能完事。"当时也不容周氏再说，命验尸官照例再验。只见众人先用热水由口中灌进，轻轻在胸口揉了两下，复又从口内吐出。两三次以后，取出一根细银签子，约有八寸上下，由喉中穿入进去，停了一会，请狄公起签。狄公到了尸身前面，见验尸官将签子拔出，依然颜色不变，向着狄公道："这事实令人奇怪。所有伤痕致命的所在，这样验过，也该现出。现在没有伤痕，小人不敢承认这事。请太爷先行标封，再请邻村相验，或另差老年验尸官前来复验。"狄公到了此时，也不免着急，说道："本县此举虽觉鲁莽，奈因死者前来显灵，方才那两眼圆瞪即是明证。若不是谋弑含冤，焉能如此灵验！"当时向周氏说道："此时既无伤痕，只得依例申详，自行请罪。但死者已经受苦，不能再抛尸露骨弃在此间，先行将他收棺标封，暂时停放保存。"周氏不等他说完，早将原殓的那口棺木打得分散，哭道："先前说是病死，你这狗官定要开验。现在没有伤痕，又想收殓。做官就这样做的吗？我等虽是百姓，未经犯法总不能无辜拷打。昨日用刑逼供，今天草菅人命，这事如何行得？既然开棺，就不能收殓。我等百姓，也不可这样欺骗的。一日这案不结，一日不能收棺。验不出伤来，拼得那侮辱官长的罪名，同你拼了这命。"说着，就奔上来，揪着狄公撒泼。唐氏见媳妇如此，也就接着前来。两人并在一处，闹骂不下。狄公到了此时，也只得听他缠扰。所有那些闲人，见狄公在此受窘，知他是个好官，皆上来向周氏说道："你这妇人，也太不明白。你丈夫已受了这洗刷的苦楚，此时再不收殓，难道就听他暴露？太爷既允你申详请罪，谅也不是骗你。且这事谁人不知，欲想遮掩也不能行。我看，你在此胡闹也是无用，不如将尸身先殓起来，随他一同进城，到衙门候信，方是正理。"周氏见众人异口同词，心想："我不过这样一闹，阻他下次再验。

难得他收棺，随后也可无事了。"当时说道："非是我令丈夫受苦，奈这狗官无故寻隙。既是他自行首告，我就在他衙门坐守便了。此刻虽然入殓，那时不肯认罪，莫谓我哄闹公堂。"说着，松手下来，让众人布置。无奈那口旧棺已为她打散，只得赶令差役到皇华镇上买了一口薄棺，草草殓毕，停放在原处，标了封记。然后带领众人向皇华镇而来。就在前次那个客店住下。唐氏先行释回，周氏仍然管押。

各事吩咐已毕，已是上灯多时。狄公见众人散后，心下甚是疑虑。只见洪亮由外面进来，向着狄公道："小人奉命访查，那个后生姓陈名瑞鹏，就在这镇上开设店铺。因与毕顺生前邻舍，故他死后不免可惜。至这案情，也未必知道。但说周氏于毕顺在日，时常在街前嬉笑，殊非妇人道理。毕顺虽经管束几次，只是吵闹不休。至他死后，复反终日不出大门，甚至连外人皆不肯见。就此一端，所以令人疑惑。此时既验无实证，这事如何处置？以死者看来，必是冤抑无疑，若论无伤，又不好严刑拷问，太爷还要设法。而且六里墩那案，已有半月，乔泰、马荣俱未访得凶手。接连两案，皆是凭空而起，一时何能了结？太爷虽不以功名为重，但是人命关天，也要打点打点。"

两人正在客寓谈论，忽听外面人声鼎沸，一片哭声到了里面。洪亮疑是唐氏前来胡闹，早听外面喊道："虽然是人命案件，也不能这样紧急。太爷又不是不代你伸冤，好好歇一歇，说明白了，我们替你回。怎么知道就是你的丈夫？"洪亮知又出了别事，赶了前来访问。哪知是六里墩被杀死那无名男子的家属前来喊冤。洪亮当时回了狄公，吩咐差人将她带进。狄公见是个四十以外的妇人，蓬头垢面，满脸的泪痕，方走进来即大哭不止，跪在地上直呼："太爷伸冤！"狄公问道："你这人是何人氏？何以知道那人是汝丈夫？从实说来，本县好加差捕缉。"那个妇人道："小妇人姓汪，娘家仇氏，丈夫名叫汪宏，专以推车为业，家住治下流水沟地方，离六里墩相隔有三四十里。那日因邻家有病，请我丈夫到曲阜报信，来往有百里之遥，要一日赶回，是以三更时节就起身前去。谁知到了晚间，不见回来。初时疑惑他有了耽搁，后来等了数日，曲阜的人已回，问起情由，反说我丈夫未曾前去。小妇人听了这话，就惊疑不定，只得又等了数日，仍不见回来，唯有亲自前去寻找。哪知走到六里墩地方,见有一口棺枢招人领认,小妇人就请人将告示念了一遍,那人的身材年岁,以及所穿的衣服,是我丈夫汪宏,不知何故被人杀死。这样冤枉,求太爷伸冤。"说着,在地上痛哭不止。狄公见她说得真切,只得解劝了一番,允她定缉获凶手。复又赏给了十吊钱,令她将尸棺领去,汪仇氏方才退出。狄公一人闷闷不已,想道:"我到此间,真是为国为民,清理积案。此时接连出这无头疑案,不将这事判明,何以对得百姓?六里墩那案尚有眉目,只要邵姓获到,一审就可清楚。唯毕顺这事,验不出伤来,却是如何了结?仍看那周氏如此凶恶,无论她不容我含糊了事,就是我见毕顺两次显灵,也不能为自己的功名,不代他追问。唯有回衙默祷阴官,求他暗中指示,或可破了这两案。"当时烦闷了一会,小二送进酒饭,勉强吃了些。复与洪亮两人出去私访了一次,仍然不见端倪,只得胡乱回转店中,安歇了一夜。

次日一早,乘轿回衙。先绕道六里墩,见汪仇氏将尸棺领去,方才回转衙中。先具了自请议处的公事,升坐大堂。将周氏带至案前,与他说了一遍道:"本县先行请罪,但这案一日不明,一日不离此地。汝丈夫既来告那阴状,今晚且待本县出了阴差,将他提来,询问明白,再为讯断。"周氏哪里相信?明知他用话欺人,说道:"太爷也不必如此做作,即便劳神问鬼,他既无伤痕,还敢再来对质吗?太爷是堂堂阳官,反而为鬼所弄,岂不令人可笑。既是详文抄好,小妇人在此候信便了。"当时狄公听她这派讥讽的话,明知是当面骂他,无奈此时不好用刑惩治,只得令原差仍然带去。自己退入后堂,具了节略,将那表章写好。然后斋戒沐浴,令洪亮先到县庙里招呼,说今晚前来宿庙,所有闲杂人等,概不能入。然后回来取了行李,俟至下昼时分,进了点饮食,也不鸣锣开道,只带了洪亮一人来至庙内。

早有主持迎接进去,在殿上点了香烛。狄公命他出去,自己行礼已毕,将表章跪诵一遍,在炉内焚去。命洪亮在下首伺候,一人在左边,将行李铺好,先在蒲团上静坐了一会,约至定更以后,复至神前祷告一番,无非谓"阴阳虽隔,司理则同。官有俸禄,神有香火,既受此职,应问此事,叩我冥司,明明指示"这几句话。祷毕,方到铺上坐定,闭目凝神,以待鬼神显圣。不知狄公此次宿庙将这两案可否破获,且看下回分解。

# 第十一回　求灵签隐隐相合　详梦境凿凿而谈

却说狄公在庙祷告已毕，坐在蒲团上闭目凝神，满想蒙胧睡去，得了梦验，便可为死者伸冤。哪知日来为毕顺之事过于烦神，加之开棺揭验，周氏吵闹，汪仇氏呼冤，许多事件团在心中，以致心神不定，此时在蒲团上面，坐了好一会工夫，虽想安心合眼，无奈不想这件事来，就是那一件触动，胡思乱想，直至二鼓时分依然未曾入睡。狄公自己着急，说道："我今日原为宿庙而来，到了此刻尚未睡去，何时得神灵指示？"自己无奈，只得站起身来，走到下首，见洪亮早经睡熟，也不去惊动，一人在殿上闲步了几趟。转眼见神桌上似摆着一本书，狄公道："常言观书引睡魔，我此时正睡不着，何不取它消遣？或者看了困倦起来，也未可知。"想着，走到面前。取来一看，谁知并不是什么书卷，乃是郡庙内一本求签的签本。狄公暗喜道："我不能安睡，深恐没有应验，现在既有签本在此，何不先求一签，然后再为细看。若神明有感，借此指示，岂不更好。"随即将签本在神案上复行供好，剔去蜡花，添了香火，自己在蒲团上拜了几拜，又祷告了一回，伸手在上面取了签筒，嗦落嗦落摇了数下，里面蹿出一条竹签。狄公赶紧起身，将签条拾起一看，上面写着五字，乃是"第二十四签"。随即来至案前，将签本取过，挨次翻去。到了本签部位，写着"中平"二字，按下有古人名，却是骊姬。狄公暗想道："此人乃春秋时人，晋献公为她所惑，将太子申生杀死，后来国破家亡，晋文公出奔，受了许多苦难。想来，这人也要算个淫恶的妇人。"复又望下面看去，只见有四句道："不见司晨有牝鸡，为何晋主宠骊姬。妇人心术由来险。床笫私情不足题。"狄公看毕，心中犹疑不决，说道："这四句大概与毕顺的案情相仿，但以骊姬比周氏，虽是暗合，无奈只说出起案的缘由，却未将破案的情节叙出。毕顺与她本是夫妇，自然有床笫私情了。至于头一句，'不见司晨有牝鸡'，我前日私访到她家中之时，她就恶言厉声骂个不了，不但骂我，而且骂她婆婆，这明明是'牝鸡司晨'了。第二句是说毕顺不应娶她为妻。若第三句，只是不要讲的,她将亲夫害死,心术岂不险毒?签句虽然暗合,但是不能破案,如何是好?"自己在烛光之下,又细看了两回,竟想不出别的解说来,只得将签本放下。听见外面已转敲,就此一来,已觉得自己困倦。转身来至上首床上,安心定意,和衣睡下。

朦胧之间,一个白须老者走至面前,向着喊道:"贵人连日辛苦了。此间寂寞,何不至茶房品茗,听那来往的新闻。"狄公将他一看,好似个极熟的熟人,一时想不出名姓,也忘却自己现在庙中,不禁起身随他前去。到了街坊上面,果见九流三教,热闹非常。走过两条大街,东边角上有一座大大的茶坊,门前悬了一面金字招牌,上写"问津楼"三字。狄公到了门口,那老者邀他进内。过了前堂,一方天井,中间有一六角亭子,内里设了许多桌位。两人进了亭内,拣着空桌坐下。抬头见上面一方匾额,现出三个金字,乃是"指迷亭"三字,亭口一副黑漆对联,上联是"寻孺子遗踪,下榻传为千古事",下联是"问尧夫究竟,卜圭难觅四川人"。狄公看罢,问那老者道:"此地乃是茶坊,何为不用那卢全、李白这派俗典,反用这孺子、尧夫,又什么卜圭、下榻,岂不是文不对题?而下联又不贯串。尧夫又不是蜀人,何以说'四川'两字?看来实是不雅。"那老者笑道:"贵人批驳虽然不错,可知,他命意遣词并非为这茶坊起见,日后贵人自然晓得。"狄公见他如此说法,也不便再问。忽然自坐的地方并不是个茶坊,乃变了一个耍戏场子,敲锣击鼓,满耳冬冬。不下有数百人,围了一个人圈子,里面也有舞枪的,也有砍刀的,也有跑马卖线破肚栽瓜的,种种把戏,不一而足。中间有一个女子,年约三十上下,睡在方桌上面,两脚高起,将一个头号坛子打得滚圆。她正耍之时,对面出来一个后生,生得面如傅粉,唇红齿白,见了那个妇人,不禁嘻嘻一笑。那妇人见他前来,也就欢喜非常,两足一蹬,将坛子踢起半空,身躯一拗,竖立起来,伸去右手将坛底接住。只听一声喊叫:"我的爷呀,你又来了。"忽然从坛里跳出一个十二三岁女孩子,阻住那男子的去路,不准与那女子说笑。两人正闹之际,突然看把戏的众人纷纷散去,顷刻之间,不见一人。所有那个坛子以及男女孩子,均不知去向。

狄公正然诧异,方才同来的老者复又站在面前说道:"你看了下半截,上半截还未看呢,从速随我来吧。"狄公也不解他究是何意,不由得信步前去。走了许多荒烟蔓草的地方,但见些奇禽怪兽盘了许多死人在那里咬吃。狄公不觉心中恍惚惧怕起来。瞥见一个人身睡在地下,自头至足如白纸一般,忽然有一条火赤炼的毒蛇由他鼻孔内穿出,直至自己身前。狄公吓了一跳,直听那老者说了一声"切记",不觉一身冷汗,惊醒过来。自己原来仍在那庙里面,听听外边更鼓,正是三更。爬坐起来,在床边上定了一定神,觉得口内作渴。洪亮喊来,倒了一盏茶递与狄公,等他饮毕,然后问道:"大人在此半夜,可曾睡着吗?"狄公道:"睡是睡着的,但是心神觉得恍惚。你睡在那边,可曾见什么形影?"洪亮道:"小人连日为访这案件东奔西走,已是辛苦万分,加之为大人办这毕顺的案茫无头绪,满想在此住宿一夜,得点梦兆,好为大人出力,谁知心地糊涂,倒身下去就睡熟了,不是大人喊叫,准是到此时还未醒呢。小人实未曾梦见什么,不知大人可否得梦?"狄公道:"说来也是奇怪,我先前也是心烦意乱,直至二鼓时分依然未曾合眼。后来无法,只得起身走了两趟,谁知见神案上有个签本。"说着就将求签对洪亮说了一遍,又将签句破解与他听。洪亮道:"从来签句类皆隐而不露,照这样的签条,已是很明白了。小人虽不懂得文理,我看并不在什么古人上推敲。上面首句有'鸡子司晨'四字,或者天明时节有什么动静。从来奸情案子,大都多是明来暗去。鸡子叫的时节,正是奸夫偷走时候。第二句是个空论,第三句'妇人心险',这明是夜间与奸夫将人害死,到了大明方装腔作势哭喊起来。你看那日毕顺看闹龙舟之后,家来已是上灯时分,再等厨下备了晚饭,同他母亲等人吃酒,酒后已到了定更时分,虽不能随他吃就遂去睡觉的道理,还要谈些闲话,极早到进房之时已有二鼓。再等他睡熟,然后周氏再与奸夫计议,彼此下手谋害,几次耽搁,岂不是四五更天方能办完此事!唐氏老奶奶说她媳妇夜间喊叫,哭她儿子身死,不过是个约计之时。二更是夜间,四更五更也是夜间。这是小人胡想,怕的周氏害毕顺之后,正合这'牝鸡司晨'四字。如正在此时谋害,这案倒容易办了。"狄公见他如此说法,乃道:"据你说来,也觉在理。姑作她不在此时,你又如何办理?"洪亮道:"这句话显而易见,有何难解?我们多派几个伙计,日间不去惊动,大人回衙,仍将周氏交唐氏领回。她既到家,若真没有外路则已,如有别情,那奸夫连日必在镇上或衙门打听,见她回去,岂有不去动问之理？我们就派人在巷口,通夜的梭巡,尤其鸡鸣的时节格外留神。我看如此办法,未有不破案之理。"狄公见他言之凿凿,细想这样做倒有几分着落,乃道:"这签句你破解得不错了,可知我求签之后,身上已是困倦,睡梦之中所见的事情,更是离奇。我且说来,一起参详。"洪亮道:"大人所做何梦？签句虽有点线索,能梦中再一指示,这事就有八分可破了。不知大人还是单为毕顺这一案宿庙,还是连六里墩的案一齐前来？"狄公道:"我是一齐来的。但是这梦甚难破解,不知怎么又吃起茶来,随后又看见玩把戏的,这不是前后不应吗？"当时又将梦中事复说了一遍。洪亮道:"这梦小人也猜想不出。请问大人,这'孺子'两字怎讲？为何下面又有'下榻'的字面,难道孺子就是小孩子吗？"狄公见他不知这典故,胡乱破解,乃笑道:"你不知这两字缘由,所以分别不出。我且将原本说与你听！"不知狄公所说如何,且看下回分解。

## 第十二回　说对联疑猜徐姓　得形影巧遇马荣

话说狄公见洪亮不知"孺子"典故，乃道："这'孺子'不是做小孩子讲，乃是人的名字。从前有个姓徐的，叫作徐孺子，是个地方上的贤人。后来有位陈蕃，专好结识名士，别人皆不来往，唯有同这徐孺子相好。因闻他的贤名，故一到任时，即置备一张床榻，以便这徐孺子前来居住。旁人欲想住在这榻上，就如登天向日之难。这不过是器重贤人的意思，不知与这案件有何关合。"洪亮不等他说完，连忙答道："大人不必疑惑了，这案必是有一姓徐的在内，不然那奸夫即是姓徐，唯恐这人逃走了。"狄公道："虽如此说，你何以见得他逃走了？"洪亮道："小人也是就梦猜梦。上联头一句乃是寻孺子遗踪，岂不是要追寻这姓徐的吗？这一联有了眉目，且请大人将'尧夫'原典说与小人听。"狄公道："下联甚是清楚。尧夫也是个人名，此人姓邵，叫康节，'尧夫'两字乃是他的外号。此乃暗指六里墩之案，这姓邵的本是要犯，现在访寻不着，不知他是逃至四川去了，也不知他本籍是四川人在湖州买卖。你们以后访案，若遇四川的口音，须要留心盘问。"洪亮当时应答说："大人破解得不差，但是玩坛子的女人以及那个女孩，阻挡那个男人去路，并后来见着许多死人，这派境界皆是似是而非，这样解也可，那样解也可。总之，这两案总有点端倪了。"

两个谈论一番，早见窗格现出亮光，知是天已发白。狄公也无心再睡，站起身将衣服检理一回，外面住持早已在窗外问候，听见里面起身，赶着进来请了早安。在神案前敬神已毕，随即出去呼唤司祝，烧了面水，送进茶来，请狄公净面漱口。狄公梳洗之后，洪亮已将行李包裹起来，交与住持，以便派人来取。然后又招呼他，不许在外面走漏风声，住持一一遵命。这才与狄公两人回衙而去。

到了书房，早有陶干前来动问，洪亮就将宿庙的话说了一遍。当即叫他到厨下取了点心，请狄公进饮食，两人在书房院落内伺候。到了辰牌时分，狄公传出话来，着洪亮协同值日差，先将皇华镇地甲提来问话。洪亮领命出去。下昼时分，何垲已到了衙中,狄公并不升堂,将他带至签押房内。何垲叩头已毕,站立一旁。狄公道:"毕顺这案件,明是身死不明,本县为他伸冤,反而招了诽谤的处分。你是他本镇的地甲,难道就置身事外?为何这两日不加意访察,仍是如此拖延,岂不是故意藐法!"何垲见狄公如此说法,连忙跪在地下,叩头不止,说道:"小人日夜细访,实不敢偷懒懈怠。无奈没有线索,以致不能破案,还求大人开恩。"狄公道:"暂时不能破案,此事也不能强汝所难。但是你所辖界内,共有许多人家,镇上有几家姓徐的?"何垲见问,禀道:"小人这地方上面,不下有两三千家。姓徐的也有十数家,不知大人问哪一个?求大人示明,小人便去访问。"狄公道:"你这人也太糊涂,本县若知这人,早已出签提质,还要你询问吗?只因这案情重大,查得有一徐姓男子,通同谋害。若能将此人寻复,便可破了这案,因此命汝前来。你平时在镇上,可曾见什么姓徐的人家与毕顺来往?若是看见有一两人在内,且从实说来,以便提县审讯。"何垲沉吟了一会,望着上面说道:"小人是去年四月上坊,这件案是五月出的,不过一月之久。小人虽小心办公,实未知毕顺早时交结的何人,不敢在大人面前胡讲。好在这姓徐的不多,小人回去挨次访查,也可得了踪迹的。"狄公道:"你这个拙主见,虽想得不差,可知走漏风声即难寻觅。且这人既做这大案,岂有不远走之理?你此去务必不得声张,先从左近访起。似有了线索,赶紧前来报信,本县再派役前去。"何垲遵命,退了下来,回转镇上不提。

狄公又命洪亮、陶干两人,等到上灯时候,挨城而出,径自毕顺家巷口探听一回,当夜不必回来,暗暗跟着何垲,看他如何访缉。狄公为何不叫他两人与何垲同去?皆因前日开棺之时,洪亮在皇华镇上住了数日,彼处人民大半认得,怕他日间去被人看见,反将正凶惊走。何垲是地方上的地甲,纵有点问张问李,这是他分内之事,旁人也不至疑惑。又恐何垲一人得了凶手,独力难支,拿他不住,因此令洪亮同陶干晚间前去,一则访访案情,二则见何垲在坊上是勤力还是懒惰,也可知道。这是狄公的用意。

当日布置已毕,家人掌上灯来,狄公一人在书房内,将连日积压的公事看了一会,用过晚饭。正拟安歇,忽然窗外扑通扑通跳下两人,把狄公吃了一惊,抬头一见，乃是马荣、乔泰。当时请安已毕，狄公问道："二位壮士这几日辛苦，但不知所访之事如何？"马荣道："小人这数日虽访了点线索，只是不敢深信，恐前去有了讹错，或是众寡不敌，反为不美，因此回来禀明大人。"狄公道："壮士在何处看出破绽，赶快说来，好大家商量。"乔泰道："小人自奉命之后，他向东北角上，小人就在西南角上，各分地段私下访查。前日走到西乡跨水桥地方，天色已晚，在集上拣了个客店住下。但听同寓的客人闲谈，说高家洼这事，多半是自家害的自家人。小人见他们说得有因，也就答话上去，问道：'你们这班人所说何事？可是谈的孔家客店的案吗？'那人道：'何尝不是？我看你也非此地口音，何以知道这事？莫非在此地做什么生意？'小人见他问了这话，顺着答道：'我乃山西贩皮货客人，我们有个乡亲也是来此地买卖，却巧那日就住在这店内，后来碰着谈论起来，方才晓得。闻说县里访拿得很紧，还有赏格在外。你们既晓得自家人所杀，何不将此人捉住，送往县内，一则为死者伸冤，是莫大功德，二则多少得几百银子，落得个快活。你我皆是做买卖的朋友，东奔西走，受了多少风霜，寻钱歇本，还不知道有这美事，落得寻点外水，岂不是好？'那班人笑道：'你这客人说得虽是，我们也不是傻子，难道不知钱好？只因有个缘故在内。我们是贩卖北货的，日前离此有三四站地方，见有一个大汉，约在三十上下，自己推着一辆小车，车上两个极大的包裹，行色仓皇，忙忙直向前走。准知他心忙脚乱，对面的人未尝留心，咚的一声，那车轮正碰在我们大车之上，顿时车轴震断，将包裹撞落在地上。我们当他总要发急，不来揪打，定要大骂一番。哪知他并不言语，跳下车将车轴安好，忙将包裹从地上拾起，趁此错乱之际，散了一个包袱，里面露出许多湖丝，他亦不问怎样，并入大包里面，上好车轴，仓皇失措推车向前奔去。听他口音，却是湖州人氏。后来到了此地，听说出这案，这人岂不是个正凶？明是他杀了车夫，匆匆逃走了。这不是自家害的自家吗？不然焉有这样巧法，偏遇着这人也是湖州人氏？只怕他去远了。若早得了消息，岂不是个大大的财炙。'这派话，皆是小人听那客店人说的，当时就问了路引，以便次日前去追赶。却好马荣也来这店中住宿，彼此说了一遍。次早天还未明，就起身顺着路径一路赶去。走了三四日光景，到了邻境地方，有一个极大的村庄，见许多人围着一辆车儿，阻住他的去路。小人们就远远瞧看，果见有个少年大汉，高声骂道：'咱老子走了无限的关隘，由南到北，从不惧怕于人。天大的事也做过了，什么稀奇的事！损坏你的稻田，也不值几吊大钱，竟敢约众拦阻。若是好好讲说，老子虽然无钱，给你一包丝货，也抵得你们苦上几年。现在既然撒野，就莫怪老子动手了。'说着，两手放下车辆，举起拳头，东三西四，打得那班人抱头鼠窜，跑了回去。后来庄内又有四五十号好汉，各执锄头农器，前来报复。哪知他不但不肯逃走，反赶上前去，夺了一把铁铲，就摔倒几人。小人见那人实非善类，欲想上去寻拿，又恐寡不敌众，只得等他将众人打退，向前走去。两人跟到个大镇市上，叫什么双土寨，见他在客寓内住下，访知他欲在那里卖货，有几日耽搁，因此急赶回来禀知大人，究竟用若何办法，请大人示下。"狄公听了这话，心下甚是欢喜，眉头一皱，计上心来，且先派人捉拿凶手。不知后事如何，且看下回分解。

# 第十三回 双土寨狄公访案 老丝行赵客闻风

却说狄公听马荣说出双土寨来,心生计来,不禁喜道:"此案有几分可破了。你们曾访这人姓甚名谁?是否在寨内有几天耽搁?若是访实,本县倒是有一计在此,无需动手,即可缉获此人。"乔泰见狄公喜形于色,忙道:"小人们访是访实在了,至于他姓名,因匆匆寻他卖货的根底,一时疏忽,未能问知。不知大人何以晓得这案可破?"狄公就将宿庙得梦的事告诉他,说:"卜圭的圭字,乃是个双土,这贩丝的人就在双土寨内出货,而且又是个湖州人。岂非应了这梦?你两人可换身衣服,同本县一齐前去,拣了个极大的客寓住下。访明那里谁家丝行,你即投在他行中,即说我是北京出来的庄客,本欲到湖州贩卖蚕茧,回京织卖京缎,只因半途得病,误了日期,恐来往已过了蚕市,闻你家代客买卖,特来相投。若有客人贩丝,无论多少,皆可收买。他见我们如此说法,自然将这人带出,那时本县自有道理。"马荣、乔泰两人领命下来,专等狄公起身。狄公当夜备了公出的文书,然后将捕厅传来,说明此意,着他暂管县印,一应公事代拆代行,外面一概莫露风声,少则十天,多到半月,即可回来。

狄公此时见天色不早,即在书房安歇了一会。约至五更时分,即起身换了便服。带了银两,复又备了邻书移文藏于身边,以便临时投递。诸事已毕,与马荣、乔泰两人暗暗出了衙署,真是人不知鬼不晓,直向双土寨而去。

夜宿晓行,不到三四日光景,已到了寨内。马荣知这西寨口有个张六房,是个极大的老客寓,水陆的客人皆住在他家。当时将狄公所坐的车辆在寨外歇下,自己同乔泰进了寨里。来到客店门首,高声问道:"里面可有人?咱们由北京到此,借你这地方住个一半大月。咱家爷乃是办丝货的客商,若有房屋,可随咱来。"店内堂官见有客人来住店,听说又是个大买卖,赶着应道:"里面上等的房屋,爷喜那里住,听便便了。"当时出来两人,问他行李车辆。马荣道:"那寨口一辆轻快的车辆,就是咱家爷的，你同我这伙伴前去，咱到里面瞧一瞧。"说着，命乔泰同堂官前去.自己进内。早有掌柜的带他到里面，拣了一间洁净单房，小二送进茶水。众人净面已毕，掌柜进来问道："这位客人尊姓？由北京而来，到何处去做买卖？小店信实通商，来往客人皆蒙照顾。后面厨下点心酒菜各式齐备，客人招呼便了。"狄公道："咱们是京城缎行的庄客，前月由京动身，准备由此经过，一路赶到湖州，收些蚕茧。不料在路得病，误了日期，以致今日才至贵处。这里是南北通衢，今年丝价较往常如何？"掌柜的道："敝地虽离湖州尚远，彼处的行情也听得人说。春间天气晴和，蚕市大旺，每百两不过三十四五两关叙。前日有个贩丝的客人，投在南街上薛广大家行内，请他代卖，闻开盘不过要了三十八九两码子。比较起来，由此地到湖州不下月余的路程，途费算在里面，比在当地收买还倒便宜许多。"狄公听了这话，故作迟疑道："不料今年丝价如此大减，只抵往常三分之二。看来虽然为病耽搁，尚未误正事。你们这地方丝行，想必向来是做这项生意的了，行情还是听客人定价，抑是行家作价？行用几分？可肯放期取银？"掌柜的说道："我们虽住在咫尺，每年到了此时，但听见他们议论，也有买的，也有卖的。老放庄客的人由此经过，皆道这里的规矩。俗言道'隔行如隔山'，其中细情因此未能晓得。客人想必初来此地，还不知尊姓大名。"狄公见他动问，乃道："在下姓梁，名公狄。皆因时运不佳，向来在京皆做这本行的买卖，从未到外路去过。今年咱们行内老庄客故了，承东家的意思，放咱们前来。哪知在路就得了病症，现在你们这里行情既廉，少停请你带咱们前去一趟，打听打听是哪路的卖客。如果此地可收，咱也不去别处了。"掌柜见他是个大本钱的客人，多住一日即落他许多房金，连忙满口应承，照应得十分周到。

到了下昼时分，狄公饮食已毕，令乔泰在店看守门户，自己同马荣步出店外，向着掌柜的说道："张老板，此刻有暇，你我同去走走。"掌柜见他邀约，赶紧答应，出了柜台，说道："小人在前引路，离此过了大街，三两个弯子就是南寨口，那就到了。"说着，三人一路同去。果然好一个大寨子，两边铺户十分齐整。走了一会，离前面不远，掌柜请狄公站下，自己先抢一步，到那人家门首，向里问道："吴二爷，你家管事的可在家？我们店内新来一缎行庄客，从北京到此，预备往南路收货。听说此地丝价便宜，故此命我引荐来投宝行，客人现在门口呢。"里面那人听他如此说法，忙答道："张六爷，且请客人里面坐。我们管事的到西寨汇款子去了，顷刻就回来的。"狄公在外面见他们彼此答话，说管事的不在行内，心下正合其意，可以探得这小官的口气，忙向张六说道："老板，咱们回去也无别事，既然管事的不在这里，进去稍待便了。"当时领着马荣，到了行内。见朝南三间敞屋，并无柜台等物，上首一间设的座位，下首一间堆了许多客货，门口白粉墙上写了几排大字："陆承顺老丝行，专代南北客商买卖"。狄公看毕，在上首一间坐定。小官送上茶来，彼此通名道姓，叙了套话，然后狄公问道："方才这张老板说，宝号开设有年，驰名远近。不知令东是哪里人氏？是何名号？现在卖客可多？"吴小官道："敝东即是本地人氏，住此寨内已有几代，名叫陆长波。不知尊驾在北京哪家宝号？"狄公见他来问这话，心下笑道："我本是访案而来，哪里知道京内的店号！曾记早年中进士时节，吏部带领引见，那时欲置办鞋帽，好像姚家胡同有一缎号，代卖各式京货，叫什么'威仪'两字，我且取来搪塞。"乃道："小号是北京威仪。"那小官听他说了"威仪"二字，赶忙起来笑道："原来是头等的庄客，失敬失敬！先前老敝东在时，与宝号也有来往，后因京中生意兴旺，单此一处转运不来，因此每年放往到湖州收买。今年尊驾何以不去？"狄公见他信以为真，心下好不欢喜，就将方才对张掌柜说的那派谎言说了一遍。

正谈之间，门外走进一人，约在四五十岁的光景，见了张六在此，笑嘻嘻问道："张老板。何以有暇光顾？"张六回头一看，也忙起身笑道："执事回来了。我们这北京客人正盼着呢。"当时吴小官又将来意告诉了陆长波，狄公复行叙了寒暄，问现在客货多寡，市价如何。陆长波道："尊驾来得正巧。新近有一湖州客人，投在小行。此人姓赵，也是多年的老客丝货，现在此处。尊驾先看一看，如若合意，那价银格外克己便了。"说着，起身邀狄公到下首一间，打开丝包看了一会，只见包上盖着签记，乃是"刘长发"三字，内有几包斑斑点点，现出那紫色的颜色，无奈为土泥掩在上面，辨不清楚。狄公看在眼内，已是明白，转身向马荣道："李三，往常你随胡大爷办货，谅也有点眼色，我看这一堆丝货不十分清爽，光彩混沌，怕是做茧子时蚕子受伤了，你过来也看一看。"马荣会意，到了里面先将别的包皮打开，约略看了几包，

图文珍藏版

然后指着有斑点的说道:"丝货却是道地,恐这客人一路上受了潮,因此色泽不好。若这一包,虽被泥土护满,本来的颜色还看得出,见了外面,就知这里面了。不知这客人可在此处?他虽脱货取财,咱们到要斟酌斟酌。"狄公见马荣暗中有话,也就说道:"你是在下定买了。好者小号用得甚多,就有几包不好,也可勉强收用。但请将这赵客人请来,凭着宝行讲明银价,立即可银货两交,免得彼此牵延在此。"陆长波见他如此说法,难得这样买卖,随向吴小官道:"赵客人今日在店内打牌,你去请他即刻过来,说有人要收这全包呢。"小官答应一声,匆匆而去。张掌柜也就起身,向狄公说道:"此时天已将晚,过路客人正欲下店,小人不能奉陪了。"

小官走后,狄公甚是踌躇,深恐前来此人不是凶手,那就白用了这番心计;又恐此人本领高强,拿他不住,只得向马荣递话道:"凡事不能粗鲁,若我因有了耽搁,不肯在这寨内停留,岂不失了这机会。所幸有赵客人在此卖货,真是天从人愿。临见面时,让我同他开盘,你们不必多言,要紧要紧。"马荣知他的用意,答应遵命,坐在院落内候小官回来。不多时,果然前日半路上那个大汉一同进门。不知此人如何,且看下回分解。

# 第十四回　请庄客马荣交手
## 遇乡亲蒋忠谈心

却说狄公在陆公行内等吴小官去请那赵客人前来。不多一会，马荣已看见前日在路上推车的那个大汉一同进门，当时不敢鲁莽，望着狄公，丢个眼色。狄公会意，将那人一望，只见他身高八尺，黑漆漆两道浓眉，一双虎目，身穿薄底靴儿，短襟窄袖玄色小袄，脚下丢裆叉裤。那种神情，倒似绿林中的朋友。狄公上下打量了一番，暗暗想道："此人明是个匪类，那里是什么贩丝的客人！而且浙湖的人，似皆气格温柔、衣衫齐整，他这种行行的神情，明是北方气概。且等一等，看他如何。"那陆长波见他进来，当时起身来笑道："常言买鸡找不到卖鸡的人，你客人投在小行，恨不得立刻将货脱去，得了丝价，好回贵处。一向要卖，无这项售户，今日有人来买，你又抹牌去了。这位梁客人是北京威仪缎庄上的，往年皆到你们贵处坐庄。今因半途抱病，听说小行有货，故此在这里收买。所有存下的货物皆一齐要收，但不过要价码克己。小行怕买卖不成，疑惑我等中间作梗，因此将你请来，对面开盘，我们单取行用便了。"那人听了陆长波这番话，转眼将狄公上下望了一回，坐下笑道："我的货卖是要卖，怕这客人有点欺人！我即使肯卖与他，他也未必真买。"陆长波见他这话说得诧异，忙道："赵客人，你休要取笑。难道我骗你不成？人家若远的路程来投在小行，而且威仪这缎号牌子谁人不知？莫说你这点丝，即便加几倍，他也能售。你何以反说他欺人？倒是你奇货可居了。"狄公见这大汉说了这两句话，心下反吃了一惊，说道："此人眼力何以如此利害？又未与他同在一处，何以知我不是客商？莫非他看出什么破绽？如果为他识破，这人本事就可想了，虽有马荣在此，也未必能将他拿获。"当时还故示周旋，起身作了一揖，说："赵客人请了。"大汉见他起身，也忙还了一揖，道："大人请坐，小人见谒来迟，望祈恕罪。"这一句更令狄公吃惊不小，分明是他知道自己的身份。复又假作惊异道："尊兄何出此言？咱们皆是生意中人，为何如此称呼，莫非有意见外吗？还不识尊兄表字何名，排行几位?"大汉道:"在下姓赵,名万全。自幼兄弟三人,排第三。不知大人来此何干?有事但说不妨,若这样露头藏尾,殊非英雄本色。俺虽是生意中人,南北省份也走过许多码头,做了几件惊人出色的事件。今日为朋友所托,到此买卖,不期得遇尊公。究竟尊姓何名,现居何职,俺这两眼相法,从来百不失一。尊公后福方长,正是国家栋梁,现在莫非做那里一县令宰吗?"狄公被他这番话说得哑口无言,反而深悔不是,停了半晌,乃道:"赵兄,你我是买卖起见,又不同你谈相,何故说出这派话来?你既知我的来历,应该倾心吐肝,道出真言,完结你的案件。难道你说了这派大言,便将俺恐吓不成?"说道,望马荣丢了个眼色,起身站在那陆长波背后。

马荣到了此时,也由不得再不动手,当即跳出了门外,高声喝道:"狗强盗,做了案件想哪里逃走! 今日俺家太爷亲来捉汝,应该束手受缚,归案讯办。可知那高家洼之事,不容你逃遁了。"说着,两手摆了架势,将门挡住,专等他出来动手。陆长波见他们言语不对,忽然动起手来,如同做梦一般,不知是素来有仇,也不知无故起衅,摸不着头脑,只呆呆地在里面叫喊说:"你们可不要动气。生意场中,以和为贵,何以还未交易就说出这尴尬话来,莫非平时有过吗?"还未说完,早见大汉掀去短袄,袖头高卷,伸开两手,一个热步捅出门外,向马荣骂道:"你这厮也不打听打听,敢来太岁头上动土! 俺立志除尽这班贪官污吏、垄断奸商,你竟敢来寻死。不要走,送你到俺老家去。"只见左手一抬,用个猛虎擒羊的架势,对准马荣胸口一拳打来。狄公见了这样,深恐马荣招架不住。只见马荣将身子向左边一偏,用了个调虎离山的姿势,右手伸出两指,在大汉手寸上面一按,往下一沉,果然赵万全将手头缩回,不敢前去。原来马荣也是会手,这一下按在他血道上面,因此全膀酥麻,不能再进。马荣见他中了一下,还不就此进步,顿时掉转身子,趁势在他肋下一拳捣去。赵万全见他手足灵便,也就不敢轻视,一手护定周身,一手向前刁他的手掌。马荣哪里容他得手,随即改了个大鹏展翅的招式,将身一纵,约有一二尺高下,提起左足欲想踢他的左眼。谁知这一来,正中赵万全之计,但见他往下一蹭,两手高起,说声:"下来罢!"早将马荣的腿兜住。但听咕咚一声,摔在地下。狄公这一惊不小,深恐他就此逃走。里面陆长波也吓得面如土色,唯恐闹出人命,赶着出来喊道:"赵

·狄公案·

图文珍藏版

三爷,你是我家老主顾客人,向来未曾鲁莽,何以今日一言不合,就动起手来。要是有个闪失,小行担受不起,有话进来好说。"

众人正闹之间,早已围拥着许多人来。忽然人丛里面有二三十岁的汉子,身材高大,虎背熊腰,见马荣睡在地上,赶忙分开众人,高声喊道:"赵三爷,不要胡乱,都是家里人。"随即到了马荣面前,叫道:"马二哥,你几时到此?为何与咱们兄弟斗气。这几年未曾见面,令咱家想得好苦。听说你洗手不干那事了,怎么会到这里来?"说着,一手将马荣扶起。马荣将他一望,心下好不欢喜,说道:"大哥,你也在此!俺们里面再谈,千万莫放这厮走了,他乃人命的要犯。"说着,那人果将赵万全邀入行内,招呼闲人散开,然后向马荣说道:"这是俺自幼的朋友,虽是生意中人,与俺们很有来往。二哥何故与他交手?现在何处安身?且将别后之事说来。谁人不是,俺与你俩赔礼。"

原来此人也是绿林中朋友,与马荣一师传授,姓蒋名忠。虽然落身为盗,却也很有义气,此时已经改邪归正,在这双土寨当地甲。赵万全本是山东沂水县人氏,因幼年父母双亡,跟蒋忠的父亲学了一身本领,所有医卜星相件件皆精。到了十八岁时,见本乡无可依靠,亲戚本家俱皆亡故,因想湖州有个姑母很有钱财,因而将家产变卖,做了盘缠,到湖州投亲。他姑母见他有如此手段,就收他在家中。过了数月,荐至丝行里面学了这项生意。后来日渐长大,那年回家祭祖,访知这双土寨是南北通衢,可以在此买卖,他就回到湖州向姑母说明,凑了几千银本,每年春夏之交由湖州贩丝来卖。正巧蒋忠当上这寨内的地甲,彼此聚在一处,更觉得十分亲热。今日赵万全正在他家抹牌,忽然吴小官喊他做生意去了,好久不见回来,蒋忠因此前来探望,不意却与马荣交手。此时马荣见他问别后之事,连忙说道:"大哥有所不知,自从你我在山东五家寨作案之后,小弟东奔西走,受了许多辛苦。后来一人思想,人生在世不过百年,转眼之间就成了废物,若不在中年做出一番事业,落了好名,岂不枉为人世。而且这绿林之事,皆是丧心害理的,钱财今日得手,不过数日依然两手空空。徒然杀人害命,造下无穷的罪孽,到了恶贯满盈的时节,自己也免不得一刀之苦,所以一心不干。却好这年在昌平界内遇见这位狄大人,做了县令,真是一清如水，一明似镜，因而与乔五哥投在他麾下，做个长随。数年以来，也办了许多案件。只因前日高家洼出了命案，甚是离奇，直至前日始寻出一点线索，故而到此寻拿。"说着，就将孔万德客店如何起案、如何相验、如何换尸的缘由说了一遍。然后又指着狄公道："这就是俺县主太爷，姓狄名仁杰。你们这里也是邻境地方，昌平官官声应该听见。"蒋忠听了这番话，掉转头望着狄公，纳倒便拜，说道："小人迎接来迟，求大人恕罪。"狄公连忙扶起道："壮士请坐，你也不是在本县管下，本无统属，焉有迎接之理？但是这案，马壮士既然说明，还望壮士将这人犯交本县带回讯办。"蒋忠还未开言，赵万全忙道："这事小人受人之愚了。此案实非小人所干，如有见委之处，万死不辞。且待小人禀明大人，便可明白了。方才马二哥说那凶手姓邵，是四川人氏，小人乃是姓赵，本省人氏，这一件就不相合，但是这人现在何处，叫什么名号，小人却甚清楚。大人在此且住一宵，明日前去，定可缉获。"狄公听了此言，不知如何办法，且看下回分解。

图文珍藏版

## 第十五回　赵万全明言知盗首
狄梁公故意释奸淫

却说赵万全说他不是真凶，那个犯事之人地方名姓他皆知道。狄公听了此言，心下甚是疑惑，暗道："看他这身材力，实不是个善类，莫非他故意谎言，打算逃走？那可就费事了。"马荣知道狄公的意思，乃道："大人不必疑惑，既然蒋大哥说出这缘故，想必他不是这案内人犯，既他口称知道，但请他说明，同小的前去便了。"蒋忠也就说道："赵三哥，你就在大人前言明，何以知这案件。你我行事，也须光明正大的方好。若照这姓邵的伤天害理，官法不容，即便你我碰见这厮，也不能饶了他的狗命。究竟现在何处，你若碍于交情不便动手，我这管下与昌平也是邻村，同去捉获也是分内之事。"赵三道："说来也是可恼，连我都为他所骗了。这人姓邵名礼怀，是湖州土著的人氏，一向与我来往。每年新蚕见市，他也带着丝货到各处跑码头。只要那地方价好，他就前去卖货。虽无一定的地方，总不出这山东、山西两省。前月我在湖州时，他是比我先动身的，和一个邻行的小官一并前来。日前在半路上，对面碰见，但见他一人推着一辆车儿在路行走。我见他是年轻孤客，不知行道的规矩，故上前问道：'你怎么一人在此，徐相公到何处去了？'他向我大哭不止，说那伙伴在路途暴病身亡，费了许多周折，方才买棺收殓，暂放在一个地方。就此一来，货又误了日期，未能卖出，自己身旁路费又完，正是为难之际。总是为朋友起见，不然早已回去了。我见他说得情真语切，问他现到何处去。他说暂时万不能转杭州，怕徐家家属在他身上要人，那就费事了。当时就向我借了三百银子，将姓徐的丝货交我代卖，他说到别处码头售货去了。谁知他做了这没良心的坏事，岂不是连我受他之愚吗？"狄公听了此言，忙道："照你如此说法，他已是远走去了，你焉能知他的所在？"赵万全道："大人有所不知。这人有个师父，乃是我同门的师兄，先前以为邵礼怀是个诚实的后生，将女儿嫁给他为妻。谁知过门之后，夫妻不睦，就将妻子气死。后来听说他有了外路，结识了一个有夫之女，住在这一带，叫作什么齐团菜地名。彼时因不关我事,故而未曾追问。现在既犯了这案,只要将这地名访出来就好办了。虽说他跟我师兄学了数年棍棒,纵有点本领,谅也平常,只要我前去,万无不获之理。"

狄公听他所言,也就深信不疑,向着众人说道:"本县到任以来,也私访过许多地方,这齐团菜地方,从未听人说过,你们可曾晓得吗?"此时陆长波见他们各道真言,知狄公是地方上的父母官,真是意想不到,赶忙过来叩头,说道:"小人有眼不识泰山,冒犯虎威,统求恕罪。"狄公道:"你乃生意之人,与本县本无大小。生意场中,理应如此,何得谓之冒犯?但你是土著之人,方才赵壮士所说这个地名,你可知道吗?"陆长波细想了一会,只是想不出来,说道:"大人要知地段,除非移文到各府州县,将府县志查看,或者可知。不然,这偌大的山东省,从何处访问?"此时天已黑暗,小官掌上灯来。马荣道:"大人此会也不必久坐了,沿途受了风霜,也该安歇安歇。既有赵万全同小人在此,还怕日后这案不破吗?我看乔泰在寓内,也是望得心焦,不如前

去店中吃了晚饭,大家计议个方案,以便分头办事。或者张老板知道这齐团菜地名,也未可知。"狄公见他说得在理,当即起身向赵万全道:"壮士且至敝寓,共饮一杯,以便彼此谈论。"赵三也不推辞,当时就起身,一同出了陆长波家的门,来至张六房内。蒋忠就将狄公前来访案的话向张六说明,直吓得鼓舌摇唇,说道:"我等在寨内听往来人说,昌平县狄太爷是个好官,真是名不虚传。由彼处到此,也有数百里路程,居然不惧劳苦前来访案,实不愧民之父母了。"当晚备了酒肴,众人也不分主仆上下,一齐入席饮酒。乔泰见赵万全帮同捉案,更是欢喜非常,向着狄公说道:"大人在此虽得了一位壮士,依小人愚见,还是明早一同回去,暗暗访问这地方,方可有益于事。若要在此地将人缉获,恐暂时未必如愿。就此一来,这寨内正是人人知道,若再耽搁数日,南北往来的客商传到别处,露了捉拿要犯的风声,反而令他得

信。而且毕顺家那案，不知洪亮访缉得如何，那人胆量又小，即便有了事件，一人也未必能动手，岂不是顾此失彼？不如回去，两件事皆可兼顾得到。"狄公也以为然。当时上了几件美肴，撤去残杯，大众安歇，一宿无话。

次日一早上路。在路非止一日，闯关过寨，一路打听，皆不知这齐团菜究竟是何地名。到了第五日上，已到昌平城下。狄公在城外就命乔泰、马荣背着包裹先到衙门报信，自己同赵万全慢慢信步来至城内。到了本衙里面，命人到捕厅内送信。家人送进茶水，替狄公拂去灰尘。净面已毕，随即回道："洪亮、陶干自大人去后，已回来过两次，说何垲连日严查，所有那些管下姓徐的户口皆是当地良民，无什么形迹可疑的，因此不敢乱拿。每日早晚，他二人又在巷口昼夜巡查，但见唐氏一人出入，不时在家啼哭叫骂。昨日陶干回衙，问大人可曾回来，若回来，务必将周氏交保释回，方好见她的动静。若这样，实访寻不出。"狄公点点头，当下传命大堂伺候。门役一声高喊，所有书差皂役各自前来伺候。

狄公穿了冠带，标了监签，命值日差将周氏带堂审问。狄公还未开言，先听淫妇问道："你这狗官，请我出监为何？莫非上宪来了文书，将汝革职吗？你且将公事从头至尾念与我听，好令堂下的百姓知道个无辜受屈，不能诬害好人。"狄公道："汝这贱货，休要逞言。本县自己请处，此件不关你事。是否革职，随后自有人知晓。只因你婆婆在家痛哭，无人服侍，免不得一人受苦，因此提汝出来交保释去，好好服侍翁姑。日后将真凶缉获，那时再捕捉到案，彼此办个清白。"周氏不等他说完，乃道："太爷如此恩典，小妇人岂不情愿。但是我丈夫死后，遭那苦楚，至今凶手未获，又验不出伤来，这'谋害'二字，小妇人实担受不起。若这样含糊了事，个个人皆可冤枉人了，横竖也不遵王法。若说我婆婆在家痛哭，儿子死后验尸，媳妇身在牢狱，岂有不哭之理？这总是她命苦，遇了狗官，寻出这无中生有的事来。前日小妇人坐在家中，太爷一定命公差将我提来，行刑拷问。此时小妇人安心在狱，专等上宪来文，太爷又无故放我回去。这事非小妇人方命，但一日此案不结，一日不能回家。不但这谋害的罪名难任，恐我丈夫也不甘心。还求太爷将我收监罢。"狄公不语，马荣在旁边答道："你这妇人，何不知好歹？可知太爷居官，为百姓伸冤理屈。你这案虽未判白,太爷已自行请处了,难道这公事还谎你不成?凶手也是要缉获的,此时放你回去不过是一点仁恩。太爷的意思,你反胡言唐突,岂非不知好歹!我看你就此令婆婆保去,落得个婆媳相聚。"周氏听了这番话,早已喜出望外,只因在堂上,不能一说就行,怕被人疑惑,既然马荣说了这话,乃道:"论这案情,我是不能就走。既你们说我婆婆苦恼,也只得勉强从事。但是太爷还要照公事办的。至于觅保一层,只好请你们同我回去,令我婆婆画了保押。"狄公见他答应,当时命人开了刑具,雇了一乘小轿,差马荣押送皇华镇。不知后事如何,且看下回分解。

## 第十六回　聋差役以讹错讹
## 贤令尹将盗缉盗

却说周氏回转家中，与唐氏自有一番言语，不在话下。狄公自她去后，退入后堂，将多年的老差役传了数名进来，将齐团菜地名问他们可曾知道。众人皆言，莫说未曾去过，连听都未曾听见。狄公见了这样，自是心下纳闷。内中忽有一七八十岁老差役，白发婆娑，语言不便，见狄公问众人的言语，他听不明白，说道："蒲其菜？八月才有呢。大爷要这样菜吃，现在虽未到时候，我家孙子专好淘气，栽了数缸蒲其，现在苗芽已长得好高的了。外面虽然未有，太爷若要，小人回去摘点来，为太爷进鲜。"众人见他耳聋胡闹，唯恐狄公见责，忙代他遮饰："此人有点重听，因此言语不对。所幸当差尚是谨慎，求太爷宽恕。"狄公见他牵涉得好笑，乃道："下去罢，我不要这物件。"哪知这差役听说狄公不要，疑惑他爱惜新苗，拖了芽子，随后不长蒲其，乃道："太爷不必如此，小人家中此物甚多，而且不是此地的原种，是四川寨来的。"狄公听了此话，诧异道："我那日梦中，见'指迷亭'上对联有句'卜圭须问四川人'，上两字已经应了，乃是暗指的双土寨，下三字忽然在这老差役口中说出，莫非有点意思？从来无头的难案，类皆无意而破。我问的齐团菜的地名，他就牵到蒲其菜的吃物，此刻又由蒲其菜引起四川寨来，你看这菜呀寨呀，口音不是仿佛吗？莫以为他是个聋子，倒要细问细问。"当时向众差说道："汝等权且退去，这人本县有话问他。"众人见本官如此，虽是心下暗笑，说他与聋子谈心，当面却不敢再说，只得各自退了出来。

狄公问道："你姓什么？卯名是那个字？在此衙门当差现有几年了？"那人道："小人姓应，卯名叫应奇，当差已四五十年了。"狄公道："你方才说，那蒲其菜不是此地的原种，是什么四川寨来的。本县好此物，你可将这地名说与我听，那地方的原种有何好处？离此究有多远？"应奇道："这四川寨，乃是这山东莱州府一地方的寨名。前朝有位四川客人贩货到此，得了利钱，每年就在这地方买卖。后来日渐起色,开了店铺,不到一二十年,居然成了个富户。到他儿孙手里,格外比先前富足,那一带人家推他为首户,因此起了这一座寨了。皆为他上代是四川人氏,故命名为四川寨。后来时运已过,家道败坏,不甚有名,当地人民以讹错讹,改名为蒲其寨,因那个地方蒲其又大、味口又厚。小人早年还未耳聋,也是奉差出境访案,从那里经过,同本地老年人闲谈,方才知道这底细。办案之后,就带了许多蒲其回来,历年栽种,故此比外面的鲜美许多。太爷要吃,小人就此回去送来便了。"

狄公听毕,心下大喜道:"原来'四川人'三字,有如此转折在内。照此看来,这邵礼怀必在那个地方了。"随向应奇说道:"你说这四川寨曾经去过,本县现有一案在此,意欲差你帮同前去,你可吃这苦吗?"应奇道:"小人在卯,为的是当差。两耳虽聋,手足甚便。只因为众人说了坏话,故近两任太爷皆不差小人办事。太爷如能差遣,岂有不去之理? 而且这地方虽是在外府,也不过八九天就可来往的。"狄公当时甚是欢喜,回到了书房,将方才的话对赵万全说明。赵万全道:"既有这差役知道,也是天网恢恢疏而不漏。此去务要将这厮擒获回来,弄个水落石出,好与死者伸冤。"当时议论妥当。傍晚时节,马荣已由皇华镇回来,大家又谈说了一回。

次日一早,狄公当堂批了公文,应奇在前引路,赵万全与马荣、乔泰三人一同起身。在路行程非止一日。这日过了登州地界,来至莱州府城。应奇道:"三位壮士连日辛苦,可在府城内安歇一宵罢。四川寨离此只有六七十里了,明日早则午后、迟则下昼时分就可抵寨。到了那里就要办案,恐早晚不能安睡。"马荣听他说得有理,当即命他先进城去,找个僻静客寓。然后三人一同进城,先到莱州府衙门投了公文,等了回批出来,已是向晚时节。却好应奇已在衙前等候,说西门大街有个客店,可以居住,明日起早出城又很方便,马荣当时叫他引路,来至客寓门口。店小二将包裹接了进去,在后进房间住下,净面饮食,自不必言。

马荣恐应奇耳聋牵话,露出马脚,当时向小二道:"我们这位伙伴有点重听,你有何话但对我说便了。此地离蒲其寨还有多远? 那里买卖可好否?"小二道:"从此西门出去,不上七十里路就抵东寨。"马荣道:"过了东寨呢?"小二道:"那就是中寨了。"马荣心下疑惑,忙问道:"究竟这寨子共有多远? 难道不在一处吗?"小二道:"客人是初到此地,故不知这地方缘故。这蒲其寨共有三处,分东、西、中,中寨最为热闹,油坊、典当、绸缎、钱庄无行不备。西寨专住的居民户口、各店的家眷。东寨极其冷清,虽是个水陆码头,不过几家吃食店、客寓而已。一带有七八百练兵驻扎在内,是为保护寨子设的。你客人还是过路到别处有事,还是到寨中找哪家买卖?"马荣道:"我们是过路的,听说这地方是个有名所在,相巧在那里办点丝货。不知那家行号出名?"小二道:"客人要办湖丝吗?在此地收买不上算了。不仅没有道地的好货,即便有两家代买,也是由贩丝客人转来的,价钱总不划算。前日立大缎号,听说有个客人住在他家,托销每百两约银五十四五两呢。比较起来,在当地买不止双倍。客人何不在我们本地买点上丝用呢?虽然光彩不佳,织出那山东绸子,也还看得下去。"马荣也不再问,当时含糊答应。开了房门,听那小二出去,向着赵万全道:"这位大绸号不知在中寨何处,你明日前去,作何话说他?虽本事平常,总之是个会手,若不动手,恐不能够就缚的。"赵万全道:"这事有何难办?你我明日到了寨内,叫乔泰、应奇找个客店住下,姑作不认识样子,暗下接应。我一人到立大缎号,问明这厮。见了他面,仍以丝上的话头起见,只要将他引到寓所,就不怕他插翅飞去了。"四人计议已定。

次日一早,直出西门而去。一路之上,果然车驮骡载,络绎于途。到了午后,已离东寨不远,抬头见前面有一土围,如同城墙,上面也竖立许多旗号,随风飘扬。围子外有一条通江的大河,来往船只却也不少。四人渐走渐近,西寨出头,即是旱道,与青州交界。应奇道:"那条路甚是难行,现在六七月天气,高粱秸子正长得丛茂,不但有强人截住,即以两边秸子遮盖,暖就要暖煞了,因此这道上行人甚少,大都绕别处大路而行。我们此去,倒要留心,如姓邵的得手好极,若不然他向西逃走,那可就费事了。这青州道不是玩的。"赵万全听了,笑道:"俺虽生长这省内,但听说青州常有强人,今日到此,倒要见识见识。我想马、乔二位哥,也未必惧怕嘛。"马荣笑道:"虽如此说,也有小心的好处。若是办得顺手,我们也不去寻事。若不顺手,他拿这条路欺吓我们,谁还未见识过事?到时也只得较量较量。"

正走之间,已至中寨。当时赵万全与他三人分开,招呼晚间在寨口等候。应奇虽听不清切,见乔泰同马荣令他分路走开,也就会意,随他两人进寨,找寻客店去。这里赵万全在前行走,进寨有十多个铺面,见有一个大大的布店,向前欠身问道:"借问一声,此地有个立大缎号,在哪地方?"不知里面之人如何答应,且看下回分解。

# 第十七回　问路径小官无礼
# 见凶犯旧友谎言

　　却说赵万全见有个大大的布店，高声问道："借问，贵地有个立大缎号在哪地方？"里面坐了个中年伙计，见他来问，忙起身指道："前去四岔路向南转弯，一带有几家楼房，那就到了。"赵万全道谢一声，转身依着指引走了前去。果见面前铺户林立，虽然道路是土块筑成，却也平坦非常。到了四岔口，早有一派楼房列于前面，过两三家店面，当中悬着一面招牌，上写"立大缎号"四字。赵万全背着包裹，匆匆走入里面，向那伙计问道："借问，这地方可是立大缎庄？"里面那人气冲冲地骂道："现有招牌在外，你这厮难道目不识丁，前来乱问！"赵万全虽是生意中人，恃着自己一身本领，哪里忍得下去，顿时怒道："你这厮何太无礼？咱老子若认得字，还问你何用？你也不是害病起来，不能开口，问你一句，就如此冲撞吗？"谁知那人也是个暴烈性子，不容他破口，跳出柜台高声喝道："你是何处的杂种，也不打听打听，敢到这蒲其寨来撒野。不要走，吃我一拳。"说着，举手就对着赵万全的腰下打来。赵万全见了笑道："这人岂不是个冒失鬼？问问路径就动起手来。不叫他在此丢丑，随后何能再擒小邵？"当时并不着忙，将包裹顺在右边，提起左腿，对准那人寸关就是一脚，只听咕咚一声，一个筋斗横于街上。赵万全哈哈笑道："你这人如此身手，也在老子面前动手。今日姑且饶汝性命，以后若遇人问路，可不要再讨苦吃了。"那人被他踢了一脚，爬起身来，仍要交手。店中早拥出数人，将那人阻住，说道："小王，你真讨的什么？人家不来寻你，已是难得的事了，你做错了，还不晓得，为何拿个过路的使气？"当时又上来两人，向赵万全赔礼说："客人且请息怒，此人方才错了一笔交易，有四五两银子，挨小号执事呼斥了几句，正自心下懊悔，却巧客人前来问路，以致无辜冒犯。且看下等薄面，进内奉茶。"赵万全见众人赔礼，也就随了大众，到店堂坐下。果见前后有四五进楼房，架上各货齐备，说道："在下到底非为别故，只因有位同行契友，一向在贵处贩货湖丝，今有要事与他面商，访了许多日期，方知在宝寨立大庄内。特恐店号相同,生意各别,因此借问一句。不料这人无礼太甚,岂不令人可恼。还未请教,尊兄贵姓大名?宝庄除绸缎而外,可别售蚕丝吗?”那人见问,忙道:“在下姓李,名生。小号虽是缎庄,那湖丝也不兼售。不知令友何人?尊兄高姓?”赵万全道:“敝友姓邵,名礼怀,浙江湖州人氏,与小可是同乡至好。如在宝号,请出一见。”

哪知这话还未说完,里面早跳出一人,高声喊道:“我道何人有此手段,原来是赵三哥来了,且请客厅叙话罢。”赵万全抬头一望,不禁喜出望外,正是邵礼怀出来招呼。当时故作欢容,随他进内。到了客厅坐下,邵礼怀问道:“三哥在曲阜做庄,何以知小弟在此?此来有何见谕?”赵万全道:“一言难尽。愚兄身负奇冤,此仇不能不报。无奈这地方虽是家乡故里,却举目无亲,以致被人欺负,欲想回转湖州请人报复,又因路途遥远,往返为难。因思吾弟是个英雄,特来相投,望助愚兄一臂之力。”邵礼怀听他这番言语,也就信以为真,诧异道:“老哥何出此言,且请讲明,小弟自当为力。”赵万全就说出一派谎话,说陆长波人面兽心,如何吞吃他丝价,如何不肯付银,如何请了好手将他打伤,说得个千真万确。邵礼怀不禁起身,怒道:“不料那厮欺人太甚!老哥在那里买卖已非一日,他赚了银钱也不知多少,此时他既翻脸无情,小弟岂有不相助之理。”说着又命打水送茶,忙个不停。赵万全心下骂道:“你这丧心的狗贼,还说人家翻脸无情,少时也叫你现了原形。”当时说道:“兄弟可无须照应,愚兄还有朋友,现在街坊寻找下落,因俺只知你在这山东省内一个叫蒲萁寨的地方,却不知那一府州县,多亏遇了几个旧友,从前也是绿林中人,知道这个所在,故一同前来寻觅贤弟。你此时也无须招呼,且同你出去将他三人寻到,谅你这寄寓也不便我等众人居住,不如在客店安顿下来,还有事商议。”邵礼怀也不知底细,只得同他出了店堂,向着柜上说道:“我与这朋友上街有事,多半今晚不能回来。若执事问我,你等告诉他便了。”说毕,同赵万全出了店门。先到大街上走了一回,未能遇见,问道:“你这朋友可曾到此地来过?这寨内不下有数百里宽阔,市面林立,若这样寻找,怕到晚上也不能碰头。你们可曾约在什么地方等候吗?”赵万全道:“我因匆匆找你,临别时叫他在寨口等我。此时天已不早,或者已到那里,我们再回转去吧。"

　　两人转身向东走，却巧对面遇见马荣，深恐他骤然来问，乃道："马大哥，你待久了。只因我们这小弟苦苦攀谈，因此耽搁了工夫。现在他二人曾寻到寓吗？"马荣见邵礼怀与他同来，心下暗暗欢喜，也就上前招呼，说："客店即在前面，此时可去一歇罢。"说着，在前引路，三人到了前街，走进里面。早有店主认得邵礼怀，忙道："这客人是大爷的朋友吗？"邵礼怀道："皆是我的乡亲，你们务必照应周到，随后房金照我一共算给。"店主连声答应，叫小二取了钥匙，将房间开下。乔泰、应奇也由外面进来，众人一同坐下，彼此通名道姓，说了一会。马荣、乔泰顺着赵万全的口气，报了履历，无非说从前在绿林买卖，专好结交好汉英雄，因赵三哥受了这屈，故此同来奉约，相助一臂。邵礼怀见他们言语爽快，也就高谈阔论。命小二备了酒肴，代大众接风，彼此欢呼畅饮。

　　约至三更以后，方才散席，赵万全道："愚兄的事，贤弟是尽知的了。此事迫不及待，这三位还有别事要办，究定何日动身？你这里丝货可曾脱清？愚兄的意思，明日在此耽搁一天，可将款项完齐，一路前去干了此事，也好回转家乡。"邵礼怀听他这话，当时发了一怔，说道："小弟的货物虽已卖脱，但是各款须要秋后方可交完，暂时万不能回转湖州。总之，老哥之事定然同去，报复这狗头便了。诸位初到此地，也该稍息两日。今日已过，准于大后天动身何如？"马荣怕赵万全过于催促，反令他生疑惑，忙在旁插言道："赵三哥也不必过急，迟早这口气总要出的，也不拘在这一两日上。就停两日动身何妨。"邵礼怀笑道："还是马大哥圆通，此时已是夜深，我还要回转店去，你们且请安歇罢。"说着，令小二点了个提灯，别了大众，出门而去。

　　这里马荣将明间格扇关上，灭了灯光，即将房门关好，低声向赵万全言道："人是碰着了，但是这地方是他管下，即便动手，未必能听我们如愿。你这调虎离山的计策虽好，可知这一路上难免不得风声。设若为他听见，说高家洼出了命案，缉获凶手，那时再将我们行踪一看，他也是惯走江湖的人，岂有不知的道理？若在半路逃走，岂不可惜。"应奇道："亏你们还久当差事，难道这点办法也想不出！昨日曲阜县已投了公文，好在邵礼怀有两日耽搁，明日谁进城一趟，请县派差在半路接应。我们将他诱出寨门，在半路摆布，还怕他逃到何处呢？"众人计议已定，各自安歇。

次日一早，邵礼怀已着人来请，说："昨日匆匆，店内未曾接风，今早执事奉请诸位过去一叙，一则为大众接风，二则专程赔礼。"赵万全听了这话，向着来人道："我们本拟今日前去拜谒，稍停一会当即过去。"那人答应而去。这时马荣道："你们此时自然到他那里。我是要进城办事的，他若问我，就说我访友去了，大约明午方可回来。"赵万全答应，先是马荣出去，方才同应奇、乔泰来到缎庄里面。邵礼怀与执事人已在门口观望，见他们已至面前，随即邀入客厅。寒暄一会，用了早点，谈论些南北风景，已有午正时节。当中设了酒席，执事人向赵万全道："昨日邵客人道及尊意，约他同去曲阜。此事本应遵命，唯款项各节一时难清，小庄当此青黄不接之时，又难垫付，去后还须回来。如尊驾不弃，何妨俟尊事平复，同来一游，稍尽地主之谊。"赵万全知他是敷衍的套话，当时谦恭了一回，与邵礼怀约定了后日动身。酒过数巡，大家席散。不知赵万全果能拿获得邵礼怀，且看下回分解。

## 第十八回　蒲萁寨半路获凶人　昌平县大堂审要犯

却说赵万全席散之后，约定后日动身。到了上灯时节，马荣已回来。乔泰心下疑惑，暗道："他来往也有一百余里，何以如此快速，莫非身有别故吗？"奈邵礼怀同在一处，不便过问，因说道："马大哥回来吗，朋友可曾遇见？邵兄正在记念呢，谓今日酒席上，少一尊驾。"马荣也就答话说道："小弟今日未能奉陪，抱罪之至。"邵礼怀也是谦恭了两句，彼此分手。来至寓中，赵万全见邵礼怀已走，忙道："马哥何以此刻即回，莫非未到衙门吗？"马荣道："这厮应该逃不了。去未多远，巧遇从前在昌平差快，现在这莱州当个门总。我将来意告知于他，他令我们只管照办，临时他招呼各快头在半途等候。此人与我办过几件案子，凡事甚为可靠，此去谅无虚言。好在只有明日一天，后日就要起身的，即便他误事，将他押至本地衙门，也可逃走不去。"赵万全更是欢喜。

已至三天。这日五更时候，邵礼怀到了店内，五人到缎庄内告辞，由此起身。出了东寨，直向曲阜大道而来。走至巳正光景，离寨已有二三十里，陡然赵万全停下不走。邵礼怀笑道："老哥虽是北方人氏，行道还比不得小弟呢。"赵万全也不开口。又走了一二里路，见来往的行人比先前少了许多，站定身躯，向着邵礼怀说道："愚兄有句话问贤弟。"邵礼怀道："老哥何事，尽管说来，你我两人计议。"赵万全方要往下说，马荣与乔泰早已走过来，高声说道："赵三哥，你既领我们到此，此事也不必你问了，我等同他谈。你由湖州到此，有一贩丝姓徐的，是与你同行的吗？高家洼杀死两人，夺了车辆，你可知与不知？常言道：'杀人抵命，天理昭彰。'你若明白一点，好好讲罢。"邵礼怀见他三人说了这话，如同冷水流入满身，不由心中乱跳，面皮改色，知道不妙，赶着退了一步，到了大路道口，向着赵万全骂道："你这狗头，咱道你受人欺负，特去为你报仇，谁知你用暗计伤人。小徐是俺杀了，你能令俺怎样？"说着掀去长衫，露出紧身短袄，排门密扣，紧对当中。赵万全冷笑道："你这厮，到了此时还这样强横，可知小徐阴灵不散。他与你今日无冤，往日无仇，背井离乡，不过为寻点买卖，你便图财害命，丧尽良心。可知阴有阎罗，阳有官府。现在昌平县狄太爷登场相验，缉获正凶。你若是个好汉，与俺们一同投案，在堂上招了，免得连累别人。若想在此逃走，你也休生妄想。"

话还未毕，只见马荣迈步进前，用了个独手擒王势，左手直向他喉下戳来。邵礼怀知遇了对头，还敢怠慢？忙将身子一偏，伸手来分他那手。马荣也就将手收转，用了个五鬼打门势，两腿分开，照他踢去。邵礼怀见来得凶猛，随即运动气功，反将两腿支开，将他夹起，摔他个筋斗。乔泰在旁看得清楚，深恐马荣敌他不住，忙由背后一拳打来。邵礼怀晓得不好，只得将身子一蹿，到了圈外，迈步想往东逃走。赵万全哈哈笑道："俺知道就有这诡计。要是让你逃走，也不来此一趟了。"说着身动如飞，扑到面前，当头将他挡住。邵礼怀心下焦急，高声向赵万全道："老哥也不必追人追急了。此事虽小弟一时之错，与老哥面上，从无半点差池，何故今日苦苦相逼？你道我真逃走不去吗？"当时两手舞动猴拳，上下翻腾，如雪舞梨花相似，紧对赵万全上身没命打来，把马荣与乔泰吓得不敢上前，不知他有多大本领。赵万全见了，笑道："你这伎俩，前来哄谁？你师父也比不得我，况你这无能之辈，欲想在俺面前逃走，岂非登天向日之难？"当时也就将两袖高卷，前后高下，打着一团，你去我来，不知谁胜谁负。约有一时之久，忽然赵万全两手一分，说声："去吧！"邵礼怀早已一个筋斗跌出圈外。马荣眼明手快，跳上前去将他按住。乔泰身边取出个竹管，吹叫两下，远远来了许多差快，木拐铁尺，蜂拥而来。乃是马荣昨日遇见那个门总，约定在此埋伏。此时走进前来，见凶犯已获，赶着将刑具给邵礼怀套上。一干人众，推推拥拥直向莱州城而来。到了州衙，天已将黑，随即请本官过堂。也不深问口供，即命借监收禁。次日清早，官府出了文书，加监押送。过府穿州，不到十日光景已到昌平界内。到了下昼之时，抵了衙署。狄公见天色已晚，传命收禁。

次日早晨，狄公升堂，将邵礼怀提出。此时早惊动百姓，说高家洼命案已破，无不拥至衙前听审。只见邵礼怀当堂跪下，狄公命人开了刑具，问道："你这人姓甚名谁，何方人氏，向来做何生意？"但听答道："小人姓邵，名礼怀，浙江湖州人氏。自

图文珍藏版

幼贩湖丝为业。近因山东行家缺货,特由本籍贩运丝来卖,不知何故公差前去,将小人捉拿来署,受此窘辱,心实不甘,求大人理楚。"狄公冷笑道:"你这厮无须巧饰了,可知本县是不受你欺骗的,你为生意中人,岂不知道守望相助。为何在高家洼地方,将徐姓伙伴杀死,后又夺取车辆,杀死路人。这案情由,还不快快供来!"邵礼怀听了这话,虽是自己所干,无奈痴心妄想,欲求活命,不得不矢口抵赖说:"大人恩典。此皆赵万全与小人有仇,无故牵涉。小人数千里外生意为生,只想多一乡亲便多一照应,岂有无故杀人之理? 这事小人实是冤枉,求大人开恩。"狄公道:"你还在此搪塞。既有赵万全在此,你从何处抵赖?"随即传命赵万全对供。赵万全答应,在案前侍立。狄公道:"这狗头在公堂上面还不招认,你且将他托售丝货的缘由,在本县前说一遍。"赵万全就原原本本陈述了一番,说他托货之时称徐姓暴病身死,此时为何改了言语? 邵礼怀哪肯招供,直是呼冤不止。狄公将惊堂一拍,喝:"这大胆的狗头,现有人证在此,还是一派胡言。不用大刑,谅汝不肯招认。"两边一声吆喝,早将夹棍摔下堂来。上来数人,将邵礼怀按住,行刑的差役将他左腿拖出,撕去鞋袜,套上绒绳,只听狄公在上喝叫:"收绳!"众差威武一声,将绳收紧。只见邵礼怀将脸一苦,咯吓一响,鲜血交流,半天未曾开口。狄公见他如此熬刑,不禁勃然大怒,复又命人取过一小小锤头,对定棒头猛力敲打。邵礼怀虽学过数年拳棍,有点内功,究竟禁不住如此大刑,登时大叫一声,昏晕过去。

执刑差役取了一碗阴阳冷水,打开命门,对面喷去,邵礼怀方渐渐醒来。狄公喝道:"汝这狗头,是招与不招? 可知你为了几百银两杀去两人,以一人去抵两命,已是死有余辜,还在此任意熬刑,岂非是自寻苦恼。"邵礼怀仍然不肯招认。狄公道:"本县不与你个对证,你皆是一派胡言。赵万全要是诬陷你,孔客店你曾居住,明日令孔万德前来对质,看你尚有何辩?"当时拂袖退堂,仍将邵礼怀收监,补提孔万德到堂对质。不知后事如何,且看下回分解。

# 第十九回　邵礼怀认供结案
　　　　　　华国祥投县呼冤

　　却说狄公见邵礼怀不肯招认,仍命收入监内,随即差马荣到六里墩,提孔万德到案。马荣领命去后,次日将胡德并汪仇氏一干原告,与孔万德一同带到衙门。狄公随即升堂,先带孔万德问道:"本县为你这命案费了许多周折,始将凶手缉获。惟是他认苦挨刑,坚不吐实,以此难以定案。但此人果否是正凶不是,此时也不能急着定,特提汝前来。究竟当日那姓邵同姓徐两人到你店中投宿时,你应该与他见面了,规模形样谅皆晓得。这姓邵的约有多大年岁,身材长短,汝且供来。"孔万德听了这话,战战兢兢地禀道:"此事已隔有数月,虽十分记忆不清,但他身形年貌,却还记得。此人约有三十上下的年纪,中等身材,面黑长瘦。最记得一件,那天晚间令小人的伙计出去买酒,回来在灯光之下见他饮食,他口中牙齿好像是个黑色。大人昨日公差将他缉获来案,小人并不知道,在先又未与他见,并非有意诬栽。请大人提出,当堂验看,如果是个黑齿,这人也不必问供,那是一定无疑了。且小人还记得他那形样,一看未有不知的。"狄公见他指出实在证据,当时在堂上标了监签,禁子提牌将邵礼怀带到案前,当中跪下。狄公道:"你这厮昨日苦苦不肯招认,今有一人在此,你可认得他吗?"说着用手指着孔万德,令他认识。邵礼怀抬头一看,见是六里墩客店的主人,知是强辩不来,只得大声骂道:"你这老畜是谁? 向与你未曾识面,何故串通赵万全,挟仇害我。"孔万德不等他说完,一见了面,不禁放声哭道:"那客人,你害得我好苦呀! 老汉在六里墩开设了数十年客店,来往客人无不信实,被你害了这事,几乎送了性命。不是这青天太爷,哪里还想活吗? 当时进店时节,可是你命我接那包裹的,晚间又饮酒的吗? 次日天明给我房钱,皆是你一人干的。临走还招呼我关门。哪知你心地不良,出了镇门就将那个徐相公害死。一个不足,又添上一个车夫。我看你也不必抵赖了,这青天太爷,也不知断了多少疑难案件,你想搪塞也是徒然。"复向狄公道,"小人方才说他牙齿是黑色,请太爷看视,他还从哪里辩白？"狄公听了此言，抬头将邵礼怀一望，果与他所说无异。当时拍案叫道："你这狗头，分明确有证据，还敢如此乱言。不用重刑，谅难定案。"随即命左右取了一条铁索，用火烧红，在台阶下铺好，左右两人将凶犯架起，走到下面，将磕膝露出，对准那通红的铁索，推他跪下。只听"哎哟"一声，一阵青烟，哧哧作响，邵礼怀早已昏迷过去。约有半盏茶时，邵礼怀沉吟一声，渐渐苏醒。狄公道："你是招与不招？若再迟延，本县就另换刑法了。"邵礼怀到了此时，实是受刑不过，只得向上禀道："小人自幼在湖州丝行做生意，每年在此坐庄。只因去年结识了一个妇人，花费了许多本钱，回乡之后负债累累。今年有一徐姓小官，名叫光启，也是当地的同行，约同到此买卖。小人见他有两三百两现银、七八百两丝货，起了歹意，想将他治死，得了钱财与那妇人安居乐业。一路上虽有此意，只是没机会下手。这日路过六里墩，见该处行人尚少，因此投在孔家客店。晚间用酒将他灌醉，次日五鼓动身，他还未醒，勉强催促他行。走出了镇口，背后一刀将他砍倒。正拟取他身上银两，突来过路的车夫，瞥眼看见，说我拦街劫盗，当时就欲声张。小人唯恐惊动居民，也就上前将他砍死，用他的车辆推着包裹物件奔逃。谁知越走越怕，过了两站路程，却巧遇了这赵万全。此皆小人实供，小人情知罪重，念我家有老母，求太爷开恩。"狄公道："你还记念着家乡，徐光启难道没有老小吗？"说着，命刑房录口供，入监羁禁，以便申详上宪。当时书役将口供录好，高声诵念了一遍，命邵礼怀盖了指印，收下监牢。

狄公方要退堂，忽然衙前一片哭声，许多妇女男幼揪着二十四五岁的后生，由头门喊起，直叫申冤。后面也跟着一个四五十岁的妇人，哭得更是悲苦。见狄公正坐堂，当时一齐跪下案前，各人哭诉。狄公不解其意，只得令赵万全先行退去，然后向值日差言道："你问这干人为何而来？不要许多人，单叫他原告上来问话，其余暂且退下，免得审听不清。"值日差领命，将一众人推到班房外面，将狄公吩咐的话说了一遍。当时有两个原告跟他来。狄公向下一望，一个是中年的妇人，一个是白发老者。两人到了案前，左右分开跪下。狄公问道："汝两人是何姓名？有什么冤枉？"只听那妇人先来开口道："小妇人姓李，娘家王氏。丈夫名唤在工，是本地县学增生。只因早年亡故,小妇人苦守持家,食贫茹苦。膝下只有一女,名唤黎姑,今年十有九岁,去岁经同邑史清来为媒,聘于本地孝廉华国祥之子文俊为妻。未及三朝,昨日忽然身死。小妇人得信,如同天突一般,赶着前去观望。哪知我女儿浑身青肿,七孔流血,眼见身死不明,为他人谋害。可怜小妇人只此一女,满望半子收成,似此苦楚,求青天伸雪呢。"说毕,放声大哭,在堂下乱滚不止。狄公忙着命媒婆将他扶起,然后向那老者问道:"你这人可是华国祥吗?"老者禀道:"小老儿便是国祥。"狄公道:"佳儿佳妇,本是人生乐事,为何娶媳三朝即行谋害。还是汝等翁姑凌虐,抑或是汝家教不严,儿子做出这非礼之事?从实供来,本县好前去登场相验。"狄公还未说毕,华国祥已是泪流满面,说道:"举人乃诗礼之家,岂敢肆行凌虐。儿子文俊虽未功名上达,也是应试的童生,而且新婚宴尔,夫妇和谐,何忍下此毒手?只因前日佳期,晚间儿媳交拜之后,那时正宾客盈堂,有许多少年亲友欲闹新房。举人因他们是取笑之事,不便过于相阻。谁知内中有一胡作宾,乃是县学生员,与小儿是同窗契友,平日最喜嬉戏。当时见儿媳有几分姿色,生了妒忌之心,评脚论头,闹个不了。举人见夜深更转,恐误了吉时,便请他们到书房饮酒。无奈众人异口同声,定欲在新房取闹。命新人饮酒三盅,以此讨饶。众人俱已首肯,唯他执意不行。后来举人笑斥他几句,他就恼羞成怒,说:'你这老头,如此可恼,三朝内定叫你知我的厉害便了。'举人当时以为他是戏言,次日并复行请酒。孰料他心地狭窄,怀恨前仇,不知怎样将毒药放在新房茶壶里面。昨晚文俊幸而未曾饮喝,故而未曾同死。媳妇不知何时饮茶,服下毒药,未及三鼓便腹痛非常,顿时全家起身看视,连忙请医求救,约有四鼓,已一命鸣呼。可怜一如花似玉的美人,竟为这胡作宾害死。举人身列缙绅,竟遭此祸,务求父台伸雪。"说着也是痛哭不止。狄公听他们各执一词,乃道:"据你两造所言,这命案明是这胡作宾肇祸。但此人不知可曾逃逸?"华国祥道:"现已在衙前伺候。"狄公当时命带胡作宾到案。

一声传命,早见门外也是个四十五岁的妇人领着一个后生哭喊连声,到案跪下。狄公问道:"你就是胡作宾吗?"下面答道:"生员正是胡作宾。"狄公随向他喝道:"还亏你自称生员,你既身列生员,岂不达周公之礼?冠婚丧祭,事有定仪,为何越分而行，无理取闹？华文俊又与你同窗契友，夫妇乃人之大伦，为何见美生嫌，因嫌生妒，暗中贻害。人命关天，看你这一领，也是辜负了。今日他两造具控，本县明察如神，汝当日为何起意，如何下毒，从速供来，本县或可略分言情，从轻拟罪。若谓你是黉门秀士，恃为护符，不能用刑拷问，那就是自寻苦恼了。莫说本县也是科第出身，十载寒窗，做了这地方官宰，即是那不肖贪婪之子，遇了这重大的案件，也有个国法人情，不容袒护。而且可知本县是言出法随的吗？"狄公说了一番，不知胡作宾如何回言，且看下回分解。

# 第二十回　胡秀才戏言招祸
## 狄县令度理审情

　　却说狄公将胡作宾申斥一番，命他从实供来。只见他含泪回言，匍匐在地，口称："前日闹房之事，虽有生员从中取笑，也不过少年豪气，随众笑言。那时诸亲友在他家中，不下有三四十人，生员见华国祥不向旁人求免，唯向我一人拦阻，因恐当时便允，扫众人之兴，是以未曾答应。谁知忽然挟长面斥生员，因一时面面相觑，遭其驳斥，似乎难为情，因此无意说了句戏言，教他三日内防备，不知借此为转圜之话，而且次日华国祥复设酒相请，虽有嫌隙，但已言归于好，岂肯为此不法之事，谋毒人命？生员身列士林，岂不知国法昭彰，疏而不漏？况家中现有老母妻儿，皆赖生员舌耕度日，何忍做此非礼之事，累及一家？如谓生员有妒忌之心，他人妻室，虽妒亦何济于事。即便妒忌，应该谋占谋奸，方是不法人的奸计，断不至将她毒死。若说生员不应嬉戏，越礼犯规，生员受责无辞。若以生员谋害人命，生员实是冤枉，求父台还要明察。"说毕，那妇人直是叩头呼冤，痛哭不已。狄公问她两句，乃是胡作宾的母亲，自幼孀居，抚养儿子成人。今因戏言遭了这横事，生怕在堂上受苦，因此同来，求狄公体察。狄公听了他三人言同，心下狐疑不决，暗道："这华李两家，见了儿女身死，自然情急。唯是牵涉这胡作宾在内，说他因妒谋害，这事大为可疑。莫说从来闹新房之人断无害新人性命之理，即以他为人论，那种风流儒雅，不是谋害人命的人。而且他方才所禀的言辞，甚是入情入理。此事倒不可轻率，误信供词。"停了一晌，乃问李王氏道："你女儿出嫁未及三朝，遽尔身死，虽觉身死不明，据华国祥所言，也非他家所害。若因闹新房起见，胡作宾下毒伤人，这是何人为凭？本县也不能听一面之词就定罪。汝等姑且退回，具禀补词，明日亲临相验，那时方辨得真伪。胡作宾无端起衅，指为祸首，着发县学看管，明日验毕再核。"李王氏本是世家妇女，知道公门的规矩，理应验后拷供，当时与华国祥退下堂来，乘轿回去，等明日相验。唯有胡作宾的母亲赵氏，见儿子发交县学，不由一阵心酸，号啕大哭。

到了次日，当坊地甲先同值日差前来布置。在厅前设了公案，将屏门大开，以便在上房院落验尸，好与公案相对。所有动用物件，无不各式齐全。华国祥当时又请了一妥实的亲戚，备了一口棺木，以及装殓的服饰，预备验后收尸。各事办毕，已到巳正时候，只听门外锣声响亮，知是狄公登场。华国祥赶忙具了衣冠，同儿子迎接出去，李王氏也就哭去后堂。狄公在福祠下轿，步入厅前。华国祥邀了坐下，家人献上茶来。文俊上前叩礼已毕。狄公知是他儿子，上下打量了一番，也是个读书儒雅的士子，委决不下，向他问道："你妻子到家甫经三天，你前晚是何时进房的？进房之时，她是何模样？随后何以知茶壶有毒，她误服身亡？"文俊道："童生因喜期诸亲前来拜贺，因奉家父之命往各家走谢。一路回来，已是身子困倦，适值家中补请众客，复命之后，不得不略与周旋。客散之后，已是时交二鼓，当即又至父母膝前稍事定省，然后方至房中。彼时妻子正坐在床沿下面，见童生回来，特命伴姑倒了两盏浓茶，彼此饮吃。童生因酒后已在书房同父母房中饮过，以至未曾入口，妻子即将那一盏吃下，然后入寝。不料时交三鼓，童生正要睡熟，听她隐隐呼痛。童生以为她是积寒所致，谁知越痛越紧，叫喊不休。正欲命人请医生，到了四鼓之时，已是魂归地下。后来追本寻源，方知她腹痛的缘由，乃是吃茶所致。随将茶壶看视，已变成赤黑的颜色，岂非下毒所致？"狄公道："照此说来，那胡作宾前日吵闹之时，可曾进房？"文俊道："童生午前即出门谢客，未能知悉。"华国祥随即说道："此人是午前与大众进房的。"狄公道："既是午前进房的，这茶壶放于何地？午后你媳妇可曾吃茶？泡茶的人又是谁？"华国祥被狄公问了这两句，一时反回答不来，直急得跌足哭道："举人早知有这祸事，那时就各事留心了。且是新娶的媳妇，这琐屑事也不便过问，哪里知道得清楚？总之这胡作宾素来嬉戏，前日一天也是时出时进的。他乃有心毒害，自然不为人看见了。何况他至二更时候，方与众人回去，难保午后灯前背人下毒。这事但求父台拷问他，自然招认了。"狄公道："此事非比儿戏，人命重案，岂敢据一己偏见深信不疑？即令胡作宾素来嬉戏，这两日有伴姑在房，他亦岂能下手？这事恐有别故，且请将伴姑交出，让本县问他一问。"华国祥见他代胡作宾辩驳，疑他有心袒护，不禁着急起来，说道："父台乃民之父母，居官食禄,理合为民伸冤。难道举人有心牵害这胡作宾不成? 即如父台所言,不定是他毒害,还就此含糊了事吗? 举人尚身在缙绅,出了这事尚且如此怠慢,那百姓岂不是冤沉海底吗? 若照这样,平日也尽是虚名了。"狄公见他说起混话,因他是个苦家,当时也不便发作,只得说道:"本县也不是不办这案。此时追寻,正为代你媳妇伸冤的意思。若听你一面之词,将胡作宾问罪,假如他也是个冤枉,又谁人代他伸这冤呢? 此时尚未问验,何以就如此焦急? 这伴姑本县是要审问的。"当时命差役入内提人。华国祥对他一番话,也是无言可对,只得听他所为。

转眼之间,伴姑已伏俯在地。狄公道:"你是伴姑? 是李府陪嫁过来,还是此地年老仆妇? 连日新房里面出入人多,你为何不小心照应!"那人见狄公一派恶言厉声的话,吓得战战兢兢,低头禀道:"老奴姓高,娘家陈氏。自幼蒙李夫人恩典,叫留养在家,作为婢女。后来蒙恩发嫁与高起为妻,历来夫妇皆在李家为役。近来因老夫人与老爷相继亡故,夫人以小姐出嫁,见老奴是个旧仆,特命陪伴前来。不意前晚即出了这祸事了。小姐身死不明,叩求太爷将胡作宾拷问。"狄公初时疑惑是伴姑作弊,因她是贴身的佣人,又恐是华国祥嫌贫爱富另有别事,命伴姑从中暗害,故立意要提伴姑审问。此时听她所说,乃是李家的旧人,而且是她带大小姐的,断无毒害之理,心中反没了主意。只得向她问道:"你既由李府陪嫁过来,这连日泡茶取火,皆是汝一人照应的了。临晚那壶茶,是何时泡的呢?"高陈氏道:"午后泡了一次,上灯以后又泡了一次。夜间所吃,是第二次泡的。"狄公又道:"泡茶之后,你可离房没有? 那时书房曾开酒席。"伴姑道:"老奴就吃夜饭出来一次,以后就未出来。那时书房酒席,姑少爷同胡少爷也在那里吃酒。但是胡少爷认真,晚间愤愤而走,且说下狠言,这毒药多半是他下的。"狄公道:"据你说来,也不过是疑猜的意思。你午后所泡的一壶,可有人吃吗?"伴姑想了一会,也是记不清。狄公只得入内,相验尸骸。不知后事如何,且看下回分解。

# 第二十一回 善言开导免验尸骸 二审口供升堂讯问

却说狄公听了伴姑高陈氏之言,更是委决不下,向华国祥说道:"据汝众人之言,皆是独持己见。茶是灯后泡的,其时胡作宾又在书房饮酒,伴姑除吃晚饭又未出来,新人不可能自下毒物。不然,即要在伴姑身上追寻了。午后有无人进房,她又记忆不清,这案何能臆断?且待本县勘验之后,再为审断。"说着起身到了里面。

此时李王氏以及华家大小眷口,无不哭声震耳,说:"好个温柔美貌的新娘,忽然遭此惨变。"狄公来到上房院落,先命女眷暂避一避,到各处看视一遭。然后与华国祥走到房内,见箱笼物件都已搬去,唯有那把茶壶并一个红漆筒子,放在一张四扇漆桌子上,许多仆妇在床前看守。狄公问道:"这茶壶可是本在这桌上的吗?你们取了碗来,待本县试他一试。"说着,当差的早已递过一个茶盏。狄公亲自将壶内的茶倒了一盏,果见颜色与众不同,紫黑色,如同那糖水相似,一阵阵还放出那派腥气。狄公看了一会,命人唤了一只狗来,又叫人放了些食物在内,一并泼在地下。那狗低头哼了一两声,一气吃下。霎时之间,乱咬乱叫,约有顿饭时节,一命呜呼。狄公更是诧异,先命差役上了封标,以免闲人误食,随即走到床前,看视一遍,只见死者口内漫漫地流血,浑身上下青肿非常,知是毒气无疑。转身到院落站下,命人将李王氏带来,向着华国祥与他说道:"此人身死,是中毒无疑。但汝等男女两家,皆是书香门第,今日遭了这事,已是不幸之事,既请本县究办,断无不来相验之理。但是死者因毒身亡,已非意料所及,若再翻尸寻骨,死者固更觉含冤,生者亦关体面。本县愚见,莫若以中毒身亡定案,俟后审出正犯,即以此作抵,免得此时翻尸相验。此乃本县怜惜之意,特地命汝两造前来说明缘故,若不忍死者吃苦,便具免验结来,以免日后反悔。"华国祥还未开言,李王氏向狄公哭道:"青天老爷,小妇人只此一女,因她身死不明,故而据情报控。即老爷如此定案,免得她死后受苦,小妇人情愿免验了。"华文俊见岳母如此,总因夫妇情深,不忍她遭众人摆布,也就向华国祥说道："父亲且允了这事罢。孩儿见媳妇死得太惨，难得老父台成全其事，以中毒定案，此时且依他收殓。"华国祥见儿子与死者的母亲皆如此说，也不肯过事苛求，只得退下，同李王氏签了免验的凭据。然后与狄公说道："父台令举人免验，虽是顾惜体面之意，但儿媳中毒身亡，此事众目所见，唯求父台总要拷问这胡作宾，照例惩办。若盖棺之后一味收殓，那时老父台反为不美了。"狄公点点首，命刑役皂隶退出后堂，心下实是踌躇，一时不便回去，坐在上房，专看他们出去之时有什么动静。

此时里里外外，自然闹个不清。仆众亲朋俱在那里办事，所幸棺木等昨日都已办齐，李王氏与华文俊自然痛入肝肠，泪流不止。狄公等见外面棺木设好，欲代死者穿衣，他也随着众人来到房内。但闻床前一阵阵腥气，吹入脑髓，心里还是悟不出个理来，暗道："古来奇案甚多，即便中毒所致，这茶壶之内无非是那砒霜，在腹中纵然七窍流血，立时毙命，何以有这腥秽之气？你看她尸身虽然青肿，皮肤却未破烂，而且胸前膨胀如瓜，显见另有别故。莫非床下有什么毒物吗？"一人暗自揣度，忽有一人喊道："不好了，怎么死了两日，腹中还在掀动，莫非作怪吗？"说着，顿时跑下床来，吓得脸色都变，跑了。观看那些人，见他如此说，都大着胆子观看，又没有动静，以致众人俱说他疑心。

当时七上八下，将衣服穿齐，只听阴阳生招呼入殓，众人一拥下床，将尸身升起，抬出临间入殓。唯有狄公，等众人出去之后，自己走到床前细细观看一回，后又在地下瞧了一瞧，但见有些许血水点子，里面带着些黑丝，好像活动的样子。狄公看在眼内，出了后堂，在厅前坐下，心下想道："此事定非胡作宾所为，内中必有奇怪的事件。华国祥虽一口咬定，不肯放松，若不如此办法，他必不能依断。"主意想定，却好收殓已毕，狄公命人将华国祥请出，说道："此事似在可疑，本县断无不办之理。胡作宾虽是个被告，高陈氏乃是伴姑，也不能置身事外，请即交出，一齐归案讯办，以昭公允。若一味在胡作宾身上苛求，岂不招致非议？本县断不苛待尊仆便了。"华国祥见他如此说法，总因他是地方的父母官，案件要听他判断，只得命高陈氏出来，当堂申辩。狄公随即起身乘轿回衙。此时唯胡作宾的母亲感激万分，知道狄公另有一番美意，暗中买嘱差役，传信与他儿子，不在话下。

单说狄公回到署中,也不升堂理事,但传命将高陈氏交女役看管,其余案件全不过问。一连数日皆是如此。华国祥这日发急起来,向着他儿子怨道:"此事皆是汝这畜生误事。你岳母答应免验,她乃是个女流,不知公事的利弊。从来做官的人,皆是省事为是,只求将他自己脚步站稳,别人的冤枉他便不问了。前日你定要请我免验,你看这狗官至今未曾发落。他所恃者,我们已签了凭据,虽然中毒是真,那胡作宾毒害是无凭无据,他就借此迟延,意在袒护那狗头。岂不是为你所误?我今日倒要前去催审,看他如何对我。不然,这上控的状子是免不了的。"说着,命人带了冠带,径向昌平县而来。你道狄公为何不将这事审问,奈他是个好官,从不肯诬害平人。他看定这事非胡作宾所为,也非高陈氏陷害,虽然知道这缘故,只是思不出个缘由,毒物是何时下入,因此不便发落。

这日午后,正与马荣将赵万全送走,给了他一百银路费,说他心地明直,于邵礼怀这案勇于为力。赵万全称谢一番,将银两璧还,分手而去。然后向马荣说道:"六里墩那案,本县起初就知易办,但须将姓邵的缉获就可断结。唯是毕顺验不出伤痕,自己已经检举。哪知一波未平,一波又起,华国祥媳妇又出了这件疑案。若要注意在胡作宾身上,未免于心不忍。前日你在他家也曾看见,各样案情皆是不能拟定。虽将高陈氏带来,也不过是阻饰华国祥催案的意思。你手下办的案件已是不少,可帮着本县想想,再访邻村地方有什么好手差役,前去问他,或者得点眉目。"两人正在书房议论,执帖上进来回道:"华举人现在堂上,要面见太爷,问太爷那案子是如何办法。"狄公道:"本县知他必要来催审,汝且出去,请会一面。"招呼大门伺候,那人答应退去。

顷刻之间,果见华国祥衣冠齐整,走了进来。狄公只得迎出书房,分宾主坐下。华国祥开言问道:"前日蒙父台将女仆带来,这数日之间,想必这案情判白了。究竟谁人下毒,请父台示下,感激不尽。"狄公答道:"本县对此事思之已久,因一时未得其由,故未轻率审问。今尊驾来得甚巧,且请稍坐,待本县究问如何?"说着,外堂已伺候齐备。狄公随即更衣,升堂问案。先命将胡作宾带来。原差答应一声,到了堂口,将他传入。胡作宾在案前跪下,狄公道:"华文俊之妻本县已登场验毕,显系中毒身亡。众口一词，皆谓汝一人毒害，你且从实招来，这毒物是何时下入。"胡作宾道："生员前日已经申明，嬉戏则有之，毒害实是冤枉，使生员从何招起？"狄公道："汝也不必抵赖，现有他家伴姑为证。当日请酒之时，华文俊出门谢客，你与众人时常出入新房，乘隙将毒投下，汝还巧言辩赖吗？"胡作宾听毕，忙道："父台的明见，既他说与众人时常出入，显见非生员一人进房。既非一人进房，则众目睽睽，又从何时乘隙？即便是生员下入，则一日之中为时甚久，岂无一人向茶壶倒茶？何以别人皆未身死，独新人吃下就有毒物？此茶是何人倒给，何时所泡？求父台寻这根底。生员虽不明指其人，但伴姑也有责任。除亲朋进房外，家中妇女仆婢岂无一人进去？不在这上面追问，虽将生员详革，用刑拷死，也是无口供招认，求父台明察。"不知狄公如何办理，且看下回分解。

# 第二十二回　想案情猛然醒悟
　　　　　　　听哑语细察行迹

　　却说狄公听胡作宾一番申辩,故意怒道:"你这无耻劣生,自己心地不良,酿成人命,已是情法难容。到了这赫赫公堂,便当据实陈词,好好供说,何故又牵涉他人,企图开脱? 可知本县是明见万里的官员,岂容你巧言置辩。若再游词抵赖,国法俱在,便要施威了。"胡作宾听了这话,不禁叩头禀道:"生员实是冤枉。父台如不将华家女仆提审,虽将生员治死,这事也不能明白。且从来审案,断无偏听一面的道理。若华国祥拒不依从,其中显有别故,还求父台三思。"狄公听罢,向他喊道:"胡作宾,本县见你是个县学生员,不忍苦苦苛责。今日如此巧辩,不将他女仆提审,谅你心也不甘。"随即命人提高陈氏。两边威武一声,早将伴姑提到,在案前跪下。狄公言道:"本县据你家主所控,实系胡作宾毒害人命,奈他矢口不认,汝且将此前日如何在新房取闹,何时乘隙下毒,一一供来,与他对质。"高陈氏道:"喜期吉日那晚间所闹之事,家主已声明在先。总因家主面斥恶言,以致他心怀不善,临走之时令我等三日之内小心防备。当时尚以为戏言,谁知次日前来,乘间便下了毒物。约计其时,总在上灯前后。那时里外正摆酒席,老奴虽在房中,昏黄之际也辨不出来。而且出入的人又多,即以他一人来往,由午前至午后已不下数次,多半那时借倒茶为名,乘机放下。只求青天先将他功名详革,用刑拷问,那就不怕他不供认了。"狄公还未开言,胡作宾向她辩道:"你这老狗才,岂能信口雌黄,害我性命? 前日新房取闹,也非我一人之事,只因你家老爷独向我训斥,故说了一句戏言关顾颜面,以便好出来回去,岂能便以此为凭证! 若说我在上灯前后倒茶下毒,此话更是诬陷。自从午前与众亲朋在新房说笑了一会,随后不独我未曾进去,即别人也未进去。上灯前后,正是你公子谢客回家之时,连他皆未至上房,与大众在书房饮酒,这岂不是无中生有,有意害人? 何况那时离睡觉尚远,彼时岂无别人倒茶? 何以他人不死,单是你家小姐身死? 此必是汝等平时嫌小姐夫人刻薄,或心头不遂,因此下这毒手，害他性命，一则报了前仇，二则想趁仓促之时，掳掠些财物。不然，即是华家父子通同谋害，以便另娶高门。这事无论如何，皆不关我事。汝且想来，由午前与众人进房去后，汝既是陪嫁的伴姑，自必不离她左右，曾见我复进去过吗？"高陈氏被他这一番辩驳，回想那日，实未留意，不知那毒物从何时而来。况且，晚间那壶茶既自己去泡，想来心下实是害怕，到了此时难以强词辩白，全推倒在胡作宾身上，无奈为他这番穷辩，又见狄公那样威严，一时惧怯，说不出来。狄公见了这样，乃道："汝说胡作宾午后进房，他并未曾进去。而且先前所供，汝出来吃晚饭时，胡作宾正与你家少爷在书房饮酒，你家老爷也说他是午前进房。据此看来，这显见非他所干。汝既是多年的仆妇，便该各事留心，而且那壶茶是汝自己所泡，岂能诬赖于他？本县度理准情，此案皆汝所干，若不从实招出，定用大刑伺候。"高陈氏见了这样，吓得战战兢兢，叩头不止，说道："青天老爷息怒，老奴何敢生此坏心，有负李家老夫人大德。而且这小姐，是老奴带大，何忍一朝下此毒手？这事总要求太爷究寻根底。"狄公听毕，心下想道："这案甚是奇怪。他两造如此供说，连本县皆觉迷惑。一个是儒雅书生，一个是多年的老仆，断无为害之理。此案不能判结，还算什么民之父母？照此看来，只好在这茶壶上面追究了。"一人坐在堂上，寂静无声，想不出个道理。忽然值堂的家人送上一碗茶来，因他审案的时辰已久，恐他口中作渴。狄公见他献上，当将盖子掀开，只见上面有几点黑灰浮于茶上。狄公向那人道："汝等何以如此粗心？茶房献茶，也不令用洁净水烹饮，这上面许多黑灰，是那里而来？"那人赶着回道："此事与茶夫无关。小人在旁边看见，正泡茶时，那檐口屋上忽飘下一块灰尘，落于里面，以致未能清楚。"狄公听了这话，猛然醒悟，向着高陈氏说道："汝说那壶茶是汝所泡，这茶水还是在外面茶坊内买来，还是在家中烹烧的呢？"高陈氏道："华老爷因连日喜事，众客纷纷，恐外面买水不能应用，自那日喜事起，皆是家中自烧的。"狄公道："既是自家烧，可是你烧的吗？"高陈氏道："老奴是用的现成开水，另有别人专管此事。"狄公又道："汝既未烧，这烧水地方是在何处呢？"高陈氏道："在厨房下首闲屋内。"狄公一一听毕，向着下面说道："此案本县已知道了。汝两人权且退下，分别看管，等本县明日揭明此案，再行释放。"当时起

国学经典文库

中国公案小说

·狄公案·

图文珍藏版

身,退入后堂。

此时华国祥在后面听他审问,先前见他专替胡作宾说话,恨不得挺身到堂,向他辱骂一阵,只因是国家的法堂,不敢造次。此刻又听他假意沉吟,分不出个是非,忽然令两造退去,心下更是不悦。见狄公进来,怒颜问道:"父台从来听案,就如此审事的吗?不敢用刑拷问,何以连申诉驳诘皆不肯开口呢?照此看来,到明年此日也不能断个明白。不知这里州府衙门未曾封闭,天外有天。到那时莫怪举人越级控诉。"说着,火气不止,即要起身出去。狄公见了,笑道:"尊府之事,本县现已明白,且请少安毋躁。明日午后,定在尊府分个明白。此乃本县分内之事,何劳上宪控告?若明日不能明白,那时不必尊驾上控,本县自己也无颜做这官宰,此时且请回去吧。"华国祥听他如此说来,也是疑信参半,只得答道:"非是举人如此焦急,实因案出多日,死者含冤,于心不忍。既老父台看出端倪,明日便在家恭候了。"说着,起身告辞,回转家内。

这里狄公来至书房,马荣向前问道:"太爷今日升堂,何以定说明日判结?"狄公道:"凡事无非是个理字。你看胡作宾那人,可是个害人的奸匪吗?无非是少年豪气,一味嬉戏,误说了那句戏言。却巧次日生出这件祸事,便一口咬定于他。若本县再附和随声,详革拷问,他乃是世家子弟,现在遭了此事,母子两人已是痛苦非常,若竟深信不疑,令他供认,那时不等本县究办,他母子必寻短见。岂非此案未结,又出一冤枉案件!至于高陈氏,昕她那个言语,这李家乃是她恩人,更不忍为害。所以本县这数日思前想后,寻不出这案的缘由,故此不肯升堂。今日华国祥来催审,本县也只得敷衍其事,总知道这茶壶为害。不料茶房献茶与本县,上面有许多浮灰,乃是屋上落下。他家那烧茶的地方,却在厨下闲屋里面,如此这般的推求,这案岂不明白吗?"马荣听毕,说道:"太爷的神察,真是无微不至。但是如此追求,若再不能断结,则案情比那皇华镇毕顺的事,更难办了。"

正说之间,洪亮与陶干也由外面进来,向狄公请安已毕,旁立一边。狄公问道:"汝等已去多日,究竟看出什么破绽?早晚查访如何?"洪亮道:"小人奉命之后,日间在何垲那里居住,每至定更之时以及五更时节,即到毕家巷口访察。一连数日,皆无形影。昨晚小人着急,与陶干两人夜行,蹲在那屋上细听。但闻周氏先在外面向着婆婆叫骂了一回,抱怨她将太爷带至家中医病。小人以为是她的惯技,后来那哑子忽然在房中叫了一声。周氏听了骂道:'小贱货,又造反了。老鼠打架,有什么大惊小怪。'说着,只听扑通一声,将房门关起。当时小人就有点疑惑,她女儿虽是哑子,不能见老鼠就会叫喊起来。小人只得伏于屋上细听,好像里面有男人声音。欲想下去,又未明见进出的地方,不敢鲁莽行事。后来陶干将屋瓦揭去,望下细看,又不见什么形迹。因此小人回来,禀明太爷,请太爷示下。"狄公听毕,问道:"何垲这连日查访那姓徐的,想已清楚。她家左近可有这姓吗?"不知洪亮如何回答,且看下回分解。

# 第二十三回　访凶人闻声报信　见毒蛇开释无辜

却说洪亮见狄公问何垲这连日访查那姓徐的可有着落,洪亮道:"何垲都已查访了,皆是本地的良民。虽管下有十五六家姓徐,离镇的倒有大半。其余不是年老之人在镇上开张店面,便是些小孩子,与这案皆无关联。"狄公道:"据汝两人意见,现今有何办法呢?"洪亮道:"小人虽听有声音,因不见进出的所在,未敢冒失下去。此时禀明太爷,欲想在那邻居家查找一番。因毕家那后墙与间壁的人家公共的,或北墙内有什么缘故。这人家小人已访明,虽在乡村居住,却是本地有名人家,姓汤,叫汤得忠。他父亲曾做过江西万载县,自己也是个落第举子,目前在家课读。小人见他是个绅衿,不敢冒昧前去。"狄公听了,想道:"这事也未必的确,这墙岂是出入的地方?"当时也不开口,想了一会,又问道:"你说这墙是公共之墙,是在她床后,还是在两边呢?"洪亮道:"小人当时掀屋细看,因两边全是空空的,只有床后靠着那墙,却被床帐遮盖,看不清楚。除却在这上面推求,再无其他破绽。"狄公拍案叫道:"此事得了。你且持我名帖,今晚到皇华镇上,明早同何垲到这汤家,说我因地方上公事,请汤举人前来相商。看他是何情况,明晚前来回禀。本县明早到华家办那命案。"洪亮答应下来,当时领了名帖,转身退去。

次日一早,狄公青衣小帽,带了两名值日差并马荣、乔泰,步行至华国祥家内。一径来至厅前,彼时华国祥正命人在厅前打扫,见县官已进里面,命人取自己冠带。狄公笑道:"令媳之事,今日总可分明,且请命那烧茶的仆妇前来,本县有话要问。"华国祥不解何意,见他一早而来,不便相阻,只得将那人唤出。狄公见是一个十八九岁的丫头,走到面前,叩头跪下。狄公道:"这也不是公堂,无须如此。汝叫什么名字? 向来是专管烧茶吗?"那个丫头禀道:"小女子名唤彩姑,向来服侍夫人,只因近日娶小奶奶,便命专司茶水。"狄公道:"那日高陈氏午后倒茶,你可在厨房里吗?"彩姑道:"正在那里烧水。后来上灯时节,因回上房有事,高奶奶来了去泡茶,却未看见。等小女子完事之后，回到那里，炉内茶水已泼在地下。询问起来，方知高奶奶泡茶之时，炉子已没有开水，她将炉子取下，放在屋檐下，又添炭着火，烧了一壶开水。只用了一半，另一半正拟到院落添加冷水，不料左脚绊了一跤，以致将水泼于地下。随后小女子进来，另行添好，她方走去。此是那日泡茶的原委，至于其他事，小女子一概不知。"狄公听毕，随命马荣回衙，将高陈氏带来。马荣领命而去。

　　不多一会，将人带到，狄公大声喝道："汝这狗头，如此狡猾。前日当堂口供，说那日晚泡茶，取的是现成开水。今日彩姑供说，乃是汝将火炉移至屋檐下，将水烧开，只倒了一半，那水又在屋檐下泼去，显见汝所供不实。汝尚有何辩？"高陈氏被这番驳斥，吓得叩头不止，但说："求太爷恩典，老奴因在堂上惧怕，一时心乱，胡口所供，以免太爷复问，其实老奴别无他故。"狄公忍道："可知你只图一时狡猾，你那小姐的冤枉为你耽搁了许多时日了。若非本县明白，岂不又冤枉那胡作宾？早能如此实供，何致令本县费心思虑，只想不出个缘故。此时暂缓掌颊，俟这案明白，定行责罚。"当时起身向华国祥道："本县且同尊驾到厨房一行，以便令人办事。"华国祥到了此时，也只得随他而去。

　　当时狄公到了里面，见朝东三间正屋，是锅灶的所在。南北两边共是四个厢房。狄公问彩姑道："汝等那日烧茶，可是在这朝北厢房里吗？"彩姑道："正是这个厢房，现在泥炉子还在里面呢。"狄公走进里面，果然不错。但见那厨房的房屋古旧不堪，瓦木已多半朽坏。随向高陈氏问道："汝那晚将火炉子移在何处屋檐下？"高陈氏向前指道："便在这青石上面。"狄公依着她指点的所在，细心向屋檐下望去，只见那椽子已突下半截，瓦檐俱已破损。随向高陈氏说："汝前所供不实，本应掌汝两颊，姑念汝年老糊涂，罚汝仍在这原处烧一天开水，以便本县在此饮茶。"华国祥见狄公看了一会，也说不出个道理，此时忽然命高陈氏烧茶，实不是审案的道理，不禁暗怒起来，向着狄公说道："父台到此踏勘，理应预备茶点。若等这老狗才烧水，恐已迟迟不及。既她所供不实，理应带回严惩，以便水落石出。若这样胡闹，岂不反成戏谑吗？"狄公冷笑道："在尊驾看来若似戏谑，可知本县正要在这上寻究此事。自有本县专主,尊驾且勿多言。"

随即命人取了两张桌椅,在厨房内坐下,与那些厨子仆妇混说些闲话。停一会,便催高陈氏添火,或而掀扇,或而倒茶,闹个不了。及至将水烧开,泡了茶来,他又不吃。如此有十数次光景,高陈氏正在那里掀火,忽然檐口落下几点碎泥,在她颈项里面,赶紧用手在上面拂去,狄公已早看见,随即喊道:"汝且过来。"高陈氏见他叫唤,也只得走过,到了他面前。狄公道:"汝且在此稍等一等,那害你小姐的毒物,顷刻便见了。"高陈氏直是不敢开口,华国祥更不以为然,起身反向上房而去。狄公也不阻他,坐在那椅上,两眼直望着屋檐。又过了有盏茶时,果然见那落泥的地方露出一线红光,闪闪的在那檐口,或出或现,但不知是什么物件。狄公心下已是大喜,赶着向马荣道:"你们可看见吗?"马荣道:"看是看见了,还是就趁此取出如何。"狄公忙道:"且勿动手。既有这个物件,先将他家主人请来,一同观看。究竟那毒物是怎样害人,方令他信服。从来本县断案,不肯冤屈于人,若不彻底根究,岂得谓民之父母!"当时彩姑见了这样,赶着跑入上房,报与华国祥知道。里面众人一听,真是意外之事,无不惊服狄公的神明。华国祥也随即出来观看。狄公道:"这案庶可明白了。且请稍坐片刻,看这物究竟怎样。"

当时华国祥抬头细瞧,但见火炉一股热烟冲入上面,那条红光被烟抽得蠕蠕欲动,忽然伸出一个蛇头,四下观望,口中流着浓涎,仅对炉内滴下。那蛇见有人在此,顷刻又缩进里面。此时众人无不凝神屏气,吓得口不敢开。狄公向华国祥道:"原来令媳是为这毒物所伤,这是尊驾亲目所睹,非是本县袒护胡作宾了。尊处房屋既坏,历久不修,已致生此毒蛇。不如趁此将它拆毁。"说着,命那些闲杂人等一概走开,令马荣与值日差以及华家打杂的人,各执器具,先拥入屋内,将檐口所有的椽子捣下。只见上面响了一声,有一尺多长的火赤链蛇蹿入院落里面,欲想逃走。早被马荣看见,正欲上前去提,乔泰早取了一把火叉,对准那蛇头叉了一下,那蛇顿时不得走动。复又一叉,将它打死。众人还恐里面仍有小蛇,一齐上前,把那一间房屋拆毁个干净。狄公命人将蛇带着,到了厅前。

此时里面得信,早将李王氏接来。狄公坐下,向华国祥言道:"此案本县初来相验,便知令媳非人毒害。无论胡作宾是个儒雅书生,断不至于做这非礼之事,推进房之时闻有一派骚腥气,那时便好生疑惑。复来临验之时,又有人说她肚内掀动。本县思想,用毒害人无非是砒霜,即便服下,但七窍流血而已,岂有腥秽的气味?因此未敢遽断。日来思虑万分,审讯高陈氏的口供,她但说茶是自己所泡,泡茶之后,胡作宾又未进房。除他吃晚饭出来,其余又未离原处,又未见别人进去。难道新人自己毒害?今日听彩姑之言,这明是当日高陈氏烧茶之时,在檐口添火,那烟冲入上面,蛇涎滴下。其时她未看见,便将开水倒入茶壶。其余一半却巧为她泼去,以致未害别人。缘原祸端,仍是高陈氏自不小心,以致令媳误服其毒,理应将她治罪。唯是她事出无心,老年可悯,且从轻办理。令媳无端身死,亦属天命使然,仍请尊驾延请高僧,诵经忏悔,超度亡魂。胡作宾无辜受屈,本应释放,奈他嬉戏性成,殊非士林的正品,着发学戒饬,以警下次。"说毕,又向李王氏道:"你女儿身死的缘由,今已明白。本县如此断结,汝等可服吗?"李王氏哭道:"照此看来,却是误毒所致,这皆是我女儿命苦,太爷如此讯结,也是秉公而论,还有何说呢?"狄公见她应允,当即命众人具结销案。不知后事如何,且看下回分解。

# 第二十四回　探消息假言请客 为盗贼大意惊人

却说狄公见众人应允，命他们具结销案。华国祥自无话可说，唯有李王氏见那条毒蛇在狄公面前，不禁放声大哭。狄公又命人用火将蛇烧灰，以作治罪。就此一来，已是午后，当即起身回衙。将胡作宾由学内提来申斥一番，令他下次务要诚实谨言，免招外祸。此时胡作宾母子自是感激万分，伸冤活命，在堂上叩头不止，狄公发落已毕，退入后堂。

且说洪亮昨日领了名片，赶至皇华镇，与何垲说明缘故。次日一早便来至汤家门口，先命何垲进去，向里面问道："汤先生在家吗？"里面见有人询问，出来一个老头儿答道："你是哪里来的？问我家先生何干？"何垲笑道："原来是朱老爹，地方上的公食人皆不认得了？"那人将何垲一望，也就笑道："你问他何事？现在还未起身呢。"何垲听说了这句，转身向洪亮丢了个眼色。两人信步到了里面，在书房门口站定，洪亮向何垲道："你办事何以这懈怠！既然汤先生在家，现在何处睡觉，好请他起来讲话。"那老家人见洪亮是公门口的打扮，赶着问道："你这公差有何话说，可告知我进去通知他。"何垲答道："他是狄太爷差来，现有名片在此。因地方上事，请你家先生进衙相商，不能有缓。"那老人在洪亮手内将名片接过，进了书房。穿过一个小小的天井，朝南正宅三间两厢，此时何垲也跟那人到了里面，心下想道："如他住在这上首房内，便是毕家那墙相连了。"

正想之间，忽见那人走到下首房间，何垲心下好不自在，暗道："这个想头又完了。人尚不在房内居住，墙上还有何说？"一人暗暗地说话，忽然上首房内出来一人，年约二十五六，生得眉清目秀，一表非凡，好个极美的男子。见老家人一进来，赶着问道："是谁来请先生？"老人道："这事也奇怪，我们先生虽是个举子，平日除在家课读，外面的事一概不管。不知县里狄太爷为着何事，命人前来请他，说地方上有公事与他商量，你看这不是奇怪吗？怕的他也未必前去。"那少年人听他说狄太爷,不禁面色一变,神情慌张,说道:"你何不回却他,说先生不与外事便了。为何将人带入里面?"何垲听了这话,将那人复上下一望。却巧这人的房间便在毕家墙后,心下甚是疑惑。赶紧接话问道:"你公子尊姓?可是在此住馆的吗?我们太爷非为别事,因有一处善举没有人办,访问这汤先生是个用心君子,故命差人持片来请。"说着,见老人已走到房内,高声喊了两声。只听里面那人醒来,问道:"我昨日一夜代众学生清理积课,直至天明方睡,你难道未曾知道?何故此时便来叫喊。"只听老者回道:"非是我等不知。因县狄太爷差人来请,现有公差立等回话。"汤得忠道:"你为什么不代我回报他?此时且去将我名帖取来,向来人传说,拜上他贵上太爷,说我是窗下书生,闭户读书,不与外事,虽属善举,地方上绅士甚多,请他转请别人罢。"老人得了这话,只得出来对何垲回复了一遍。当时洪亮在书房已早听见,见何垲出来,说道:"汤先生不肯进城,在我看来唯有回去禀知太爷,请太爷自己前来吧,此事还不可懈怠,莫要误事方好。你此时照原话速速进城去吧。"说着,两人出了大门,那老者将门关上。

彼此到了街上,何垲向洪亮说道:"你可看见那人没有?"洪亮道:"这事也是徒然。汤得忠是在那边房间居住,有什么看见?"何垲道:"你还不知呢。这边房内有人同老者说话,你未听见吗?是个少年男子,见我们说县里差来的,他那神情就不如先前。我所以出来叫你速速回去,这句话仍是看他的动静的。他如惧怕你我,出门他必到别处去了。你此时可速速回城禀明太爷,请太爷前来,姑作拜汤先生的话说。到了里面,借话问话,再为察看。我此时便在这左近等候,看他可出来与否,顺便打听他姓甚名谁。"彼此计议停当,已是辰牌时候,洪亮随即来至城中,将方才的话禀了狄公。狄公心下甚是欢喜,当时传齐差役,带同马荣、乔泰、陶干三人,乘轿而来。

一路之上不敢怠慢,到了上灯时分,方至镇上。先命马荣仍在从前那个客寓内住下。所有衙役皆不许出去走漏风声。客店主人也是如此吩咐。众人自领命而行。当时将行李卸下,净面用茶,饮食已毕,狄公向马荣道:"你们四人今夜分班前去。洪亮同汝在毕家屋上等候,若有动静,便喊拿贼,看他如何。乔泰同陶干在汤家门前守候，若有人夜半出来，便将他拿住。本县此时不去，正恐夜晚办事不成，令凶人逃走。"四人领命下来，各自前去。

且说马荣与洪亮两人出了店门，洪亮道："我近来为这事受了许多辛苦，方有这点眉目。今夜若再不破案，随后更难办了。我想你这身本事，何事不可行得？现有一计在此，不知你肯行不肯。"马荣道："你我皆是为主人办事，只要能做，何处不去？你且说与我听。"洪亮道："汤家那个后生，实是令人可疑。唯恐他识破机关，一连数日安分守己，不与那周氏来往，我们虽在屋上再听数日，也不能下去。莫如你扮作窃贼，由房上蹿入他里面，在他房中偷看动静，岂不比外面较有把握？恐你早经洗手，不干此事，现今请你做这，怕你见怪，故而不便说出。你意下如何？"马荣笑道："我道何事。此计甚是高明，今夜便去如何。"说着，两人到了何垲家内。

约有二鼓之后，街上行人已静，马荣命洪亮竟在毕家巷口等候，自己一人先到了汤家门口。脱去外衫，蹿身上屋，顺着那屋脊过了书房，将身倒挂在檐口，直向里面观望。见书房灯光明亮，当中坐着一个四十上下的先生，两边有五六个门徒，在那里讲说。马荣暗道："这样岂是个提案的地方？我且到后进住宅内再瞧一瞧。"转过小院落，挨着墙头到了朝南的屋上。举头见毕家那边也伏着一人，猛然吃了一惊。再定神一看，却是洪亮，两人打了一个暗哨。马荣依旧伏在檐口，见上首房内也有一盏灯，里面果然有个二十余岁的后生，面貌与洪亮所说一点不错，但见那人不言不语，一人坐在那椅上，若有所思的神情。停了一会，起身向书房内望了一望，然后又望望墙屋，好像一人言语的神情。马荣正然偷看，忽听前面格扇一响，出来一人，向房内喊道："徐师兄，先生有话问你。"马荣在上面听见一个徐字，心下好不欢喜。赶即将身躯收转在檐瓦上面，伏定。但听那少年也就应了一声，低低说道："偏生今夜乱喊乱叫的。"说着，出了房门，到书房而去。

马荣见他已去，知这房内无人，赶着用了个蝴蝶穿花形势，由檐口飞身下来。来到院落，由院落直蹿到正宅中间。四下一望，见有一个老者伏在桌上打盹。马荣趁此到了房内，先将那张灯吹熄，然后顺着墙壁细听了一回，直是没有响动，心下委决不下。复用指头敲了一阵，那声音也是着实的样子，一人着急起来。将身一横，走到那张客床前面，将账幕掀起，攒身到了床下。两脚在地下蹬了两下，却是个空洞的声音，马荣道："分明这地下有机关。"当时将几块方砖全试过，只有当中的两块与众不同。因在黑暗之中，瞧不清楚，只得将两手在地下摸了一摸，却是平坦，绝无一点高下。心下想道："就要将这方砖取起，下面的门路方可知道。但这样牢固，教我如何想法？"正在为难之际，两手一摸，忽然一条绳子系于床柱子上。马荣以为扣着什么铁器，以便撬那方砖。当时以为得计，顺手将绳子一拖，只听哗啦一声，早将床帐倒了下来。马荣这一惊不小，正想逃走，书房里面早来数人，高喊："有贼！"走到院落，忽见灯光已灭，众人恐有暗算，不敢进去。唯有那个少年，格外着急，赶着将老者叫醒，去点灯火。马荣已趁此时蹿到外面，往上一纵，到了屋上，众人虽然看见，只是叫喊，绝无一人上前捉拿。马荣此时见已脱身，索性也不回去，伏在瓦上听下面动静。不知那少年如何进房，且看下回分解。

# 第二十五回　以假弄真何垲捉贼
　　　　　　依计行事马荣擒人

　　却说马荣在屋上,听下面的动静,只听那少年跑到书房,忙忙点了个烛台,转身到了正宅,向着那老者喊道:"你也不是死人,有贼由你面前走过,一点也不知道,难道睡死过去!"那老者被他骂了两句,直是不敢开口。众人拥进房中,唯听那少年走到床前,高声说道:"这瘟贼也不过将床帐倒下,我道你偷取不计外,还见什么要紧的地方呢。"众人说道:"你物件未曾偷去,已是幸事,还说什么戏谑话。现在先生尚住在书房,吓得不敢出来,我们且去告知他一声。"说着,大众在里面照了一番,又回书房而去。马荣在屋上听得清楚,随即心生一计。扒过墙头,招呼洪亮两人蹿身下去,来至何垲家内。三人一齐到了客寓,将以上的话禀明了狄公,如此如此议论了一会。狄公心下大喜,随命何垲依计而去。

　　三人复行,到了汤家门口。何垲敲门喊道:"朱老爹,快来开门。你家可是闹贼吗? 现在已被我们捉住,速来帮我捆他。"里面听了这话,正是贼走之后未曾睡觉,听是何垲叫门,众学生甚是得意,也不禀知汤得忠,早将大门打开。只见何垲揪着一人,骂道:"你这厮,也不访这地方是谁的管辖,他家是何等之人。不是为我看见,你得手走了,明日汤先生送官究办,我便为你吃苦。今早县里狄太爷,还来请他老人家办地方的善举,说不定明早便亲自来此。若是知道这窃案,我这屁股还不是板子山倒下来吗?"何垲在门外揪骂,众学生不知是计,赶着到里面报与汤得忠知道。汤得忠随即出来,果见何垲还揪在门口,见他出来,连忙说道:"人现在已获到了,你先生如何发落? 这是我们的责任,明早县太爷到此,请你老人家要方便一句,小人这行当方站得稳。"汤得忠见何垲如此说,也是信以为真。取了个烛台,将马荣周身一看,骂道:"你这狗强盗,看你这身材高大,相貌魁梧,便该做出一番事业,何事不可吃饭,偏要做这偷儿,岂不可恨。我今日积点功德,放你去吧。"何垲见汤得忠如此说,乃道:"你老人家是个好心,将他放走,随即又到别处作案了,这事断不能行,要放他，等县太爷来放。今日权行扭在这门首，以见我们地甲平时尚不松懈。但有一事，他方才在哪里惊走的，请你们带我进去看一看。"说着，向马荣道："你且跟我进来，好好实说，由什么地方进门，走哪里出去的。"一面说，一手扭着马荣向门里走来，他的意思，就想趁此混进里面，好寻那床下的着落。哪知里面听了这话，赶着出来一个少年人。马荣将他一看，正是那个姓徐的，向着何垲阻道："你这人也太固执了，我们先生尚且叫你放他，你哪里不行这方便，一定要惊官动府，以见你的能力。若说县太爷明日前来，我家又未报案，要他来踏勘何事？若说你的责任，汤先生已知道，即便在县太爷面前保举你两次，也不过得点犒赏，这贼人就吃了大亏，何必如此！我同先生说，譬如为他偷去失了钱财，给你二两银子吃酒，这事算了吧。"马荣听了，暗暗骂道："你这狗头，不是你有欺心之事，肯这样慷慨？"只见何垲问道："你这位相公尊姓？还是在此宿馆，还是府上的住宅，请汤先生在家教读呢？"这人还未开口，旁边学生笑道："你毛贼到会捉，当地人家还不知道他姓徐，这房子便是他家的。近因家眷不住在此，故请本地汤先生来此教馆，他一人在此附从，所以门口单帖汤家的扳条，此时既徐相公如此说了，你便将这人放去吧。"何垲笑道："原来姓徐，这就是了。听说城内出了个案子，也是姓徐，无论是与不是，且请你同我去一趟。"说着脸色一变，向汤得忠说道："汤先生，我实对你说，你道他真是窃贼，我真是送贼来的吗？你老人家虽是个举子，何以教化不严，令学生做出这非礼之事，间壁巷内毕顺的案子，至今未曾明白，官今自己请到上宪的处分，现已摘去顶戴。我们为这事，也不知受了多少苦楚，日前太爷宿庙，说凶手是个姓徐的，密令我们访查，方知在你家内。因此命这马壮士扮作偷儿，前来窥探，又被你们惊走。现在狄太爷住在张家客寓内，请你两人前去一见，辩个明白，便不关我们的事了。"说毕，将马荣一松，向前一把将那个少年揪住。马荣也就上去拖了汤得忠。汤得忠正欲分辩，只见何垲高喊一声，外面早有乔泰、洪亮二人一齐进来，不由分说，簇拥着向街前走去。到了客店，狄公正恐他两人维持不住，已带着许多差役，执着灯球，前来迎接。见已将人拿到，随命差役同洪亮分身前去，将毕周氏立刻提来，以免她逃走。洪亮领命而去，暂且不提。

何垲揪着那个少年，见狄公前来，上前回禀了细节。狄公道："此人乃是要犯，汝同乔泰、马荣先行将他管押，明早俟踏勘之后，再行拷问。"何垲答应下来，马荣、乔泰随即取出刑具，将他套上。汤得忠是一榜人员，不敢遽然上刑，狄公命将他一人带入店内，先行询问。马荣只得将汤得忠交与值日差，自己与乔泰到何垲家内，管押正凶。狄公就趁此到了汤得忠家，在书房坐下。所有众学生听见先生皆被地甲捉去，这一吓非同小可，左近的连夜跑了回去，以免牵涉在案内。留下几个远处的学生，一时未能逃走，只得坐在里面，心胆悬悬，不知竟为何故。忽然见许多高竿的灯笼走了进来，一个个穿着号衣，嘴里说道："我们太爷来了，你等可要直说，他如何与周氏同谋。"众人也不知何事，听了这话，俱皆哑口无言。但见一人当中坐下，青衣小帽，儒服儒巾，向着上首那个学生问道："你姓什么？从汤先生有几年了？那个姓徐的，何方人氏？叫什么名号？汝等从实说来，不关汝事。"那学生道："我姓杜，名唤杜俊夫，是今岁春间方来的。那姓徐的名叫德泰，乃是这里的学长，先生最喜欢他，与先生对房居住。我等就住在这书房旁边那间屋内。"狄公当时点点头，起身说道："既为本县将他捉去，汝等且同我到他房内看视一番，好作凭证。"

众人不敢有违，当即在前引路，到了房内。狄公命差人将床架子移到别处，低身向前一看，果是方砖砌成在地下，床下四角有四条麻绳扣于下面。狄公有意将绳子一绊，早见床前两根床柱应手而倒，扑通一声磕在地下。再细为一看，方知那绳子系在柱脚之上，柱脚平摆在床架上面，以致将绳子轻轻一绊，便倒了下来。狄公看毕，取了个烛台，命人找寻了一柄铁扒，对着中间那两块方砖拼力的捎起。忽听下面铜铃一响，早现出一个方洞。再朝下面望去，黑漆漆的辨不出个道理，当时狄公恐下面另有埋伏，不敢命人下去，向着陶干道："既有这暗道，这人犯就是不错了。汝且在此看守，等天明再来察看。"说毕，将所有的学生开了名单。只见众人无不目瞪口呆，彼此呆望，不知房内何以有这个所在。狄公一一问毕，命他们无须逃走："此事与汝等无关。"吩咐之后，回转店中。

此时已转四鼓，乔泰上前禀道："太爷走了片时，小人将汤得忠盘问了一番。他实是不知此事，看他那样，倒是个古道的君子。此时已是夜深，太爷安歇一会，好在人已缉获，明早再问不迟。"狄公道："本县知道了。但是洪亮已去多时，毕周氏何以仍未提来？莫非她闻风逃走不成？"两人正在闲谈，早听门外人声喧嚷，洪亮匆匆进来，说周氏已是提到，请太爷示下，还是暂交官媒，还是带回衙署？不知狄公如何发落，且看下回分解。

# 第二十六回　见县官书生迂腐
揭地窖邑宰精明

次日辰牌时分,狄公起身净面,诸事已毕,先令陶干将汤得忠带来。狄公将他一望,却是迂执拘谨之人。因他是个举子,不敢过于怠慢,当时起身问道:"先生可是姓汤,名叫得忠么?"汤得忠道:"举人正是姓汤。不知父台深夜差提,究为何事?举人自乡荐之后,闭户读书,授徒乐业,虽不敢谓非礼勿言、非礼勿动,那逾矩犯规之事从不敢开试其端。若举人之为人,仍欲公差提押、官吏入门,正不知那刁监劣生,流氓坏人更何以处治。举人不明其故,尚求父台明示。"狄公听他说了这派迂腐之言,却是个诚实的举子,乃道:"你先生品学兼优,久为本县钦敬。可知好坏异类、玉石殊形、教化不齐便是自己的过失。先生所授的门生,其品学行为也与先生一样吗?"汤得忠听道:"父台之言虽是合理,但所教之学生,俱属世家子弟,日无闲时,夜读尤严,功课之深,无逾于此。且从来足不出户,哪里有意外之事?莫非是父台误听吗?"狄公笑道:"本县莅任以来,皆实事求是,若不访有确证,从不鲁莽从事。先生你说,所授门徒皆世家子弟,难道世家的子弟尽是循规蹈矩的吗?且问你姓徐的学生,从学几载了?他所作所为,皆关系人命案件。那等行为,不法已极,你先生可否知道?"汤得忠道:"这更奇了。别人或者可疑,唯有他断无非礼之事。不能因他姓徐,便说他是命案的凶手。方才贵差说毕家那命案,父台宿庙,有一姓徐的在内,此乃梦幻离奇之事,何足为凭!而且此事实系父台孟浪,绝无形影之案遽行开棺揭验,以致身招反坐误了功名,比时不能够顾全自己,便指姓徐的为凶手。莫说他父兄在籍,属在缙绅,即以举子而论,地方有此殃民之官,也不能置之不理了。"狄公见他矢口不移,代那徐德泰抵赖,不禁怒道:"本县因你是个举子,究竟是诗文骨肉,不肯牵涉无辜。你不知自己糊涂,疏于防察,反在此顶撞本县。若不指明实证,教你这昏聩的腐儒岂能心服?"说毕,命人仍将他看管,带徐德泰审问。陶干答应一声,随命值日差到何垲家内,将人犯带来。

不多一会，人已带到，狄公见他跪在地下，细细将他一望，那副面目却是个极美的男子。心下暗道："无怪那淫妇看中于他。可恨他一表人才，不归于正，做了这犯罪之事，本县也只得尽法惩治了。"当即大声喝道："汝就叫徐德泰吗？本县访你已久，今日既已缉获，汝且将如何与周氏通奸，如何谋害毕顺，从实供来，免致受刑吃苦。可知本县立法最严，既已前次开棺自行请处，若不将这事水落石出，于心也不肯罢休。汝且细细供词，本县或可施法外之仁，超豁汝命。不然，那真凭实据也不容你抵赖的。"徐德泰见狄公正言厉色，虽是心下惧怕，当此一时总不肯承认.乃道："学生乃世家子弟，先祖生父皆作外官，家法森严，岂敢越礼？何况有汤先生朝夕与处、饮食同居，此便是学生的明证。父台无故深夜提质，牵涉奸情，这事且不说我敢胡行，连目睹耳闻皆未经过，还求父台明察侦访，开释无辜，实为德便。"狄公笑道："你这派巧语胡供，只能欺你那昏聩的先生。本县明察秋毫，岂容汝饰辞狡赖。此案若不用刑拷问，碍难供认。且同你前去，将房中地窖揭起，究竟通于何处，那时众目昭彰，虽你百口千言，也不容辩赖。"说毕起身，命马荣同众差带回汤得忠并徐德泰两人前去起案。

众人正要出去，忽然外面哭喊连声，一路骂入里面。只听那妇人言道："你这狗官，将我媳妇放回还未有多日，果真是缉获凶手提去对质倒也罢了，忽又无缘无故牵涉好人。半夜三更许多男子拥入我家内，这是什么缘故？提人是他，放人也是他。今日不将这事办明，莫说我年老无用，定与他到兖州扭控，预备担这忤辱官长的罪名，横竖也不能活命。"一面哭着向里走来。狄公知是唐氏，赶着说道："她来得正巧，可将她一并带去，免致她不知这暧昧的地方。"又命人到何垲家中，将周氏提来。吩咐已毕.然后众人出了店门，来至汤得忠家内。

此时皇华镇上无不知道这事，前来看破此案，纷纷拥拥挤在门前。狄公先进去，在书房坐定。等众人到齐，随后来至徐德泰房中，指着那个地窖问道："你既是读书子弟，理应安分守己，为何在卧床之下挖这一个地窖，有何用处？下面还有什么害人之物吗？"徐德泰到了此时，全不开口。马荣上前禀道："太爷既已将方砖挖起，下面无非是个暗门，通于别处，小人且下去探一探。"说着向乔泰取了烛台，到里面一照，只见有二三尺深一个深塘，直通那墙壁。上下皆是木板砌成，并无泥土。马荣跳了下去，往前走了两步，见有个铜铃悬在中间，知是个暗号，便将铃绳一抽，响亮一声，见前面有块木板忽然开下，却是一个小小圆洞，有四五层坡台。马荣举步由坡台上去，约有四尺见方一个所在，四面俱看不出门路，不知由何处通着间壁。正然各处观望，将头一抬，早见上面有块方砖为头顶起，心下好不欢喜。随将烛台递与乔泰，两手举过头顶，将那方砖取过，隐隐的上面射进亮光。再伸头向洞外看去，正是那毕顺房中床柱之下。马荣见案已破，自己站在房内，命乔泰开了房门，由毕家大门绕至街上，到了汤家门口。众人见他由外面进来，心下无不诧异。只见他向唐氏说道："尊府的后门已经瞻仰了，请你前来观看罢。"狄公正在房中等下面的消息，忽听乔泰在前面说话，知已通到间壁，有意如此，为众人观看。当即问道："可是通到那边？"乔泰道："正在那床脚之下，且请太爷下去一看。"狄公道："你且将汤先生与唐氏带来，陪本县一齐下去，方令她心下折服。"说着，众差已将两人提到，陆续由原处到了毕家，此时汤得忠直急得目瞪口呆，恨不能立刻身死。狄公向他说道："这事你先生是亲目所睹，不必出门，可是干了那人命案件。岂非你知情故昧，教化不严？"又向毕唐氏道："你儿子仇人今已缉获，这个所在是在你媳妇房中寻出。怪不得她终日在家闭门不出，却是另有道路。岂非汝二人心地糊涂，使毕顺遭了这弥天大害。"唐氏到了此时，方知为媳妇蒙混。回想儿子身死，不由痛入骨髓，大叫一声昏倒地上。汤得忠见学生做出这不法之事，自己终日同处，不知这件隐情，明知罪无可逭，也是急得两眼流泪，向着狄公说道："此事举人实是不知，若早知有此事件，断不能有意酿成。现在既经父台揭晓，举人教化无方，也只好甘心认罪，请父台将徐德泰究办便了。"狄公见他这样，反去安慰了两句。然后命人用姜汤将唐氏灌醒。只见她咬牙切齿，爬起身来，要去寻她媳妇，与徐德泰拼命。狄公连忙阻道："汝这人何以如此昏昧？从前本县为你儿子伸冤，那样向你解说，你竟执迷不悟。此时案已揭晓,人已获到,正是你儿子报仇之日,便该静候本县拷问明白,然后治刑抵罪,为何又无理取闹,有误本县的正事?"唐氏听了这话,只得向狄公叩头,哭道:"非是我取闹,只因被这贱妇害得太毒。先前不知道,还以太爷是仇人,现在彰明昭著,恨不得立刻食她之肉。若非太爷是个清官,我儿子真是冤沉海底了。"说毕,又痛哭不已。狄公命人将她扶去,吩咐汤得忠将所有的学生统统解散,房屋暂行发封,地窖命人填塞。唐氏无须带案,等审明定罪,再行到堂。吩咐已毕,早有马荣、何垲将闲人驱逐出去。所有人犯,俱皆上了刑具,带到客店。然后狄公也回转寓内,吃了午饭,趁轿回衙。众差也押着人犯进城而去。不知后事如何,且看下回分解。

国学经典文库

中国公案小说

·狄公案·

图文珍藏版

# 第二十七回　少年郎认供不讳　淫泼妇忍辱熬刑

　　话说狄公将地窖揭起，将一干人犯带回衙署。到了下昼，已至城内。众人进署，狄公先命将汤得忠交捕厅看管，奸夫淫妇分别监禁，以便明早升堂。自己到了书房，静心歇息，一心想道："我前日那梦，前半截俱灵验了，上联是个寻孺子遗踪，下榻空传千古谊。哪知这凶手便是姓徐，破案的缘由又在这榻下二字上。若不是马荣扮贼进房，到他床下搜寻，哪里知道还隔着墙壁就通奸之理？这个地窖，确确在他床柱下，此诚可谓神灵有感了。"

　　到了次日，一早升堂，知周氏是个狡猾的妇人，暂时必不肯承认，先命人将徐德泰提出，堂口跪下。狄公问道："本县昨日已将那通奸地方搜出，看你这年幼的书生，不能受那匪刑的器具。这事从何时起意，是何物害死毕顺，且照实供来，本县或可网开一面，罪拟从轻。"徐德泰道："此事学生实未知情，不知这地窖从何而有。推缘其故，或者是从前地主为埋藏金银起见，以致遗留至今。只因学生先祖出任为官，告老回来，便在这镇上居住，买了这所房屋。起初毕家的房子，与这边房屋是一时同起，皆为上一房主赵姓置业。自从先祖买来，以人少屋多，复又转卖了数间，将偏宅卖与毕家居住。这地窖之设，或因此而有。若谓学生为通奸之所，学生实是冤枉，叩求父台格外施恩。"狄公听了，冷笑道："看你这少年的后生，竟有如此巧辩。众目所睹的事件，你偏洗得干干净净，归罪在前人身上，无怪你有此本领，不出大门便将人害死了。可知本县也是个精明的官吏，你说这地窖是从前埋藏金银，这数十年来，里面应该尘垢堆满，晦气难闻，为何里面木板一块未损，灰尘也一处没有呢？"徐德泰道："从前既用木板砌于四面，后来又无人开用，自然未能损坏。"狄公道："便作是为埋藏金银，何以又用那响铃呢？这事不用大刑，谅你断不招认。"吩咐左右，用藤鞭笞背。两边一声吆喝，将他衣服撕去，一五一十，直往背脊打下。未有五六十下，已是皮开肉绽，鲜血直流，喊叫不止。狄公见他仍不招认，命人住手，将他推上，勃然怒道："这也是你天网恢恢，备受刑惨。你既如此狡猾，且令你受了大刑，方知国法森严，不可以人命为儿戏。"随即命人将天平架移来。顷刻之间，已预备妥当。可怜徐德泰也是个世家公子，那里受过这痛楚！初跪之时，还可咬牙忍痛，此刻直听叫喊连声，汗流不止。没有一盏茶时，即渐渐忍不住疼痛，两眼一昏，晕迷过去。狄公命人止刑，用醋慢慢抽醒，将他搀扶起来，在堂上走了数次，渐渐可以言语，然后又到案跪下。狄公问道："本县这三尺法堂，虽江洋大盗，也不能熬刑挨过，况你这年少书生，岂能受此苦楚？可知害人性命，天理难容。据实供词，免致受苦，本县酌情处理，或非你一人起意，汝且细细供来。避重就轻，未为不可。"徐德泰到了此时，知已抵赖不过，只得向上禀道："学生悔不当初，生了邪念。只因毕顺在世时节，开一个绒线店面，学生那日至他店中买货，他妻子坐在里面，见了学生进去，不禁眉目送情。初时尚不在意，数次之后，凡学生前去，她便喜笑颜开，自己买卖。因此趁毕顺那日出去，彼此苟合其事。后来周氏又设法命毕顺居住店中，自己移住家内，心想学生可以时常前去。谁知他母终日在家，并无漏空，以此命学生趁先生年终放学，暗贿一匠人凿了这地道。由此便可时常往来，无人知觉。无奈周氏心地太毒，常说这暗去明来终非长久之计，一心要谋害她丈夫。学生执意不允。不料那日端阳之后，不知如何将他害死，其时并不知情。次日这边哭闹起来，方才知道。虽晓得是她害死，哪里还敢开口。迨毕顺棺柩埋后，她见学生数日未去，那日夜间忽然前来，向学生说道：'为你这冤家，将结发的丈夫结果，你反将我置之脑后。不如我此时出首，说你主谋行事。你若依我主见，做了长久夫妻，只要一两年后，便可设法明嫁与你。'学生那时成了骑虎之势，只得满口应允。从此无夜不到她那里。至前日父台入门破案，开棺揭验，学生已吓得日夜不安。不料开验无伤，将她释放。连日正与学生计算，要择日逃走，不意父台访问明白，将学生提案。以上所供，实无半句虚词。至如何将毕顺害死，学生虽屡次问她，俱不肯说，只好请父台再行拷问了。此皆学生一时之误，致遭此祸，只求父台破格施恩，苟全性命。"说毕，在地下叩头不止。狄公命刑房录了口供，命他在堂上对质。

随即又提毕周氏，差人取监牌在女监将人提出。狄公道："汝前说毕顺暴病身亡,丈夫死后足不出户,可见你是个节烈的女子。但是这地窖直通你床下,奸夫已供认在此,你还有何辩?今再不供招,本县就不像从前摆布了。"周氏见徐德泰背脊流红,皮开肉绽,两腿亦是血流不止,知是受了大刑,乃道:"小妇人丈夫身死,谁人不知是暴病?又经太爷开棺揭验,未有伤痕,已经自行请处。现在上宪来文,摘去顶戴,复又爱惜功名,忽思平反,岂不是以人命为儿戏?若说以地窖为凭,此房屋本是毕家向徐所买,徐姓挖下这所在,后人岂能得知?从来屈打成招,本非信谳。徐德泰是个读书子弟,何时受过这重刑,鞭背踩棍两件齐施,他岂有不信口胡言之理。此事小妇人实是冤枉。若太爷爱惜功名,但求延请高僧将我丈夫超度,以赎那开棺之咎。小妇人也可看点情面,不到上宪衙门控告,太爷的公事,也可从轻禀复,彼此含糊了事。若想故意苛求,硬行谗害,无论徐德泰世家子弟不肯甘休,小妇人受了这血海冤仇,生不能寝汝之皮,死必欲食汝之肉。这事曲直,全凭太爷自主,小妇人已置生死于不问了。"狄公听她这番话头,不禁怒气冲天,大声喝道:"汝这贱妇,现已天地昭彰,还敢在法堂巧辩。本县若无把握,何以知这徐德泰是汝奸夫?可知本县日作阳官,夜为阴宰,日前神堂指示,方得了这段隐情。汝既任意游词,本县也不能姑情。"说毕,命人照前次上了夹棍,将她拖下,两腿套入眼内,绳子一抽,横木插上。只听哎哟一声,两眼一翻,昏了过去。狄公在上面看见,向着徐德泰说道:"此乃她罪恶多端,刑辱未满,以故矢口不移,受此国法。当日她究竟如何谋害,汝且代她说出。即便非尔同谋,事后未有不与你言及,你岂有不知之理?"徐德泰到了此时,已是受苦不住,见狄公又来返问,深恐又用大刑,不禁流下泪来,说道:"学生此事实不知情,现已悔之无及。如果同谋置害,这法堂上面也不敢不供,何肯再以身试法?求父台还是向她拷问。"狄公见徐德泰如此模样,知非有意做作,只得命人将周氏松下,用凉水当头喷醒。过了好一会工夫,方才转醒过来,瘫卧地下,两腿的鲜血已是淌满面前。徐德泰站在旁边,心下实是不忍,只得开言说道:"我看你不如供罢。虽是你为我受刑,若当日听信我言,虽然不能长久,也不致遭此大祸。你既将他害死,这也是冤冤相报,免不得个抵偿,何必又熬刑受苦!"周氏听他如此言语,恨不得向前将他恶打:"足见得男子情薄,到了此时,反而逼我供认。你既要我性命,也怪不得反言栽你了。"当时哼了一声,开言骂道:"你这无谋的死狗。你诬我与你通奸,毕顺身死之时你应该全行知道,何以此时又说不知呢?若说你未同谋,既言苟合在先,事后你岂有不问的道理?显见你受刑不过,任意胡言,以图目前快活。不然便是受了这狗官买嘱,有意诬我。若问口供,是半字没有。"这片言语,不知狄公如何审问,且看下回分解。

## 第二十八回　真县令扮作阎王　假阴官审明奸妇

却说周氏在堂上任意熬刑，反将徐德泰骂了一顿，说他受了狄公买嘱，有意诬彼。这番言语，说得狄公怒不可遏，即命掌了数十嘴掌，仍是一味胡言。狄公心下想道："这淫妇如此挨苦，不肯招认。现已受了夹棒，若再用匪刑处治，恐仍无济于事。不若如此恐吓一番，看她怎样。"想毕，向着周氏道："本县今日苦苦问你，你竟矢口不承。若再用刑，恐会送你狗命。特念你丈夫已死不能复生，且有老母在堂，若竟将你抵偿，那老人更无依靠。汝若能将实情说出，虽是罪无可恕，本县或援亲老留差之例，苟全你性命。你且仔细思量，是与不是。今日权且监禁，明日早堂再为供说。"言毕，命人仍将男女带去，收入监牢，然后退堂。

到书房坐定，传命马荣、乔泰四人一齐进来。狄公向马荣说道："这案久不得供，开验又无伤处，望着这奸夫淫妇一时不能定谳，岂不令人可恼。现有一计在此，必如此这般方可行事。唯有毕顺在日的身形，汝等未经见过，不知是何模样。若能访问清楚，到了那时，也不怕他不肯招认。"马荣道："这事何难？虽然未曾见过，那时开棺之时，面孔也曾看见，不过难十分酷似。若要依样葫芦，这倒是条妙计。"狄公道："汝既说不难，此时便去寻觅。虽不十分像样，那一时之际也可冒充得来。"马荣答应下来，自去办理。狄公又命乔泰、陶干、洪亮三人分头办事："二鼓之后一律办齐，以便本县审讯。"众人各自前去不提。

且说周氏在堂上见狄公无理可谕，又用这几句骗言以便退堂，心下暗想道："可恨这徐德泰无情无义，为他受了多少苦刑，未曾将他半字提出。他今日初次到堂，便直认不讳，而且还教我认供，岂非我误做这场春梦嘛！"又道："你虽不是有心害我，因为熬刑不过，心悔起来，拼作一死以便抵命。不知你的罪轻，我的罪重，你既招出我来，横竖那动手之时你不知道。无论他如何用刑，没有实供，没有伤痕，总不能奈何我怎样。"一人在牢中只顾胡思乱想，哪知到了二鼓之后，忽然鬼叫一声，一阵阴风吹入里面，不禁毛发倒竖，抖战起来，心下实是害怕。谁知正怕之际，忽然监门一开，进来一个蓬头黑面的恶鬼。到了里面，将她头发揪住，高声骂道："你这淫妇，将丈夫害死，拼受严刑，不肯招认，可知你丈夫告了阴状，现在立等你对质，赶速随我前去。"说着，伸出那极冰极冷之手，拖着就走。周氏到了此时，已吓得神魂出窍，昏昏沉沉，不由得随他前去。

只见走了些黑暗的所在，到了个殿阁的地方，许多青面獠牙的人站在阶下。堂口设了刑具、刀山油锅、炮烙铁磨，无一不有。当中设了一张大大的公案，上面摆了许多案卷，中间也无高照等物，唯有一对烛台上点着绿豆大小的绿蜡烛，光芒隐隐，实是怕人。周氏到了此时，知是阎罗殿上，不可翻供，心下一阵阵同小鹿一般，目瞪口呆，半句皆不敢言语。再将上面一望，见当中坐着一个青面的阎王，纱帽黄须，满脸怒色。上面一人，左手执着一本案卷，右手执定一支笔，眼似铜铃，面如黑漆，直对着自己观望。下面侍立着许多牛头马面，各执刀枪棍棒，周氏只得在堂口跪下。见那提她的阴差走上去，到案前单落膝禀道："奉阎罗差遣，因毕顺身死不明，冤仇未报，特在案下控告他妻子周氏谋害身亡。奉命差提被告，现在周氏已经到案，请阎罗究办。"只见中间那个阎王闻言怒道："这淫妇既已提来，且将她叉下油锅，受毕阴刑，再与她丈夫对质。"话犹未了，那些牛头马面舞动刀枪，直往下面跑来。到了周氏面前，一阵阴风忽然又过，周氏才要叫喊，肩背上已中了一枪，顷刻之间血流不止。两边正要齐来动手，忽听那执笔的官吏喊道："大王且请息怒，周氏虽难逃阴遣，且将毕顺提来问讯一番，再为定罪。"那阎王听毕，遂向下面喊道："毕顺何在？将他带来。"两边一声答应，但见阴风飒飒，灯影昏黄，殿后走出一个少年幼鬼，面目狰狞，七窍流血。走到周氏面前，一手将她拖住，吼叫两声"还我命来！"周氏再抬头将他一望，正是毕顺前来，不禁往后一栽，倒于地下。又听上面喊道："毕顺，你且过来。你妻子既已在此，这阎罗殿前还怕她不肯承认？为何在殿前索命！汝且将当日临死之时是何景象，复述一遍，以便向周氏质讯。"毕顺听了这话，伏于案前，将头一摔，两眼如铜铃大小，口中伸出那舌头有一尺多长，直向上面禀道："王爷不必再问，说来更是凄惨。那供词上面尽是实情，求王爷照上面问她便了。"那阎王听了这话，随在案上翻了一会，寻出一个呈状，展开看了一会，不禁拍案怒道："天下有如此毒妇谋害的计策，真是罪大恶极。若不是她丈夫前来控告，何能晓得她这恶计！左右待我引油锅伺候。若是她有半句迟疑，心想抵赖，即将她叉入里面，令她永世不转轮回。"两边答应一声，早有许多恶鬼阴差纷纷而下，加油的加油，添火的添火，专等周氏说错了口供，即将她叉入。周氏看了这样，心想自己必死，唯有不顾性命自认谋害情事，上前供道："我丈夫平日在皇华镇开绒线店面，自从小妇人进门之后，生意日渐淡薄，终日三顿饮食维艰。加之婆婆日夜不安，无端吵闹，小妇人不该因此生了邪念，想另嫁他人。这日徐德泰忽至店内买物，见他少年美貌，一时淫念忽生，遂有爱他之意。后来又访知他家产富有，尚未娶妻，以致他每次前来，尽情挑引，遂至乘间苟合。且搬至家中之后，却巧与徐家仅隔一墙，复又生出地窖心思，以便时常出入。总之，日甚一日，只可处暂，未可处常，以此生了毒害之心，想置毕顺于死地。却巧那日端阳佳节，大闹龙舟，他带女儿玩耍回来。晚饭之后，带了几分酒意。当时小妇人变了心肠，等他睡熟之时，用了一根纳鞋底的钢针，对定头心命下，他便一声大叫，气绝而亡。以上是小妇人一派实供，实无半句虚语。"只见上面喝道："你这淫妇，为何不害他别处，独用这钢针钉他的头上呢？"周氏道："小妇人因别处伤痕制命，皆显而易见，这钢针乃是极细之物，钉入里面，外有头发蒙护，死后再有灰泥堆积，虽再开棺揭验，一时看验不出伤痕。此乃恐日后破案的意思。"上面又喝道："你丈夫说你与徐德泰同谋，你为何不将他吐出？而且又同他将你女儿药哑，这状呈写得清清楚楚，你为何不据实供来。你在这阎罗殿前，尚敢如此狡猾。"周氏见他如此动怒，深恐他一声吆喝，又下油锅，赶紧在下面叩头道："此事徐德泰实不知情。因他屡次问我，皆未告之。至将女儿药哑，此乃那日徐德泰来房，为她看见，恐她在外混说漏了风声，因此想出主意，用耳屎将她药哑。别事一概没有，求王爷饶命。"周氏供毕，只听上面喝道："谅你这一个妇人，也逃不了阴曹刑具。今且将汝放还阳世，等禀了十殿阎王，那时且要汝命，来受那刀山油锅之苦。"说毕，仍然有两个蓬头散发的恶鬼将他提起，下了殿前，如风走相似，提入牢中，又替她将刑具套好。周氏等他走后，吓出一身冷汗，战抖非常，心下糊糊涂涂，疑惑不止："若说是阴曹地府，何以两眼圆睁，又未睡熟，哪里便会鬼迷。若说不是，这些牛头马面、恶鬼阴差，又从何处而来？"一人想着，实是害怕，遥想这性命不保。

这阎王是谁？真个是阴曹地府吗？乃是狄公因这案件审不出口供，虽再用刑，无奈验不出伤痕，终是不能定谳，以故想出这条计策。命马荣在各差里面找了一人，有点与毕顺相同，便令他装作死鬼。马荣装了判官，乔泰与洪亮装了牛头马面，陶干与值日差装了阴差。其余那些刀山油锅，皆是纸扎而成。狄公在上面，又用黑烟将脸涂黑，半夜三更又无月色，上面又别无灯光，只有一对绿豆似的蜡烛，那种凄惨的样子，岂不像个阴曹地府？此时狄公既得了口供，心下甚是欢喜。当时退入后堂，以便明日复审。不知后事如何，且看下回分解。

图文珍藏版

## 第二十九回　狄梁公审明奸案　阎立本保奏贤臣

却说狄公扮作阎王，将周氏的口供吓出，得了实情，然后退堂入内，向马荣道："此事可算明白。唯恐她仍是不承认，又要开棺揭验，那时岂不又多出周折？汝明日天明，骑马出城，将唐氏同那哑女一并带来。本县曾记得古本医方，有耳屎药哑子用黄连三钱、大黄钱五分可以治哑，因此二物乃是凉性，耳屎乃是热性，以凉克热，故能见效。且将她女儿治好，方令她心下惧怕信以为真，日间在堂上供认。"马荣答应下来，便在衙中安歇了一会。等至天明，便出城而去。

狄公当时也不升堂，先将夜间的口供看了一会。直至下昼时分，马荣将两人带回来至后堂，狄公先向毕顺的母亲说道："你儿子的伤痕制命，皆知道了。汝且在此稍等，等将这孩子哑病治好，再升堂对质。唯恨你这老妇糊涂，儿子在日终日里无端吵闹，儿子死后又不许察看隐隋，反说你媳妇是个好人。"当时便命刑房将徐德泰的口供念与她听。老妇听毕，不禁痛哭连天，说："老妇人疑惑媳妇静守闺房是件好事，谁知她早有此事，另有出入的暗门呢。若非太爷清正，我儿子虽一百世也无人代他伸这冤仇。"狄公随即命人将医药做好，命那哑女服下。

约有一两个时辰，只见那哑女作呕非凡，大吐不止。一连数次，吐出许多痰涎在那地下。狄公又令人将她扶睡在炕上，此时如同害病相似，只是呼喘。睡了一会，旁边递上一杯浓茶，使她喝下。那女子如梦初醒，向着唐氏哭道："奶奶，我们何以来至此地？把我急坏了。"老妇人见她能开言说话，正是悲喜交集，反而说不出话来。狄公走到她面前，向女孩子说道："你不需惧怕，是我命汝来的。我且问你，那个徐德泰徐相公，你可认得他吗？"女孩子见问这话，不禁大哭起来，说道："自从我爹死后，他天天晚间前来。先前我妈令我莫告诉奶奶，后来我说不出话来，她也不瞒我了。你们这近来的事，虽是心里明白，却是不能分辩。现在我妈到哪里去了？我要找她去呢。"狄公听了这话，究竟是个小孩子，也不同她说什么，但道："你既要见你妈,我带你去。"随即取出衣冠,大堂伺候。

当时传命出去,顷刻之间差役俱已齐备。狄公升了公座,将周氏提出。才到堂口跪下,那个小孩子早已看见,不无天性,上前喊道:"妈呀,我几天不见你了。"周氏忽见她女儿前来,能够言语,这一惊实是不小,暗道:"昨夜阎罗审了口供,今日她何以便会说话? 这事我今日不能抵赖了。"只见狄公问道:"周氏,你女本是个哑子,你道本县何以能将她治好呢?"周氏故意说道:"此乃太爷的功德。毕顺只有这一女,能令她言语通灵,不成残废,不独小妇人感激,恐毕顺在九泉之下也是感激的。"狄公听了,笑道:"你这利口,甚是灵便,可知非本县的功劳,乃是神灵指示。因你丈夫身死不安,控了阴状,阎王准了呈状,审得你女儿为耳屎所哑,故指示本县用药医治。照此看来,还是你丈夫的灵验。但是他遭汝所害,你既在阴曹吐了口供,阳官堂上自然毋庸辩赖。既有阴府牒文在此,汝且从实供来,免得再用刑拷问。"周氏到了此时,心里已是如灌进冷水一样,向着上面禀道:"太爷又用这无稽之言前来哄骗。女儿本不是生来便哑,此时能会言语,也是意中之事。若说我在阴曹认供,我又未尝身死,焉能到达阴曹?"狄公听毕,不禁拍案,连声喝叫:"掌嘴!"众差答应,打毕。狄公又怒道:"本县一秉至公,神明感应,已将细情明白指示,难道你独惧阎王,具情供认,到了这县官堂上便任意胡供吗? 我且将实据说来,看你仍有何说。你丈夫身死,伤痕是头顶上面;女儿药哑,可是用的耳屎吗? 这二事本县从何知道? 皆是阴曹来的移文,申明上面。故本县依法行事,将这小孩子治好。你若再不承认,不但眼下要受宫刑,恐半夜三更也不能逃那阴谴。不如此时照前供认,本县或可从轻治法。"这派话早已将周氏吓得魂飞天外,自知抵赖不过,只得将如何起意、如何成好以及如何谋害、如何药哑女儿的话,前后在堂上供认了一遍。狄公命刑书将口供录毕,盖了手模印花,仍命入监收禁。当时将汤得忠由捕厅内提出,申斥一番,说他固执不通,疏于防察:"因你是个一榜,不忍株连,着仍回家中教读。"徐德泰虽未同谋,究属因奸起见,拟定绞监候的罪名。毕顺的母亲同那女小孩子,赏了五十千钱,以资度活。吩咐已毕,然后退堂,令他三人回去。

单表狄公回转书房,备了四柱公文,将原案的情节以及各犯的口供,申详上宪。

将周氏拟了凌迟的重罪,直等回批下来,便明正典刑。谁知这案件讯明,一个昌平县内无不议论纷纷。街谈巷议说:"这位县太爷,真是自古及今有一无两。这样疑难案情,竟被他审出实供,为死鬼伸了冤枉,此乃是我们百姓的福气,方有如此好官。"那一个说:"你晓得毕顺的事难办,那个胡作宾,为华国祥一口咬定说他毒害新人,那件事还格外难呢。若是别的县官,在这姓胡的身上必要用刑拷问,他便知道不是他,岂不是有先见之明吗?而且六里墩那案,宿庙烧香,得了什么梦兆,就把那个姓邵的寻获。诸如这几件疑案,断得毫发无讹。听说等公文下来,这毕周氏要凌迟呢。那时我们倒要往法场去看。"谁知这百姓私自议论,从此便你传我,我传你,不到半月之久,狄公的公文未到山东,那山东巡抚已知这事。

此人乃姓阎,名立本,生平正直无私。自莅任以来,专门访问民情,严察僚属。一月之前,狄公因开验毕顺的身尸未得致命的伤痕,自请处分。这公事上去,阎公展看之后,心下想道:"此案甚属离奇。岂能无缘无故的便开棺揭验?莫非他因苛索平民,所欲不遂,寻出这事恐吓那百姓的钱财,后来遇见地方绅士,逼令开棺,以致弄巧成拙,只得自行请处?"正拟用批申斥,饬令革职离任,又想道:"纵或他是因贪起见,若无把握,虽有人唆使,他亦何敢开棺?岂不知道开验无伤,罪干反坐?照此看来,倒令人可疑。或者是个好官,实心为民理事,你看他来文上面说,私访知情,因而开验,究或风闻有什么事件,要实事求是的办理,以致反缠扰在自己身上。这一件公事,这人的一生好坏便可在这上分辨,我且批个革职留任,务获根究,以便水落石出。待凶手缉获,讯出案件,仍因具情禀复。"这批批毕,回文到了昌平,狄公遂日夜私访,得了实情,现已列供详复。

这日,阎立本得了这件公事,将前后的口供审看一番,不禁拍案叫道:"天下有如此好官,不能为朝廷大用,只在这偏州小县做个邑宰,岂不可惜!我阎某不知便罢,今日既然晓得,若是知而不举,岂非我蔽塞言路?"随即举笔起了一道奏稿,先将案情叙上,然后保举狄公乃宰相之才,不可屈于下位。此时当今天子,乃是唐高宗晏驾之后中宗即位,被贬房州,武则天娘娘坐朝理政。这武后乃是太宗的才人,赐号武媚。太宗驾崩,大放宫娥,她便削发为尼,做了佛门弟子,谁知性情阴险,品貌颇佳。待高宗即位之后，这日出外拈香，见了这个女尼，心下甚是喜悦。其时王皇后知道高宗之意，阴令她复行蓄发，纳入后宫。不上数年，高宗宠信，封为昭仪。由此她便生了不良之心，反将王皇后与萧妃害死，她居了正宫之位。以后更宣淫无道，秽乱春宫。高宗崩后，她便将中宗贬至房州，降为庐陵王，不称天子。所有她娘家的内侄，如武承嗣、武三思等人，皆封居极品，执掌朝政。凡先皇的旧臣，如徐敬业、骆宾王这班顾命的大臣、托孤的元老，皆置之不用。其时荒淫无道，中外动乱，把个唐室的江山，几欲改为武姓。而且自立国号，称为后周。种种恶迹，笔难尽述，所幸有一好处，凡是有才有学之人，她还敬重。阎立本知道这武后为人，虽想整理朝纲，无奈一人力薄，此时见狄梁公有如此才学，随即具了奏本，申奏朝廷，请国家升狄公的官职。不知所奏如何，且看下回分解。

国学经典文库

中国公案小说

·狄公案·

图文珍藏版

# 第三十回　赴杀场三犯施刑
　　　　　　入山东二臣议事

　　话说阎立本将狄公的人才并一切的案件，具本申奏。这日，武后临朝视事，官将原折呈上。武后展看毕，乃道："这狄仁杰乃是太原人氏，高宗在位曾举明经。此人本先皇的臣子，应该早经大用，此时既是阎立本保奏，着升汴州参军之职。邵礼怀、毕周氏两案，分别斩首、凌迟。等此案完结，立赴新任。"这旨一下，未到一月已由山东巡抚转饬到昌平，狄公得着这信，当即在大堂上设了香案，望阙谢恩。次日传齐合县的差役，置了一架异样的物件，名叫木驴，此乃狄公创造之始，独出其奇，后来许多官吏，凡有这谋杀夫主的案件，屡用这套刑具，以警百姓。你道狄公置这样器具是何用意？为这个周氏将毕顺害死，乃是极隐微极秘密之事，除去徐德泰与周氏两人，并无一人知道，尚且天网不漏，将无作有，审出真情。可见世上男子妇人，皆不可生了邪念。狄公要警戒世俗，怕百姓不得周知，虽然听人传说，总不若目睹为确，因此想出这主意，置了这木驴。其形有三尺高矮，如同板凳相仿，四只脚向下，脚下有四个滚动的车轮，上面有四尺长、六寸宽的一个横木面子，中间造就一个柳木驴，鞍上系了一根圆头的木杵，却是可上可下，只要车轮一走，这杵就鼓动起来。前后两头造了驴头、驴尾。差人领了式样，连夜打造成功。

　　到了第三日上，狄公绝早起来，换了元服，披了大红披肩，传齐通班差役及刽子手等，皆在大堂伺候。然后发了三梆，升了公差，标毕监牌，捆绑手先进监将邵礼怀提出，当堂验明正身，赐了斩酒杀肉。捆绑已毕，插好标旗，命人四下围护。随即又将徐德泰由监内提出，可怜他本是个世家子弟，日前在堂上受刑已是万分苦恼，此时坐在监内，忽见两个公差，一人执着监牌，一人上前在他肩头一拍，说道："恭喜你，喜期到了。"说着两手一分，早将红衣撕去，随即揪着发辫，拖出监来。徐德泰到了此时，知是将身首异处，回想父母在家无人侍奉，只为一时邪念，遂尔明正典刑。一阵心酸，悔之已晚，不禁大哭连天。到了堂上，狄公也就命捆绑起来，标了"绞犯"二字，着人看守。然后方标明女犯。到了女监，将毕周氏提出，两手绑于背后，插了旗子。两人将木驴牵过在堂口，将她抬坐上去，和好鞍缰，两腿紧缚在凳下。此时周氏也是神魂出窍，吓得如死人一般，雪白的面目变作灰黑的骷髅，听人摆布。狄公见她上了木驴，先命两人执着拖绳，中间两人两边照应，然后命城守营兵并本衙的小队排齐队伍，在前开路，随后众差役执着破锣破鼓，敲打而行。狄公等这许多人去后，方命人先将邵礼怀推走，中间便是徐德泰，末后是那只木驴，两人牵着，出了衙门。狄公坐在轿内，押着众犯，刽子手举着大刀，排立轿前，后面许多武官，骑马前进。

此时城里城外，无论老少妇女，皆拥挤得满街，争先观看，无不恨这周氏，说："你这淫恶的妇人，也有今日这样的现丑。那日谋害之时，何以忍心下手！到了此时，依然落空，受了凌迟的重罪。你看这面无人色的样子，我料她提时已经吓死。若是有气，被这木驴子一阵乱拖，木杵一阵乱打，岂不将尿屎全行撒下。"旁边一人听他这话，不禁大笑起来，说道："你倒说得好，真代她想尽了。不知她此时即便欲撒尿屎，也吓得撒不出来。不然那旁边的两个，岂不造了孽结吗？"他两人正在谈笑，后面有一老者说道："她是已悔之无及了，你们还取笑呢。古人说得好：'天作孽犹可违，自作孽不可活。'她这个人，也是自寻的苦恼。可知人生在世，无论富贵贫贱，皆不可犯法。她如安分守己，与那毕顺耐心劳苦，虽是一时穷困，却是一夫一妻的同偕到老，安见得不转贫为富？她偏生出这邪念，不但害了毕顺，而且害了那徐德泰。不独害了徐德奉，还是害了自己。这就叫个祸恶到头终有报，只争来早与来迟。你们只可以她为戒，不可以她取笑。"众人在此议论，早见三个犯人已走了过去，内有些少年豪兴的人跟在后面，看她临刑。纷纷拥拥，直至西门城外。

到了法场，所有的兵丁列于四面，当中设着两个公案，上首县官，下首城守。狄公下轿入座。只见刽子手先将邵礼怀推于地下，向那两块小土堆跪好，前面一人拖着发辫，旁边执定大刀。只听阴阳生到了案前，报了午时，四面炮响一声，人头已早落地。刽子手随即一腿将尸腔打倒，提起人头，到了狄公案前，请他相验。狄公用朱笔点了一下，然后将那颗人头摔出多远。复行到了徐德泰面前，也照着那样跪

国学经典文库

中国公案小说

·狄公案·

图文珍藏版

下，取出一条绵软的麻绳，打了圈子，在他颈项套好。前后各一人，用两根小木棍系在绳上，彼此对绞起来。可怜一个文墨书生，只因误入邪途，遂至遭此刑苦。只见他三收三放，早已身死过去。那片舌头，有五六寸长，拖于外面，见在眼内，实是令人可怕。刽子手见他气绝，方才住手松下。这才将周氏推于地下，先割去首级，依着凌迟处治。此时法场上面那片声音，犹如人山人海相似，枪炮之声，不绝于耳。约有半个时辰，方才事毕，除邵礼怀无人收尸外，那两人的家属俱皆备了棺木，预备入殓。唯有徐德泰的父母同汤得忠，痛哭不已。狄公见施刑完竣，与城守营回转城中，到郡庙拈香。回至署中，升堂公座，击鼓排衙，然后退入后堂，换了便服，待新任前来，便交卸往汴州到任。

一连数日，在衙无事。这日午后，忽然门役进来报道："现有抚院差官在大堂伺候，说奉抚宪台命，特奉圣旨前来，请太爷到大堂接旨。"狄公听了这话，心下甚是诧异，不知是何事，只得命人设了香案，自己换了朝服，来至大堂，行了三跪九叩的礼。那差官站立一旁，打开一个黄布包袱，里面有个黄皮匣子，内中请出圣旨，在案前供好。等他行礼已毕，方才开读。乃是皇上爱才器使，不等狄公赴汴州新任，便升为河南巡抚，转同平章事。狄公接了此旨，当时望阙谢恩，将金旨在大堂供好，然后邀那差官到书房入座。献茶已毕，安歇一宵。次日新任已到，当即交代印绶，择日起行。所有合县绅衿以及男妇老幼，无不攀辕遮道，涕泪交流。狄公安慰了一番，方才出城而去。

在路非止一日。这日到了山东，禀知卸任。阎立本见他前来，随即命人开了中门，迎于阶下。狄公见礼已毕，向前言道："大人乃上宪衙门，何劳迎接？令狄某殊抱不安。"阎公道："尊兄乃宰相之才，他日旋乾转坤，当在我辈之上。且在官言官，日前虽分僚属，今日是河南巡抚，已是平行，岂容稍失礼貌。"狄公谦逊了一会，然后入座献茶。寒暄一会，狄公方才问道："下官自举明经之后，放了昌平县宰。只因官卑职小，不敢妄言。现虽受国厚恩，当此重任，不知目今朝政如何？在廷诸臣，谁邪谁正？"阎公见他问了这话，不禁长叹一声。见左右无人，当即垂泪言道："目今武后临朝，秽乱春宫，不可言喻。中宗遭贬，流放房州，天子之尊降为王爵。武三思、武承嗣皆出身微贱之人，居然干预朝政，言听计从。还有那张昌宗这班狗党，伤心逆理，出入宫闱，丑迹秽言，非我等臣子所敢言，亦非我等臣子所能禁。现在如骆宾王、徐敬业、张柬之、房玄龄、杜如晦这般老臣宿将，皆是心余力乏，无能为力，眼见得唐室江山，送与这妇人之手。下官前日思前想后，唯有大人可以立朝廷，故因此竭力保举。唯望同心合力，补弊救偏，保得江山一统。那时不独先皇感激，即普天百姓也是感激的。"说着，不禁流下泪来。狄公听毕，言道："大人暂且放心。古言君辱臣死，现在武后临朝，中宗远贬，既迁下官为平章之职，正我进忠报国之秋。此去不将那武三思、张昌宗等人尽治施行，也不能对皇天后土。"说着，也是闷闷不已。谁知狄公存了此意，入京之后适值张昌宗出了一件祸事，他便照例而行，受了一番窘辱。不知后事如何，且看下回分解。

# 第三十一回　大巡抚访闻恶棍
## 小黄门贪索赃银

话说狄公听阎立本一番议论,心下也是不平。当时在巡抚衙门住宿一宵,杯酒谈心,自必格外亲近。次日狄公一早起程,只带了马荣等几个随身的仆从,长亭揖别。一路登程,渡过黄河已到河南境内。盖因唐朝承晋隋之后,建都在汴梁,河南一省乃京畿要地,武后虽荒淫无道,也知都城一带,非有一人才出众、德望素著的人不能震慑,因此命狄公为河南巡抚。

这日已抵境内,当时不便声张,深恐沿路的各官郊劳迎送,那时不但供应耗费,且各处知巡抚前来,那些奸宄流氓、土豪恶棍以及些贪官墨吏反而敛迹藏形,访闻不出,因此,只带仆从数人在客店住下。当晚住宿一宵,次早命众人在寓守候,自己只带了马荣出门而去。沿乡各镇私访一遭。

一日,来至清河县内。这县地界与洛阳、偃师两县毗连,皆是河南府属下。当时清河县令姓周,名卜成,乃是张昌宗的家奴。平日作奸犯科,迎合主人的意思,谋了这个县令的实缺,到任之后,无恶不作。平日专与地方的劣绅刁监狼狈为奸,百姓遭他的横暴,恨不能寝皮食肉。虽经列名具禀,到上宪衙门控告,总以他朝内有人,不敢理论,反而苛求责备,批驳了不准。狄公到了境内,正自察访,忽到了一个乡庄,许多人拥着一个五十余岁的老人在那里谈论。只听人众说道:"你这人也不知利害,前月王小三子为他妻子的事件,被他家的人打了个半死,后来还是不得回来。胡大经的女儿现在被他抢去,连寻死都不得漏空。你这媳妇为他抢骗,谅你这人有多大本领,能将他告动了,这不是鸡蛋向鹅卵石上碰吗?我劝你省点气力,直当没有这媳妇。横竖你儿子又没了,你这小儿子还小,即使你不顾这老命,又有谁人问你?"狄公听了这话,心下已知大半,乃向前问道:"你这老人姓甚名谁?何故如此短见,哭得这样厉害?"旁边一人说道:"你先生是个过路的客人,听你这口音不是本地人氏,故不妨告诉你,谅你们听见也是要怄气的。这县内有个富户人家,姓曾,名叫有才。虽是出身微贱,却是很有门路。"随又低声说道:"你们想该听见,现在武后荒淫,把张昌宗做了散骑常侍,张易之做了司卫少卿。因他两人少年美貌,太平公主荐入宫中,武后十分喜悦,每日令他两人更衣傅粉,封作东宫。连武承嗣、武三思等人,皆听他的指挥,代他执鞭牵镫。现在又听说称张易之为张五郎,张昌宗为张六郎,皆是承顺武后的意旨。因此文武大臣恭维他,比恭维主子还胜十倍。这个姓曾的,乃是张家三等丫头的儿子。不知怎样得了许多钱财,来这地方居住,加之这县官周卜成又是张家的出身,彼此首尾相照。以故曾有才便目无法纪,平日霸占田产,抢夺妇女,也说不尽他的恶迹。这位老人家姓郝,叫干庭,乃是本地的良民,生有两个儿子,长子名唤有霖,次子名叫有霁。这有霖于去年七月间病故,留下那吴氏妻子。这吴氏,虽是乡户人家,倒还深明大义,立志在家中侍养翁姑,清贫守节。谁知曾有才前日到东庄收租,走此经过,见她有几分姿色,喝令佃户将她抢去。现在已有两日,虽经他到县里喊冤,反说他无理诬栽,砌词控诉。他知道这县官与他一类,还欲去告府状。若是别人做出这不法事来,纵然他老而无能,我们这邻舍人家也要代他公禀伸冤。无奈此时世道朝纲俱已大变,即便到府衙去告,吃苦化钱,告了还是个不准。虽控了京控,有张昌宗在武后面前一说,无论你血海的冤仇,也是无用。现在中宗太子还无辜遭贬呢,何况这些百姓,自然受这班狐群狗党的祸害了。你客人虽是外路的人,当今时事未有不知道的,我们不能报复此事,也只好劝他息事,落个安静日子,以终余年,免得再自寻苦吃。所以我们这全村的人,在此苦劝。"

狄公听了这话,不由忿气填胸,心下叹道:"国家无道,民不聊生,小人在朝,君子失位。这班人的言语,虽是纯民的口吻,心中已是恨如彻骨了。我狄某不知此事便罢,既然亲目所睹,何能置之不问?"乃向那老者说道:"你既受了这冤屈,地方官又如此狼狈,我指你一条明路。眼下且忍耐几天,可知本省的巡抚现在放了狄大人了?此人与这班奸臣作对,专代百姓伸冤,为国家除佞,眼下已经由昌平到山东,渡黄河进京,不过一半月光景,便可到任。那时你到他衙门控告,包你将这状子告准。我方才听你众人说,还有两个人家,也受了他害,一个女儿、一个妻子,也为他抢去。

你最好约同这两人，一齐前去，包你有济。我不过是行路的人，见你们如此苦恼，故告知你们。"众人连忙问道："这个人可是叫狄仁杰吗？他乃是先皇的老臣。听说在昌平任上，断了许多疑难案件。如果是他前来，真是地方的福气了。"狄公当时又叮嘱一番，与马荣走了。沿路上又访出无限的案情，皆是张昌宗这党类居多，当时记在心上。然后回转客店，歇了一日，这才到京。

先到黄门官那里挂号，预备宫门请安，听候召见。谁知自武后坐朝以来，在京各员无不贪淫不法。这黄门官乃是武三思的妻舅，姓朱，叫朱利人，也是三思在武后面前竭力保奏，武后因是娘家的亲戚，便令他做了这个差使。一则顺了三思的意思，二则张昌宗这班人出入便无阻隔。谁知朱利人莅事以来，无论在京在外大小官员，若是启奏朝廷，入见武后，皆非送他的例规不可。自巡抚节度使起，以及道府州县，他皆有一定的例银。此时见狄公前来上号，知他是新任的巡抚，疑惑他也知道这个规矩，送些钱财与他。当时见门公进来禀报，随即命人请见。狄公因他是朝廷的定制，虽是人品微贱，也只得进去与他相见。彼此见礼坐下，朱利人开言说道："日前武后传旨，命大人特授这河南巡抚。此乃不次之提拔，莫非大人托舍亲保奏吗？"狄公一听，心下早已不悦。明知他是武三思的妻舅，复故意问道："足下令亲是谁？下官还未知道。"朱利人笑道："原来大人是初供京职，故而未知。本官虽当这黄门的差使，也在国戚之列，武三思乃本官的姐丈，在京大员，无人不知。照此看来，岂不是国戚吗？大人是几时有信至京，请他为力？"狄公将脸色一变，乃道："下官乃是先皇的旧臣，由举明经授了昌平县令。虽然官卑职小，只知道尽忠效力，为国为民，那知道与这班误国的奸臣、欺君的贼子为伍。莫说书信贿赂是下官切齿之恨，连与这类奸党见面，恨不能食肉寝皮，治以国法，以报先皇于地下。至于升任缘由，乃是圣上恩典，岂汝等这班小人所知。"

朱利人见狄公这番正颜厉色，知道彼此不容，心下暗道："你也不访访，现在何人当国！说这派恶言，岂不是故意骂我？可知你虽然公正，我这规矩是少不了的！"当时冷笑道："大人原来是圣上简放，怪不得如此小视下官。这差使也是朝廷所命，虽然有俸有禄，无奈所入甚少，不得不取偿于诸官。大人外任多年，一旦膺此重任，不知本官的例银可曾带来?"狄公听了此言,不禁大声喝道:"汝这该死的匹夫,平日贪赃枉法,已是恶迹多端。本院因初入京中,不便骤然参奏,你道本院也与你们一类吗? 可知食君之禄,当报君恩。本院乃清廉忠正的大臣,那有这赃银与汝? 汝若稍知进退,从此革面洗心,乃心君国,本院或可宽其既往,免予追究。若以武三思为护符,可知本院只知道唐朝的国法,不知道误国的奸臣,无论他是太后的内侄,也要尽法惩治的,而况汝等这班狗党!"朱利人为狄公骂这一顿,一时转不过脸来,不禁恼羞成怒,乃道:"我道你是个堂堂的巡抚,掌管平章,故而与汝相见,谁知你目无国戚,信口雌黄。这黄门官也不是为你而设,受你指挥,你虽是个清正大员,也走不过我这道门路。你有本领,去见太后便了。"说着,怒气冲冲,两袖一起,转入后堂而去。狄公哪里容得下去,高声大骂了一阵,乃道:"本院因你这地方是皇家的定制,故而前来。难道有你阻隔,便不能入见吗? 明日本院在金殿与你辩个高下。"说毕,也是怒气不止,出门而去,以便明日见驾,不知后事如何,且看下回分解。

# 第三十二回　元行冲奏参小吏
## 武三思怀恨大臣

话说狄公为朱利人抢白一顿，大骂出来。马荣上前问道："大人何故如此动怒？"狄公道："罢了罢了。我狄某受国厚恩，升了这封疆重任，今日初次入京，便见了这许多不法的狗徒，贪婪无礼。无怪四方扰乱，朝政孤悬，将一统江山败坏在女子妇人之手。原来这班无耻的匹夫，也要认皇亲国戚，岂不令人可恼！"当时命马荣择了寓所，先将众人行李安排停妥，然后想道："如今先皇驾崩，女后临朝，所有年老的旧臣不是罢职归田，便是依附奸党，明日若不能入朝见驾，不但被这狗头见笑，他必无端谎奏，陷害大臣。"自己想了一会，唯有通事舍人元行冲这人尚在京中，不与这班人为伍，此时何不前去访拜，同他商议个良策，以便将朱利人惩治。想毕，仍然带了马荣，问明路径，直到行冲衙门而来。

到了前面，先命马荣递进名帖。家人见是新简的巡抚，平日又闻他的声名，不敢怠慢，进内禀明主人。元行冲这连日正是为国忧勤，恨不能将张昌宗、武三思罢斥出朝，复了中宗的正位，无奈势孤力薄，没有同力之人，因此在书房长吁短叹。忽见家人取出名帖，说新任巡抚来拜，元行冲抬头一看，见是"狄仁杰"三字，心下好不欢喜。随即命人开了中门，自己迎接出去。彼此相见，携手同归。到了厅前，见礼入座，元行冲说道："自从尊兄授了县令，已有数载。闻兄德政，真乃为国为民古今良吏。圣心忧隆，兄任京畿大臣，此乃君民之福。可知这数年之内，先皇驾崩，女后临朝，国事日非，荒淫日甚。凡从前老成硕望，半就凋零。我辈生不逢辰，遇了无道之世，虽欲除奸佞启悟君心，无奈人微言轻，也只好羞颜人世了。"说到此处，不觉声音呜咽，流下泪来。狄公见他如此，乃道："下官虽授了这重任，可知职分愈大，则报效愈难。武后荒淫，皆由这班小人煽惑。下官此来奉拜，正有一事相商，不知大人可能为力？"当时就将朱利人的话说了一遍。元行冲道："此人却是武三思的妻舅，可恨在廷臣子谄媚求荣，承顺他的意旨。平时觐见，不有一千，便有八百，日复一日，竟成了牢不可破之例。不然便谎君欺君，阻挠觐见。前虽有据实参奏，皆为武三思将本章抽下，由此各官畏惧权势，争相贿赂。京中除下官与张柬之这四五人没有这陋规赃款，其余无不奉承。尊兄既欲除此弊端，必待下官明日入朝，然后尊兄如此这般，方可令朝廷得悉，随后这狗头也可知敛迹。"当下议论已毕，便留狄公在衙饮酒。到了二鼓以后，方才席散回寓。

次日五鼓起来，具了朝服，也不问朱利人代他启奏与否，到了朝房，专等入朝见驾。此时文武大臣见他是新任的巡抚，方欲与他接见，忽然见朱利人的小黄门进来一望，然后高声说道："今日太后有旨，诸臣入朝启奏，俱各按名而进。若无名次，不准擅入，违者斩首。"说毕，当时在袖内取出一道旨意，上面写了许多人名，高声朗诵，从头至尾念了一遍，其中独没有狄公的名字。狄公知他是假传圣旨，随即向前问道："你这小黄门，既然在此当差，本院昨日前来挂号，为何不奏知圣上，宣命朝见？"那个小黄门将他一望，冷笑道："这事你问我吗？也不是我不令你进去。等有一日你见了圣驾，那时在金殿上询问，方可明白。这旨意是朱国戚奏的，圣上谕的，你来问我，干我甚事？"狄公听了如此言语，恨不能立刻将他治死。只因圣驾尚未临朝，不便预先争论，但道："此话是你讲的，恐你看错了。本院那时在圣驾面前，可许抵赖。"说着，元行冲也进了朝房，众人也不言语。

不多一会，忽听景阳钟响，武后临朝。众大臣皆起身入内。狄公待众人走毕，起身出了朝房，直向午门而去。那个小黄门看见，赶着向前喝道："你是个新任的巡抚，难道朝廷统制都不知道吗？现有圣旨在此，若未列名，不准入见，何故迕逆圣旨，有意欺君？我等做此官儿，不能听你做主，还不为我出去！"说着抢上一步，伸手揪着狄公的衣襟，拖他回去。狄公当时大怒不止，举起朝笏向小黄门手掌上猛力一拍，高声喝道："汝这狗头，本院乃是朝廷的重臣，封疆的大吏，圣上升官授职，理应入朝奏事。昨日前来挂号，那个朱狗头滥索例规，贪赃枉法，已是罪无可恕。今又假传圣旨，欺罔大臣，该当何罪？本院预备领违旨之罪，先与你这狗头入朝见驾，然后与朱利人分辩。"说着，举起朝笏直望小黄门打下。小黄门本是朱利人命他前来，见狄公如此动怒，不禁有意诬栽，高声喊道："此乃朝廷的朝房，你这人如此无理，岂

图文珍藏版

不欲前来行刺吗?"里面值日的太监,听见外面喧嚷,不知为着何事,随即命人奏知武后,一面许多人出来询问。

此时元行冲与众人正是山呼已毕,侍立两旁,见武后在御案上观各臣的奏本,忽有值殿官向前奏道:"启我主万岁,不知谁人紊乱朝纲,目无法纪,竟敢在朝房向小黄门揪打。似此欺君不法,理合查明议罪,请圣驾旨下。"武后正要开言,早有元行冲俯伏金阶,向上奏道:"请陛下先将朱利人斩首,然后可传旨查办。"武后道:"卿家何出此言?他乃黄门官之职,有人不法闯入朝门,他岂有不阻之理?为何反欲将他斩首?"元行冲道:"且奏陛下,新任河南巡抚现是何人?封疆大吏入京见驾,可准其陛见吗?"武后道:"孤家正在思念此人,前山东巡抚阎立本保奏,狄仁杰在昌平县内慈爱惠民,尽心为国,颇有宰相之才。朕思此人虽为县令,乃是先皇的旧臣,因此准奏先授汴州参军,未及至任便越级升用,简了这河南巡抚同平章事。此旨传谕已久,计日此人也应到京,卿家为何询问?至于大臣由职进京,凡要宫门请安的人,皆须在黄门官处挂号,先日奏知,以便召见。此乃国家定例,卿家难道尚不知道吗?"元行冲道:"因臣晓得,所以请陛下将朱利人斩首。此时朝房喧嚷,正是简命大臣狄仁杰因昨日往黄门官处挂号,朱利人滥索例规,挟仇阻挡,不许狄仁杰入朝,以故狄仁杰与他争论。朱利人乃宫门小吏,便欺君罔法,侮辱大臣,倘在廷诸臣皆相效尤,将置国法于何地?臣所以请陛下先斩朱利人首级,以警臣僚,然后再追问保奏不实之人,尽法惩治,庶几朝政清而臣职尽,唯陛下察之。"武后听了元行冲之言,心下想道:"朱利人乃武三思妻舅,即是我娘家的国戚,前次三思保奏,方将他派了这差事。此事若准他所奏,不但武三思颜面攸关,孤家也觉得没什么体面。且令三思出去查问,好令他私下调处。"当即向下面说道:"卿家所奏虽属确实,朱利人乃当今的国戚,何至如此贪鄙?且命武三思往朝房查办。若果是狄卿家入朝见孤,就此带领引见。"武三思知道武后的意思,当时出班领旨,下了金阶,心下骂道:"元行冲你这匹夫,朱利人向狄仁杰索规要费,干汝甚事?汝与张柬之平日一毛不拔,已算你们是个狠手,为什么还帮着别人不把银两。众人全不开口,你偏奏参一本。不独参他,还要参我,若这天子非我的姑母,我两人的性命岂不为汝送去?

你既如此可恶，便不能怪我等心狠了。早迟有一日，总要摘你一短处，严参一本，方教你知道我的手段，随后不敢藐视。"

武三思一人心下思想，走了一会，已到朝房，果见小黄门与一朝服朝冠大员在那里争论。一个说："我是钦命的大臣，理应带领引见，为何所欲不遂，便假传圣旨。"一个说："你若想走这门路，也是登天向日之难。你有本领见得到圣驾，我家爷也不当这差使了。没有钱孝敬，还如此威武！"狄公被他揪住，只是举朝笏乱打，大骂不止。此时武三思看见，只得向前来问。不知后事如何，且看下回分解。

# 第三十三回　狄仁杰奏参污吏 洪如珍接见大员

却说武三思来至朝房，果见小黄门与狄仁杰喧嚷。走到前面，向着狄公奉了一揖，乃道："大人乃朝廷大臣，何故与小吏争论，岂不失大人的体统。若这班人有什么过失，尽可据实奏闻。若这样胡闹，还算什么封疆大吏！现在太后有旨，召汝入见，汝且随我进来。"狄公将他一看，年纪甚是幼小，绿袍玉带，头戴乌纱，就知是武三思前来。当时故作不知，高声言道："我说朝廷主子甚是清明，岂有新简的大臣不能朝觐之理。可恨被这班小人欺君误国，将一统江山败坏于小人之手。朱利人那厮还以武三思为护符，此乃是狗党狐群，贪赃枉法，算什么皇亲国戚。既然太后命汝宣旨，还不知尊姓大名，现居何职？"武三思听他骂了一番，哪里还敢开口，心下暗道："此人非比寻常，若令他久在朝中，与我等甚为不便。此时当我的面尚作不知，指桑骂槐如此，背后更可思想了。"又见他问他姓名，更是不敢说出，乃道："太后现在金殿立等觐见，大人赶速前去罢。你我同为一殿之臣，此时不知，后来总可知道。"说着，喝令小黄门退去，自己在前引路。

穿了几个偏殿，来至午门。武三思先命狄公在此稍待，自己进去，先在御驾前回奏，然后值殿官出来喊道："太后有旨，传河南巡抚狄仁杰朝见。"狄公随即趋进午门，俯伏金殿，向上奏道："臣河南巡抚狄仁杰见驾，愿吾皇万岁！万万岁！"武后在御案上龙目观看，只见他跪拜雍容，实是相臣的气象，当即问道："卿家何日由昌平起程？沿路风俗年成可否丰足？前者山东巡抚阎立本，保奏卿家政声卓著，孤家怜才甚笃，故此越级而升。既然到了京中，何不至黄门官处挂号，以便入朝见朕？"狄公当即奏道："臣愚昧之才，蒙恩拔擢，深惧不胜。圣恩优隆，唯有竭身报效。臣于前月由昌平赴京，沿途年岁可卜丰收，唯贪官污吏太多，百姓自不聊生，诚为可虑。"武后听了这话，连忙问道："孤家御极以来，屡下明昭，命地方各官爱民勤慎，卿家见谁如此，且据实奏来。"狄公道："现有河南府清河县周卜成，便贪赃枉法，害虐民生，平日专与恶棍土豪鱼肉百姓，境内有富户曾有才霸占民田，奸占妇女，诸般恶迹，道路喧传。百姓控告，衙门反说小民的不是。推缘其故，皆这两人是张昌宗的家奴。张昌宗是皇上的宠臣，以故目无法纪。若此贪官污吏，再不尽法惩治，百姓受害日久，必至激成大变。此乃外官的积恶，京官弊窦，臣甫入京，都未能尽悉。但以黄门官朱利人而言，臣是奉命的重臣，简授巡抚，进京陛见，理合先赴该处挂号。朱利人谓臣升任巡抚，是因请托武三思贿赂而来，他乃武三思妻舅，自称是皇亲国戚，勒派臣下送他一千两例规，方肯带领引见。臣乃由县令荐升，平日清正廉明，除应得俸禄，余者一尘不染，哪里有这赃银送彼？谁知他阻挠入觐，令小黄门假传圣旨，不准微臣入朝。若非陛下厚恩，传旨宣见，恐再迟一年也难得睹圣上。这班小人居官当国，皆是仰仗武三思、张昌宗等人之力，若不将此人罢斥驱逐出京，恐官方不能整顿，百姓受害日深，天下大局不堪设想。臣受国厚恩，故昧死渎奏，伏乞我主施行。"武后听他奏毕，暗道："此人好大胆量。张昌宗、武三思皆我宠爱之人，他初入京中便如此参奏，可见他平日是为民为国不避权贵的了。但此时你虽奏明，叫孤家如何发落？将他两人革职，于心实是不忍，况且宫中以后无人陪伴了。若是不问，狄仁杰乃先皇的旧臣，百官更是不服。"想了一会，乃道："卿家所奏，足见革除弊政，其行可嘉。着朱利人降二级调用，撤去黄门官差使。周卜成误国殃民，着即行撤任。与曾有才并被害百姓，待卿家赴任后，一并归案讯办，具奏治罪。张昌宗、武三思，姑念事朕有功，着毋庸置疑。"狄公见有这道旨意，随即叩头谢恩。武后命他即赴新任，然后卷帘退朝。

元行冲出了朝房，向狄公说道："大人今日这番口奏，也算得出人意料。虽不能将那两个狗贼处治，从此谅也不敢小视你我了。但是一日不去，皆是国家的大患，还望大人竭力访察，互相究办，方利国家。"狄公道："大人但放宽心，我狄某不是那求荣慕富的小人，依附这班奸党。到任之后，哪怕这武后有了过失，也要参她一本。"说着，两人分手而别。

狄公到了客寓，进了饮食，因有圣命在身，不敢久留京内。午后出门拜了一天的客，择定第五日接印。这巡抚衙门即在河南府境，唐朝建都在河南，名为外任，仍与京官一般,每日也要上朝奏事。加之狄公又有同平章事这个官职,如同御史相仿,凡应奏事件又多,所以每日皆须见驾。自从朱利人降级之后,所有这般奸臣,皆知道狄公利害,不敢小视于他。众人私下议道:"武张两人如此的权势,他甫进京中,便参他不法。圣上虽未准奏,已将三思的妻舅撤差,你我不是依草附木的人,设若为他参奏一本,也要同周卜成一样了。"

不说众人心怀畏惧,单说狄公次日先颁发红谕,择了十三日辰刻接印。一面命马荣去投递,一面自己先到巡抚衙门拜会旧任。此时旧任巡抚正是洪如珍,此人乃是个市侩,与僧怀义自幼交好。因怀义生得美貌超群,有一日被武后看见,便命他为白马寺住持。凡武后到寺拈香,皆住在里面,淫乱之风笔难罄述。怀义得幸之后,便是骄贵非常,敌尊王位,出入乘御马,凡当朝臣子皆匍匐道途,卑辞尽礼。武承嗣、武三思见武后宠爱于他,凡见他之时,皆以僮仆礼相见,呼他为师父。怀义因一人力薄,恐武后不能当意,又聚了许多无赖少年,度为僧尼,终日在寺内传些秘法,然后送进宫中。这洪如珍知道这个门径,他有个儿子长得甚好,也就送在寺内,拜怀义为师。此子生来灵巧,所传的秘法比众人格外活动,因此怀义喜欢他非常,进与太后,大为宠幸。由此在太后面前求之再三,任洪如珍做了巡抚。这许多秽迹,狄公还未知道。当时到了衙门,将名帖投进号房。见是新任大人,赶紧送与执帖的家人,到里面通报。此时洪如珍已得着他儿子的信息,说新任巡抚十分刚直,连武、张诸人皆为他严参,朱利人已经撤差,如到衙门,不可大意。洪如珍见了这书信,心下笑道:"张昌宗这厮,平日专妒忌怀义,说他占了他的步位,无奈他没有怀义那许多秘法,不过些老实行情。现在被狄仁杰再参了一本,怕是要失宠了。那时我的儿子能大得宠幸,虽有这姓狄的在京,还怕什么?"当时见家人来回,也只得命人开了中门,花厅请会。自己也是换了冠带,在阶下候立。

抬头见外面引进一人,纱帽乌靴,腰束玉带,年纪在五十以外,堂堂仪表颇觉威严。当即赶上一步,高声说道:"下官不知大人枉顾,有接来迟,望祈见谅。"狄公见他如此谦厚,也就言道:"大人乃前任大员,何敢劳接?"说着彼此到了花厅。见礼已毕,分宾主坐下。家人送上茶来,寒温叙毕,各罄所怀。洪如珍先问道:"大人由县令升阶卓授此任，圣上优眷可谓隆极了。但不知几时接印，尚祈示知，以便迁让衙署。"狄公道："下官深恐负任，只因圣恩高厚，命授封疆。昨日觐见之时，圣命甚为匆促，现已择定十三日辰刻接印，红谕已经颁发，故特前来奉拜。至地方上一切公牍，还期不吝箴言，授以针指。"洪如珍见狄公如此谦抑，疑惑儿子所言不实，此时反不以他为意，乃道："大人乃简命的大臣，理合早为接印。至公牍案件，自本院莅任以来，无不整理有方，官清民顺，纵有那寻常案件，皆无关紧要，待交印时自然交代，此时无烦过虑。"狄公见他这目空无人的言语，心下笑道："我道你是个我辈，谁知你也是个狂妄不经的小人。你既如此倨傲，本院倒要驳你一驳。"乃道："照此说来，大人在任数年，真乃小民之福了。但不知属下各官，可与大人所言相合。下官自山东渡黄河至清河县内，那个周卜成甚是殃民害国。昨日在殿前据实参奏，蒙旨将他革职。不知大人耳目，可知道这班污吏吗？即谓官清民安，何以这项人员尚未究办？莫非是口不应心吗？"洪如珍听他这言语，明是有意讥讽，乃道："大人但知一面，可知周卜成是谁出身？乃张昌宗所保，武后放的这县令。现在虽然革职，恐也是掩耳盗铃。常言道，识时务者为俊杰，大人虽有此直道，恐于此言未合，岂不有误自己？"这番话说得狄公大怒不止。不知后事如何，且看下回分解。

# 第三十四回 接印绶旧任受辱
# 发公文老民伸冤

却说洪如珍一番话，说得狄公大怒不止，乃道："我道你是个正人君子，谁知也与这班狗徒视同一类。但有一言问你，你这官儿是做的皇上的，还是做的张昌宗的？先皇升驾，虽为这班奸党弄得朝政不清，弊端百出，你若是忠心报国，理该不避权贵，面折廷诤，方是正理。而且这周卜成乃是汝属员，若不知情，这防范不严的罪名还可稍恕，你明明知道他害虐百姓，如若将民心激变，酿成大患，那时张昌宗还能代你为力吗？汝识时务乃是如此，岂不也是欺君误国的奸臣，有何面目尚与本院相见。可知做官只知治民，即便为奸臣暗害，随后自有公论，何必贪恋这富贵，留万世骂名。本院今日苦口劝你，以后革面洗心，致身君国，方是大臣的气度。"这派话说得洪如珍哑口无言，两耳飞赤。过了一会，只得自己认过道："下官明知不能胜任，因此屡经呈请开缺。大人前来，此乃万民之福，下官遵命就是。"狄公见他惭愧，也就起身告辞，上轿而去。

回至客寓，却巧遇元行冲前来回拜。狄公便将方才这番说了一遍，乃问道："这洪如珍不知是何出身？何以数年之间，便做这封疆大吏。看他举止动静，实是不学无术。"元行冲长叹一声道："如今是绿衣变黄裳，瓦缶胜金玉了。你道他是何人？说来也是可耻，你我若非受先皇厚恩，唯有罢革归田，不问时务，落得个清白留名，免得与这班市侩为伍。"当时就将他儿子拜僧人怀义为师，送了宫中，以及怀义为白马寺住持，圣驾常行临幸的话说了一遍。狄公也就长叹不止，说道："我狄某若早在京数年，这班狗头何能容他如此！起初以为只张昌宗数人，谁知又有僧人邪道。但不知此人现在宫中，还在寺内？"元行冲道："现在尚在寺中。若日久下来，难保不潜入宫中。"狄公当时又谈论了一会，元行冲方才走去。

到了十三这天，狄公先入朝请了圣安，回至寓中，已是卯正之后。因自己仆从无多,又无公馆,当时穿了朝服,乘轿来至巡抚衙门。在大堂升了公座,命巡捕到里面请印,所有合署书差以及属下各官,见大人如此轻简,一个个也就具了冠带,在堂口两边侍立。洪如珍见巡捕进来,知是狄公已到,随即将王命旗牌以及书卷案牍,同印一并恭送出去。只听三声炮响,音乐齐鸣,暖阁门开,巡捕官披着大红,将印在公案上设好,狄公当时行了拜印礼,然后在堂下设了香案,谨敬叩头,望阙谢恩。升堂,公座标了朱书写了"上任大吉"四个字,用印盖好,贴于暖阁上面。方才堂下各官行庭参礼毕,众书役叩贺任禧,狄公随即在堂上起了公文,用六百里加急,命清河县周卜成迅速来省,所有遗缺,着该县县丞暂行代理。并传知郝干庭、胡大经、王小三子并被告曾有才,着派差押解来辕,以便讯办。书办将文稿接过,心下甚是惧怕,各人暗道:"真是名不虚传,算得个有人有胆。从未见过方才接印,便动公事提人之事。"当即在堂上誉清已毕,盖了官印,由驿递去。这里狄公又阅城盘库,查狱点卯。一连数日,将这许多例行公事办毕。此时洪如珍已迁出衙门,入朝复命。

　　且说周卜成那日将郝干庭的媳妇抢来,便与曾有才道:"此人我心下甚是喜悦,眼下全听你受用,等事情办毕,还是要归我做主的。"两人正议之时,适值郝干庭前去告状,格外的驳得个干净,好令他不敢再告。谁知此时独被狄公访着,未有数日,京中已有旨下来,着他撤任,彼此甚是诧异,不知这姓狄的是谁,何以知道这县内案件。当时虽然疑惑,总倚着是张家的人,纵有了风波,也未必有碍。当即写了一封书信,并许多金银礼物,遣人连夜进京,请张昌宗从中为力,以免撤任。谁料此人才去,河南府已接到狄公的公事,吓得手忙脚乱。随即专差转饬下来,命县丞代理县印,立即传同原被告一并赴衙署候审。周卜成接了这公事,心下方才着急,悔恨这事不该胡闹,好容易得了这个县缺,忽被撤任已是悔之不及。虽想迟延,无奈公事紧急,次日便将印卷交代与县丞。县丞也随即出差,传知原告,准于后日赴衙署讯办。如此一来,早把个郝干庭、胡大经等人弄得犹豫不定。听说巡抚亲提,遥想总非坏兆,当即到县禀到,同曾有才等人一齐赴省。

　　到了抚院,递了公禀,在衙署附近寻了客店住下。此时唯有周卜成同曾有才十分惧怯,唯恐在堂上吃苦。谁知公文号房见了这项公禀,知清河县已经到省,当即送入里面,请狄公示下。狄公命将被告并已革清河县交巡捕官看管,明日午堂听审。巡捕得了面谕,随即出来将曾有才与周卜成两人传进。

次日早晨,郝干庭便与胡大经三人来衙署听审。狄公朝罢之后,随即升坐大堂。两旁巡捕、差官、书吏、皂役站满在阶下。只见狄公入了公座,书办将案卷呈上,展开看毕,用朱笔在花名册上点了一下,旁边书办喊道:"带原告郝干庭。"一声传命,仪门外面听见喊"带原告",差人等赶忙将郝干庭带进,高声报道:"民人郝干庭告进。"堂上也吆喝一声,道了一个"进"字,早将郝老儿在案前跪下。狄公望下面喊道:"郝干庭,汝抬起头来,可认得本院吗?"郝老儿禀道:"小人不敢抬头。小人身负大冤,媳妇被曾有才抢去,叩求大人公断。"狄公道:"汝这老头儿也太糊涂了。此乃本院访闻得知,自然为汝等审问结案。汝且将本院一看,可在哪里见过吗?"郝干庭只得战战兢兢抬头向上面一望,不觉吃了一惊,乃是前日为这事要他告府状那个行路客人。当时只在下面叩头道:"小人有眼不识泰山,原来大人私下暗访,真我等小民之福。此事是大人亲目所睹,并无半点虚假。可恨这清河县不准民词,被书差勒索许多的银钱,反驳个'诬栽'两字,岂不是有冤无处申吗?可怜胡大经与王小三子也是如此苦恼,现在衙署门外。总求大人从公问断,令他将人放回。其余别事,求大人也不必问他了。他有张昌宗在太后面前袒护。大人若办得厉害,虽然为我们百姓,恐于自己有碍。小人们情愿花些钱,余皆随他便了。"狄公听了这话,暗暗感叹不已:"天下何尝无好百姓!你以慈爱待他,他便同父母敬你。本院为民申冤理直,他反请本院只将人取回,余皆不必深究,恐张昌宗暗中害我。这样百姓,尚有何说?可恨这班狗头,贪得无厌,鱼肉小民,以致国家的弊政反为小人痴议,岂不可恨!"当时说道:"汝等不必多言,本院为朝廷大臣,贪官污吏理应尽法惩治。汝等冤枉,本院已尽知,且命胡大经、王小三子上堂对质。"这堂谕一下,差役也就将这两人带到案前。

堂上一声高喊,巡捕官将周卜成带到仪门,报名而入。此时周卜成已心惊胆战,心下说道:"这狄仁杰是专与我做对了。我虽是地方官通同一类,抢劫皆是曾有才所为,何以不先提他独先提我?"心下一怕,两只脚便提不起来,面皮变了颜色。

巡捕官见他如此，低声骂道："汝这狗头，此时既如此惧怯，便不该以张家仗势欺虐小民。还要装腔作势，还不快走？"到了此时，也只好随他辱骂，到了案前跪下。不知狄公如何治罪，且看下回分解。

国学经典文库

中国公案小说

·狄公案·

图文珍藏版

# 第三十五回 审恶奴受刑供认
# 辱奸贼设计讥嘲

却说周卜成到了堂口，向案跪下，道："革员周卜成为大人请安。"狄公将他一望，不禁冷笑道："我道你身膺民社，相貌不凡，原来是个鼠眼猫头的种子，无怪心地不良，为百姓之害。本院素来刚直，想尔也有所闻，汝且将如何与曾有才狼狈为奸，抢占良家妇女，从实供来，可知你乃革职人员，若有半句支吾，国法森严，岂能宽恕！"周卜成此时见狄公这派威严，早已乱了方寸，只得向上禀道："革员莅职以来，从不敢越礼行事。曾有才抢占民女，若实有此事，革员岂不知悉？且该民人当时何不扭禀前来，乃竟事隔多日，捏控呈词，此事何能据信？而且曾有才是张昌宗的旧仆，何敢行此不端之事？还请大人明察。"狄公冷笑道："你这狗才，倒辩得爽快。若临时能扭控到县，他媳妇倒不至抢去了。你说他是张昌宗的旧仆，本院便不问这案吗？且带他进来，同你审个明白。"

当时一声招呼，也就将曾有才带到。狄公见他跪在堂上，便将惊堂木一拍，喝叫左右："且将这厮夹起，然后再问他口供。此事乃本院亲目所睹，还容汝等抵赖吗？"两边威武一声，早将大刑取过。上来两个差役，将曾有才腿衣撕去，套入圈内。只见将绳索一抽，哎哟两声，早已昏死过去。狄公命人止刑，随向周卜成言道："这刑具想汝也曾用过，不知冤枉了几许民人。现在负罪匪轻，若再不明白供来，便令尔尝这滋味。你以本院为何人，平日依附那班奸贼吗？从来王子犯法与庶民同罪，即便张昌宗有了过失，本院也不能饶恕。"周卜成到了此时哪里还敢开口，只在地下叩头不止，连说："革员知罪了，叩求大人格外施恩，以全体面。"狄公也不再说，命人用凉水将曾有才喷醒。众役如法行事，先将绳子松下，取了一碗凉水，当脑门喷去。约有半个时辰，只听他哎哟一声喊道："痛煞我也"，方才神魂入窍，苏醒过来。曾有才自己一望，两腿如同刀砍一般，血流不止。早上来两个差役，将他扶起，勉强在地下走了两步，复又令他跪下。狄公道："汝这狗才，平日视刑法如儿戏，以为地方官通同一气,便可无恶不作。本院问你,现在郝干庭的媳妇究在何处?王小三子的妻子与胡大经的女儿,皆为汝抢去。此皆本院亲耳所闻,亲目所睹,若不立时供出,刀斧手俱在,便要汝狗头。"曾有才此时已是痛不可忍,深恐再上刑具,那时便性命难保,不如权且认供,再请张昌宗为力。当时向上禀道:"此乃小人一时之错,不应将民人妻女任意抢占。现在郝家媳妇在清河县衙中,其余两人在小人家内。小人自知有罪,求大人开一线之恩,以全性命。"狄公骂道:"汝这狗才,不到此时也不吐实。你知道要保全性命,抢人家妇女,便不顾人家性命了。"随又命鞭背五十。登时拖了下来,一片声音,打得皮开肉绽。刑房将口供录好,盖了印花,将他带去收禁。

然后又向周卜成道:"现有对证在此,显见曾有才所为,乃汝指使,汝还有何赖?若不将汝重责,还道本院有偏重呢。左右,且将他打四十大棍。"两边吆堂已毕,将他拖下,重打起来。叫喊之声,如同犬吠。好容易将大棍打毕,推到案前。周卜成哪里吃过这苦楚,鲜血淋漓,勉强跪下,只得向上面说道:"大人权且息怒,革员照直供了。"随即在堂上将如何补了县缺,如何与曾有才计议霸占民产,如何看中郝干庭媳妇,指使他前去,前后事情说了一遍。狄公令他画供已毕,跪在一旁,向着郝干庭道:"汝等三人可听见吗?本院现有公文一封,命院差同汝回去,着代理清河县速将汝媳妇并他两人妻女追回,当堂领去。以后地方上再有这不法官吏,汝等投诉,本院绝不牵累。若差役私下苛索,也须在呈上注明,毋许私相授受。"说毕,郝干庭与胡大经等直是在地下碰头,说:"大人如此厚恩,小人们唯有犬马相报了。"当时书吏缮好公文,狄公又安慰一番,饬差同去不提。

且说周卜成跪在堂上,狄公心下想道:"若不在这案上羞辱张昌宗一番,他也不知我后害。唯有如此这般,方可牵涉他上。即使他在宫内哭诉,谅武后也不能奈我怎样。"主意想定,向周卜成道:"汝这狗才,乃是地方的县令,可知知法犯法加等问罪?以这案情而论,一死尚有余辜。我且问你,是要死要活?"周卜成听了这话,复又叩头不止,说道:"革员自知有罪,唯蝼蚁尚且贪生,人生岂不要命,求大人开恩,饶恕性命。"狄公道:"汝既要命,本院有一言在此,汝若能行,便免汝一死。不然,也免不了枭首示众。"周卜成听说可以活命,已是意想不到,还有什么不行?只是在地下叩头:"请大人吩咐,革员遵命便了。"狄公道:"本院也不苦汝所难,因汝等是张昌宗家的出身,动则以他为护符,若非本院不避权贵,这三个妇女岂不为汝等占定?虽有上宪衙门,也是告汝不准。细想起来,汝等罪恶皆是张昌宗为害。本院欲命汝将何时卖入他家为奴,何时为他重用,用何法迎合他的意旨,他又如何保举你为官,以及你如何仗他的势力做了这些不法的事件,现在被本院审出奏参革职,仍然是个家奴的话,在堂上用纸旗写好,明日同曾有才前去游街。凡到了一处街口,便停下高念一遍,晓谕军民人等。汝果能行此事,本院便施法外之仁,全汝狗命。"周卜成听了这话,心下实是为难。他想:若说不行,眼见得王命旗牌供在上面,只要他一声说斩,顷刻推出衙署,人头落地,岂不是送自己的性命?若骤然答应,我一人无什么碍事,张昌宗乃武后的宠人,显见的失了他体面,若他一时之怒,反过脸来奏知武后,那时我也是没命。心内踌躇,口中只不言语,狄公知道他的用意,故意催促道:"本院已宽厚待人,汝为何绝无回报?莫非怕张昌宗责你吗?可知这事乃本院命你如此,张昌宗动怒,只能归罪本院,与汝绝无牵涉。汝既这样畏忌,想必是自知有罪,不愿在世为人。左右,代我将这厮推出斩首。"两边吆喝一声,早将周卜成吓得魂飞天外,连忙失声哭道:"大人权请息怒,革员情愿做了。"狄公见他已经答应,随命巡捕赶造了一面纸旗,铺在地下,命书吏给了笔墨,使他在下面录写,周卜成此时也只顾要命,不问张昌宗如何,当时便在地下,从头至尾写了一遍,递上与狄公观看。狄公过目之后,用朱笔写了两行,乃是"已革清河县周卜成一名,因家奴出身,迎合权贵,保举县令,食禄居位,抢占妇女,直言不讳,审出口供,游街警众。"底下是"河南巡抚部院狄示"。这两行写毕,命巡捕仍将他带去看管,然后退堂。

次日五鼓入朝,在朝房见了元行冲,将这主意对他说明,元行冲也是得意。出朝之后,回到衙中,将例行的公事办毕,然后升堂。先将曾有才提出,将昨日的话对他说知,又将那面旗子取出,令书吏在堂上念了一遍,与曾有才听毕,然后向他说道:"他尚是个知县人员,犯罪还如此处治,汝比他更贱一等,岂能无故开释?本院因他已经宽恕,若仅治汝死命,未免有点不公,命汝也与他一同游街,凡他到了街巷,你先执着个小铜锣敲上数下,等街坊的百姓拥来观看,命他高声朗念。此乃本院法外之仁,汝愿意便在堂上先演一回,以便提周卜成前来,一齐前去。不然,本院照例施行,好令你死而无怨。"曾有才听了这番话,虽明知张昌宗面上难看,无奈被狄公如此逼迫,究竟是自己的性命要紧。又想:周卜成虽是革员,终是个实缺的县令,他既能够答应,我又何不可? 当时也就答应下来。狄公便命巡捕取来一面小锣、一个锤子,递在曾有才手内,令他操演。曾有才接过手来,不知怎样敲法,两眼直望着那个巡捕。此时堂下许多书差百姓在那里观看,真是罕有之事,从来未曾见过。只见有个巡捕走上前来,不知说出什么,且看下回分解。

国学经典文库

中国公案小说

·狄公案·

图文珍藏版

## 第三十六回　敲铜锣游街示众　执皮鞭押令念供

却说曾有才执着那个铜锣，不知如何敲法，两眼望着那个巡捕。下面许多百姓、书差，望着那样，实是好笑。只见有个巡捕上来说道："你这厮故作艰难，抢人家妇女怎么会抢？此时望我们何用？我且教传你一遍。"说着，复将铜锣取过，敲了一阵，高声说道："军民人等听了，我乃张昌宗的家奴，只因犯法，受刑游街示众。汝等欲知底细，且听他念如何。"说毕，又将锣一阵乱敲，然后放下道："这也不是难事，你既要活命，便将这几句话牢记在心中。还有一件，在堂上说明。汝等前去游街，大人无论派谁人押去，不得有意迟挨。若是不敲，那时可用皮鞭抽打。现在先行禀明大人，随后莫怨我们动手。"狄公在上面听得清楚，向曾有才道："这番话你可听见吗？他既经教传，为何还不交来与本院观看。"曾有才此时也是无法，只得照着巡捕的样子，先敲了一阵，才要喊："尔军民人等听了"，下面许多百姓见他那种坏形，不禁大笑起来。曾有才被众人一笑，又住口不说。堂上的巡捕也是好笑，上前骂道："你这厮在堂上尚且如此，随后上街还肯说吗？还是请大人将汝斩首，悬首示众，免得你如此艰难。"曾有才听了这话，再望一望狄公，深恐果然斩首，赶着求道："巡捕老爷且请息怒，我说便了。"当时老着面皮又说一句："我乃张昌宗的家奴。"下面众人见他被巡捕恐吓了两句，把脸色吓变，又红又白，那个样子实是难看，又大笑起来。曾有才随又掩住。巡捕见了，取过皮鞭上前打了两下，骂道："你这混账种子，你能禁他们不笑吗？现在众人还少，少顷在街上，将这锣一敲，四处人皆拥来观看，那时笑的人还更多呢，你便故意不说吗？"骂毕，又抽了两下。

曾有才被他逼得无法，只得将头低着，照他所教的话说了一遍。堂下这片笑声，如同翻潮。狄公心下也是好笑，暗道："不如此不能令张昌宗丢脸。"当即命巡捕将周卜成带上，说道："昨日你写的那面旗子，你可记得吗？"周卜成道："革员记得。"狄公道："这便妙极了。本院恐你一人实无趣味，即使你高声朗念，不过街坊上人可以听见，那些内室的妇女、大小的幼孩，未必尽知。因此本院代你约个伙伴，命曾有才敲锣，等将百姓敲满了，那时再令你念供，岂非里外的人皆可听见吗？方才他在堂上已经演过，汝再演一次与本院观看。"说毕，命曾有才照方才的样子敲锣唱说。曾有才知道挨不过去，只得又敲念了一遍。周卜成已不忍再看，把头一低，恨没有地缝钻了下去。这种丑态毕露，已非人类，哪里还肯再念？狄公道："他已敲毕了，汝何故不往下念？"周卜成直不开口。旁边巡捕喝道："你莫要如此装腔作势，且问他方才在大人面前所说何话。一经不念，这皮鞭在此，便望下打的。现在保全了性命，还不知道感激，这嘴上的言语还不肯念吗？"周卜成见巡捕催逼，只在地下叩头，向案前说道："求大人开恩到底，革员从此定然改过。若照如此施行，革员实是惭愧。求大人单令革员游街，将这口供免念罢。"狄公道："本院不因你情愿念供，为何免汝的死罪，现得陇望蜀，故意迟延，岂不是有心刁串。若再不高念，定斩汝头。"周卜成见了这样，心下虽是害怕，口里直念不出来，无意之中向狄公说道："大人与张昌宗也是一殿之臣，小人有罪与他无涉，何故要探本求原，牵涉在他身上。若将他保举，并把他的名字免去，小人方可前去。"狄公听了这话，哪里容得下去，顿时将惊堂木拍，高声骂道："汝这好大胆的狗才，敢在本院堂上冲撞。昨日乃汝自己所供，亲手写录，一夜过来，想出这主意，以张昌宗来挟制本院。可知本院命汝这样，正是羞辱与他，你敢如此翻供该当何罪？左右，将他重打一百！"两边差役见狄公动了真气，哪里还敢怠慢，立即将他拖下，举起大棍向两腿打下。但听那哭喊之声，不绝于耳，好容易将一百大棍打毕，周卜成已是瘫在地下，爬不起来。

狄公命人将他扶起，问道："你可情愿念吗？若仍不行，本院便趁此将汝打死，好令曾有才一人前去。"周卜成究竟以性命为重，低声禀道："革员再不敢有违了。但是不能行走，求大人开恩。"狄公道："这事不难。"随命人取出一个大大的篾篮，命他坐在里面，旗子插在篮上。传了两名小队，将他抬起，许多院差押着曾有才两个，巡捕骑马在后面，弹压百姓。顷刻，众人纷纷出了巡抚衙门，向街前而去。

到了街口，先命曾有才敲了一阵锣，说了那几句话，然后命周卜成照旗上念了一遍。所有街坊的百姓，无不同声称快，大笑不止。

一路而来,走了许多街道,却巧离张昌宗家巷口不远。巡捕本来受了狄公的意旨,命他故意绕道前来,此时见到了巷口,随即命曾有才敲锣。曾有才道:"你们诸位公差,可以容点情面,现在走了这许多街道,我两手已敲得提不起来,可以将这巷子走过再敲罢。"巡捕骂道:"你这混账种子,倒会掩饰。前面可知到谁家门口了?别处街坊还可饶恕,若是这地方不敲,皮鞭子请你受用。"说着在身上乱打下来。众人听巡捕这番话,知道到了张昌宗家,一声邀约,早在他家门首挤满。里面家人不知何事,正要出来观望,众人望里面喊道:"你们快来,你们伙伴来了,快点帮着他念去。"家人见如此说项,赶着出来一看,谁不认得是曾有才?只见他被巡捕衙门的差官押着行走,迫令他敲那小锣。曾有才见里面众人出来,心想代他讨个人情,谁知张家这班豪仆,因连日听见狄公在朝将黄门官参去,武三思、张昌宗皆在其内,虽想为他讨情,无奈狄公不好说话,深恐牵涉在身上。再望着那竹篮内坐的周卜成,知道是为的清河县之事,乃是奏参的案件,谁人敢来过问?只见巡捕官执着皮鞭,将曾有才乱打,嘴里说道:"你这厮故意迟疑,可知不能怪我们不徇人情。大人耳风甚长,你不敲念,职任在我们身上。你若害羞,便不该犯法。此时想谁来救你?"曾有才被他打得疼痛,见里面的人只望着自己,一言不发,到了此时,迫于无奈,勉强的敲了两下。曾有才此时也不能顾全脸面,硬着头皮将那几句念毕。应该周卜成来念,周卜成哪里肯行,直是低头不语。巡捕官见他如此,一时怒气起来,又举鞭要打。谁知众人在门外吵闹,那些家人再留神向纸旗上一看,那些口供明是羞辱的主子,无不同生惭愧,向里面去。顷刻之间,已是一人没有。

周卜成见众人已走,更是大失所望,只得照着旗上念了一遍。谁料张昌宗此时由宫内回来,正在厅前谈论,听得门外喧嚷,忙令人出来询问,你道此人是谁?乃是周卜成兄弟周卜兴,走出门来,见他哥哥如此,也不问是狄公的罚令,仗着张昌宗的势力,向前骂道:"你们这班狗头,是谁人命汝如此?他也没有乌珠,将我哥哥如此摆布,还不赶速代我放下。"那些公差见出来一个后生,出此不逊言语,当时也就道:"你这厮那里来的?谁是你的哥哥?我等奉巡抚大人的差遣,你口内骂谁?"就此一来,周卜兴又闹出一桩大祸。不知后事如何,且看下回分解。

## 第三十七回　众豪奴恃强图劫
## 　　　　　好巡捕设计骗人

　　却说周卜兴见哥哥被院差押着游街,向巡捕恐吓了几句。那班人见他仗着张昌宗的势力,哪里能容他放肆。周卜兴见不放人,心下着急,一时愤怒起来,上前骂道:"你们这班狗娘养的,巡抚的差遣前来吓谁? 爷爷还是张六郎的管家。你能打得我哥哥,俺便打得你这班狗头。"当时奔到面前,就向那个抬篓篮的小队一掌,左手一起,把面纸旗抢在手内,摔在地下,一阵乱踹。众院差与巡捕见他如此,赶着上前吓道:"你这狗才,也不要性命,这旗子是犯人口供,上面有狄大人印章,手批的告示,你敢前来撕抢,你拿张昌宗来吓谁?"说着上来许多人,将他乱打了一阵,揪着发辫,要带回衙去。周卜兴本来年纪尚幼,不知国家的法度,见众人与他揪打,更是大骂不止。从地下将纸旗拾起,撕得粉碎。里面许多家人,本不前来过问,见周卜兴已闹出这事,赶即出来解劝。谁知周卜兴见自己的人多,格外闹个不了,内有几个好事的,帮着他揪打,早将一个巡捕拖进门来。

　　张昌宗在厅上正等回信,不知外面何事,只见看门的老者吁吁地进来,说道:"不好了,这事闹得大了,请六郎赶快出来弹压。这个巡抚非比寻常。"张昌宗见他如此慌张,忙道:"你这人究为何事? 外面是谁吵闹?"那人道:"非是小人慌乱,只因为周卜成在清河县任内,与曾有才抢占民间妇女,为狄仁杰奏参革职,归案讯办。谁知他将这两人的出身,以及因何做官、在任上犯法的话录了口供,写在一面纸旗上,令人押解出来,敲锣游街,晓谕大众。外面喧嚷,即是巡抚的院差押着他两人在此。周卜成因在我们门口,上面的话牵涉主人体面,不肯再念,那班人便用皮鞭抽打。却巧周卜兴出去,见他哥哥为众人摆布,想令他们放下,因而彼此争闹,将那小队打了一掌,把那面旗子撕去,许多人揪在一处,欲将他带进衙去。我想别人做这巡抚,虽再争闹也没有事,这个姓狄的甚是碍手。我们虽仗着六郎的势力,究竟有个国法,何必因这事又与他争较? 即使求武后设法,这案乃是奉旨办的,听他如何发落,何能殴打他的差役?而且那旗子上面有印,此时抢去,如何得了。所以请六郎赶快出去,能在门口弹压下来,免得为狄仁杰晓得最好。"张昌宗听了之后,还未开言,旁边有个贴身的顽童,听说周卜兴被人揪打,顿时怒道:"你这老糊涂如此懦弱。狄仁杰虽是巡抚,总比不得我家六郎在宫中得宠。周卜成乃是六郎保举做官,现在将这细情写在旗上,满街敲锣示众,这个脸面置于何处?岂不为百姓耻笑。此次若不与他较量一番,随后还有脸出去吗?无论何人皆可上门羞辱了。"张昌宗被这人一阵唆弄,不禁怒气勃发,高声骂道:"这班狗才,胆敢狐假虎威,在我门前吵闹。狄仁杰虽是巡抚,他也能奈我何?前日在太后面前无故参奏,此恨尚未消除,现又如此放肆。"随即起身,匆匆到了门口。

果见周卜兴睡在地下,口内虽是叫骂,无奈被那些院差打了一顿,正要将他揪走。周卜成见张昌宗由里面出来,赶着在篮内喊道:"六郎赶快救我,小人痛煞了。"张昌宗向外一看,只见他两腿鲜血淋漓,早是目不忍视。向着众人喝道:"汝这班狗头,谁人命汝前来,在这门前取闹?此人乃我的管家,现虽革职人员,也不能用刑拷打羞辱旁人。汝等在此放下,万事皆休,若再以狄仁杰为辞,明日早朝,定送汝等的狗命。"说着,喝令众人将周卜兴扶起。然后来拖曾有才,想就此将他两人拦下,明日在太后面前求一道赦旨,便可无事。

此时众巡捕与院差见张昌宗出来,总因他是武后的幸臣,不敢十分拦阻,只得上前说道:"六郎,权请息怒,可知我等也是上命遣差,六郎欲要这两人,最好到衙门与狄大人讨情。有六郎这样势力,未有不准之理。此时在半路拦下,六郎虽然不怕,就害得我们苦了。"周卜成见巡差换了口吻,知道是怕张昌宗势焰,当即说道:"六郎,不要信他哄骗。为他带进衙门,小人便没有性命。他虽是上命差遣,为何在街道上任意毒打!"张昌宗听了这话,向着众人道:"汝等将这班狗头打散,管他什么差遣。人我是要留下。"这一声吩咐,许多如狼似虎的家人便来与院差争夺。彼此正欲相斗,谁知狄公早已料着,知道周卜成到张家门口便欲求救,唯恐寡不敌众,暗令马荣、乔泰两人远远接应。此时见张家已经动手,赶着奔到面前,分开众人到里面,喝道:"此乃奉旨的钦犯,遵的巡抚的号令游街示众,汝等何人,敢在半途抢劫吗？我乃狄大人亲随马荣、乔泰。似此目无法纪，那王命旗牌是无用之物了。还不赶快住手，将那个撕旗的交出。"张昌宗本不知什么利害，见马荣陡然上来，说了这派混话，更是怒不可遏，随即喝道："汝这大胆的野种，干汝甚事，敢在此乱道。尔等先将这厮打死，看有谁人出头。"马荣见他来骂自己，也不与他辩白，举起两手向着那班豪奴左三右四打倒了六七个人。还有许多人站在后面，见他如此撒野，正想上来帮助，哪知乔泰趁着空儿早把周卜兴在地下提起，向前而去。张昌宗知道不好，还要命人去追，这里周卜成与曾有才已经被那小队院差抬上肩头，蜂拥回去。马荣见众人已走，拾起纸旗向张昌宗说道："我劝你小心些儿，莫谓你出入宫闱，便毫无忌惮，可知也有个国法。狄大人也不是好说话的。"张昌宗见众人将周卜成抢去，顿时喊道："罢了罢了，我张昌宗不将他置之死地，也不知我手段。明日早朝在金殿上与他理论便了。"说毕，气冲冲向里面进去。所有那班豪奴见主人如此，还敢前来过问？也就退了进去。马荣见了，甚是好笑。

当时回转衙门，却巧众人已到堂上，两个巡捕先进去禀知狄公。狄公道："我正要寻他的短处，如此岂不妙极。"随向巡捕如此如此说了一遍，然后穿了冠带，立即升堂。令周卜成跪在案上，高声喝道："汝等方才在堂所供何事？本院命汝游街，已是万分之幸，还敢命人在半途抢劫。本院的旗印，竟大胆撕端。你兄弟现在何处，将他带来。"乔泰答应一声，早将一人纳跪在堂上，如此这般，把张昌宗的话回了一遍。狄公也不言语，但向周卜兴问道："你哥哥所犯何法，你可知道吗？本院是奉旨讯办，那旗上口供是他自己缮录，本院又盖印在上面。如此慎重物件，你敢抢去撕端，还有什么王法？左右，将他推出斩了。"两个巡捕到了此时，赶着向案前禀道："此事卑职有下情容禀。周卜成乃周卜兴的胞兄，虽然案情重大，不应撕去纸旗，奈他一时情急，加之张昌宗又出来吆喝，因此胆大妄为。求大人宽恕他初次，全其活命。"狄公听了这话，故意沉吟了一会，乃道："照汝说来，虽觉其情可想，但张昌宗不应过问此事。即便有心袒护，也该来本院当面求情，方是正理。而且家奴犯法，罪归其主。周卜成犯了这大罪，他已难免过失，何致再出来阻我功令？恐汝等造言搪塞。既然如此说法，暂恕一晚，看张昌宗来与不来，明日再为讯夺。"说毕，仍命巡捕将三人带去，分别收管，然后拂袖退堂。众人也就出了衙门。

且说巡捕将周卜成带到里面，向他说道："你们先前只恨我们打你，无奈这大人过为认真，不关你我之事，谁人不想方便？只要力量得来，有何不可？方才不是我在大人面前求情，你那兄弟已一命呜呼。但是只能保目前，若今晚张六郎不来，不但你们三人没命，连我总要带累。此人的名声，你们也该知道，说了的从来不会更改。在我看来，要赶快打算，能将张六郎请来方好。总而言之，现在是当道的为强，在京在外的官，谁人不仰仗武、张这两家的势力？虽僧人怀义现今得宠，他究竟是方外之人与官场无涉。能让张六郎来此一趟，那时莫说不得送命，连打也不得打了。若他再下身分说两句求情的话，还怕你们不立时释放吗？这是我方便之处，故将这话说与你听，你们倒要斟酌斟酌，可不要连累我便了。"这派话，说得三人破忧为喜。不知后事如何，且看下回分解。

图文珍藏版

## 第三十八回　投书信误投罗网　入衙门自入牢笼

话说周卜成听了巡捕这番话，心下想道："昨日他们那样凶恶，虽再哀求与他，全不看一点情面。此时由外面回来，虽然狄大人仍然恐吓，但只两句话一说，便退堂了。看来这并非因他求情，实是方才巡捕将张六郎的话告诉于他，他怕明日早朝彼此会面，在金殿上理论起来。他虽然是个大员，终不比六郎宠信，故而借话开门，使我们去求张六郎求情，这事虽如此说，设若他竟不来，那时狄仁杰恼羞成怒，拼作与他辩论，一时转不过堂来，竟将我等治罪，那便如何是好？巡捕的话虽不能尽信，倒也不可不听。"当时说道："你的好意我岂不知道，但是我们之人，皆被押在此。张六郎但说在殿上理论，未曾说来衙门求情，他处又无人打听，我们又无人去送信，他焉能知道你有什么主见？还请代我想想。"巡捕道："这有何难？你既在他家多年，你的字迹他应该认得，何不写一书信，我着人送去。他见了这信，自然知道，岂有不来的道理。若再怕他固执不行，再另外写一信，托你们知己的人在他面前求一求，也就完了。你想我这主意可用得？你若以为然，我便前去喊人，此事可不能再迟了。若再拖延，等到升堂审问，便来不及。"周卜成不知是计，随即请他取了笔砚，忍着疼痛扶坐起来，勉强写好书信，递与巡捕道："谁人前去，但向那门公说声，请他在旁边帮助，断无不来之理。他乃六郎面前最亲信之人。"巡捕答应，将信取出，转身来至衙门，回禀了狄公。狄公命陶干前去投信，若张昌宗肯来，务必先回来，以便办事。陶干领命，将信揣在怀中，换了衣服，直向张家而来。

到了门口，止步向里面一望，但听众人说道："我家六郎今日也算是初次动怒。平时皆是人来恭维，连句高声话皆未听过。自从这狄仁杰进京，第一次入朝便参了许多人，今日又带周卜成到门口来羞辱，岂不是全无肝胆吗？莫说六郎是个主子，面上难乎为情,我们同门的人也是害臊。此时他们弟兄到堂上审问,还不知是打是夹呢。能将今晚过去,明早六郎入朝,便可有望了。"陶干听得清楚,故意咳嗽两声,将脚步放实,走进里面。只见门房坐了许多人,在那里议论。陶干上前笑问道:"请问门公,这可是张六郎府上吗?"里面出来一人,将他一望,说道:"你也不是外路的人,不知六郎的名望,故意前来乱问。你是哪里来的?到此何干?"陶干道:"不是小人乱问,只因这事要秘密方好,露出风声,小人实担当不住。日间巡抚衙门押人在门口取闹,被六郎骂了一顿,那些人将周老爷仍然抢去,禀知了狄大人。狄大人立即升堂,要将周卜兴斩首治罪。幸亏有位巡捕竭力求情,说他是六郎得力之人,一时情急做出这事。狄大人见六郎出面,登时便改口说道:'汝等不许撒谎,张六郎既重用他两人,理应到我衙门求情。未见他来,显是搪塞。本院暂且收管,若今晚不来,明早定尽法惩治。'因此周老爷写了书信,请我送来,命我代门公请安。若六郎不肯前去,务必在旁边批注两句,方可有命。此乃犯法之事,小人因此地人多,不敢遽然说出,所以先问一声。此事万不能缓,我还要等到回信,方好回去呢。"说毕,在身边取出信来。众人见是周卜成的笔迹,知非假冒,赶着命陶干在门旁等候,两三个人取了书信向里而去。

此时张昌宗正为这事与那班顽童婆女互相私议,预备在这事上将狄公扳倒,方免随后之患。忽见家人送进一封信来,照着陶干的话说了一遍。张昌宗取开观看,与来人所说大略相同,下面但赘了几句:"小人三人之命,皆系于六郎之手,六郎不来,则我命休矣。"张昌宗看毕道:"这事如何行得?他虽是巡抚,我的身份也不在他之下,前去向他求情,岂不为他耻笑?谅他今夜也不敢十分究办,明日早朝,只要面求了武后,那时圣命下来,命他释放,还怕他违旨吗?"众人见他不去,齐声说道:"六郎虽然势大,可知其权在他手中,人又为他押着。此时不敢处治,已是惧畏六郎,若再不给他点体面,那时恼羞成怒,将他三人处死,等到明日已来不及。此乃保全自家人性命,与狄仁杰无涉。难得有此意见,何不趁此前去拜会,不但救了他三人,还可藉释前怨,随后事件也好商议。常言冤家宜解不宜结,小人的意思,还是六郎去更妥当。"张昌宗见从人如此说法,乃道:"不因周卜成是我重用之人,等他处治之后，自然有法报复。不过此去便宜他了。你们且命来人回去报信，说我立刻就来。"众人见张昌宗肯去，当时出来对陶干说明，令他赶速回去。陶干口内答应，心下甚是好笑，暗道："今番要在堂上吃苦了。不是这条妙计，你何肯自己送来。"当即忙忙回转衙门，直至书房里面，回复了狄公。狄公也是得意，命人布置不提。

且说张昌宗打发来人去后，随即进去换了一身簇新的衣服，乌纱玉带，粉底靴儿，灯光之下越发显得他脸上如白雪一般。本来武后命他平时皆傅香粉，此时因为是拜会狄公，格外搽了许多，远远望见，比那极美的女子还标致几分。许多娈童顽仆跟在后面，在厅前上了大轿，直向巡抚衙门而来。

到了署前，在仪门停下，命家人投进名帖。狄公见他已来，骂道："这个狗才，居然便来拜会，岂非是自讨其辱！"随即传命，令大堂伺候。所有首领各官以及巡捕书吏，皆在堂口站班。本来预备停妥，专等他来，此时一声招呼，无不齐来听命，顷刻之间已经站满。狄公换了冠带，犹恐张昌宗不循规矩，将供奉的那个万岁牌子由后面请出，自己捧出大堂，在公案上南面供好。然后命巡捕大开仪门，堂见来人。

此时张昌宗坐在轿内，见号房取了名帖进里面，去了多时，只不见他出来请会，心下甚是疑惑。忽见仪门大开，出来两个巡捕，到了轿前抢三步请了个安，高声禀道："狄大人现在大堂公干，请六郎就此相会。"张昌宗听了这话，疑惑狄公本来有事，忽见他来，就此请在后厅相会，总以为巡捕说话不清，当时命人停轿，走出轿来，再向堂上一望，那等威严，实是令人可怕。只见狄公高坐在堂上，全不动身，心下已是疑惑，无奈已经下轿，只得移步向堂上走来。绕到堂口，有个旗牌上前喊道："大人有命，来人就此堂见。"张昌宗一听这话，晓得有变卦，赶着上前向狄公一揖道："狄大人请了，张某这旁有礼。"狄公也不起身，向下面问道："来者何人，至此皆须下跪，何况万岁的牌位供奉在上面，何故立而不跪，干犯国法！左右为我将他拉下。"张昌宗见狄公以皇上来压他，知道有意寻衅，一时不敢争论，当时向上笑道："大人莫非认错人吗？此地虽是法堂，奈我不能跪你，不如后堂入见罢。"狄公将惊堂木一拍，高声骂道："汝这狗才，竟如此不知礼法。可知道天无二日，民无二王，这公堂乃是国家的定制，无论何人到此，皆须下跪参见。汝既是张昌宗本人，为何不知国法,莫非冒充他前来吗?左右还不将他拿下,打这狗头,以儆下次。"张昌宗见他如此吩咐,赶着走下堂来,欲转身就走。谁知下面上来四五个院差,将他拦住。不知张昌宗如何发落,且看下回分解。

# 第三十九回　求人情恶打张昌宗
# 　　　　施国法怒斩周卜成

却说张昌宗拜会狄公，狄公命他在大堂跪下，知道是有意寻衅，随即转身欲走。早见堂下走来四五个院差，将他拦阻道："你这狗才，受谁人指使，竟敢冒充张六郎，究是何故？现被大人看出真假，又想转身逃走？"说着，上来将他拿下。张昌宗早知中计，向堂上喝道："狄仁杰，你敢设计枉我，此时便跪立下来，也是跪的万岁，你能奈我何？可知早迟总要出这衙门，那时同你在金殿辩论便了。"狄公哪里能容，高声骂道："你这厮假扮禁臣，已为本院察觉，还敢矢口辩说。今日，本院的巡捕在他家门口还有事件，也未听说他前来。你说是张昌宗本人，来到本衙何事，可快说明。若果与案件相合，本院岂有不知之理，自然与汝相商。不然便冒充无疑，那时可尽法惩治。"张昌宗听了这话，恍然悟道："人说他心地刁钻，实是可惧。难怪他如此做作，深恐不是本人前来，误做人情，不但与我不能释怨，还要为我耻笑，因此在堂上问明真假，然后等我说情，那时大众方知他因我前来始行释放，随后太后即便知道，他也可推到在我身上。你既如此用意，我已经到堂，岂能不说出真话？"当时向狄公说道："大人但放宽心，此乃我本人前来。只因周卜成冒犯虎威，案情难恕，虽是奉武后旨讯办，也不过是官样文章，掩人耳目。故特趁晚前来。一则拜谒尊颜，二则为这家奴求情，求大人看张某薄面，就此释放免予追究。随后复命之时，但含糊奏本，便可了事，谅武后也不致查问。"

狄公等他说毕，将惊堂木一拍，在刑仗筒内摔下许多刑签，大声喝道："左右，还不将这厮恶打四十，显见这派言辞是胡乱捏造。本院今日将周卜成示众游街，张昌宗这狗头还吆喝恶奴，意图抢劫。幸本院命亲随前去，将人犯押回，并将那个周卜兴带案讯办。张昌宗乃是他三人主子，已是难逃国法，他方且要哭诉太后，求免治罪。莫说他不敢前来，即不知利害，今日被本院羞辱一番，也就愧死，还有什么面目前来求情？据此看来，岂非冒充而何？左右，快将这厮重打四十大棍，然后再问他口供。"堂上那些院差先前本不敢动手，此时见狄公连声叫打，横竖不关自己事，加之他平日虐待小民，已是恨如切骨，趁此机会便一声吆喝，将他拖下。顷刻之间，将腿打得血流满地。张昌宗从未受过这等苦楚，其初还喊叫辱骂，到后已是闭口不出声。众院差虽因狄公吩咐，唯恐将他打坏，那时自己也脱身不得，当即将他扶起，取了一碗糖茶，命他吃下。定了一定疼，方才能够言语。狄公见已打毕，复又问道："汝可冒充张昌宗吗？若仍然不肯认供，本院拼作一顶乌纱，将汝活活打死。可知张昌宗乃误国奸臣，本院与他势不两立，即便果真前来，也要参奏治罪，何况汝这狗头，改头换面。再不说出，便行大刑。"张昌宗到了此时，深恐再用刑具，那就性命不保，心下虽然愤恨，只得以真作假，向上说道："求大人开恩。某乃张昌宗的家奴王起，因同事周卜成犯罪，恐大人将他治罪，故此冒充主人前来求情。此时自知有罪，求大人饶恕释放。"

狄公听他供毕，命刑书录了口供，令他画了冒充的供押。举眼见他满脸的泪痕，将他那脸上香粉流滴下来，当即喝道："汝这厮好大胆量。本院道你是个男子，哪知你还是女流，可见你不法已极。"张昌宗正以画供之后便可开恩释放，忽又听他问了这句，如同霹雳一般，吓得魂不附体。连忙求道："小人实是男子，求大人免究。"狄公道："汝还要抵赖。既是男人，何故面涂脂粉，此乃实在的痕迹，还想巧辩吗？"张昌宗无可置辩，只得忍心害理，向上回道："小人因张昌宗平时入宫，皆涂脂粉，因冒充他前来，也就涂了许多，以为掩饰，不料为大人看出。"狄公冷笑道："你倒想得周密。本院也不责汝，汝既要面皮生白，本院偏令他涂得漆黑，好令你下次休生妄想。"遂命众差在堂口阳沟里面取了许多臭秽的污泥，将他面皮涂上，此时堂上堂下差官巡捕，莫不掩口而笑，皆说狄公好个毒计，张昌宗见了如此，心内加急火一般，唯恐污了面目。无奈怕狄公用刑，不敢求饶，只得听众差摆布。顿时将一个雪白如银的脸面，涂得如泥判官相似，臭秽的气味直向鼻孔钻去，真是哭笑不得。狄公见众人涂毕，复又说道："本院今日开法外之仁，留汝的狗命，若以后再仗张昌宗势力，挟制官长，一经访闻，提案处治。"说毕，也不发落，但将他口供收入袖中，退堂入后。所有张昌宗的家人，见狄大人已走，方才赶着上来，也不问张昌宗如何，纳进轿内，抬起便走。

狄公在内堂等他走后，随即又复升堂，将周卜成弟兄并曾有才三人提来，怒道："汝等犯了这不赦之罪，还敢私自传书，令张昌宗前来求情。如此刁唆，岂能容恕，今日不将汝治罪，尽人皆可犯法了。"随即将王命牌请出，行礼已毕，将三人在堂上捆绑起来，推出辕门斩首，然后将首级挂于旗杆上面示众。就此一来，所有听差各官，无不心惊胆战。盖狄公本来无心将这三人处死，因张昌宗既出来阻止，又受了如此窘辱，直要明日进宫，必定就有赦旨。那时活全三人还是小事，随后张昌宗便服压不住。故趁此时猝不及防，将他三人治罪。明日太后问起，本是奉旨的钦犯，审出口供，理应斩首。而且张昌宗也有供认在此，彼时奏明，武后便不好转口。当时发落已毕，到书房起了一道奏稿，以便明早上朝。

且说张昌宗被抬入家中，众人见了如此，无不咬牙切齿，恨狄公用这毒计。张昌宗骂道："你们这班狗才，方才我本说不去，汝等定说要去。现在受了这苦恼，只是在此乱讲，我面孔上的污秽，你们看不见吗？腿上鲜血已是不止，还不代我熏洗好，让我进宫哭诉太后！"那些人听他说了这话，再将他脸上一看，真是面无人色。心下虽是好笑，却不敢启齿，赶着轻轻将下衣脱去，先用温水将面孔洗毕，然后将两腿熏洗了一回，取了棒伤药代他敷好。果然灵效非凡，顷刻定疼。当即用细绸将两腿扎好，勉强乘轿，由后宰门潜入宫中。

此时武后正与武三思计议秘事，忽闻张昌宗前来，心下大喜，道："孤家正苦寂寞，他来伴驾岂不妙极。"随即宣他进来。早有小太监禀道："六郎现在身受重伤，不便行走，现是乘轿入宫，请旨命人将他搀进。"武后不知何故，只得令武三思带领四名值宫太监将他扶入。张昌宗见了武后，随即放声大哭，说："微臣受陛下厚恩，起居宫院。谁知狄仁杰心怀不忿，将臣打辱一番，几乎痛死。"说着，将两腿卷起，与武则天观看。武则天忙道："孤家因他是先皇旧臣，故命他做河南巡抚。前日与黄门官争论，将他撤差，不过全他的体面。此时复与卿家作对，若不传旨追究，嗣后更无畏惧了，卿家此时权在宫中安歇一夜，明日早朝再为究办。"张昌宗见武则天如此安慰，也就谢恩起来，与武三思谈论各事。

次日五鼓武后临朝，文武大臣两班侍立，值殿官上前喊道："有事出班奏朝，无事卷帘退驾。"文班中一人上前俯伏奏道："臣狄仁杰有事启奏。"不知狄公所奏如何，且看下回分解。

# 第四十回　入早朝直言面奏
　　　　　　遇良友细访奸僧

　　却说武则天临朝，狄公出班奏道：“臣狄仁杰有事启奏。”武后心下正不悦，忽见他出班奏事，乃道：“卿家入京以来，每日皆有启奏。今日有何事件，莫非又参劾大臣吗？”狄公听了这话，知道张昌宗已入宫中，在武则天面前哭诉，当即叩头奏道：“臣职任平章，官居巡抚，受恩深重，报答尤殷。若有事不言，是谓欺君，言之不尽，是谓误国。启奏之职本臣专任，愿陛下垂听焉。只因前任清河县与曾有才抢占民间妇女，经臣据实参奏，奉旨革职，交臣讯办。此乃案情重大之事，臣回衙之后，提集原被两告，细为审问。该犯始以为张昌宗家奴，仰仗主子势力一味胡供，不肯承认。臣思此二人乃知法犯法之人，既经奉旨讯办，理应用刑拷问。当将曾有才上了夹棒，鞭背四十，方才直言不讳。原来曾有才所为，皆周卜成指使。郝干庭媳妇抢去之后，藏匿衙中，胡、王两家妇女，则在曾有才家内。供认之后，复向周卜成拷问，彼以质证在堂，无词抵赖，当即也认了口供。臣思该犯始为县令，扰害生民，既经告发，又通势力，似此不法之徒，若不严行治罪，嗣后效尤更多。且张昌宗虽属宠臣，国法森严，岂容干犯。若借他势力为该犯护符，尽人皆可犯法，无人可以管束了。因思作一儆百之计，命周卜成自录口供，与曾有才游街示众，使小民官吏咸知警畏。此乃臣下慎重国法之意，谁知张昌宗驭下不严，恶仆豪奴不计其数，胆敢在半途图劫，将纸旗撕端，殴辱公差。幸臣有亲随二名，临时将人犯夺回，始免逃逸，似此胆大妄为，已属不法已极，臣在衙正欲复提审讯，谁料有豪奴王起，冒充张昌宗本人来衙拜会，借口求情，欲将该犯带去。当经臣查出真伪，讯实口供，方知冒充之事。”

　　说到此处，武则天问道：“卿家所奏，可是实事吗？若是张昌宗本人，也将他治罪不成吗？”狄公道：“若张昌宗前来，此乃越分妄行，臣当奏知陛下，交刑部审问。此人乃他的家奴，理应听臣讯办。”武则天道：“汝既谓此人是冒充，可有实据吗？”狄公道：“如何没有？现有口供在此，岂有讹错？”说着，在怀内取出口供，交值殿太监呈上。武则天从头至尾看了一遍,皆是张昌宗亲口所供,无一处可以批驳,心下虽然不悦,直是不便施罪,乃道:"现在该犯想来仍在衙署。此人虽罪不可恕,但朕御极以来,无故不施杀戮,且将他交刑部监禁,待秋间处斩。"狄公听了这话,心下喜道:"若非我先见之明,此事定为他翻过。"随即奏道:"臣有过分之举,求陛下究察。窃思此等小人,犯罪之后还敢私通情节,命人求情,若再姑留,设或与匪类相通,谋为不轨,那时为害不浅,防不胜防。因此问定口供,请王命斩首。"武则天听了这话,心下也吃了一惊:"此人胆量可为巨擘。如此许多情节,竟敢按理独断,启奏寡人。似此贤才,虽碍于张昌宗情面,也不能奈他怎样。"当时言道:"卿家有守有为,实堪嘉奖。但嗣后行事,不可如此决断,须奏知寡人方可。"狄公当时也就说了一声:"遵旨。"退朝出来。所有在廷大臣,听狄公如此刚直,连张昌宗也敢施以棍刑,依法惩治,无不心怀畏惧,不敢妄为。

谁知狄公退入朝房,却巧与元行冲相遇。彼此谈了一会,痛快非常。元行冲道:"大人如此威严,这几个狗头想要从此敛迹了。但是这些人皆彰明较著,易于访查,唯有白马寺僧人怀义,秽乱春宫,有伤风化。武则天不时以拈香为名,驻留在内,风声远播,耳不忍闻。望大人再整顿一番,便可为清平天下。"狄公道:"下官此次进京,立志削奸除佞。白马寺僧人不法,久已耳闻,只是若不先将这出入宫闱的幸臣、狐假虎威的国戚惩治数人,威名不能远振,这班鼠辈也不能畏服。即便越级行事,反有所阻挠,于事无补,因此下官先就近处办起,但不知这白马寺离此有多远?里面房屋究有多少?其人有多大年纪?须访问清楚,方可前去。"元行冲道:"这事下官尽知,离京不过一二十里之遥,从前宰门迤北而行,一路俱有御道。将御道走毕,前面有一极大的松林,这寺便在松林后面。里面房屋不下四五十间,怀义住在那南花园内,离正殿行宫虽远,闻其中另有暗道,不过一两进房屋便可相通。此人年纪约在三十以外,虽是佛门孽障,却是闺阁的美男。听说收了许多无赖少年,教传那春宫秘法,洪如珍发迹之始,便是由此而入。"狄公一一听毕,记在心中。彼此分别回去。

到了衙门,安歇了一会,将马荣、齐泰喊来,道:"本院在此为官,只因先皇晏驾,中宗远谪万里，江山皆为武三思、张昌宗等人败坏。现又听说国号要改为后周，将大统传于武三思，如此坏法乱纪，岂不将唐室江山送于他人之手。目今唯有徐敬业、骆宾王欲兴师讨贼，在朝大臣唯有张柬之、元行冲等人是忠臣。本院欲想将这班奸贼除尽，然后以母子之情、国家之重，善言开导这武后，使之回心转意，传位于中宗。那时大统固然，丑事又不至外露，及君臣骨肉之间，皆可弥缝无事。此乃本院的一番苦心，可以对神明、可以对先皇于地下者。此时虽将张昌宗、武三思两人小为挫抑，总不能削除净尽。方才遇见元行冲大人，又说有白马寺僧人，叫什么怀义，武后每至寺中烧香住宿，里面秽行百出、丑态毕彰，因此本院欲想除此奸僧，又恐不知底细，此寺离此只有一二十里远近，从前宰门出去，将御道走毕，那个松林后面便是这白马寺所在，你可同乔泰前去一访。闻他住在南花园内，教传那无赖少年的秘法，访有实信，赶快回来告禀。"马荣道："这事小人倒易查访。但有一件，不知大人可否知道？"狄公道："现在何事本院不知，汝可从实说来。"马荣道："这个僧人尚是居住在宫外，还有一个姓薛的，名叫薛敖曹，此人专在宫里，与张昌宗相继为恶。所作所为，真乃悉数难尽。须将此人设法处治，不得令他在京，方可无事。小人因是宫中暗昧之事，不敢乱说，方才因大人言及，方敢告禀。"狄公叹了一声道："国家如此荒淫，天下安能太平。此事本院也要细访，汝等且去将此事访明。"

马荣、乔泰两人领命出来，当时先到街坊探问一番，到了下昼时分，两人饱餐晚膳，穿了夜行衣服，各带暗器出了大门，由前宰门出去，向大路一直而去。行了有一二十里，果见前面一个极大的树林，古柏苍松夹于两道，远远望去好似一团乌云盖住，涛声鼎沸，碧荫葱茏，倒是世外的仙境。马荣道："你看这派气概，实是个仙人佳境，可惜为这淫僧居住，把个僻静山林改为龌龊世界。究不知这松林过去，还有多远？"两人渐走渐近，已离林前不远。抬头一望，却巧左边露出一路红墙。墙角边一阵钟声，度于林表，铿锵两响，令人尘俗尽消。

两人见到了庙寺，便穿出松林，顺着月色，由小路向前而去。未走多远，看见庙门，只是不得过去，门前一道长河，将周围环住。乔泰道："不料这个地方如此讲究，一带房屋同宫殿一样，加上松林、护河，岂非是天生画境。那个木桥已被寺内拉起，此时怎么过去？"马荣道："别人到此无法可想，你我怕他怎样！却巧此时月光正上，一带又无旁人，此时正可前去寻访。若欲干那混账事件，此时正当其巧。"说罢，两人看了地势，一先一后，在河岸上用了个燕子穿帘势，两脚在下面一垫，如飞相似，早就穿过护河，到了那边岸上。

顺着红墙，转过几个斜路，但见前面有个极大的牌坊，高耸在半空，一转雕空的梅兰竹菊的花纹，当中上面一块横额，上写着"天人福地"四个金字。牌坊过去，两边四个石莲台，左右一对石狮子。三座寺门，当中门额上面有块石匾，镌就的"敕赐白马禅寺"六字。两扇朱漆山门，一对铜环如赤金相似，钉于门上。马荣向乔泰低声说道："山门现已紧闭，我们蹿高上去。"乔泰道："这个不行。虽然可以上屋，那时寻找他的花园，有好一会寻觅方向。且推他一推。"说着乔泰进前一步，将身子靠定山门，两手将铜环抓住，用了悬劲轻轻向上一提，复向里一推。幸喜一点未响，将门推下。当时招手喊了马荣，两人挨身进去。复向四下一望，但见黑漆三间门殿，当中有座神龛，大约供的是韦驮。彼此提着脚步过了龛子，向二门走来，也就如法施行，将门推下。才欲进去，忽听左边有派板壁，格着半间房屋，里面好像有人谈话。马荣知是看山门的僧人所住，当时将乔泰衣袖一拉，乔泰会意。彼此到了板壁前面，屏气凝神，在板缝内向里一看，却是一盏油灯，半明不灭的摆在桌上，上首一个四五十岁的僧人，坐在椅子上面，下首有个白须老者，是个乡间的粗人，坐在凳上，好像要打盹的神情。只见那个和尚将他一推，说道："天下事总是不公平。你醒来，我同你谈心，免得这样昏迷。"那人被他推了两下，打了个呵欠，睁眼问道："你同我有何话说，方要睡着，又为你推醒。现在已近三更，那人还未前来。"和尚道："想必另有别人了，本来女流心肠，不能一定，只可怜那许多节烈的人，被他困在里面，真乃可恼。"马荣见他们话中有因，便向里细听。不知那和尚又说出什么，且看下回分解。

# 第四十一回 入山门老衲说真情
## 寻暗室道婆行秽事

却说马荣、乔泰两人，听那僧人说道："那人不来，许多贞节好人为他困住在里面，岂不是天下事太不公平。即如我，虽不敢说是真心修行，从前在这寺中为住持，从不敢一事苟且。来往的僧人在此投宿，每日也有七八十人。虽然不算有势力，总是个清净道场。自他到此，生出这许多事来，怕我在里面看见，又怕我出去乱说，故意奏明武则天，令我在此做这看山的僧人，岂不鹊巢鸠占吗？而且那班戏子，虽是送进宫中，无不先为他受用，你看昨日那个女子，被他骗来，现在百般的强行。虽然那人不肯，特恐那个贱货花言巧语，总要将他说成。"老者听了此言，不禁长叹一声，说道："你也莫要怨恨。现在尼姑还做皇帝，和尚自然不法了。朝廷大臣，哪个不是武、张两党？连庐陵王还被他们谗间，贬出房州。她母子之情尚且不问，其余别人还有何说，我看你也只好各做各事吧。"马荣听得清楚，将乔泰拖到旁边，低声言道："我等此时，何不将此人喝住，令他把寺内的细情说明，然后令他在前引路，岂不是好？"乔泰也以为然。

当时马荣拔出腰刀，使乔泰在外防备，恐有出入的人来，自己抢上一步，左脚一起，将那扇山门踢开。一把腰刀向桌上一拍，顺手将和尚的衣领一把揪住，高声喝道："你这秃驴，要死还是要活？"那个和尚正然说话，忽然一个大汉冲了进来，手执钢刀，身穿短袄，满脸露出杀气，疑惑他是怀义的党类，或是武则天手下宠人，命他前来访事，方才的话为他听见，此时早吓得神魂失散，两手护着袈裟，浑身发抖。嘴里急了一会，乃道："英英英雄，僧僧僧人不不敢了。方才才是大意之言，求求英雄饶命，随后再不说他坏处。"马荣知他误认其人，喝道："汝这秃驴，当俺是谁？只因怀义这秃厮积恶多端，强占人家妇女，俺路过此地，访知一件实事，特来与你寻事。方才听汝之言，足见汝两人非他一党，好好将他细情并那藏人的所在细细说明，俺不但不杀你，且命你得个极大的好处。若是不说，便是与他一类，先将你这厮杀死，然后再寻怀义算账。"和尚听了此言,方才明白,乃道:"英雄既是怀义的仇家,且请松手,让僧人起来慢慢言讲。难得英雄如此仗义,若将这厮置之死地,不但救人的性命,国家大事也要安静许多。且请英雄释手,僧人总说便了。"马荣听了此言,将腰刀举在手内,说道:"我便松开,看汝有何隐掩。"当时将手一放,只听咕咚一声,原来和尚身体极大,不防着马荣松手,一个筋斗栽倒在地。

马荣见他如此模样,知道他害怕,乃道:"你好好说来,俺定有好处与你。究竟这怀义住在何处? 方才你两人说那人未来,究是谁人?"和尚爬起来,说道:"僧人本是这寺中住持,十年前来了这怀义,在寺中投宿,当时因他是个云游和尚,将他留下。"说到此时,复又低声道:"英雄千万莫要声张,我虽然说出,可是关着人命。你若声张起来,我命就没有了。只因当今天子武则天,被太宗逐出宫闱,削发为尼,彼时见怀义品貌甚好,命老尼暗中勾引,成了苟且之事。后来高宗即位,武后收入宫中,不时到这庙中烧香,已是不甚干净。那时因关国体,虽知其事,却不敢说出。谁知高宗驾崩,他把太子贬至房州,登了大宝,竟封这怀义做了这寺中住持,命我看这山门。这怀义从此奸淫妇女,无恶不作,前日见村前王员外家的媳妇有几分姿色,他自己便假传圣旨,到他家化缘,说太后欲拜四百八十天黄忏,令他到王公大臣家募化福缘。王员外见他前去,知他来历不轻,当时给了五千银子。他又说,银子虽然送出,还要合家前去行礼,若是不去,便是违旨。次日,王员外只得领着合家大小男女入庙烧香。他便令人将他媳妇分开,骗到暗室里面。随后王员外回去,不见他媳妇,前来寻找。他反说人家扰乱清规,污浊佛地,欲奏知朝廷论法处治。王员外不敢与他争论,只得回去。听说连日在家寻死觅活,说这冤情没处申了。谁知怀义将他媳妇藏入暗室,百般强污。所幸这李氏竭力抗拒,终日痛骂,虽然进来数日,终是不能近身。现在怀义无法,将平时那个相好的王道婆找来,先行出火,然后许她的钱财,命向李氏劝说。若李氏答应,遂了心愿,遂将她两人作为东西夫人。昨日在此一夜,午前方走。约定今晚仍来,故此山门尚未关闭。"马荣道:"既有此事,你且带我进去,先将这厮杀死,岂不除了大患。"和尚忙道:"英雄切勿鲁莽,此去岂不白送了性命。他自大殿起,直至他内室暗室,各处皆有机关,而且暗室前面,有四人把守。听说这四人是绿林大盗，犯了弥天大罪，应该斩首，他同武则天讲明，宽他们不杀之罪，命他们在此把守暗室，以防外人入内。武则天视他如命，岂有不依之理，当时便命这四人前来。马上步下，明来暗去，无不皆精。只要进了大殿，无意碰上暗门，当即突陷下去，莫想活命。四人听见响动，立刻上来杀成两段。游人到此，无故送命的也不知多少，何能前去？我看你休生妄想。你虽有本领，恐不是他的对手。这是我一派真言，那个王道婆要来了，若是见有生人，你我一齐没命。我话虽说明，你可赶快出去吧。"马荣道："你放心，包不累你，我出去便了。"当时将腰刀插入了鞘内，出了房门，将门带好。然后与乔泰说道："你我躲在龛内等候，且待道婆前来，随他进去，方访得明白。"两人计议已毕，一前一后蹿上神台，在龛内藏躲。

未有一个更次，果然门外有人说道："今夜这个月色正是明亮，怀义大约同热锅蚂蚁一般，在那里盼望呢。"后面一人又道："本来你也太装腔作势的。人家昨日同你千恩万爱的，叫你今晚早来，你到此时方才动身。我看你也是挨不过去了。"那人道："你知道拿我垫闲。一经将那个好的代他说上，他也不问你的。今日总要叫他认得我，方才知我的厉害。"说着，咯咋一声已将山门推下，高声问道："净师父哪里去了？这半夜三更，不在此看守，若有歹人钻了进来，岂不误了大事。"里面和尚赶着答道："王婆婆来了？我方才进房有事，可巧你便来了。"马荣向外面一看，见是个四十上下的妇人，虽是大脚，却是满脸满身的淫气，见和尚出来，向着后面那个女子说道："你回去吧，明日不见得回去。本欲令你同我进去，那个馋猫见了你，又要动手动脚的了。随后有便，我再代他上那，这几日先让我快活快活。"外面那人啐了一声，果然回去。

这里道婆命和尚将山门关好，自己提着个灯笼，向大殿而去。乔泰听她这派言语，已是怒不可遏，欲想上前就此一刀结果他性命，马荣赶快拦住，低声说道："正要随他进去，访明道路，此时杀死，岂不误事！"两人见他进入大殿，跳出神龛，提着脚步随后跟来。只见在大殿口站定，左脚向门槛上两得。忽然一阵铃声，顷刻之间里面出来几人，见是道婆，齐声笑道："你这老崽子，如此装腔。他在哪里乱来了，前后不分，揪着人胡闹。"当时说笑着向里而去。马荣、乔泰欲想随他而行，又恐众人转身,为其看见,彼时没有退路,而且这班人皆非善类。当时两人只得蹿身上了房屋,在上面随着灯光,一路而去。

穿过几处偏殿,见前面有个极大的院落。院左边有个月洞门,众人到了门口,并不推敲,但将门外那块方石一敲,两扇门自然开来。里面却是个花园,梅兰竹菊、杨柳梧桐,无不齐备。两人在墙头伏定,但见前面一带深竹,过了竹径,乃是三间方厅。众人到了厅内,道婆喊道:"秃子,还不出来迎接。你再在里面,我便走了。"这话还未说完,好像一人道:"我的心肝,你再走,我便死过去了。"正说之间,众人哄然大笑。马荣不知何事,当时蹿身下来,隐在竹园里面,向厅前一看,只见一个少年和尚精赤条条地站立在前面,因道婆说要回去,他来不及穿衣服,便这样出来,所以引得众人大笑不止。马荣虽是愤气,只得耐着性子向里望去,见怀义同那道婆,手搂手到了那上首房间里去,众人顷刻间全然不见,遥想此时,这奸僧干那苟且之事,不忍听那淫秽之声,只得又等了一会。

约计干毕之后,走到窗下,侧耳细听,闻得道婆说道:"你这没良心的种子,现在无人,竟拿我垫闲。今日火是出了,日后怎样说法?我们是下贱人,比不得你上至武后,下至宫人,皆可亲热的。今日不允我个神福,那件事你也莫想上手。我这利口,你也该知道。"怀义道:"你莫要这样说,昨晚已允过你了,若把她说妥,这两个房间一东一西,为你两人居住。若武则天前来,横竖她也不在这里,另有那个地方。听说我找的那班戏子,无不个个如意,加之薛敖曹又入宫中,她已是乐不可支,一时也未必想起我来。即便我间或进宫,也是躲躲藏藏,焉能同你们如此忘形。你看我这小怀义又怒起来了,你可再救我一救。"说着,便搂抱起来。马荣听到此时,实在忍耐不住,拔出腰刀便想进去动手。忽听里面隐隐的露出哭声,知是李氏困在里面,复又按着性子,想道:"我此时进去,就要将这狗男女杀死。若误入暗室,岂不反误了大事。"只得转身到了院内,命乔泰在竹院内等候,自己顺着声音暗暗听去,却是在地窖里面。走了两趟,只不见有门路,忽然奸僧与道婆一阵笑声出了厅门,马荣反吃了一惊,深恐被他看见。正要躲避,复又铃声一响,许多男子齐行出来,向道婆说道:"王婆婆,我们在下面说了两天,为他骂了无限,只是不依。你现在人浆也吃过了,火已平了,可以将此事办成,免我们这位寻人乱闹。"道婆道:"你们这许多人,垫垫工也不为过。若再向我取笑,便显个手段你看。"众人道:"我等如此说,须也是为的你日后做二夫人,岂不快活。"说着,道婆一笑,将那门槛一踹,众人顷刻复又不见。马荣甚是诧异。不知后事如何,且看下回分解。

# 第四十二回　王虔婆花言骗烈妇　狄巡抚妙计遣公差

却说马荣见怀义同众人忽然不见，知是下入地窖。见四下无人，当即现身出来，与乔泰并在一处。侧耳细听，但听道婆到了里面说道："王家娘子还在这里吗？我看你们这些人，为什么不打盆面水来，为娘子净面。就是想娘子在此，也该殷勤殷勤些，方令人心下舒服。常言道，不怕千金体，三个小殷勤。人心是肉做的，他看你这温柔苦求，自然生那怜爱的心了。何况怀义有这样品貌、这样人物，还有这样声势富贵，旁人还想不到呢，目下虽是个和尚，可知这个和尚不比等闲，连武后也是来往的。王公大臣，哪个不来恭维？只要武则天一道旨意，顷刻便官居极品。那时做了正夫人，岂不是人间少有、天上无双。到那时，我们求夫人让两夜，赏我们沾沾光，恐也不肯了。总是你们不会劝说，你看哭得这可怜样子，把我们这一位都心痛死了。你们快去取盆水来，好让我为娘子揩脸。凡事总不出'情理'二字，你情到理到，她看着这好处，岂有不情愿之理？"

正说之间，忽听铃声一响，马荣两人吃了一惊，赶着用了个蝴蝶穿花势，蹿至竹园里面隐身。向原处一望，早有两个人来，捧着一个瓷盘向东而去。马荣道："你听老婆子这张利口，说得如此温柔，想必取水之后便要动手了。你我索性在此听个明白。"两人在私下议论，未有一会工夫，那人已取了水来，依然铃声响动，入内而去。马荣出来，但听道婆又道："娘子且请净面，即便要去，如此夜深，也不好出庙，我们再为商议。还有一句不知进退的话，娘子既来此地，就是此时出去，也未必有干净名声。若是清洁，最好不来。现在至此，你想，怀义的事情谁不知道？那时落个坏名，同谁辩白？我看不如成了好事，两人皆有益处。这样一块美玉似的人，还不情愿，尚要想谁？我知道你的意思，昨日进来，羞答答不好意思，故此说了几句满话，现在又转不过脸来，其实心下早已动情了。只总是怀义不好，不能体察人的意思，我来代你收拾，好让你两人亲亲热热在一处。"说着，似上去代她揩脸解衣的神情。

马荣正是怒气填胸，只听响亮一声，打了一个巴掌，一人高声骂道："你这贱货，当我是谁，敢用这派花言巧语。可知我乃金玉之体、松柏之姿，怎比得你这蝇蛆逐臭的烂物。今日既为他困在此地，拼作一死，到阴曹地府，同他在阎王前算账。若想苟且，也是梦话。他虽与武则天来往，可知国家也有个兴败，何况这秃厮罪不容诛，等到恶贯满盈，那时也要碎骨粉身，以暴此恶。你这贱货若再动手，先与你拼个死活。打量我不知你的事情，半夜三更乱入僧寺，你也不怕羞煞。"

乔泰向马荣耳边说道："这个女子实是贞烈，如果这虔婆与怀义硬行，也只好冒险前去了。"马荣道："怕是怀义到别处去了，这半时不听他言语。且再听一会，看是如何。"乔泰只得将腰刀拔出，专候厮杀。谁知虔婆被她这一顿痛骂，并不动气，反哈哈笑道："娘子你也太古怪了，我说的是好话，反将我骂这一顿。我就不动手，看你这要死不死要活不活的样子，几时是了。我且出去，免得你生气。"说罢，向众人道："你们在此看守，我去回信。遥想秃驴，不知怎样急法呢。"当时又听铃声一响，马荣两人疑惑里面有人出来，又隐入竹内。谁知听了一会，并不见有动静，马荣道："这下面地方想必宽大，方才怀义下去，不听他有甚言语，此时铃声响，竟虔婆又不出来，想是另有道路，到别处去了。你我此时且到后面寻觅一番，看那里有什么所在。现已打四更了，去后也可回城通报。你我两人在此，虽知其事，终是无益。"两人言定，由竹园内穿出院落，蹿上厅房，向后而去。但见瓦屋重重，四面八方皆有围墙护着，欲想寻个门路，也是登天向日之难。看了一会，知是他的暗室，当时只得出来，蹿过护河，向城内而去。

到了衙前，却巧天色已亮。正值狄公起身，当即到了书房。狄公回道："汝等去了一夜，可曾访出什么？"马荣道："大人听了此事，也要气煞。世上有这等事件，岂非是君不成君，臣不成臣。"当时两人便把白马寺的话从头至尾说了一遍。狄公自是怒不可遏，忙道："汝等今夜可如此如此，先将这虔婆杀死，本院一面命陶干前去，将王家的原主唤来，本院自有章程。"马荣领命出来。随即狄公将陶干喊进，又将方才的话说了一番，命他立刻出城，如此如此。陶干当时出了衙门，飞马向城外而去。

一路问了乡人，约至辰牌之后，已到王员外庄上。赶着下马，在树上拴好，自己走到庄前,见有四五个庄丁在那里交头接耳,不知说些什么。陶干上前问道:"你这庄主可是姓王?你且进去通报一声,说有个陶干,特由城内前来,同他有机密事商议。从速前去,迟则误事。"不说那些人见他是公门打扮,不知是好是歹,乃道:"天差到此,虽是正事,可巧我主人现在抱病,不能见客,且请改日来罢。"陶干知他推诿,乃道:"你主人的病由我知道的,若能见我,不但可以除病,而且可以伸冤。这话你可明白吗?近日你家庄上出了何事?你主人的病就因这事而起,是与不是?快去快去,莫再误事,这个地方非谈话所在,到了里面,你们便知我来历了。"众人见他如此说法,明明指着白马寺之事,当时只得说道:"且请天差稍待一刻,我进去通报一声,看是如何?"说着那人走了进去,稍停一会出来,向着陶干道:"我主人问你是何处衙门的天差?"陶干道:"俺乃巡抚衙门狄大人那里前来,还不知道吗?"那人听了此言,赶着道:"既是巡抚衙门,我主人现在厅前,就此请见吧。"陶干当即随他进去。

过了几处院落,来至厅前。只见一个五六十岁的中年老者站在厅前,见是陶干进来,赶着说道:"天差光降,老朽适抱微恙,未能远迎,且请坐奉茶。"陶干当时说道:"小人奉命前来,闻得尊处现有意外之事,且请说明,敝上或可代为理恤。但不知员外是何名号?"王员外道:"老朽姓王名毓书,曾举进士。只因钝拙无能,家有薄田可以度日,因此不愿为官,住居于此。乡间农户见老朽有些薄产,妄为称谓,此庄唤着王家庄,称老朽做员外,其实万不敢当。但狄大人雷厉风行,居官清正,令人实是钦慕。此时天差前来,有何见教?"陶干见他不肯说出,乃道:"当今朝廷大臣,半皆张、武两党,狄大人削奸除佞,日前已将两人严加惩治。小可前来,正为白马寺之事。何故员外见外,尚不言明?岂不有负来意!"王毓书听了此事,不禁流下泪来,忙道:"非是老朽隐瞒,只因此事关乎朝廷统制,若是走漏风声,性命难保。目下谁不是奸党的爪牙?犹恐冒充前来探听虚实,以致未敢真言。其实老朽这冤枉,是无处申的了。"说罢,泪流不止。陶干道:"员外且莫悲苦,这其中细情,俺已知悉,令媳此时并未受污。"当时就将马荣、乔泰昨夜去访的话,说了一遍。然后道:"大人命我来此授意员外,请员外如此这般,大人定将此事办明。外面耳目要紧,幸勿自己有误。不能在此久坐，还有别次差遣。"说毕，起身造辞而去。王毓书听毕，心下万分感激。

且说陶干回转城中，回复了狄公。到了下昼，忽然堂上人声鼎沸，许多乡人拥在堂上狂喊申冤。一个中年老者，执着一个鼓锤，在鼓上乱敲不已。当时巡捕不知何事，赶着出来问道："你这老人家有何冤抑，为何带这许多人前来喊冤，明日堂期，可以呈递控状，此时谁人代你回禀？"那老人听了此言，抓着鼓锤便向巡捕拼命，说道："我家媳妇被白马寺和尚骗入庙内，不知死活存亡。这冤枉不来控告，你这衙门在此何用？你不替我回禀，我就自己进去。"说罢，有八九十个农户一齐拥入暖阁，要冲进宅门，把个巡捕吓煞，忙道："你们在此稍待，我进去回大人便了。若是将暖阁挤倒，这哄闹公堂的罪名，你们可担受不起。"

此时门外百姓，见有这许多人前来喊冤，皆不知是为何事，纷纷拥拥进来观看。巡捕只得传齐值日差，并辕下的小队，将众人拦住，自己进入书房。却巧狄公在里面办事，况现在早已听见外面喧嚷，故意等巡捕来回。巡捕进内禀道："现有东门外王家庄主人，率领农户八九十名，前来击鼓鸣冤。说是白马寺僧人将他媳妇骗入寺内，现在死活存亡全未知悉，特来请大人伸冤。"狄公道。"白马寺乃怀义住持，是武后常临之地，岂会有此不法之事！他的状词何在？"巡捕道："小人向他取索，他说请大人升堂，方才呈递，不然就要哄进来了。"狄公假意怒道："天下哪有这样事件。如果没有此事，本院定将这干人从重处治。若是怀义果真不法，本院也不怕他是敕赐僧人，也要依律问罪。既这原告如此，且传大堂伺候。"

巡捕领命，出来招呼了一声，早见许多书差皂役由外进来，在堂上两班侍立。顷刻之间，暖阁门开，威武一声，狄公升堂公坐，值日差在旁伺候。狄公问道："且将击鼓人传来。"下面听了这句言语，如海潮相似，异口同声，八九十人一齐跪下，口称："大人伸冤。"为首一个老者，穿着进士的冠带，在案前跪下，身边取出呈子，两手递上。狄公展开，先看了一遍，与马荣回来说那看山门的和尚所说的话无异。然后问道："汝便叫王毓书吗？"老者道："进士正是王毓书。"狄公道："你这呈上所控之人，可是实事吗？怀义乃当今敕赐的住持，他既是修行之人，又是武后所封，岂不

图文珍藏版

知天理国法，何故假传圣旨到汝家化缘，勒令你出五千两银多，又命你合家入庙烧香，将你媳妇骗入里面。此是罪不容诛之事，若所控不实，那个诽谤的罪名可是不轻。汝且从实供来。"王毓书听了此言，说道："进士若有一句虚言，情甘加等问罪。只求大人不畏权势，此事定可明白。"说罢，放声大哭，不知狄公如何发落，且听下回分解。

# 第四十三回　王进士击鼓呼冤　老奸妇受刀身死

却说狄公见王毓书说："大人如能不避权势，定可将此事明白。"当时拍案怒道："汝虽未入仕途，也是科名之士，岂不知国家立官为达民隐。本院莅任以来，凡事皆秉公评断，汝何故出此不逊之言！且将汝交巡捕看管，待本院访明再核。如果不实，便将汝重处。余人一律开释。"说罢，拂袖退堂。所有百姓听见此事无不切齿痛骂，说怀义这秃驴，平日干的事已是杀不胜杀，只因有关国体，朝廷大臣无奈他何，近又将王毓书媳妇骗入里面，还敢假传圣旨，这样大罪还可容得吗？可惜这老人家呈控了一番，狄公但问他是虚是实，那个意思也不敢办，这岂非有心袒护吗？你言我语，私下议论不了。

当时王毓书随巡捕而去，众农户见狄公如此发落，齐向王员外道："员外在此且耐心两日，若大人再不肯办，我们明日再来。"说罢，齐声而散。你道狄公何故说这松懈的话？只因怀义党类甚多，就要今晚马荣、乔泰两人事情办成，明日方可奏知武后，严加惩办。若此时在堂上过于直露，满口要办怀义，设或有人与怀义一党。当时前去报信，走漏风声，反而不妥，因此但将控告的缘由在堂上细问了一遍，使百姓知道，又见自己不肯替王毓书伸冤，此乃他禁止人通报信息的意思。此时退堂之后，将控呈收好，已是上灯时节，命陶干去喊马荣，说他二人已经前去。当晚也不安寝，专等马荣的回信。

谁知马荣与乔泰早就出衙门由原路向白马寺而来。约至二鼓，已到前面。两人走过熟路，直至寺口，依旧将山门轻轻一推。幸喜又未掩着，两人挨身进去，复行掩好。来至和尚房内，那个和尚见他又来，忙道："昨晚你们几时出去，里面的事情曾访明白？"马荣道："全晓得了。但问你，昨晚山门不关是等那个道婆，昨日听得说，今晚不回去，为何此时仍将山门开着？"和尚道："英雄不知。她每夜皆如此说法，到了次日便自回去。因她那个庵中，也是个龌龊世界，所有的尼姑，把这京城中少年公子,不知坑害了多少。她每日回去,仍要办那些牵马打龙等事。今日已正之后,方才出去,言定三更复来。英雄此时又来何干?"马荣道:"可真来吗?"和尚道:"僧人岂敢说诳。"马荣当即说道:"你且在里面静坐,若山门外有什么响声,千万莫出来询问,切记切记。"说毕,仍然与乔泰出寺,在牌坊口站定。看看天色尚早,在周围游玩了一回。

约至三鼓,月色已是当顶,心下正是盼望,远远地见松林外面有团亮光一闪一闪的。马荣招呼乔泰道:"你看对面,可是来了吗?"乔泰道:"被这树枝挡住,看不清楚,且待我前去,看明白了。"当时捏着脚步,向松林内走来,定睛一看,却是一个少年女子提着个灯笼,照住那道婆前来。乔泰赶忙出了树林,来至牌坊前面,低声向马荣道:"这贱货来是来了,你我在哪里动手?"马荣道:"就在这山前结果她性命。"当时背着月光,倚着牌坊的柱子,掩住身躯。

两人一头走着,不妨着已到了牌坊前面。马荣将腰刀一举,蹿身出来,高声喝道:"老虔婆做得好事,今日逢着俺了。"说着左手将头发揪住,随手一摔,早跌倒地下。那个少年女子正要叫喊,乔泰早踢了一脚,将灯笼踢去,露出明晃晃钢刀,向着两人说道:"你们如喊叫一声,顷刻就送你的狗命。"虔婆见是两个大汉,皆是手执钢刀,疑是劫路的盗贼,早已吓得魂不附体,当时说道:"大王饶命。我身边没有银钱,且放我进寺。定送钱财与你。"马荣两人也不开口,每人提着一人,直向松林而来。

到了里面,咕咚摔下,乔泰向马荣道:"大哥,我们就此开刀,先将她那个贱货剥下,究竟看她什么形象,就如此淫贱。然后挖出她心来,就挂在这树上,让乌雀吃了罢,再将头割下,为那烈妇报仇。"马荣故意止住,说道:"这事不怪她一人,总是怀义这狗头秃驴造的这淫孽。若是这虔婆肯将那地窖的暗门,何处是机关,何处是埋伏,何处是怀义淫秽的地方,共有几个所在,她能说明,常言道冤有头债有主,我们仍寻怀义算账,与她二人无涉。"乔泰听了此言,向着王道婆说道:"你这虔婆,可听见吗?爷爷本欲结果你们的性命,这位大哥替你们讨情,饶你狗命。你还不赶快说吗?"王道婆听了此言,心下想道:"这两人是何处而来?为何与怀义有这仇恨?我且谎他一谎，只要将此时过去，告知怀义，命他明日进宫奏知武后，传出圣旨，捉拿这两个盗贼，还怕他逃上天去吗？”当时说道：“大王要问他地窖，此乃他自己的埋伏，外人焉能知道？我不过偶然到此烧炷香，哪里知道他的暗室。”马荣冷笑道："你这刁钻贱婆，死在头上还来骗人。打量爷爷们不知道？昨日夜间打洗脸水，是谁叫的东西？夫人是谁要做的？我不说明，你道我未曾看见吗？你既偏护着孤老，爷爷就要得你性命。先送点滋味你尝尝。”说着，刀尖一起，在虔婆臀上戳了一下，顿时“哎哟”一声，满地乱滚，鲜血直流，嘴里喊道："王爷千万饶命，我说便了。”马荣道："爷爷叫你说，你偏要谎；我现在不要你说，你又求饶。要说快说，不说就下手了。”当时将钢刀竖起，刀背子靠在颈项上，命她直说。王道婆到了此时，已是身不由己，欲待不说，眼见性命不保，只得说道："他那个厅口的门槛，两面皆有子口，在外面一碰，便陷入地窖。下面皆是梅花桩、鱼鳞网等物，陷了下去，纵不送命，已是半死。由里一得脚，那门槛下面有两块砖头铺嵌在木板上面，用铁索系在槛上，只要一碰铁链子，便落了下来。当时两块石板左右分开，下面露出坡屋。由此下去，底下有十数间房屋，各是各的用处。我昨日在那里是第二间房内，李氏娘子是第五间，其余皆是他娈童顽仆的所在。将这所房屋走尽，另有五大间极精美的所在，便是武后的寝宫了。这全是真实的言语，并无半句虚词，求大王饶命罢。”

马荣听完，笑道："爷爷倒想饶你，奈我伙伴不肯。”王道婆疑惑说的乔泰，也就向乔泰道："是这位大王，也高抬贵手，饶我一命。”乔泰笑道："他有伙计，俺也有伙计，只问我伙计肯饶你，便没有事。”王道婆道："大王不要作耍，统共只有你两人，哪里再有伙计？”乔泰将刀一起，喝道："就是这伙计饶你不得。”王道婆“哎哟”一声，早已人头两处。那个少年女子见道婆被杀，自分也是必死，只得求道："大王如不杀我，我便把身上这金镯与你两人。”马荣骂道："你这骚货，也饶你不得。你且说来，庵在何处？里面共有多少尼姑？”女子道："此去三里远近有座兴隆庵，便是武后从前为尼之所。这道婆与怀义是多年的情人。现在共有三四十间暗房，三四十个尼姑，专门招引王公大臣、少年子弟，在内顽笑。凡有人家暧昧之事、不得遂心的，也来此处商议。我是去年方才进庵，专随这道婆出入。有时她迎接不上，便命我替代,因此知道这里面的滋味。不料今日此处遇见大王,但求大王饶命。"马荣听了骂道:"汝这贱货,留着你也非好事。你既同她前来,一齐再同她前去。"当时也是一刀,把那女子杀死,马荣道:"你我此事是干毕了,明日怀义出来,自必奏知武后,缉拿凶手。尸骸在山门前面,岂不连累这看门的和尚,你且进去向他说明,我把两人头送到怀义那个厅上去,先惊吓他。"

说着,将两颗首级提起,一路蹿房过屋,从竹园来到了里面,见下面有人说道:"这个老东西,此时又不来了,每日夜间总不得令人早早安歇。他不来,这一个便逢人胡闹。"马荣见四下无人,提着脚步,顺着道婆所说的路径走到里面,轻轻把两颗首级一里一外摆在机关处。随即蹿身上房,连蹿带纵,到了山门口,向里喊道:"乔泰,你我快点回去,顷刻里面惊觉,便走不去了。"乔泰正值里面出来,两人一齐向城内而去。半路上,马荣问道:"你如何同他说?"乔泰道:"我同他说明是巡抚衙前来,若是怀义在他身上追寻凶手,命他控告,说怀义骗奸人家妇女,致杀两人。他见我是狄大人差来,感激不尽,说代他出了冤气。虽是他的私意,想来也不致有误。"当时两人赶急入城,已是四更以后。

进了衙门,却巧狄公正拟上朝,见他两人回来,知事情办妥,问明原委,来至朝房。此时文武大臣尚未前来,元行冲已到,狄公将王毓书的事告知与他。元行冲道:"此事唯恐碍武后情面,难以依律惩办,只得切实争奏,方可处治。"狄公道:"本院思之已久,稍停金殿上如有违拂之处,尚望大人同为申奏。"元行冲道:"大人不必烦虑,除武后传旨免议,那时无法可想,若是武三思、张昌宗等人阻挠,下官定力争。"二人计议已毕,众臣陆续而来。

少顷,景阳钟响,武后临朝,文武两班侍立。只见狄公匍匐金阶,上前奏道:"臣狄仁杰有事启奏。兹因进士王毓书,昨夜投臣衙门击鼓呼冤,说有媳妇李氏,为白马寺僧人怀义骗入寺中,肆行强占,不知生死如何。臣因该寺是敕赐所在,恐其所控不实,当即在堂申驳。谁知此事众人皆知,听审百姓齐声鼓噪,声言此案不办,便欲酿成大祸。臣思若王毓书诬告,何以百姓众口一词?如再不奏明严办,不但有污佛地,于国体有关,且恐激成民变。求陛下传旨将白马寺封禁,臣率领差役前去搜查一番,方可水落石出。如果没有此事,这王毓书诬告僧人,扰乱清规,也须依律惩办。"武则天听了此言,不禁吃惊道:"怀义是寡人的宠人,准是因薛敖曹现入宫中,他不能时常前来,加之寡人又久不前去,因此忍耐不住,做出这不法事来。但此事有碍我的情义,如若被他审出,如何是好?"当时要想阻止他不办,一时又不好启齿。武后想来不知所说如何,且看下回分解。

图文珍藏版

## 第四十四回　金銮殿狄仁杰直言
　　　　　　　白马寺武三思受窘

却说武后听狄公奏怀义骗诱王毓书媳妇，请传旨交他查办，心下难以决断："欲待不行，显见碍于私情，恐招物议，而且狄公非他人可比，照常自己前去，搜出实据，那时更难挽回。若遽然准旨，此去怀义定然吃苦，那种如花似玉的男人，设若用刑拷问，我心下何以能忍。此事唯有推诿在别人身上，如果他实事求是的认真起来，那时也只好如此这般，传旨意开赦便了。"当时答道："狄卿家所奏王毓书击鼓呼冤，孤家虽不知怀义果有此事，但此寺乃是先皇敕建，加以寡人允了神愿，偶往烧香，见怀义苦意修行，不愧佛门子弟，因此命他为这寺中住持。此时既有此事，固不能因他是敕封的僧人违例不办，但也要访明。唯恐别处僧人冒充其事，那时坏了佛法是小，坏了国体是大，卿家是明白之人，也应知寡人的意见。此去但将王毓书媳妇查访清楚，令其交出便了，余下若能宽恕，看他是出家之人，容饶一二。"狄公心下骂道："好个无道的昏君，金殿上面竟命我违例宽恕，明是袒护怀义。我且不问如何，你既命我去，当时也不怕你有什么私意，也要奏上一本。不然全没有天理国法。"随即奏道："臣定仰体圣意。若怀义果真不法，也只好临时再看轻重了。"

当时正要退朝，忽然黄门官奏道："白马寺住持怀义，报山门前不知何人杀死两口女尸，首级不知去向，特命人来报官，转请代奏。"武则天听了此言，心下疑道："莫非怀义真个妄为，两个女子是他骗来，行奸不从，致将她杀死，反来奏朕发落？现在狄仁杰在朝，如何遮掩得过去。"当即怒道："白马寺乃敕建的寺院，何人敢在此行凶。若不严办，法律安在？且山门有人看守，僧人净慧岂不听见？莫非他干出不端之事，抵赖在怀义身上？狄卿家此去，先将净慧严刑拷问，然后再奏明核办。"狄公心下明白，当时并不再奏，领旨下来，退朝而去。

且说怀义何以知道山门前有了死尸。怀义等王道婆直至四更，心下终不除疑，向着众人道："这个老崽子骗得我好苦，偏是不来。此去她庵中不远，你们带我寻她,究竟看她在哪里何事。"随即三四个人由暗室内出来。才将铜铃一抽,将那暗门开下,忽然一个滚圆的物件如西瓜一般,骨碌碌由坡台上直滚下来,把众人吓了一惊。皆定神向前一看,叱咤一声未曾喊得出口,早又咕咚栽倒地下。怀义忙道:"你们怎样了?"那人舌已吓僵,但听说道:"人……人头。"怀义再细为一望,正是血淋淋一颗首级。当时也魂飞天外,忙喊道:"前面人赶快出来,此地出了命案了。"

原来门槛外面那个陷人坑四面,有四个绿林大盗在那里把守,日间无事,夜间专在此处,恐有人来陷入坑中,他四人便一齐上前,乱刀砍死。此时听见怀义叫喊,知又出了,也就将铜铃抽起,开了暗门,依然一样,早有个西瓜大小的东西,从上面滚了下来。为首一人正望上走,不妨着正滚在自己头上,吓了一惊,也不知何物,顺手一摔,滚了过去。但觉额头上冰凉,再用手一抹,不看犹可,再举手一看,乃是鲜红的人血,忙叫道:"这事奇了。此地哪来的人头?"怀义那边听这边也喊叫起来,格外害怕,又叫道:"你们快来,这里也有个人头。"四人不解其故,只得一齐攒身上来。过了门槛,到里面暗室,见那边一人已吓昏在地下,忙道:"你等不要慌,此事必仇家所为,而且是个好汉,方有胆量干得出这事。且取个烛台来照一照,看是何人。"怀义连忙移过烛光,这一下非同小可,忙道:"不好了,就是王道婆为人杀了。我的心肝,你死得好惨,这一来我怎么过?"大汉道:"你们莫要大惊小怪。可知我那边还有个人头,一同看清楚了,再想这凶手是谁。"说着过去,两人把那颗首级取来。众人一看,正是道婆的伙伴。怀义道:"这明是她两人前来,行至半路被仇人所杀。这事如何得了。"

正闹之间,忽听前面又叫喊起来,说道:"你们里面快点出来,现在山门口杀死两人,尸骸不知由何处而来。这事不是儿戏,有关人命哪。"怀义听道:"不好了,这分明是净慧狂叫,莫非赵老儿也被人杀死?"四个大盗听得此言,忙道:"只要凶手在此,也不怕他逃上天去。我等且去将他擒获。"说毕,四人如飞一般,穿蹦纵跳,到了前面。见净慧面如土色,还在那里叫喊,忙问道:"净师父,凶手在哪里?"净慧道:"我与赵老儿在山门内等候道婆,直不见她前来。因为天色不早,正要小解,一人出去瞧望,见有一个大汉,肩头上背着两件东西向牌楼前一摔。我正要上前去问,那人大喝一声:'你来便送汝狗命!'我见他手中执着一把亮刀,一吓昏了过去。过了半会方才醒来,那人已不知去向。因此前来喊叫,不知你们里面如何。"四人齐道:"这事奇了。里面只有两颗人头,莫非与山门前那个尸骸是一人,我们赶快追去。"

四人各执兵器,蹿出山门,果见牌坊前两口尸骸横在下面。向脚下一望,却是两个女尸,知是身首两处。四人在附近追寻了一会,不见有人影,只得回寺。来到里面告知怀义。怀义道:"这事如何是好?若他今夜再来,哪里有这许多人来杀。可见这人本领非常,一人杀死两人,还敢将人头送至里面,竟无人知觉。遥想我们这内里的事,他皆知道了。似此若何办法?"四人道:"你何必这样惧怕。此时赶快命人至武三思衙门,报知此事。现在天已将亮,请他立刻上朝奏明武后,传旨刑部衙门,九门提督,一体严拿凶手,如此雷厉风行,还怕他逃脱吗?这个人头,从速在后面掩埋灭迹,就说是无头的命案,在别处杀人之后,将尸身移在寺前,有意诬陷,武后听见此奏,岂有不办之理?"怀义听了此言,甚有主见,随即命人赶快入城。谁知到了城内,武三思已去上朝,那人只得到黄门官处禀知此事,请他随即代奏。

此时武后退朝,忙命武三思入宫,说道:"怀义干出此事,现为狄仁杰奏明寡人。他乃先皇的老臣,而且孤家见他便有三分惧怯,这事若被他审出真情,为祸不浅。王毓书控告之事还未明白,又闹出这命案,岂非叠床架屋,令人难救。你此时赶先到白马寺去,命他将所有的罪名移卸在净慧身上,孤家便可回转了。"武三思本是他们一类,听说是狄仁杰承办此事,也为怀义担心。当时领旨由后宰门出去,骑马出城,由小路飞奔白马寺而来。

果见山门前横着两具女人的尸骸,地甲等人在那里看守,仍有许多百姓来来往往,拥在那里观看。武三思恐人议论,进了山门,直向内厅而去。正见怀义与众人议论说:"命人前去,何以仍未回来?不知武后如何发落。"忽见武三思匆匆而进,喜出望外,忙道:"皇亲请坐。寺中闹出这事,如何是好?"三思笑道:"本来你们也太乐极了,日夜在此快活。可知有人告了师父?"怀义道:"这是何说?有谁告我?"三思正色道:"我此来正奉武后的密旨。现在王毓书在老狄衙门击鼓鸣冤,说你将他媳妇李氏骗困在里房内,而且假传圣旨,勒令出五千两饷银。方才老狄上朝奏明武后,武后正如此这般为你掩饰,谁知黄门官又启奏说寺前杀死两人,这明是你因奸不从下这毒手。少顷老狄便来相验。武后特命我来,命你推在净慧身上,随后方好回转。"怀义听了此言,也是吃惊不小,忙道:"这不是冤煞人了。王毓书所控虽有此事,只因我久不进宫,故而一时妄为。可知杀死的人,并非什么百姓,乃兴隆庵的王道婆。她与我的事件你也晓得,何忍将她杀死,这明是仇家所为。现在老狄前来,唯恐这事不能掩饰,却是如何是好?"武三思道:"横竖有武后做主,尚无大碍,但不可与他硬办。从前我与张昌宗尚吃他大苦,何况你是出家之人,虽有这私情在内,可知外面说不出口。我还不能在此久坐,如若他来,两下对面,反为不妙。他来后怎么样,赶快命人到我那里送信,好进宫复奏。这个地方也不能久坐,他进来径在前殿上请他起坐,免得露形迹。"说着,匆匆起身而去。就出了山门,正往小路上走来。

谁知前面鸣锣开道,纷纷而来,许多百姓齐声嚷开,说道:"巡抚狄仁杰大人来了,少顷便要相验。"武三思见狄公已来,只好站立一旁,挤在人群里面。谁想狄公在轿内早已看见,心下骂道:"这厮前来,必有什么密旨传教怀义。我且将他拘在此地,令他亲目所睹,方无更变。"随即命人停轿,走出轿来,高声喊道:"武大人在此何干? 莫非怕下官徇情,相验不实,从旁监视吗?"武三思被他喊了两声,彼此转不过脸来,只得上前答道:"下官因有己事下乡,路过此地,特来一瞧。大人乃清正之官,何敢生疑? 大人且请办公,下官即告退了。"狄公见他如此,心下笑道:"你也太乖巧了。既来,如何能去?"忙道:"下官正恐一人照应不到,欲请一位亲信大人同办此事。既然大人在此,且请一刻同为查验,稍缓何妨?"武三思心下正是着急,明知他是有意缠缚,忙道:"大人乃奉旨而来,下官未奉主命,何敢越分行事?"狄公正色道:"汝未奉命办此案件,难道私下至此,便行得吗? 此乃案情重大之事,你此时前来,非通消息而何? 食君之禄,理合报君之恩,为何徇私废公,不办国家之事。今日虽未奉旨,且越分一次,所有罪名,老夫奏知圣上,自请处分便了。若不在此同办这案,便是汝有意欺君。"武三思被他抢白了一顿,只是回答不来,只得道:"下官怎敢如此,奉陪大人便了。"

　　当时两人一齐进了山门,早有人通信告知怀义,怀义平时妄自尊大,任凭你何人也不出来迎接,此时有亏心的事件,加之狄公清正刚直,无人不知,早已心中惧怕,迎接出来,在大殿前侍立。见了狄公,待行礼已毕,邀入前厅坐下,怀义也就入座。狄公当时喝道:"汝是何人,竟敢与钦差对坐。即此一端,可知目无法纪。平日因汝是敕建的住持,稍为宽待,胆敢将良家妇女骗困在寺中。本院奉旨查办,汝便是为首的钦犯,还不向我跪下,从实供来。王毓书媳妇现在何处?山门外两人汝何时所杀?"这番话早将怀义吓得满身乱战,不知后事如何,且看下回分解。

# 第四十五回　搜地窖李氏尽节
## 升大堂怀义拷供

却说怀义见狄公说了一番言语，吓得浑身乱抖，乃道："僧人奉旨在此住持，何得谓之钦犯？王毓书媳妇是谁骗来，大人何能听一面之词，以为信谳。"武三思在旁道："大人且待相验之后，再为审讯。此时未分皂白，也不能命御赐僧人随便下跪。"狄公道："不然。王毓书也是个进士，断无不顾羞耻捏控于他人之理。以命案看来，在他寺前，无论他是谋与否，杀人之时未有不呼救之理。他既为寺中住持，为何闻声不救？照此论来，也不能置身事外。何况王毓书所控，又是被告，临案质讯也须下跪。本院又是奉旨的钦差，他虽是敕赐的住持，乃敕赐他在这寺中修行，非敕赐他在此犯法。若以'敕赐'两字，便为护符，难道他杀人也不治罪吗？可知王毓书之事，全境皆知，若不严审明白，如若激成民变，大人可担当得住？"这番话把武三思说得不敢开口。狄公又向怀义大喝道："汝这奸僧所作所为，本院久经知悉。今日奉旨前来，还想恃宠不跪吗？若再有违，本院便将万岁牌请来，用刑处治。"怀义见此时武三思已为他抢白得口不能言，只得双膝跪下。狄公道："汝犯何罪，谅也难逃，且将大概说来。这两具尸骸，是谁家妇女？为何因奸不从，将她杀死。"怀义忙道："这事僧人实是冤屈。若谓我见死不救，这个寺院不下二三十进房屋，山门口之事，里面焉能听见？此事显是看山门的僧人净慧所为。自从僧人奉旨住持，便命他在山门前看守，平日挟仇怀恨，已非一朝一夕。近闻他奸骗妇女，在山门前胡行，僧人恐所闻不确，每日晚间方自去探访。谁知昨夜三更，便闹出此事。只求大人将他传来，问明此事。"狄公道："汝既知有此事，为何不早为奏明，将他驱逐出寺。可见是汝朋比为奸，事前同谋，事后推卸在他身上。本院且待相验之后，再向汝询问。"说着起身与三思同出了山门。

早见书差在那里伺候，当时升了公座，验尸官如法验毕，唱报是刀伤身死，填明尸格。又进入庙中，狄公命将净慧带来。净慧到了庙前，早已跪了下去。狄公喝道："汝这狗秃，圣上命汝看守山门，乃是慎重出入之意，汝何故挟仇怀恨，胆大妄为，做出这不法之事。此两人是谁家妇女，因何起意将她害杀？"净慧本受了乔泰的意旨，乃道："大人明鉴。僧人自从入庙，皆是小心谨慎，从不敢越礼而行。昨日三鼓时分，山门尚未关闭，当时出去小解，忽见有此死尸，明是仇人所为，求大人明察。"狄公当时怒道："汝这狗秃，还说不关己事，为何半夜三更尚不关门？此言便有破绽，还不从实招来。"净慧道："这事仍不关我事，求大人追问怀义。"狄公道："怀义，你听见吗？庵观寺院乃洁静地方，理应下昼将山门关闭，何故夜静更深，听其出入？"怀义听了此言，深恐净慧说出实情，连忙道："净师父你不可胡说。现在狄大人同武皇亲同在此，乃是奉旨而来，你可知道吗？你管的山门不自关闭，为何推在我身上？"狄公知他递话与他，说武三思由宫中出来，叫他先行认过的道理，连忙喝道："净慧，你是招与不招？若再不说，本院定用严刑。"净慧道："大人明鉴。这事虽僧人尽知，却不敢自行说出，所有的缘故，全在前面厅口，请大人追查便知。"狄公听了此言，向着武三思道："本院还不知他有许多暗室，既然净慧如此说法，且同大人前去查明。"说着便命马荣、乔泰并众差役一齐前去。此时武三思心下着急，乃道："里面是圣上进香之所，若不奏明，何能擅自入内，这事还望大人三思。"狄公冷笑道："贵皇亲不言，下官岂不知道。可知历来寺院，皆有驾临之地，设若他在内谋为不轨，不去追查，何能水落石出？此事本院情甘认罪，此时不查，尚待何时？"武三思道："既然大人立意要行，也不能凭净慧一面之词扰乱禁地。如若无什么破绽，那时如何？"狄公道："既皇亲如此认真，先命净慧写了供词，再行追究。"

当时书差将供词写好，命净慧书押已毕，随即穿过大殿，由月洞门抽铃进去。净慧本是寺内的僧人，岂不知道他暗室？况平时为怀义挟制，正是怀恨万分，此时难得有此干系，拼作性命不要，与他作这对头。当时将月洞门抽开，怀义已吓得魂不附体，心下想道："他若能陷入坑内，送了性命，那时死无对证，武后也不能将我治死。"谁知马荣早已知道这暗门，先命净慧进去，自己与众人站在竹林里面。只见净慧将门槛一碰，铃声响亮，早将两扇石门开下。向外面喊道："皇亲大人，此便是怀义不法的所在，现在李氏还在里面痛哭呢。"狄公凝神，果然一阵哭声隐隐由地窖内传出。随向武三思道：“贵皇亲曾听见吗？若因禁地不来，岂不令妇女冤沉海底。”武三思直急得无言可答。只见狄公向怀义怒道：“你这贼秃竟敢如此不法，且引我等入内，究竟里面有多少暗室，骗人家多少妇女？”怀义欲想不去，早被马荣揪着左手，向前拖来，此时身不由己，只得同马荣在前引路，由坡台而下。

狄公入了地窖，但见下面如房屋一般，也是一间一间排列在四面。所有陈设物件，无不精美。狄公道：“清静道场变作个污秽世界了。李氏现在哪间房内，还不为我指出。”怀义到了此时，也是无可隐瞒，只得指着第二间屋内说道：“这便是她的所在。”当时狄公命马荣同净慧将门开了，果见里面一个极美的女子，年约二十以外，真乃是沉鱼落雁之容、闭月羞花之貌，见有男子进来，当时骂道：“你这混账种子，又前来何事？我终究拼作一死，与怀义这贼秃到阎罗殿前算账。”马荣道：“娘子你错认人了，我等奉狄大人之命，前来追查这事。只因王毓书在巡抚衙门控告说，怀义假传圣旨骗奸娘子，因此狄大人奏明圣上，前来查办。此时钦差在此。赶快随我出来。”李氏听了此言，真是喜出望外，忙道：“狄青天来了吗？今日我死得清白了。”说着放声大哭，走出房来。抬头见两位顶冠束带的大臣，也不知谁是狄公，随即倒身下拜道：“小妇人王李氏，为怀义这奸僧假传圣旨，骗我爹爹命全家入庙烧香，将奴家骗入此间，强行苦逼。虽然抗拒，未得成奸，小妇人遭此羞辱，也无颜回去见父母翁姑。今日大人前来，正奴家清白之日，一死不足惜，留得好名声。”说罢，对定那根铁柱子拼命碰去。狄公吃了一惊，急命马荣前去救护，谁知又是一下，脑浆迸裂，一命呜呼，把武三思同怀义，直吓得浑身抖颤。狄公也是叹息不已，向着武三思道：“此是贵皇亲亲目所睹，切勿以人命为儿戏。”当时命差役将怀义锁起，然后各处又查了一番。那里所有的娈童、顽仆以及四个大盗，早由地道内逃走个干净。

狄公查了一会，明知前去还有房屋，因碍于武后的国体，不便深追。正要出来，忽见坡台下许多鲜血，随向怀义喝道：“汝这没王法的秃贼，奸盗邪淫，杀人放火，这八字皆为你做尽了。现有形迹在此，还想抵赖？人是汝所杀，首级弃在何处？”怀义急道：“此事僧人实系不知，现已自知犯法，但求大人开一线之恩，俯念敕赐的寺院，免予深追。僧人从此改过，决不再犯。"狄公哪里容他置辩，随命人先将怀义同净慧一齐带回衙署，自己与武三思回转城来。所有寺内僧众全行驱入偏殿，将月洞门各处发封。

到了衙门，先传巡捕将王毓书带来，向他说道："汝所控的原告本院现已带来，定然依刑严办便了，但是汝媳妇节烈可嘉，自裁而死。汝且赶速回去，自行收殓，明日午堂前来听审。"王毓书听了此言，不禁放声大哭道："可怜我媳妇，硬为这奸僧逼死，若非青天追究水落石出，岂不冤沉海底。"

且说狄公将武三思困在衙门，说道："下官既将怀义带回，又是彰明实据之事，非得先审一堂，问实口供，明日奏明圣上不可。"武三思此时恨不能立刻出衙，好往宫中送信，无奈被他圈住，不得脱身，心下甚是着急。现又见他要审，格外着忙道："大人虽是为民伸冤，可知他乃御赐的住持，若过于认真，恐圣上面上稍有关碍，还望大人三思。"狄公道："有圣明之君，始有刚正之臣。下官今日追究此事，正是为国家驱除奸恶，贵皇亲所言也只看了一面。"当时命人在大堂伺候。顷刻间，书差皂役排立两班。狄公犹恐怀义刁滑，当时又将万岁牌位供在大堂，然后升堂公座，传命将净慧带来。两边威武一声，早将净慧带至堂上。狄公问道："妆且将怀义的事悉数供来，好在这堂上对质。"净慧道："僧人本在这寺内住持，自从看这山门，凡里面的细情虽不知悉，至他奸淫妇女，却日有所闻。久已思想前来控告，终因他势力浩大，若是不准，反送了自己的性命。现在大人既究出这根底，其余之事已自包罗在内。唯山门前这两口尸骸，没有事主，求大人将怀义带来，交出人头，好收棺掩埋。如此残暴寺前，实于佛地有碍。"狄公听罢，明知他隐藏武后的事件，不敢直说，当时也不过问，但提出怀义对质。巡捕答应一声，将奸僧带到。狄公喝道："汝这秃厮，胆敢在寺内立而不跪。若非本院寻出这暗室，随后更是目无王法了。现在当今牌位供奉于此，汝且跪下从实供来，究竟那两颗首级，藏置何处？"怀义道："这事僧人实不知情，总求大人开恩，追问净慧。昨夜是他开门小解，叫喊起来，方才知道。当时便没有人头了，这是他亲口所说。"净慧道："昨夜你们哄闹出来，我方才开门而去。彼时你等众人怎么说杀人了，人头滚到地窖去了。安知你们不将人杀过，故意哄闹出来。不然为何说人头呢?"狄公听罢,将惊堂一拍,喝道:"你这秃囚,至此还敢抵赖。可知王子犯法与庶民同罪,何况汝是个僧人。难道本院不能用刑审问?左右,先将他重打六十,然后再问他口供。"你道狄公是命马荣将王道婆杀死,除了兴隆庵之患,为何反有意在怀义身上拷问,岂不是狄公冤人吗? 殊不知,狄公除恶正是务尽的意思。若不将道婆杀死,虽然搜寻出这事,王道婆定要出入宫门,暗通消息,将怀义救了出去。而且兴隆庵又是武则天出家之所,若再如白马寺这样严办,于武后面上万下不去。因此暗中除了此恶,随后再办那三十四房的尼姑。现在令怀义招供也是恐武后救罪,故意将此事推到在他身上,好令武后转不过口来。有这几件道理,所以命人拷打。不知怀义肯招与否,且看下回分解。

# 第四十六回　金銮殿两臣争奏
# 刑部府奸贼徇私

却说狄公见怀义不肯招认，命人重打六十大板。当时威武一声，拖了下去，顷刻间五叱喝六，将六十板打毕。可怜怀义虽是个僧人，自从到白马寺以来，为武后朝亲夕爱，住的高房大厦，吃的珍肴百味，与王公大臣一般，十数年来，皆是居移气、养移体的，那里受过这样的苦。此时受打之后，早是皮开肉绽，鲜血淋漓，叫声不止。狄公命人将他拖起，扔到公案跪下，喝道："汝这狗头，妄自尊大，哪里将国法摆在心上。一味地奸盗邪淫，无恶不作。除了本院，谁还敢将你如此。你究竟招与不招？不然，本院便用大刑。"此时怀义也是无法，忙道："大人乃堂堂大臣，何故有意刻薄，苛责僧人。大人欲我招供不难，先将我'敕赐白马寺住持'这几个字奏销，那时再让我认供。你说我目无法纪，我看你也目无君上呢。皇上御封的僧人，擅敢用刑拷问。今日受汝摆布，明日金殿上再与汝谈论。"狄公听了此言，哪里忍耐得住，大声喝道："汝这派胡言，前来吓谁？可知本院执法无私，欲想依仗权贵，坏了国家的法纪，也非本院的秉性。汝既是御赐的住持，知法犯法理应加等问罪，本院情愿领受那擅专的罪名，定欲将汝拷问。"

当时把惊堂木连拍了数下，命左右取夹棍伺候。马荣、乔泰知道狄公的性情，随即连声答应，扑通一声，摔了下来。武三思连忙说道："怀义之罪，固不可恕，且求大人宽恕一日，待明日奏明圣上。再行拷问。"狄公怒道："贵皇亲也是朝廷命官，本院办这案件情真事确，尚有何赖？这秃僧胆敢顶撞大臣，种种不法，该当何罪？乱臣贼子，人人得而诛之。本院已将这万岁牌供奉在上面，今日审问，正是为国家办事。若有罪名，本院一人承担。"说着，连连命人将他夹起。下面众役见狄公动了真怒，赶着上来数人，将怀义拉下，脱去僧鞋，将两腿放人圆眼里面，一声吆喝，将绳索一收，只见怀义喊叫连天，大呼没命。狄公冷笑道："你平时不知王法，且令受点苦楚，以后方不敢为非。"随命再行收紧。下面又一声威武，绳子一收，只听怀义

"哎哟"两声，昏了过去。众差役赶着止刑，上来回报。狄公命人将他扶起，用火酸醋缓缓抽醒。众人如法炮制，未有顿饭工夫，忽听怀义大叫一声"痛煞我也"，方才醒转过来。

狄公命人扶着怀义，在当堂两边走了数趟。此时怀义已痛入骨髓，只是哼声不止。狄公命人推跪在案前，喝道："这刑具谅汝还可勉强挨受，若再不招，本院便用极刑了。"怀义听了此言，不禁哭道："求大人再勿用刑，僧人情愿招了。两颗人头现埋在竹林墙根底下，此人乃兴隆庵两个道婆，不知为何人杀死在寺前，将两颗首级送在暗室外面。僧人昨夜开门，忽然一个人头滚入地窖，已是诧异万分，谁知外边地窖也有一个人头。再命人提起一看，方知是王道婆同庵中那个女子，因此叫喊起来。此乃实情，全无一句虚言，求大人再为探访。僧人这苦刑实受不下去了。"狄公道："只要有了首级，便是实在的形迹，谁教你埋在下面？"当时命招房录了口供，令他在下面画押已毕，仍交巡捕看管，然后退堂。到了里面，向着武三思道："方才供认之事，非本院一人私行，有贵皇亲在此听见，明日早朝，还要请大人一同面圣。"当时三思满口应允。见他审问已毕，随即告辞出了衙门。已是天色将晚，当时并不回府，直由后宰门到了宫内。虽说天色夜晚，所幸那些太监无不认得三思，穿宫入户，这时到了武则天宫中。

却巧张昌宗为则天洗足，只听则天问道："你两人自入宫来，你封为东宫，薛敖曹封为西宫，如意君每日无忧无虑，在此快乐。可怜怀义是孤家的旧交，许多时日未曾亲近。今日上朝，为狄仁杰奏他一本，说有进士王毓书控告怀义将他媳妇骗入庙中，意在强行，死活存亡不知如何。狄仁杰奏知，寡人委他亲自入寺搜查。你看那个人的性情甚是刚直，若去查出破绽，狄仁杰非别人可比，一点不看情面，此去唯恐他总要吃苦。孤家已命武三思前去报信，不知何故，此时尚未回来。"三思在外听见，忙道："姑母不必过虑，臣儿已回来了。"当时便将在山门前如何遇狄公、如何为他圈困在寺内以及搜出暗室、李氏寻死、怀义带回用刑拷问，前前后后说了一遍。武则天听毕，吃了一惊，忙道："怀义那种雪白如玉的皮肉，焉能受这重刑。设若将他拷死，如何是好？狄仁杰又不比他人，明日早朝，定有一番辩论，令孤家如何处治?"武三思道:"现有一法在此。王道婆被人杀死,此案未有凶手,怀义亦未认供。明日圣上说他二人各执一是,难以定谳,着交刑部问讯。刑部大堂乃是武承业管理,他是臣儿的兄弟,又是圣上侄儿,岂有不偏护怀义之理?"张昌宗在旁奏道:"这老狄在朝中,终不是好。不但与我们作对,专与圣上怒言怒色。诸如怀义这事,明知是朝廷敕赐的地方,他偏要追寻出暗室。似此办理,国体岂不有亏?陛下说他是刚直,在我等看来,明是瞧不起陛下,故意如此。若不将他革职退朝,我等诸人何能久在宫内?陛下隆恩,万分亲爱,奈他只是不容,岂不令陛下日后冷清,无人在宫中陪伴?"武则天道:"汝等所言,朕岂不知。只因狄仁杰乃先皇旧臣,平日又无过处,何能轻易革职?而且,你我在此尽是私情,他办的乃是公事,何能因私废公?且待明日上朝,再行定夺。"

不说众人在宫中私议,单言狄公当晚退堂之后,随至书房,写了一道极长极细的表章,将怀义的恶迹,全叙在上面,预备早朝奏驾。灯下写毕,次日五鼓来至朝房,却巧景阳钟响,当时入朝,匍匐金阶。山呼已毕,狄公出班奏道:"臣狄仁杰,昨日奉旨查办白马寺案件,所有恶迹诛不胜诛。当在暗室里面,将王毓书媳妇搜出。该妇节烈可嘉,触柱而死。山门前两口尸骸,也是怀义所杀,首级被他埋藏在地窖里面。此两案皆臣与武三思两人亲目所睹,又有净慧僧人为证。似此奸僧,显干王法,动以敕赐的住持恃为护符,将天理国法全行不惧,岂不有坏国体,有污佛地,百姓遭其奸害。臣昨日升堂讯问,胆敢恶言顶撞,有辱大臣。比时因他不吐实供,以故将他重打六十大板。此虽臣擅责御僧,却是为国体之故,依法处置。强逼一妇,杀害两人,又是御赐的僧人,知法犯法,理应凌迟处死,今特奏明圣上,请旨发落。"武后听毕,将他奏折细看了一遍,乃道:"卿家所奏,固是实情,理应将他问罪。但阅原奏,怀义虽将人头掩埋,并非是他所杀,这事恐尚有别情,何能遂行定谳?"武三思也出班奏道:"昨日臣在狄仁杰衙门,也恐此事另有别故。只因狄仁杰立意独行,他乃奉旨的大臣,故不敢过问。但恐怀义为仇家所害。"狄仁杰听了此言,忙道:"姑作这两人非他所杀,人头何以在他地窖里面?白马寺乃清净地方,何故造这地窖暗室?显见平日无恶不作。即以王毓书媳妇而论,这事乃武大人亲目所睹,强逼良家妇女,该当何罪,何况此妇又尽节而死,就此而言,也该斩首。岂得因他所供不清,便尔宽恕,于国体何在? 于法律又何在? 从来国家大患,皆汝等这班党类作恶欺君,遂至酿成大祸。今日不将怀义斩首,恐王家庄那许多百姓激成大变,臣实担忧不起,且请陛下三思。"武三思直不开口,等他言毕,乃言道:"狄大人你虽痛恨这怀义,在我看来,说他骗困李氏有之,若说强逼,他又未尝成奸。是李氏自己触柱而死,于怀义何干?"狄公听了此言,愈加怒道:"汝这欺君附恶的狗头,李氏不为他强逼,为何自己寻死? 此事不依例论斩,且请圣上将国法注销,免得徒有虚文。罪轻者无辜受杀,罪重者反逃法外,何能令百姓心服?"武则天见他二人争辩不已,乃道:"此乃案情重大之事,两人各执一见,寡人疑难偏信。且将怀义交刑部审讯,问实口供,再行论罪。"狄公还要再奏,武则天早卷帘退朝。

狄公闷闷不已,出了朝堂,高声骂道:"武三思,汝这狗头,庇护奸僧,如此妄奏。你仗着武承业是你兄弟,将此案驳轻,可知法律具在,哪怕他有心袒护,本院也要在金殿申奏。"武三思只是淡笑不言,各自回去。狄公回到衙门,早有刑部差役前来提人。当时狄公又大骂不止,只得命巡捕将怀义交去,一人进了书房。心下想道:"不将武承业这狗头痛辱一番,也不能将怀义除去。今日武承业并不讯问,准是将他送入宫中,哭诉武后。若不如此如此,何以除这班奸党?"却巧王毓书来探信,听说怀义为武承业要去,不禁大哭不止,说道:"血海冤仇,不能报了。"当时便在堂痛不欲生,恨不能立刻寻个自尽。狄公在里面听见,命马荣如此这般对王毓书说了,叫他赶快回去。马荣依命出来,将王毓书拉在旁,将方才的话说了一遍。王毓书自是感激不尽,遵命而去。这里狄公换了便服,带了马荣、乔泰以及亲信的差役,来至刑部衙门,等候动静。

约至午后,忽然一乘大轿由衙门抬出,如飞似的向东而去,马荣远远看见,赶着上前喊道:"汝这轿内抬的何人? 也不是上杀场去,这样飞跑,将我肩头碰伤,如何说?"那人认不得马荣,大声骂道:"你这厮也没有神魂,访访再来胡缠。俺们在刑部当差,抬的是皇亲国戚,莫说未曾碰你,便将你这厮打死,看有谁出头敢说个不字! 你这厮敢来阻挡,这轿内乃是武皇亲的夫人,现在武后召见,立刻进宫,若是误了时刻，你这狗头莫想牢固。爷爷今日积德，不与你作对，为我赶快滚去吧。"马荣听了此言，心下实佩服狄公，当时怒道："你这厮用大话吓谁？我也不是没来历的，你说抬的武皇亲的夫人，我还说你是抬的钦犯呢。莫要走，现在巡抚衙门来了许多百姓，闹得不了，说武承业卖法，将怀义放走。我们大人还说不信，特地命我前来探信，究竟刑部可曾审讯。哪知你们通同作弊，竟将怀义抬走。我等且看一看，如果是他的夫人，情甘认罪。若是怀义，此乃重大的钦犯，为何将他释放？且带回抚院，请狄大人定夺。"说着，走上来便掀轿帘。那轿夫听了此言，吓得魂不附体，赶紧前来阻止。不知后事如何，且看下回分解。

# 第四十七回 众百姓大闹法堂 武三思哀求巡抚

却说马荣正要掀那轿帘,那几个轿夫听了此言,赶着喝道:"皇亲国戚汝等可乱看的?莫要动手。你冒充抚院的差人,先将你打个半死。"马荣哪里睬他,见他来阻止,随即高声喝道:"你们众人前来,这轿内明是怀义。"此时乔泰、陶干以及书差皂役全围上来。狄公也就上前喝道:"汝这四人受谁指使?里面究是何人?本院的声名,汝等也该知道,且从实说来。"四人见是狄大人亲自前来,这一吓魂不附体,也不答应,赶着转身便想逃走。早有差役并陶干等人,每人上前揪住一个,马荣把轿帘掀起一看,正是怀义。随即命人将原轿抬起,回转衙门。狄公随即升堂审讯。

此时王毓书早带了许多百姓,在衙门哄闹,说:"怀义如此不法,小民受害不甘。若今日不将他斩首,我等拼死在此处,看巡抚大人如何发落。不然我等便到午门去了。"当时正闹个不了,忽见狄公回来。许多人揪着轿夫,抬了一乘轿子,在大堂坐下。命人先将轿夫提案,陶干一声答应,四人早被拿在案前跪下。狄公喝道:"汝四人好大胆量,敢在刑部衙门去劫钦犯。先将他们重责一百,然后斩首示众。"轿夫一听,无不魂飞天外,连忙在下面叩头不止,道:"此事非小人之意,大人若将小人等治死,小人皆有老小,那就活活饿死了。此皆刑部武皇亲命我等将怀义抬出,送入宫内。若半途有人询问,便说是他的夫人,小人方敢如此。现在大人欲将小人们治死,岂不冤煞。"狄公道:"胡说,武皇亲乃是朝廷的大臣,奉旨承办此案,未经审讯,何故将他送入宫中?这明是汝等不法。"那些百姓听了此言,无不齐声说道:"世上有如此坏官,一味偏看情面,不照顾百姓,我们也是民不聊生,不如到刑部将武承业揪出打死,拼作死罪。"说着,一哄而去,皆到了刑部衙门。

此时武承业正命人将怀义送进宫中,哭诉武则天,商议个善策。好一会,不见原人回来,忽听门外如鼎沸相似,无限人声蜂拥而来。正是诧异,命人出去探问,早见外面有人来报道:"现在许多百姓将大堂挤满,说大人将怀义放去,半路为百姓拦阻,逼令狄大人带了回去。说大人徇私卖法,不将怀义治罪,他们便要哄堂,到宅门内来与大人讲论。"武承业听了惊道:"我将怀义送入宫中,正是想他躲藏,请武后传旨释放,哪怕狄仁杰再认真,也便无事。谁知又为众百姓知道,现在带至抚院衙门吃苦。明日老狄定与我有一番纠缠,这事如何是好?"正说之间,忽听喧嚷一声,早将暖阁门挤倒。只听百姓喊道:"他是刑部,理该为民伸冤,何故私放怀义?他既徇得私,我等便打得他,横竖民不聊生,打出祸来,拼得将我们众百姓杀尽了,好让和尚为皇帝。"说着已进来四五十人,见了承业,齐声叫抓住。承业见动了众怒,不敢出去禁止,正要由旁边逃走,早为一人抓住。接着上来五六人,你打一拳,他踢一脚,早把武承业打得鼻青眼肿。武承业深恐送了性命,只在地下求道:"诸位百姓,我将怀义重办便了。你们怎说怎好,千万不能再打。"内中有几个人说道:"你们权且住手,等我问他说话。"众人道:"还同他说什么?他不顾我们百姓,百姓要这狗官何用!"武承业忙道:"这位百姓要说何话,我武承业总遵命何如?"那人又将众人止住,道:"你既为朝廷大臣,昨日白马寺的暗室,以及李氏碰死,皆是你哥哥亲目所睹,你也不是狼心狗肺,何故因一个和尚如此枉法?今日要想活命,除非你命人将狄大人请来,在此共同审讯,定成死罪。所有白马寺的暗室,一概折毁,我众人等便随时散去。若非如此,我等逃不了殴辱大臣的死罪,你也休想活命。"武承业见众人滔滔,不敢不答应,忙道:"我随汝等所言,立刻请狄大人去。"随即命人拿帖子到巡抚衙门,一面命人到各衙门送信,以便带兵前来。将这干人驱逐,为首的治成死罪。那些众家丁领命出来,分头而去。

先说狄公见众百姓到了刑部,当时也就退堂,仍将怀义交巡捕看管。四个轿夫录了口供,交差役带去,自己在书房静候。过了一会,忽见巡捕带进一人。到了书房取出一个帖子,向着狄公道:"刑部武大人特命差官请大人赶速前去。现在百姓哄堂,万不得了,若再不去,便有大祸。"狄公故意说道:"此乃武皇亲自不小心,干犯众怒,我现已为他受累。自从圣上将怀义交他审讯,此事已不干我事。忽然百姓怒闹,说武皇亲徇私枉法,把怀义释放,逼令我捉获。本院恐激成民变,只得同他前去,遥想断无此事。谁知走到半途,百姓已将轿子掀开,将怀义拖出,彼时面面相觑，只得将人带回，虚问一堂。谁知轿夫说明真情，乃是武皇亲将他释放，所以动了众怒，到刑部衙门而去。此时来请本院，本院何能前去？又未奉旨会审。若皇亲不能制止百姓，反说本院有意把持，越俎行事，此欺君之罪如何能当！"那个差官见狄公不肯前去，赶着说道："此是武大人亲命来请，现有名帖在此，岂能致累大人？务求大人前去一趟，不然百姓闹出祸来，在京皆遭其累。"狄公道："本院未曾奉旨，万不能去。汝何不到武三思大人那里去报信，请他前去排解。不然便将怀义请你带去，看百姓如何说。"那个差官何敢答应将怀义带回，岂不为众人打死？只得退了出来，飞奔回衙。

早见全城官员，带着许多兵丁，拥在门口，随即分开众人，挤入里面，只见百姓高声喊道："武承业，你这狗头，还调兵来恐吓我们。"说着，许多人上前，将武承业举起，向外说道："汝等若进这门来，便将他开刀。"众官员见了如此，哪个还敢动手？连忙说道："汝等权且放下，命兵丁退出便了。"武承业已吓得屁滚尿流，满口喊道："各位大人不必进来，且等狄大人来发落。"正乱成一团，那个差官只得说道："狄大人不肯前来，说此事不关己事，又未奉旨，不能越俎而谋。现在已经为大人受累，说为众百姓争闹，并拟将怀义送来，仍听大人审讯。"武承业还未开言，只见许多百姓说道："巡抚大人也如此偏护，他如送来，一齐将他治死。"说着，又争闹不已。武承业赶忙喊道："此乃他不肯前来，非关下官之事。诸位百姓便将下官治死，也无好处，何不仍到巡抚衙门去，向怀义理论？"众人骂道："汝这奸贼，倒会推诿。狄大人不来，乃是怕你谎奏朝廷。此时这许多官员在此，为何不令他们前去同请，用这些兵丁来吓我何用。若再下去，我等爽性不畏王法了。"说着，两人将武承业倒举起来，头朝下脚朝上，如同摔流星一般，摔来摔去，把个武承业摔得头晕眼花，如猪喊相似，只是乱叫。众官见了，真是进退两难，欲想上前阻止，反怕送了性命，若待下去，又见承业乱叫。适武三思此时已来，只得高声叫道："我与众大人一同前去，汝等可勿动手。"众人道："限你三刻，不来便摔。"说罢，咕咚一声摔于地下。武三思只得领着众人，飞奔而去。

到了巡抚衙门，也等不及巡捕通报，直至书房而来。狄公见众人到此，知是仍为怀义的事,不等武三思开口,忙道:"这事叫下官怎处?众怒难犯。许多百姓来哄闹,设若激出大变,下官怎担任得住?令弟乃承审大臣,为何又将怀义释放?四名轿夫异口同声,皆说刑部大人的指使,不是下官虚张声势,怀义几为众百姓治死。现在贵皇亲前来,下官可卸这责任了。好者是圣上命令弟承审,将人犯请贵皇亲带去,免得百姓又来此地乱闹。"武三思见狄公用这封门的言语,忙道:"大人乃先皇的老臣,久已为小民信服,现在舍弟命在顷刻,务请大人前去一趟,先将怀义的罪名定下,好让众人散去。随后若开活怀义,再为计议。此时且看一殿之臣的情面,免得酿成大祸。"狄公连忙言道:"贵皇亲这是谋杀老夫。令弟审讯,乃是奉旨而行,老夫前去乃是越分。设若圣上说我多事,那欺君专擅的罪名还了得!贵皇亲尚要原谅,此事万不能行。"武三思道:"大人此去,救我兄弟之命,圣上知道正要加恩,岂有问罪之理?"狄公道:"但凭诸公言语,老夫不敢遵命。可知人心总难问,现为此事已受累不浅,设事后奸臣妄奏一本,说我唆令百姓大闹法堂,将怀义抢回,那时圣怒之下,如何辨别?岂不反送了性命。诸位如果要下官前去,且请在此立一凭单,将武承业如何私自放怀义,为众百姓哄闹法堂,以致来请的话,写成凭单,各位签字在上面,老夫或可前往。不然,事不关己,何必多管。"武三思明知狄公有心推辞,只得依他。匆匆忙忙写毕,许多官员皆是武氏的奸党,全行执押,然后狄公同众人乘轿来至刑部。

百姓正在那里说:"武三思未曾去请,大约也躲避去了,不然此时也该来了。他把我们作叛民看待,用兵来挟制我等,便摔得他。"说罢,一齐呐喊,如潮水涌来一般,顷刻又把武承业头朝下脚朝上,当流星摔来。狄公赶着上前,抢到里面,高声说道:"汝等在此,还是要为王李氏伸冤,还是趁此作乱?"众人见狄公前来,齐声道:"率土之滨,莫非王臣,谁人没有身家性命,何敢作乱?只因平日为这般奸党虐害生民,奸淫妇女,已是民不聊生,昨日王毓书媳妇在白马寺自尽,乃是

大人同武三思搜查，彰明较著，罪无可逃。为何不将他问罪，反交在刑部里来，被这狗官将他私放。不是我等闻风前来，岂不又幸逃法网。如此发落，百姓焉得安处？此时既大人前来，只求将王李氏冤枉伸雪，怀义治罪，我等情愿认大闹公堂之罪。若不这样，断难散去。"狄公道："本院既到此地，汝等尚有何虑。立刻去提怀义，汝等且将武皇亲放下，方成体统。似此哄乱在一处，还有什么上下？"百姓道："此地万不能审讯怀义。到了此间，我等不能时时看守，若他夜间仍然放去，至何处与他要人？若要审问，仍到巡抚衙门去，方才妥实。"狄公听了此言，故意说道："汝等那里如此横暴。武大人乃奉旨的钦差，岂能到巡抚院内审问？如此次再行私放，汝等皆向本院要人便了。"随向武承业道："贵皇亲，今日下官前来，可知要将怀义的罪名拟定，不然，下官也承担不起。"武承业此时只想众人走散，无不满口应允，说："大人为下官做主，无论如何，一同奏知圣上便了。"当时百姓听他如此说定，方将他放下。狄公命人去提怀义，不知后事如何，且看下回分解。

## 第四十八回　武承业罪定奸僧
## 薛敖曹夜行秽事

却说狄公命人去提怀义，顷刻之间，人已提到。狄公命武承业公服升堂，自己坐在一旁听他审讯。武承业道："众百姓请大人前来，本望从公拟罪，此时大人何以一言不发？"狄公笑道："怀义之罪，例有明条。贵皇亲也非不知法律之人，他所犯何罪，依何律处治，百姓尚有何言？下官此来，不过替大人解和，何敢越俎审问？"武承业此时逼得左右为难，若不审讯，堂下这许多百姓断不答应。一经定了罪名，怀义便无生路了。想来想去，实在为难，谁知他还未开口，众百姓早将怀义推跪下来，向上面说道："狄大人如不定罪，我等要动手了。"狄公复又向武承业道："皇亲呀，事已到临头了，若再存私袒护，下官便不好在此。圣上命你承审，为何此时还不开言？"武承业恐又惹众怒，只得向怀义问道："那两人究竟是为汝所杀。可知下官为汝之事，也是情非得已，乃汝亲目所见。事已至此，权且供来，你可明白吗？"狄公听了此言，心下骂道："这个奸贼，几乎送了性命，现在又递话与怀义。打量我不知你心下的话，教他权且认供，将此时挨了过去，便可哭诉武后，赦他的重罪，岂非是梦想！你是乖的，拼作吃苦，直不审问，百姓当真不知王法，将汝治死吗？你既害怕，只要说定罪名，哪怕你再倚仗武后，欲想更改，也是登天向日之难。"只见怀义见武承业如此说法，知不说也过不去，当时只得供道："所杀两人，乃是兴隆庵的道婆，平日时常入寺四下搜寻，恐她将暗室看破，走漏风声，因此起这不良之心。昨夜在半路等候，却巧她路过此路，将她杀死。又恐日后追寻凶手，因此将人头带入寺中，埋于竹林墙角下面灭迹。不料为狄大人看出破绽，致而败露。以上所供，悉是实话，求大人从宽发落。僧人自知有罪，总求俯念是敕建的地方，免致有伤国体。"武承业听毕，问狄公道："例载挟仇杀害，本身拟抵，怀义杀毙二人，罪加一等。加以王李氏受逼身死，此乃凌迟的重罪。念他是敕封的住持，恐于圣上情面有关，权且拟一斩监候罪名，嗣后入秋，再为施刑。此时权行收入天牢，大人意下如何？"狄公道："贵皇亲所拟的当之至。但怀义虽然供认，却未画供，贵皇亲拟定罪名，且未立案，何能成为定谳？且命书差录供，使怀义模印，那时下官便可命众百姓退散。"武承业听毕，心下恨道："老狄，你也太狠了，定欲做得无可挽回，将怀义置之死地，这是何苦？也罢，此时便如你心愿，随后一道圣旨，将怀义赦去，看他究有何说？"当时便命书差将怀义的口供录下，画供已毕。狄公道："汝等众百姓本为王毓书媳妇伸冤而来，现在已蒙武大人定成斩监候罪名，实是依律严办。汝等此时还不退去？可知未定罪之先将人私放，乃武大人一时之误，既定罪之后，汝等仍在此地取闹，并不是为死者伸冤，乃是有意叛逆，挟制大臣。似此叛民，国家岂能容恕，便调兵前来，将妆等一律处死，看汝等能成何事？还不赶快回去？各勤农事，将王毓书带来，好备此案。"百姓见狄公如此吩咐，随即一哄而散，出衙回去。

顷刻工夫，将王毓书带了进来，见怀义跪在下面，当时也不问是法堂上面，抢上来将怀义揪住，对定背心一口咬着。只听怀义"哎哟"一声，众差役忙上来拦阻，已咬下一块肉来。嘴里还是骂道："汝这秃驴，说武后命你前去化五千银子，要拜黄忏。你假圣旨骗去银两，这事还小，何故起那不良之心，将我媳妇逼死。若不是狄青天审问，这冤枉何时得伸？此时还想哀求奸人，私行释放，岂不是无法无天？"说罢，大哭不止，怒气填胸，又要上来揪闹。狄公连忙喝道："王毓书，你既是进士出身，为何不早来听审。现已经发办，依例定罪，汝此时无理取闹，全不听官解说，天下哪有这般糊涂的书生！"说罢，命人将怀义录的口供念与王毓书听毕，他也在原呈上执了押，随后命他回去听信。王毓书千恩万谢，叩头下来。然后狄公将案件原呈一并收好，两人退堂，将怀义带了进去。狄公向武承业道："贵皇亲今日受窘，实是自取其辱。岂有要紧的钦犯，私下释放之理！国家以民为本，大兵调来，难道全将他们杀死不成？从来得天下者得民心，失天下者失民心。小民无知，岂能犯了众怒？今日下官若是不来，岂不将贵皇亲任性乱捶，纵不至身死，那头昏眼暗，肚肠作呕，丑态无不百出。朝廷大员、皇亲国戚，为徇私荐人致被这羞辱，岂不愧煞。照此看来，我等虽不能算好官，也不落坏名被人笑骂。"这番话把武承业说得满脸通红，无言可答，只得说道："大人之言，何尝不是。只因碍于圣上的国体，故此稍存私见。

谁知百姓竟不能容,还是大人来禁阻,实是感激不尽了。"狄公知道他是嘴上的春风,冷笑道:"同是为国为民之事,有什么感激,在人居心而已。百姓也是人,岂没有个知感的意思。你待他不好,他自向你作对。下官此时也要紧回,怀义现在堂上,贵皇亲可莫再私心妄想。这许多蠢民,兴许仍在左近访问,若再为他们知悉,本院虽再来,恐亦无济了。"说罢,起身告辞而去。

不说武承业与怀义私下议论,单表狄公来至书房,做了一道奏稿,次日五鼓上朝,好奏明武后。谁知武承业见众人散去,心虽放下,浑身已为众人摔得寸骨寸伤,动弹不得。向着怀义哭道:"下官为汝之事,几乎送了性命,现在如何是好?狄仁杰不比他人,明日早朝,定有一番辩论,叫我如何袒护,他已将口供案件全行带去。"怀义已知难活,不禁哭道:"现在唯有请大人私往宫中,请圣上设法,总求他看昔日之情,留我一命。"武承业忙道:"你这话岂不送我性命。日间因送你入宫,为百姓半途揪获。我此时出去,设若再为他们碰见,黑夜之间打个半死,有谁救我?我现在吃苦已非浅,若再痛打,便顷刻呜呼。"怀义急道:"武皇亲,你我非一日之义,今日我死活操之你手,除得圣上解救,更有何人挽回?你不肯去,如何是好?"武承业也是着急,只得问武三思说:"此事还是哥哥进宫一趟,将细情奏明圣上,请她设法。只要将狄仁杰一人阻止,余下便可无事。"武三思总因怀义是武后的宠人,恐怕伤了情面,当时说道:"愚兄此时姑作回衙之说,径入宫中。今夜却不能来回信,好歹总求武后为力便了。"随即乘轿出来,故意命轿夫说道:"汝等闲人让开,武大人回衙。"说罢,如飞而去。

由后宰门进去到了里面,小太监连忙止住道:"武后现在宫中,与如意君饮酒呢,连我们皆不许进去,请皇亲在此稍待罢。"武三思知薛敖曹在里干事,只得站在纱窗外面等候。听武后说道:"我封你这'如意君'三字,实是令我如意。可怜怀义昨日受狄仁杰一顿恶打,两腿六十板,打得皮开肉绽。今日交我侄儿审讯,不知如何了结。"武三思在外听见,知他们事情完毕,故意咳了一声,里面武后问道:"是谁在此?"早有小太监走去,说是武三思在帘外立候多时了。武后道:"我道是谁,他还无碍,且让他进来。"武三思听了此言,随即进去,与薛敖曹见礼坐下,并将武承业如何送怀义、如何百姓哄闹、如何请狄仁杰定罪的话说了一遍。武后吃惊道："这还了得！狄仁杰是铁面御史，如此一来，岂得更改？端端的好怀义，将他送了性命，使孤家心下何忍？"武三思道："臣等也无法可想。怀义特命臣连夜进宫，求陛下看昔日的恩情，传旨开赦。不然，便难见陛下之面了。"武后踌躇了半会，乃道："孤家早朝也只好顺着狄仁杰的言语，如此这般发落，或可活命。汝且前去，命他安心便了。"武三思见武后应允，只得出宫而去。

到了五鼓入朝，狄仁杰早已坐在朝房里面，见他进来，连忙问道："昨日之事乃是贵皇亲众目所睹，本院乃事外之人，反又滥竽其间了。"当时听景阳钟响，文武大臣一齐入朝。山呼已毕，狄公出班奏道："昨日武承业激成民变，陛下可曾知道吗？"武后见他用这重大的话启奏，忙道："寡人深处宫中，又未得大臣启奏，哪里知道？"狄公道："陛下既然不知，且请将武承业斩首，以免酿成大祸，然后再将所拟怀义的罪名，照律施行。武承业乃是承审的人员，竟将钦犯徇私释放，致为百姓在半途拦截，送入臣衙，哄闹刑部。若非武三思同众人计议，将臣请去压服，几乎京城重地倏起衅端。求陛下哀衷独断，将徇私枉法之武承业治罪，于国家实有裨益。"武后道："百姓哄闹法堂，此乃顽民不知王法，理该调兵剿斩，于武承业何干？"狄公道："陛下且不必问臣，兹有凭字并各人手押，以及将怀义所拟定的罪名，誊录在此，请陛下阅后便知。"说罢，将奏折递了上去。武后展开，细阅了一遍，欲想批驳，实无一处破绽，只得假意怒道："外间有如此大变，武承业并不奏闻，若非卿家启奏，朕从何处得悉？私释钦犯，该当何罪？本应斩首，姑念皇亲国戚，加恩开缺，从严议处。怀义拟定斩监候罪名，着照所请，交刑部监禁。俟秋审之候，枭首示众。王毓书之媳妇节烈可嘉，准其旌表。"狄公复又奏道："白马寺虽是敕建地方，既为怀义所污，神人共怒。此种秽屑之所，谅陛下随后也未必前去，请传旨将厅院地窖一律拆毁，佛殿斋堂一并封禁。所有寺中田产，着充公永为善举。"武后见他如此办理，虽恨他过于严刻，只是说不出口，也就准奏退朝。狄公分别处置，百姓自是感谢不尽。

谁知武后进宫之后，薛敖曹上前奏道："陛下今日升殿，怀义之事究竟如何？"武后见问，闷闷不乐，乃道："寡人与汝恩同夫妇，无事不可言说。自从早年在兴隆庵与怀义结识，至今一二十年。今为狄仁杰拟定斩监候罪名，虽待秋间施刑，此仍是掩耳盗铃之意。随后传一道旨意，便可释放。唯恐他不知寡人的用意，反怨寡人无情，岂不可恨。"薛敖曹道："这事他岂不知道，可以不必过虑。唯是狄仁杰如此作对，我等何能安处！现有一计与陛下相商，不知陛下能否准奏？"欲知后事如何，且看下回分解。

# 第四十九回　薛敖曹半路遭擒
　　　　　　狄梁公一心除贼

却说薛敖曹道："陛下莫虑怀义，他岂不知此事，而且昨日武三思又传信于他，谅他总可知道。但狄仁杰一日在京，我等一日不能安枕，陛下何不将他放了外任，或借作别事将他罢职，岂不去了眼前的肉刺。"武后叹道："寡人岂不想如此。只因朝中现无能臣，所有官僚皆是寡人的私党。设若有意外之事，这干人皆不能办理，所以将狄仁杰留在朝中。一则是先皇的旧臣，外人也不议论，说我尽用私人，二则国家之事他可掌理，因此不肯将他罢职。汝且勿多言，孤家今日心绪不佳，满心记挂着怀义，汝明日出宫，到武三思家内，同他到刑部监内安慰怀义，说孤家此举，也是迫于法律。一月半之后，等外间物议稍平，定然开赦便了。"薛敖曹见她如此，当时也只得答应。随命小太监摆酒，将张昌宗请来，两人执杯把盏，代武则天解闷。武则天本天生的尤物，见他两人如此殷勤，不禁开怀畅饮。半酣之际，春兴高腾，薛敖曹便对坐舞动了一番，酒尽灯熄，共寝宫中。

次日一早，武后上朝，薛敖曹便换了太监的装束，带了两名小太监，由后宰门出去，直向武三思家中而来。却巧狄公昨日将王毓书传来，将圣旨旌表他媳妇、即定了怀义的罪名秋间施刑的话，说了一遍。王毓书当时叩头不止，说："朝廷大臣能全像大人如此忠直，小民自高枕无忧了。今日将此事审明，我媳妇在九泉之下也要感激。"狄公复行劝慰了一番，命他回去准备，今日早朝之后，便到白马寺拆毁地窖。谁知由朝房出来，走至半途，忽见武三思的家人带领三个少年，向刑部衙门那条路上而去，心下甚是疑惑。暗道："前面那个少年正是熟识，曾记在何处见过，何以与武家的人一路行走？"随即将马荣喊至轿前，低声问道："汝见前面几人可认识吗？"马荣道："如何不认得？为首的是武家的旺儿，后面三人不便在街坊说明，且请大人回后面奉。"狄公会意，随道："汝命乔泰跟在他后面，看他究竟向何处而去，赶着回报。"马荣答应，叫乔泰前去。狄公命人速回。

狄公下轿，到了内书房后面，马荣已随了进来。狄公道："你方才见后面三人究竟是谁？"马荣道："那个三十上下雪白面皮的，是南门外无耻流氓，叫作小薛。不知何时为武三思所见，送入宫中。日前所说的那个薛敖曹，便是此人。"狄公听了此言，不禁起身勃然怒道："这个无道昏君，自己的亲生太子远贬房州，将这无赖奸人收入宫内。此去必是到刑部私通消息号怀义，商议事情。今日遇见本院，是他自投罗网，不将他治死，也令他成为废物。"

正说之间，果见乔泰匆匆跑来说："那少年正是薛敖曹。小人跟在他后面，见旺儿与他三人一齐到刑部去了。"狄公听了此言，随命差役伺候，至自马寺拆毁地窖。顷刻众人毕至。狄公带了众人，坐在轿内，心下想道："如这个狗头能再半途碰见，便可如此这般的行事。若不能碰见，也只好借拆毁之名，到刑部前去提怀义。"一路正想，渐渐离刑部不远，忽见前面那个少年，又由对面而来，心下好不欢喜。正要命马荣前面去，谁知他早经会意，抢上几步，到了前面，故意在薛敖曹身边一撞。薛随即骂道："汝这狗头，为何不带着眼睛。汝也不是瞎子，走在爷爷面前，还不看见！"马荣见他叫骂，也就喝道："汝这厮破口骂谁？这街坊上面，皆是皇上的地土，谁人不可行走？也不是要买的路途，为何不让我走路？你说我未带眼睛，不看见你，何故你看见不让我呢？你也不访探我是哪个衙门而来，在此狐假虎威。"薛敖曹哪里忍得下去，随向小太监道："汝等在此，还不将这厮捆起，送至九门提督处，活活将他打死。敢在此间与我抢白！"

两人正闹之际，狄公轿子已到面前，忙令停轿，向外问道："马荣，本院命汝先到刑部去提怀义，好往白马寺拆毁地窖，何故在此与人争论？"马荣道："此人乃是南门外无赖，名叫小薛，往年为非作歹，地方官出差严拿，为他逃逸，现又潜回都中。小人一路而来，因差事紧迫，行路匆匆，他撞在小人身上，反将小人乱骂。"狄公喝道："胡说。他是个少年子弟，何以知他是无赖？且命众差役来询问。"马荣把院差一齐喊来。众人一望，皆吃了一惊，不敢开口。狄公道："汝等可认得此人吗？若是无赖小薛，或者前次犯法，现已改邪归正，本院但须略问数言，便可释放。若不是小薛，本院到要彻底根究，是谁人如此横暴，胆敢殴辱院差，拦阻官道，本院定须严加重责。"武三思的家人见是狄公前来,早吓得魂不附体,知道又出了祸事。见狄公如此言语,恨不得众人说是小薛,免得彻底根究。无奈众人知道薛敖曹之事,无一人开口。狄公怒道:"汝等想必与他同类,以致不敢言语。且将这厮带回本院,审讯一番,也就明白。"薛敖曹见了这样,已是心惊胆战,深恐自己吃苦,忙道:"我正是小薛,求大人宽恩免责。"狄公听了,喝道:"狗头,从前已幸逃法纲,此时依旧在此行凶。若非本院深究,汝必不肯供认。皇城禁地,岂容汝这奸民混迹。左右,将他锁了,送回交巡捕看管。待本院由白马寺回来,再行发落。"乔泰、陶干答应一声,锁了起来。后面两个小太监不知利害,见薛敖曹被锁,忙上前拦道:"你们这班人好大胆子,他乃是宫中的人,敢用铁链锁他,圣上晓得,你们还有性命?"旺儿见小太监说出真情,心下实是着急,唯恐连累自己,赶着挤出了人围,逃回去了。这里狄公道:"汝这两个小孩子,为何说出此话,难道小孩你认得他吗? 汝是何人? 赶快说来,本院放汝回去。"小太监道:"我两人是穿宫的太监,我名叫王喜,他名叫李顺,与他一齐前来。"狄公也怕他说出尴尬的话,连忙喝道:"你两个小狗头,毋得混说。他既为小薛,何敢往入宫中? 此事大有可疑,一并交差带去,待本院回衙严讯。"说毕,乔泰将三人锁回抚院。

狄公使至刑部,将怀义提出,到白马寺拆毁了地窖,直至偏晚方才回来。谁知旺儿见小太监说出真话,赶紧跑回家,与武三思说明。武三思也是焦急万分,乃道:"这事如何又为他碰见? 他若认真究办,薛敖曹说出真情,这事如何是好?"当时也只得来至宫中,告知武后,武则天听了此言,更是羞惭无地,又愧又恨。忙道:"汝等赶速前去,说我宫中逃走了二名太监,既为他拿获,令他送进宫来,听我发落。设若狄公审讯,千万传信薛敖曹,莫说出真情,那个老狄非比别人。"武三思只得遵命出来,着人传旨说:"武后有旨,将太监送去。"早有巡捕回道:"我等奉大人差遣,看管人犯,此时大人未回,不敢擅自专主。且不知圣旨是真是假,不能凭贵皇亲门言,信以为实。"来人无可奈何,只得回复武三思。谁知狄公早料着有这次情事,故意到晚方回。

已是上灯之后,巡捕将上项说话回明,狄公道:"这明是假传圣旨,且待本院审问。明早奏明再核。"当时也就升堂，命人将门关闭，恐有闲人观审。先将太监传来，喝道："小薛乃是地方上的无赖，汝等说他来往宫中，莫非他受人指授，欲想行刺吗？此乃大逆不道之事，汝且从实供来。还是与他同谋，抑或是遭他的骗惑，本院审明口供，便将他斩首。"薛敖曹在旁听见，早已魂飞天外，深恐性命不保。只见小太监供道："这小薛也与我等同类，为圣上的穿宫太监，实非行刺之人。适才圣上已经有旨，请大人将我等送进宫中。只因我等私自出宫，圣上未曾知悉，现在查出，已获罪不轻，求大人开恩释放。"狄公听了此言，不禁拍案大怒，命人用刑。不知后事如何，且看下回分解。

# 第五十回　查旧案显出贺三太
记前仇阉割薛敖曹

却说狄公拍案喝道："汝这两个小狗头，纯是一派胡言。小薛自己已供认是无赖，为何汝等反说他是穿宫太监，这事明有别情。若不直供，定将汝处死。"小太监道："小薛实是太监，方才圣上已经传旨，请大人送进宫中，与圣上发落。这事何敢撒谎？"狄公道："本院看小薛断非太监，汝等既矢口不移，且命书差查他旧案，若确有实据，本院断不轻恕。"谁知众书差虽不敢开口，内有一个刑房书办，姓贺名三太，此人自幼与薛敖曹为邻，其恶迹无不尽知。早年有个女婢，为其强占，后报官究办，正拟出差获案，忽为武承嗣将他送进宫中，这愤气至今未出。现在见狄公如此追究，又值众人不敢开口，随即上前说道："此人确系无赖，串同太监在外胡行。所有案件，书办尽知。"说着，退了下来，将薛敖曹从前案情悉数查出，呈上堂来。狄公看了几件，尽是奸淫的案情，不禁拍案怒道："汝这狗头，犯了此等罪恶，尚敢在此串同太监作恶胡行。左右，先将他重责百板，先行收禁，两名太监交巡捕看管。"左右答应一声，将薛敖曹拖下，一五一十，打得叫喊连天。然后将他收入禁中，以便明早上朝申奏。

狄公退堂之后，贺三太心下想道："虽然重办这薛敖曹，终不能置之死地。一经武后传旨送往宫中，虽狄大人也无法可想。他既自称是太监，方才受责之时，何以那件浊物如杵棍一般，不下有一二尺长短。这物件也不知犯了无限的罪名，我要报他的前仇，拼得性命不保，方可为国家除害。"主意想毕，等到二鼓之后，一人想着暗暗到了监门。那个禁卒认得是贺三太，忙迎来问道："贺先生来此何干？"三太道："我同你商议一事。听说你从前也为小薛害得很惨，可是不是？"那人道："提起来话长呢，恨不能食他之肉，寝他之皮。小可从前的家私，虽不能说是丰富，也还小康。自从与他赌钱，被他赚了数千两银子，嗣后我将家产输得干净，再去找他，他不认我，因此无法可想，钻了门路来当这禁卒。可怜每日落不上数吊钱，家中老小仍是不能敷衍。他现在进了宫中，又有这般势力。谁知天网恢恢，遇见了我们这大人，将他打个百板，收入禁中。现在想趁此报复他前仇，只是想不出主意。你先生可有良策？我们商议商议。"贺三太道："我从前之事你也知道，此时前来正想与他打点。你可知他在堂上供认的是穿宫的太监，太监哪有阳具的道理？方才为大人打了百板，见他那件浊物，不下有一二尺长，取下来改做敲鼓锤子，或则敲锣，倒也别致。"禁卒道："你想得虽好，这一来送他性命，固报了前仇。明日狄大人要人，如何是好？"贺三太道："你不知道，这物件并不是致命，将他割下，依然可活。你看宫中太监，皆没有此物。但不可伤破他卵子，便可无碍。"禁卒道："能够这样就妙了。现在堂上明明供认是太监，即便明日上堂，他也不敢说出，这物件在别人身上是不可少的，在他身上却是犯禁。这个暗苦，教他受罪，正是却好。"两人商议妥当，禁卒取了一柄尖刀，取了两碗酒杯，一包末药，同贺三太两人来至狱内。

此时薛敖曹正因棒伤打厉害，在那里哼声不止，只想武三思告知武后，命狄公释放。此时听见狱门响亮，掉头一望，见是贺三太，连忙喊道："贺三哥，你救我一救。我的事情谅你知道，能在这事上周全于我，不出三日，定叫你富贵两全。"贺三太道："正是同你商议。你现在得了好处，把我们旧邻居、旧朋友皆忘却了。我家那个女婢，至今日还在我家。你此时在此苦恼，命她前来服侍你好吗？"禁卒也在旁说道："你的婢女虽可服侍，但是狱中没有钱用。我积得有数十串钱在此，我们三人赌钱如何？"薛敖曹见他二人说了前仇，连忙道："二位老哥千万莫记前仇，我已悔之莫及了。能够救我，将我放出，逃回宫中，定然厚报。如何？"贺三太冷笑道："放你出去，这个沉重到可担得，但是要同你借一物件，不知可肯与不肯。"薛敖曹见他两人允从，甚是欢喜，忙道："岂有不肯之理。只求你将我放出，无论金银珠宝、功名富贵，皆包在我身上。好朋友，我这棒疮实是疼痛不过了，可先代我取点水来，让我熏洗熏洗，然后同你们一同出去。"贺三太道："你虽肯允，只是你所说的，我二人全用他不着。想在你身上借用一物。"薛敖曹道："我由宫中出来，万不料遇着这事，此时我身上除随身衣服，另外那有别物？"贺三太道："你莫要装作聋子，故作不知，放爽快点，快点送出。"薛敖曹见他两人只不说明，心下急道："好朋友，你明说罢，只要你能救我命,此外随你要什么总可。"禁卒上前骂道:"你这烂乌龟,老子看这禁狱的门,少一个敲门锤子。方才在堂上见你被打,露出那个怪物,又长又粗,取下来适当合用,就同你借这物件。"薛敖曹听了此言,自是吓慌,忙道:"好朋友,我今日已在难中。从前虽有不是,我已自知,自今以往,定然酬报。现在何必取笑,哪里敲门用这肉锤头的道理。"禁卒不等他说完,当头啐了一口,骂道:"谁同你这鸟种子取笑。老子的家产,被你骗尽,同你借一二百银子尚是不睬,还说什么酬报,功名富贵包在你身上。即如贺三爷,同你做邻居,那件事不周济你,你反恩将仇报,将他婢女奸骗。你也不想想是何人物,仗着这件长大的怪物,秽乱春宫,行出这无法无天之事。平日深居宫院,想见这人一面,也是登天向日之难。今日也是天网恢恢,冒充太监到刑部与怀义私论事件,独巧被大人看见。你既做了太监,那里派有这物件?长在你身上也是作怪,不如交代我们,还成一样器皿。老子的性情你也晓得,告诉你句实话,叫你受点疼痛,绝不至送命便了。"

薛敖曹听了此言,自是吓得魂不附体,连忙求道:"两位朋友可高抬贵手,留我一条性命,以后再不敢放肆了。"禁卒道:"随后已迟。老子既到此地,你不肯便可了事吗?难道还要我动手不成。"贺三太道:"同他说什么闲话。此时不报前仇,明日朝罢,又寻他不着。"说罢,禁卒抢上一步,便将薛敖曹拖倒下来。敖曹到了此时,知道斗他不过,只得叫喊连天,大呼救命。哪知禁卒晓得他必定狂叫,遂取了一张宽凳,将他绑在上面,两手背绑在凳腿之上,上半截已是动弹不得。贺三太也就在旁边将他两腿绑好。禁卒取出两张草纸,在酒内浸潮,向着薛敖曹骂道:"你这狗头,还想叫喊!老子请你吃酒,看你可能言语。"薛敖曹也不知道何故,正是狂叫连天。忽见禁卒将草纸在嘴边一蒙,只见薛敖曹将眼睛一闭,连连闷咳了数声,将眼睛睁开,满脸急得通红,欲想说半句言语,却是难乎其难。贺三太本是刑房,岂不知道这私刑,赶着说道:"不可不可,如此一来,便送了他性命,随后反不好令他受罪了。"禁卒道:"哪里如此快法,我们快点动手,不再加草纸,便不至死去,免得他乱喊乱叫,取得不安静。"贺三太笑道:"还是你想得周到。"随即代他将衣裤撕去,露出两腿。禁卒道:"贺先生,你看这怪物,岂不同畜生一般,除了驴马,哪有如此雄大的。"说着，又跑了出去，取了一个簸箕，装上石灰，摆在板凳下面。然后将衣袖卷起，取出一柄尖刀，向着贺三太说道："我今日干了此事，这两只手必然污秽，只得随后浸浸擦洗。"说罢，将尖刀在阳具根上试了一试，样了地步，随后向薛敖曹骂道："你这鸟种子，可莫怪老子心狠，只恨你罪太大了。这件怪物，且待我留下。"只见他一刀刺下。不知薛敖曹性命如何，且看下回分解。

图文珍藏版

# 第五十一回　薛敖曹哭诉宫廷
# 武则天怒召奸党

却说禁卒取着尖刀，对定薛敖曹阳具根上一刀下去。贺三太赶着说道："小心一点，莫送了他的性命，那反不好。"禁卒道："你叫什么！前日我见人割那驴子，便是如此。"说着，见他将刀执定，由上往下四周一旋，顷刻之间，只见薛敖曹在板凳上，半截身子跳上跳下，知是他疼痛万分，两眼不住的流泪，嘴里只说不出话来。贺三太恐他身体肥大，将宽凳跳翻过来，赶着上前将他压住。又见禁卒将周围旋开，唯有中间那个溺管未断，尚挂在上面。此时两手上血流不止，将一簸箕的石灰，全行染得鲜血。贺三太虽是恨他前仇，到了此时，也觉有点不忍，赶着向禁卒道："你用刀尖子将他溺管割断，从速用药代他敷好了。遥想这厮，罪已受足，若再耽延工夫，恐他昏死过去，那时便费了大事。"禁卒果然依他所言，将溺管割断，将阳具摔在地上，然后用好药在四下敷满。果然神效非凡，顷刻将血止住。又在薛敖曹衣衿上面撕下一块绸子，将伤痕扎好，始行取过木盆，倒了冷水，将手上血迹洗去。

贺三太方将薛敖曹脸上草纸一揭，只见他已不能言语。贺三太忙道："你手脚太慢，致将他闷死过去，这如何是好？"禁卒道："你莫要慌乱，他如死去，我来偿命。"说着将他扶坐起来，禁卒出去取了一支返魂香，燃着送在他鼻孔前。抽了一会，没有顿饭工夫，但见薛敖曹有了进出的生气。又停了一会，忽然将脸一苦，将嘴一张，大叫一声"痛煞我也"。禁卒骂道："你这鸟种子，早知有些疼痛，为何从前犯法舒服得好。便叫你痛得厉害，以后看你还能放肆了。"说着，在地下将阳具拾起，用水洗了几次，抓在手中，向薛敖曹道："也不知你这狗头如何生长的，你自己看看，可像个敲门的锤子？"说着，甩起来便在他头上打了一下。

薛敖曹此时方觉疼痛稍定，低头向下身一望，一个威威武武的丈夫，变作了坑坑洼洼的女子。这一劫非同小可，比送他的性命格外伤心，高声骂道："你两个伤心的杂种，下这毒手，我姓薛的与你誓不甘休。除非将我治死，不然叫你家败人亡。"

禁卒那里容他辱骂，他骂一句，便将那件怪物在他嘴上打一下。于是你骂我打，愈打愈骂，两人闹作一团。贺三太实是好笑，赶着向禁卒拦住道："你我已报了前仇，既割下来了，也不能复行合上，他骂自然要骂。我且问他的言语，你莫要在此胡闹。"说着，拖着禁卒，飞奔出狱。薛敖曹要想去追他，无奈两脚锁了铁镣，动弹不得，心下越想越怄，看看下面，格外伤心。想贺三太所说的言语，也是不差，只恨自己不应出宫去看怀义，反送了自己的性命。一人只是在监中哭骂。

　　且说武三思到宫中，说明此事，武则天命人去要薛敖曹，反为巡捕回却，说狄大人尚未回来，不敢信以为实，将人交出。武则天接着此信，自己也悔恨不已，心下想道："薛敖曹为狄仁杰捉去，尚是小事。他两人为他擒去，设或露出破绽，彻底根究，岂不令人愧死。"一人在宫中想不出主见。到了四鼓之时，只得上朝理事。众人齐在殿前，只见狄仁杰出班奏道："臣奉旨拆毁白马寺地窖，昨日已经完毕，特来复命。并奏明圣上，在半途寻获了两名穿宫太监，与那无赖小薛在外胡行。臣已带回，查出小薛的案件，全是不法之事，理应依例处治。又闻传旨要此三人，不知真伪，特来启奏陛下。内寺阉官，何能与无赖为伍，在外乱行。此中关系甚大，求陛下拟定罪名，如何究办，臣好遵旨施行。"武则天听了此言，心下不禁胆寒："此人实是个铁面冰心，寡人之事，竟敢如此启奏。无奈你也太认真了，若再为你说出实情，孤家颜面何在？"乃道："卿家所奏，寡人已早尽知。但此审人是孤家宫中的内监，私逃外出固罪不容宽，也不便令外官审问。卿家回转，立刻押送宫中，寡人亲自发落。"狄公当时只得遵旨，心下暗道："我昨日若非超先审问一堂，打了他一百重板，岂不又为他逃过。"说罢，众人散朝。狄公回转衙中，只得在监中将薛敖曹提出，也不再审，命巡捕同着那两个小太监一齐押送宫中而去。

　　此时武则天退朝入后，正思念薛敖曹不知几时方可回来，拟命人前去催促，忽见后宫太监引着薛敖曹，顿时放声大哭，向着武则天奏道："自沐重恩，情深似海，从此万不能如前了。"武则天见他如此凄惨，忙惊讶道："寡人已将汝三人要回宫来，还有何事害怕？"薛敖曹道："此非说话之地，且请圣上入内。"武则天也不知何事，只得进入寝宫。薛敖曹便将贺三太与禁卒如何怀恨前仇，将自己阉割的话说了一遍。武则天本以此为命，这一听真是又羞又恼，恨不得将贺三太等人顷刻碎尸万段。当时说道："这也是孤家误你，不是命你去看怀义，何至有如此之事？也是情分圆满了。汝且住在宫中，陪伴寡人，以便调养。但是这姓贺的同那个禁卒，非将他处死不泄心中之恨。"当时懊恨不已，只得将张昌宗招来。薛敖曹是哭痛不已，张昌宗闻知，也是骇意之事，向着武则天说道："这事总是狄仁杰为祸。若非他与陛下作对，将薛敖曹带进衙门，追究前案，何至如此！照此看来，我等竟不能安处了。我看狄仁杰一人，也未必如此清楚，唯恐他手下另有私党，访明宫中之事，想了最毒的主意，命他出头办事。现在陛下三人已去其两，只有我一人在此。陛下若不访拿那班奸贼，将他党类灭尽，随后日渐效尤，再将我等逼出宫中，我等送了性命尚是小事，那时陛下一人在宫内，岂不冷清。"说着，两眼流下泪来。武则天见薛敖曹变了废物，已是懊闷不堪，此时见张昌宗又说了这番，更是难忍。不禁怒道："孤家因静处深宫，唯恐致滋物议，因此加恩，凡是老臣概行重用。不料他如此狠毒，竟与寡人暗中作对，不将这班奸人暗治，这大宝还要为他们夺去。"当时大发雷霆，命太监赶着召武承嗣前来，命他访问这班奸人，以便按名拿问。

武承嗣在家，正与武三思议论薛敖曹，说老狄虽是心辣，也只得打了他一百大板。现为武后在金殿上认为太监，命他送入宫中，他也别无法想。但是怀义尚在刑部，恐武后心中不悦，必得设法将他放出送入宫中，此事方妙。正是谈论，忽然有个内监匆匆进来说道："二位爷赶快进宫，陛下此时恼恨非常。薛敖曹如此这般，受了重苦，圣上因此大怒，命你进去访拿这班奸人，好按名治罪呢。"武承嗣听了此言，心下大喜，向着武三思道："我等可于此时报复这狗头了。唯恨狄仁杰、元行冲等人，平日全瞧不起你我，今日进宫，如此如此启奏一番，先将这个狗头办去。随后老狄一人在京，便是一个独木难支，无能为力。"武三思也以为然，随即命他同太监一齐前去。

到了宫中，武则天见他前来，不禁怒道："孤家因汝等是我娘家之人，因此重用。原想各事协心办理，凡外面所有事件，以及奸人为害，早奏朕躬。现在薛敖曹、怀义等人，连连遭了此事，置朕颜面于何地？显有奸人与狄仁杰狼狈为奸。若不将这班人除尽，朝廷何能安处？召汝前来，可赶速暗访，将奸人的名姓开单呈阅，好按次严办。"武承嗣见武则天动怒，随即跪下奏道："臣儿早知有此祸事，从前屡次奏明。自从庐陵王远贬房州，许多大臣心下不悦，意在谋反，废黜圣上，总因未得其使。现在这几件恶事，皆是这些人唆出老狄，先除了陛下的左右近宠，然后再将我等除尽，那时便带兵入禁，拥立庐陵王。臣儿虽有所闻，欲奏明圣上，无奈圣上以狄仁杰为大臣，不肯深信，故不敢深奏。陛下再不严办，这天下恐非陛下所有了。"说罢，痛哭不止。这番话将武则天说到深信不疑，不知后事如何，且看下回分解。

# 第五十二回　怀夙怨诬奏忠良
　　　　　　　　出愤言挽回奸计

　　却说武承嗣奏了一番言语，武则天怒道："寡人从前也不过因先皇臣子，不肯尽行诛绝。明日早朝，汝便在金殿奏明，好立时拿问。"武承嗣道："陛下能如此，则安居无事矣。"说罢，又安慰了武后一番，命薛敖曹安心在宫内陪伴，然后出来，与武三思计议了一晚。

　　次日，五鼓进朝，山呼已毕，左右文武大臣两班侍立。忽然武承嗣上前奏道："臣儿受陛下厚恩，正思报效。风闻有旁人怨恨，说陛下严贬亲子，废立明君，致将天下大权归己掌握，不日便欲起兵讨逆，以辅立庐陵王为名，欲将臣等置之死地，逼陛下退位。臣等受国厚恩，不敢隐匿，求陛下俯念臣等身受无辜，准臣罢职，免得受此大逆之名，致将陛下有滥用私人之议。现在庐陵王远在房州，仍求陛下即日传旨，召进都中，复登大宝，以杜意外之祸。"武承嗣奏了这番言语，两边文武大臣无不大惊失色，彼此心中骇异，也不知是谁有此议论，致为武承嗣安奏。只见武后怒道："此乃是寡人家事。前因太子昏弱，不胜大宝之任，因此朕临朝听政。是谁奸臣妄议朝事，意在谋反。汝即闻风，未有不知此人之理，何故所奏不实，一味含糊。着即明白奏闻，以便按名拿办。"武承嗣道："此人正是昭文馆学士刘伟之，并苏安恒、元行冲、桓彦范等人。每日在刘伟之家中私议，求陛下先将刘伟之赐死，然后再将余党交刑部审问。"武则天听了此言，只见刘伟之现在金殿上，随即怒道："刘伟之，寡人待汝不薄。汝既受国厚恩，食朝廷俸禄，为何谋逆造反，离间宫廷。汝今尚有何说？"刘伟之此时，自觉已是吃惊不小，赶着俯首金阶，向上奏道："此乃武承嗣与臣挟仇，造此叛逆之言，诬惑圣听，陷害微臣。若谓臣等私议朝事，自从太子受屈，贬至房州，率土臣民无不惋惜。臣等私心冀念，久欲启奏陛下，将太子召回，以全母子之情，以慰臣民之望。且陛下春秋高大，日理万机，焦劳不逮。家有令子，理合临朝，国有明君，正宜禅位。随后优游宫院，以乐余年，天伦佳话。此不独于陛下母子有益,即普天率土臣民,亦莫不有益。如此一来,那些奸臣贼子,窥窃神器扰乱朝纲之小人,自然不生妄想,不惑君心,此皆臣等存诸于心,未敢明言之意。若说臣等谋逆造反,实武承嗣诬害之言,求陛下明降谕旨,问武承嗣有何实据?"武则天听了此言,格外怒道:"汝说武承嗣诬奏,即以汝自己所奏,已是目无君上。太子远谪,乃是昏弱不明,为何说率土臣民无不惋惜。此非明说寡人的不是为众怨恨,孤家年迈,岂不自知,要汝诬奏何故?依汝所言,方可有益;不依汝所言,便是无益;这叛逆情形已见诸言表,汝尚有何辩?左右,且将刘伟之推出午门外斩首。"一声传旨,早有殿前侍卫蜂拥上来,便想动手。只见元行冲、苏安恒一班人,齐跪在阶下奏道:"武承嗣奏臣等同谋,臣等之冤无须辩白。但是武承嗣不能信口雌黄,乱惑君听。且请陛下将臣等衙府概行查抄,若有实据,不独刘伟之理合斩首,即臣等也情甘认罪。"武则天哪里准奏,喝道:"汝等受国深恩,甘心为逆,今将刘伟之一人斩首,已是法外之仁,汝等尚敢渎奏。"

　　狄仁杰此时见众人所奏不准,知是武则天心怀懊恼,欲借此出那闷根,当时上前奏道:"刘伟之妄议朝政,理当斩首。但臣访闻尚不止数人,仍有武三思、武承业等人在内。陛下欲斩刘伟之,须将二武处斩,方合公论。"武则天听了此言,连忙说道:"狄卿家不可胡乱害人,三思、承业皆是朕的内侄,岂有谋反之理?莫非是卿家诬奏吗?"狄公道:"他两人何会不想谋反?自从太子远贬,便百计攒谋,逢迎陛下,思想陛下传位与他。近见陛下未曾传旨,他便怨恨在心,欲想带兵入宫,以弑君上,不料为刘伟之等人闻知,竭力禁止,方免此祸。故而武三思等人恨他彻骨,又恐他奏知圣上,故今日先行诬奏,以报私仇。若不将他三人斩首,恐将激成大变。"武三思听了此言,吓得魂不附体,连忙与承业奏道:"臣儿何敢如此,实是狄仁杰有心诬奏,有这毫无影响之言,欺蒙圣上。"狄公不等武后言语,忙道:"你说我毫无影响,刘伟之影响何在?陛下说汝是皇上的内侄,断不造反,刘伟之也是先皇的老臣,各人皆忠心义胆,更不至造反了。要斩刘伟之,连武氏弟兄一同斩首,随后连老臣也须斩首,方使朝廷无人,奸忠当道。若开恩不斩,须一概赦免,方觉公允。"武则天见狄公一派言语,明是袒护的刘伟之,乃道:"狄卿家不可诬奏。寡人的家事,要他议论何干？方才在殿前所奏，已是满口叛逆。如此奸人不令斩首，尚有何待？"狄公忙又奏道："陛下之言也失了意旨。天下者，乃天下之天下，刘伟之所言，正是为天下的公论，岂得谓陛下的家事。若因此斩杀忠臣，恐陛下圣明之君，反蒙以不美之名了。太子远谪房州，岂不远望慈宫，日夜思念，若因武承嗣诬奏，致将大臣论斩，恐天下之人不说陛下为奸臣所惑，反说陛下把持朝位，无退禅太子之心。既灭母子之恩，又失君臣之义，千秋而后，以陛下为何如人？岂不因小人之害，误了自己的名分，误了国家的大事。武承嗣所奏，实是有心诬害。请陛下另派大臣，审明此事，方可水落石出，无罔无偏。臣因国家大事，冒死直陈，祈陛下明鉴。"这番话，说得武则天无言可对，只得准奏，将刘伟之等人交刑部问讯，然后退朝。

不说那武三思恨狄公阻挠其事，且说刑部尚书自从武承业开缺之后，武后恐别人接任不能仰体己意，当即传旨，命许敬宗补受。此人乃是杭州新城县人，高宗在时举为著作郎之职，其后欲废王皇后立武则天为正宫，众大臣齐力切谏。他说："田舍翁剩十斛麦，尚欲更新妇，天子富有四海，立一后废一后，有何不可？"高宗听了此言，便将武则天立为皇后。从此武后专权，十分宠任，凡朝廷大事，皆与敬宗商议。许敬宗遂迎合意旨，平日与武张二党狼狈为奸，不知害了许多忠臣。此时为了刑部尚书，也是武后命他照应怀义的意思，现又将刘伟之发在他部内。当时回衙，便将武承嗣所奏一干人带回部内。一时未敢审讯，等至晚间，私服出了衙门，来至武三思府内。家人传禀进去，顷刻在韦房相会。许敬宗开言问道："贵皇亲今日所奏，已是如愿以偿，将他斩首，又为这老狄无辜牵诬贵皇亲身上，致将此事挽回。但此事命下官承审，特来与皇亲商议，如何方可令刘伟之供认。"武三思道："大人在朝已非一日，可知此事不怕钦犯狡赖，唯是狄仁杰阻挠太甚，必得如此如此，不与他知道，然后方好行事。"许敬宗道："此言虽是，但是圣上面前，如何能行？"武三思道："圣上此时已是闷恨非常，早朝之事正是舍弟昨晚进宫说明缘故。大人如能如下官办法，这事便无阻隔了。"当时又将薛敖曹之事说了一番，许敬宗自是答应。

次日一早，许敬宗也不上朝，天明便传齐书差，在大堂审案。将刘伟之、苏安恒一干人分别监守，自己升了公座，先将刘伟之提来。刘伟之见是许敬宗，知道这事定有苦吃，此时已将性命置之度外，因是皇上的法堂，不能不跪。许敬宗在上言道："刘大人，你也是先皇的旧臣，你我同事一君，同居一殿，今日非下官自抗，高坐法堂，只因圣上旨意，不得不如此行事。所有同谋之事，且请大人从实供来，免得下官为难，伤了旧日之情。"刘伟之高声答道："在官言官，在朝言朝，大人是皇上的钦差，审问此事，法堂上面理应下跪。但是命下官实供，除了一片忠心保助唐皇的天下以外，没有半句口供。那种诬害忠良、依附权贵、将一统江山送与乱臣贼子，刘某恨不能将他碎尸万段，岂有谋反之理！大人既看昔日之情，但平心公论便了。"许敬宗笑道："这事乃圣上发来，何能如此含糊复奏？昨日在朝说圣上伤了母子之情，太子受屈百姓怨望，这明是你心怀不忿，想带兵进宫废君立嗣，不便出诸己口，故借旁人措辞，可知此乃大逆不道之事，若不审出实供，本部也有处分，那时可莫恨下官用刑了。"这番说得刘伟之大骂不止。不知后事如何，且看下回分解。

# 第五十三回　用匪刑敬宗行毒
# 　　　　　传圣诏伟之尽忠

却说刘伟之听了许敬宗一派言语，高声骂道："汝这欺君附贼的奸臣，汝敢用刑拷谁？先皇在日，为汝欺蒙，致将王皇后废立。现太子在外，圣上年高，不思天下为重，竟敢依附武党，陷辱大臣，我刘伟之又未奉旨革职，汝何敢擅自用刑？"许敬宗听了此言，顿时怒道："你道汝未经斥革，本部院因同你为一殿之臣，故而稍存汝面。既谓如此，且将圣旨请出，使汝明白。"当时起身入内，果然捧出一道圣旨，说刘伟之结党同谋，案情重大，虽经交许敬宗审讯，犹恐他抗官不服，抵赖不供，着将原官革去，如不吐供，用刑严讯。刘伟之听他念毕，更是大骂不止。许敬宗在上怒道："汝究竟供与不供，汝此时既经革职，便与小民无异，钦定匪刑具在堂上。"刘伟之道："误国的奸臣，我刘某也非贪生之辈。今日生死虽难预知，若想刑求，为汝等这班狗头在宫中献媚，认那谋逆之名，虽刀锯鼎烹，也无半句言语。本学士忠心赤胆，举国皆知，汝等将唐室江山断送于他人之手，一旦身首异处，恶贯满盈，有何面目见先皇于地下乎？"许敬宗为他骂得无言可对，不禁恼羞成怒，也就喝道："本部院奉旨承审，若想逃过此时，也不知道我的手段。左右，快取刑来。"两边齐声答应，早将一个火盆端在堂上，红光高起，火焰腾腾。又见个人取了个铁锅，架在火上。许敬宗道："刘伟之，可知这刑具不比寻常，若能认了口供，免却目前之苦。你看这里面，乃是锡质熔化，沾上身躯，顷刻浆流泡起。"刘伟之又骂道："本学士死且不惧，岂畏这私刑！但汝害虐忠良，须保武氏永掌大权，方得保全首领。一日新君嗣位，恐汝这狐群狗党，明正典刑，刀锯鼎烹，免不得万年遗臭。"许敬宗见他仍然不屈，忙命众人施刑。

早有一班如狼似虎的恶差，将刘伟之的衣袍撕去，两手捆在背后，一人取了个小铁勺子，在铁锅内取了一勺子的热锡，先在刘伟之肩背上倒去。只听他大叫一声，那热锡由上至下，直流至道前，但见一股青烟，飞起在公案前面。再将刘伟之身上一望，那一路皮肉，已焦烂万分，鲜血淋漓，浆水外冒，刘伟之早已烫昏过去。许敬宗在上面看得清楚，向他笑道："你平日与老狄同声附和，视我等众人如肉上之刺、眼中之钉，今日且叫你知我厉害。"随命人用醋汁倒于炭上，将刘伟之扶起，受了这酸醋的烟气，停了一会，大叫一声苏醒。见许敬宗坐在堂上，冷笑不言，刘伟之不禁丹田怒起，大声喝道："我刘某身受无辜，为这奸畜诬害，皇天后土，鉴我忠心。武后秽乱春宫，革命临朝，僭居大统，汝等不知羞耻，谄媚妇人，致令武氏党人把持盘踞。本学士也不忍活命，且同汝拼个死活存亡，好见先皇于地下。"说着，摔开众人奋勇上前，来奔许敬宗揪打。许敬宗知他虽是文士，两膀却很有臂力，深恐遭其毒手，随即起身向后便走。哪知刘伟之拼命来斗，早将公案上一方砚台抢在手内，对定许敬宗脑门一下打来。许敬宗不防着他用这物件，偏转身躯，欲避让，额角上早中了一下，顿时一个窟窿，血流不止。所有堂上的差役，见本官为钦犯所伤，也不问刘伟之是好人坏人，端起火锅，向着刘伟之身上一泼。伟之正是想揪着许敬宗，同他扭结，猝不及防，浑身上下为热锡浇满，顿时痛入骨髓，两脚在地下一阵乱跳，整个皮肉身躯如在油锅之内，当时鲜血淋淋，露筋露骨，一块好肉也万难寻出。只见他大叫连声，倒于地下。许敬宗见他栽倒在地下，自己虽已受伤，也不好再来摆布，命人将刘伟之抬往里面，自己将额角用绸子扎好。命人先到武三思府中打听，问武三思在家与否，自己便在书房做了一张假供，使人誊写清楚。那个打听的家人已来回信，说武三思正在府中候此地的信息。许敬宗听了此言，便乘了大轿，来至武三思府内，直入书房坐下。

　　此时武三思正与武承嗣相议，欲想借此事为词，便将狄仁杰诬害。听说许敬宗前来，三人同至书房里面。忽见许敬宗面带损伤，当时笑道："老许今日是欢喜极了，连行路皆不留心，将额角栽破。如此时升了宰相，岂不将头颅跌散。"许敬宗道："人家为了刘伟之这事，吃了如此重苦，你还是取笑。可知此事须要令老狄不知。现在虽已将刘伟之用了匦刑，已经离死不远，不趁此时商议良策，火速将刘伟之置之死地，随后之祸更不得了，因此来斟酌。你们三人之中，须得一人就此入宫，得一道圣旨出来，将刘伟之事完毕。明日早朝，老狄虽是晓得，那时已身首异处，他也无可奈何。"武三思听了此言,说道:"果然妙计。这事仍令承嗣前去。"当时便将许敬宗自拟的假供取来,放在身边,即便服入宫而去。

武后连日因各事烦集皆不如心,只得与张昌宗饮酒为乐。听见小太监启奏,说武承嗣前来奏事,忙召他进来,问道:"汝深夜前来,有何事奏?"武承嗣道:"只因早朝圣上将刘伟之等人交刑部审讯,谁知伟之实是谋逆不法,为敬宗用刑拷问,招了这供。自知罪无可赦,竟敢在法堂用武,将许敬宗头颅击伤,因此敬宗不能上朝,特请臣进宫入奏,请陛下独断施行,赶传密旨,将他正法。不然为狄仁杰等人知悉,势必激成大变。"武则天听了此言,不禁怒道:"狄仁杰自升巡抚,寡人因他是先皇老臣,性情刚直,凡事皆优容宽恕,乃竟不知报效,结党同谋,殊非意料所及。着传旨先将刘伟之在刑部赐死,余党候明日早朝再核。"武承嗣得着此旨,随即出宫,飞马到了刑部。

许敬宗已早回衙,在大堂等信。见武承嗣匆匆而来,口传接旨,许敬宗当即设了香案,命人将刘伟之提出,将圣谕宣读已毕。刘伟之此时已如死人相仿,浑身无一处完肤,听得许敬宗宣明圣旨,不禁两眼圆睁,高声骂道:"汝等这班误国的狗头,诬奏朝廷,害我刘某。本学士在九泉之下,待汝对质。"说罢,大骂不止。许敬宗仍是一言不发,但命人取了一条白绸,递与伟之。刘伟之取在手中,自缢而死。武承嗣随命人传信,报他家属,说他谋逆不道,赐死天牢,本应暴尸示众,主上加恩,着令家属收殓。顷刻之间,刘伟之家得了此信,自是号啕痛哭,以便收拾呈报。

且说狄公正在衙门观书,忽见马荣匆匆进来,说道:"不好了,小人方才出去巡夜,听说刘大人为刑部私刑拷问,将周身用热锡浇烂。逼出口供,命武承嗣享知武后,已将刘大人赐死,现在报知家属,前去收尸。如此一来,不知苏安恒等人若何处置?"狄公听了此言,不禁放声大哭道:"刘学士,你心在朝廷,身遭酷刑,这也是唐室江山应该败坏。总之有狄某一日在朝,定将汝这无妄之冤伸雪。"当时听大堂上面,已交三鼓,他也不去安歇,随在书房将所有的公事办清,自己穿了朝服,上朝而去。

却说武承嗣在刑部,见刘伟之已死,心下好不欢喜,向着许敬宗道:"这厮自谓忠臣,平日将你我绝不放在眼内。私心妄想,欲请武后退位。昨日金殿上犹敢如此说强,岂不是他自寻死路。但是他一人虽已除去,唯有老狄在朝,十分不妥。明日早朝,能再将元行冲等人如此这般,奏明天子,那时一并送了性命,然后再摆布老狄。将这干人尽行除绝,嗣后将庐陵王废死,这一统江山便可归我掌握了。大人能为我出力,随后为开国元勋,也不失公侯王之位。"许敬宗本是极不堪的小人,见他私心妄想,也就附会了一番,把武承嗣说得个不亦乐乎,如同自己做了皇帝一般。交到四鼓之后,但听见刘伟之的妻子等,又在大堂哭一起骂一阵,皆说是许武两人残害忠良,有日斩首之时,定将他五脏分开,为鸟兽争食。许敬宗虽听见,如耳聋一般,反而大笑不止。两人不知不觉,脱去官服,乐不可支。直至五鼓,方才由衙门出来,上朝而去。

到了朝房,见文武百官俱已齐集。许多人见他进来,皆起身出迎,齐声问道:"许大人承审案件,闻已讯明,奉旨赐死。设非大人的高才,何能如此迅速?"许敬宗当时并未见狄公在座,不知后事如何,且看下回分解。

# 第五十四回 狄仁杰掌颊武承嗣
## 许敬宗勾结李飞雄

却说许敬宗到了朝房，许多人说他高才，心下甚是得意。当时并未见狄公在座，武承嗣向众人笑道："这些许小事，何足介意。则要有俺弟兄在朝，哪怕老狄再吹毛求疵，也要将他一班的党类削去。他也不知当今的皇帝现是何人，欲想传位与谁，常将唐室江山谈论。"众人见他说出这话，知道狄公在此，一个不敢回言。狄公那里忍得下去，忙起身推开众人，问道："贵皇亲乃圣上的内侄，圣上传位与谁，贵皇亲想必知道了。狄某居唐朝之官，为唐朝之臣，不以唐室江山为重，以何事为重？此言乃众耳公听，且请说明，大众知悉。"武承嗣见狄公前来问他，方知此言犯法，赶着带笑说道："此乃下官一时戏言，大人何必计较？"狄公当时喝道："汝此言岂非胡说！朝房之内，国事攸关，岂容汝这班狗头妄议。目今武后临朝，太子远谪，并未明降谕旨，立嗣退朝，汝何敢大言议论？岂非扰乱臣民，欲想于中篡逆。刘伟之被汝等诬奏，滥用匪刑，致令身死，现又牵涉在狄某身上。汝此时不将话讲明，与汝入朝一齐判个明白。唐皇天下为汝这班奸贼已坏败得不可收拾，还想陷害大臣，私心谋逆。老夫有何党类，有何实据，为我从快说来。"说着，走上前来，直奔武承嗣。武承嗣此时自知理屈，为他骂了一顿奸贼狗头，也就恼羞成怒，回声骂道："你这老死囚，圣上几次宽容，尚不知感，胆敢暗中作对，结党同谋。刘伟之现有口供，看汝从何抵赖。"狄公见他回言大骂，不禁左手一伸，将他衣领揪住，喝道："老夫问的你圣上传位与何人，你反敢廷辱大臣，造言生事。如此情形，岂不要造反吗？"武承嗣为他揪着衣领，格外愤怒起来，高声叫道："狄仁杰，你在朝房放肆，还不是有心作乱。"这话尚未言毕，早为狄公在脸颊上左右两边，每处掌了两下，顷刻浮肿起来，满口流出鲜血。

正闹之际，直听景阳钟响，武后临朝。众大臣见他两人揪作一团，又不敢上前分解，只得各顾自己，起身入朝。山呼已毕，许敬宗上前奏道："现有叛臣狄仁杰，因逆党刘伟之经臣审讯，问出实供，奉旨赐死。不料狄仁杰因武承嗣启奏陛下，迁怒于他，竟敢在朝房内殴辱皇亲，实属不法已极。听陛下临朝，犹自肆行殴打，叛逆之状，已可概见。不将狄仁杰严加治罪，不能整率臣下，恐大局亦为其败坏了。"武后听了此言，不禁大发雷霆，向下怒道："狄仁杰乃朝廷大臣，竟至目无君上，着传将狄仁杰锁拿前来，在金殿审问。"所有殿前侍卫，皆是张武二党的羽翼，赶着领旨下来，到了朝房，将狄公锁拿了进去。武承嗣知是许敬宗为他启奏，心下甚是得意，想趁此重怒之下，便将狄仁杰送了性命，报了前仇，免他在京阻挠各事。

且说狄公到了金殿，不等武后开言，当即奏道："微臣今日入朝，方知武承嗣与许敬宗等人谋篡夺位，诬害大臣，胆敢在朝房宣言，说陛下传位有人，不以唐室江山为重。似此贼子乱臣，人人得而诛之，臣止拟扭解入朝，请陛下明正典刑，以除巨患，不知何人妄奏，致令侍卫传旨释放叛臣。"武后听了此言，哪里相信，不禁怒道："孤家听政以来，待汝不薄。刘伟之等人谋逆，理应按罪施行，汝为朝廷大臣，虽未与谋，何不先行启奏？许敬宗审明罪迹，请旨行刑，此乃寡人之意，何故迁怒旁人，致与武承嗣在朝房争扭。非与刘伟之同谋叛逆，尚有何赖？"狄公连忙奏道："陛下所问，乃许敬宗一人妄奏，微臣所奏，乃武承嗣在朝房所说。文武大臣，皆所共听。许敬宗与武承嗣一党，自然为他粉饰，诬奏微臣。陛下如不信武承嗣等人谋逆，且看他两人衣服。他既忠心报国，入朝面圣理合朝衣朝冠，何故便衣前来见驾？此明是目无君上，欲趁便行弑。若非臣早至朝房，听他所言，恐此时陛下已不能安座朝廷矣。微臣一死本不足惜，可惜庐陵王无辜受屈，不能尽孝于陛下，先皇以天下重任付托陛下，不能传位于太子。陛下身登九五，宠待武氏弟兄，反开其篡弑之谋。臣若不言，千秋而后为万人唾面。今日之事，决断全在陛下。且刘伟之等人，忠心赤胆，誓报陛下，竟被许敬宗用热锡浇烫，身无完肤。如此匪刑，虽桀纣也无此酷虐。仍敢妄拟口供，诬奏陛下，致令赐死。"说罢，放声大哭。

武则天听了狄公这番言语，反说得哑口无言，一言不发。再看许敬宗与武承嗣两人，果是居常的便服。此时他两人将自己周身一看，也就吓得魂不附体。原来昨夜将刘伟之赐死之后，两人在书房议论，无意之间将衣服脱去。到了入朝之时，疑惑在堂上施行,朝服穿在身上,便自前来。现在为狄公指为口实,深恐武后信以为实,究罪不起,两人面面相觑,浑身汗流不止。武后停了半晌,向着许敬宗问道:"汝是刑部大臣,为何妄奏朝廷,致说狄卿家谋反。明是汝浮躁性成,与武承嗣妄议朝事。入朝见驾,如此不敬,已是罪无可赦,即非谋反,也难胜刑部之任,着即行离任议处。武承嗣姑念为孤家母属,着记大过一次,非召不准入朝。所有张柬之、元行冲等人,即经狄仁杰保奏,全行释放。余着毋庸置疑。"狄公还要启奏,武后已卷帘入朝。众官各散,狄公自是闷闷不乐。虽然刘伟之冤屈未伸,所幸将元行冲等人赦免,只得回转衙中,一人感叹。

谁知武承嗣退朝出来,将许敬宗邀入自己府中,两人怒道:"不料老狄如此厉害,今日满想将他治死,反力他如此妄奏,将我两人记了大过。幸是圣恩广大,不然我两人性命岂不送在他手内? 而且在朝房里面,当着众臣掌我两颊,这次羞辱,何能罢休! 我等不能奈何他,怎样反被他将每人摆布。你想薛敖曹、怀义以及我弟兄三人,并张昌宗同你,无人不受他的挟制。虽圣上十分宠信,皆为他一番廷辩,致无可言语,随后总是如他心愿,将我等治罪。后日方长,此人一日不去,一日便不得安稳。还想得这唐皇的天下吗?"许敬宗道:"下官倒有一计在此,不知贵皇亲有此胆量否?"武三思在旁言道:"只求大事能成,随你天大的罪名,我三人皆可承认。但不知你有何计?"许敬宗道:"目今老狄等人所希望者,不过想庐陵王入朝,请武后退政。虽我等众人屡次启奏,说庐陵王谋反,圣上总是个疑信参半。能得一人领一支兵马,在房州一带攻打城池,冒称是庐陵王所使,那时如此这般启奏一番,不怕圣上不肯相信。虽老狄再有本领,也令他无可置词。到了急迫之时,朝廷出兵征逆,到房州将太子灭去,这万里江山,还不是归汝弟兄掌握吗?"武承嗣与武三思两人听了此言,如获珍宝一般,喜出望外,齐声说道:"此计实是大妙。但一时未得其人,如何是好?"许敬宗道:"这事不难。此去怀庆府有座山头,名叫太行山,绵亘数千里,其间峰谷岩洞峻险非常。山内有一伙强人,为首的叫赛元霸。此人姓李,名飞雄,手执一柄大刀,有万夫不当之勇。从前未入山时,曾经犯案,为地方官诱获解入京城。下官见他相貌魁梧,实是个英雄气派,恐日后有用他之处,特地设法救了他性命。谁知逃生之后，路过太行，为从前的强人阻住去路。他杀上山寨，将头目杀死，自己做了寨主。因感下官活命之恩，每年皆命人私送礼物，以报前德。手下现聚有数万人马，兵精粮足，兴旺非常。若令此人干这事，自然于事有济。"武三思忙道："既有此人，正是难得。此事万不宜迟，须命谁人前去？"许敬宗道："这事务要机密，不可走漏风声。若为老狄访闻，那便误事不浅。待我回去，自有人前去，至此来往不过一月之久，便可命李飞雄亲自前来。"武承嗣弟兄听了此言，自是喜之不尽。许敬宗随即回至刑部，因奉旨离任，只得次日迁出衙门，听武后另行放人。

到了晚间，将那个贴身的家人喊来。此人名叫王魁，平日李飞雄来往的事，皆是他经手。当时向他说道："今日有一差事，命汝前去，若是干得妥帖，不但自家随后提拔与你，连武大人皆要保举你个大大的前程。不知你可有这胆量？"王魁见问，也不知何事，忙道："小人受大人厚恩，虽赴汤蹈火也不敢辞。且请大人说明，竟是何事？"不知许敬宗如何对他言语，且看下回分解。

# 第五十五回 太行山王魁送信
## 东京城敬宗定谋

却说许敬宗见王魁满口答应,乃道:"目前朝廷之事,你也尽知,武大人想圣上传位与他,总因狄大人屡次阻挠,以致各人皆为他挟制。现在想出一条妙计,欲你到太行山,将李飞雄请来,与他商议要事。若武大人得了天下,我为开国的元臣,你也不失封侯之位。但此去关系甚大,若走漏风声,性命难保。不但你一人受累,连我与武大人也脱不得关系。因此同你商量,即日动身,限一月便须回。"王魁道:"我道何事,这事也不费许多时日。此地离怀庆府只有一千余里,小人的脚力大人尽知,多则二十个日子,便可回京。李飞雄受过大人的厚恩,加之小人前去告知他此事,他见功名富贵之事,岂有不允之理?"当时主仆计议停当。晚间许敬宗便取出了一千银子作为路费。王魁道:"大人何须费此钱钞,只需一二银两,便可够用,其余皆存在府中,候后有功,再行领赏。"自己带了包裹,次日天明直向太行山而去。

在路非止一日。这日已到山脚下,正拟上山命小喽啰通报,忽听一阵锣声,一字排开,走出数百喽兵,各执刀枪,阻住去路。只听高声叫道:"汝这人好大胆量,走到山前还不孝敬丢下买路钱来,顷刻命你回老家享福。"王魁笑道:"汝这班狗头,乌珠也未瞎去,敢向爷爷要钱,怕是汝等反要送钱与我。"那些喽兵齐声骂道:"你这油子莫想胡缠,再不送了出来,我等便要动手。"王魁道:"你要同俺动手,恐你没有这胆量,快去通报李飞雄,说都中有个王魁前来,着他迅速下山见我。"那班喽兵见他说出寨主的名姓,知非外人,四五个小头目跑上山去,嘴里招呼道:"孩子们招呼好了,这是自家人。"说着,如飞而去。

顷刻工夫,只见山顶上飞来一匹坐骑,远远高声叫道:"来的莫非王兄弟吗?愚兄接待来迟,孩子们冒犯虎威,多多得罪。"王魁抬头一看,正是李飞雄,赶着迎了上去,也就招呼道:"小弟相隔已久,特来宝山探望。"两人对面走来,行至半山,彼此相望,李飞雄欢喜非常,忙问道:"贤弟不在京中,特来荒山何干?大人精神可好吗?"王魁道:"小弟此来,正是大人指派。此地非说话之所,且到山中再行议叙。"当时李飞雄命牵过喽兵一匹马来,让他骑坐,自己在前领路。过了三道木城,方至聚义厅上,彼此见礼坐下。随即命人送上茶水,然后摆了酒席,两人入座。王魁道:"小弟此来,恭喜大哥,要官居极品了。"李飞雄不知何故,忙道:"贤弟何出此言!愚兄乃乡野粗人,为王法所不容。若非大人成全活了性命,久做刀头之鬼,那里还想为官作宰。此不是贤弟有心取笑吗!"王魁道:"小弟不言,老哥从何知道。只因太子远贬房州,武后欲想传位与承嗣。只因狄仁杰在朝各事阻隔,特命小弟前来,请老哥进京商议,如此这般。"李飞雄本是个亡命之徒,听了此言,自是高兴非凡,当时说道:"非是愚兄夸口,就是那一柄大刀,也算得惊人出色。既然许大人如此提拔,岂有不去之理?明日便与贤弟动身。"

当下两人你斟我酌,痛饮一番,方才席散。随又带王魁到山前山后,游玩一番。又将军械粮草,看视一周,果然兵精粮足。王魁道:"老哥有此佳境,也算得个一方诸侯。一人独占此山,无拘无束,岂不令人羡慕?若能功成之后,再得富贵功名,实不愧英雄一世。"李飞雄见王魁如此称赞,颜笑眉开,十分得意。晚间将那总头目喊来,此人名叫出洞虎赵林,本领虽较李飞雄稍逊一筹,两柄四方锤也不在人之下,山中除了寨主,便以他为长。当时见王魁上山,知道定有事故,随即到了聚义厅上。李飞雄道:"愚兄明日须往京都,因许武两大人有要事面商。山下的买卖,且请贤弟照管数日,嗣后愚兄回山,那时定有用贤弟之处。"说着,便将王魁来意告诉赵林。这班强人,哪里知道王法,但听说武承嗣得了天下,随后自己可以做官,便自欢喜非常。

一夜已过,次早李飞雄带了盘缠,暗藏兵器,与王魁一同下山,向京都而去。两人脚力飞快,未有数日已到都中。一直到了许敬宗府内,王魁先命他在厅内坐定,自己来到书房。却巧许敬宗到武三思府内有事,只得命人安排妥当李飞雄,自己到了武三思府上,也不要人通报,径自进入书房。三人望见他回来,许敬宗忙开言问道:"你前去如何?李飞雄可曾同来?"王魁道:"既已到了府中,只因大人在此,故前来送信。"武三思听了此言,甚是欢喜,随说道:"许大人且请回去。能将这李英雄带来，待下官试验一番，那就更好了。"许敬宗道："大人既要前去试验，命他前来便是。下官府内正恐地方偏窄，易于走漏风声，住在这里面，耳目较少许多。"随向王魁说道："你仍回去，将李飞雄带来，说武皇亲命他到府中居住。"王魁领命而去。

少顷，果带了一个大汉走了进来。武承嗣向外一望，此人身高九尺向开，紫红色面目，两道浓眉，一双虎目，大鼻梁，阔口，年约四十，大踏步到了檐前，向着许敬宗说道："小人李飞雄为恩公请安。"说着叩头下去。武三思不禁赞道："好一个英雄气概。你便是李飞雄吗？"许敬宗道："此乃皇亲武三思大人，汝且叩见。"当时李飞雄按次行礼已毕，侍立檐前。许敬宗先将王魁何日到山，在路行了几日的话，问了一遍，然后向李飞雄道："本院唤汝前来，所有用汝之处，王魁想已言及，汝可敢行吗？"李飞雄道："山人蒙大人活命之恩，加之武皇亲如此提拔，焉有不行之理？但不知大人几时起事，一切如何布置，还须示下，方可遵行。"武承嗣与武三思两人，见他满口答应，忙道："汝能干成此事，定要封汝个大大的前程，但军装旗号，须要照庐陵王而行，方令地方官相信。不知汝还有多少帮手？若欲下山开兵，先打何处城池？"李飞雄道："小人初到此地，虽有一身本领，只能提刀开战，拼个你死我亡。若欲定谋运略，还须大人指示。"武三思道："既然如此，且到后面安歇一宵，明日依计行事。"

当下王魁将他带出书房，早有武府的家人前来照应。武三思又命厨下备了上等酒肴款待飞雄。当晚便请许敬宗计议了一晚，先拟了一道檄文，照着庐陵王的口气说："孤家乃高宗长子，天下储君，理应继统称尊，临朝听政。只以母后武后，残虐不仁，信听谗言，致遭贬谪。抚躬自问，抱憾良深，兹特命太行山寨主李飞雄，带兵征取，以复大统，以定名分。所过各府州县，理应望风承顺，纳款相应。属在臣民，宜尊君上。若与王师相抗，便为叛逆之臣，攻破城池，斩首不赦，将此通谕知之。"三人先拟了这道草檄，以便出兵之先，命人投递好，令地方官以此力凭，通报武后。然后又拟了大旗的式样，用何号令，由何处进兵，何处屯扎。直至四鼓以后，方才议定。

次日朝罢回来，武三思向许敬宗说道："李飞雄虽有这本领，但下官未曾目睹，深以为憾。欲恩令他操演一番,不知他可肯应允?"许敬宗道:"此事何难?且命他前来便了。"当下将李飞雄喊到书房,指着院中一块峰石,说道:"武大人命汝当此重任,若不在此开演一回,武皇亲何以知你手段?这峰石汝能举起否?"李飞雄听了此言,恨不能将周身的本领全卖与他,方令他敬服。随向许敬宗说道:"小人本领虽不高明,这一座峰石也不难提起。"说着,抢走几步,到了前面,将左手衣袖高卷,右手撑在腰间,两脚用了个丁字步,伸开手爪,先把峰石向外一推,离了地土。只见身躯一弯,手拿往下面一托,说声"起",一只手将一人高的一块石头举了起来。前后走了一回,然后到了原处,又轻轻摆好。把个武承嗣吓到伸出舌来,忙道:"本领大的人也曾看见过许多,这样天神似的力气,实未见过。据此一端,便可知他的武艺了。"

两人称赞了一会,然后在书房摆了一桌酒肴,请李飞雄上坐。李飞雄赶忙辞道:"小人何等之人,敢与皇亲对坐,这事万不敢当。所有差遣之处,小人定尽力便行。"武承嗣道:"此乃谋天下大事。昔汉高祖欲用韩信,尚且登坛拜将,今谋请英雄出兵,此席也是这用意,何必固执谦让?"许敬宗也命他上坐,李飞雄见众人如此,只得告座。酒至数巡,许敬宗便将所拟的草檄、旗号交代与他。然后武承嗣送出两万金银,命他带回山中作为粮饷。李飞雄一一遵命。次日一早,飞马回山发兵起事。不知后事如何,且看下回分解。

# 第五十六回　李飞雄兵下太行山
# 胡世经力守怀庆府

却说武三思如此厚待李飞雄,次日将银两如数取出,李飞雄扮作客商模样,雇了几辆大车,回转太行而去,约定下月初间起事。

在路非止一日,这日已到山头。喽兵见寨主回来,当即前来,将银两搬上山寨。李飞雄到前聚义厅上坐下,赵林忙上来问道:"大哥到都中去过,事情如何?"李飞雄便将武三思弟兄并许敬宗所议的话说了一遍。次日,便将全山的大小头目并那喽兵的花名册籍查阅一遍,选出几个头目:一名草上飞王怀、一名朱砂记洪亮、一名双枪将吴猛,这三人马上步下的功夫,皆不在人之下。先命这三人各带一万银两,采办生铁火药,并马匹旗旛之类,限本月办齐回山,以便打造军装。再着郭泉、齐霖、陶石、王宾四人,派为山头领将,专督喽兵操演等事。每日施枪放炮,威武非凡。

且说怀庆府离这太行山仅有百里之遥,怀庆太守姓胡,名世经,乃是进士出身。此人虽迂拘腐儒,并不与张武两家附和。武承嗣等人屡欲想撤他职任,无奈他深得民心,凡有离任消息,总是百姓到巡捕衙门挽留。又值狄公为河南巡抚,知道他政声,也就屡次保奏,武承嗣诸人也不能奈何他。近日闻太行山操兵练将,随命人前去打听,回来说是庐陵王的党类命李飞雄带兵入京,以便复夺大位。胡世经吃了一惊,暗道:"这事何能行得? 武后虽是无道,别人如此而行还有所借口,他自己何能彰明较著,欲夺江山。母子分上,如何解说?"一人正是诧异,又想道:"这事万分不实,想是奸人诬害太子,以假弄真,蹿出人来干出这事,好令武后信以为实,究罪于他,以便于中篡逆。照此看来,不是张昌宗所为,定是武氏兄弟干的。庐陵王现在房州,彼此相离数千百里,即使他欲想复位,房州老臣宿将正白不少,徐敬业等人已干过此事,皆非出自他口,他要直意举行,何不由房州一路而来,反令这强寇做此大事,此事明是可疑。"一面写了一封细信,命人星夜往巡抚狄公衙门投递,请他在京中暗访。若有人直指太子,好请他面奏朝廷,挽回其事。一面将四门把守得铁桶相似，以备强人入境。

谁知胡世经在城内防备，李飞雄山上早已将军械粮草、号令旗旛布置得如火如荼。择了初一下山，先取怀庆府城，然后相机前进。三日之前，便杀牛宰马，犒赏三军，将两万大军分着四队，命赵林、王怀、洪亮、吴猛四人统带。行兵吉日一早，李飞雄披挂齐整，按着军礼，祭旗已毕，然后拔队登程。一路之间，浩浩荡荡而来，真是旌旗蔽日，刀甲如云。当日行了五六十里，安营下寨。次日一早登程，便向府城进发。

这日胡世经见探马报来，说贼兵已离城不远，赶即登城遥望。但见对面如乌云盖地相仿，无数兵马向城下而来。当头一面大旗，上书："庐陵王驾下统领兵马复国将军李"，所有旗旛均是用的五彩颜色。胡世经看毕，心下实是疑惑。先命人将擂石滚木排列在城头。但见贼兵渐走渐近，离城十里，扎下营盘。到了下昼时分，忽然敌营一声炮响，当中显出一匹马来。为首一员大将，手执大刀，飞至城下，高声大叫道："城上军兵听了，赶快飞报太守，命胡世经前来答话。"胡世经见贼人喊话，也就挺身上前，向下说道："贼囚汝是何人，敢冒太子之名兴兵作乱，攻犯城池，是谁主谋，从实供来，本府详奏朝廷，罪在为首之人，或可开恩免于死罪。若是执迷不悟，天下皆皇上之赤子，具有天良，谁敢甘心附逆？谁不知汝是冒名？庐陵王远在房州，岂有母后登朝，太子夺位之理。这明是奸臣诡计，离间宫廷。本府幼读诗书，岂不明伦常纲纪。从此速退兵丁，休生妄想，这座铁桶似的城池，汝焉能攻破？"李飞雄听了此言，心下大惊不止，暗道："我等在京计议，原想冒名行事，使地方各官信以为实，好飞奏朝廷，以便暗中诬害。谁知初次出兵，便为这胡世经说明破绽，随后如何前进？现在进退两难，也只得矢口不移，同他辩论。"当时向城上笑道："你既幼读诗书，为何不明事理？武后奸淫无道，秽乱春宫，杀姊屠兄，弑君鸩母，人神所共杀之，天地所不容。庐陵王乃高宗长子，天下明君，岂能视母后奸淫，不顾社稷生民之理。只因前次徐敬业用兵未当，猝致身亡，特命李某统领山寨大兵，入京兴复。汝乃唐朝臣子，何故片事妇人。不开关迎师，已罪无可赦，还敢以真为伪，抗逆王师。汝即不信，且将通檄与汝观阅。"说罢，身边取出一角公文，插上箭头，弓响一声,向城头射上。胡世经展开观了一遍,向下骂道:"此乃汝这班逆贼,将骆宾王的讨诏依样葫芦,造成这道通檄。天下人可欺,欲想欺我胡某,也是登天向日之难。要我开关,非得庐陵王亲自前来,方能相信。"说罢,命人将礌石滚木打下去。李飞雄见城上把守得十分严紧,真是无隙可乘,当时只得拔马回营,以便次日攻打。

且说怀庆府城守姓金名城,是个无赖出身。平时与武三思的家奴联为一气,鱼肉乡民,不知怎样逢迎武三思,保举了一个守备。自从狄仁杰进京之后,这班狐群狗党,不敢再如从前,却巧怀庆守备出缺。他便求了武三思,补了此缺。武三思从李飞雄入京以后,知道太行山在怀庆属下,唯恐胡世经看出奸计,有所阻碍,便私下写了一封书信,命人送与金城。等到兵临城下,请他相机而行,务必请胡世经通详具奏,便可成事。金城此时见胡世经看出伪诏,心下也是吃惊,一人想道:"武三思日前致信于我,命我从中行事,不料他居然料着。无奈这个迂儒甚为固执,必得如何,方可使他详奏。"自己想了一会,向着胡世经说道:"大人既知他冒名前来,有末将一身本领,何不就此开关,杀他个大败亏输,然后申奏朝廷,岂不为美。若仅闭关自守,设或相持日久,粮草空虚,岂不难乎为继?"胡世经知他是武三思一党,说此言语,明是诱他开关,好让贼人进城。当时喝道:"此地乃本府镇守,战守自有权衡,何容汝等多言。贼人此来,止想开城会敌,方可以伪乱真,借庐陵王之名,好遂奸贼之计,本府且严加防守,星夜命人到房州询问。如庐陵王果行出这不法之事,他自承任无辞,命我等开关迎接。若不然,他必有回文照复,或命人带兵前来征剿。那时真伪分明,圣上母子之间也不至为人谗间。"金城听了此言,知他固执,说得出做得到,那时便误事不浅。当时急道:"大人之言虽想得周到,无乃缓不救急。你看他数万人马,不出十日定将这城池攻破。大人是个文官,固然有革职的处分,末将是个武士,干戈扰乱,责任较大人尤重。若有不测,悔之晚矣。此事不据实申奏朝廷,请领大兵前来退敌,何能解这重围?且徐敬业与骆宾王之事已行之在先,庐陵王既能命他两个兴兵犯境,不能勾结李飞雄进取吗?此事毋庸疑惑,定是庐陵王指使。我看大人寒窗十载,方把结个进士出身,受了多少辛苦,始为这怀庆的太守,若因此事误了功名,岂不可惜。"

·狄公案·

图文珍藏版

　　胡世经见他如此辩白，明欲顺着奸计，不禁大怒起来，乃道："本府为此地的太守，虽由诗书而来，多年辛苦，到了为难之时，也须顾名思义，不能听那班奸臣信用私党，欺惑朝廷、致令唐室江山送与无赖之手。"这番话，把个金城说得满面羞惭，当时说道："你我文武分曹，不相统属。你即迂谬固执，某不能随你而行，将这座城池失去。各做各事便了。"当时也不再言，怒气冲冲，回衙而去。竟自起了一道详文，说庐陵王命李飞雄攻打城池，复取天下，并将伪檄抄录在上面，连夜命人飞马出城，向京中告急。并参胡世经匿情不报，隐与李飞雄勾通一气、势同谋反。

　　未有数日，早至都中。先到兵部投递，请兵部大臣奏明圣上，火速发兵。谁知兵部尚书自武承业因怀义之事将刑部尚书撤任，未有数月，便补了这兵部尚书，连日正与武三思、许敬宗诸人盼望怀庆府的紧报，只是未见前来，心下甚是思念。这日接到金城的禀报，拆开看毕，随即来至武三思府中。商议了一会，众人只恨胡世经不肯通禀。武承业道："此事本应怀庆府通详巡抚，既是城守有告急文书，我为兵部大臣，也不怕朝廷不肯相信。明日早朝，定可分晓。"说罢，回转自己部内，以便来朝启奏。不知后事如何，且看下回分解。

# 第五十七回

## 安金藏剖心哭谏
## 狄仁杰奉命提兵

却说武承业回转了兵部衙门,次日五鼓入朝,俯伏金阶,上前奏道:"目今庐陵王兵犯怀庆,势甚猖狂。命贼首李飞雄带领数万大兵,直逼城下,心想攻破城池,向东京进发,复取天下。怀庆太守胡世经,与贼通同一气,匿报军情。幸有守备金城,单名飞报,现在告急文书投递在臣部,请臣具情代奏。城中虚弱,危急万分,一经胡世经出城投降,以下州县便势如破竹。并有庐陵王伪诏,抄录前来,请圣上御览。"说着,将金城的公文伪诏,一并由值殿侍卫呈上。武则天展开看了一遍,不禁叹道:"寡人因太子懦弱不明,故而将他远贬房州,原期他阅历数年,借赎前咎,然后赦回,再登大宝。不料他天伦废绝,与母为仇。前次徐敬业、骆宾王诸人兴兵犯境,孤家以他误听谗言,并未究罪,此时勾结贼人,争取天下。如此不孝不义之人,何能身登九五、为天下人君?他既不孝,朕岂能慈,春发五万大兵,星夜赴怀庆。剿灭破贼之后,再赴房州,将太子锁拿来京,按律治罪。"两边文武见武则天如此传旨,无不面如土色,盛怒之下,又不敢上前劝谏。狄仁杰到了此时,明知是太子受冤,不得不上前阻谏道:"圣上休断了母子之情,为天下臣民耻笑。此必奸臣勾引强人,冒充庐陵王旗号,以伪乱真,使圣上相信。此乃兵情军务,若果是太子作乱,为何不在房州起事,反在怀庆进兵?怀庆太守胡世经,虽是文士出身,未有不知利害,如果城池危急,理应他飞禀到臣,请巡抚衙门代奏,何敢匿情不报,致令金城到兵部告急?兵部尚书乃是武承业本任。日前他弟兄诬害刘伟之等人,蒙蔽朝廷,致令赐死,后经臣两番复奏,方才蒙恩开释,安知非他弟兄挟嫌怀恨,私结太行山强寇攻犯城池,好令陛下相信弟兄之言,发兵剿灭太子,随后嗣位无人,他便从中窥窃。这事断非庐陵王所为,请陛下发兵,但将李飞雄提入京中,交臣审讯,定有实供。"武三思听了狄公所奏,深恐他又将此事辩驳干净,忙伏奏道:"这事求陛下善察真情。臣等在京供职,每日上朝,何忍辜负国恩,敢与强人谋反?此明是狄仁杰勾通太子,擅动干戈,威吓陛下。日前刘伟之请陛下召太子还京，退朝诿位，陛下未能准奏，反将刘伟之赐死。狄仁杰亦屡次请陛下将太子召还，因未能俯如所请，故激成如此大变。臣等宁可奏明，听圣上裁夺。但恐陛下以慈爱待太子，太子不能以仁孝待陛下。到了兵犯宫廷，不过将大恶大罪推在李飞雄身上，那时复登朝位，不知将陛下置诸何地。若说臣等诬奏，天下事皆可冒充，唯这旗号伪诏，万万伪借不来，圣上何以不明此故？恐此次干戈较之骆宾王尤甚了。"这番话，把个武则天说得深信不疑，向狄仁杰怒道："汝这班误国奸臣，汝既身为巡抚，怀庆府又在汝属下，太行山有此强人，何不早为剿灭。此时纵匪成患，兵犯天朝，岂非汝等驭下不严之故？似此情节，与庐陵王同谋可知。叛逆奸臣既伤我母子之情，复损汝君臣之谊，此番不将太子赐死，国法人伦皆为汝等毁灭。等至水落石出之时，再与汝等究罪。"说罢，便命武承业发五万大兵，带领将士，先到怀庆，将李飞雄灭去，然后便往房州捉拿庐陵王。

武承业得了这道旨意，心下好不欢喜。正要领旨退朝，忽见左班中出一人来，身高九尺向开，两道浓眉，一双圆目，走上前高声奏道："陛下如此而行，欲置太子于何地？前者太子贬谪，在廷臣工莫不知是冤抑。彼时有罢官归隐者，有痛哭流涕者，这干人皆忠心赤胆，日夜望陛下悔心，复承大位。武承业等乃不法的小人，江洋大盗、绿林强人无下暗中勾结。此事明是奸臣造成伪诏，令李飞雄冒名而来，使陛下堕其计中，好趁机为乱，夺取江山。陛下何不顾母子情面，反听奸贼之言，恐唐朝非李家所有了。"说罢大哭不止，声震殿廷。武后见他说不顾母子情面，愈加怒道："汝等食禄在朝，天下大事漫不经心，凡朕有事举行，便纷纷饶舌。寡人乃天下之母，庐陵王不遵子道，若不加诛，何以御天下？如有人再奏，便先行斩首。"众人听了此言，再将那人一望，乃是太常工人，姓安名金藏。只见他大哭一声，向着武后奏道："陛下不听臣言，诬屈太子，臣不忍目睹其事，请剖心以明太子不反。"说罢，只见他拔出佩刀，将胸前玉带解下，一手撕开朝服，一手将刀望胸前一刺，顿时大叫一声："臣安金藏为太子明冤，陛下若再不信，恐江山失于奸贼了。"说罢，复将刀往里一送，随又拔出，顷刻五脏皆出，鲜血直流，将众臣的衣服溅得满身红血。

当时两边文武猝不及防，忽见他如此直谏，无不大惊失色，倒退了几步。武后此时,也不料他竟不顾性命,见他倒于阶下,也就目不忍睹,龙袖一展,将两眼遮住,传旨说道:"孤家母子之事不能自明,致令汝出此下策,诚为可叹。"旋命人用车辇将安金藏送入宫中,命太医赶速医治,如能保全性命,定行论功加赏。这道旨下来,随有穿宫太监将安金藏弄入辇中,已是不知人事,手中佩刀依然未去。众大臣待他去后,早有元行冲、桓彦范一干人齐声痛哭道:"安金藏乃太常工人,官卑职小,尚知太子之冤,以死直谏。陛下再不听臣等所奏,也只好死于金殿了。"当时众人有欲拔刀自刎的,有欲向金殿铁柱上撞死的,把个金銮殿前当作寻死的地府。武则天见众人异口同声,皆说李飞雄冒名诬害,只得说道:"众卿家如此苦谏,孤家岂好动干戈。依汝众人所言,如何处置?总之怀庆兵临城下,此是实情,无论是真是伪,皆要带兵去剿洗。"狄仁杰道:"陛下若能委臣一旅之师,带同武将前往征讨,定可将李飞雄活捉来京。一面命元行冲将敌人的伪诏带往房州,与太子观看,太子见此逆书,岂不以朝廷为重?那时陛下虽不命他征剿贼人,太子也要奋力前驱,以明心迹。似此一举两得,陛下恩义俱在,那班奸贼也无从施其伎俩。"武后此时,倒也骑虎之势,只得准奏,将武承业之兵归狄公统带,听其挑选猛将百员,星夜往怀庆灭寇。又下一道御书,并李飞雄伪诏一并交元行冲,带往房州而去。两人谢恩已毕,然后退朝。

单说狄公次日一早,便在校场点了五万大兵,带了十数员有名的上将,皆是忠心赤胆、公而忘私,一路浩浩荡荡,直向怀庆而去。此时胡世经早已得报,听说是狄公前来,不禁喜出望外,向着部下说道:"本府自与金城争论之后,明知他飞檄到京,请兵告急,深恐张武二党带兵前来,便令太子衔冤莫解。现在狄公到此,诚为万分之幸。"当时将城中所有的兵丁,齐行在城中把守,自己带领数名将士徒步出城,向大队迎来。到了前队,早有差官问明职名,到中军来见狄公。狄公见是怀庆府亲自前来,当即问道:"贵府为一方领袖,兵临城下镇静不移,深为可敬。日前接尊函,足征矩识。贵府现将何法退贼?"胡世经见狄公如此询问,乃道:"下官明知金守备起文申报,但不肯迎合奸臣,致令太子受屈。此事定是李飞雄受人指使,冒名而行。若是庐陵王果有此举。为何不在起事之先通行手诏,等到贼兵入境,方将伪诏投递,据此一端,可知伪冒。现已命人先到房州询问,待真伪辨明,再行具报,免得有劳圣虑,致伤母子之情。此时大人前来,实为万幸。"当即与狄公到了城前,依城下寨。

次日,狄公升坐大帐,传金城前来问话。金城此时已是心怀恐惧,满想将告急公文递到兵部,武氏弟兄带兵前来,便可合而为一。不料不能如愿,反命巡抚大人带兵到此。当时只得到大帐请安侍立。狄公道:"本院在京接汝告急文书,说庐陵王与李飞雄勾通,兵犯怀庆。汝既为守备,何故不开城迎敌,杀退贼兵。若说胡世经阻挠,加意防守.此固迁儒见识。本院既已到此,且命汝就此前去骂敌,若不得胜而回,提头来见。"金城听了此言,不禁心惊胆战,领下命来,上马而去。不知后事如何,且看下回分解。

# 第五十八回　开战事金城送命　遇官兵吴猛亡身

却说金城见狄公命他出马，虽将令箭领下，心下甚是惧怕，想道："我虽是个武职人员，补了这怀庆守备，无奈我不是绿营出身，平日与武氏家奴横行乡里，尽是虚张声势，那里有什么本领！就是这功名，也是武三思私自保奏。现在上阵交锋，岂不是自寻死路。"欲想不去，又知狄公法令森严，不容推诿，当时只得披挂整齐，上马端刀，来至阵上。李飞雄自从由太行山来此，虽属日夜攻打，皆为胡世经严加防守，攻破不开。昨日听说京中大队前来，疑惑是武氏弟兄的党类，随命人到营中私探。回营报知，方知是狄公到此。正是诧异，现又见小军来报，说官兵阵前讨战。李飞雄听了此言，随即端刀坐马，望众人说道："愚兄禀许大人之命，干此要事，今日狄仁杰到此开兵，务必胜他一阵，方破了他锐气。诸位贤弟，可到战场一同观战。"所有那朱砂记洪亮、双枪将吴猛、草上飞王怀，无不齐声说道："我等在山杀人如草，绿林中谁不知我等威名，莫说狄仁杰是个懦弱书生，徒以哼文为上，他便是个三头六臂，也将他杀得片甲不留。"说着，众人上马，提兵冲出山寨。

李飞雄抬头见是金城，连日见他在城上与胡世经把守，早已认熟在眼中，忙将马头一领，上前喝道："来者莫非怀庆守备金城吗？"金城见他道出他名姓，疑是武三思曾经与李飞雄言过，说他在这城中为守备，也就答道："老爷便是金城。汝既知名姓，谅知我来历。今奉巡抚之命，上马前来，与汝决一死战。"李飞雄不知他说的暗话，连忙喝道："汝这无名的小辈，既食君禄，当报君恩。唐室江山乃庐陵王天下，现为武后荒乱朝纲，宠劈小人，致将太子远谪。目下急思复位，整理朝纲，特下血书，命本帅念社稷艰难，为其征讨。日前草诏，言在于兹，汝何不知顺逆，闭关自守，抗拒王师。此时大队前来，首先开战，来得好。本帅不将汝分为两段，也不知俺手段。"说着，一个泰山压顶，当头劈来。金城见他认真杀来，本是个无赖出身，从不知阵前利害，抬头一看，已吓得魂不附体，赶将两手把单刀握定，迎了上来。碰上大刀，如同火炭一般，早将虎口震得迸裂，一时抵挡不住，把个兵刃飞在半空。正要拨转马头落荒而走，措手不及，李飞雄一刀已砍于马下。贼兵一声呐喊，掩杀过来。幸得狄公手下人多，用乱箭将阵脚射住，难以上前。李飞雄得意扬扬，敲着得胜鼓，回营而去。

且说狄公命金城出马，因他与武氏一党，故用借刀杀人之计，令他身死，此时见已丧命，忙传令赵大成、方如海，只听两边齐声得令，出来两人，到案前站下。此两人乃是高宗御前都指挥，平时历著战功，封为永胜将军之职。赵大成身躯短小，相貌精豪，手执两柄六角锤，有万夫不当之勇。那个方如海，也与他一般职位，手执一杆银枪，如蛟龙出水相似。当时狄公说道："汝两人就此出征，先将李飞雄获一胜仗，挫了锐气，本院自有破敌之策。"两人得令下来，随即披挂上马。到了战场，见李飞雄已经收队，只得到敌营前面高声挑战。双枪将吴猛正押着后队，向前退去，忽听后面又有人来骂战，当即拨转马头，双枪并起，迎将上去。赵大成见敌人来会战，上前喝道："贼将通名，本将军锤下不打无名之辈。"吴猛道："俺乃庐陵王麾下复国大将军帐前，偏将吴猛是也。汝是何人，快通名来。"赵大成喝道："汝这叛贼敢冒太子之名，暗行诬害，勾结奸臣，本将军乃唐皇天子驾前，巡抚麾下，永胜将军赵大成是也。"说着，六角锤一分，用了个流金赶月，一先一后相继打来。吴猛见他来得厉害，双枪高举，贯了平生之力，拼力格来。无奈赵大成乃是长征惯战之人，比这山寨强人自强胜百倍，两锤打下，如泰山一般，吴猛那里开得过去，顷刻满脸震得飞红，虎口血流不止。晓得不好，赶着连招带拖拖了过来，便想趁此逃回营内。谁知赵大成手段飞快，两锤见他招架不住，唯恐他逃走，将左手一起，飞起锤头摔

过马来。吴猛正向前走，不防着后面来了兵器，只听咕咚一声，早把吴猛栽到马下，再望他那颗头颅，已是脑浆迸裂。敌营见吴猛身死，众兵丁一声呐喊，各自逃生。赵大成仗着一身本领，邀方如海手提兵刃，杀入重围。两匹马如入无人之境，正是

逢枪便死,过锤即亡,顷刻之间,早已尸骸满地。李飞雄自将金城杀死,正是得意非凡,忽听前营有撼撼声音,赶着命人盘问。谁知探军已到了大帐,奉请主将出营迎敌:"现在官兵队里来了两员猛将,一名赵大成,一名方如海。吴猛交战,已死在赵大成手下。现已杀近营来,主将再不出去,便到大帐了。"李飞雄听了此言,大叫一声:"无名小辈,杀了我山头的将士。"只听他高叫"掀开",跃马提刀冲出阵上。劈面遇见赵大成,两人并不打话,刀锤并举。二马相争,一往一来,杀了有十数个回合,李飞雄渐渐招架不住。方如海唯恐让他逃脱,也就拍马提枪,前后夹战。李飞雄自是不能相斗,两手将大刀一举,用个横扫千人的刀法,将赵大成双锤掀开,大叫一声:"本将军战你不过,休得追来。"说着马头一领,落荒而走。赵大成恐他另有暗算,也就不去追赶,回转本营。

此时狄公正在营前观战,见赵大成杀退贼将,得胜而回,当时进入大帐,记上功劳。向着胡世经言道:"此贼本领也甚平常,若能设法生擒,方令太子之冤水落石出。但不知贼营前后有小路通行,往他山寨上有避道可去?"胡世经还未开言,早有马荣上前说道:"这事大人不必过虑,小人疑惑李飞雄是个三头六臂异样的强人,谁知是从前那个白鹤林的小李。不知何人为他起这绰号,叫作赛元霸。小人的出身,大人无不尽知,此人与小人早年是一党,陆道上买卖彼此通行。明日待小人到他营中,如此这般套出他的真话,然后里应外合,用计破他,易如反掌。"狄公听了此言,心下甚是欢喜,忙道:"汝若能干成这事,不独解了目前之危,待太子还朝,也当加恩升赏,可知此事关系国家伦常之大,务必前去,将主谋人访出,那时本院便可启奏了。"马荣领命下来,一宿已过。次日改换装束,仍扮成绿林的模样,由后营出去,绕上大道,然后向贼营而去。

且说李飞雄败回营中,闷闷不乐,与洪亮等人说道:"愚兄受许大人深恩,又承武皇亲重托,着我干出这事,满想功名富贵,从此发达,谁知今日初次开兵,虽将金城杀死,我处亦伤一吴猛,愚兄又打了这败仗。官兵主将又是狄仁杰前来,此人足智多谋,从前做县令时并访出许多无头案件,此时掌这大权,手下有许多精兵猛将,我等何能与他对敌?虽承武许两人重用,设若事败,岂非是画虎不成,反类乎狗。"

洪亮道："大哥何需多虑。胜败乃兵家常事，赵大成虽是勇猛，明日我等并马出营，用个车轮大战，哪怕他如天神的手段，也要大败亏输。"众人正在帐中议论，忽见小军进来报道："外面有一好汉，自称马荣，说与寨主从前在白鹤林交好，日前访问寨主在太行山聚义，特地千里相投。到得山前，闻又提兵到此，因此来营求见。请寨主示下。"李飞雄正恐营中将少，没有能人，听说马荣前来，连忙道："此人与俺自幼的好友，他此时前来，正可助我一臂。"随即起身，带领众人接出营来。

抬头向前一望，果见一人短衣窄袖，元色缎的小袄，排门密扣，铺列胸前，两腿元色丢裆叉裤，铁尖快鞋，头戴一顶英雄盔，一朵红缨拖于脑后，肩头背着个小包袱，腰间佩了一柄单刀，气宇轩昂，正是马荣到此。李飞雄高声叫道："马大哥几时到此？小弟接驾来迟，望祈恕罪。"马荣见他出营，也就上前答道："贤弟名亨利达，掌此兵权，曾记得白鹤林旧友吗？"李飞雄哈哈笑道："自从别后，念念不忘。今日相逢，实为万幸，且请入营畅叙。"说着，邀马荣入营而去。一同到了大帐，见礼坐下。不知马荣此来能否访出实情，且看下回分解。

# 第五十九回　访旧友计入敌营
## 获胜仗命攻大寨

　　却说马荣进入大帐，李飞雄开言问道："小弟自别尊颜，历经数载，从白鹤林劫夺官眷得了资财，嗣后在何处得意？"马荣道："一言难尽。自从那年分手，东奔西荡，卒无定程。近年在山东一带干了捕快班头，无奈贪官污吏不识人才，反与绿林朋友结下许多仇恨，因此悔心，将卯名除退，依旧做往日生涯。日前方知贤弟在太行聚义，不料到了宝山，又值领兵到此，不知贤弟何以有此大志，竟干出这惊人出色之事，愚兄到此，不知可能委用吗？"李飞雄听了此言，便将白鹤林劫守之后众人分散，不料地方缉捕，为班快擒获，解入京都，承许敬宗开活，以及在太行山聚义的话，说了一遍。当时命人摆酒，为马荣接风。

　　入席之间，马荣又问道："贤弟所言皆是从前之事。现在攻打城池，还是欲夺唐室江山称孤道寡，抑或是另有别人主使？近日胜负若何？官兵是何人统带？"李飞雄见他来问这话，忙道："小弟哪有如此妄想。设非有人命我如此，无论本领不能取胜，便是粮草也不能接济。"马荣听了此言，心下实是暗喜：果不出大人之料，竟是有人暗中指使。乃道："此乃贤弟鸿运当头，故有如此机遇。方才来营，见大旗上面写的庐陵王旗号，莫非是房州太子复夺江山，命贤弟辅助？"李飞雄哈哈笑道："老哥不是外人，此来正可助小弟一臂之力，不妨将这细情告知，那里是什么庐陵王，说来大哥也可知道，目今武后临朝，将武三思弟兄皆封了大官，掌理朝政，将太子贬至房州，一心想将大统传与武承嗣接位。无奈狄仁杰一班人屡次阻挠，不但不能令武氏为天子，反请武后将庐陵王召回。因此武氏弟兄想出这主意，命我冒充太子的旗号攻打城池，使地方各官通报到京，说太子造反，好令武后伤了母子之情，将太子赐死，这万里江山，便归入武氏弟兄之手。不料这怀庆太守胡世经，闭关自守，攻打不开，目下狄仁杰又带兵前来，互相交战。不料他有能征惯战之将，昨日初次开兵，虽将守备金城杀死，本营中双枪将吴猛亦为敌营送命。小弟本领大哥深知，这一座海大营盘,加上这许多精兵猛将,何能将他退去?幸得大哥前来,明日上阵交锋,助我一臂。倘能让武承嗣得了天下,你我这功名富贵,还怕不得吗?"马荣也装喜悦样子,满口应道:"贤弟有如此出路,若将此事办成,岂不比绿林买卖强似十倍?愚兄明日出马,定杀他个大败亏输,以报昨日之恨。"李飞雄见马荣如此应允,自是得意非常,又将王怀、洪亮这干人喊来相见。彼此通名道姓,开怀畅饮,直吃到下昼之时,方才席散。马荣道:"贤弟这座营寨,虽是十分雄壮,但不知前后左右可有小路通行?大凡扎营,须要四通八达,方可进退自如。若是一面开兵,三面闭塞,若前队打败,无一退步,岂非是束手待毙?"李飞雄道:"小弟哪里知道什么兵法,横竖有武承嗣等人暗中布置,只求将官兵打退,弄假成真,那时便功成名就。既是老哥讲究,此时便请前去巡视,若有破绽的地方,不妨更改。"说着起身,众人出了后营,四围察看一番,尽是依山带水,颇得地势,唯有左边一座高山,相离有一二里远近,若能在此伏兵,便可居高临下。随即问道:"这座山头虽是险固,不知此山后通于何处?"李飞雄道:"山后乃是怀庆府西门的大道,我这座大营,依他南门而扎。若非这高山阻隔,也不在此扎立营盘。"马荣巡视已毕,又看了他粮草的所在。天色已晚,李飞雄复命摆酒叙谈,直至二鼓,频催方才安寝。

次日一早,李飞雄请他出战。将自己的马匹兵刃让他使用。马荣道:"愚兄秉性贤弟深知,这口佩刀很可能与人对敌。那马上功夫,反不能爽快。"说罢,仍旧是随身衣服,出了营门,到战场喊战。官兵队里见是马荣讨战,众人无不诧异,赶着进账报与狄公知道。狄公随命乔泰前去会敌,说道:"马荣此来,必有消息。汝去只可诈败,看马荣有何话说。"乔泰本是个步下,此时唯恐敌营生疑,只得坐马提刀,向阵前而去,马荣见是乔泰前来,故意喝道:"来将何人,快通名纳命。俺家李大寨主昨日为汝等杀败,命俺来报仇。不要走,吃我一刀。"说着左手一刀,劈面砍来。乔泰见他故作惊人,心下实是好笑,也就举刀迎上。两人一来一往,杀了有二三十合,乔泰已是只能招架,不能还招。又战了数合,拨转马头落荒而走。马荣高声喝道:"逆贼往那里走!俺追来也。"当时连审带纵,紧紧追来。不下有十数里远近,左右皆是树林,后面贼兵全行不见,乔泰住马笑道:"大哥你做什么鬼脸,究竟营中怎样?"马荣道："若不如此,何能使他相信!"当即将敌营的话说了一遍,然后道："左边高山,可以伏兵,明日如此这般,由西门前进,那时便可一鼓成擒了。"乔泰听罢大喜。

两人正要回去,远远的贼兵追来,马荣道："你仍旧败走前去,好令众人除疑。"乔泰赶即伏在马头,盔斜甲卸,现出受伤的模样,没命向前逃走。马荣见贼兵已到,高声喊道："汝等赶速拦阻去路,莫要为这厮逃走。"一声招呼,依旧紧紧追来。乔泰早已扣定鞍乔,越树穿林,回转本寨。那些贼兵齐声呼声："李寨主有令,请将军就此回营。山路崎岖,恐遭敌人的暗计。"马荣见众人如此,反说道："汝等早来一步,也不至为这厮逃脱。且待明日开兵,再将这厮擒住。"当时同众贼一同回营。

早见李飞雄出来迎道："老哥,今日获此胜仗,虽未将敌人擒获,所幸尚未败回。有老哥如此本领,还怕不能取胜吗?"马荣也就进入帐中,李飞雄早已预备下酒席,两人入座畅谈。马荣道："愚兄到此,疑惑敌营很有能人,谁知今日战场,乃是无能之辈。本营有如此兵马,何不分成四队,将他那座营盘团团围住,四面杀入,没有一日之久,定可将狄仁杰擒获。何故在此久久相持,反长了他人志气。"李飞雄见他如此言语,乃道："小弟营中虽有许多兵将,无奈操练未久,皆非能征惯战之将。若老哥在此缓缓交锋,每日与小弟出营皆获胜仗,将他几名妙手送了性命,然后四面夹攻,哪怕他逃奔天外。"马荣道："贤弟此言差矣。天有不测风云,人有旦夕祸福。若不趁此锐气一鼓而下,但凭愚兄一人每日出战,何能必定取胜,若敌营再添了能人,那时又如何? 兵事宜速不宜缓,且营中旗号尽以庐陵王为名,若太子在房州得信,带兵前来,前后夹攻,那时将这机关败露,又如何? 成败好丑,在此一举。贤弟幸勿自误。"李飞雄本是个极粗莽的人,见马荣这番言语,不禁鼓舞起来,道："大哥所言,真是妙计,小弟何敢不依? 但前进必须后退,明日一早,先命人到京都送信,告诉许敬宗大人,说狄仁杰到此,万分难破,现已四面攻打,请他赶速设法接济,以便在太行山招兵救应。另一面须斟酌一人在营中看守,恐有敌兵前来冲寨。"马荣道："贤弟如虑无人,愚兄在营,可万无一失。大队若得胜好极,否则愚兄领队出营,将贤弟接应回来,岂不是好。"李飞雄听罢,当时依计而行。次日,先写了一封信命人送往都中,到许敬宗衙门交递。然后命洪亮打东门,王怀打南门,自己打西门,其余将弃,选派数名攻打北门。所有粮草军械,皆在后营,并留下三千兵士,请马荣在营看守,仍不时到营前观战。若是为官兵战败,便上前接应。诸事分派已定,只等次日开兵。

且说乔泰回转本营,将马荣的话说了一遍,狄公听了此言大喜。次日一早,便命赵大成、方如海,各带精兵五十,由西门大道绕至高山,等夜晚之间,率众登山,在树林内埋伏,但听炮声响亮,一齐杀下山去,务必与马荣合为一队,将李飞雄生擒他来,勿伤他性命,方可随后作证。两人领命,自去埋伏。再表李飞雄,当日传令已毕,一宿已过。次日天明,各人带领兵丁,放炮开营,直向官兵前队围绕上来。顷刻之间,数万贼兵把个偌大的怀庆府并一座大营,四面围住。李飞雄一马当先,上前喊道:"营外兵丁听了,前日本将军为那赵大成杀败,又伤我一员将士,此仇此恨尚未报复,今日特来与汝等决一死战,好报庐陵王托付之意。汝等速去报与狄仁杰知道,命他速派能人前来会战。不然,这四面兵将拥挤上来,立刻将汝等营盘踏为平地。"官见贼兵围拢上来,不知他受了马荣之骗,不禁大惊失色,飞报近来。欲知后事如何,且看下回分解。

图文珍藏版

第六十回　四面出兵飞雄中计
　　　　　两将身死马荣回营

　　却说李飞雄依着马荣之计，四面出兵，将唐营围，攻小军不知何故，赶着进帐报知。狄公命了四员偏将：一名裴万里，一名曹其龙，更有徐标、王泰，各带两千兵卒分头会敌。

　　四人得令起身，裴万里跨马提鞭，直向东门迎出。劈面遇见洪亮，举手一鞭，肩头打下，洪亮提刀格架相迎，两人杀在一团，斗在一处。战有二三十合，洪亮杀得性起，大吼一声，直向裴万里拼力劈去。裴万里赶即两膀用了足劲，钢鞭飞舞，开去单刀，随手一鞭，打中洪亮的顶门，翻于马下。后面军士见敌人落马，呐喊一声，上前冲杀。裴万里见自己得了胜仗，赶着下马取出佩刀，将洪亮首级割下，跃上马匹，杀向南门而来。远远听见战鼓声音震动山谷，赶着勒马加鞭，飞到前面。但见曹其龙一杆长枪，为王怀的双刀逼住，气喘吁吁，行将败下。裴万里大吼一声："曹贤弟休得慌忙，愚兄前来助你。"说着窜到阵上，钢鞭拦中一格，将王怀的双刀架格过去，让曹其龙突出重围。随即一连几鞭，向敌打下，王怀虽是个草寇，在太行山上也算他是第一把好手，正想摆布敌将，忽见一人前来助战，不禁大吼连声。一手招架钢鞭，一手对着裴万里的要害，拼力刺去。两人你想我死，我想你亡，刀去鞭来，好似山中猛虎；鞭来刀去，宛比出海蛟龙。彼此杀作一团，沙灰雾起，战了有五六十回合，早已日光当头。裴万里深恐战他不过，误了大事，赶着虚晃一鞭，诈败而去。王怀正是杀得兴起，哪里肯舍不追，高声叫道："无能的匹夫，向那里逃走！爷爷来也。"只见飞虎镫一拍，那马如腾空一般，在后紧紧追来。裴万里见他来赶，跑去有二三里远近，忽将裆劲一松，那马忽然停住。裴万里将脚尖在搭镫扣稳，一个筋斗，跌向马腹里面。王怀疑惑他是失足落马，心下大喜，高叫道："裴万里，也是你性命该绝，落下马来，看刀！"说着，一刀在裴万里背心劈下。裴万里见他到了背后，脚尖在搭镫上一垫，一个转身，早倒跨在马上。王怀正弯腰用刀来劈，措手不及，早被裴万里一

847

鞭打中脑门，咕咚栽于马下。裴万里骂道："你这狗头，方才那样骁勇，此时英雄何在？且命汝身首异处。"当时就将王怀的刀取来，割下首级，向城前奔来。

且说李飞雄自己攻打西门，一柄大刀逢人便杀。正遇徐标将他拦住，两人各举兵刃，大显身手。谁知徐标一柄三尖刀，较之李飞雄高出数倍，彼此刀来刀去，未有十数个回合，已杀得两膀酸麻，高抬不起。正想王怀等人前来接应，忽见劈面人声喧乱，驾铃响处，裴万里早到面前，高声骂道："贼囚，汝羽翼已去，还想在此逞能！你看这两颗首级是谁？还不下马受缚。"李飞雄正是危急，听了此言，抬头一望，却是洪亮、王怀两人的首级，晓得不好，赶将马头一领，斜刺里冲出重围，欲向本营而走。忽见本营烟雾连天，喊声大震，四面八方全是火起。李飞雄到了此时，已心惊胆战，知道有了内变，只见许多逃残兵士蜂拥而来，向着李飞雄说道："寨主不好了。出兵之后，马将军并不到营前观战，忽自出了后营，放了几声大炮，顷刻左边山后，出来许多兵马，翻山越岭，向本营拥来。我等正请他退敌，谁知他反将敌兵带入营中，放火烧寨。现在军中粮饷以及帐篷，皆为他焚烧殆尽，前面万不可去了。"李飞雄听了此言，只见大叫一声："马荣，我道你是旧日良朋，前来助我，谁知你是个奸细，害得我瓦解冰消。今日俺也拼作一死，与汝送了这性命。"当时便想去寻马荣。后面裴万里追兵已到，高声叫道："李飞雄，汝巢已失，还不下马投降。"李飞雄正是怒火中烧，举起大刀，向裴万里冲来。彼此又战了四五回合，早见大兵如潮水相似，纷纷拥拥，四面围来，将两匹坐马困在城心，齐呼"捉贼"。李飞雄见大势已去，料想难已脱逃，狂叫数声，便想举刀自刎。裴万里早已看见，右手将钢鞭顺转，身躯一进，左手只在李飞雄腰间一把，说声"带过"，早把李飞雄提高坐骑，向地下一摔。四面兵丁见贼首已得，一声呐喊，捆绑起来。裴万里因自己擒了贼首，心下得意非常，拨转马头，提鞭执辔，押着大队回营。

此时狄公在营，早已得着提报，命乔泰赶速到敌营，传令：贼人如愿投降，一概准予自新，放归田里。所有粮草器械，命赵大成、方如海两人收解回营，着马荣先回本寨，以便与李飞雄见面。

乔泰得令，出营走至半途，已与马荣相遇。彼此一同到了大帐，马荣将敌营事说了一遍。狄公命他先到后营安歇，然后升座大帐。只见众兵将敲着得胜鼓而来，大队排列两旁，直至营门之外。随后许多人捆缚着一个大汉，裴万里押在后边，到了帐前，报功已毕，将李飞雄推跪在阶下。李飞雄此时大骂不止："汝等这班叛逆贼臣，庐陵王乃天下明君，命俺复夺江山，重兴天下。误中马荣贼狗头之计，使我大营焚掠，山寨难归。汝等要杀便杀，想我投顺汝等。这叛国奸臣，也是三更梦想。"当下只是骂不绝口。狄公见他到了此时，仍是矢口不移，冒充庐陵王的旗号，暗道："这人颇有恒心。据他对马荣说来，因为许敬宗活命之恩，故为这班奸臣干出这事，此时被擒，命在顷刻，仍然始终如一，不肯推赖他人。且待本院以恩待他，看他作何言语。"当即起身下堂，将众人喝退，自己为他亲解其缚，向他言道："将军乃一世英雄，何苦受人之愚，不顾自己性命。本帅若想杀汝，何不在军前取汝首级？不日庐陵王便来营中，那时本院再为你分辩，何如？"说毕，也不问别事，命人将他送入后营，暗下命乔泰、裴万里两人防守，每日好酒好肴，使他饮食。一连数日，直不见狄公之面，所有服侍他的兵丁皆是你来我往，无一定之人。李飞雄初进营时，自认必死，此时见这样情形，反不知狄仁杰是何用意。又听他说庐陵王不日前来，疑惑等太子来时，再行斩首。果是如此，又不应这样款待。想来想去，实是委决不下。

这日性急起来，却巧小军来送午饭，李飞雄将他揪住，横按在膝盖上面，露出腰刀，向他喝道："俺到此间是个贼首，狄大人为何不将我斩首，究竟是何用意？汝将他意思说明，俺便饶汝性命。不然先令凉风贯顶，与阎王相见。"那个小军为他按住，动弹不得，忙叫道："狄大人命我等如此，哪晓得他是何用意？但听他与马将军说此人误听人言，干出非礼之事，若欲天下太平，还须在他身上。其余的话，虽将我杀死，也不知道了。"李飞雄听了此言，高声骂道："马荣，你这狼心狗肺的死贼，俺好心待你，反遭汝毒手。此时又虚情假意，前来骗谁？汝今生除非不见俺面，一日相逢，定与你誓不两立。"

正说之间，只见外面走来一人，向里说道："贤弟，愚兄这旁请罪了。可知此事不能怪我。许敬宗乃误国的奸臣，唐室江山要入武氏之手，汝冒庐陵王之名攻打怀庆，朝廷以伪乱真，竟将庐陵王赐死。若非众位忠臣竭力保奏，早送了太子性命。

从来误国奸臣后来绝无好处，万人唾骂，遗臭万年。自今武则天临朝，春宫秽乱，以她一生而论，先是太宗的才女，后来削发为尼，勾引了高宗，又收入宫内，封为昭仪。高宗死后，又将张昌宗弟兄并怀义这秃驴，以及薛敖曹等人，可谓天地间的贱货。庐陵王是高宗的长子，理应传位于他，接承大统，反将他贬在房州，把那些奸淫的狗头、灭伦的奸贼，宠用在身边。如此不仁、不义、不慈、不爱之人，何能母仪天下？你我皆是顶天立地的汉子，做事俱要正大光明。曾记得在白鹤林聚义之先，立志专与贪官污吏、恶霸强豪作对。现在许敬宗虽有恩贤弟，可知他并非好意救你，想你代他干了这叛逆的事件成功，他与武承嗣弟兄平分天下。那时他为君，你为臣，我们堂堂英雄，反屈膝在这班狗头之下，听他的指挥，岂不羞煞。事情不成，所有罪名全推在贤弟身上，与他无关。我等虽是草寇，也该知个君臣、父子、天理、人情。武三思等人乃是遗臭万年之人，恨不能食他之肉，寝他之皮。不料贤弟中他之计，反把国家的太子、天下的储君诬害。自己思量，岂不大错。前日到你营中，实是有心骗诱，想贤弟改邪归正做个好人。贤弟如信我言，此时便同去见大人，以便日后临朝对个明证。若不相信，愚兄欲为好人，也不能有负贤弟，致受一刀之苦，不如先在你面前寻个短自尽。"说罢，便要自刎。不知马荣性命如何，且看下回分解。

# 第六十一回

## 李飞雄悔志投降
## 安金藏入朝报捷

却说马荣劝说了一会,便要自刎。李飞雄听了此言语,已是开口不得,心下暗想:"实是惭愧。"见他如此情形,赶着上前把马荣的刀夺下,说道:"大哥之言使我如梦方醒。但是我从前受过许敬宗之恩,照你说来,不过想我同狄大人到京,将太子冤屈辩明,好令武后母子如初,并将武三思等人处治。可知此事虽是关系甚大,害了武许两人,小弟依然没有活命。损人利己之事,固不可做,损人害己之事,更何必做。老哥既将我擒入营中,焚烧山寨,尚有何面目去到京中? 不如请狄大人将我削首,免得进退两难。"马荣道:"愚兄若想杀你,进营之时何不动手? 直因你我结义之时,立誓定盟同生同死。言犹在耳,今昔敢忘? 你若能为太子辩明这冤情,狄大人自有救汝之策。若我言不实,有累贤弟九泉之下,也无颜去见汝面。"李飞雄见他说得如此恳切,心下总是狐疑不定。马荣道:"贤弟,你莫要犹豫不决。今将实话告你,狄大人带兵来时,元行冲已到房州,此事你也知道,只等他来至此地,便一齐起队到京。那时措手不及,先将奸党拿获,然后奏明太子,救汝之死。与他对质,还有何惧?"马荣说罢,见他虽不开口,知他心下已经应允。随即挽着李飞雄的手腕道:"你我此时先见了大人,说明此意,好命人前去打听庐陵王曾否前来。"说毕,挽着李飞雄便走。李飞雄到了此时,为他这一劝说,又因他连日如此殷勤,自是感激,当时只得随他到了大帐。

马荣先进帐报知狄公,然后出来领他入内。李飞雄到了里面,向着狄公纳头便拜,说道:"罪人李飞雄,蒙大人有不杀之恩。方才听马荣言辞,如梦初醒,情愿投降,在营效力。待后如有指挥,以及国家大事,我李某皆甘报效。"狄公见他归顺,赶着起身将他扶起,命小军端了一个座头,命他坐下。李飞雄谦逊了一会,方才敢坐。狄公道:"本院看将军相貌,自是不凡。目今时事多艰,脱身落草,也是英雄末路之感。本院爱才如命,又值朝廷大事、唐室江山,皆想在将军身上挽回,岂有涉心杀害？本院已于前日派探前去，想日内当得房州的消息。"

三人正在帐中谈论，只见中军进来说道："元大人行冲现有差官公文来营投递，说要面见大人，有话细禀。"狄公听了此言，赶命将原差带进。中军领命下去，果然带了一个年少差官，肩头背着个公文包袱，短衣窄袖，身佩腰刀，到账前单落膝跪下，口中报道："房州节度使衙门差官刘豫，见大人请安。"狄公听他所言，不是元行冲派来之人，而且行冲出京时，只是主仆数人，那里有这人使用，赶着问道："汝方才说是元大人命汝前来投递公件，何以见了本院，又说是节度衙门呢？"那人道："小人虽是节度差官，这公文却是元大人差遣。大人看毕，便知这里面的细情了。"狄公听他所言，当时将来文命人取上。自己拆开看毕，不禁怒道："武承嗣，汝这个狗头，如此丧心害理。此地命李飞雄冒名作乱，幸得安金藏剖心自明，本院提兵到来，方将此事明白。汝恐此事不成，又暗通刺客，奔到房州，若非节度衙门有如此能人，岂不送了庐陵王性命。本院不日定教你做个刀头之鬼。"看毕，向刘豫道："原来将军有救驾之功，实深可敬。且在本营安歇一宵，本院定派人与将军同去接驾。"

原来元行冲自奉旨到房州而去，武承嗣与许敬宗等人便恐他访出情形，又值狄公提兵来到怀庆，那时将李飞雄擒获，问出口供，两下夹攻，进京回奏，追出许武两人同谋之故，自己吃罪不起。因此访了个有名的刺客，名叫千里眼王熊，赏他二万金银，命他到房州行刺。一旦将庐陵王送了性命，带了证件回京，便再加二万。等他登了大宝，封个大大前程。谁知王熊到了房州，访知庐陵王在节度衙门为行宫，这日夜间便去行刺。不料刘豫虽是差官，从前也是个绿林的好手，改邪归正，投在节度衙门当差，以图进身。这晚却巧是他值班，听见窗格微响了一声，一个黑影窜了进去，晓得不好，赶着随后而至。乃是一个山西胯汉，手执苗刀，已到床前，刘豫恐来不及上去，顺手取了一根门栓打了过去。王熊正要下手，忽然后面有人，赶着转身来看，刘豫已到面前，拔出腰刀，在脊背砍了一下。王熊已措手不及，带了伤痕，窜出院落，欲想逃走。刘豫一声高叫："拿刺客！"惊动了全衙门兵将，围绕上来，将他拿住。元行冲此时已到房州，审出口供，方知是武承嗣所使。随即枭首示众，将首级带回京中，以便使武承嗣知道。次日庐陵王知道，对元行冲哭道："本藩家庭多难,强贼盈朝,致令遭贬至此。设非众卿家如此保奏,岂不冤沉海底。但是目今到怀庆剿贼,这房州又无精兵良将,若半途再有贼人暗害,那便如何?"元行冲道:"殿下此去,万不能不行。无论狄仁杰提兵前去胜负如何,须得前往,方可水落石出。若恐半途遭事,便命刘豫到怀庆送信,命狄仁杰派队来接。"因此刘豫到了狄公营内。此时狄公知道此事,随命裴万里、方如海两人,各带部下十名,与刘豫星夜迎接。

不说他两人前去,且说武承嗣自命王熊去后,次日朝罢,便到许敬宗衙门,向他说道:"老狄日前带兵前去,不知连日胜负如何。我看他也无什么韬略,若能让李飞雄将怀庆攻破,那时不怕老狄是什么老臣,这失守城池的罪名也逃不过去。连日李飞雄可有信前来?"许敬宗道:"我也在此盼望。若得了信息,岂有不通知你的道理。老狄亦未有胜负禀报前来。心想明日早朝,如此这般,奏他一本。若圣上仍将老狄调回,这事便万无一失了。"武承嗣昕了此言,大喜道:"这样三面夹攻,若有一处能成,倘王熊之事办妥,便省用许多心计。"

次日五鼓,各自临朝。山呼已毕,许敬宗出班奏道:"臣位居兵部,任重盘查,理应上下一心,以国事为重。月前李飞雄奉庐陵王之命,兵犯怀庆。陛下遣狄仁杰带兵征剿,现已去有数日,胜负情形未有边报前来。若狄仁杰与叛贼私通结兵之处,岂不是如虎添翼。拟请陛下传旨,勒令从速开兵,限日破贼。"武后见他如此启奏,尚未开言,见值殿官奏道:"太常工人安金藏,前因谏保太子剖腹自明,蒙圣上赐药救治,越日苏醒,现在午门候旨。并有狄仁杰报捷本章,请他代奏。"武后此时正因许敬宗启奏此事,随道:"既狄卿家有报捷的本章,且命安金藏入朝见孤。"

值殿官领旨下来,顷刻安金藏入朝,俯伏金阶,谢恩已毕,然后在怀中取出狄公的奏本,递上御案,武后看毕,不容不怒,向着许敬宗道:"汝这误国奸臣,害我母子。平日居官食禄,所为何事,李飞雄乃汝旧人,敢用这冒名顶替之计,诈称庐陵王谋反,并勾结武氏弟兄,使我皇亲国戚结怨于人,万里江山几为祸乱。若非安金藏、狄仁杰等人保奏阻上,此事何以自明?现在李飞雄身已遭擒,直认不讳。元行冲行抵房州,太子痛不欲生,号啕痛哭,立志单身独骑驰赴怀庆,与狄仁杰破贼擒王,以明心迹。现既将贼首拿获，以待太子驾到，得胜回朝。孤家因汝屡有功劳，故每有奏章，皆深信不疑。今日辜恩负国，几将国家倾移，似此奸臣，本该斩首，且待狄仁杰入朝，李飞雄对质明白，那时绝不宽容。"说毕，在御案亲笔写了一道谕旨，向安金藏道："卿家保奏有功，太子既往怀庆，着卿家传旨前往，召庐陵王与狄仁杰一同入朝，以慰离别。"安金藏接了此旨，当即谢恩出朝。此时众文武大臣，见武后如此发落，忠心报国的无不欢喜异常，不日可复见太子，那些狐群狗党，见了这道旨意，无不大惊失色，为许敬宗、武承嗣担忧。

当下武后传旨已毕，卷帘退朝，百官各散。许敬宗到了武三思家内，告知此事，彼此皆吓得面如土色，说道："这事如何是好？不料老狄手下有如此能人，竟将李飞雄生擒。若太子还朝，我等还有什么妄想？但不知王熊前去如何，现在也该回来了。圣上现已传旨，召令还京，安金藏这厮断不肯随我等指使，必得设法在半路结果了性命，方保无事。"两人商议了一番，忽然武三思的家人在他耳边说了许多话，武三思不禁大喜，命他赶速前去。不知后事如何，且看下回分解。

# 第六十二回　庐陵王驾回怀庆 高县令行毒孟城

却说武三思听那家人之言，大喜道："汝能将这事办成，随后前程定与汝个出路。"许敬宗忙问何事，武三思道："此去怀庆府有一盂县，现任知县乃是我门下家之子，提拔做了这县令，名叫高荣。他有一个家人名叫高发，是他的弟兄。此时大兵前来，得胜还朝，非得如此这般，不能令老狄结果性命。既如此这般，岂不是妙计。"许敬宗听了，也是欢喜。

不说高发前去行那毒计，回头再说刘豫同裴万里、方如海，带了偏将，赶至房州，次日庐陵王听说李飞雄已经擒拿，放心前往。一路乘太平车辇，直向怀庆进发。在路非止一日，这日到了怀庆府界内。探马报入营中，狄公带领前队沿路接来。离城一百余里，前面车驾已到，两下相遇，狄公赶着下马。到辇前行了军礼，君臣相见，悲喜交集，两边队伍鸣炮壮威，敬谨恭接。庐陵王见众官跪到两旁，传旨一概到营拜见，然后命狄公同行。直至下昼，方到怀庆城下。早有胡世经上前奏道："微臣恐太子一路辛苦，营中僻野，风雨频经，不免有伤龙体。现已将臣衙门概行让出，改为行宫，请太子进城驻马。"狄公见胡世经如此敬奏，也就请太子入城，并将李飞雄兵临城下、幸他团城自守不肯告急的话说了一遍，庐陵王道："孤家命途多舛，家事国事如此纷纭，今日前来，正宜与士卒同甘苦，以表寸心，挽回母意。何能再图安乐，广厦高居。"狄公道："殿下之言虽是切当，此时贼首已擒，两三日后指差回营，看圣旨如何发落，那时便可进京。"庐陵王见众人谆谆启奏，只得准旨，与元行冲、刘豫等人，在胡世经衙门住下。

次日一早，武后受百官叩拜，然后命驾出城，到营中巡视一番，又将敌营事问了一遍。狄公便将前后事尽行告知，又将京中武氏弟兄、许敬宗诬害，亏得安金藏剖腹保奏的话，说了半日。庐陵王流泪道："母子之间岂有别故？皆是这班奸贼欺奏，以致使我容身不得。不知卿家报捷的本章入朝，如何处置。"君臣正在营中谈论，营门外忽有报马飞来,到了营前,飞身下骑,也不用人通报,走入大帐跪下报道:"禀大人,现在安金藏大人钦奉圣旨,前来召太子回京,钦差已离营不远了。"狄公听了喜道:"果是他来吗?太子可从此无虑了。"赶着命人在大帐设了香案,同庐陵王接出营来。

未有一刻,前站州县派了差官护送前来。狄公因太子是国家的储君,不便去接钦差,但请在营前等候。自己上前,将安金藏迎接下马,邀请入了大帐,随着太子望阙行礼,恭请圣安。然后安金藏将圣旨开读,说:"狄仁杰讨贼有功,回京升赏。庐陵王无辜受屈,既已亲临怀庆,命狄仁杰护送回京,以慰慈望。钦此。"当时太子谢恩已毕。这日先命裴万里带同大队,先行起程,仅留一千兵丁保护太子。众将依令前往,马荣等人同着李飞雄,随着狄公等人一起而行。道路之间,欢声震耳,皆说太子还朝接登大宝,不致再如从前荒乱。

君臣在路,行了未有两日,到了孟县界内。忽见前站差官,向前禀道:"现有孟县知县高荣,闻说太子还朝,特备行宫,请太子暂驻行旌。"此时庐陵王由房州一路而来,未曾安歇便起程,连日在路甚觉疲困,只因狄公耐辛受苦,随马而行,不便自己安歇。现听高荣备了行宫,正是投其所欲,向着狄公道:"这高荣虽是个县令出身,却还有忠君报国之心。现既备下行宫,且请卿家同孤家暂往一宵,明日再行如何?"狄公也知太子的意思,只得向差官道:"且命孟县知县前来接驾。"差官领命,将高荣带至驾前,只见俯伏道旁,口称:"孟县高荣接驾来迟,叩求殿下恩典。"庐陵王赐了平身,向他说道:"本藩耐寒触苦,远道而来,皆为奸臣所误。卿家服官此地,具有天良。本藩今日暂住一宵,概行节省。"

高荣当时领命起身,让车驾过去,方才随驾而来。狄公在旁将他一望,只见此人鹰鼻鼠眼,相貌好刁,心下便疑惑道:"日前本院也由此经过,他果赤心为国,听见大兵前来,也该出城来接,为何寂静无声,不闻不问。现在虽太子到此,却竟如此周到,莫非是武氏一党,又用什么毒计?所幸胡世经随驾护送,现在后面,此地又是他属下,这高荣为人他总可知道。"此时也不言语。等太子进了行宫,果见一带搭盖彩篷,供张美备,也说不尽那种华丽。狄公见了这样,越觉疑惑不止。无论他是武氏一党与否，单就这行宫供应而论，平日也就不是好官，不是苛刻百姓得来赃银，那里有这许多银钱置办。当时与太子入内，所有的兵将概在城外驻扎，只留马荣、乔泰、元行冲、胡世经等人在内。传命已毕，狄公将胡世经喊至一旁，向他问道："孟县乃贵府属下，这高荣是何出身，及平日居官声名，心术邪正，谅该知道，且请与本院说明，好禀明太子。"胡世经见问，忙道："此人出身甚是微贱，乃武三思家生的奴婢。平日在此无恶不作，卑府屡次严参，皆为奸臣匿报不奏，现在如此接待，想必惧卑府奏明太子，故来献这殷勤。"狄公道："既是如此，恐为这事起见。唯恐另有别故。"随命马荣、乔泰加意防护，勿离太子左右。

且说高荣见庐陵王驻歇行旄，心下大喜，赶即回转衙门向高发说道："此事可算办妥。但我不能在此耽搁，须到行旄伺候，乃不令人生疑。其余你照办便了。"高发更是喜出望外。当下高荣又到行旄，布置一切。到了上灯时分，县衙里送来一席上等酒菜。高荣向庐陵王奏道："太子沿路而来，饮食起居大抵不能妥善。微臣谨备粗肴一席，叩请太子赏收。"庐陵王也不知他心怀叵测，见他殷勤奉献，当时准奏收下。顷刻间设了座位，山珍海味摆满厅前。庐陵王因自己尚在藩位，也就命狄公、元行冲两人陪食。此时狄仁杰早已看出破绽，只见高荣手执锡壶，满斟一盏，跪送在庐陵王面前。然后又斟了两杯，送狄、元两人。狄公见杯中酒色鲜明，香芬扑鼻，当时向庐陵王道："微臣自提兵出京，历有数月，不知酒食为何物。今日高知县如此周到，敬饮酒肴，足征乃心君国。此酒色香味俱佳，可谓三绝，但太子此时虽是藩位，转瞬即为大君，外来酒食必当谨慎。古有君食臣尝之礼，殿下面前之酒，且请赐高荣先饮，以免忧患。"庐陵王见狄公如此言语，心下暗道："此事你也多疑，这不过县令报效的意思，那有为祸之处，要如此郑重。"虽这样说，总因狄公是忠正的老臣，不能不准他所奏。当时向高荣道："此酒权赐卿家代饮。"这句话一说，顷刻把高荣吓得面如土色，恐惧情形见诸面上。当时又不敢不接，欲想饮下，明知这酒内有毒，何能送自己性命？便眉头一皱，计上心来，赶紧跪下谢恩。故作匆忙的情状，两手未曾接住，啷一声，把个酒杯跌在地下，瓦片纷纷，酒已泼去，复又在下面叩头请罪。狄公知他的诡计，随时脸色一沉，怒容满面，向高荣喝道："汝这狗头诡计多端，疑惑本院不能知道。汝故意失手将酒泼去,便可掩饰此事吗？武三思如何命汝设计,为我从实说来,本院或可求殿下开恩,免汝一死。不然,这锡壶美酒既汝所献,便在此当面饮毕,以解前嫌。"庐陵王听狄公如此言词,方知他的用意,也就命高荣饮酒。高荣此时见狄公说出心病,早是汗流不止,在下面叩头说:"微臣死罪,何敢异心。陛下既不赏收,便命人随时撤去。微臣素不善饮,若熏醉失仪,领罪不起。"狄公听了,冷笑道:"你倒掩饰得爽快。本院不将此事辩白清楚,汝也不知利害。"随命到县署狱中,提出一个死罪的犯人,将酒命他饮下。顷刻之间,那人大叫不止,满地乱滚,喊哭连天,未有半个时辰,已是七窍流血而死,庐陵王见了这样,不禁怒道:"狗贼如此丧心害理,毒害本藩,究是谁人指使？若不说明,将汝立刻枭首。"高荣到了此时,也无可置辩,只得将武三思的话说了一遍。庐陵王自是大发雷霆。狄公又命马荣到县署将高发捉来,一同枭首。随命刘豫做了这孟县知县,以赏房州救驾之功。

次早仍然拔队起程,向京都而进。行未数日,已到都城。裴万里先将前营各兵扎于城外,听候施行。此时各京官衙门得报,听说太子还朝,虽是奸贼居多,也只得出城迎接。不知武三思等人接着此信后事如何,且看下回分解。

## 第六十三回　见母后太子还朝　念老臣狄公病故

却说庐陵王到了京中，狄公命裴万里将大营扎在城外，与元行冲、安金藏三人来至黄门官处，请他赶速奏知武后，说太子回朝，午门候旨。黄门官何敢怠慢，却巧武后在偏殿理事，当即奏明。武则天听说是太子前来，虽是淫恶不堪的人，到了此时不无天性或发，随命入宫见驾。黄门官出来，将三人领至宫内，庐陵王见了武后，连忙俯伏金阶，泪流不止，说："臣儿久离膝下，寝食不安，定省久疏，罪躬难赦，只以奉命远贬，未敢自便来京。今获还朝，得瞻母后，求圣上宽恩赦罪，曲鉴下情。"奏毕，哭声不止。武则天见了这样情形，明知他是负屈，又不好自己认过，只得说道："孤家由今返昔，往事不追。汝既由狄卿家保奏还朝，且安心居住东宫，以尽子职，孤家自有定夺。"庐陵王听了此言，只得谢恩侍立。狄公与元行冲、安金藏三人复命请安，将各事奏毕，然后齐声说道："今太子回朝，圣心安慰。但奸贼不除，何以令天下诚服？设非臣等保奏，陛下便会误听谗言，以假作真，适中奸计。那时江山有失，骨肉猜疑，是谁之咎？许敬宗、武三思等人，若不依罪处治，恐日后小人诬奏，尤甚于前。臣等冒死陈词，叩求陛下哀断。"武则天此时为三人启奏得名正理顺，心下虽想袒护，也不好启齿，当即传旨："命元行冲为刑部尚书，许敬宗立即拿问，与武承嗣等到案讯质，复奏施行。"三人当时谢恩出来。自是太子居住东宫。

且说武承嗣与许敬宗自命高发往怀庆去后，每日心惊胆战，但想将此事办成便可无事。这日正在家中候信，忽听京都城外有号炮声音，吃了一惊，忙道："这是畿辅之地，那里有这军械响声。"赶着命人出去查问。那人才出了大门，只见满街百姓不分老幼，无不欢天喜地，互相说道："这冤屈可伸了。若不是这三人忠心为国，将李飞雄擒住，庐陵王此时也不能还朝。现在前队已抵城外扎营，顷刻工夫车驾便要入宫，我们且在此等候，好在两边跪接。"当时纷纷扰扰，忙摆香案，以备跪接。那人听说如此，心下仍不相信，远远见有一匹马来，一个差官飞奔过去。众百姓拦阻马头,问道:"你可由城外而来?庐陵王可进城吗?"差官道:"你们让开,后面随即到了。"那人知是实情,赶着分开众人,没命地跑回家内,气喘吁吁,向着武承嗣道:"不好了,庐陵王已经入朝了。方才那个炮声,乃是狄仁杰大队扎营。想必高发弟兄未能成功,这事如何是好?唯恐狄仁杰等人不肯罢休,究寻起来获罪非轻。"武承嗣听了此言,顿时大叫一声道:"狄仁杰,我与你何恨何仇,将我这锦绣江山得而复去。罢了罢了,今生不能奈何与你,来生狭路相逢同他算账。"说罢,自知难以活命,一人走进书房,服药而死。当时武承业见了此事,也知获罪不起,随带了许多金银细软,由后门带领家眷,逃往他方。唯有武三思不肯逃走,心下想:"这武后究是我姑母,即便追出实情,一切推到他两人身上,谅武后也要看娘家份上,不会追究。"

正闹之间,外面已喧嚷进来,说巡抚衙门许多差官衙役,将前后门把守,说刑部现在放了元大人,许敬宗为李飞雄事革职归案审办。现在狄大人与元大人已经奉旨将许敬宗拿下,顷刻便来捉拿他弟兄。武三思听了此言,也不慌忙,一人坐在厅前等候。少顷,元、狄两人到了里面,先将旨意说明,便要命他同赴刑部。武三思道:"二位大人既奉旨前来,下官亦何敢逆旨。但此事下官实是不知,乃舍弟与许敬宗同谋。现已畏罪身死,且圣上只命二位大人审问,并未查封家产,舍弟身死,不能听他尸骸暴露、不用棺盛殓之理。权请宽一日,将此事办毕,定然投案待质。若恐下官逃逸,请派人在此防守。"元行冲见他如此言语,明知武后断不至将他治死,此时见武承嗣已经自尽,大事无虑,落得做点人情,向着狄公说道:"武承嗣乃是要犯,既是畏罪服毒,且奏知圣上,请旨定夺。"当时两人依然回转刑部。这里武三思一面命人置办棺木等件,自己一面入宫,见了武后,哭奏一番,说:"前事皆武承嗣所为,现在已经身死。武承业恐其波及,复又逃逸。武氏香火,只剩自己一人,如圣上俯念娘家之后,明日早朝赶速传旨开赦。不然前后皆是一死,便碰死在这宫中。"说罢,大哭不止。此时武后回想从前,悔之已晚,当时也只得准奏,命他回去收殓承嗣。

次日早朝,也就赦旨,说武承嗣虽犯大罪,死有余辜,姑念服毒而亡,着免戮尸示众。武承业在逃,沿途地方访拿解办。武三思未与其谋,加恩免议。狄公听了此奏，知是奸臣不能诛绝干净，深以为恨。所幸庐陵王入京，奸焰已熄，目前想可无虑。当下退朝出来，随同元行冲到刑部，升堂将许敬宗审讯。许敬宗知是抵赖不去，只得将前后各事直供一遍。随即寻了口供，次日奏明朝廷，奉旨斩首。狄、元出朝，随将许敬宗绑赴商市，所有在京各官，以及地方百姓、受过凌辱之人，无不齐赴法场，看他临刑。到了午时三刻，人犯已到，阴阳官报了时辰，刽役举起一刀，身首异处。百姓见他头已落地，无不拍掌叫快。许多人拥绕上来，你撕皮，他割肉，未有半个时辰，将尸骸弄得七零八落的，随后自有家属前来收殓。

且说狄公与元行冲监斩之后，入朝复命，武后封他为梁国公，同平章事，入阁拜相。元行冲、安金藏等人，皆论功行赏。李飞雄故念自己投诚，误听奸计，着免其斩首，戴罪立功。众臣次日上朝谢恩。从此那班奸臣皆畏狄公威望，不敢再施诡计。庐陵王居住东宫，每日侍奉武后，曲尽孝思。

谁知乐极悲来，狄公自入京以来，削奸除佞，整理朝纲，全无半刻闲暇，加以年岁高大，精力衰颓，以至积勤成疾。这年正交七十一岁，武后见他年迈，一日问道："卿家百年归后，朕欲得一佳士为相，朝廷文武，可命谁人？"狄公道："文武之材，有苏味道、李峤两人。若欲取卓越奇才，则有荆州司马张柬之。此人虽老，真宰相材也，臣死之后，以他继之，断无贻误。"武后见他如此保奏，次日便迁为洛州司马。哪知狄公保奏之后，未有数日，使身体不爽。到了夜间三更，忽然无疾而逝。在朝各官无不哭声震地，感念不忘。五鼓上朝，奏明武后，武后也是哭泣道："狄卿家死后，朝堂空矣。朝廷大事，有谁能决？天夺吾国老，何太早耶！"随传旨户部尚书，发银万两，命庐陵王亲去叩奠，谥号封为梁文惠公，御赐祭奠。回籍之日，沿途地方官妥为照料。然后传旨命张柬之为相。

谁料那班奸臣，见狄公已死，心下无所畏惧，故态复萌，复思奸诈。张昌宗、张易之两人，愈复肆无忌惮。平日狐媚武则天，所有朝廷大臣，阁部宰相，一连数日皆不得见武后之面。庐陵王虽居东宫，依然为这般人把持挟制。张柬之一日叹道："我受狄公知遇，由刺史荐升宰相，位高禄重，不能清理朝政，致将万里江山送与小人之手，他日身死地下，何颜去见狄公？"一人想了一会，随命人将袁恕已、崔元、桓

·狄公案·

图文珍藏版

彦范等人请来,在密室商议。袁恕已道:"听说武后连日抱病,不能临朝,因此二张居中用事。若有不测,国事甚危,如何是好?"张柬之道:"欲除奸臣,必思妙计。现在羽林卫左将军李多祚,此人颇有忠心,每在朝房,凡遇奸贼前来,他便侧目而视。若能与他定谋,除去国贼,则庐陵王便无后虑。"众人齐声道好,说:"此人我等皆知,事不宜迟,可令人就此去请。"当下张柬之出来,命人取了名帖,请李将军立刻过来,有要事相商。

此时李多祚,正因连日武后抱病朝政纷纭,一人闷闷在家长吁短叹,想不出一个善策可以将张昌宗两人除去。忽然家人来禀说:"张柬之命人请你去议事。"不禁心下一惊,又暗喜道:"我与他虽职分文武,他是狄仁杰保举。此时请我,莫非有什么妙计?"当时回报,立刻过来。随即乘轿来至张柬之相府。张柬之先命袁恕已等人退避,一人穿了盛服在后书房接见。两人行礼已毕,叙了寒暄。张柬之见他面带忧容,乃道:"圣明在上,太子还朝,老将军重庆升平,可为人臣的快事,何故心中不乐,面带忧容?莫非因官职未迁,以致抱憾吗?"李多祚见问,知道试探他的口气,乃道:"老夫年已衰迈,还想什么迁官加爵。但能如大人所言重庆升平,虽死而无怨。若以毕生而论,除国事未能报效,其余也算得富贵两全了。"张柬之见他说了此言,趁机便将除贼的话与他相商。不知后事如何,且看下回分解。

# 第六十四回　庐陵王复位登朝　张柬之用谋除贼

　　却说张柬之见李多祚所言，也有同一心病，趁机说道："将军可谓富贵双全。但不知今日富贵，是谁所致？"李多祚听了此言，不禁起身流泪道："老夫南征北讨，受先皇知遇之恩，以致荐居此职。今日之富贵，先皇所赐也。"张柬之道："将军既受先皇之赐，今日先皇之子为二人所危，何以不报先皇之德？"李多祚到了此时，正是伤心不已，乃道："老夫久有此心，只因未得其便。大人乃朝廷宰相，社稷良臣，苟利国家，唯命是德。"张柬之见他此言出于至诚，也就流泪道："此时请将军正为此事，时下武后抱病，将军能率部下斩关而入，将张昌宗诛绝。然后请武后养病于上阳宫，则唐室江山岂不仍归李姓？"多祚当时哭拜于地道："宰相之言真国家之福，老夫何敢不从。"

　　当时议定，张柬之命袁恕已等人出来，彼此相见，议论了一番。李多祚道："老夫依计而行，若外有奸人闻风起乱，那时何能兼顾？必得再有一人，以靖外乱，方可万全。"张柬之想了一会，起身道："此人已得之矣。下官在荆州之时，与长史杨元琰泛舟江中，偶谈国事，慨然有匡复之志。自张某人相，引为羽林卫右将军，与将军朝夕相见。其人赤心报国，具有肝胆，何不此时前去邀来，共议此事。"李多祚忙道："此人实可与谋，设非宰相言及，几乎忘却。老夫此时便去。"说罢起身，来至杨元琰府内。杨元琰见是李多祚前来，随即出见。看他面有泪痕，忙问道："将军从何而来，为何面色不乐？"李多祚道："适自宰相府中至此，闻将军从前为荆州长史，与张公意气相投，不知可有此事吗？"杨元琰道："某一生知遇，唯张公一人，岂仅意气相投而已。"李多祚道："既然如此，张公立等，有言面商，特命老夫前来奉约。"杨元琰听了此言，心下已猜着几分，因有家人侍立两旁，不便追问，随即乘轿同至相府。走入里面，见袁恕已这干人全在书房，无不忧形于色。入座问道："相公呼我何来？若有用某之处，万死不辞。"张柬之道："将军曾记江中之言乎？此其时矣，不能再缓。"杨元琰道:"某亦久有此心,只因独力难支,未敢启齿。此正为臣报国之秋,何敢退避。"当下六人商议已毕,张柬之道:"前议虽佳,究竟决裂。张昌宗虽在宫中,他家下未必无人。莫若用调虎离山之计引他出来,将他诛杀,岂不是好。"众人道:"若能如此,便省无限周折,且免武后震恐。"众人直至三鼓以后,方才各散。

次日,李多祚打听得张易之每日自回家中,将宫中禁物肆行搬运,至四鼓之时方进宫去。李多祚访问清楚,当即选了五百亲信兵丁。到了二鼓之后,借巡夜为名,向张昌宗住宅而来。合当二张诛杀,却巧张易之带了许多宫禁之物,命两个小太监随着自己,由宫内回来。方欲进门,后面李多祚已至,上前喝道:"汝是谁人,竟敢犯夜。"张易之见是羽林卫的军兵,那里能受,骂道:"汝这许多狗头,不知此地是谁的府上,在此呼喝。"众兵本是李多祚指使,为捉他而来,当时上来数人,将他揪住道:"不管是谁的门前,我们李将军要将你带去。"说着将两手背于后面。小太监想来帮助,无奈身边俱有要物,不敢动手,只得说:"汝等勿得造次,此乃西宫张六郎府前。若下放手,可获罪不浅。"李多祚见已将张易之拿住,心下好不欢喜,随即上前问道:"汝是谁人?可从实说明,本将军自有发落。"张易之连忙答道:"李将军,你我皆一殿之臣,我乃张易之,难道未曾见过吗?"李多祚喝道:"误国的奸臣,汝既说出姓名,何故深夜不在家中,带着太监意欲何往?为我从实言明。"张易之道:"近日武后抱病,方才进宫看视病症。蒙武后龙恩,命小太监送我回来,你何得在门前拦阻?"李多祚道:"胡说。这太监身上明有宝物,显见汝偷盗禁物,潜运家中,该当何罪?"说着命人将小太监身上搜查。顷刻上来数人,搜出许多物件。李多祚道:"汝这奸贼,此乃人赃两获,尚有何赖?显见家中私藏不少了。"随命兵丁分一半在门外把守,一半同自己入内起赃。

当时呐喊一声,众兵丁将太监并张易之三人拥入里面。无论男女老少,见一名捆一个,见两名捆一双,上下里外,不下有四五百人,一名未能逃脱。然后将张易之捆倒在地,取出腰刀,在他颈项上试了两下,然后问道:"汝是要死要活?"张易之到了此时,早吓得魂飞天外,连忙答道:"蝼蚁还想贪生,谁人肯死?"李多祚道:"你既要活,可快命人入宫,将你哥哥喊来,问他迁我何官,送我多少银两。说明之后,随后不但不杀你，还要感激。"张易之不知是计，疑惑他因未升官故挟仇，忙道："这事容易。"立刻命人前去，说家中出有要事，请张六郎即速回来，千万勿误，再迟便有性命之虞了。

当时释放了一个家人，领着张易之的言语，拼命地奔入宫中，照着原话说了一遍。张昌宗正服侍武则天安睡已毕，听了此言，便鬼使神差，随着原人乘轿回来。以为李多祚见了自己，总要看点情分，将冗弟释放，谁知才到里面，兵丁看见，齐声喊道："好贼来也，莫要为他逃走。"只见你推我拥，早将张昌宗捆起，押至厅前。张昌宗见了李多祚之面，还未知道他的妙计，忙道："李将军快来救我。你手下兵士不知道我的权势，竟敢将我捆起，你还不为我解下。"李多祚喝道："汝想谁救汝？乱臣贼子，人人得而诛之。汝欺君误国，死有余辜，今日还想活命吗？"当时吩咐将张昌宗弟兄斩首，所有家属数百人全行杀戮。独将两名小太监放去，这两人是死里逃生，自是没命地跑回宫中。谁知张柬之、袁恕已等人，已到玄武门内。太监到了里面，正值武后查问，赶忙奏道："不好了，右羽林卫将军李多祚谋反，现已将张六郎弟兄杀死。"武则天虽在病中，听说有人谋反，知道李多祚有兵权在手，赶着起身问道："谁人作乱？何不拿下。"此时张柬之等人皆已听见，随即在外答道："张易之、张昌宗两人欺君误国，久存谋反之心。今趁陛下病中，欲行己志，又将宫廷禁物私运家中，臣等奉太子之令，特命右羽林卫将军李多祚将两贼斩首，以杜乱萌。"

正说之间，桓彦范同敬晖等人已将太子由东宫请出，来此候旨。武后见了他面，乃道："是汝指使耶？小子既诛，可还东宫而去。"此言未毕，桓彦范领着众人跪于阶下奏道："太子乃天下明君。昔先皇以爱子托陛下，国家玉器自有所归。今年齿已长，既蒙加恩由房州赦归，久居东宫恐失民望。人心天意，久思李氏，虽有二张为乱，群臣不忘先皇之德，故奉太子诛乱臣。陛下春秋已高，理应静养余年，以增上寿，从容闲暇，含饴弄孙，愿传位于太子，以顺大人之望。"武后到了此时，只得准奏。

当时庐陵王谢恩已毕，此时正值四鼓以后，将次临朝。张柬之赶忙为庐陵王换了天子章服，来至金殿御案前坐下。张柬之随敲了龙凤钟鼓，朝房文武有一半得知此事，其余尚不知道。忽然听得钟鼓齐鸣，无不惊讶，若非有了大典，何以两器同敲？当下众臣纷纷入朝，两班侍立。再朝金殿上一望，正是惊者大惊，喜者大喜，不知庐陵王何以复登龙位。张柬之高声说道："在廷文武大小臣工，兹因张昌宗、张易之两人谋为不轨，张某奉太子之命，率同李多祚等人将张昌宗斩首。既蒙武后传旨，传位东宫。今日登极之初，理应排班恭贺。"众人听了此言，无不俯伏金阶，行君臣之礼。庐陵王首先传旨，率百官上武后尊号，称为则天大圣皇帝，迁居上阳宫。每日请安问膳，走省晨昏，曲尽子职。

次日，大赦天下，后人称为中宗。随又传出一道圣旨：加封狄仁杰公爵，世袭罔替；张柬之、桓彦范、袁恕已这一干人，皆加封侯爵；李多祚封为勇猛侯；刘豫升为怀庆府；胡世经着来京升用。其余有功大臣、哨兵偏将，无不加封实职。从此太平无事，君明臣良，官为国家，民知君上，江山万里依然李氏家传，社稷千秋，终赖狄公政治。

**特别提示：**

　　本书在编写过程中，借鉴和参考了大量文献和作品，谨向诸位专家、学者致以崇高的敬意。但由于部分作者的地址或姓名不详等原因，截至发稿之前，仍有部分作者没有联系上，但出版时间在即，只好贸然使用。不到之处，敬祈谅解，在此也敬启作者，见书后，将您的信息反馈与我，我们将按国家规定，第一时间对相关事宜做出妥善处理。

联系电话：010-80776121　　　　　联系人：马老师